家自然科学基金项目(70271034)
海市教育委员会项目（05AS106）
南省教育厅人文社会科学研究项目（2008-GH-091）
州大学引进高层次人才科研启动项目

电子政务知识管理

张建华◎著

科学出版社
北京

内 容 简 介

本书将知识管理（KM）理念与方法融入电子政务研究领域，从"社会－技术"双视角分析电子政务知识管理的基本原理及其系统架构，全面而深入地讨论了电子政务"生态"环境的培育以及政务知识的获取与表示、存储、集成与整合、传播与共享、创新、进化、应用辅助等相关子系统的结构与功能，同时阐释了电子政务知识管理的系统自组织与绩效测度机制。本书结构完备合理，内容翔实丰富，理论和实践相结合，管理与应用相呼应，问题分析视野宽阔、启迪性强。

本书适合高校电子政务、知识管理、管理系统工程、信息系统与管理、计算机应用、行政管理、公共事业管理、非营利组织管理等相关专业的高年级本科生、研究生、教师以及相关领域的科研工作者阅读，也可供从事电子政务系统规划、分析与设计工作的人员参考。

图书在版编目（CIP）数据

电子政务知识管理／张建华著. —北京：科学出版社，2010.6
ISBN 978-7-03-027884-5

Ⅰ.①电… Ⅱ.①张… Ⅲ.①知识经济－应用－电子政务－研究
Ⅳ.①D035.1-39

中国版本图书馆 CIP 数据核字（2010）第 107610 号

责任编辑：侯俊琳　陈　超　潘继敏／责任校对：张　琪
责任印制：赵德静／封面设计：无极书装

科 学 出 版 社 出版
北京东黄城根北街 16 号
邮政编码：100717
http://www.sciencep.com

源海印刷有限责任公司 印刷

科学出版社发行　各地新华书店经销

*

2010 年 6 月第 一 版　　开本：B5（720×1000）
2010 年 6 月第一次印刷　　印张：25 1/2
印数：1—2 500　　　　字数：493 000

定价：58.00 元
（如有印装质量问题，我社负责调换）

序

经典管理学诞生于工业经济时代，并伴随工业经济的发展与成熟而逐步完善。它作用于工业经济的管理实践，其管理效益是显著的。用德鲁克的话讲，它将体力工作者的生产效率提高了 50 倍之多。不过，在知识经济时代，知识已经超越人、财、物，上升为社会生产的主导资源；同时，知识工作者的社会地位也越来越重要。面对新经济时代的崭新特征，仍简单套用经典管理学的理论和方法解决社会生产中的现实问题，其效果可能会大打折扣。显然，包括政务管理在内的管理各领域，应针对上述新特征，对其管理理念与模式做出适度调整与创新。

自 20 世纪 80 年代中"知识管理"概念被首次提出以来，对知识管理的理论研究与应用实践取得的成就斐然，基于"社会－技术"双重视角下的知识管理的学科体系日臻完善。当前，知识管理的实施，已成为在知识经济背景下企事业单位重塑其核心竞争力的有效途径。自 90 年代起，电子政务在西方发达国家成功实施的案例不断涌现，切实提升了这些国家政务管理的效率与有效性。在信息化与全球化的大背景下，各信息主体的信息摄入速度与广度得到了极大提高与拓展。在目标效益导引下，在中央和地方政府的大力倡导与积极推动下，我国的电子政务也在千年交替时期迎来了建设热潮。从国家机关、省部机构到街道社区，电子政务建设可谓如火如荼，方兴未艾。

电子政务是对传统政务管理理念与模式的创新。"电子"是实现上述创新的技术支撑，位于方法与手段的辅助层面；"政务"是实现上述创新的业务领域，是电子政务的核心，位于目标与内容的主导层面。政务资源及其所对应的相关活动，是政务管理的基本范畴。对"政务"内涵的准确认知与把握、对政务资源的科学开发与利用、对政务活动的有效组织与创新，是提升电子政务实施效益的基础保障。

在诸多类型的政务资源中，政务知识资源处于核心地位，同时也是政务管理活动实施的基础要素。对政务知识的准确识别，有效组织、管理、应用与创新，是确保政务管理效率和有效性的基础要件。相对于传统政务，电子政务的创新不仅在于依托代表先进生产力的"电子"平台，更要依赖于代表先进管理理念与模式、与知识经济相适应的知识管理思想与方法。两条腿走路，双管齐下，方能最大可能地挖掘政务知识资源价值、有效实现政务管理活动创新，进而切实提升电子政务的实施效益。

　　此外，政府作为社会知识资源的最大拥有者，其知识管理的有效实施将对辖区内企事业单位、家庭乃至个人的知识管理产生强大的激励与促进作用，改善社会各层主体知识交流与共享局面，进而提高其知识应用与创新水平。显然，这对于提升一个国家或地区的综合竞争力是十分有益的。

　　同其他学科一样，电子政务的发展需要理论与实践的有效融合、相互促进。在国内电子政务建设热火朝天的大背景下，自2002年以来，国内有关电子政务方面的图书不断问世，出版数量呈持续增长态势。学术研究需要百家争鸣，百花齐放。这些图书从不同层面、不同视角诠释电子政务，很好地丰富了电子政务的学科体系。张建华先生基于其多年的研究积累，将知识管理的理念与方法引入电子政务研究领域，探讨通过有效的政务知识管理切实提升电子政务的实施效益。他的新作《电子政务知识管理》研究角度新颖、思路清晰、结构合理、内容丰富、资料翔实，实现了电子政务与知识管理的融合，是一部难得的论述电子政务知识管理的创新之作。它作为电子政务图书百花园中的一朵奇葩，定将绽放出绚丽的光彩！我作为第一位读者，对于这部佳作的正式出版表示衷心的祝贺！

邱均平[*]

2010年3月于武汉大学

---

　　[*] 邱均平，系武汉大学信息管理学院和教育科学学院教授、博士生导师、中国科学评价研究中心主任、《评价与管理》杂志主编；华中师范大学特聘教授、博士生导师。他是我国著名情报学家和评价管理专家、有突出贡献中青年专家和享受国务院政府特殊津贴专家。

前　言

　　纵观全球电子政务的演变历程，以美国为代表的西方发达国家走过了蜿蜒曲折的发展之路。自 20 世纪 90 年代中期以来，这些国家的电子政务理论研究取得了巨大进步，其应用实践亦获得了良好的社会效益与经济效益。分析与总结这些国家的成功经验后发现，其电子政务建设充分借鉴了企业管理现代化、信息化的优秀成果，并且随着工业经济逐步向知识经济转型，西方各国纷纷引入企业知识管理（knowledge managemenl KM）的理念与方法，营建知识管理型的电子政府，从而开创了电子政务理论研究与应用实践的新局面。

　　20 世纪 80 年代中期，中国的电子政务建设发端于政府内部的办公自动化工程。1992 年中国政务信息化建设正式启动，1993 年底"三金工程"启动，1999 年中国电信与国家 40 多个部委（局、办）共同发起了"政府上网工程"，加速了中国电子政务建设的进程。在国家"十一五"规划期间，中央和各级地方政府仍然把推进电子政务建设作为重点工作，并将其放在了突出位置。在中央的大力倡导下，在各级地方政府的积极配合下，中国电子政务建设如火如荼。以"gov. cn"结尾的注册域名从 1997 年 10 月的 323 个逐年迅速增加到 2008 年 12 月的 45555 个。然而，相对于美英等西方发达国家，中国电子政务起步较晚，当前的电子政务建设尚不够成熟、面临诸多问题。例如，重"电子"轻"政务"现象比较突出，欠缺对政务信息、知识及政务管理流程的有效管理方法与策略，缺乏全国统一、内容完善的实施规划与标准体系，电子政务的安全机制还不够完善，电子政务平台设施建设整体上仍落后于发达国家，政企合作尚不够充分，项目管理有待进一步提高，等等。对上述问题进行分析与归纳后不难发现，这些问题集中表现在电子政务硬件设施平台建设以及对政务内容的科学认识与有效管理方面（包括电子政务形式与内容之间的关系、政务内容的执行、政务整合与集成以及政务安全等）。前者是"电子"依托、是形式，可以通过加大投入力度在相对较短的时间内得到改善；后者是"政务"内容、是根本、是问题的核心所在，解决的难度相对较大。

　　电子政务，"电子"是形式、是手段，"政务"是内容、是核心，而"政务"的核心又在于对政务知识的承载、管理与应用。提高对政务知识资源管理的效率和有效性，是解决电子政务发展瓶颈、切实提升其实施效益的基础保障。西方发达国家在电子政务方面的成功实践表明，知识管理是电子政务成功的利器。知识管理通过对知识经济时代的主体生产资料——"知识"的有效组织与管理，已成为企业在知识经济时代打造新型核心竞争力的有效途径。政府作为国家经济的调控者、服务者以及社会信息与知识资源的最大拥有者，需要认识、借鉴和运用知识管理来打造其新型业务模式——电子政务知识管理。电子政务知识管理通过将"知识管理"的理念与方法融入电子政务，谋求打造知识管理型电子政府。它基于完备知识链结构，研究对电子政务完整、有效的知识支撑，实现政府内部各部门之间、各级政府之间、政府与社会各实体（包括法人与自然人）之间安全有效的信息共享与知识交流；基于对政务知识的有效组织与管理，提升政府内部办公效益，实现政务管理决策的知识化、智能化，确保政务管理横向各部门之间以及纵向各级政府之间协同工作，提高政府的公共服务水平、改善政府形象。

本书是笔者对近十年来"知识管理"研究成果的总结与集成，其中部分内容也是笔者参与或主持研究的国家自然科学基金项目"企业知识管理系统柔性评价及柔性决策模型研究"（70271034）、上海市教育委员会项目"基于知识管理的电子政务模型研究"（05AS106）、河南省教育厅人文社会科学研究项目"基于KM的企业知识创新机制研究"（2008-GH-091）以及郑州大学引进高层次人才科研启动项目"以KM提升电子政务的实施效果"的研究成果。

在内容结构上，本书包括绪论、电子政务知识管理系统框架、电子政务生态环境、政务知识获取与组织、政务知识集成与整合、政务知识传播与共享、政务知识创新与进化、政务知识应用辅助与系统自组织、电子政务知识管理绩效测度九大部分。全书由浅入深、由整体到细节，分析了电子政务知识管理的基本原理及其系统架构，从"社会-技术"双视角全面而深入地讨论了电子政务生态环境的培育以及政务知识的获取与表示、存储、集成与整合、传播与共享、创新、进化、应用辅助等相关子系统的结构与功能，同时阐释了电子政务知识管理的系统自组织与绩效测度机制。

书稿完成，掩卷而思，感慨良多。近10年的研究工作，所付出的、收获的、感动的、顿悟的实在太多。切实的付出带给我生命的充实，不过让我感触更多、收获更多的是那些给予我启发、勇气与力量，如灯塔般指引我前进的朋友们。没有他们的关爱与付出，此刻的我不知会在哪里徘徊，也就不会有这本书的完成。在此，向包括本书参文作者、郑州大学管理工程系的同事在内的所有给予我启示与帮助的朋友们表示感谢。感谢我的夫人杨岚女士，她对我的研究工作给予了极大理解、配合与支持。我的研究生温丹丹同学参与了书稿的部分校对工作，科学出版社侯俊琳、陈超等对本书的出版给予了大力支持与帮助，一并向他们表示感谢。特别地，感谢武汉大学信息管理学院邱均平教授在百忙之中为本书作序，感谢同济大学经济与管理学院刘仲英教授对我研究工作给予启迪与帮助。

科学的发展永不停息，没有止境。由于笔者水平所限，书中难免有不妥之处，敬请读者批评指正。

张建华

E-mail：tjzhangjianhua@163.com

2010 年 3 月于郑州大学

目　　录

第一章 绪 论

本章将对电子政务的内涵、本质及相关的基本概念进行分析，同时总结全球电子政务的发展历程、特征及中国电子政务发展现状，介绍国内典型电子政务的实施案例，并对国内电子政务实施过程中存在的问题进行剖析与归纳。在此基础上提出，电子政务知识管理是解决国内电子政务实施过程中面临的主要问题、有效提升电子政务实施水平、确保电子政务实施跃上新台阶的有效途径。这是学习和研究电子政务知识管理的领域背景，是后续内容讨论的基础和前提。

1.1 电子政务内涵分析

自 20 世纪 90 年代起，电子政务以其强大的魅力风靡全球，成为世界各国政府改进行政方式、提高行政效率的主要途径。有关电子政务具体内涵的讨论，一直是电子政务理论研究人员和业务实施者关注的焦点。只有对电子政务的具体内涵有了清晰、准确、全面的把握，实践环节上的电子政务实施才能够方向明确、重点突出、有序有度，进而切实确保电子政务实施的效率和有效性。

1.1.1 电子政务的概念

IBM 公司的"Lotus 电子政务解决方案技术白皮书"指出，"电子政务（E-government，即电子政府）是电子商务（E-commerce/E-business）应用体系中，基于网络且符合互联网（Internet）技术标准的，面向政府机关内部、其他政府机关、企业及社会公众的政务信息服务与政务信息处理系统"。

一般而言，电子政务是对传统政务的电子化实施与优化，是各级政府职能部门利用计算机技术与现代通信技术等高新技术，在公共计算机网络平台上有效实现行政、服务及政府内部管理等全方位政务管理功能，从而在政府各职能部门之间、社会与公众之间建立有机服务的系统集合。简单地讲，电子政务即电子信息技术与政务管理活动的交集，是各类行政管理活动的信息化、电子化、自动化与网络化。

就其实施层次而言，电子政务主要由三部分构成，如图 1-1 所示。其一，政府部门内部基于内联网（Intranet）的电子化与网络化办公；其二，政府各部门之间基于外联网（Extranet）的信息共享、实时通信与协同办公；其三，政府与社会各实体（如企业与居民）之间基于互联网的双向信息交流。上述三个层面，实际上蕴涵了政府内部核心政务电子化与政府决策的科学化、政务信息公布与发布的电子化、信息传递与交换的电子化、公众服务电子化等内容。

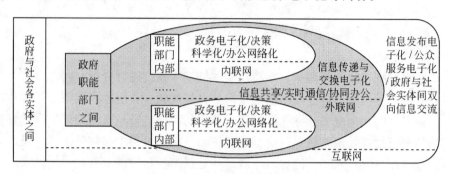

图 1-1   电子政务的含义层次

电子政务的实施主体是各级政府机关。广义上的政府机关涵盖所有行政机构与部门，如党的机关、国家行政机关、立法机关、司法机关等。对应于这一理解，广义上的电子政务则既包括政府行政机关行使行政职能，也包括国家立法、司法机关以及其他一些公共组织管理活动的开展和事务的处理。狭义的政府机关通常专指国家权力的执行机关，即国家行政机关。这也是目前我国电子政务的主要实施机关。

电子政务的实施对象（客体）主要是包括企事业单位和社会居民在内的各级社会实体。值得注意的是，当电子政务发展到相对成熟阶段，即有效地实现了政务系统内各要素之间的双向信息互动，则电子政务主体在一定条件下也可以转化为客体。也就是说，一个行政部门可能会成为另一个行政部门（一般是更高一级）电子政务的实施对象。

电子政务的职能范畴涵盖政府机关内外的管理与服务工作，即在政府内部主要表现为各级政府之间、政府各部门之间以及各公务员（政务知识拥有者和提供者）之间的互动（G2G），承担政府的决策和管理职能；在政府外部主要表现为政府与企业、居民之间实现互动（G2B、G2C），承担政府对外服务和监管职能。电子政务是对两个职能领域的集成。电子政务要求在提高政府机关内部管理绩效（政务管理组织内部软环境的优化与培育）的基础上，借助先进的计算机技术和现代通信技术，全方位、高效率地开展政府机关自身、机关之间以及面向其他社会组织和公众的行政管理与服务工作。

1.1.2   电子政务的本质与核心

"电子政务"就其本质而言，仍然是"政务"而非"电子"，"电子"只是

"政务"施行的新型途径与方式。当然，相对于传统政务而言，电子政务的实施离不开计算机网络平台，需要先进的电子信息技术作为支撑，其实施效率与安全有赖于信息技术设施、信息系统以及相关软硬件技术的发展；但是，必须认识到信息技术只是"电子政务"的辅助手段而非主角。混淆了"主角"与"配角"的电子政务，将会华而不实，造成不必要的经济浪费，却仍然无法实现电子政务实施的预期目标。

电子政务以面向社会各层实体的公共服务为出发点，将政府各个行政部门统一起来。这一模式下的目标样态是，政府各级行政机关以"提高公共服务与管理效率"为核心，重新审视和再造传统行政管理与服务流程，从而提高彼此间协同办公的效率和有效性，改善行政系统的整体序，使得社会公众通过单一的政府门户提交一次业务请求就能够高效获得所需的全部服务。要实现上述目标，仅仅依靠先进的"电子"手段是远远不够的，必须对"政务"这一核心内容进行深入分析与改进。如同基于现代信息技术的现代企业管理相对于传统企业管理一样，不仅仅是管理方式的变化，更主要的是对深层意义上的管理理念和模式的根本变革。引进并应用先进的信息技术与设施很容易，对传统行政管理的理念与模式进行根本意义上的优化与变革则要困难得多。然而，这又是不得不做的，否则电子政务相对于传统政务只是"换汤不换药"、穿了一身华丽外衣的原有"故人"，自然不会在"结果"层面产生本质的变化。

因此，有效的电子政务实施需要一个过程，一个围绕"政务"本身的深入调研、分析、改进乃至变革的过程。实施电子政务要求行政主体将适合农业社会、工业社会的政府工作流程转换为适合知识经济发展的信息化、知识化的工作流程，实现政府职能转变、工作方式创新。这就要求政府机关从系统高度出发，强化系统内各行政部门之间的资源整合与协同效应，以提高全局行政效率与有效性为目标、以先进的信息技术及其相应设施为依托，审视、分析原有组织结构及工作流程，并进行合理优化与再造，从而建立起高效合理的行政审批管理机制、审批监督机制，使电子政务真正成为面向公众、全民参与、立体推动的便利、及时、公正、高效的新型社会管理和公共服务体系。

1.1.3 相关概念辨析

（1）电子政务与政府办公自动化。在具体实践应用方面，政府办公自动化（government office automation，GOA）要早于电子政务。可以认为，政府办公自动化是电子政务的早期形式与萌芽状态；电子政务则是政务办公自动化的延伸与更高状态。电子政务是互联网时代更加广义的政府办公自动化，并拓展为"面向社会的政府全方位办公自动化"；电子政务的有效实施需要以高效的政务办公自动化系统平台作为前提与基础。

不仅如此，"电子政务"的内涵要比"政府办公自动化"广泛得多。它不仅像"政府办公自动化"那样强调政府部门内部以及各部门之间的政务管理信息电子化与政务管理行为自动化，也关注政府与各层次社会对象之间的双向信息互动的效率和有效性。政府办公自动化一般以政府各职能部门的行政工作流程为实施对象，且往往只作简单的"手工→自动化"转换；电子政务则以政府各职能部门的整体行政体系为实施对象，不仅包括政务管理流程，也包括各级政务管理主体、政务管理制度与策略、政务管理信息与知识、政务管理支持系统等，以提高政务管理系统整体效率和有效性为目标，依托先进的信息技术，对政务管理系统各要素及其关系作全面审视与持续改进。从实施平台上讲，政府办公自动化多基于政府部门内部的内联网和政府部门之间的外联网，电子政务的实施不仅需要上述信息平台，同时也要借助互联网这一全球化公共信息平台实现政府各职能部门与其施政对象之间双向的信息与知识互动。

（2）电子政务与政府上网。很多国家和地区的现代意义上的电子政务都是从政府上网开始起步的，以至于到现在，仍然有少部分人狭隘地认为，政府机关在互联网上建立了自己的网站就是实施电子政务了。在这一认识深度，电子政务往往被看成是各级政府机关"公开信息"、"对外服务"的专用术语或同义词。

事实上，政府上网只是电子政务建设的一个必要组分，而非其全部内容。政府上网的主要目的是通过开通政府网站，加强政府各职能部门与施政对象（企业与民众）之间的信息沟通，从而强化政府的社会服务功能；在现实中，其更多地表现为政府到施政对象之间的单向、静态的信息发布。完整意义上的电子政务则涵盖政府各职能部门内部与部门之间、各职能部门与社会之间更加广泛的运作范畴；有效的电子政务需要政府各职能部门基于网络环境（包括 Intranet/Extranet/Internet），采用全新的管理理念与工作模式，实现系统内各组分（各层行政主体及其施政对象）之间的双向信息互动，从而使得整个行政系统能够高效地行使职能、有效地履行其行政职责。

1.2　电子政务的发展历程

1.2.1　全球电子政务的发展历程

纵观全球电子政务的发展历程，可按若干结点事件将其划分为若干阶段。

第一阶段，20世纪60年代早期至70年代末，为电子政务的萌芽期。在这一时期，西蒙（Herbert A. Simon）、维纳（Norbert Wiener）等在概念体系上对管理、信息、决策、控制、数据处理等进行不断完善，同时随着电子数据处理系统

（Electronic Data Processing System，EDPS）和事务处理系统（Transaction Processing System，TPS）理论与技术的不断完善以及在产业界的成功应用，以美国为代表的西方先进国家的政务管理步入数据管理（data management）阶段。人们将企业管理领域电子数据管理的成功经验引入行政管理，逐步完成了从传统手工政务处理与管理到政务数据的电子化管理与处理阶段的过渡，并且在一定程度上探讨了面向具体行政部门事务的政务数据集成与整合问题。

第二阶段，20 世纪 80 年代初到 80 年代末，为电子政务的孕育期。这一时期，随着信息管理理论与技术的逐步改进与完善，在肯尼万（Walter T. Kennevan）和戴维斯（Gordon B. Davis）等推动下，面向企业全面管理的管理信息系统（management information system，MIS）出现并且在企业管理领域得到广泛而成功的应用。政务管理随之进入信息管理（information management）阶段。以西方先进国家政府部门为代表的越来越多的行政主体谋求在其管理体系内部建立以行政办公自动化为核心的政务管理信息系统。随着行政办公自动化系统的不断改进与完善，政府内部各部门之间的数据与信息交流效率得以大幅提升，政府各职能部门之间工作的协同性能也得到较大的改善。政务管理的整体效率和有效性在这一时期得到了跨越式发展与提高。

第三阶段，20 世纪 90 年代初至 90 年代末，为电子政务的成型期。随着计算机网络尤其是国际互联网的发展与普及，西方社会各领域信息化程度进一步加深。自 20 世纪 80 年代起，美国不断遭受预算赤字的拖累。20 世纪 90 年代初，由前副总统戈尔（Al Gore）领导的全国绩效评估委员会通过对行政过程与效率、行政措施与政府服务质量的充分分析与探讨，提出了"创造成本更少、运转更好的政府"以及"运用信息技术改造政府"两份报告，试图借助先进的信息技术消除美国政府在内部管理和提供服务方面存在的弊端。1993 年，美国前总统克林顿（Bill Clinton）和前副总统戈尔正式提出并倡导实施电子政务，并先后发起旨在推动电子政务发展的"国家绩效考察运动"和"重塑政府计划"。继美国之后，英国、加拿大、澳大利亚、日本、新加坡以及欧盟（全称欧洲联盟）各国政府相继启动电子政务建设。在其带动下，电子政务运动迅速席卷全球，并成为世界各国政府提升其行政竞争力的新的竞争点，现代意义上的电子政务从此诞生。

第四阶段，20 世纪 90 年代末至今，为电子政务普及与发展期。进入新千年，随着信息化在全球范围内的持续推进，越来越多的国家和地区的政府部门开始认识到实施电子政务的重要意义与巨大潜力，并以极大的热情加入到电子政务实施主体的队伍中。如此，电子政务的发展在全球范围内显示出快速普及的态势。与此同时，以美国为代表的西方各国政府走过了蜿蜒曲折的电子政务发展历程。在

"摸着石头过河"式的电子政务发展历程中，它们已经清楚地认识到电子政务必须借鉴企业管理领域信息化、现代化的成功经验。随着全球经济逐步由工业经济向知识经济转型，作为一种新型管理模式与理念，知识管理（knowledge management，KM）理论迅速发展与完善，并得到企业界极大关注，已成为企业在知识经济时代打造其核心竞争力的有力途径，在实践应用中取得了显著成效。于是，西方各国纷纷借鉴企业知识管理的成功经验，谋求建立知识管理型的电子政府，从而开创了电子政务的新局面。例如，早在2000年英国政府便提出，要建设最适应知识经济发展的"电子英国"，并把全面开通知识管理型电子政府的时间从2008年提前到2005年；美国政府在其2002年电子政务发展战略中也明确指出，电子政务建设应该充分借鉴企业界在知识管理方面的最优实践。

1.2.2 中国电子政务的发展简况

中国政府的电子政务建设起步于20世纪80年代中期的政府内部办公自动化工程。1992年国务院办公厅发出"关于建设全国行政首脑机关办公决策服务系统的通知"，我国政务信息化建设正式启动。1993年年底，国家正式启动"三金工程"（即金桥工程、金关工程和金卡工程）。这是以中央国家机关为主导、以政府信息化为特征的系统工程，重点是建设信息化的基础设施，为重点行业和部门传输数据和信息。但是，这些都还只是中国电子政务发展的雏形，是电子政务发展的最初级阶段。

20世纪90年代中后期，随着网络技术的快速发展和信息基础设施的不断完善，中央各大部委机关、全国各省级政府部门和主要中心城市政府部门，进一步强化内部办公自动化系统建设，为电子政务向更高层次发展奠定了基础。1998年4月，青岛市政府在互联网上建立了我国第一个严格意义上的政府网站，即"青岛政务信息公众网"。1999年1月，中国电信与国家40多个部委（局、办）共同发起了"政府上网工程"，加速了我国电子政务建设的进程。

2001年6月1日，海关总署、原对外经济贸易合作部、国家税务总局、中国人民银行、国家外汇管理局、国家出入境检验检疫局、国家工商行政管理局、公安部、交通部、铁道部、民航总局、信息产业部12个部委共同参与的"中国电子口岸（www.chinaport.gov.cn）"在全国各口岸推广实施。该电子口岸将原属各部门分别管理的进出口业务包括物流、信息流、资金流等的电子底账数据集中存放于公共数据库，实现高效数据共享与交换。如此，国家各职能部门可根据执法和管理需要进行跨部门、跨行业的联网数据核查，企业也可在网上办理各种进出口相关手续。

国家"十五"规划期间，我国把电子政务作为推进我国政府信息化建设、实现政府职能转变与完善、提高政府行政能力和政务服务效率的有力工具,将其纳入实现政务公开、政府科学决策的系统工程,并在全国范围内大力推行,极大地推动了电子政务在我国的普及与发展。促进政务信息公开是"十五"期间我国各级政府网站建设的主题,是电子政务建设取得成效的重要方面。期间,以四大基础信息库建设和政府网站大发展为标志,政务信息资源开发的重点是信息共享和公开;同时,国家与各级地方政府纷纷提出建设数字化城市或数码港计划。其中,电子政务建设被作为上述数字化建设的核心内容之一。2002年上半年国务院办公厅和科技部推出电子政务试点工程;2002年7月,国家信息化领导小组第二次会议审议通过了"中国电子政务建设指导意见",明确了"十五"期间我国电子政务建设的指导思想和原则、主要目标和任务以及相应措施。党的"十六大"报告强调今后要"进一步转变政府职能,改进管理方式,推行电子政务",为我国电子政务的发展指明了方向。

在国家"十一五"规划期间,中央和各级地方政府仍然把推进电子政务建设作为重点工作,并将其放在了突出位置。2006年12月29日,国务院办公厅印发了《国务院办公厅关于加强政府网站建设和管理工作的意见》,对健全政府网站体系、加强政府信息发布、提高在线办事能力、拓展公益服务、推进互动交流、完善运行管理机制等方面提出了明确要求。在国家宏观层面,结合国际社会电子政务发展形势和我国电子政务建设的实际,国家发展与改革委员会在其官方网站(www.sdpc.gov.cn)对"十一五"期间我国电子政务发展的趋势进行了明确规划:①在电子政务建设过程中,要将中央和地方的电子政务建设重点进行区别对待。"十一五"期间应当大力加强基层电子政务建设,各市、县、乡的电子政务建设更应当突出社会事务的管理和面向公众的服务,加大对基层实践和创新的鼓励与支持。中央政府应当加强运用信息技术手段提高宏观决策能力和加强对整个经济社会运行的监管,工作的重点应当是建立完整的信息采集、传输、存储、加工、分析和分发、反馈体系,提高决策的速度和质量,加大监管的力度。②大幅提高政府网站整体服务能力。"十一五"时期,政府网站建设仍然是电子政务建设的重点。在做好政务信息公开的同时,重点是要提高政府业务上网的比率,提高网上政府与企业和公众的互动水平,切实提高政府网站的公共服务能力。③政务信息资源开发强调功能特色。"十五"期间,在实践中基础信息库建设推进得比较缓慢,很大程度上是因为基础信息库针对性不够强,功能特色不鲜明。"十一五"时期,政务信息资源开发利用应强调政府职能部门核心业务信息库的建设和完善,在此基础上有步骤、有计划地按照需求主导的原则推进人口、法人单位、自然资源和空间地理、宏观经济、公文档案等基础信息库建设,开展政府部门间以需求为导向的信息共享试点。加大公益性信息资源开发利用是"十一五"信息资源开发利用工作的重要方面，是充分利用现代网络、扩大知识传播范围、加快知识传播速度的有效手段，并将成为促进建设创新型国家的重要工作。数字图书馆、数字化教学课件、数字博物馆、数字档案等众多公益性信息资源的开发利用将为缩小数字鸿沟、繁荣社会文化、宣传中华文明起到关键性促进作用。④重点业务系统建设突出协同、效益。业务系统建设将按照"先纵、再横、纵横交错"的总体性进程逐步推进。⑤电子政务发展模式不断创新。在管理和运行机制方面，扩大业务外包的范围，鼓励企业参与。在发展模式创新方面，建设覆盖城镇人口的社区信息化网络平台，推进电子政务服务进入社区和家庭，鼓励集电子政务、电子商务和电子社区于一体的发展模式创新。在技术创新方面，通过建设国家工程中心和技术验证平台的方式，促进企业加大研发投入，加强与实际业务的结合，降低投入风险。⑥在"积极防御、综合防范"发展方针的指导下，信息安全技术研发水平大幅提升，电子政务网络和信息安全保障体系建设将在"十一五"时期得到前所未有的加强。

据2006年2月《中国海洋报》第1482期报道，由国家海洋局东海分局（上海市海洋局）根据国家海洋局"数字海洋"建设总体方案开展的"数字海洋"上海示范区建设项目，已被上海市信息委列入《上海市电子政务"十一五"建设与发展规划（征求意见稿）》，成为上海市电子政务建设"十一五"规划中的重点任务之一。该项目主要包括"数字海洋"上海示范区的海洋基础信息共享服务平台和海洋基础数据库体系建设，以实现上海海域网络化、数字化管理，提高海洋行政管理与服务水平，为上海国际航运中心建设做好海洋信息服务工作。

在中央的大力倡导下，在各级地方政府的积极配合下，中国电子政务建设如火如荼。据中国互联网信息中心（China Internet Network Information Center, CNN-IC）统计，我国以"gov.cn"结尾的注册域名1997年10月底为323个，2003年底迅速增加到11 764个，2007年7月达到31 093个，到2008年底则达到45 555个，如图1-2所示。不过，近20年中以"gov.cn"结尾的注册域名数占国内总域名数的比重却呈现总体下降的趋势，如图1-3所示。这表明，我国电子政务网站的发展与国内互联网的整体发展速度相比，渐渐落后于后者的整体数量增长速度。这似乎与前述结论相矛盾。不过，仔细思考，我们不难发现图1-3并不代表中国电子政务发展呈现放缓态势。原因在于，我国行政主体的总量在一定时期内是保持相对稳定的，电子政务的潜在主体空间相对有限；而其他以企业为代表的互联网潜在实施主体在总量上会保持高速增长态势。如此，导致我国以"gov.cn"结尾的注册域名数虽然呈现逐年上升趋势，但其在国内域名总数的比重却在总体上呈现下降趋势。

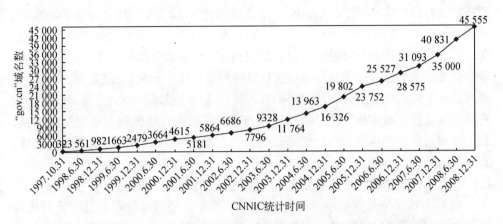

图 1-2 CNNIC 统计公布的中国以 "gov. cn" 结尾的注册域名数变化情况

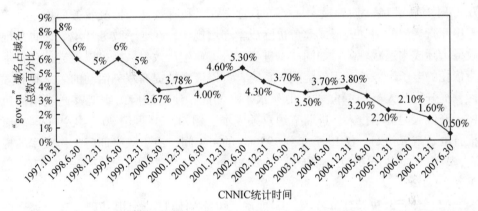

图 1-3 CNNIC 统计公布的中国以 "gov. cn" 结尾的注册域名占总域名百分比变化情况

1.3 实施电子政务的意义

当前，计算机网络的触角已经蔓延到地球的每一个角落，并深入到人们生活的方方面面。在信息化进程中，人类开辟了另外一个没有疆域的新型空间——网络空间。这个只存在于网络之中的虚拟空间却为世界各国、地区、组织、个人提供着实实在在的信息和服务，并彻底改变了人们获取、传递、存储、处理信息和服务的方式。作为管理国家与社会事务、为全体社会成员提供公共服务的政府组织，在这场变革中面临着巨大的冲击。中国互联网信息中心的数据显示，2000年底我国网民数还只是 2250 万，2004 年 12 月便迅速攀升到 8700 万，而截至2008 年 12 月 31 日的第 23 次中国互联网络发展状况统计报告则指出，中国网民总人数已经达到 2.98 亿（世界第一），普及率达到 22.6%，超过全球平均水平；网民规模较 2007 年增长 8800 万人，年增长率为 41.9%，且依然保持快速增长之势。这表明政府的服务对象——社会组织和居民的生活方式与工作方式正在迅速发生改变，他们已经或即将具备通过计算机网络与政府相关职能部门打交道的要求和能力。面对这一形势，政府的唯一选择便是顺应技术进步的潮流，以先进信息技术为依托，改进传统政务管理流程与方式，辅以行政体制改革和管理创新，提升政府内部管理水平，从而提高政府为社会组织和公民服务的效率和有效性，改善政府的社会形象。

有效实施电子政务的重要意义，主要表现在如下几个方面。

（1）节约政务管理成本，提高政府日常政务活动的效率与有效性，顺应我国行政体制改革的发展方向。我国上海口岸积极开展"电子口岸"建设工作，使得一般进口货物通关时间海运由原来的 96 小时缩短为 48 小时、空运从原来的 72 小时缩短到 14 小时，极大地提高了通关效率和有效性。传统政务环境下，随着中间管理层的增加，形成政务边际成本递增规律；在电子政务环境下，将呈现政务边际成本递减现象。如同技术进步提升工业生产效率一样，以先进信息技术为依托的电子政务相对于传统政务系统，可以极大地提高政务活动的效率和有效性，提升行政人员的单位"产出"水平。如此，使得政府组织能够通过精简机构，降低人力资本投入，进而节约政务成本。例如，20 世纪 90 年代初美国政府推行电子政务初期，仅 1992 年到 1996 年的 4 年间，由于政府部门工作效率的提高，政府相继裁员 24 万，关闭了近 2000 个办公室，减少行政开支多达 1180 亿美元。

（2）使行政决策建立在及时、准确、可靠的信息与知识基础之上，提高政府的决策理性与公共政策质量。同企业管理决策一样，政府组织的行政决策也需要有及时、准确、可靠的信息与知识支撑；基于强大、有效的信息与知识支撑，政府的各项行政决策才能做到科学、准确。电子政务相对于传统政务，将诸多纸面信息进行数字化后存储于系统的中央数据库，各个部门、不同行政活动的相关行政数据、信息与知识得以较好整合与集成。高效率的计算机网络（Intranet/Extranet/Internet）则为上述数据、信息与知识的传播与共享提供平台。

（3）促进政府内部各部门之间以及各层级政府机构之间的信息流通与共享，提高政务活动的协同工作水平。工作的协同以有效的信息交流与共享为前提。在传统政务模式下，政府各职能部门之间条块分割现象严重，彼此间缺乏顺畅、便捷的信息沟通与交流的渠道。在电子政务模式下，政府组织部门内部与部门之间的计算机网络成为各职能部门间信息交互的良好平台。通过该平台，各职能部门之间的信息交流的速度极大提高、形式大大丰富，辅以行政工作流程的有效改良与再造，使得并行工作成为可能。

（4）通过建立与完善政府组织间以及政府与社会实体（居民与法人）间的双向信息沟通机制，突破沟通的时空限制，从而提高政府的反应能力与社会回应能力。对社会的公共服务是政府组织的重要行政职能组分。如同企业必须对市场的需求变化作出及时反应才能赢得市场竞争、获得生存空间一样，作为向社会提供公共服务的政府组织，其只有及时了解与把握社会实体（企业和自然人）的实际需求及变化趋势，才能较好地提供有针对性的社会公共服务，进而树立良好的社会形象。此外，政府工作的持续改进需要不断的反馈过程，而反馈信息的来源就在于社会实体对政府组织行政举措的回应。有效实施电子政务，通过公共网络平台在政府与社会实体之间建立顺畅、便捷的信息互动平台，使得政府与社会实体之间的迂回沟通变为直接交互，对提高政府反应能力和社会回应能力具有重要意义。

（5）通过适度公开政务信息以及建立、健全政府与社会间的双向沟通机制，实现数字民主与开放政府，提升政务管理的社会满意度。社会实体对政府组织的满意度水平是衡量政府组织行政能力的重要指标。能否满意以及满意程度如何，在很大程度上取决于社会实体对政府行政措施的了解与理解程度。只有了解了才可能理解，只有理解了才可能接受乃至支持与拥护。社会实体对政府组织行政措施的支持与拥护程度则是政府社会满意度的直接表征。实施电子政务能够促进政务公开、公平与公正，能够在政府组织与社会实体之间建立平等的互动机制，对建设数字民主与开放政府具有积极的推动作用。

（6）促成政府办公模式与观念的变革，实现政府由管理型向管理服务型、被动服务向主动服务的转变，从而为社会提供便捷、优质的多元化公共服务。由传统政务向电子政务转变，不仅仅是开展政务活动的方式由"传统"到"电子"的转变这样简单，而是一项系统工程，需要方方面面的跟进与完善。这既是有效实施电子政务的前提与保障，也是电子政务实施以后对政务生态环境的反向要求。其中，政府办公模式与观念的变革是第一位的。实现政府由管理型向管理服务型转变、由被动服务方式向主动服务方式转变，既是有效实施电子政务的前提，也是电子政务工程启动后对电子政务主体的反向要求与内在推进方向。也许在电子政务开展之前，一些行政人员尚对上述转变理解不深、决心不彻底；然而，电子政务工程一旦启动，政务主体便日益在实践中认识到这种转变的重要性与迫切性。要么在电子政务的实施过程中迅速、有效实现办公模式与观念的转变，要么在墨守成规中断送电子政务工程的实施前途。很显然，后者在当前时代背景下是行不通的、是不允许的。如此，电子政务的这种反作用的重要意义便成为现实力量。

（7）电子政务是推进信息化建设、实现政府职能转变与完善、提高政府行政能力和提高政务服务效率的有力工具；是一个实现政务公开与科学决策的系统工程。整个社会的信息化将对工业化起到巨大的带动作用。如此，我国提出"发挥后发优势，以信息化带动工业化"的发展思路。在信息爆炸的时代，政府作为信息与知识资源的最大拥有者，它的信息化将对企业与家庭的信息化起到强大的促进作用。对于推进电子政务建设的现实意义，中国政府高度关注，旗帜鲜明地提出"电子政务是信息化的龙头"，并在实践中将其从试点示范工程向全国范围铺开。在引导和推进国家信息化建设的过程中，以政府组织作为实施主体的电子政务建设将会起到明显的示范作用，同时所建立的如"金"字工程这样的基础信息平台也为其他企事业单位的信息化提供了设施基础与保障。可以说，电子政务既是一项示范工程、基础工程，也是一项民心工程。

1.4 国外实施电子政务的成功案例

国外一些发达国家电子政务起步早，经过长期不无曲折的发展历程后，今天这些国家的电子政务无论在理论探讨，还是实践应用方面均取得了良好业绩。它们的成功经验与曲折经历都值得我们了解、分析与借鉴。在本节，我们将以美国和新加坡的电子政务作为国外实施电子政务的成功案例，分别加以介绍与分析；尔后，进一步总结和归纳国外电子政务成功实施的经验与对国内电子政务实施的启示。

1.4.1 美国的电子政务

美国是电子政务的发起者，也是全球电子政务发展最成熟、最充分的国家之一。如前所述，美国的电子政务发起于政务改革，着眼于政府再造。20世纪90年代初，在美国当时的总统克林顿和副总统戈尔大力推动与倡导下，美国电子政务开始迅速发展。

1994年12月，美国政府信息技术服务小组（Government Information Technology Services，GITS）提出《政府信息技术服务远景》报告，以指导美国电子政务的建设工作。该报告提出：美国基于电子政务的政府改革就其目的而言，不仅是要精简政府机构、行政人员以及减少财政赤字，更为重要的是要运用先进的信息技术重塑美国政府形象，改进其公共服务质量，建立以"客户"为中心的电子政府，以便为公众提供更富效率、更为便捷的服务，向公众提供更多获取政府服务的机会与渠道。在具体实施策略上，该报告进一步指明了行动方向，即：①制定出政府资源共享的全国性远景规划，促进政府与工商界的合作。②促进信息工程基础设施的建设与完善，打造现代化的电子政府；向社会公众提供更富有效率的信息支持与服务，快速回应公众的需求并保护其隐私权。③强化行政人员的信息技术能力，使他们能够善于运用各种信息技术工具；建立政府服务标准，达成以"客户"为导向的政府公共服务目标。

美国政府在推进电子政务时，十分注重以下几个方面的建设。

（1）政务公开。政务公开是决定政府形象的一个重要因素。政务公开与否以及实现了何等程度的政务公开，不仅与行政主体的主观意愿有关，也决定于其实施政务公开的途径与渠道网络的有效性与完善程度。电子政务以功能强大的信息网络为物理平台，这就为主观上愿意实现政务公开的美国政府提供了有效途径与渠道。为此，美国政府的电子政务自实施之初，便以政务公开为电子政务实施的主要着眼点之一。如今，美国各级政府几乎都已建立起自己的站点，利用功能强大的政府网站向社会实体公开内容极其丰富的政务信息，不仅包括立法、司法机构以及政府部门的日常工作和各种法规制度，还包括政府计划和正在实施的各种项目的主要内容、进行情况、相关的文件与报告等。以"白宫站点（www.whitehouse. gov）"为例（图1-4），其网站内容的相当部分划为政务公开栏，如最新新闻、联邦热点事件、政策与措施、联邦统计数据等。民众不必亲临现场，

图1-4 白宫网站

登录该网站就能够方便快捷地了解到方方面面的政务信息。以政务公开为主要着眼点的电子政务拉近了政府与民众之间的时空距离，使民众对政府的行政措施与政策在充分了解的基础上，升华为理解与支持。此外，白宫网站还公开了较为轻松的总统、副总统各自家庭介绍等内容，这也进一步增进了普通百姓对第一家庭的了解，丰富了政府高官在民众心目中的形象。

（2）完备、高效的公共服务。通过"电子"手段提升政府公共服务的能力和效率，是美国推行电子政务的又一立足点。在具体的实施过程中其认识到，通过计算机网络，政府可以进一步增强对各种信息与知识资源的整合力度，以充分发挥政府作为国家最大信息与知识资源拥有者的角色作用；同时，依托新型先进的政务实施平台，政府可以进一步推进政务流程重组与再造，以提升政务实施的效率和有效性。为此，美国政府的大多数网站都在站点首页设置网上服务导航栏，以方便民众获取信息与服务，其内容包括信息查询与知识检索、自助缴费、注册登记、申请许可等。于 2000 年 9 月开通的美国政府门户网站（www.usa.gov，图 1-5），立足提供"一站式"服务，将联邦政府诸多服务项目进行集成和整合，并与许多联邦政府机构、州政府和外国政府建立网站链接，几乎可以提供包括 G2G、G2B、G2C 各种模式的所有政府服务。为了提高服务的整合效果，该

图 1-5　美国政府门户网站

网站按服务主题而不是按部门组织提供政府在线网址，并对政府内部各部门的工作流程加以精简、协调和整合，以进一步提高公众获取政府服务的效率和有效性，打造高效率、高技术的政府。服务的提供离不开信息与知识的支持。为此，美国的电子政务首先加强了政府内部信息与知识资源的整合、共享力度与管理效率；同时，美国各级政府都通过其网站向民众提供其所拥有的共有信息与知识资源，进一步实现政府所掌握的公共信息资源的增值利用。作为所有美国政府站点的中心站点，白宫站点有一个美国联邦政府站点的完整列表，可以链接到美国政府所有已上网的官方资源；与此同时，白宫站点以及所有内阁级站点都提供了文本检索功能，公众可以通过关键词查找这些站点上的所有文献和资料。民众通过政府网站进行信息与知识检索，既可以对单一政府站点进行检索，也可以一次检索所有的官方网站。

（3）政府内部工作与管理的电子化。作为全球电子政务的发起者，美国政府清楚地意识到，电子政务的有效实施首先要确保政府内部工作与管理的高度电子化。为此，政府各部门在搭建好性能良好的网络信息基础设施平台后，及时依托先进的平台基础对传统工作模式与流程进行审视与改进。改变原有的基于纸质文件的办公模式与"面对面"的政务交流方式，实现"无纸化"办公和网络化、电子化政务交流。政府内部工作与管理的电子化不仅大大提高了政府的工作效率，满足了电子政务对源头的反向需求；同时，也进一步增强了政务跟踪与行政监督的能力与效果。例如，自1999年1月1日起，美国以立法的形式要求所有联邦政府的采购行为都必须通过电子商务模式完成。这就使原来的"政府代表－厂商代表"式的人与人、面对面进行的传统政府商务谈判模式转变为"政府代表－政府网站－厂商代表"的新型模式。而这种新型模式下，作为采购方的政府代表与作为供应方的厂商代表在整个商务谈判过程中，并不直接会面，而是通过信息网络作为中介，在虚拟世界中完成；同时，这一模式下的政府采购，其所有过程均有相应的电子记录以备后查，加之"人－人"方式到"人－机"方式的演进，提高了政府采购过程的透明度，提升了工作效率，降低了腐败行为的发生概率；另外，随着互联网的迅速普及与发展，网络媒体的触角几乎延伸到了地球的每个角落，通过"网络招标"方式实现的新型政府采购，则进一步扩大了潜在投标人的群体规模，为进一步提升政府采购的"性价比"提供了可能。

1.4.2 新加坡的电子政务

在亚洲国家中，仅有707.1平方公里国土面积、尚不足500万人口的新加坡，自然资源较为匮乏，90%的食品和50%的饮用水靠进口。为保持国家较强的竞争优势，该国政府注重通过信息化进一步提升政府的管理服务能力，从而成为全世界最早推行"政务信息化"的国家之一，也是全球公认的电子政务发展最为领先的国家之一。在埃森哲（Accenture）咨询公司针对电子政务的调研中，新加坡连续五年名列全球前三名，与加拿大、美国一道被评为全球电子政务的"创新领先型国家"。对新加坡的电子政务发展状况进行调研与分析，分享其成功经验，将对中国电子政务发展起到良好的启迪作用。

新加坡自20世纪80年代初就开展了电子政务应用，直到1999年，所有的政府机构全部实现了电脑化后才得以真正实现。其宗旨是"以公民为中心"，让各个政府部门的服务无缝集成，通过在线电子服务提升整个社会的效率和便捷性。

在北京召开的2006中国"IT两会"（中国IT财富年会、中国信息主管年会）上，来自新加坡资讯通信发展管理局（Infocomm Development Authority，IDA）的高级司长陈巧茹女士对新加坡电子政务的经验成果进行了总结。她指出，政府的强力推动是新加坡电子政务迅速发展的根本动力。在1999年，新加坡电信技术和信息技术进行融合的趋势日益凸显，新加坡政府审时度势，由新加坡电信管理局、国家电脑局调整组建IDA，作为国家电子政务推广和协调机构。IDA职能类似于中国的信息产业部，其主要工作包括：①就涉及国家政策和跨部门整合程序等提供专业化的意见和建议；②负责信息基础设施建设的规划与管理；③负责全局性的应用项目管理；④对首席信息官（chief information officer，CIO）进行管理。新加坡各级政府部门及法定机构均设有CIO职位，也都有IDA派驻的业务人员，有些CIO则直接由IDA派驻的人员担任。CIO和派驻在各部门的IDA官员，业务上直接向提供服务的部门领导负责，技术上则向IDA报告。

作为国家强力推动的一个突出表征，新加坡建立了一套分工明确、衔接紧密的电子政务治理体系。作为小国，只有一级政府的新加坡在包括电子政务在内的国家信息化推进治理结构上却设置了四个委员会，以实现"分层管理、分类处理"的管理效果。如此，有关电子政务建设中的重大问题经过四个层面委员会的慎重决策，便可在行动中保持一致认识、避免重复返工，总体上呈现出"决策慢、行动快"的稳健发展格局。该治理结构纵向到顶，横向到边；管理层次分明，责任主体明确；调控手段清晰，贯彻力度强大。该结构向上可到国家领导人，并可通过常任秘书委员会协调所有政府部门的行动。各个委员会分别负责提升整体应用效益、信息化工作措施、信息化项目管理等不同层面的问题。财政部掌控电子政务建设的财政经费划拨；IDA与财政部紧密合作，负责信息化政策、规划、标准的制定以及项目管理等工作。在电子政务建设过程中，当遇到一些跨部门、涉及多个部门利益的难事时，通常由委员会研究确定具体的责任主体，最终都能解决问题。近年来新加坡电子政务的迅速发展与完善，首先应该归功于其行之有效的治理体系。

IDA 政府合约与商业化司长邝玉华女士则进一步指出，国家统一、合理的规划也是其电子政务成功实施的重要因素。新加坡秉承持续发展的战略理念，通过充分酝酿以形成政府各部门自觉追求的共同目标，编制并不断完善前瞻性强、持续连贯的国家信息化发展规划与计划体系。统一、合理的规划蓝图为其电子政务起到了指明发展远景、引导发展方向、体现战略意图的作用。国家层面的统一规划，在某种程度上也为调和部门矛盾、协调不同实体利益提供了可能。IDA 负责电子政务的吴彩宾副局长在谈到其成功经验时说，在跨部门协调中，首先是确定共同的实现目标，围绕着共同目标再商量具体实施的方式与方法，阻力会比较小。自 20 世纪 80 年代起，新加坡政府就电子政务相继规划了多个国家级蓝图。早在 1981 年新加坡电信管理局就制定了主要包括政府计算机化、自动化、民事化等内容的发展蓝图；1986 年，其开始建立全国资讯科技蓝图，并为此专门成立了研发部门，积极探讨 IT 新技术在政府应用中的可能性；随着互联网的兴起，新加坡于 20 世纪 90 年代初开始着手建立国家级的网络，并于 1992 年制定了"新加坡智能岛"蓝图；随着新加坡整个宽带设施的建成，其于 2003 年提出"全联新加坡"的口号；目前，新加坡新的目标蓝图是成为全球的信息枢纽。此外，在推动电子政务的进程中，新加坡政府还及时制订了"国家 IT 计划"、"IT2000 计划"、"Infocomm21"、"电子政务行动计划"以及"智慧国 IN2015 计划（2006~2015）"等，分步骤推进电子政务的发展，使所有的政府服务都可以在线实现，并加强了服务的应用，改善了在线服务体验，促进了人们采用这种服务方式。

可见，国家的强力推动与合理、统一的规划是新加坡电子政务健康、迅速发展的基本经验之一。对电子政务在国家层面实施统一、合理规划，可以对不同地域与不同部门之间的利益进行有效协调和整合，对项目实施展开长期一致的规划。这是避免因利益冲突、时空差异导致"信息孤岛"的有效途径。例如，新加坡在 20 世纪 80 年代实施"电脑化"蓝图计划时，要建立人口、土地、商业三个国家级数据库。其中的土地数据库之所以花费了 5 年的时间才做成，原因就在于该过程中存在很多部门间的利益冲突；数据库的建立不仅涉及技术问题，还涉及产权问题。为此，新加坡政府在国家层面对各实体的利益进行了良好协调与整合，并通过有效的产权保护机制打消了部分实体的利益顾虑，增强了其配合与参与工作的积极性。

新加坡电子政务成功推进的另一重要原因就是，在认识上转变政府的行政理念，提出"把公民当成客户一样对待"，推行"以公民为中心"的公共服务宗旨。电子政务（新加坡称为电子政府）不仅仅是政府的"电子化"，也不仅仅是

IT 建设投入或建设政府网站、发布信息；要实现电子政府，需要从根本上明确如何利用先进技术与模式，提高政府内部流程效率，提升政府与公民、商业团体间的互动效率。为此，其首先加大对政府所掌握的各种信息与知识资源的整合力度，建立若干国家数据库（如人口、土地、商业等国家数据库），提升政府的信息与知识管理水平，提高政府主导下的国民信息与知识资源的共享水平；而后，以"公民需求"为出发点，对传统以"行政主体"为出发点的政务流程进行重新审视、改进与再造。如此，将"公民根据政府的流程办事"转变为"政府根据公民的需要调整办公流程"；人们不需要知道哪个部门具体提供什么服务，政府网站会带你在线获得全部所申请的服务。例如，在有效实施电子政务以前，一个公民要想新开一家酒吧，通常要到诸多政府部门申请、办理许可；而如今，政府从"公民需求"角度出发，重新安排整个政务流程，使得公民借助政府网站的"企业注册"一栏就可顺利地完成在线注册过程，而无需知道背后哪些政府部门提供何种服务。

为了满足广大民众的全方位需求，新加坡政府在转变公共服务理念的基础上，极大地丰富了其通过电子政务平台所提供的服务内容与方式。目前，直接上网办理手续已经逐渐成为新加坡人与政府部门"打交道"的主要方式。通过新加坡政府在线网站（www.gov.sg，图1-6）以及新加坡政府综合服务网站（eCitizen，即电子公民，网址 www.ecitizen.gov.sg，图1-7），居民可以使用超过1500项公共服务，包括住房、旅行、健康与环境、家庭与社区发展、教育、培训与就业、安全与防卫、文体娱乐、护照申请等。每一项服务内容又可进一步细分为若干服务项目，从而形成复杂、有机、完备的综合服务体系；它把每一个公民从出生到死亡的整个生命过程中要跟政府打交道的事情全部归纳出来，分门别类后再根据公众各种生活方式的需求提供多种服务。例如，文体娱乐方面的服务则进一步包括对艺术节日与主要事件、艺术团体与驻地、文化与传统节日、传统演变轨迹、博物馆信息、纪念碑以及各种遗址信息、娱乐活动详情、公园信息、图书馆信息、餐饮信息、主要景点信息、志愿者信息、如何获得帮助、各种体育活动的相关知识与活动详情等内容的全方位信息搜索与提供服务项目；在教育、培训与就业方面，则进一步包括对教育总揽以及学龄前教育、初中教育、高中教育、大学教育以及奖学金获得信息、图书馆信息、技能培训规划、培训课程以及效果评估、劳务市场总揽、职位搜索、职业发展规划、劳动力补充与管理、工作场所管理、就业指导、劳务市场信息等方面信息与知识的在线搜索与学习服务。eCitizen 以"民众需求"为中心，通过人们熟悉的形式，把政府部门的各项服务进行整合与集成后提供给新加坡国民。人们在网站上看到的是一个个的虚拟市镇，包括就业市镇、教育市镇等。来到就业市镇就可得到不同政府部门有关就业

图 1-6 新加坡政府在线网站

图 1-7 新加坡政府综合服务网站

的服务，包括寻职、提升技能等。在这里，人们并不需要了解政府组织的复杂结构和关系，也不需要知道哪项服务该向哪个部门申请，因为该网站会把用户带到有关单位。此外，新加坡政府综合服务网还针对境内的非定居民众专门辟出一块空间（www. ecitizen. gov. sg/nonresidents），以便向他们提供在新加坡进行参观与考察、工作、学习、从商、定居申请等方面的系统化服务。目前，几乎所有的政府服务都可以在线实现。2004 年 1 月到 3 月，eCitizen 用户访问量就达到 125 万，而当时的新加坡总人口才 419 万。eCitizen 所提供的系统、完备的服务体系使得其在 2001 年美国的一般服务行政署所做的一项国际调查中，被评为世界上最发达完善的综合服务供应站。此外，基于地缘特色，新加坡商务网（www. business. gov. sg）通过中英文两种语言，向境内外商务实体提供新加坡商业新闻、公司注册与出售办法、热门商业课题、本地市场数据与研究信息、商机交流信息、合同与报价知识、法律与法规、税务知识、政府援助计划（津贴与贷款等）、资金筹集信息与知识、商业个案研究知识等。

为了提高民众获取服务的便捷性，新加坡商务网、政府综合服务网包括非定居居民服务网均在新加坡政府在线网站的导航栏内设有链接（图 1-6），与其进行紧密整合。民众登录新加坡政府在线网，即可随着内部的各种链接提示，完成对所有服务的获取。

此外，在具体实施上，新加坡将电子政务建设作为一项系统工程，以"系统"的眼光进行全方位协调与推进。新加坡政府认识到电子政务的推行不是政府的"独角戏"，而是必须让与电子政务相关联的诸多实体都积极参与其中，推动电子政务的全方位建设，才能实现国家电子政务总体水平的提高与跨越；任何一个环节上工作的不到位，都可能产生"木桶原理"中的"短板效应"，最终在整体上制约电子政务的实施效果。新加坡把电子政务作为提升政府整体管理服务效率，促进电子化经济发展的重要举措；把基础设施建设、政府信息化应用、民众电脑技能培训等同步推进；把每一项电子政务项目从需求到流程、再到协同方式进行综合优化；它认为电子政务"不是一项自己动手的计划"，政府致力于核心事务，与企业建立外包等合作关系，促进产业发展。

以"系统"的眼光全方位推进电子政务建设，新加坡政府首先对服务对象——全体国民展开了切实、有效的教育与支持。在新加坡，没有人会被排除在享受电子政务便捷服务的范围之外。早在 1981 年，新加坡成立了电脑局，以实施民事服务电脑计划、发展 IT 产业、培养 IT 人才。在推进电子政务建设的过程中，新加坡政府明确提出，不能让个别家庭因为经济状况不济而在信息化方面落后。为了缩小"数字鸿沟"，新加坡政府采取了系统化的措施。1997 年启动学校IT 教育总体规划，将 IT 教育融入所有学校课程蓝图。现在，所有的学校都已联网，每2名教师拥有1台笔记本电脑，每一个学生都有机会用到电脑。政府与许多私营企业合作，从企业那里收购二手电脑，来自低收入家庭的学生只需交1块新币（5元人民币）就可购买到一台二手电脑，余款由政府补贴。2001年6月政府开始IT普及计划，通过"培训"加速网络的普及和使用。为了让所有的公民如家庭主妇、老人等接受培训，政府投入了很多补助，普通公民花费7元新币就可参加一个课程培训。为了让工人接受培训，政府还设立了大巴车课堂，让工人们下班后就在车里学习。到2004年，共有30.4万人接受了培训，其中包括家庭主妇、工人、无业者和老人等。为了方便公民获取电子政务服务，新加坡中央公积金局（CPF Board）、财政部和IDA在2003年2月共同投入推出了SingPass（新加坡通信证）。它是公民获得不同政府部门网上服务的共用密码，用户只要记住一个密码，就可以从不同部门得到不同服务。到2005年，几乎每一位新加坡人都已拥有互联网入口，且网络带宽不断增加；移动电话用户达到300万，这为移动政务的推行奠定了良好基础。

与此同时，新加坡政府还十分重视对政府内部成员的信息化技能的培训以及与企业界的充分合作。目前，几乎每个政府部门都已经实现了电子化办公；其公务员年均参加正规培训约12天，信息化技能培训则一直是主要内容之一；政府还通过一系列技术实验，开发创新应用，推动公共部门精益求精地改进公共服务。为了有效地加快信息化进程，新加坡政府与企业界进行友好合作，实行业务外包。如此，进一步刺激了企业参与电子政务建设的积极性，并提供最好、最新的项目解决方案。

作为新兴工业化国家，新加坡在电子政务建设方面也走在了世界前列。新加坡已形成一套包括管治与服务理念、组织与管理机制、运作体系与实施策略在内的，适合本国国情且比较成熟的电子政务推进体系，并取得了显著成效。例如，其入境自动通关系统提供了高效、安全的通关手段，可让旅客在12秒内完成入境检查手续。这不但极大地缓解了由于客流量增加所带来的压力，也使边境安全得到了充分保障。其网上贸易系统也使原贸易通关办理时间从2~7天减少到1分钟以内，所需30个文件减少到1个，形成了办理简捷、周转迅速、成本低廉的显著优势，每年为新加坡节省10亿美元。这些成绩的取得不仅方便了国民、提高了政府行政活动的效率和有效性，也极大地提升了新加坡政府在国内乃至全球的政府形象。

1.4.3 国外电子政务成功经验总结

前面对以美国和新加坡为代表的国外典型电子政务发展情况进行了简要介绍。现在，我们基于上述两国的典型案例，对国外电子政务发展的经验成果做一个总结与归纳，其可取之处主要表现在如下几个方面。

（1）行政主体转变观念，端正认识。在以美国和新加坡为代表的成功实施电子政务的国家，其行政主体在推进电子政务的过程中，都能够认识到电子政务相对于传统政务，其核心部分仍然是"政务"，而非"电子"；"电子"只是与新的背景相对应的政务实施的新的途径与手段。如此，电子政务相对于传统政务能否取得更高层次的效率和有效性，不仅在于政府公共服务提供方式的变化、"电子化"行政平台与网络的先进性与有效性，更在于行政主体能否适应新的时代背景要求，给"政务"赋予新的内涵、注入新的生机。在这一点上，美国和新加坡的行政主体们都已充分认识到，传统官僚体制下的政务观已经不适应当前时代特征，政府的职能不仅在于对行政系统内外的"管理"，更在于"服务"——向社会提供良好、高效的公共服务。这是提升政府公信力、改善政府形象、提升其执政能力的根本途径，也是促成社会和谐的基础保障。而在"如何向社会提供良好、高效的公共服务"这个问题上，上述两个国家的行政主体又都能很好地完成了进一步的观念转变过程，即从传统的以"行政主体"为出发点到以"公众需求"为出发点的服务观念转变，将公民看作为政府提供服务的"客户"，引入客户关系管理（customer relationship management，CRM）的先进理念，树立以"民"为本、以"公众需求"为中心的新型公共服务观念。例如，美国政府信息技术服务小组提出建立以"顾客"为导向的电子政府，为社会提供更有效率、更便捷的服务，并向社会实体提供更多获取政府服务的机会和渠道。

（2）建立系统、完备的在线服务体系，提供充分的政务信息与知识共享。电子政务不是以"电子"形式出现的"花瓶"政务，而是要切切实实地给整个行政系统的诸多实体带来便利与利益。为此，就必须在电子政务的内容与本质上做足文章，以此提高在线服务的利用率、提升政府行政效率与有效性、提高民众（包括法人实体）获取公共服务的便捷性和有效性。以美国和新加坡为代表的成功实施电子政务的国家在推进电子政务的进程中，都十分注重电子政务的实际应用效果，把为企业与公众提供服务和实现资源共享置于重要地位。它们都建立了系统、完备的在线服务体系，内容几乎覆盖自然人从出生到死亡全部时域内的各种事务，也涵盖了法人实体从注册到注销的全部事项；与此同时，作为国家最大的信息与知识资源的拥有者，上述国家均能切实有效地对国内各种信息与知识资源进行集成与整合，建立并有效维护好相应层次的统一数据库，并在既定安全限度内向全体国民开放，实现尽可能广泛范围内的信息与知识资源的传递与共享。随着知识经济的来临，信息与知识的价值日益显现。广大国民（包括法人实体）在通过政府主导的电子政务系统平台能够方便地完成各种行政业务执行（如申请、注册、缴费等）以及对信息与知识的搜索、获取与在线学习，可以有效地提升社会公众对电子政务的认同与支持程度、充分调动他们对电子政务的参与热情。一个国家电子政务成功与否，谁最有发言权？自然是包括法人实体在内的社会公众。他们的接受与参与程度就是衡量电子政务实施效果的基本指标。

（3）以科学方法论作为指导，在"系统"高度推进电子政务建设。一个国家的电子政务建设会涉及实体、内容与渠道的诸多方面，任何一个环节上工作的缺失都将在整体上制约其电子政务的实施效果。可见，如何有效推进国家电子政务建设，将是一个错综复杂的问题；采用何种方法论作为根本指导，将直接决定国家电子政务的推进速度与效果。以美国和新加坡为代表的成功实施电子政务的国家，能够认识到国家电子政务建设是一项复杂的系统工程，从而在"系统"的高度推进其电子政务建设。这主要表现在如下几个方面：①兼顾电子政务的形式与内容，对其进行有机整合、促成协调演进。电子政务中政务实施的"电子化"手段与形式是在信息技术革命促进人类生产力进一步提高的大背景下，对传统政务实施手段与方式的变革要求。当政务实施途径与方式发生变化后，其政务内容（包括服务内容与流程等）也必然相应地作出调整，以塑造更高系统样态。为此，以美国、新加坡、澳大利亚、加拿大和英国等为代表的成功实施电子政务的国家，都基于崭新途径、渠道与理念，对传统行政管理与服务流程进行全面审视、优化与再造，对公共服务内容体系进行重新设计与完善。②兼顾管理模式与机制的调整与变革。上述国家的政府部门及其学术界普遍重视电子政务相对于传统政务所面临的挑战和变革，从理论到实践、从技术应用到管理方式都进行了深入的探讨与研究，积累了丰富的理论成果和实践解决方案。他们充分认识到，电子政务并不仅仅是网络技术的政府应用，其最终目标是用电子政务代替传统政务，用"系统程序式管理"代替"政府实体性管理"。在进行行政方式转变的过程中，它们没有忽略与之配套的政府管理模式与机制的变革，通过对新型管理理念与方法（如信息管理、知识管理、客户关系管理等）的借鉴与融合，确保了电子政务系统运营的稳定、有序、高效。③兼顾电子政务系统内的所有实体，做到"惠及所有'人'"。电子政务系统涵盖诸多实体，如政府行政部门、公民、企事业单位等。只有兼顾所有实体利益与需求，才能充分调动其参与的热情与积极性，进而使得其电子政务建设获得全方位的认同、接受与支持。这是电子政务实施的终极目标。在美国，通过内部宣传与培训，从总统到一般的政府工作职员对电子政务建设均持认同和支持的态度。从根本上讲，这源自于电子政务切实提高了政府工作的效率和有效性，减轻了行政主体的工作负荷与压力。在新加坡，无论是企事业单位还是一般公民，都对该国的电子政务表现出了极大的参与热情。其原因在于，电子政务为社会实体获取政府服务提供了切实有效、方便快捷、成本低廉的途径与渠道；而一些具有业务优势的企业也在"业务外包、政企合作"这一电子政务建设模式下，在国家电子政务建设过程中成为参与的主体，在贡献力量的同时获得了相应的收益。④从国家电子政务"全局"角度出发，协调系统内部不同实体之间的利益冲突，尽可能降低系统内耗。

（4）国家层面强力推进，注重统一、协调与规划。无论是美国、新加坡还是其他国家（如加拿大），其电子政务的成功实施都与国家一级政府的大力提倡和推动分不开，在电子政务实施初期尤其如此。国家的强力推进主要表现在以下几个方面：①政策宣传上，出台一系列倡导电子政务的行政措施与行政法令，加大对电子政务的宣传力度。在美国，当时的总统和副总统亲自为电子政务呼号奔走、摇旗呐喊、擂鼓助威。②在财政预算上，加大政府对电子政务的财政投入。美国在1993年率先提出了建设信息高速公路的计划，通过巨资投入使其在国家信息化基础建设方面迅速走在了其他国家前面，为其电子政务迅速普及与飞速发展奠定了坚实的物质基础。成功实施电子政务的国家不仅在电子政务基础设施建设上加大投入力度，同时也加大了对电子政务系统其他参与者的支持力度（如新加坡的国民培训与对贫困学子的财政补贴）。③设立专门化的全国电子政务管理与协调的部门体系。在美国，政府联合一些公益性团体和组织先后组成了10个监管政府信息化的机构（通称为政府技术推动组），以便指导、管理和协调全国范围内的电子政务实施进程，其职责包括技术推进、法规政策建议的提出、投资管理、服务改善与业绩评估等；新加坡则设置了四个委员会，实现对电子政务的"分层管理、分类处理"的管理效果。④站在国家层面，规划国家电子政务发展的统一蓝图、实施标准，同时对不同利益主体间的利益冲突进行有效协调。在新加坡，其电子政务的发展过程就是一个个蓝图不断被"提出—实现—再提出"的螺旋式上升过程。在国家层面上的规划蓝图能够有效指导全国范围内电子政务实施进程，辅以由全国电子政务管理与协调部门制定的标准体系、法律法规，就能够促成全国电子政务建设的"一盘棋"局面，真正实现不同部门与区域电子政务子系统的无缝衔接，降低"信息孤岛"出现的可能性。美、新两国都制定了涉及信息安全、电子交易方面的完备的法规体系，进一步约束和规范公众的网上行为，确保电子政务系统的安全性能。

1.5　国内实施电子政务的典型案例

案例1：统一规划与管理的青岛市电子政务

1998年4月，青岛市政府在互联网上建立了我国第一个严格意义上的政府网站，即"青岛政务信息公众网"（www.qingdao.gov.cn，2002年5月更名为"青岛政务网"，图1-8）。作为我国起步最早、发展相对完善的地方电子政务的典型案例，青岛电子政务的发展经验值得总结与推广。

图1-8 青岛政务网

与国内其他地区相比，青岛市电子政务有效普及与发展的突出原因在于，成立市直属的专门化部门进行统一规划、强力推进。这与前面介绍的国外成功实施电子政务的经验相吻合。20世纪80年代末90年代初，青岛市的行政办公自动化就有了很好的应用；到90年代中期，已基本实现了公文无纸化传输，网络建设变得日益迫切。青岛市委市政府意识到，要实现电子政务建设的有效推进和良性发展，就必须进行全局规划、统一管理。1996年初，青岛市委市政府计算机中心成立。这是一个具有正局级规格的独立机构，全权负责全青岛市电子政务的规划、管理、统筹、协调、推进与技术支持。该机构的成立，打破了中国电子政务建设普遍存在的"上无司令部，下无责任人"的怪圈。青岛市与电子政务有关的职能都统一在一个机构，真正实现了权责明确与统一。

青岛市委市政府计算机中心这一统一规划与管理机构的成立，形成了该市电子政务集约化的管理模式，为其电子政务发展带来了极大裨益。概括而言，主要表现在如下几个方面。

（1）统一网络规划与建设，有效避免了"孤岛型"电子政务，提高了电子政务平台的运营效率与有效性。全市统一的电子政务规划与管理部门的出现，使得青岛市电子政务能够真正有效地推行电子政务 GNSP（Government Network Services Provider）网络运管模式。在这种网络运管模式下，市委市政府计算机中心成为全市机关统一的"网络服务提供机构"，负责电子政务网络平台的统一规划与建设，确保了全市各行各部门的电子政务在一个有机统一的网络平台上运行，真正实现了全市电子政务子系统"条条"与"块块"有效对接，实现其互联互通、资源共享，从而将政务信息"孤岛"现象降到最低，大大提升了网络效能的发挥水平。

（2）专业化的技术支持，为提供系统、完备、高效的电子政务服务提供了保障。网络建设最终要为应用服务。青岛市推行电子政务 GASP（Government Application Services Provider）应用模式，由市委市政府计算机中心作为全市机关统一的"应用服务提供机构"；该中心利用其机房、主机、软件、信息、人力等各种资源，集中为全市各部门构建"虚拟应用系统"，并提供专业化的运行管理服务。目前，其已为全市 50 多个部门提供审批服务系统，为 56 个部门提供了公众服务网站，为 60 多个部门近 5000 多台计算机提供防病毒和系统漏洞补丁服务，为 60 多个部门 5000 多人提供互联网邮件服务，为 70 多个部门提供了部门级办公系统，为 80 多个部门提供了内部信息资源网站。

（3）避免了重复建设，有效节约了全市电子政务的实施成本。自 2002 年起青岛市电子政务核心系统的投资就在 4000 万元左右，由于从全市高度对电子政务建设进行统一规划与管理，其建设的每一个系统都是为全市各个部门服务，所以避免了各部门的重复建设，节约了超过 9000 万元的重复建设投资；此外，采取统一、专业化的技术支持服务后，每年所节省下来的管理和运营维护费用超过500 万。

（4）确保了政府公众服务的效率和质量。青岛市电子政务由于采取了 GNSP 网络运管模式和 GASP 应用模式，统一了网络平台和系统应用，为各部门互联互通、纵向联动办公、联合审批奠定了基础；同时，也增强了电子政务系统的整体服务水平与质量。如果市内各部门自行承担系统建设与维护、自行提供服务，不可能都能够投入大量资金建设专业的机房、配备足够的人力，这样则难以确保电子政务系统的"24×365"式的无故障运营。如此，政府公众服务的效率和质量便很难得到保障。

案例 2：以"公众"为中心的杭州市电子政务

杭州市的电子政务以"中国杭州"（www.hangzhou.gov.cn，图 1-9）政府门户网站为中心，自 2003 年 6 月 28 日正式开通以来，逐渐赢得了广大市民和外来游客的认可、接纳、支持与参与，成为国内电子政务实施过程中的一颗明星。如今，网站日访问人数近 3 万，页面浏览量达 50 余万。在国家信息化办公室和计世资讯分别组织的全国政府网站评估中，"中国杭州"网站均名列前茅。

图1-9 "中国杭州"门户网站

纵观杭州电子政务的发展，一以贯之地坚持以"公众"为中心的发展宗旨，是其成功的一大"法宝"。在杭州市电子政务发展过程中，其以"公众"为中心的发展宗旨在具体实践方面，主要表现在如下两个方面。

（1）持续改进公众服务质量，完善服务体系。杭州市电子政务从营建之初便提出"打造方便、实用、为民的网上政府"的口号，无论是信息与知识资源的共享，还是各种行政服务内容与流程的设计，均从公众的实际需要出发逐步构建并持续完善。"中国杭州"门户网站的营建目标是，向公众提供全天候、自助性、跨部门、一站式的社会服务。目前，"中国杭州"网站设置一个主频道，并设有市民、学子、创业者、旅游者4个用户频道。其以"公众需求"为出发点，网站信息内容的组织架构有较大创新，亲和度较高。首页设有"网上办事大厅"，通过导航链接将工商管理、财政金融、劳动保障、医药卫生、质监物价、人才人事等60个子网站整合在一起。网站提供了杭州市政府各部门的基本信息（如职员情况、联系方式、职责范围等）、办事指南和全部行政审批事项，提供了相应的各类电子文档；此外，还提供越来越丰富的在线业务受理服务。如此，市民在家登录"中国杭州"，就可查询到内容丰富的政务信息与知识，所申办的事情尽管涉及多个部门，仍可"一站"办理完毕。

（2）尊重公众意见与建议，与之形成良性互动。没有公众积极参与的电子政务不能算成功，而公众参与的一个主要表征就是政府与公众之间能够形成顺畅、良性互动。为此，"中国杭州"门户网站一直致力于以"公众"为中心，开设了一系列互动交流栏目，政府与市民在虚拟的空间里平等交往，自由交流。其互动体系主要包括"96666效能投诉"的推出、"12345市长信箱"的整合、市民邮箱的率先设立、全国首个"政务论坛"的大胆尝试、网上接待室的开播等。其中，"网上接待室"通过视频和图文直播方式，将原来的各部门局长接待日活动搬到网上，由部门一把手出任首席接待人，对社会各界关注的热点问题进行"面对面"解答，极大提高了公众对政务工作的参与度。通过上述互动平台，书记、市长、人大代表、政协委员、机关工作人员、普通市民、外来人员便可实现在线交流、远程讨论；它为政府部门直接提供了来自基层民众的即时保真信息，提升了政府对民众需求的快速反应能力和社会回应力。

（3）以"公众利益"为中心，强化信息分类与安全工作。"中国杭州"门户网站中的"政务论坛"栏目是其一大特色。在这个虚拟社区，有关城建、规划、交通、住房、就业等公众关心的事情，都成了公众在这里热议的话题。它极大地提升了公众对电子政务的支持力度与参与热情。为了提高政府对民意的回应能力，"政务论坛"实施信息分类处理制度，将民意信息按职能主体分类汇总后转交相关部门处理，重要信息则可直接向市长专报。此外，为了提升虚拟社区的有序性、提高参与主体的身份确定性，"中国杭州"网站通过推广免费市民邮箱的方式，巧妙解决了网上身份认证问题。其在全国政府网站中率先推出了基于CA认证的安全电子邮件系统，所有市民凭其身份证等个人有效证件便可开通高性能的免费邮箱。市民实名注册的免费邮箱成为"中国杭州"网站一项重要的互动应用，目前已达50万个。政府的最终目标是实现每个杭州市民一个邮箱。通过它，用户可以进行网上订阅，直接作为网站注册用户参与"政务论坛"讨论，享受高水平的个性化服务。

案例3：注重应用服务与信息共享的北京市电子政务

北京作为中国的政治中心，其电子政务是全国范围内起步最早、发展最快的典型案例之一。进入新千年后，特别是在承办2008年奥运会这一良好契机的推动下，北京市电子政务开始了质的飞跃。其主要举措表现在如下方面。

（1）注重政务服务应用系统建设与完善，促成由"政府上网"到"在线服务"的跨越。经过多年的积极建设，到2006年北京的各级政府的电子政务网络设施与平台已经营建完毕，并成功地实现了"政府上网"，完成了电子政务初级阶段建设目标。于是，北京市不失时机地作出向电子政务更高层次发展的决定，即从推动政府上网阶段向推进电子政务业务应用阶段全面过渡，实现阶段性跨越。根据北京市电子政务总体规划，到 2008 年各级政府核心业务基本实现信息化支撑，使北京电子政务能够充分满足城市管理、公共服务的需求，从而为奥运会的举办提供优质服务。到 2008 年，北京市已初步建立起了市、区各级电子政务管理机构，城市电子政务系统在市政管理、交通、公安等方面得到广泛应用。北京市信息办的统计数据显示，2005 年北京 65 个市级部门共建成业务应用系统 301 个，43% 的政府业务已实现信息化支撑，其中 33% 具有决策支持功能。全市各委办局共有 800 余项行政许可和审批事项实现不同程度的信息化办理。以"首都之窗"网站群为门户的在线政务系统向公众提供"24×365"的政务公开、规范性文件与下载表格、行政许可、办事指南等服务，目前其中文版月均点击数接近 7000 万，国际门户月均点击数超过 150 万，居全国领先水平。从 2006 年起，北京市加快实施重点电子政务工程，重点推进城市管理、领导决策、社会信用体系建设、应急指挥、流动人口管理、公共卫生、公共安全、交通、食品卫生、环境治理等重点领域的信息化支撑，进一步完善在线服务体系。

(2) 采取切实措施，突破政务信息与知识资源共享瓶颈。北京市电子政务建设主体认识到，当电子政务系统平台搭建好以后，接下来要做的主要事情就是丰富寄寓在信息平台上的"内容"。这既包括前面提到的行政服务应用，又包括对政府所掌握的信息与知识资源的有效管理与传递。政务信息资源共享瓶颈已严重阻碍了应用的大范围推广。为此，北京市电子政务总体规划将全面实现政务信息资源共享作为实现电子政务阶段跨越的又一重点工作，加以着力推进。目前，北京市已初步建成市级和区级信息共享交换平台，包括建成了人口、法人、空间、宏观经济基础数据库，建成了全市数据采集责任公开目录、数据库管理目录、基础信息资源和应用信息资源共享目录，实现了跨部门的信息资源交换、共享和整合，支撑了跨部门业务协同；此外，北京市还出台市级和区级共享交换平台应用的标准规范与交换共享管理规则、信息资源公益性开发利用规则，市信息办要求政府各部门在开展好本单位信息化工作的同时，积极配合好、协调好、支持好其他部门的信息化工作，以进一步减少信息资源共享的障碍。

(3) 改进行政管理模式与理念，确保电子政务系统的运营效率和有效性。电子政务作为信息化社会的新型政务管理方式，支撑其成功运作的模式与理念自然有别于传统的基于农业或工业时代的行政管理模式与理念。为此，北京市基于电子政务的崭新特征，对传统行政流程展开深入调研与优化，强化部门间协同性，推进政府机关和公务员工作规范化、服务标准化，倡导政务信息公开和资源共享，全面促进政府管理能力和服务水平的提升，确保电子政务系统的运营效率和有效性。北京市电子政务整体规划指出，到"十一五"期末，北京的电子政务将成为政府履行职能的基本手段，成为政府管理模式和管理手段创新的有效工具，在促进政府职能转变、提升公共服务水平、优化城市管理、促进经济社会发展中全面发挥作用，有力支撑法治政府建设，整体上达到现代国际城市先进水平。

1.6 国内电子政务实施中的问题与对策

1.6.1 国内电子政务实施中的问题归纳

国内电子政务自 20 世纪 80 年代中期开始酝酿、起步，发展至今已经取得了不小的成就。然而，由于我国地域广阔、政府部门众多且纵向层次较深（有中央、省、市、县、乡、街道与社区等），加之其他一些原因，使得我国电子政务发展至今与美国、新加坡、加拿大、英国等发达国家相比，尚有较大差距；同时，随着电子政务在全国的普及与发展，即便也出现了如青岛、杭州、上海和北京等一些电子政务实施效益较好的成功案例，但从全国范围看，仍存在诸多问题亟待解决。下面，就对目前国内电子政务实施过程中，突出表现出来的一些问题加以归纳与总结。

（1）重"电子"轻"政务"。这是国内电子政务实施过程中，表现得最为突出的一个问题。电子政务作为一种新型行政管理模式，对其理念与本质的深刻认识与体悟需要一个过程。对于国内电子政务发展比较早的城市，如青岛、杭州、上海、北京等，已经基本上完成了上述过程。然而对于大多数电子政务的"后发"地区与部门，尤其是横向上处于内陆相对欠发达地区以及纵向上处于国家行政管理层次相对较低的管理部门，还没有充分认清电子政务的"形式"与"本质"。这些电子政务的实施主体往往被"电子政务"的华丽外表所迷惑，对"电子"形式过于追求与推崇；或者在"一蹴而就、立竿见影"式的实施观念的驱使下，力求通过看得见、摸得到的有形电子系统与设施堆积其向外炫耀的资本、塑造所谓的"政绩"。如此，导致国内电子政务实施过程中大多注重技术系统、硬件设施的搭建，却忽视了"政务内容建设"这一中心环节；尽管投入巨资建设的电子政务设施与系统性能优良，然而通过电子政务系统平台所传递的信息、知识与服务却十分有限且无序，得不到社会公众的普遍认可与积极参与。有人讲，电子政务建设不仅要解决好"高速路网"的建设与维护问题，更要解决好"路"上跑什么"车"、"车"上拉什么"货"的问题，而后者是电子政务实施的中心任务。国内电子政务实施过程中普遍存在的重"电子"轻"政务"现象，恰恰是一种本末倒置的做法，严重制约了国内电子政务发展的整体水平。

（2）缺乏对政务信息、知识及政务管理流程的有效管理方法与策略。电子政务的核心在于"政务"而非"电子"，"政务"的内涵就在于对政务信息与知识基于"电子"手段的有效管理，以及营建在此基础上的基于政务信息与知识的有效、完备的政务服务体系。如此，能否对政务信息与知识资源进行有效管理，将直接决定电子政务的实施效果。目前，国内大多电子政务实施主体在认识上尚未真正树立电子政务的"政务"中心观，即便已经认识到政务内容建设重要性的实施主体，但仍然在"如何做好政务内容建设"方面处于迷惘之中。大多数电子政务项目仍然在"政府上网"阶段裹足不前，对政务信息与知识的保密等级界定与分类、对海量数据的挖掘与深度分析以支持行政决策、异构信息与知识的整合机制、政务信息与知识的有效传递与共享等问题，尚没有统一、有效的方案与措施；此外，缺乏在政务信息与知识维度对传统政务流程的审视、优化与再造以及对行政管理体制的变革，从而影响了服务的整合度与集成特性，束缚了服务应用水平的发挥。如此的电子政务缺乏对社会公众的吸引力，公众的参与热情不高，政府与社会实体间的互动性不强，形成电子政务"剃头挑子，一头热"的局面。

（3）缺乏全国统一、内容完善的实施规划与标准体系。新加坡等国成功实施电子政务的一条重要经验就是在国家层面的统一规划与标准体系。然而，由于我国地域广阔、政府部门众多且纵向链条较长、各地经济发展与信息化水平差异较大，国内电子政务在实施过程中难以形成全国统一的战略规划与方法论指导，各地实施现状差异很大。如今，国内电子政务建设"各自为政"问题突出，各地区、各部门建设步伐不一致、标准不统一；部分行政主体盲目追求政绩、急功近利，导致"冒进型"、"孤岛型"、"克隆型"电子政务广泛存在。其结果是在造成因大量重复建设而导致财政浪费的同时，也为地区间、部门间横向和纵向上的政务整合与集成制造了困难，以至于严重影响了国家电子政务整体水平的提升。实施电子政务是政府从传统管理模式到现代管理模式的一次革命性转变，要以全局的观念推进电子政务建设，切实加强电子政务的整体性规划，防止单个部门把一些不合理的甚至落后的行政方式用信息化的手段固化起来，避免简单化地把实施电子政务看作把当前政府工作转化为电子版即可。

（4）电子政务的安全机制尚未完善。电子政务通过体系结构开放的信息化网络系统平台传递政务信息与知识、开展在线应用服务，必然面临着严峻的安全形势；而行政事务的严肃性则使电子政务对"安全"有着天然的高要求。因此，电子政务的有效实施必须以完备、有效的安全机制为前提。电子政务安全机制包括技术安全和社会安全两个方面。就技术安全而言，虽然近年来伴随信息技术领域各种安全技术与措施的不断推出与完善，网络技术安全形势持续好转；然而，我们也必须清醒地认识到，计算机及其网络结构的开放性使得绝对、彻底的技术安全将是一个永远无法企及的梦想。随着电子政务的普及与发展，其所承载的信息、知识与服务将越发丰富，对社会管理与人们生活的影响也将越发全面而深刻。如此，单次安全事故所造成的危害与损失将呈现持续放大的趋势。此种背景下，有关电子政务的技术安全机制必然有一个没有尽头的完善过程。这在技术相对落后的中国，尤其如此。就电子政务的社会安全机制而言，主要表现在相关的法律法规、居民道德素质、社会风气风尚等方面的建设与完善。于此，国内至今尚未出台一部针对电子政务安全的专门化的法律，社会主义精神文明建设亦需要一个长期不懈的完善过程。

（5）电子政务平台设施建设整体上仍落后于发达国家。限于经济条件，我国网络平台建设尚需进一步加强，在内陆地区尤为如此。目前，国内电信领域的改革尚未到位，计算机网络、有线电视网和电话网络的"三网融合"迟迟实现不了，影响了我国网络基础设施的建设步伐；整体的物质和技术条件还远远不能适应建设电子政务的需要；家庭信息化程度不高，各地区之间特别是东西部地区、沿海与内陆地区之间发展不平衡。在这些问题没有得到圆满解决之前，中国电子政务在整体水平上将难以实现赶超西方先进国家的目标。

（6）政企合作尚不够充分，项目管理有待进一步提高。在信息化方面，企业信息化在商业利润的直接驱动下，已远远走在了政府信息化的前面；并且，社会上已经大量出现了以"信息化建设"为核心业务的专业化企业，他们对信息化建设具有深刻理解，掌握了良好技能并有着项目建设与管理的丰富经验。政府部门的电子政务建设如能够与上述专业化企业进行充分合作，将政府本不擅长的信息化建设项目外包给专业化的企业，这样既可以确保项目的实施效果，也可以降低因返工与浪费造成的经济损失。此外，政企合作、业务外包，还可以刺激企业参与的积极性，使它们提供最好、最新的项目解决方案与管理策略，很快地将项目做好；同时，还可进一步强化政府与社会实体之间的沟通效果。当前，中国已经拥有很多优秀的信息化专门人才和大量专业化的企业，政企合作有了良好的基础。然而，计划经济时代的一些行政思想与作风还在一些行政部门残存。例如，在电子政务项目推进中展示职权、从直接的项目管理与实施中获得经济截流或以内部运作的方式确定外包商等。这些严重影响了我国电子政务项目建设中政企间"公平、公正、公开"的合作原则，进而束缚了项目建设效果，不利于电子政务稳定、健康发展。

1.6.2 因应反应——电子政务知识管理

对国内电子政务实施过程中存在的上述问题进行深入分析，我们不难发现，问题五和问题六主要是有关电子政务硬件设施平台的建设问题，而其余问题则集中表现在对政务内容的正确认识与有效管理方面，包括电子政务形式与内容之间关系、政务内容的执行、政务整合与集成以及政务安全等。简单地讲，就是如何做好"政务"的问题，这也是国内电子政务实施中的突出问题。

电子政务中的手段与途径建设，亦即电子化的政务系统与网络建设，可以通过公开、公正、公平的招标方式，选择并外包给最具实力的专业化企业，并请商誉好的第三方企业作为项目监理单位。如此，行政主体的任务只是通过其信息化部门对项目给予财力、信息等方面的协调与配合即可，不会因将过多精力投入到其并不熟悉的电子政务技术平台建设而影响了本职的行政工作；同时，亦能确保所建设的电子政务技术系统的建设进度、结构性能以及资金投入的合理性。改革开放以来，随着中国经济的持续高速发展与科学技术的突飞猛进，国家对电子政务建设的资金投入有了切实保障；在"以信息化带动工业化"的发展策略下，在工业和信息化部的大力推动下，"三网融合"工作正在加速建设。其中的数字电视网络建设在各级政府的大力倡导下，更是取得了喜人的成果。如此，国家电子政务技术平台设施建设整体上仍落后于发达国家的局面，将很快在国家切实的工作推进中有所改观。

在国家的大力倡导与督促下，当前我国各地方政府在电子政务建设上急于求成、重"电子"轻"政务"、重形式轻内容的问题广泛存在；同时，在政务信息与知识的有效管理方面，普遍缺乏科学有效的方法论指导，致使电子政务的效率和有效性大打折扣。如前所述，电子政务中的"电子"是手段与途径，"政务"是内容与实质。建设高质量的信息高速公路固然重要，但更重要的是路上跑什么"车"、车上拉什么"货"以及科学有效的"调度机制"；否则，所建成的"路网"再高级，也只能是物质浪费。行政主体对电子政务形式与内容的正确认识与理解，是有效实施电子政务的第一前提。对此，可以通过引进"外脑"（如领域专家、行业模范等）进行培训、内部成员讨论研究、组织行政主体到成功示范区参观等方式，在行政链条上"由上而下"地促成行政主体对电子政务的科学、深刻的认识与理解。

在1.2.1节已经介绍过，当全球电子政务发展进入第四阶段后，以英国、新加坡、美国为代表的成功实施电子政务的国家已经开始尝试借鉴企业界实施知识管理（KM）的成功经验，谋求构建知识管理型的电子政府，并且取得了令各方满意的成就。西方国家在电子政务方面的成功实践表明，知识管理是电子政务成功的利器。知识管理通过对知识经济时代的主体生产资料——"知识"的有效管理与组织，成为企业在知识经济时代打造新型核心竞争力的法宝。政府作为国家经济的调控者与服务者以及社会信息与知识资源的最大拥有者，需要认识、借鉴和运用知识管理来打造其新型业务模式——电子政务知识管理。

电子政务知识管理谋求将"知识管理"的理念与方法引入电子政务，谋求打造知识管理型电子政府。它基于完备知识链结构研究对电子政务完整、有效支撑，实现政府内部各部门之间、各级政府之间、政府与社会各实体（包括法人与自然人）之间安全有效的信息共享与知识交流；基于对政务知识的有效组织与管理，提升政府内部办公效益，实现政务管理决策的知识化、智能化，确保政务管理横向各部门之间以及纵向各级政府之间工作协同，提高政府的公共服务水平、改善政府形象。

提供面向社会实体的高质公众服务是电子政务的生命线，也是电子政务评价体系中的核心。当行政主体对电子政务的形式与内容有了正确理解并已通过政企合作方式建设好硬件系统平台后，接下来行政主体要解决的就是如何做好"政务"的问题，即实现电子政务由简单的"政府上网"到提供完备、高效的在线服务的阶段性跨越。这是一个十分复杂的问题。要回答这个问题，我们首先来分析"政务"的内涵。对于同一事务，随着人们观察与分析的视角不同，最终的阐释就会有差异。无论哪一视角下的阐释，都是对事务的理解，都有益于人们对事务的正确认识。对于"政务"，我们从知识视角出发，来考察"政务"在知识维度上的投影或视图。

在知识维度上的"政务"视图主要表现为若干政务管理要素及其关系的集合，如图1-10所示。其中，要素包括政务知识（涵盖政务数据、政务信息以及显性知识与隐性知识）、政务知识拥有者、政务知识提供者、政务知识接收者、知识链结点（包括知识辨识、获取、表示、求精、存储、集成、传播、应用、创新与进化等）以及知识环境等。知识维"政务"视图中各要素间关系主要体现在知识链结点间的关系、知识拥有者与知识提供者之间的关系、知识提供者与知识接收者之间的关系、知识链各结点与知识拥有者、提供者和接收者之间的关系、知识链结点活动与知识环境之间的关系等。

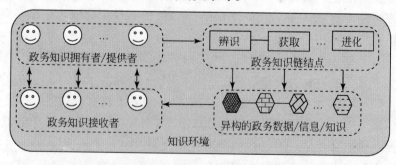

图1-10 知识维"政务"视图

知识维"政务"视图涵盖了1.6.1节所归纳问题的诸多方面，集中表现在如何做好"政务"的问题。对政务信息、知识及政务管理流程的管理问题，即是对该视图中客体要素的管理问题；建立统一、内容完善的实施规划与标准体系，其目的就是为了实现良好的政务信息、知识与系统集成以及行政服务（知识流）的整合；电子政务中的安全问题则涉及该视图中各主体间基于政务知识的关系界定与约束问题。如此，从知识维度的"政务"视图出发，深化对"政务"的认识与理解，对于解决好国内电子政务建设的核心问题裨益十足。知识维度上的"政务"视图，使我们明确了电子政务成功建网后的实施方向，对电子政务由"政府上网"阶段向更高层次跨越提供了有益指导。

相对于"政府上网"阶段，基于知识维"政务"视图的电子政务是以"政务"为核心的电子政务内容建设与完善，即电子政务知识管理阶段。电子政务知识管理的主要工作与任务表现在，对知识维"政务"视图各要素知识特征进行深入了解与认知，在此基础上分析、理顺、优化、重构其间的和谐关系。鉴于其结构的复杂性，需要将电子政务知识管理体系的构建过程看作一项系统工程，引入系统工程与协同学的观点与方法作为方法论指导，同时将知识管理理念与方法作为分析与解决问题的方法体系，对其展开研究与探讨。将知识管理理念与方法引入电子政务的政务内容建设领域，探讨解决电子政务系统建模与政务资源建设的新途径、新方法，不仅是提升电子政务的效率和有效性的核心途径，亦是全球经济由工业经济向知识经济转型背景下的大势所趋。

基于上述建模思想的电子政务知识管理系统模型框架将包括如下内容。

（1）基于知识生命周期原理，依托系统、完备的知识链模型，建立集成化、系统化的电子政务知识管理系统框架，包括探讨电子政务系统"生态"环境（软环境）的培育与改进问题。

（2）借鉴企业知识管理领域知识辨识策略，建立电子政务知识疆域（knowledge realm），并依据使用者逻辑对电子政务知识资源进行分类，为电子政务知识管理的有效展开奠定基础。

（3）探讨各类型政务知识获取、表示、求精、编辑与存储策略，研究电子政务系统中分布、异构知识的集成机制，建立统一有序的政务知识库。

（4）政务知识集成、政府各个部门之间以及各级政府之间工作流程的协同与整合是电子政务的重要内容。政务管理流程的核心是政务知识流，采取有效策略与方法实现对政务知识的有机集成，引入协同学理论探讨电子政务中的政务知识主体间的协同与管理策略。

（5）基于数据挖掘与知识发现技术、知识管理领域的案例表示与推理技术，实现对已有政务数据、信息的深度分析和案例重用；建立高度智能化的政务知识决策支持机制，以提高政府的决策理性与公共服务质量。

（6）基于对政务知识的有效辨识、获取、表示与存储，以及知识管理在客户知识维度的子集——客户关系管理（customer relationship management，CRM）的理论与方法，如客户细分、把握客户需求、提供个性化服务、注重客户满意等理念，在政务知识安全框架的约束下建立"推"、"拉"策略相融合的政务信息与政务知识传播与共享机制，重点解决电子政务资源共享瓶颈以及安全与应用不同步问题。

（7）行政管理创新的核心在于政务知识创新，政务知识活性制约政务管理效益。基于企业知识管理中的知识创新与进化理论，研究有效的政务知识创新机制以及政务知识相应进化（淘汰与休眠以及更新与完善）方案，确保政务知识活性，提升政务管理部门的核心能力。

（8）政务知识应用日益复杂，难度日益增大。建立政务知识应用辅助支持系统，加大对政务知识应用中的过程辅助力度，确保政务知识应用的效率和有效性；同时，建立电子政务知识管理自组织机制，确保系统活性与运作效益。

（9）建立电子政务知识管理绩效测度体系，及时、准确地评估电子政务知识管理的实施效益，实现有效的过程反馈与改进。

上述内容正是本书后续章节分析和讨论的主要内容。上述模型框架的建立，力求为国内电子政务向更高阶段发展提供统一的实施策略与方法指导，以增进电子政务市场的整合度和一致性，从而构建起资源共享、部门协同、沟通顺畅、服务延伸到基层的电子政务体系。

反观国外成功实施电子政务国家的经验，可以概括为如下理念和做法，即以公众为中心的服务、惠及所有人的服务、无处不在的服务、无缝整合的服务以及开放的政府、响应的政府、变革的政府和集成的政府等理念，调整组织结构、加强自身能力建设、引入先进理念、提高在线服务利用率、推行共享服务、缩小"数字鸿沟"和开展绩效评估等做法。这些理念和做法大致描述了国外电子政务公共服务发展的思路和框架。对比电子政务知识管理模型框架，可以发现两者间的异曲同工之处。

能否得到尽可能广泛的社会实体（居民与组织）的真正认可、接受与积极参与，是衡量传统政务向电子政务转型成败的重要指标。电子政务知识管理依据知识维"政务"视图，将行政主体与社会实体之间的关系描述为知识关系，即政府作为知识拥有者和提供者通过电子政务知识管理平台将对社会实体有价值的知识或知识流（服务）通过"推"或"拉"的方式传递给知识接收者（社会实体）。这一过程的效率和有效性直接决定了完成"政府上网"以后的电子政务能否成功实现跃升。要确保上述过程的效率和有效性，必须从系统科学与协同学视角出发，给予综合分析与设计。

本 章 小 结

本章作为全书的基础，首先对电子政务的概念进行了深入分析，并以图示的方式给出了电子政务的含义层次；对电子政务的本质与建设核心进行了阐释，以使读者在学习本书之初就树立正确的电子政务观；将电子政务与政府办公自动化、政府上网等概念进行辨析，则在帮助读者辨清概念间区别与联系的同时，进一步深化对电子政务内涵的理解与认识。

接下来，本章从全球与国内两个视角对电子政务的发展历程进行了介绍。就电子政务全球发展历程而言，按若干结点事件将其划分为四个阶段，即电子政务的萌芽期（20世纪60年代早期至70年代末）、电子政务的孕育期（80年代初到80年代末）、电子政务的成型期（90年代初至90年代末）和电子政务普及与发展期（90年代末至今），对各阶段的发展特征与阶段成就进行了归纳。对于国内电子政务的发展历程，则从80年代中期的政府内部办公自动化工程谈起，依时间维度对国内电子政务发展的重要事件、方针政策、发展特征等进行了介绍。

电子政务作为全球政务管理的发展方向，它节约政务成本，提高政务管理效率与有效性，顺应行政体制改革的发展方向；使行政决策建立在及时、准确、可靠的信息与知识基础上，提高政府的决策理性与公共政策质量；促进政府横向与纵向上的信息流通与共享，提高政务活动的协同工作水平；通过建立与完善政府组织间以及政府与社会实体间双向信息沟通机制，提高政府的反应能力与社会回应能力；通过适度公开政务信息以及政府与社会间的双向沟通机制，实现数字民主与开放政府，提升政府的社会满意度；促成政府办公模式与观念的变革，实现政府由管理型向管理服务型、被动服务向主动服务的转变，从而为社会提供便捷、优质的多元化服务；电子政务是推进信息化建设、实现政府职能转变与完善、提高政府行政能力和提高政务服务效率的有力工具，也是一个实现政务公开、科学决策的系统工程。

国内电子政务的发展起步晚，且在发展过程中暴露出了若干问题。对国外实施电子政务的成功案例进行研究与反思，对我国的电子政务建设将起到很好的启示作用。为此，本章选择了国外电子政务发展最早、最成功的美国和新加坡作为典型案例，对它们各自的简要发展历程、实施策略、成功经验等进行了深入分析与探讨。同时，将两者作归纳研究，总结出发达国家成功实施电子政务的若干共同特征，即行政主体能够真正转变观点，端正认识；建立了系统、完备的在线服务体系，能够向社会实体提供充分的信息与知识共享；能够以科学的方法论作为指导，在"系统"高度推进国家电子政务建设；能够在国家层面强力推进，注重电子政务建设中的统一、协调与规划。国内电子政务虽然总体上尚有许多不足，但也涌现了若干典型案例。为此，本章以青岛、杭州、北京为代表，对国内成功实施电子政务的典型案例进行了经验总结。

最后，本章对国内电子政务实施中的问题进行了归纳与分析。即在认识上重"电子"轻"政务"尚比较普遍，缺乏对政务信息、政务知识及其流程的有效管理方法与策略，缺乏全国统一、内容完善的实施规划与标准体系，电子政务的安全机制尚未完善，电子政务平台设施建设整体上仍落后于发达国家，政企合作尚不够充分，项目管理有待进一步提高。针对上述问题，提出了相应的解决策略与建议；对其中集中表现的政务内容建设瓶颈问题，提出从知识维度审视政务的全新政务视图，并基于此提出了电子政务知识管理系统建模的基本思路：将电子政务知识管理建设看作一项系统工程，以系统科学与协同学的理论与方法为指导，将在企业界已经广泛应用的"知识管理"理念与方法引入到政务知识管理领域，探讨电子政务知识管理系统建模问题。

本章思考题

1. 何为"电子政务"？其主要功能是什么？

2. 有人讲，电子政务就是政府通过"电子"手段向社会实体提供服务的新型模式。对此，你怎样理解？

3. 电子政务相对于传统政务，其主要区别何在？如何理解"电子"与"政务"的关系？

4. 从当前实际情况看，你认为对于行政主体而言，电子政务的若干内容层次中最重要、最需要发展与完善的是哪一层次？

5. 在一些人看来，电子政务就是政府办公自动化，或者政府上网就是在实施电子政务。请问，这些观点对吗？你如何理解？

6. 从全球电子政务发展历程看，政府办公自动化对应于电子政务发展的哪个阶段？它的更高阶段是什么？

7. 20世纪90年代后，全球电子政务的发展在理论上最突出的特点是什么？

8. 电子政务是理念与技术相融合的产物。纵观全球电子政务发展历程，请分别阐释其在技术和理念上的发展与变迁轨迹。

9. CNNIC自1997年至2008年的统计数据表明，以"gov. cn"结尾的注册域名数呈现逐年上升趋势，而以"gov. cn"结尾的注册域名占国内总域名数目的比重却呈现总体下降的趋势。请问，你如何理解这一现象？

10. 国家"十五"规划期间与"十一五"规划期间，在推进全国电子政务发展方面有哪些主要措施与行动？

11. 如何理解国家实施电子政务的必要性？其意义何在？

12. 从美国和新加坡成功实施电子政务的案例阐述中，你分别得到了哪些启示？

13. 美国和新加坡等国外成功实施电子政务的案例，带给我们哪些共同的经验与启示？

14. 青岛市与新加坡电子政务在电子政务发展过程中，有哪些异同点？最终导致了怎样的实施效果？

15. 杭州市在实施电子政务的过程中，是如何做到以"公众需求"为中心的？

16. 北京市电子政务是全国范围内起步最早、发展最快的典型案例之一。请结合本章案例阐述，谈谈你从中得到的启示。

17. 目前国内电子政务实施过程中，主要表现出哪些问题？它们产生的原因何在？对我国电子政务的健康发展造成了怎样的危害？

18. 当前我国电子政务实施过程中存在的若干问题中，你认为最重要、最突出的问题是什么？对这一问题，该如何解决？

19. 将"知识管理"理念与方法引入电子政务系统建模领域，有何意义？

20. 电子政务知识管理系统模型要解决哪些问题？这些问题的有效解决对电子政务的发展与完善有什么影响？

第二章　电子政务知识管理系统框架

本章我们将探讨电子政务知识管理系统的要素组成及其结构关系。首先，对知识管理的发展背景、简要发展历程与理论观点作一综述；其次，对电子政务知识管理系统的要素组成及其间关系展开分析与讨论；最后，我们探讨电子政务知识管理系统的建模方法以及系统的要素结构，其中子系统划分是后续各章进一步深入研究的指导架构。

2.1　知识管理概要

2.1.1　知识管理的诞生背景

进入新千年以后，作为一种新的经济形态，知识经济的轮廓在全球渐渐清晰起来，并以其旺盛的生命力对传统的生产方式与经营理念形成了巨大挑战与冲击。伴随人类社会的发展，社会实体的财富核心来源经历了一系列转变。例如，在农业经济时代，土地占据了社会生产资料的主导地位；工业经济前期，随着早期机器化生产的出现，劳动力代替土地逐渐成为主要的财富之源；到了工业经济后期，金融资本则进一步取代劳动力成为社会主体生产资料。如今，随着知识经济时代来临，知识正以其强大的力量而成为社会财富的最主要来源。正如管理学大师德鲁克（Peter F. Drucker）在其力作《后资本主义社会》中所指出的，人类正在进入知识社会，在这个社会中最基本的经济资源不再是资本、自然资源和劳动力，而是且应该是知识；在这个社会中，知识工作者将发挥主要作用。在其新作《21世纪的管理挑战》（Management Challenges for the 21st Century）中德鲁克则进一步指出，在20世纪，"管理"的最重要、最独特的贡献是在制适业中将体力工作者的生产率提高了50倍之多；在21世纪，"管理"所能做的与此同样重要的贡献就是增加知识工作和提高知识工作的生产率。这是在知识经济的背景下，对整个管理领域提出的全新挑战。

资料表明，20世纪后20年美国全国在信息技术方面的投资超过了一万亿美元，但最终对知识工作者的工作效率和工作能力改进方面收效甚微。究其原因，传统的"变革相对较慢、以预期为基础"的经济正在被"快速变化、非连续、跳跃式"的新经济形态——知识经济所替代，社会实体基于信息的竞争优势正在向基于知识的竞争优势转变。社会生产在经历了由"基于资源的积累过程"到"基于能力的资源配置过程"的转变后，当前正在向"基于知识的能力创新过程"跃进。如果说资源的积累与转化是社会价值形成过程的直接表现形式，能力配置是优化社会价值形成过程的手段，那么知识的应用和创新则是社会价值形成的源泉。当知识逐渐成为社会的核心生产资源和价值创造的核心来源时，管理的焦点也必然要转移到以"知识"为核心要素上来。这种核心要素的转移，促使各种社会实体采用知识管理模式来适应知识经济时代的发展。

2.1.2　知识管理发展历程与基本观点

知识管理（KM）的概念最早诞生于企业管理领域。1986 年维格（Karl M. Wiig）在联合国国际劳工组织于瑞士召开的一次会议中首次提出 KM 概念，并将其定义为"为最大化企业知识相关的效率及知识资产的回报，企业系统地、显性地、审慎地建立、更新与应用知识的过程"。此后，KM 研究热潮持续兴起，人们以不同的视角和侧重点给出了 KM 的各种定义。日本学者野中郁茨郎（Iku-jiro Nonaka）认为，KM 要求企业致力于基于任务的知识创新、传播并具体体现在产品、服务和系统中。Lotus 公司①将 KM 定义为系统地平衡信息和专门知识、以提高组织的创新能力、反应能力和生产率。Yogesh Malhotra 将 KM 定义为"KM 是当组织面对日益增长的非连续性的环境变化时，针对组织的适应性、组织的生存及组织的能力等重要方面的一种迎合性措施。本质上，它推进了组织的发展进程，并寻求将信息技术所提供的对数据和信息的处理能力以及人的发明创造能力两方面进行有机的结合"。Delphi 公司认为，"KM 就是运用集体的智慧提高企业的应变能力和创造能力"。我国学者顾新建则认为，"KM 就是运用集体的智慧提高应变能力和创新能力，是为企业实现显性知识与隐性知识的共享提供途径"。张新武博士从战略的高度将 KM 定义为：结合环境因素，企业在辨识与分析现有的与所缺知识的基础上，以战略规划为指导，对包括企业的人力资源、技术资源、管理资源及企业文化等在内的知识资源进行的集成化、系统化、动态化的管理与控制过程，是一项复杂的系统工程。

类似的观点概括起来还有，KM 乃是对知识进行系统地、明确地、仔细地确立、更新和应用，使企业与知识有关的活动得到最大效果，从知识资产中得到最大回报；KM 是将所有的专业知识，不论是在纸上、在数据库里还是在人的头脑

---

① Lotus 公司，亦即莲花发展有限公司（Lotus Development Corp.），成立于 1982 年，总部设在美国波士顿，是全球领先的群件产品供应商，现为 IBM 的全资子公司。Lotus 公司一直注重对知识资源的组织与管理，将 KM 看作电子协作向纵深发展的有效途径，推出了完整的 KM 解决方案。

中的都掌握起来，分配到能够产生最大效益的地方去；KM 是获取适当的知识在适当的时候交给适当的人，使他们能作出最好的决策；KM 涉及发现和分析已有的和需要的知识，并规划和控制开发知识资产的行动，以达到组织的目标；KM 是系统地处理、寻求、理解和使用知识以创造价值；KM 是在一个组织中对知识进行明确的管理，以达到组织的目标；KM 是将经验、知识、专业能力成型并获取，以产生新的能力、获得卓越的成效，推动创新和增加顾客价值；KM 是一个系统地发现、选择、组织、过滤和表达知识的过程，从而改善雇员对特定问题的理解等。

综合上述观点，我们认为，KM 是在当前新的知识经济背景下诞生的一种理念和技术相融合的新型管理模式，亦是一个具有明确目的性的集成化动态过程。作为管理模式，其新颖之处在于所管理的对象已经不再是传统意义上的有形资产，如土地、劳动力和资本，而是无形的资产——知识，包括隐性知识和显性知识；作为一个集成化的过程，它要完成对整条知识链的各环节与要素的整合与管理，既包括对知识的辨识、获取、表示、存储、集成、传播、应用、创新和进化等环节的整合与管理，还包括对知识、人、工具和环境等要素的集成与管理；KM 有着明确的目的性，即提高组织的知识生产率，增值知识资本，提高智力资本的投资回报率，增强组织成员的协同工作能力，提高组织对市场、客户环境的应变能力以及知识共享和创新能力，从而改善组织形象、提高其核心竞争力。

在知识经济时代，人类所面对的环境将更加多变、速变，各类型组织间的竞争将更加激烈。面对越发激烈的竞争环境，一个组织能否立于不败之地已经不再依赖于其核心产品和服务，而是取决于其基于知识的核心能力。这表现为其在知识获取、共享、应用与创新等环节上的效率和有效性，或者说取决于其 KM 实施能力。对于以营利为目的的企业，其 KM 实施能力与实施效果直接取决于其能否培育、营建起 KM 借以实施的有效平台——知识管理系统（knowledge management system，KMS）；对于非营利性的社会组织，包括政府机构，其 KM 实施能力与实施效果则决定于其能否建立健全基于 KM、兼具"技术－社会"双重优良特性的电子政务系统平台。

2.2 电子政务知识管理系统要素

基于新型行政管理与服务理念以及先进信息技术，电子政务相对于传统政务，其本质与核心未变，即还是"政务"；只是政务实施的手段与方式、要素间结构与关系发生了改变或优化。基于对知识维"政务"视图的理解，电子政务知识管理系统要素包括政务知识资源（数据、信息以及显性知识和隐性知识）、政务实施主体、政务实施受众、政务知识资源的处理过程（即政务知识链）、政务实施平台（电子政务技术子系统）以及政务实施环境（生态环境）等。

2.2.1 电子政务知识资源

同传统政务一样，电子政务活动的展开也离不开资源。何为资源？周鸿铎先生在《信息开发利用策略》中指出，资源是指在自然界和人类社会中一切可以用于创造物质财富和精神财富的原始的达到一定量的客观存在形态。简言之，资源就是一切可被人类开发和利用的客观存在。基于知识维政务视图，则电子政务系统的核心资源便表现为知识资源。

电子政务的实施，无论其起点、终点还是过程，都是对电子政务知识资源的操作与处理过程；电子政务知识资源是连接电子政务的实施主体与受众的承载物。这里所讲的"电子政务知识资源"是一个外延比较广泛的概念，它既包括政务知识，亦涵盖尚未完成相应加工、组织与整合的政务知识的"原料"级样态，如政务数据、政务信息等。

数据（data）是对事物属性及其相互关系的抽象表示，是可以被记录和鉴别的符号，是客观实体的属性值。人类文明的发生与发展的过程，可以概括为人类认识自然与改造自然的过程。在该过程中，人们对现实世界中的各种事物及其间关系的认知是通过对其各种属性加以区划并进行度量和表述实现的。例如，如图2-1所示，对于客观实体"法官"和"嫌犯"，人们通过工号、姓名、性别、身份证号等属性对其加以描述和表征；而对上述两实体间的关系——"审案"，则通过时间、地点等属性实现表征与描述。对于具体的实体与关系，如某一位法官正在审理某一位嫌犯的案子，则通过对上述属性进行测度后得到其相应的值作为表征。例如，这位法官的工号为"J001"、姓名为"龚正"、性别为"男"……。如此，一个具体的法官就已经确定并被描述了。社会实体"嫌犯"的描述与此相同。当两实体关系——"审案"的各个属性也被加以测度与描述后，如，时间为"×××年××月××日××时××分"、地点为"××法院××厅"……，则一个现实中的具体审案事件便也被确定和表征了。在上述这个例子中，"J001"、"龚正"、"男"以及"××

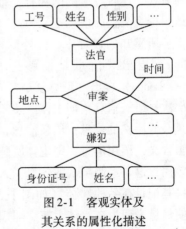

图 2-1 客观实体及
其关系的属性化描述

法院××厅"等，这些描述客观实体及其关系的属性的测度值就是数据。

上述例子中，我们只是简单地对电子政务的特定领域——电子法庭中的政务数据作了简单阐释。在电子政务实施过程中，首先面对的就是海量的政务数据。这是政务知识资源的最基本样态。

单一的数据并无完整时空意义，亦即任何客观实体及其关系都要通过一系列有机的属性值才能进行完整表征；当对若干数据进行加工和有机整合后，形成的有机的数据集便可完备地描述客观实体及其关系了。这个有机的数据集就是信息。

信息（information）是有目的、有用途、有完备意义和有机联系的数据集，是对数据进行再加工与再组织的产物。简单地讲，数据和信息是原料和成品之间的关系。各应用领域内的信息系统（information system，IS）是将数据加工成相应信息的系统平台；电子政务系统也担任这一角色，即各类型的政务数据通过电子政务系统进行再组织而成为政务信息。

对于一般意义上的信息，本体论与认识论有着不同视角下的认知。信息的本体论将信息定义为事物内部结构和外部联系的运动状态与方式。此处的"运动"泛指一切意义上物质与精神的变化；"运动方式"是指事物运动在时间维度上所呈现出来的变化过程与规律；"运动状态"是指事物运动在空间维度上所展示出来的状态与态度。一切事物都在运动，都有其特定的运动状态及其状态改变方式。因而，一切事物均产生信息。这是信息的绝对性与普遍性。另外，由于同一事物的运动状态与方式相对于不同参照系会有所不同，所以信息又具有相对性与特殊性。

认识论意义上的信息则将其定义为认识主体所感知或表述的事物运动的状态与方式。比较经典的阐释有，维纳（Norbert Wiener）在《控制论和社会》中把认识论意义上的信息定义为："信息是我们适应外部世界并且使这种适应为外部世界所感知的过程中，同外部世界进行互相交换的内容的名称"；香农（Shannon）指出"信息是能够用来消除不确定性的东西"；意大利学者朗高（G. Longo）提出"信息就是差异"。认识论把信息按照主体认识深度又分为三个层次：语法信息，即主体所感知或表达的事物运动状态和方式的形式化关系，这是最低层次的信息；语义信息，即主体所感知或表达的事物运动状态和方式的逻辑含义；语用信息，即主体所感知或表达的事物运动状态与方式相对某种目的的效用，这是最高层次的信息。人们往往将认识论意义上的信息作格式化描述后，将其记录在各种媒体（如图书、报刊、胶片、磁带、磁盘、光盘等）上，从而使信息表现为在媒体上按空间顺序排列的字符序列。此时，认识论意义上的信息便能够在形式上独立于其认识主体而存在。这也是人类文明在时空双维度得以传承的主要方式。

作为电子政务知识资源的政务信息是认识论意义上的信息子集。政府作为行政主体，也是相应国家或地区的最大信息资源拥有者，而这种信息资源则主要表现为认识论意义上的信息样态。行政主体的政务实施过程需要对其所掌握的信息资源进行再加工与再组织，即对其作进一步挖掘与整合，以得到信息的本质与内容，此即政务知识。

探讨政务知识之前，我们先来看一看不同学者从各异的思考视角出发，对一般意义上的知识（knowledge）给出的不同界定与阐释。

早在 1984 年，Sowa 就指出，知识包含对于所涉及的客观对象（实体）、操作、关系、一般或特定的启发性或推论性过程的隐式或显式描述（限制或规定）；1992 年，Turban 将知识定义为经过组织和分析的信息，能够用来解决问题和支持决策；著名企业知识管理专家维格于 1993 年指出，知识包括真理信念、观点概念、判断期望、方法和技能；Furosten 于 1995 年指出，知识是不可否认的事实和客观真理以及社会团体的各种制度；1997 年 Beckman 指出，知识是数据和信息的更高层次，能够提高性能、解决问题、支持决策、学习和传授；新康德主义认为，知识是经过证实了的真的信念，是对外界的知觉体验的系统、科学的分析结果，该学派认为判定知识的真假在于其能否预见现实的某种体验；现代认知心理学将知识定义为，个体通过与其外部环境相互作用后获得的关于外部世界的反映与观念的总和，它通过符号系统得以表达。类似的观点还有，知识是所有被认为是正确和真实的，能够指导人类思想、交流与行为的洞察力、经验和过程的总称。知识是对信息进行深加工，经过逻辑或非逻辑思维，认识事物的本质而形成的经验与理论，它是信息、经验、价值观与洞察力的组合；知识是经过分析和组织的，能够用于解决问题、支持决策、指导人的思想和行为的，对于客观对象、属性、关系以及重要过程的描述，在内涵上它包括客观真理、判断、观点和洞察力等。

对上述观点加以归纳和综合，我们认为，知识是以信息为原料，并作进一步深加工而形成的完整的、精制的、深刻的和系统化的信息本质与内容（表现为编码后的显性知识）以及认知主体技能（隐性知识）。知识是人们经过对信息的再分析和再组织，而形成的对客观对象属性、关系以及重要过程的完备的本质认知，在内涵上包括结构化信息、判断、经验、客观真理、价值观和洞察力等；它能够用于解决问题、支持决策、指导人的思想和行为。随着人类社会正从后工业经济时代向知识经济时代转变，知识也逐渐上升为社会的核心生产资源和价值创造的核心来源。

相对于信息概念的本体论与认识论视角，对知识概念的界定也包括上述两个视角。知识本体论认为，知识是客观事物间的普遍联系和规律，是不以人的意志为转移的客观存在；知识认识论认为，知识是人类长期实践检验的结晶，包含人类认识世界的结果以及人们改造世界的方法。人类认识与征服自然的过程便是认识论意义上的知识逐渐接近知识的本体的过程。目前对知识的普遍定义是从认识论意义上而言的，电子政务系统要素中的知识也是基于该视角下的认识论意义上的知识子集。

按不同标准可对知识作不同分类，如表 2-1 所示。

表 2-1　知识的分类标准与内容

分类标准	知识类别
知识的适用范围	局部知识和全局知识
知识的成熟度	例常知识和例外知识
知识的来源	内源知识和外源知识
知识所处的层级	个体知识、团队知识和组织知识
认识者的主观解释	实用知识、学术知识、闲谈和消遣知识、精神知识和不需要的知识
知识内容	事实知识、原理知识、技能知识和人力知识
知识的作用	事实知识、过程知识、控制知识和元知识
知识的状态	静态知识、动态知识
知识的确定性	确定性知识和非确定性知识
明晰程度	显性知识和隐性知识

世界经济合作与发展组织（Organization for Economic Cooperation and Development, OECD）以及著名知识管理专家波兰尼（Michael Polanyi）对知识的分类是目前最具权威性和流行性的两种分类。OECD 在其报告《Knowledge-based Economy》中将知识按其内容属性分为四种，即事实知识（know-what）、原理知识（know-why）、技能知识（know-how）和人力知识（know-who）。波兰尼按明晰程度将知识分为明晰知识（articulated knowledge）和默会知识（tacit knowledge），亦称为显性知识和隐性知识。其中，前者是可编码，容易被计算机处理和度量的形式化的知识，它能够容易地在个人和团体之间传递；后者是难于形式化、难于编码和交流的知识，表现为个人的经验、感觉、习惯、洞察力、爱好和潜意识等。OECD 报告中的前两种知识属于显性知识，后两种则是隐性知识。

电子政务中的政务知识主要基于波兰尼的标准，亦即电子政务系统中的知识要素既包括传统意义上的显性知识，也应包括通常被人们忽视的隐性知识。这是对传统电子政务系统知识要素的重要补充。其原因在于，在人类的知识结构中，隐性知识占据了大部分，而且其对于知识的转化和创新意义重大。有人用知识冰山比喻人类知识整体，冰山的水面以上部分是显性知识，水面以下的绝大部分则是隐性知识；我国著名学者王众托院士则通过图 2-2 形象化地说明这一道理。日本学者野中郁茨郎（Ikujiro Nonaka）和竹内广隆（Hirotaka Takeuchi）指出，知识在隐性知识和显性知识的转化中形成了一个不断成长的知识螺旋，隐性知识是知识生产和创新过程中的必要组分。如此，缺少对隐性知识有效管理的电子政务，将是不完备的电子政务，难以达成良好实施效果。

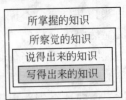

图2-2　人类知识结构

将隐性知识组分纳入电子政务知识资源范畴，这是基于 KM 的电子政务系统观的重要贡献之一。行政主体首先要认识到隐性政务知识的客观存在及其重要意义，而后需要思考该如何实现对政务知识中的隐性组分进行有效的组织与管理。隐性知识作为认知主体——人的个人财富，尚未独立于认知主体而存在，而是承载于认知主体本身。如此，对隐性知识的组织与管理更具有难度和挑战性。也正因为此，传统意义上的政务实施甚至企业知识管理领域，对隐性知识的管理一直被忽视或者效果寥寥。当然，随着知识管理理论与实践逐渐走向深入，人们也逐步试探着找到了对隐性知识的组织与管理的可行途径与方式。那就是，通过对隐性知识的外显化（externalization）与社会化（socialization）实现直接管理，同时亦可通过对隐性知识载体——人的有效组织与管理实现对其所承载的隐性知识的间接管理。本书会在后续章节对此作进一步阐释。

知识资源要素在电子政务系统中处于重要地位，扮演着重要角色。如果知识资源缺失或组织管理不善，则最终的电子政务系统的效率和有效性都将大打折扣。为此，开展电子政务建设、研究电子政务系统框架组分与结构，首先要对知识资源要素特征具有全面透彻的认知。

概括而言，电子政务系统知识资源要素具有如下六个特征。

（1）价值性。即电子政务系统中的各种知识资源样态能够为受众提供效用或具有可使用性。该特征与"资源"概念的价值本性相合，也是政务知识作为资源的立足点。至于政务知识资源价值的具体测度，不同领域的不同学者观点各异、莫衷一是。本书在第七章还将对此作一些探讨。也有人简单地提出如下的价值计算方法：知识资源的价值 = 使用该知识所取得的平均经济效益值 × 该知识的使用概率 – 该信息的全生命周期成本。然而，该方法的可操作性不强。毕竟，当包括政府部门在内的社会实体在一个时域内取得相应经济效益后，在其中准确剥离出使用某部分知识所直接导致的平均经济效益，那将是一个非常复杂与困难的问题。

（2）共享性。共享性蕴涵传播特性，即知识资源能够在不同社会实体之间跨越时间与空间地进行双维度传播与同享。知识资源在合理安全框架约束下，在尽可能广阔的范围内进行传播与共享，能够使其发挥出更大的社会整体效益。这与实物共享完全不同。一人独享一个苹果与和他人分享一个苹果，对这个人的效用显然是不一样的；分享后，其切身利益受到了损害，也没有改变"一个苹果"的现实。然而，当你将一些知识或一项技能与他人交流与共享后，你仍然保有完整的这些知识或这项技能；分享后，他人因同样具备了这些知识或这项技能却和你一道向社会创造出了双倍于先前的效益。鉴于此，作为国家或地区内最大的知识资源拥有者，行政主体在实施电子商务的过程中，必须对知识资源的共享性给予足够关注，并在合理安全限度内推动其所掌握的公共知识资源的最大限度传播于共享。这对消减区域信息不对称性、弥合知识鸿沟，具有重要意义；同时，也是提高本地区经济活力的有效途径。美国、新加坡等国电子政务的成功实施经验对此给予了充分佐证。

（3）增值性。知识资源的增值性主要表现为社会实体可以通过原有知识基础产生新的知识，如同金融资本那样"以钱生钱"。随着知识经济的来临，知识已经成为社会主体生产资料和价值创造的核心来源。此时，行政主体不仅要思考如何组织、管理好其所掌握的知识资源，还要进一步思考如何运用好这些知识资源，以使其呈现出"滚雪球"效应。影片《天下无贼》中有句台词让很多人记忆深刻：21世纪什么最重要？——人才！人才之所以重要，缘于其所掌握的知识（技能）的重要性；更进一步地说，该重要性则直接体现在应用后产生的经济效益与增值效果。

（4）时效性。同其他事物一样，知识资源也是有生命周期的；知识资源的价值会随着其生命周期的延续而发生变化，即其价值变化表现出对时间维度的强依赖性。学者孙木函讲，一个1976年毕业的大学生到1980年，已经有50%的知识进入了陈旧状态。事实上，随着人类社会文明的加速发展，这种蜕化速度也在加速；亦即知识资源的生命周期呈现加速缩短的趋势。如此，电子政务的实施主体必须对知识资源的时效性有着足够清醒的认识，并采取切实有效的手段与措施确保其通过电子政务信息平台向公众所提供的各种知识资源处于其生命周期中的最佳活跃期，亦即价值峰值期。这也是以提供静态信息为主要特征的"政府上网"阶段的电子政务不能适应时代发展而必须向更高阶段跃升的内驱力之一。

（5）等级性。此处的"等级性"具有多方面的含义。如前所述，本书中的"电子政务知识资源"是一个外延比较广泛的概念，既包括政务知识，亦涵盖尚未完成相应加工、组织与整合的政务知识的"原料"级样态，如政务数据、政务信息等。如此，知识资源的等级性首先表现在"加工"精度上的"数据→信息→知识"梯级样态。与此同时，电子政务作为新型政务实施模式，具有行政领域固有的严肃性和安全要求。也就是说，任何通过电子政务系统平台操作、传递与组织的知识资源都有着严格的安全性界定，必须在相应安全限度内完成相应操作。这要求电子政务系统必须建立、健全完备的安全机制（包括技术安全、社会安全等组分）。此外，对应于传统信息管理领域中的信息等级性，知识资源从基层到高层也包括业务层面、战术层面和战略层面三个层次。当然，各层次知识资源的安全性等级、加工精度、结构化程度、生命周期等也会有所差异。

（6）滞后性。如同矿产资源一样，知识资源往往伴生有其他噪声，甚或本质上属非事实性。当然，这并不与知识资源的价值本性相悖，毕竟证伪与证实同样重要。然而，源于人们的应用习惯和便利要求，人们总希望通过持续不断的加工与再组织，将所掌握的知识资源提升到更高精度、更高真度。该过程中的每一步在时间维度上都表现出一定的阈值 Δt，此即知识资源的滞后性。虽然这种滞后性为知识资源的固有特性，但电子政务的实施主体可以通过持续改进和增强自身的知识管理技能，以降低生产实践中的 Δt 值；另外，也可通过持续提升和改进其电子政务系统平台特性，进一步降低政务知识资源的滞后性影响。知识资源固有的滞后性也迫使电子政务实施主体放弃"一蹴而就、急于求成"的实施心态，脚踏实地、持续精练其知识资源，以确保投放到电子政务系统平台上的各种知识资源能够充分满足广大受众的应用需求，并符合其使用习惯。这也是电子政务赢得尽可能广泛的受众支持与参与的有效途径之一。

2.2.2　电子政务实施主体

电子政务实施主体在层次上形成了金字塔结构，如图 2-3 所示。其中，国家或地区最高行政组织及其直接代理人构成的决策主体处于该结构的最高层，角色上（尤其是直接代理人）对应于企业知识管理领域的知识主管（chief knowledge officer，CKO）。电子政务项目经理以及电子政务系统直接建设者构成电子政务的执行主体，分别对应于企业知识管理中的知识项目经理和知识管理工人（战术管理层和业务操作层）；他们是专门从事电子政务系统建设以及政务知识资源建设组织与管理的人员。司职于各个具体行政职能部门（如经济建设、民政管理等）的一般行政员工是电子政务的参与主体；他们是具体政务知识资源的拥有者和承载者。

图 2-3　电子政务实施主体

电子政务的实施需要各级行政机构"从上而下"式的推动，各级政府组织即是电子政务的实施主体。然而，我们必须认识到，不同级别的政府组织、同一级别的不同部门以及不同的行政工作人员，其在电子政务实施过程中所扮演的角色和所承担的任务是有差异的。显然，最高级行政组织（如国务院）及其官员处于战略决策层，其更多的是从战略规划上思考电子政务的实施问题，包括有关推进电子政务的政策制定、发展规划、经费筹措、人员与机构配置、实施职责划分等。国外实施电子政务的成功经验启示我们，必须成立统一的、专门化的行政部门来对辖区内的电子政务做标准化、高强度推进。例如，在美国，政府联合一些公益性团体组织先后组成了 10 个监管政府信息化的机构（通称为政府技术推动组），负责指导、管理和协调全国范围内的电子政务实施进程，其职责包括技术推进、法规政策建议的提出、投资管理、服务改善与业绩评估等；新加坡则设置了四个委员会，实现对电子政务的"分层管理、分类处理"的管理效果。在我国，自 2002 年起便形成了由国务院办公厅、科技部、国家信息化领导小组共同指导和规划国家电子政务建设的局面。这些机构从其角色层次而言，仍属于决策层；它们是国家最高行政组织在电子政务实施领域的直接代理人，负责将行政视野战略部署进一步具体化为电子政务专业领域的决策规划，启动相应建设行为。例如，2002 年上半年国务院办公厅和科技部推出电子政务试点工程；2002年 7 月，国家信息化领导小组第二次会议审议通过了"中国电子政务建设指导意见"，明确了"十五"期间我国电子政务建设的指导思想和原则、主要目标和任务以及相应措施。

国家或地区的最高行政组织作为本区电子政务的战略决策者，要切实考核、选拔好直接代理人。此处的"直接代理人"一般为向最高行政组织直接负责的政府信息化专职部门，考核、选拔好直接代理人则演变为对政府信息化专职部门领导的考核与选拔。这个人是具体扮演"CKO"角色的人，他必须拥有"硬"的技术能力和"软"的电子政务理念、行政素质和人际交流能力，负责推动本区电子政务的实施进程，是电子政务建设的高层专业决策者，直接向本区最高行政组织汇报工作。具体地讲，其主要职责包括：思考、帮助本区行政组织变革和培育适合电子政务实施的行政流程、内部环境；设计、营建本区电子政务基础设施；整合和管理本区各种政务知识资源；设计本区电子政务知识资源的编纂方法；制定本区电子政务的实施战略；选择并管理电子政务建设项目的项目经理；了解外部信息，并沟通与外界知识提供者的联系。

电子政务的实施不仅需要决策主体的规划、指导与推动，还需要执行主体的有效的战术管理与强有力的业务推进，以及参与主体熟练的应用技能与积极的主观能动性。此处的"执行主体"指负责具体电子政务项目实施的部门及其人员，是广义上电子政务建设的项目团队。其中，那些兼具较高行政素质、先进电子政务理念和良好信息技术功底的人员，将在执行主体中凸显出来，担负电子政务项目具体实施的战术管理者，类似于项目经理；执行主体中的另一部分人员以具备良好信息技术素质为前提，是电子政务系统平台的直接建设者，如图 2-3 所示。

在实际运作中，电子政务实施的执行主体的人员来源会有差异。有些国家或地区的政府部门考虑到行政事务的严肃性与安全性以及未来系统维护的连贯性与可持续性，会成立专门的政府信息化执行部门，无论战术管理者还是系统建设者、业务操作者均由政府人员担任，负责有关具体电子政务项目的全部建设工作；也有些国家和地区的政府部门考虑到信息化建设能力并非政府组织核心技能，同时也因精简行政机构、节约预算、调动社会实体参与电子政务的积极性、充分利用社会资源等的需要，将具体的电子政务建设项目向社会上具有专业实力的企业法人进行业务外包。此时，电子政务的执行主体由来自与政府内部和专业化企业的两部分人员构成。来自政府内部的人员较少，他们主要以其较高的行政素质和对电子政务理念与模式的深层理解和把握，担负具体电子政务建设项目的战术管理以及与建设方的沟通；来自信息化建设企业的人员相对较多，这当中具有较高信息化业务素质的人员将作为乙方代表和来自行政部门的人员一道组成项目的管理层，其余人员则是项目的直接建设者。从目前成功实施电子政务的国家经验看，上述两种执行主体构成方式中，政企合并组建方式比较普遍，并且取得了良好的实施效果。

电子政务执行主体中的项目经理向"CKO"负责，并接受其领导和监督，而其又是电子政务建设项目中的中层管理者。其主要负责具体电子政务建设项目的组织实施工作，包括管理并整合相应的政务知识资源，整合电子政务项目的直接建设者，组织并管理电子政务项目团队，管理和控制电子政务项目预算以及建设进度。达文波特（Davenport）在《领导层的未来》中指出，知识经济与知识工作的兴起促使传统中层管理人员向知识项目经理转变，同时指出了相应的转变途径。笔者将其整理成图2-4形式，该图从侧面直观、简洁地描述了知识项目经理所应具备的素质。对电子政务参与主体中的项目经理的考核、选拔与培育，可以参考上述标准与途径。

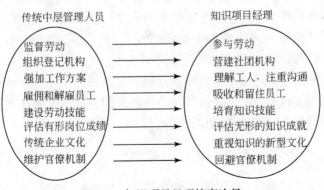

图2-4 知识项目经理培育途径

电子政务执行主体中的直接建设者向项目经理负责，他们依托其所掌握的信息化知识与技能，专门从事电子政务系统平台的建设工作。其主要职责包括：在既定策略与技术的基础上安装、建设或维护电子政务系统平台，获取、表示并存储各种政务知识（系统初始化），结构化或重构电子政务知识库。电子政务系统上线后，仍需要一部分信息化技术人员的技术支持。这部分人员不仅要有较高的信息技术，还要有较强的知识管理技能。换言之，这些人的角色已经由一般意义上的政务信息化的直接建设者演变为负责维护电子政务系统正常运营，同时协助一般行政人员共享、应用和开发政务知识资源并促进其知识创新的政务知识管理工人。自然，政务知识管理工人应该专门司职于相应的政府信息化部门。国外一些成功实施 KM 的企业均配备了一定数量的知识管理工人，例如，Andersen 咨询公司每 5 名员工中就有 2 名知识管理工人；可口可乐公司本部也拥有了相当数量的知识管理工人。实施电子政务的政府组织配备适量的政务知识管理工人，对提升其政务知识资源的管理水平将裨益十足。

电子政务实施中的参与主体泛指政府组织内部履行具体行政职能（如经济建设、民政管理、交通管理等）的全体行政人员，即普通的政务实施者和政务知识资源的拥有者、传播者、应用者和创新者。参与主体并非专门从事电子政务系统建设工作，但因其所掌握的政务知识资源以及作为电子政务上线系统的直接应用者而在整个结构中处于最基础的"根基"地位。电子政务上线系统能否发挥效能以及在多大程度上发挥效能，不仅取决于系统本身的性能，还取决于系统的直接应用者的主观能动性以及应用技能水平。只有一般行政员工的积极参与，电子政务才能发挥最大效能。如此，针对广大参与主体的电子政务应用激励机制与技能培训对电子政务的整体实施效果具有重要意义。

相对于传统政务，电子政务要求履行具体行政职能的政府职员改变传统工作模式与方式，积极参与到政务实施的电子化活动中来。这包括两方面内容：首先，在电子政务系统平台的建设阶段，履行具体行政职能的政府职员应积极有效地配合电子政务执行主体做好各项业务流程的调查工作，并结合自己的业务经验提出相应的建议和期望；其次，在电子政务系统上线以及后续的推行阶段，各部门的行政人员要勇于接受新事物，果断放弃原已熟练的手工行政流程，积极尝试应用所建成的电子政务信息平台开展相应的电子政务活动，并在实践操作中积极摸索应用经验，提高电子政务的应用技能。

2.2.3　电子政务实施受众

与企业知识管理系统不同，电子政务技术系统不仅是整合不同级别、不同职能行政部门政务知识资源的平台系统，同时也是联系行政主体与行政受众的纽带系统。政务活动不仅表现在行政主体内部不同级别、不同职能部门间的互动行为，大部分的政务活动还表现在行政主体与行政受众间的行政管理与公众服务关系。政务活动的具体效果不仅取决于行政主体的施政水平，也取决于广大行政受众的接受水平，还取决于行政主体与行政受众间的匹配程度。

如此，若追求电子政务整体实施效果的提升，就必须对电子政务系统中的"电子政务实施受众"这一要素给予关注、分析与研究。这里所讲的"电子政务实施受众"既包括自然人受众（公民），也包括法人受众（企事业单位）。当然，对电子政务实施受众的研究，最终都将落实到对人类社会中最基本的要素——"人"的研究。

电子政务实施受众对电子政务整体实施效果的影响主要通过如下方面体现。

（1）电子政务实施受众对电子政务的认识、理解、接受与参与程度。电子政务作为一种新型行政理念与模式，在其孕育与建设期，大多由其实施主体唱"独角戏"。当崭新系统"横空出世"时，广大电子政务实施受众往往会感到不适应无法理解，甚至难以接受。在大多数人看来，还是到相应的行政主管部门找到行政主管人员当面将事情说清楚、办妥当的好。中国有句古话，"人怕见面，树怕扒皮"。一些人认为，见面谈事情、办政务，可以将"情"的成分融入过程，从而减少办事的难度；更有一些人深知"软磨硬泡"的威力。在这些亚文化的推波助澜下，实施受众便缺乏电子政务的接受和参与热情。如此，行政部门必须切实强化对广大实施受众展开的电子政务宣传教育工作，使他们认识到电子政务在节约行政成本、提高行政效率等方面的切实意义；同时，在度过电子政务系统与手工行政系统并行运行的试运营时段以后，将能够通过电子政务系统实施的政务活动彻底固化为"电子"形式，逐步裁撤相应的传统政务活动，"强制"受众接受电子政务并通过电子政务系统提交政务活动请求和获得相应的政务服务。

（2）电子政务实施受众的电子政务参与能力和水平。当实施受众逐渐深化对电子政务的认识与理解并具有参与的欲望时，并不表明行政主体对受众的"改造"已经完成。一个重要的因素在于广大实施受众所拥有的信息化基础设施水平及其应用，如包括互联网在内的信息化系统平台的技能水平。这是一个客观约束问题。行政主体必须对其给予关注，并通过切实有效的措施加以改善。首先，行政主体要推进本区内的信息化进程，逐步完善信息化基础设施；同时，营造本区受众信息化学习与培训的氛围和环境，加大对受众的信息化应用技能的培训力度。

（3）电子政务实施受众的道德操守。电子政务以虚拟的开放式互联网为基础实施平台，其所固有的隐蔽性、不确定性、无边界性伴生了天然的安全威胁。

具有良好安全性能的电子政务安全体系既需要完备的技术安全机制的支持，也需要完善健全的法制环境的配合，还需要广大电子政务受众的良好道德操守的支撑。广大电子政务实施受众的道德水准直接影响到电子政务系统的安全秩序。例如，有人利用互联网的隐蔽性、匿名性，向相应行政主管人员发送无用、无聊、虚假信息，在增加电子政务系统负荷、浪费有限行政资源的同时，也极大地影响了政务活动的效率和有效性。有效实施电子政务需要行政主体对本区电子政务实施受众的整体道德水准作出准确评估，对可能的败德行为制定应对预案；制定详细、具体的电子政务系统使用规则，展开积极的宣传教育活动，引导广大受众遵守电子政务系统使用规则；同时，制定"可置信"的电子政务败德行为稽查机制，对电子政务环境下的不道德行为形成可置信威慑。

2.2.4　电子政务知识链

知识链（knowledge chain）这一概念源自企业知识管理领域。知识的价值实现、增值与创新都必须通过相应知识过程得以完成。这些具有顺承与反馈关系的相关知识处理过程共同构成了知识链；每一个处理过程就是知识链上的一个结点。在知识管理视角下，行政管理领域中的各种政务活动都对应于具体的政务知识链结点；完备的电子政务活动集则对应于系统、完备的整条政务知识链。电子政务系统中各个政务活动的整合程度与协同性能决定了电子政务的整体实施效果，亦即政务知识链的完备性与整体效能直接影响到电子政务系统的整体序水平。

在当前知识管理系统（KMS）建模领域，对知识过程尚缺乏关注或思考不深、不系统，还未能给出清晰、合理、完备的知识过程划分。在 KMS 建模领域外，单独对知识过程的研究还很多，因对 KM 目的和内容的理解差异而形成了对知识过程的不同观点。例如，KM 先驱 Wiig 认为知识链包括四个环节：知识的创新与来源、知识的编辑与传播、知识的吸收、知识的应用与价值实现；Dibella 认为知识链是一系列组织学习阶段的循环，包括知识获取、吸收和利用；Marquardt 主张知识链应包括以下几个步骤：获取、创造、传播、利用与存储等；Prost 将知识链分为知识的获取、开发与创新、共享与传播、使用和保存等环节；上海理工大学的钱省三教授和应力博士认为，知识过程是使无序知识元通过组织能量（如信息、知识、物理设施等）的输入从而转向有序的过程。此外，王咏、夏火松、李克旻等认为企业的知识链包括知识获取、分解、存储、传递、共享以及对知识产生价值的评价等环节。

我们认为，知识链应该基于知识的全生命周期理论，研究知识在一个完整生命周期内所经历的各种处理环节。就一般性而言，它应该能够反应知识流转的普遍流程；它需要对组织 KM 实施的完整目标（提高组织知识共享、应用和创新能力）给予全面考虑，亦即要具有系统性和完备性；同时，也要突出关键环节（如知识应用与创新）。基于前人观点，我们提出涵盖 13 个活动结点的新知识链结构，称之为完备知识链模型（图 2-5）。它包括知识的辨识、获取、表示、求精、编辑、存储、集成、传播、内化、应用、创新、价值评估和进化（知识更新与完善、淘汰与休眠）等环节。这些环节构成一个闭合回路，形成一个循环往复的过程；组织的各种生产活动（包括行政组织的各种行政活动）就是组织依该知识链对其知识资源作相应处理与操作的过程，同时也是其知识资源价值得以实现、增值的过程。

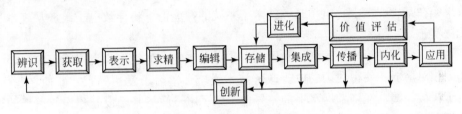

图 2-5　完备知识链模型

在上述知识链结构中，我们首先加入了"知识辨识"这一结点。原因在于，任何组织在对其知识资源进行操作与管理时，首先要对所掌握的和所需要的知识资源作特征分析，以确定知识的类型以及可管理的边界。毕竟任何组织的管理能力都是有限的，"什么都管就等于什么都不管"，不仅出不来效益，且徒增浪费。

图 2-5 所示的知识链结构是对现有各种知识链观点加以综合和借鉴的结果，使其具有更好的系统性和完备性；整条知识链覆盖了知识全生命周期，既涵盖了组织知识价值实现与知识创新的诸多前驱结点，同时又对知识资源随时间维度的延伸价值走低现象作出了应对。该知识链结构不仅给出了完备的知识链环节，还描述了各环节间的顺承与反馈关系，从而具有更高的生产指导意义。

行政组织内部各职能岗位上的职员所掌握的各种不同形态的知识资源因政府行政业务流程而结合在一起，各种行政业务流程的处理过程伴随着相关政务知识的处理过程，从而形成电子政务知识链。电子政务知识链使得原来分散在行政组织内部无序的知识资源，为了共同的目标——政务知识共享、创新与价值实现，实现了有序化。一个实施电子政务的行政组织正是在这一循环往复的过程中实现政务知识的积累、应用、创新与增值，不断增强自己的行政能力、应变能力和创新能力，进而改善其政府形象、提升其行政竞争力。

2.2.5　电子政务技术子系统

电子政务技术子系统亦即狭义上的电子政务系统，是电子政务赖以实施的技术平台，组成结构上既包括行政组织内部的各种办公设施（如电话、传真、电视、计算机、打印机、电子显示屏、摄像头与摄像机等），也包括辅助行政活动的各种业务信息系统（如税收管理信息系统、农村合作医疗管理信息系统、交通安全管理信息系统、就业指导信息系统等），还包括政府组织内部的内联网与政府组织之间的外联网以及政府外部的包括互联网在内的各种公众信息基础设施与系统等。

电子政务技术子系统是协助行政主体完成政务知识链各环节所需要的各种物理设施与技术系统，它是电子政务与政府组织现有信息化成果相集成的结合点。可见，电子政务技术子系统的完善程度与性能水平将直接影响电子政务整体实施效果；在某种程度上，电子政务技术子系统的性能低下将导致电子政务从根本上无法实施。

我们已经在第一章谈到，我国电子政务起步晚，加之作为发展中国家，经济基础相对薄弱，使得我国的电子政务技术设施远落后于发达国家。即便在国内，由于幅员辽阔，经济发展水平的差异也导致了电子政务基础设施建设与发展的地区不平衡；计算机网络、有线电视网和电话网络的"三网融合"迟迟实现不了，影响了我国网络基础设施的整体建设步伐；整体的物质和技术条件还远远不能适应建设电子政务的需要；家庭信息化程度不高，也从基础上影响着电子政务的实施效果。

近年来，随着我国国民经济建设的大步推进，国家和地方的经济实力不断增强。在国家"以信息化带动工业化"的发展口号的促进下，电子政务技术子系统建设在不同级别行政部门、不同的行政区域都有了长足的发展。随着宽带网络的迅速普及与发展，辅以信息技术领域的先进技术支持，充分发挥"后发优势"的中国在电子政务技术子系统建设方面与发达国家之间的距离正在持续缩短。

如果我们将电子政务系统整体比喻成一个生命有机体，电子政务技术子系统则是该生命有机体的骨架与皮囊。正是电子政务技术子系统的存在，才使得电子政务从无形走向有形、从理念走向实践、从虚拟走向现实、从意识之中到触手可及，让人们切实从感官上感受到了电子政务的存在。然而，空有一副骨架与皮囊，还远远不能令这个生命有机体"活"起来，不能使其发挥应有的效能。它还需要一口"气"、一种精神，以及生命体赖以生存的体液环境——电子政务实施理念与生态环境。

2.2.6　电子政务生态环境

电子政务系统具有"社会－技术"双重属性，电子政务实施不仅要注重技术属性维度下的技术子系统建设，还要对社会属性维度下的实施理念与生态环境作充分培育、配置与营建。在知识管理领域，哈耶克（Friedrich August von Hayek）指出，某些知识是与特定地点、特定时间相关联的，即作为 KM 的对象，知识本身具有很强的环境依赖性；知识必须应用在一个与其相适应的生产环境中，否则就难以充分发挥其价值，甚至毫无价值可言。故此，知识管理必须对企业环境给予充分考虑。另一位学者 Yogesh Malhotra 则精辟地认为，KM 是企业面对日益增长的非连续的环境变化，针对组织的适应性、生存和竞争能力等重要方面而作出的一种迎合性措施。可见，环境变化是催生 KM 的因素之一，并作为重要的因素继续影响着 KM 的实施效果。

哈耶克的环境论是一种"朝内"的环境论，即知识具有环境依赖性，知识的价值创造、潜能发挥取决于系统的内部环境；同理，政务知识资源的具体应用和创新也与特定的政府组织内部环境分不开，需要有内部适宜环境组分的支撑。Yogesh Malhotra 的环境论则是一种"朝外"的环境论，即任何组织系统都发生、发展于相应的系统环境中，而系统环境又处于不断变化之中；当组织外部环境发生变化后，组织内部就要作出相应调整与变革以使自身能够适应外部环境的变化，这是系统得以生存和发展所必需的。电子政务系统不仅要关注政府组织内部的环境及其变化特征，同时也必须对政府组织外部的诸多环境要素给予测度，并因应其变化作出相应的调整；必要的时候，可依据政府组织角色的特殊性，对其外部环境要素进行必要的、力所能及的培育与改造。

我们将上述两部分环境组分统称为电子政务的生态环境，如图 2-6 所示。其中，政府组织内部环境是相对于电子政务技术子系统而言的环境，包括行政理念、行政文化、行政规划、行政规程、价值观念、激励机制、组织结构和人力资源等。拓展狭义电子政务系统（亦即电子政务技术子系统）边界，直至涵盖上述政府组织内部环境要素，就得到了具有"社会－技术"双重属性的电子政务系统。此时，政府组织内部环境成为电子政务系统的组成部分，即系统的要素。作为理念和技术相融合的产物，电子政务的实施需要机械方法与生态方法的同步融合，需要技术子系统和生态子系统的共同营建。把电子政务系统比喻成生命有机体，政府组织内部环境就是其体液环境（血液和淋巴），这是其生存与发展所必需的。为了保障和维持其整体效率和有效性，必须对政府组织内部环境的诸要素给予重视并作相应的调整、变革与培育。这是电子政务系统实施的重要组成部分。

政府组织外部环境指特定的政府组织实施政务活动所处的文化环境、法律环境、经济环境、科技环境、自然环境、市场环境，以及随着全球化进程持续推进后得到进一步凸显的国际综合环境。相对于政府组织内部环境，它位于电子政务系统边界之外，是电子政务系统真正意义上的"环境"，简称电子政务系统环

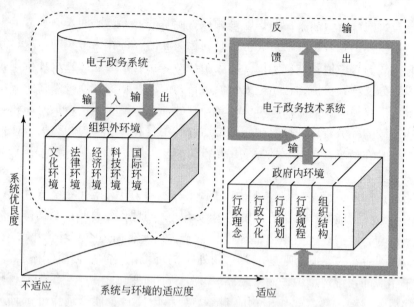

图 2-6 电子政务系统及其生态环境

境。电子政务外部环境为电子政务提供了生存和发展的空间。电子政务的实施需要从系统外部环境获取"营养"与支持。无视电子政务系统环境及其变化情况与趋势，电子政务系统便不能与环境和谐共存。最终，它将被环境所抛弃。当今政府组织外部环境的最突出特点是，知识经济时代商业循环加速与经济全球化趋势、组织网络化趋势以及知识生命周期缩短导致的环境变化日益快速、国际或地区间的竞争日益激烈、知识日益重要等。随着中国的国际化进程进一步推进，相应的政府组织会进一步体悟到来自国际上先进行政管理理念与实践带来的压力与挑战。这是一个和平竞争的时代，也是一个合作竞争的时代。中国必须抓住机遇，因应国际政治、经济、科技、人文等综合环境的变化作出及时的调整与变革、师人之长、补己之短，充分利用国际环境资源，实现"和平崛起"与中华民族的伟大复兴。

电子政务的实施也必须对国家或地区的文化环境、法律环境、经济环境、科技环境、自然环境、市场环境等给予足够关注。在中国，国家经济建设的捷报频传，势必带动其他环境要素的同步发展与变化。例如，一方面，随着人们物质生活水平的逐步改善，人们便日益重视精神方面的追求，越来越看重个人权益、"个性化"；另一方面，伴随着以互联网、无线通信为代表的现代信息技术的突飞猛进，各种新的法律问题也层出不穷，而国家的司法体系的健全与完善需要一个过程，具有一定的滞后性。这些环境特征的新变化都对国家或地区的电子政务建设提出了新的挑战与要求。无视环境变化的电子政务以及对环境变化不能作出及时、适当因应反应的电子政务，最终都将以失败而告终。

为此，一个具有蓬勃生机的电子政务系统必须要设置形式多样、数量足够、性能有效的边界通道。通过边界通道，电子政务实施主体能够及时识别、收集和处理系统环境信号，识别环境特征及其变化程度与趋势，并通过更新和创新政务知识资源、提升政务知识链的流转效率和有效性，在政府组织内部实现快速、有效的知识循环，使政府组织能够快速更新其管理与服务的方式与内容，对环境变化作出及时有效响应，从而提高政府组织绩效、改善政府形象、提升其核心竞争力。

系统总是产生于一定的环境，继而适应并发展于这一环境；系统和环境又都是不断变化的，这种变化又常常破坏其先前的适应关系。如此，系统与环境之间只是准适应关系。系统适应环境的一面使得它能在环境中生存，其不适应环境的一面却又迫使它不断调整与进化，以便适应变化了的新环境，即实现系统演进过程。如果系统过于适应环境，就会丧失进化动力从而限制其发展；如果系统过于不适应环境，自然就会被环境所淘汰。一般而言，系统和环境之间有一个最佳适应点，处在该点上的系统即为最优系统（图2-6）。电子政务系统的设计与实施需要使其保有一定柔性，具有较强的应变能力和自适应能力；同时，也要积极探索系统与环境间的最佳适应点，谋求营建电子政务最优系统。

2.3　电子政务知识管理系统定位与建模方法论

电子政务知识管理系统作为"社会－技术"系统，其不仅涉及诸多要素，并且每一要素又由复杂基元组成。这使得电子政务知识管理系统在整体上呈现出较强的层次结构特征。与此同时，电子政务知识管理系统的发生、维持与发展仍然离不开与其外部的系统环境之间的交互作用。电子政务知识管理系统的高度复杂性使得对电子政务系统的研究必须引入诸多相关学科（如行政管理学、企业管理学、计算机科学、通信技术、人工智能、社会学、经济学、法学、伦理学、心理学等）的先进研究成果与实践经验。

鉴于电子政务知识管理系统的高度复杂性及其跨学科特征，我们将电子政务知识管理系统建模工作看作一项系统工程，引入系统工程、协同学与信息论中的思想和方法作为方法论，辅以人工智能技术的有力支撑，来开展本书电子政务知识管理系统的建模研究。

2.3.1　电子政务知识管理系统定位

按系统科学领域对系统划分的不同标准与内容，我们对电子政务知识管理系统进行不同标准维度下的类别归位，其系统定位如表2-2所示。

表 2-2　电子政务知识管理系统定位

分类标准	此标准下的系统分类	电子政务知识管理系统定位
形成是否与人类活动有关	自然系统、人工系统与复合系统	人工系统
系统状态是否随时间变化	静态系统和动态系统	动态系统
能否较好地适应环境变化	非适应系统和适应系统	适应系统
要素间是否存在比例关系	线性系统和非线性系统	非线性系统
结构是否复杂	简单系统、简单巨系统和复杂巨系统	复杂巨系统
对系统的认知程度	黑色系统、白色系统和灰色系统	灰色系统
要素是否以物理状态存在	实体系统和抽象系统	实体和抽象结合的系统
与环境之间是否存在物质、能量和信息交换	封闭系统和开放系统	开放系统

通过上述列表分析，电子政务知识管理系统的属性特征已经清晰。然而，面对这样一个人工的、动态的、适应的、非线性的、开放的、兼具实体和抽象双重特征的复杂巨系统，对其系统要素组成与特征以及要素间关系的分析与探讨将是一个异常复杂与困难的问题。若没有科学的方法论指导，就难以较好地完成电子政务知识管理系统的建模工作。

2.3.2　电子政务知识管理系统建模方法论

基于知识管理理念与方法，在知识资源维度下研究电子政务知识管理系统建模，是本书对电子政务知识管理系统建模研究的一个特色，也是全书的阐释主线。鉴于电子政务知识管理系统的复杂性和跨学科特征，我们进一步引入系统工程和协同学的理论与方法来指导电子政务知识管理系统建模工作；同时，依托人工智能领域的先进技术与方法展开对于知识链结点工作机制的研究与设计工作。

第一，依据一般系统特征对于电子政务知识管理系统所应具备的特征进行规划与设计，以一般系统方法指导电子政务知识管理系统建模研究的思维过程。奥地利学者贝塔朗菲（Ludwig von Bertalanffy）是最早探索一般系统特征的科学家。他在《一般系统论》中指出，系统在不同领域中表现出结构上的相似性或同构性，并将系统普遍性质总结为整体性、关联性、动态性、有序性和预决性。一些学者在此基础上进行完善，指出系统还具有稳定性、目的性、适应性、等级性和历时性。过分关注系统的某一（些）要素或联系（如对与电子政务知识管理系统只关心政务知识链的部分环节或只注重其技术系统的构建）、忽略系统整体特性是当前电子政务知识管理系统实施的主要问题。作为开放的复杂巨系统，电子政务知识管理系统不仅要素众多且涉及的范围广泛，而且要素间关系异常复杂。一般系统特征启示我们，电子政务知识管理系统建模应从整体观点、相互联系与相互作用的观点、运动变化的观点展开研究与设计，做到整体考虑、总体分析，控制系统性能不仅达到局部优化还要实现全局最优。

　　一般系统方法是用系统概念和思想去认识和解决各种系统问题的基本方法论体系，是功能方法、结构方法和历史方法的辩证统一。其中，功能方法是朝向系统外部的研究方法，在系统与环境的相互作用中把握系统的功能；结构方法是面向系统内部的研究方法，从系统功能研究其所依赖的结构；历史方法要求揭示系统随时间变化的产生、发展、老化和消亡过程，弄清系统及其要素的生命周期特征，研究系统及其要素的进化机制。

　　一般系统方法为人们提供了求解复杂问题的过程性思维模式与方法。以一般系统方法指导电子政务知识管理系统建模过程，其工作流程如图2-7所示。其中，通过功能方法分析当前政府组织所面临的外部环境特征，如知识经济背景下，知识渐渐上升为社会核心生产资料；政府组织所面对的外环境变化日趋快速、激烈并呈现出非线性、非连续趋势；全球化趋势日益加剧，国

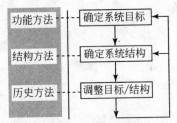

图2-7　一般系统方法对电子政务知识管理系统建模研究的指导

家和地区间的合作竞争日益明显和激烈。在几乎"与思考等快"的外部环境变化背景下，政府组织的环境变化监测能力、适应能力与应变能力（创新能力）逐渐成为其发展的瓶颈。如此，我们将电子政务知识管理系统的建设目标确定为：提高政府组织知识获取、共享、应用与创新能力，增值其知识资本，提高其环境适应能力与应变能力，从而提高政府行政绩效、改善政府形象、提升其核心竞争力。一般系统论认为，系统结构与功能存在多对多的关系，它们互为前提、互为因果，统一于过程。当通过功能方法确定了电子政务知识管理系统功能目标后，采用结构方法分析实现该功能目标所依赖的系统要素组成及其间结构，并对系统中的各要素及其间联系作出动态调整与优化，以求实现特定目标与功能的系统最佳结构。在此基础上，通过历史方法分析电子政务知识管理系统的生命周期特征，以动态、发展的眼光研究电子政务要素及其间关系的调整、完善与进化机制。这些将在本书的后续章节中得以体现。

　　第二，参照霍尔三维结构，建立电子政务知识管理系统建模三维指导结构，以此来指导电子政务知识管理系统建模工作，以理清系统建模的详细步骤、知识依托以及逻辑关系。为解决对大型复杂系统的规划、组织与管理问题，1969年美国贝尔电话公司工程师霍尔（A. D. Hall）提出了霍尔三维结构（Hall three dimensions structure），亦即人们常说的"系统工程形态图"，为系统工程提供了一种广泛采用的方法论。如图 2-8 所示，霍尔三维结构将系统工程整个活动过程分为前后紧密衔接的七个阶段和七个步骤，同时给出了要完成这些阶段和步骤所需要的各种专业知识与技能。如此，就形成了由时间维、逻辑维和知识维所组成的三维空间结构。霍尔三维结构形象地描述了系统工程研究的框架与方法，对其中任一阶段和每一个步骤又可进一步展开，从而形成分层树状体系。

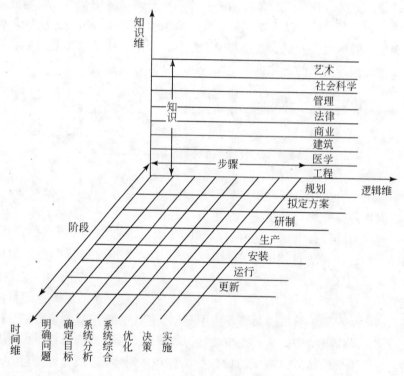

图 2-8　霍尔三维结构

电子政务知识管理系统中完备的政务知识链的各结点间蕴涵了时间维度，体现了政务知识的演进步伐与历程，是政务知识资源全生命周期的完整反映。因此，以政务知识链的各个结点取代霍尔三维结构的时间维，可以使电子政务知识管理系统建模工作的方向更明确、目标更具体。基于霍尔三维结构，结合电子政务知识管理系统建模这项具体系统工程的自身特点以及前面提出的完备政务知识链模型，我们设计了电子政务知识管理系统建模三维指导结构，如图 2-9 所示。该图中将图 2-5 所示的电子政务知识链结点归并为六个功能模块：知识获取与表示、知识存储、知识集成与传播、知识应用、知识创新以及知识进化。其中，将知识辨识与求精内嵌到"获取与表示"模块；将知识的价值评估内嵌到知识进化模块。此外，针对电子政务具体跨学科特点，我们对电子政务知识管理系统建模三维指导结构中的知识维进行了相应调整与补充。

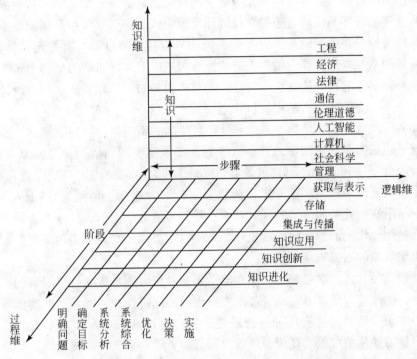

图2-9 电子政务知识管理系统建模三维指导结构

第三，以耗散结构理论和协同学思想指导电子政务知识管理系统自组织机制的营建工作。普利高津（I. Prigogine）的耗散结构（dissipative structure）理论认为，多基元、多层次的开放系统在远离平衡态时，由于同外部环境进行持续的物质、能量、信息和知识交换，可以形成某种有序结构。耗散结构的实现需要满足如下条件：①大量的多层次基元与组分之间存在错综复杂的相互作用，尤其是正反馈机制使系统内部涨落被放大并能够达到临界值，从而使系统实现某种突变过程。②由熵增加原理可知，系统需要不断地从外部环境摄入负熵流（物质流、信息流和知识流）以进行"新陈代谢"过程，如果"代谢"不畅或停止，系统就会"窒息而死"。因此，系统必须是开放的。如此，其才能从外界引入足够强的负熵流来抵消系统本身的熵增加而使系统总熵不变或减少，从而使系统进入或维持相对有序的状态。

通过前面的讨论，我们已经认识到，电子政务知识管理系统是具有多基元、多层次的开放的复杂巨系统。要实现耗散结构的自组织特性，还需要建立相应的正反馈机制以及系统与外部环境间的负熵流（信息与知识流）摄入通道。具体讲，就是要建立电子政务知识管理系统的外部环境监测机制以及系统的自学习机制，同时建立有效的知识获取接口。电子政务知识管理系统的自组织特性是决定其运营活力与效益以及生命周期长短的重要属性。显然，一个自组织特性不良的电子政务知识管理系统将会很快在外部环境的快速、剧烈变化中遭到淘汰。依据耗散结构理论，在电子政务知识管理系统边界设置性能良好、数量充足的通道，建立有效的系统外部环境监测与负熵流摄取机制以及系统自学习机制，切实提升电子政务知识管理系统的自组织特性，是电子政务知识管理系统规划与设计人员时刻牢记并为之持续努力的主要目标之一。

如果说耗散结构论解决了系统与外部环境的关系问题，协同学则进一步解决了系统进化的内在动力问题，即系统各要素或子系统间的协同作用。20世纪70年代，哈肯（Herman Haken）以各类开放系统所共有的"协同性"为研究对象，探讨了各类开放系统发展演化的原因及其规律，并建立了协同学（synergetics）。协同学从系统演化的角度研究开放系统在外部环境的作用下，其内部诸要素之间如何通过相互作用而形成协同现象和相干效应，进而在宏观上表现出新的、有序的自组织现象的内部机制和规律。

我们认为，协同学思想可为建立电子政务知识管理系统的自组织机制提供两点指导：①改进电子政务知识管理系统要素间协同特性，实现系统的整体序。电子政务知识管理系统要实现和保持系统的整体有序状态以及实现系统的进化过程，不仅需要从系统外部环境中摄入负熵流，更需要系统诸多要素之间实现良好合作与协调，包括不同电子政务实施主体间的协同、政务知识链各结点间的协同、政务知识链与政府组织行政流程间的协同、电子政务实施主体与实施受众之间的协同、电子政务实施主体与政府组织内部环境间的协同等（其中电子政务实施主体间的协同最为重要）。只有这样，才能实现电子政务知识管理系统整体有序，并进而实现"整体大于部分之和"的效果；否则，只能是"整体等于或小于部分之和"。因此，建立并完善要素间的协同特性是电子政务知识管理系统效率和有效性的内在保障。②以序参量为突破口促进电子政务知识管理系统的演进过程。协同学的序参量概念和伺服原理表明发展最终取决于"慢变量"，即序参量。它是支配开放系统演进的真正动力。

对于电子政务知识管理系统，其生态环境即是其序参量。我们已经谈到，知识具有环境依赖性，政务知识资源也一样，其价值创造与潜能发挥都需要有与其相配套的环境支撑。电子政务作为一种新型行政理念与模式，能否发挥其应有的效益，不仅在于电子政务知识管理系统的硬件设施性能高低，更在于政府组织内部及其系统环境能否培育并提供适合其生根、发芽、成长的生态环境。电子政务生态环境的培育与营建主要涉及"人"的问题，其内容丰富、过程复杂，需要相对漫长的过程，远难于电子政务技术系统建设。种植于不同环境下的同样种子的秋实可能会差异很大，同理，生态环境的质量直接决定着电子政务的实施效果。因此，对电子政务生态环境的培育与改造将是建立电子政务自组织机制的关键所在。对此，我们将在下一章进行详细探讨。

第四，以电子政务知识管理系统生态环境为"基板"，依托合理、完备的电子政务知识源以及基础设施营建电子政务知识管理系统。生态环境是电子政务理念得以生根、发芽乃至成长、壮大的客观基础，并作为电子政务知识管理系统的序参量决定着系统演进的方向与步伐。作为复杂巨系统，如果我们不是把电子政务知识管理系统比喻成一座大厦，而是比喻成由诸多大厦（每一个功能子系统）组成的建筑群，系统生态环境则是承载该建筑群的大地或基板。它是电子政务得以有效实施的基础，亦是电子政务知识管理系统效率和有效性的基础保障。

此外，规划与建设电子政务知识管理系统，首先要对其所管理的知识范畴作出界定，以免陷入"电子政务知识管理系统对政府组织所有知识资源都要进行管理"的迷局，以至于影响了系统的最终效率和有效性。为此，我们将"知识辨识"纳入政务知识链并作为其第一个结点。通过该结点的有效操作与处理，首先为所实施的特定电子政务项目规划好明确、合理、完备的知识源，使电子政务项目实施有的放矢、针对性强；同时，与大多数电子政务知识管理系统实施不同，鉴于隐性知识的分量与地位，我们主张将隐性知识一并纳入电子政务知识管理系统知识范畴，并给予重点讨论。此外，同大多数电子政务知识管理系统实施一样，亦要充分考虑到对政府组织内部以及社会现有软硬件基础设施的整合与利用。

第五，以清晰、完备的政务知识链为电子政务知识管理系统建模的中心主线。知识的价值实现、增值与创新都必须通过相应知识链环节得以完成，亦即通过知识链各结点的高效运作以及结点间的有效整合与协同实现。政务知识资源亦如此。电子政务知识管理系统是电子政务的实施平台，它将电子政务从理念层次导入应用实践，从而使其发挥效能。电子政务知识管理系统就其功能而言，是对完备政务知识链各结点实现机理与目标功能的有效的、系统的支撑，从而使政务知识资源实现向价值的转化、增值与创新。

广义信息论（information theory）把信息定义为物质在相互作用中表征外部情况的一种普遍属性，它是一种物质系统的特性以一定形式在另一种物质系统中的再现。广义信息论中的信息方法是运用信息观点，把事物看作是一个信息流动的系统，通过对信息流程的分析和处理，达到对事物复杂运动规律的深刻认识。得益于上述思想，我们认为，对于"电子政务知识管理系统"这一复杂系统，可以把系统中各要素之间以及电子政务知识管理系统与外部环境之间的诸多联系归结为知识联系，通过对其中的知识流程（即完备知识链）的分析与处理，达到深化认识、科学建模的目的。

基于前述观点，并得益于广义信息论和信息方法的启发，我们提出，电子政务知识管理系统建模将以清晰、完备的政务知识链作为中心主线。

第六，以人工智能（artificial intelligence，AI）领域先进的方法策略为技术手段，提升电子政务知识链结点的工作效能与智能化水平。人工智能概念在1956年由明斯基（Minsky）、朗彻斯特（Lochester）和香农（Shannon）等发起的达特茅斯（Dartmouth）学会上首次被提出。几十年的长足发展形成了对人工智能的不同观点与表述，主要观点有符号主义（symbolism）、连接主义（connectionism）和行为主义（actionism）等，亦称为逻辑学派（logicism）、仿生学派（bionicsism）和生理学派（physiologism）等。综合各家观点，一般认为人工智能是研究模仿和执行人脑的某些智力功能来开发相关理论和技术的学科，它模拟人的判断、推理、证明、识别、感知、理解、设计、思考、规划、学习和问题求解等思维活动。基于人工智能技术的系统称为人工智能系统，它是一个知识处理系统，而知识表示、知识利用和知识获取是人工智能系统的三个基本问题。可见，人工智能与对知识的操作与管理有着天然的联系。

电子政务是理念和技术相融合的产物。电子政务知识管理系统的设计与实施既需要理念的培育，亦需要技术的支持。电子政务知识管理系统建模在注重系统生态环境的培育与改造的同时，也要努力提高其技术系统平台的效率与有效性，电子政务知识管理系统建模三维指导结构知识维中的人工智能子领域可对此提供有力支持。电子政务知识管理系统的复杂性需要通过先进的人工智能技术与策略来提高其智能性。模型的智能性是电子政务知识管理系统运行的有效性和维护效率的重要保证；从技术维度讲，智能性是电子政务的重要目标特性之一。

然而，传统人工智能领域的研究多是针对单一知识链结点引入人工智能技术对存在的问题加以解决的独立行为。例如，Shortliffe 在著名的专家系统 MYCIN 中就使用了产生式（production）实现规则知识的表示；Ma 提出了面向对象基于框架（frame）的模型表示法；Hong 等研究了如何使用模糊集合理论获取模糊知识；Hona Jagielsha 等提出综合模糊逻辑、神经网络和遗传算法的混合方法自动获取知识；Scank 和 Kolodner 等研究了案例的知识表示法及其存储策略；Wache 等提出面向知识本体（ontology）的集成策略；Labrou 提出了多代理系统（multi-agent system，MAS）组分间的集成与通信问题；王玉等提出基于神经网络和遗传算法的事例最近邻法检索模型；Waston 和 Schaaf 提出案例知识的检索算法等。目前，很少见到针对完备知识链的系统化的人工智能解决方案。

我们认为，电子政务知识管理系统的智能特性应该体现在对电子政务完备知识链的完整的、有效的、系统化的智能支持；电子政务知识链各结点的具体特征决定了相应人工智能技术与策略的引入，亦即电子政务知识管理系统的整体智能需要通过将多种人工智能技术与策略进行有机组合得以实现，即要实现电子政务知识管理系统的组合智能。为此，本书将在电子政务知识管理系统建模三维指导结构（图2-9）所示的政务知识链各个结点的实现机制中引入人工智能策略与技术支持，见表2-3。

表 2-3　电子政务知识管理系统模型中对人工智能技术的应用

结点	人工智能技术应用
知识获取与表示	◇基于向量空间模型（vector space model，VSM）理论设计并提出政务知识可得度模型 ◇在规则推理树的辅助下实现半自动政务知识获取方式下的智能获取终端 ◇通过基于案例推理（case based reasoning，CBR）与基于规则推理（rule based reasoning，RBR）实现案例型政务知识的自动获取 ◇通过基于统计推理和基于粗集理论（rough sets，RS）两套方法实现政务规则知识的自动获取 ◇以人工智能领域的传统知识表示方法，如产生式、语义网络（semantic network）、框架（frame）、面向对象（object oriented，OO）技术，来表示一般符号型和模型化政务知识（后者辅以程序模块表示法） ◇以 CBR 领域的案例（case）表示法辅助隐性政务知识的外显化及对案例型政务知识进行表示 ◇以人工神经网络（artificial neural network，ANN）实现政务知识主体隐性政务知识与样本型政务知识的表示 ◇以双组分的知识地图（knowledge map）实现对显性政务知识的索引以及对隐性政务知识的间接表示 ◇通过遗传算法（genetic algorithms，GA）和人工神经网络进行政务知识求精
知识存储	◇引进并完善人工智能领域知识谱线的概念，建立政务知识存储的指导结构 ◇通过 ANN 实现样本型政务知识存储 ◇借鉴产生式系统的研究成果，实现规则型政务知识存储 ◇基于 CBR 研究成果，设计案例型政务知识存储结构 ◇借鉴决策支持系统（decision support system，DSS）成果，设计政务模型库存储结构 ◇以双组分知识地图（knowledge map）实现对显性政务知识的索引以及对隐性政务知识的间接存储

续表

结点	人工智能技术应用
知识集成与传播	◇借鉴 AI 领域面向对象技术，实现政务知识体结构设计 ◇借鉴 AI 领域智能体思想与方法，实现面向对象层次的政务知识集成策略 ◇以知识本体（ontology）和共同通信语言，作为间接政务知识集成技术 ◇以 AI 领域相关知识表示间的转化技术，实现直接政务知识集成 ◇引入向量空间模型（vector space model，VSM），建立政务知识主体需求模型 ◇在代理（agent）技术和 VSM 思想与方法的辅助下，实现政务知识推送系统
知识应用	◇借鉴 CBR 领域的知识相似度（knowledge similarity）概念，建立政务知识相似度完备模型 ◇引入、完善 AI 领域先进知识搜索算法，如最近邻法（nearest neighbor，NN）、启发式（heuristic）算法（"Fish-and-sink" & "Fish-and-shrink"）、VSM 检索算法、基于模糊集（fuzzy sets）的检索算法、归纳检索（inductive retrieval）算法（ID3）等，实现对政务知识库的高效检索 ◇借鉴 CBR 领域知识适配（adaptation）的概念、策略与技术，结合基于规则推理（rule based reasoning，RBR），建立政务知识应用过程中的适配支持模块 ◇借鉴 CBR 领域知识修正（knowledge revision）的概念与策略，完成对政务知识的应用型修正 ◇引入虚拟现实（virtual reality，VR）与计算机仿真（computer Simulation）技术，实现政务知识实验型修正 ◇引入 CBR 思想，建立政务知识应用辅助系统和系统自学习策略 ◇借鉴智能决策支持系统（intelligent decision support system，IDSS）研究成果，建立政务知识应用中的决策支持系统结构
知识创新	◇引入基于案例的推理（CBR）、人工神经网络、商业智能（BI）、专家系统（ES）等，为政务知识创新 SECI 模型的 I 型外显化过程提供支持 ◇引入决策树 ID3、聚类分析、粗糙集（rough sets）理论、Vague 集理论、人工神经网络、遗传算法等，为知识创新 SECI 模型的 II 型外显化过程提供支持 ◇借鉴 CBR 领域的知识相似度概念，建立政务知识创新系统性能评估模型
知识进化	◇借鉴 VSM 思想，提出政务知识进化过程中知识活性测度的时效分析模型，进而设计综合定量评估模型 ◇引入基于规则推理技术，提出政务知识更新算法流程，进而实现完整知识进化策略

2.4 电子政务知识管理系统框架结构

2.4.1 电子政务知识管理系统的结构与功能

基于知识管理的理论与方法,在前述电子政务知识管理系统建模方法论的指导下,我们对电子政务知识管理系统框架结构进行分析与设计,给出知识管理视角下的电子政务知识管理系统模型框架,如图2-10所示。

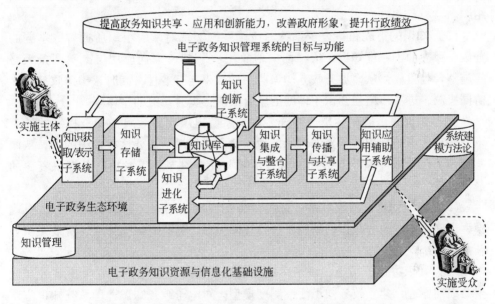

图 2-10 电子政务知识管理系统模型框架

该电子政务知识管理系统模型框架,依托政府组织内部与社会公共软硬件基础设施以及经过辨识了的明确、合理、完备的电子政务知识资源;基于知识管理的理念与方法,以系统工程、协同学与信息论等理论与方法以及先进的人工智能(AI)技术与策略为支撑;将经过变革和培育的电子政务知识管理系统生态环境作为系统得以扎根、生长的土地与基础;在此基础上,以清晰、完备的政务知识链为中心主线,依据电子政务知识管理系统建模三维指导结构建立了电子政务知识管理系统的相应六个子系统,即知识获取与表示子系统、知识存储子系统、知识集成与传播子系统、知识应用子系统、知识创新子系统和知识进化子系统,每一个子系统对应一个或多个政务知识链结点。其中,知识的获取与表示子系统内嵌了知识辨识和知识求精两个结点;知识进化子系统内嵌了知识的价值评估结点。系统的结构与功能之间存在着相互依赖和制约的关系，相对固定的电子政务知识管理系统目标、功能与系统结构之间呈现相互指导与支持的关系。

上述系统框架中各子系统的功能概要如下所述。

（1）知识的获取与表示子系统。该子系统通过知识辨识过程，确立电子政务知识管理系统明确、合理、完备的知识范畴，然后进行知识获取操作；选择或设计合适的知识表示方法，实现对所获取知识的整理与表示，必要时进行知识求精以及相应主体编辑操作。

（2）知识存储子系统。该子系统在既定的多种知识表示方法的基础上，设计各自适宜的知识存储组织结构，实现对已获取的各类型知识的有效存储与组织。

（3）知识的集成和整合子系统。该子系统实现对政府组织所拥有或掌握的分散、孤立的小粒度知识，依"面向对象层次"与"面向应用层次"两条策略实施整合与集成，从而提升政务知识应用的效率与有效性；同时，构建政务主体协同机制，进一步增强知识主体间的整合效应，提升系统的整体序。

（4）知识的传播和共享子系统。该子系统谋求在有效政务安全机制的约束下，实现适当的知识在适当的时间以适当的方式传递给需要这些知识的人，从而实现知识在"横—纵"双方面的有效传播与充分共享，以发掘政务知识资源的最大效能。

（5）知识创新子系统。该子系统封装知识内化结点，它基于知识创新机理模型，确立影响政务知识创新的要素及其间关系，为政府组织持续、有效知识创新提供系统支持。

（6）知识进化子系统。该子系统封装知识价值评估结点，它依据政务知识生命周期原理，建立政务知识活性测度模型，对电子政务知识管理系统知识库原有知识进行价值评估，对低价值知识视其具体情况进行及时的更新与完善或者淘汰与休眠操作，以确保政务知识的有效性和电子政务知识管理系统知识库的活力。

（7）知识的应用辅助子系统。该子系统满足知识用户（包括政府组织内部用户与电子政务实施受众）对各种政务知识资源的检索要求，辅助用户实现在知识应用过程中的知识适配、修正操作，并提供知识决策功能，从而辅助知识用户提高知识应用效率和有效性、提高其知识应用能力、提高政务知识资源的价值回报率；同时，通过该子系统中的系统自动学习过程实现电子政务知识管理系统的自组织，并对政务知识的进化过程提供反馈支持。

在系统框架中，通过电子政务知识库汇总、保存各种政务知识资源。电子政务知识管理系统中的知识要素按照其特点、作用、知识元构成以及明晰化程度等方面的不同特征，以不同的形式与方法加以表示，并保存在不同类型的知识子库中，如案例库、规则库、模型库、文档库、知识地图等。各个知识子库之间存在着相应的交互或映射关系。

本书后续六章即是对电子政务知识管理系统模型框架展开细化研究。如图2-11所示，从第三章至第八章分别对上述框架中的电子政务生态环境以及各个子系统展开分析与讨论。

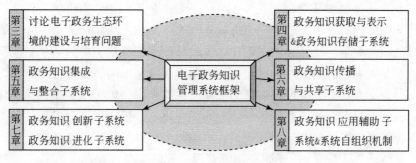

图 2-11 本书研究结构

2.4.2 对电子政务知识管理系统框架的若干说明

电子政务知识管理是理念和技术相融合的产物。作为其实施平台的电子政务知识管理系统的规划与实施，要始终注重智能性与集成性建设。表 2-3 所示的组合人工智能技术与策略的应用，确保了电子政务知识管理系统的高度智能性特征。电子政务知识管理系统的集成化特性可总结为宏观与微观两个层次。从宏观上讲，主要表现在该系统框架从"社会－技术"双视角出发，基于系统学观点，将电子政务知识管理系统中的诸多系统要素（如政务知识资源、政务实施主体、政务实施受众、完备的政务知识链、电子政务技术子系统和电子政务生态环境等）纳入电子政务知识管理系统范畴，探讨其间关系与整合策略，实现系统层次的集成效果；从微观层面看，电子政务知识管理系统的集成性体现在电子政务理念与先进信息技术（包括人工智能技术）相集成，电子政务理念与电子政务生态环境相集成，知识过程与政府组织物理行政流程相集成，分散的、不同粒度与结构的政务知识间相集成，政务知识链各结点以及电子政务知识管理系统的各子系统间相集成，电子政务知识管理系统与政府组织现有信息化成果相集成，政务知识应用过程中各知识主体间的集成与协同等。

此外，作为复杂巨系统，电子政务知识管理系统建模将是一个异常复杂、时间维度上相对漫长的过程。为了确保系统规划与建设的效率和有效性，必须始终清楚地认识到以下几点，并将其落实到具体的建模过程当中。

（1）电子政务知识管理系统的每一个子系统都是具有"社会－技术"双重属性的子系统。每个子系统（"大厦"）都根植于电子政务生态环境这一"土地"或"基板"之中，离开或缺乏电子政务生态环境的强力支撑与支持，任何子系统都将面临"坍塌"的危险。显然，需要把每个子系统"脚下"影射到的那块"基板"或"土地"归入到该子系统内一并研究，即坚持"机械方法"与"生态方法"相结合。

（2）电子政务知识管理系统中的各子系统之间不是孤立存在的。图2-5所示的政务知识链是贯穿电子政务知识管理系统中各个子系统建模的中心主线，知识链各结点间的顺承与反馈关系决定了电子政务知识管理系统中的各子系统间的相互依赖与制约关系。例如，知识获取与表示子系统对不同类型政务知识资源所采取的不同表示方法，将决定知识存储子系统中的相应知识子库类型，而具体的政务知识存储与组织策略还要依赖于政务知识应用子系统知识检索方法与效率的反向要求。如果将电子政务知识管理系统中的每个子系统看作一座结构合理、功能优良的"大厦"，则整个电子政务知识管理系统框架则可看作由诸多"大厦"组成的"建筑群"。其整体性能不仅取决于单座"大厦"的结构与功能，还取决于各座"大厦"之间的协同与整合机制；换言之，取决于政务知识链各结点实现机制的整合程度与协同特征。

（3）电子政务知识管理系统是开放的复杂巨系统，系统要素与结构的多样性与复杂性决定了其规划与解决方案的多样性。电子政务协同要实现对政府组织政务知识过程的完备支持，从而真正成为电子政务赖以实施的有效依托平台，需要针对不同系统要素类型与结构特征，提出相应的解决方案，并通过方案间的互补与协同，实现电子政务知识管理系统的全局目标。例如，对电子政务知识管理系统内不同类型的知识资源，采取不同表示方法，并研究相应的知识求精技术、存储结构与组织策略；通过自动化程度不同的三种知识获取方式间的协同工作，缓解政务知识获取瓶颈。

（4）人既是电子政务知识管理的实施主体，也是电子政务知识管理的实施受众。人的活动贯穿于整条政务知识链的各个结点，电子政务知识管理系统的每个子系统的功能实现都离不开人的有效参与。电子政务知识管理系统必须对此给予关注，通过对其"社会"属性的规划与设计，充分调动人的主观能动性，改进人和技术系统间的整合与协同特性，进而提升电子政务协同的应用效能。

（5）电子政务知识管理系统对电子政务知识资源中的隐性知识载体——电子政务实施受众与一般行政员工，不仅仅通过"外显化"（externalization）过程获取其所提供的显性知识，更要关注其所拥有的隐性知识，并对此进行有效管理。

（6）电子政务知识管理系统外部环境位于系统边界之外。作为开放系统，电子政务知识管理系统必须在边界上提供环境侦听与监测机制以及负熵流（主要表现为信息、知识流）摄入通道，以便系统维持其自适应性和自组织特征。

本 章 小 结

本章对电子政务知识管理系统框架进行了深入分析与探讨，在结构上具有指导全书的作用。

首先，向读者介绍了知识管理的简要知识，包括知识管理的产生背景、知识管理的简要发展历程以及知识管理理论体系中的基本观念。

基于知识管理的基本理论与方法，本章对电子政务知识管理系统的要素组成与特征展开了深入研究。其中，向读者介绍了电子政务知识管理系统中知识资源要素的不同样态、分类与特征，电子政务实施主体的层次结构、主体特征及其改造方向，电子政务实施受众的组成、特点及其对电子政务实施效果的影响，知识链发展的不同观点流派以及完备政务知识链的组成结构与特征，电子政务技术子系统的内涵、地位与发展状况，电子政务生态系统的内涵及其对成功实施电子政务的意义等。

其次，本章结合一般系统的分类方法对电子政务知识管理系统进行了系统定位。作为开放的复杂巨系统，电子政务知识管理系统建模工作必须有科学的方法论指导。对此，本章提出参照一般系统特征对于电子政务知识管理系统应该具备的特征进行规划与设计，并以一般系统方法指导电子政务知识管理系统建模研究的思维过程；参照霍尔三维结构建立电子政务知识管理系统建模三维指导结构，理清系统建模的详细步骤、知识依托以及逻辑关系，进而指导电子政务知识管理系统建模工作；以耗散结构理论和协同学思想指导电子政务知识管理系统自组织机制的营建工作；以电子政务知识管理系统生态环境为"土地"或"基板"，依托合理、完备的电子政务知识源以及基础设施营建电子政务知识管理系统；以清晰、完备的政务知识链为电子政务知识管理系统建模的中心主线；以人工智能领域先进的方法策略为技术手段，提升电子政务知识链结点的工作效能与智能化水平。

基于前述分析与讨论结果，本章最后给出了电子政务知识管理系统的框架结构，对其模块功能进行了简要说明。此外，为深化读者对电子政务知识管理系统框架的理解与认识，避免认识偏差，本章最后对所提出的电子政务知识管理系统框架结构进行了若干阐释与说明。

本章思考题

1. 随着人类社会经济形态的转变，社会主体生产资料发生了怎样的变化与演进?

2. 知识经济的到来给管理领域带来了怎样的挑战？管理角色和任务发生了怎样的变化？

3. 关于"知识管理"，不同的人或组织从不同的视角出发给出了不同的阐释，本章介绍了诸多关于"知识管理"的概念界定。你比较赞同哪一观点？请说明理由。

4. 作为新型管理理念与模式，知识管理相较于传统管理有何区别？它给企事业单位带来了什么？如何将其从理念导入实践？

5. 何为"资源"？电子政务知识资源按其加工与组织程度的不同包括哪些样态？其间的关系怎样？

6. 香农指出"信息是能够用来消除不确定性的东西"；意大利学者朗高（G. Longo）提出"信息就是差异"。这是对"信息"内涵的精辟阐释。对此，你如何理解？

7. 显性知识和隐性知识的划分是最基本的知识分类。然而，人们对隐性知识的重视程度和认识水平还远远不够。对"隐性知识"，你的认识与理解如何？

8. 电子政务知识资源通常具有哪些特征？其含义如何？

9. 电子政务实施主体在层次结构上包括哪些组分？结合我国的具体实际，谈谈各层主体由哪些部门或人员组成？其主要工作是什么？各自该具有怎样的技能与素质？

10. 电子政务实施受众涵盖哪些实体？其对电子政务实施效果具有怎样的影响？

11. 何为知识链？在知识管理领域，主流知识链观点有哪些？谈谈你对每种观点的理解与认识（优点与不足）。

12. 本书提出的知识链结构相对于其他观点，区别何在？你对此是否还有新的思考与建议？请详细说明理由。

13. 电子政务技术子系统在整个电子政务知识管理系统中扮演怎样的角色？其由哪些部分组成？在当前中国以及你所在地区的发展现状如何？

14. 何为电子政务"生态环境"？其对电子政务的成功实施有何作用？"电子政务知识管理系统实施过程要坚持'机械'方法与'生态'方法的有机融合"，对此你如何理解？

15. 为何将电子政务知识管理系统建模工作看作一项系统工程？电子政务知识管理系统应如何定位？

16. 一般系统特征与一般系统方法对电子政务知识管理系统建模有何指导意义？

17. 结合霍尔三维结构以及电子政务知识管理系统建模三维指导结构，谈谈你对电子政务知识管理系统建模的认识与理解。

18. 何为"耗散结构"？协同学的基本观点怎样？其和耗散结构理论对电子政务知识管理系统建模有哪些指导意义？

19. 本书对协同学的"序参量"概念进行了简要解释，但对"伺服原理"并未展开。请读者查阅相关资料，谈谈对"伺服原理"的理解与认识。

20. 你如何理解广义信息论中的信息方法的理论精髓？

21. 为了提升电子政务知识管理系统的整体智能特性，本章规划引入诸多人工智能技术以实现系统的组合智能。对表 2-3 中提到的一系列技术，你的认知程度如何？对于尚且陌生的技术概念，请查阅相关资料，了解其简要原理与策略。

22. 结合电子政务知识管理系统框架模型图，谈谈你对电子政务知识管理系统诸要素之间关系的理解。

23. 对于电子政务知识管理系统规划与设计，有哪些方面值得注意？结合你的认知水平，谈谈自己的理解。

第三章　电子政务生态环境

作为新型行政管理理念与模式，能否将电子政务知识管理成功地导向实践，在行政管理的实际运作中"生根"、"发芽"、"茁壮成长"乃至"结出累累硕果"，不仅取决于实施主体的认知水平和业务素质，还取决于电子政务知识管理赖以生存的"水土"与"空气"质量，即电子政务"生态环境"。生态环境是一种软环境，是电子政务知识管理系统的序参量，直接决定着电子政务知识管理系统的演进方向与步伐。

为此，本章对电子政务的生态环境作专门讨论。在内容上，首先对电子政务"生态环境"的基本内涵再作进一步深入分析，使读者对其加深理解与认识；尔后，对政府组织内部环境进行深入讨论，阐释在政府组织内部存在的影响电子政务实施效益的各项"软"组分的内涵、特征及其意义；最后，对"社会-技术"双重属性下的电子政务知识管理系统所面对的政府组织外部环境各组分进行分析和探讨，揭示其与电子政务知识管理实施间的关系。

3.1　电子政务生态环境内涵

生态学形成于 19 世纪末和 20 世纪初。20 世纪中期，经过第二次世界大战战火洗礼的各国人民深刻体会到食品短缺、能源紧缺、物资匮乏的滋味；各国盲目扩大生产以应对严重"供不应求"的市场需求，却忽视了对环境的保护，从而造成了相当严重的环境污染。有识之士重视环境、拯救环境、与环境和谐发展的强烈呼声促进了生态学的大发展。

生态学的大发展与子学科的不断分化促成了行政生态学的诞生。1947 年，美国学者约翰·高斯（John Gaus）发表了《公共行政中的生态学》一文，首次提出了"行政生态"概念。1957 年和 1961 年，弗瑞德·瑞格斯（Fred Riggs）相继发表了《比较公共行政模式》和《公共行政生态学》等论著，确立了行政生态学的基本理论框架，促成了行政生态学的大发展。20 世纪 80 年代，行政生态学在我国开始起步并持续发展。

基于行政生态学基础理论，电子政务生态环境指将电子政务的理念与模式样态成功导入政府组织政务管理实践所必需的，由各种软性组分构成的环境体系。

它是电子政务在行政管理实践中得以"生根、发芽、成长、壮大"的基础，是电子政务系统的依存空间。在第二章"电子政务系统要素"一节，我们已经知道电子政务的生态环境涵盖两个部分，即政府组织内部环境与政府组织外部环境。

政府组织内部环境属于"社会-技术"双视角下的电子政务系统要素，是相对于电子政务技术子系统而言的环境，如图3-1所示。具体而言，其泛指政府组织内部除了硬件设施外的全部"软"性组分；这些组分形成了政府组织内部的体液系统、神经网络、整合与协同体系、激励与约束机制。正是由于企业内环境的存在，使得原本"冷冰冰"的政府内部各种硬件设施与人融合在一起，从而具有生机和活力。然而，事物总是处于绝对变化之中的，政府组织内部环境也一样；并且，其变化的可能方向在全空间内是不确定的。当政府组织内部环境的调控机制失去活力和效力，则其完全可能朝向"负极"发展与变化，以至于使得政府组织内部环境在整体上逐渐失去活力与生气，变得"死气沉沉"、令人窒息。当然，这是一种极端样态。但是，只要内部环境朝"负"方向发展与变化，并跨越正负临界面，无论跨度多大，都会带给内部环境以整体上的创伤。电子政务在这样的环境下被导入，其实施难度将会增大，甚至举步维艰。此时，两条路摆在实施主体面前：要么维持现有内部环境而断送电子政务的实施前程；要么以电子政务的导入与实施为契机，对内部环境进行积极的培育与改造。在当今时代背景下，但凡有思想、有远见的高层行政主体都会毫不犹豫地选择后者。

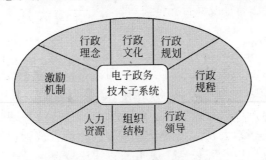

图3-1 政府组织内部环境

政府组织外部环境位于电子政务系统边界之外，是电子政务系统真正意义上的"环境"，简称电子政务系统环境。它是政府组织实施政务活动所面对的辖区文化环境、法律环境、经济环境、科技环境、市场环境和信息资源环境，以及随着全球化进程持续推进后得到进一步凸显的国际综合环境，如图3-2所示。由耗散结构理论可知，系统与环境之间必须处于开放的交互状态，如此多基元、多层次的开放系统在远离平衡态时，由于同外部环境进行持续的物质、能量、信息和

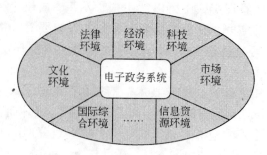

图 3-2　政府组织外部环境

知识的交换，可以形成某种有序结构。系统需要不断地从外部环境摄入负熵流（物质流、信息流和知识流）以进行"新陈代谢"过程，如果"代谢"不畅或停止，系统就会"窒息而死"。政府组织外部环境为电子政务系统实施提供了生存和发展的空间，电子政务的实施需要从系统外部环境获取"营养"与支持。无视电子政务系统环境及其变化程度与趋势，电子政务系统便不能与环境和谐共存，最终将被环境所抛弃。

3.2　政府组织内部环境

下面，我们就政府组织内部与电子政务相关的"软"性环境组分分别加以阐释，包括其内涵、特征及其目标样态等。

3.2.1　行政理念

行政理念指行政主体对其与行政受众间关系以及政务实施过程、方式、渠道、政务实施本质与目标等方面的理解与态度。例如，在传统政务管理模式下，行政主体具有浓厚的官僚特征，政务活动被当作纯粹的统治活动，行政主体与受众之间也更多地表现为统治、管理与被统治、被管理的关系；政务实施过程具有较强的迂回性、冗长性，渠道、方式比较单一，主要表现为自上而下的命令链；政务活动的本质目标被理解为维持统治者、管理者的利益与政权的稳定。

随着民主进程的推进以及人们对人性与人权的不懈追求，行政主体的政务理念也在发生变化。著名管理学家巴纳德（Chester I. Barnader）的名言"权力来自于下属的认同和接纳"，已经为绝大多数人认同和接受。行政主体逐渐认识到，他们与受众之间不仅是管理、组织与被管理、被组织的关系，还是服务与被服务的关系；政务活动能否达成预期目标，不仅取决于行政主体的努力程度，还取决于受众的认可、接纳与配合程度。为此，政务活动的实施过程不仅包括"自上而下"的命令与指挥链，还包括"自下而上"的反馈与沟通链条；政务活动不仅包括政府组织内部及其组织间的组织与协调活动，还包括政府组织与社会公众实体间的公共管理与服务活动。社会实体提供的公共服务水平与质量逐渐成为评价政府组织行政效率与有效性的重要指标。于是，越来越多的政府组织开始拓展与社会实体间的沟通渠道，丰富沟通方式，实现由迂回沟通向直接沟通、由面对面沟通向在线虚拟沟通、由单一沟通方式向多种沟通方式并行发展。

电子政务能否有效实施，首先取决于其行政主体对这种新型行政管理理念与模式的理解与把握程度。作为复杂巨系统的电子政务系统，其项目实施与推进过程绝不是一蹴而就的，它需要一个相对漫长的过程；同时，在这一过程中必然会遇到诸多困难甚至阻力。只有那些在深层次上全面理解电子政务内涵、正确树立电子政务理念的行政主体，其推行电子政务的决心才能彻底、态度才能坚决、意志才能坚定；否则，面对实施困难与阻力，实施主体往往会在过程中丧失斗志，最终选择妥协或放弃。

电子政务的实施是"一把手"工程，需要国家或地区高层行政首脑的自上而下的直接推动。然而，值得注意的是，电子政务系统的规划与实施绝不仅仅是行政组织高层领导的事情，它应该是而且必须是全部行政主体的事情。有效的电子政务系统实施需要行政主体的全员参与、全员推动，而其动力不仅来源于上一级行政主体的提倡与推动，更应该来源于每一级行政主体自身对电子政务理念、模式与目标功能的深刻领会。要做到这些，政府行政组织内部要积极开展对电子政务的培训、学习与讨论工作，必要的时候引入"外脑"（领域专家）对全体行政人员开展理论培训工作；同时，组织行政人员出国或到国内电子政务系统实施相对先进与成功的地方去实地考察，在实践中深化对电子政务的理论认识并学习先进经验。

3.2.2 行政文化

在企业管理领域，1981年4月，加利福尼亚大学教授威廉·大内（William Ouchi）在《Z理论——美国企业界怎样迎接日本的挑战》一书中指出，一个公司的文化由其传统、风气与价值观构成；企业如能在其横向与纵向均建立起基于信任的亲密关系，就能提高其运营效率。此后，随着对企业文化的理论研究与产业实践持续兴起，一些学者则进一步提出，企业可以通过全方位的管理变革实现企业文化的后天重塑与优化。可见，企业文化对企业的运营状况以及未来发展具有重要意义；同时，企业文化既有组建之初的固有成分，也有后天培育而来的组分，亦即其具有可重塑性。与之类似，在行政管理领域，行政组织内的行政文化也是决定其政务活动效率和有效性的重要因素，而且可以通过审视和优化行政文化来改善政务系统的运营状况。

行政文化是人类行政实践的产物,是行政意识形态的集中体现。广义的行政文化涵盖行政理念,但为了突出理念认识的重要性,我们将行政理念予以单独阐释。此处的"行政文化"主要指行政主体在政务实施过程中所形成的、直接反映行政活动与行政关系的各种心理现象、道德现象和精神活动状态,是行政实践的精神成果。行政文化在层次上表现为个人的行政心理、道德与精神以及行政组织的整体氛围,尤其表现在其对知识经济时代背景下的核心行政资源——政务知识资源的个人态度与组织氛围上。

传统的领导者与管理者往往在不经意中树立一种观点,即他们之所以有权威,一个主要原因是他掌握着比其他人相对更多的知识资源,而这些知识资源能够使他们作出正确的决策。我们在先前的实证调研过程中,当询问一位管理者,是否每位员工都能轻易接触或知悉运行手册等相关资料时,其当即表示不可能——这些资料都锁在他本人的保险柜里;进一步询问原因,其表示他掌管这些知识正是其权力的一种象征。当拥有知识资源被看成权力的象征时,对知识的保密便自然成为领导者维护其权威的手段与途径。然而,这与"知识资源只有进行尽可能广泛的交流与共享,才能充分发挥潜力并创造更大价值"的知识资源本性形成了鲜明矛盾。不仅如此,拥有上述传统观念的领导者为避免下属职员挑战他们的思想和权威,往往对下属职员进行严格的控制,给他们下达命令和指标、制定成功和失败的标准,把他们看成必须忠实执行自己意图的"机器人"。如此,组织内大多数职员的知识和思想得不到尊重,领导者与被领导者之间、同级职员之间不能进行自愿的合作与流畅的知识交流,从而严重束缚了行政组织内的知识共享与创新能力。

在企业管理领域,工业经济时代早期的主流企业文化把人看成是"机器人"、"经济人",以泰勒(Frederik W. Taylor)的"科学管理"以及吉尔布瑞斯夫妇(Frank B. Gilbreth & Lillian Moller Gilbreth)的"劳动动作改进理论"为代表,认为人是生产机器的一个组成部分,忽视了人的情感需要和创新精神,不注重发掘人的内在潜力和积极性,不注重人的作用和价值实现,从而抑制了员工的创造能力,难以实现员工之间的相互学习和知识创新。20世纪30年代初,美国哈佛大学从事工业研究的副教授埃尔顿·梅奥(Elton Mayo)就已经通过著名的"霍桑试验"证明了员工的"社会"属性,而人本主义心理学家马斯洛(Abraham H. Maslow)的需求层次理论则表明,当人的生理、安全需要得到满足后,就会渴望更高的需求层次:情感与归属的需要、受人尊重的需要和自我实现的需要。员工希望他们的知识得到尊重、思想得到认真对待,并希望了解具体决策的理由。只有满足员工的上述期望,才能切实发挥企业的知识交流、共享与创新能力。虽然行政管理相对于企业管理具有更强的严肃性和等级性，但是行政系统的活力与效率仍然是与"全体行政职员得到充分认可与尊重、其主观能动性得以极大发挥"分不开的。

电子政务的有效实施要求行政领导者转变传统领导行政观念与工作方式，在行政组织内部培育良好的人际关系与工作氛围。为此，领导者应放弃"知识等于权力"的传统观念，在政府知识安全框架范围内主动与下属职员共享知识；鼓励下属职员积极参与行政管理的各项事务，在"对事不对人"的前提下鼓励下属职员对他们的知识、思想与建议进行交流与辩论，从而相互学习、相互促进；领导者也要以平等的身份参与到交流与辩论等活动中去。如此，既有利于组织知识资源的获取、交流与共享，也有利于得到更科学的集体决策。由于广大一般行政人员的知识与思想得到了充分认可和尊重，必将有利于决策的贯彻执行。此外，领导者应该向下属职员尽可能说明其最终决策的理由与依据，以谋求广大下属职员能够理解并支持该最终决策；同时，领导者还应该让下属职员明确决策的目标、责任人、考核标准、奖罚措施等，使他们明白规则、明确方向，从而全身心地投入工作并自愿地进行合作。

当知识逐步取代劳动力和资本而上升为社会核心生产要素时，围绕"知识资源"这一核心要素的行政文化也应该而且必须作出相应的调整与培育。一些传统亚文化，如"拥有知识就拥有权力"、"地位和财富属于知识的拥有者而不是知识的分配者"、"获取、接受和运用其他人的知识就意味着承认他人比自己知道得更多从而心理上难以接受"等传统价值观，已经成为妨碍行政组织知识获取、交流、共享与创新的巨大障碍。

电子政务系统要确保政府组织内部知识获取渠道的畅通，要实现政府组织内部、组织间以及政府组织与社会实体间在安全机制约束下的知识广泛交流、共享与有效创新，就必须培育一种与知识经济时代特征以及知识管理理念相适应的育人、化人、用人的文化环境、一种新型行政文化。在企业管理领域，彼得·圣吉（Peter Senge）提出的学习型组织文化为企业组织的文化培育与再造指明了方向。这是一种知识共享的文化、尊重他人和相互学习的文化、发挥所有人员能力的文化、宽松自由的文化以及组织与个体双赢的文化。在知识经济背景下，基于知识管理的电子政务实施要求政府组织借鉴企业管理领域的优秀成果，审视组织内各种亚文化现象，努力培育学习型行政文化，从而为电子政务的有效实施奠定坚实的文化基础。

培育学习型的行政文化，可以考虑从以下方面着手。

（1）"以人为本"的文化。对知识资源的所有操作（即知识链的各个结点）都由人来完成，人在电子政务系统中处于主导地位。实施电子政务的政府组织应始终坚持"以人为本"信念，强调人的主导地位，注重发挥人的主观能动性。在这种文化氛围下，政府组织内的每一位职员都将有一种归属感、成就感，并把自己的个人利益融入集体之中，更积极地学习、创新，并乐于为组织目标的实现而进行知识、信息的共享。在企业知识管理领域，施乐公司的 KM 项目就是从强调人的重要性、强调人的工作实践，营造"以人为本"的企业文化开始的。为此，公司采取的措施有：开创家庭式的办公环境；让员工定时进行自我测评，帮助员工实现自我发展目标；尊重员工的意见，并将员工的建议存入知识库等。政府组织相对于企业组织，有其表达与执行国家意志而固有的严肃性、正规性。因此，在营建"以人为本"的组织文化的具体措施方面，与企业组织会有所差异。既要尽量尊重每一位职员的知识与主体地位，也要保有一定原则下的行政集中性；既要尽可能拉进主体间的距离、增进彼此间的融合程度，也要确保不同行政级别间明晰的隶属关系以及各职能部门的具体的职责义务。如此，才能真正做到"政通人和"。

（2）"以知识为导向"的文化。知识管理专家 Davenport 和 Prusak 指出，建立"以知识为导向"的文化价值体系是减少知识交流与共享障碍的有效途径。重视组织文化对知识获取、交流、共享与创新的基础作用，通过组织成员社会化，塑造一种共有的知识愿景（knowledge vision）。"以知识为导向"的文化的关键因素是在一个不断学习、共享、尝试，以及被高度评价、重视与支持的环境中，创造一种信任和开放的氛围。在这种文化氛围下，组织成员对知识有积极的倾向，强烈的好奇心驱使他们愿意自由地进行探索，其创造和共享知识的活动也能得到组织领导者与管理者的支持；组织文化中不再有知识禁锢，职员对组织无怨恨，富有高度的团队合作精神并愿意同组织其他人员交流和共享个人经验，也不担心知识共享会损害他们的个人利益。Running Light 公司总裁 Stowe Boyd 认为，"知识是交往中自然发生的东西，要想管理好它，就必须创立一种环境使公开合作成为人们的信条，而不是例外"。提高行政人员的执政能力关键是提升其对政务知识资源的把握与应用技能。"以知识为导向"的文化，能够在政府组织内部间接营造一种相互学习、唯才是举的氛围，逐渐形成"庸者下、平者让、能者上"的良好局面。

（3）"宽容"的文化。当今时代，知识创新被人们提升到了空前高度。无论是企业组织还是政府组织，都将知识创新作为其保持活力、发展壮大的重要途径。然而，知识创新具有高成本、高风险性，并且随着知识全生命周期的持续加速缩短，知识创新过程的长期性和知识使用寿命的短期性构成了一对矛盾，制约了知识创新主体的积极性。创新主体因为担心不被组织所理解而导致自身的利益损失，会放弃知识创新的机会；或者将"冒险"创新获得的成果"垄断"，以谋取与其创新付出相符的回报。显然，这些不利于知识的获取、交流与创新。在企业知识管理领域，IBM 的莲花（Lotus）事业部推动 KM 实施时，宽容的文化处处可见。比如，员工第一次抛出的任何计划无须完美无缺；员工可以尽情尝试各种创意，稍后再对不可行的地方进行修正。Chaparral Steel 的副总裁戴维·佛尔尼也说："如果你有新的主意，并不需要你对它的效果作保证……关键在于看到思想中的闪光点。"电子政务的实施是对政府组织行政管理信息化的整合与提升，它为组织成员的知识交流与创新提供了良好的硬件平台。当今时代，国家或地区间行政能力的竞争日益明晰化、激烈化；社会实体也对其政府组织的公共管理与服务水平抱有越来越高的期待。政府组织应该尽量营建一种"宽容"的文化，能够容忍员工一定限度内（不影响正常行政事务）的失败，从而使员工在一种宽松的环境下将个人潜能发挥到极致，也使各种政务知识能够真正在组织内部全方位扩散与创新，以此提升其行政竞争力。

3.2.3 行政规划

政府组织内部环境中的行政规划组分主要指政府组织着眼于往昔行政经验、当前行政状况以及未来行政趋势，对未来一定时期政务实施方向、方针、策略与原则等的规划。行政规划就其内容而言，可分为政治、经济、文化教育、社会服务规划等；就其范围而言，可分为总体规划与专项规划两种；就其层次而言，可分为国家规划和地方规划；就其形式而言，可分为策略、政策、程序等。行政规划是政府组织实现其行政目标的保障，也是其行政执行的依据，还是其行政控制的标准和手段。

行政规划对电子政务系统实施效果的影响主要表现在两方面。其一，直接影响。当前，电子政务已经为越来越多的国家或地区行政组织所重视，并展开了积极的探索、实施与完善过程。政府部门的由传统政务到电子政务的行政规划以及如何开展电子政务的行政规划，直接决定了电子政务系统实施的进程、效率和有效性。这种直接以"电子政务"为规划内容的行政规划，在制定时要充分审视周边国家或地区的电子政务实施历程、经验与教训，结合本辖区内的具体特征以及政府组织自身的人力、财力、物力等状况，制定切实有效的电子政务实施规划。其二，间接影响。政府组织的行政规划涵盖诸多方面，针对电子政务的规划只是其中的一个可能组分。政府组织的行政资源（表现为人力资源、财务资源、物质资源、知识资源等）总是有限的，如此诸多领域行政规划之间必然形成一种资源互为消长的矛盾关系；同时，各行政规划之间还存在彼此依存、协同与支持的关系。例如，对行政体制改革（如行政机构与行政流程改革）的规划就要充分考虑到电子政务实施后带来的行政生产率提高因素；同时，也要深入思考为利于电子政务的有效实施以及政务资源的充分整合与集成，行政部门与人员该作怎样的调整与配置、行政流程该作何种改进与完善。

3.2.4 行政规程

政府组织内部环境中的"行政规程"组分泛指政府组织内部为了确保其行政执行的正常运作而制定并实施的各种用于约束与控制职员行为的规章、制度、程序等。例如，各种行政事务报批程序、公务员录用程序、行政复议程序、行政回避制度、行政首长负责制度、政务公开制度、政府预算编制规则、行政用车管理规则等。

行政规程是行政主体在长期的行政执行过程中逐渐积累、总结、沉淀、调整、定格下来的一整套"软"规则，它对维持行政组织正常运作、约束与导引行政职员行为、提高行政系统效率和有效性具有重要意义。正是因为它的存在，政府组织才能井然有序、高效运作。然而，必须要认识到，任何规则的制定与完善都是处于特定行政背景下的；行政背景与环境是处于持续变化之中的，这就要求行政规程不能墨守成规，而要因应行政环境与背景的变化作阶段性调整与完善。当整套行政规程或其部分没有及时侦知行政环境与背景的变化，或者侦知变化但没有及时作出调整，抑或作出调整但调整的力度与环境变化的程度不相适应，则行政规程将会成为束缚行政系统效率和有效性的桎梏与枷锁。另外，一项行政规程的制定与完善，需要在行政系统总目标的反向要求下尽可能兼顾更大范围行政主体的意愿与要求，而不能只由少数权力主体独立完成；否则，当多数行政职员丧失工作热情与活力时，整个行政系统的效率和有效性便会受到影响。

相对于传统政务，电子政务不仅是行政方式与渠道方面的变化与丰富，更是行政理念与模式的发展与演进；这也是全球行政环境与背景发展与变化的结果。因此，随着传统政务向电子政务的过渡，政府组织内的相应规程也势必要作再审视、调整与完善。这一过程不能奢望一蹴而就，而应随实践的逐步推进与深入，循序渐进地展开。在这个过程中，不仅要参考成功实施电子政务的国家或地区的先进经验，还要充分考虑到本国或本地区行政系统的具体特征，而不能盲目调整。

3.2.5 行政领导

领导是领导者在特定的环境与背景下，为达成既定的组织目标，对组织内被领导者实施的指挥与统御的行为过程。一般意义上的"行政领导"指在行政组织中，由选举或任命而产生的享有法定权威的领导者，依法行使其行政权力，为实现一定的行政目标所进行的组织、协调、决策与指挥等的社会活动。此处的

"行政领导"是社会组织系统意义上的名词概念，指行政系统中领导活动的施动主体。

电子政务系统的实施不仅在政务活动方式与渠道上有别于传统政务，而且在行政管理理念与模式上也是对传统政务管理的发展与演进。这对行政领导的整体素质提出了更高要求。行政领导肩负着确保行政管理系统协调统一的重任，其素质直接决定了行政管理活动的实施效果。为适应时代的变化，行政领导正由"硬专家"型向具有战略决策能力、组织指挥能力、教育和激励能力以及协调控制能力等的"软专家"型转变，成为同时具有"技术业务内行"和"领导管理内行"特征的"双内行"人才。行政职位和行政责任是行政领导的两个基本属性要素，其间关系的匹配与协调程度影响着行政领导的工作效率和有效性。担任了某一行政职位的行政领导，就要享有与其职位匹配的工作指挥与统御权。行政职权是法定赋予行政领导的、与其行政职位相应的行政权力，这应该而且必须是有限度和约束的权力，包括人事权、物权、财权和组织权等。行政领导权威是领导权力与领导自身风格的综合反映，是建立在法律规范或领导者自身人格魅力基础上的、对被领导者的影响力，对行政领导活动的效果具有重要作用。要维护行政领导的领导权威，必须建立并持续完善科学有序的权力分配体系，做到合理放权。显然，行政领导在拥有行政职位并享有相应行政职权的同时，也应对其行政领导活动负有相应的政治责任、工作责任和法律责任。与传统政务实施一样，电子政务系统效率和有效性也要求行政领导职权与责任的和谐匹配与合理设置；甚言之，在电子政务环境下，行政管理活动的节奏将更加紧凑，上述要求将变得更为迫切，且对调整的速度与效度都提出了更高要求。

一般而言，行政领导的工作方法、方式与艺术直接决定了其行政活动的效率与有效性；在电子政务背景下，其对电子政务活动的效率和有效性依然具有重要影响。实事求是、一切从实际出发、理论联系实际、坚持实践是检验真理的标准，这些都是行政领导的最基本的思想方法。行政领导在具体的行政管理活动中，要坚持反对主观主义，积极发挥主观能动性，坚持用实践检验和发展真理。此外，坚持"一切为了群众，一切依靠群众，从群众中来，到群众中去"的群众路线，坚持用"辩证唯物主义对立统一原则去分析事物"的矛盾分析方法，也是行政领导应坚持的基本工作方法。在领导方式上，行政领导应根据其自身能力与素质、客观环境特征、工作性质以及被领导者特征等具体情况，选择并采用强制式、说服式、激励式或示范式领导方式。行政领导艺术是行政领导方法的个性化与艺术化，是行政领导在其日常行政工作过程中结合行政管理的普遍经验与其个人体会而形成的个性化行政管理方法与风格。实际工作中，行政领导艺术主要表现为处事艺术、运时艺术、用人艺术和授权艺术等。行政领导艺术对行政管理活动效果的影响通过其所具有的非结构化特征以及超规范和非模式化渠道与方式实现，是将个人行政工作经验与科学行政管理规则有机整合后达成的。

行政领导是政府组织内部电子政务实施的发起者和推动者，其个体与整体素质状况影响着电子政务实施的效果；实施电子政务对行政领导素质提出了较高要求。就行政领导个体素质而言，其完备的素质结构包括政治素质、知识素质、能力素质以及心理素质等。行政领导要具有为社会实体提供优质公共服务的使命感与思想意识，并具有廉洁奉公的基本政治道德；要有政治理论知识、基础文化知识、经济理论知识、社会学知识、法律知识以及科学技术知识等方面的渊博知识积累；要具有较强的行政洞察力、预见力、决断力、推动力、应变力以及整合与协调能力；要具有敢于决断和担责的素质与精神、坚韧不拔的意志以及开放豁达的性格。就行政领导的整体素质而言，要兼顾老中青合理配置的年龄结构以及不同知识与技能相互配合与补充的知识结构，并在动态调整中不断提高领导集体的团结合作水平，提升其处理复杂事务、清除积弊、开拓进取的能力，以及社会动员与统御能力。

3.2.6 组织结构

行政组织是行政主体为推行政务，依据宪法和法律组建的国家行政机关体系，是国家机构的重要组成部分。按功能作用可将行政组织分为领导机构、执行机构、监督机构、咨询机构、信息机构、办公机构以及派出机构等。行政组织的组织结构指构成行政组织的各要素间的配合与排列组合方式，包括行政组织各职员、单位、部门和层级之间的分工与协作、联系与沟通以及依赖与制约方式。科学合理、精干高效、运转灵活的行政组织结构是实现政府行政目标，提高其行政效率的重要组织保障。

对行政组织结构的研究一般按纵向和横向两个维度展开。纵向维度下的行政组织结构是依据行政管理纵向工作分工（如战略决策、管理控制、操作执行）而形成的组织层级，表现为上级直接领导下级，行政指挥或命令按行政层级的垂直方向"自上而下"地传达和贯彻。注重纵向维度建设的行政组织结构建设的结果便是科层式组织（直线式组织），它按工作分工划分部门，按职位分层，以规则和制度为管理主体。这种组织结构具有分工细致、管理严密、事权集中、权责明确、指挥统一、便于控制等优点。然而，任何事物都有其双面性，科层式组织结构也存在如下问题。

（1）管理幅度与管理层次矛盾带来的问题。管理幅度指一级行政机关或一名行政领导直接领导和指挥的下级单位或职员的数目。管理层次指行政组织纵向结构的等级层次，即行政机关中设置工作部门的等级数目。研究结果表明，受限于工作性质、领导者水平、被领导者素质、沟通与交流渠道等方面的因素，一个领导者的有效管理幅度是一定的（一般为 4～12）。显然，在特定条件下，管理幅度与管理层次形成了反比关系。由于有效管理幅度的限制，随着组织规模增大，组织层次必然随之增多，组织纵向上的信息与知识传播路线被拉长，信息与知识在传输中发生畸变的可能性增大且延长了传输时间，从而妨碍了上层领导者与基层职员间的信息沟通和知识共享。这对于政府组织的快速反应以及科学决策十分不利。

（2）一般而言，科层式组织结构需要以"层次节制"和"分层管理"为行政执行的原则，即下一层行政组织必须服从上一级行政组织的领导与控制，上一层行政组织只对其直接下属单位进行指挥与领导，一般不能越级指挥（紧急或特殊情况除外）。然而，实践中一些具有较强权力欲的领导往往会越级指挥，甚至"一竿子戳到底"。如此，处于中间层的行政部门遭到弱化，甚至形同虚设，导致整个行政系统出现管理混乱。

（3）科层式组织结构把一个完整的管理过程分割给各职能子部门分别负责实施，而各子部门往往以部门利益最大化为出发点，不愿与其他部门进行信息、知识的交流与共享。如此，部门间不佳的协同与整合特性影响了组织系统整体优化性能的发挥。

（4）科层式组织结构把一个系统的工作流程分割给不同岗位，每个职员只干属于自己岗位责任范围的工作。长期单调而枯燥的重复劳动使他们逐渐丧失工作激情、想象力和创造力，缺乏获取新知识以及与他人共享知识的积极性，从而导致组织知识创新缺乏动力。

横向维度下的行政组织结构是按行政管理的横向分工而形成的每级行政机关内各组成部门之间的组合方式，也称为职能式结构。现代管理理论认为，每级政府内部都应由负责决策、执行、咨询和监督等具体事务的部门组成。根据各工作部门的职能范围和业务性质，一级政府组织下的各部门又可进一步分为负责统一领导和指挥所辖行政区域内各行政机关、具有全局性和综合性的首脑机关，以及执行首脑机关指示和决定、具体负责某一方面行政事务、具有局部性和专门性的各专门化的职能部门。注重横向维度建设的行政组织结构在运作中会出现事权分散、相互扯皮的现象，但它确保了行政职能的完整性，有利于行政管理的专业化建设。

直线式组织结构和职能式组织结构具有各自的优缺点，现代管理理论与实践则更多地谋求两者间的融合以及最佳融合样态。鉴于传统科层式组织结构在行政管理与企业管理领域已经具有较长的存续期，人们更多地在思考如何对传统科层式组织结构进行优化与变革，即在其中适度融入职能式组织结构的有益成分。在企业管理领域，近年来人们对基于管理信息化与企业流程再造理论的"组织扁平化"津津乐道；在行政管理领域，全球范围内的行政组织改革也在谋求将两种组织结构进行兼顾和整合。例如，中国政府目前的组织结构就在纵向和横向上给予了一定程度兼顾，在纵向上划分为"中央—省、直辖市、自治区—地级市—县、县级市—乡、镇"五个层次；同时，每一级政府组织内部又按业务性质平行划分为若干职能部门。

在企业管理领域，针对传统企业组织结构的不足，现代组织变革将其焦点置于"压缩组织层次"上，即前面提到的"组织扁平化"。通过压缩职能机构、减少管理层次、裁减冗杂人员等措施建立一种紧凑而富有弹性的新型团队组织。阿吉里斯（Chris Argyris）和彼得·圣吉指出，团队是组织中的关键学习单元；在以"任务"为纽带组成的工作团队中，团队成员间拥有共同愿景（shared vision），平等参与工作成为他们发自内心的愿望。由于中间管理层次大大减少，组织内部上下级之间相互接触、相互学习变得容易，同时组织成员特别是领导成员能够及时了解环境变化与客户（社会实体）需求信息。在遇到某一问题时，在不同领域内工作的具有不同知识与技能的人将集中到特定的团队中，迅捷、有效地制订解决方案，团队成员在问题解决后仍然回到各自的工作领域。

扁平化组织结构较之于传统科层式组织具有如下优点：更加民主与灵活，有利于发挥人的主动性和创造性，使组织职员由"经济人"（rational-economic man）回归"社会人"（social man）角色；通过组织成员的相互作用，可以有效地实现知识资源的传播、整合、共享和创新，从而实现运用集体的智慧提高组织的创新和应变能力，加快组织对客户和环境的反应速度，更好地实现组织目标。

关于"组织扁平化"的观点很多，如以"高度分权化、无老板式、围绕核心任务组建"为特征的原子式组织；以"最大限度整合技术与管理功能来快速响应客户需求和环境变化，实现整体最优"为特征的整合式组织；以"业务分散、完整，独立运营"为特征的事业部型组织；以"职能部门和项目小组交叉并存"为特征的矩阵式组织；以"事业部、职能部门、地区管理部门并存"为特征的三维立体式组织等，如图3-3所示。究竟哪种结构更适合组织发展，没有固定模型，因为这还涉及组织文化、环境特征等诸多因素；但有一点是明确的，就是传统组织结构的改进方向无疑主要是扁平化、团队化。

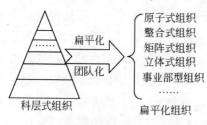

图3-3 传统组织扁平化方式

然而，组织的结构并不是越扁平越好。在完全的团队化组织中，知识更多地在个体与团队层次交流、获取和存储。由于组织管理层的萎缩导致组织知识仅是个体知识和团队知识的集合，缺乏在组织层次的协同与整合。如此，使组织的运营强烈地依赖于个体和团队，一旦掌握关键知识的个体或团队离开组织，就会使其蒙受巨大损失，一些学者将其称为"退化风险"（the risk of deterioration）。这在企业界尤为普遍。事实上，科层式结构与团队式结构是可以互为补充的，前者可以视为以"正式的垂直链接"为特征的学习系统，而后者则是以"非正式的水平链接"为特征的学习系统。将团队嵌入适度压缩了的科层式结构并形成了新的组织结构，有学者称为环形组织或矩阵式组织，我们称其为"枣糕式"组织。它是在科层式结构的基础上，进行适度的层次压缩后，在不同层次间建立以任务为中心的工作团队，团队成员既有高层领导，也有一般员工，各成员平等地参与团队工作，知识可以在组织横向和纵向进行全方位流通。"枣糕式"组织的最大特色就是等级型结构和机动的工作团队并存，从而既打破组织中各部门间条块分割的壁垒，解除了传统组织形式对知识交流、共享与创新的桎梏，又有效地防范了完全团队化组织的"退化风险"。

实际运作中，还可以从两个方面对"枣糕式"组织进行改进或补充：其一，变原来"以任务为中心"为"以业务流程为中心"来组建工作团队，即建立基于流程的"枣糕式"组织结构。组织业务蕴于各种流程之中，组织目标也只有通过流程的实施才得以实现；电子政务系统所要管理的政务知识资源从政府组织的核心业务流程中提取得到。因此，流程是电子政务实施的关注核心，组织结构的变革必须围绕行政组织的核心业务流程展开。其二，除正式的工作团队外，还应加强对非正式团队的组织与引导。有人讲，个人学习不代表组织也在学习，但团队在学习则表明组织学习的步伐已经迈出。团队尤其是非正式团队（以共同兴趣和爱好为基础的业余社团、知识社区等）作为个体与组织间的桥梁，对知识的交流、共享与创新意义重大。对非正式团队的研究起源于霍桑实验，该实验表明在正式组织中存在着一些非正式团队，并能够对其成员产生显著影响。巴纳德等对非正式团队的进一步研究表明，非正式团队可以增进组织内部意见沟通，增进成员内部的凝聚力，影响和规范人的行为，改善组织气氛；另外，非正式团队成员间沟通频繁，容易传播散布谣言，甚至忽视组织目标。因此，行政领导者对于组织内非正式团队要给予重视，因势利导，使其最大限度发挥积极功能，避免负面影响。对组织内正式团队与非正式团队的知识资源进行有效提取与整合是组织知识的重要获取渠道。

为了应对知识经济时代的挑战，西方管理学者进一步提出了知识经济时代管理者必须面对的全新问题——组织设计，以此作为有效实施知识管理的杠杆力量。该理论认为，组织结构没有固定的模式，而应当设计成具有持续适应性和不断演进的"柔性组织"。品乔特（Pinchot）兄弟分析了传统直线式组织结构不能适应知识经济时代的具体原因和表现，提出了组织创新的要求与趋势；哈耶克从宏观经济视角分析了组织结构与知识资源之间的联系；德鲁克（Peter F. Drucker）则进一步指出，在知识经济时代，知识工作者的角色和地位日益凸显，组织结构需要作出相应调整。在此基础上，巴拉密（Homa Bahrami）系统地提出了"柔性组织"理论，提出组织建设的目标是在"持续、非连续、日趋剧烈变化"的知识经济时代，使组织能够保有持续适应能力和良好创新能力。"柔性组织"理论继承了以劳伦斯（Paul R. Lawrence）、洛西（Jay W. Lorsch）和伍德沃德（Joan Woodward）等为代表的传统权变组织理论的思想，主张用"柔性"组织取代传统"刚性"组织；同时，该理论进一步指出，激发职员的创造力和关心组织知识资源是打造"柔性"组织的基本立足点。

3.2.7　人力资源

成功的电子政务系统实施不仅需要行政职员的全员参与，还需要传统行政组织按电子政务系统的实施要求建立、健全其人力资源机构，包括电子政务决策主体、执行主体以及参与主体等（详见第二章）。电子政务系统是一个"社会－技术"系统，"人"的因素对电子政务系统实施过程以及上线后的运行效率和有效性具有决定性作用。因此，欲实施电子政务的行政组织，必须审视自身的人力资源状况，结合电子政务系统的实施要求，完成对自身人力资源的培育与改造。

电子政务作为政务管理的一种新型理念与模式，其实施过程首先需要电子政务决策主体的导入过程，即将电子政务从理念层面导入到具体行政组织内的实践应用层面。如此，电子政务系统的实施与建设的前提是推行传统政务的行政组织内部已经出现了电子政务决策主体或其早期样态。该层次主体在组织内处于最高的层级，往往具有较高的业务素质、宽广的知识视野以及敏锐的洞察能力、良好的预测与规划能力。他们通过对其行政环境特征与变化趋势的审视与分析，以及对成功实施电子政务的行政组织的考察与调研，逐步深化对电子政务的理解与认识，并产生了在本组织内推行电子政务的强烈愿望以及成功实施电子政务的坚定信念。于是，其开始在战略层面规划和部署本组织内的电子政务实施事宜，启动电子政务系统实施项目。显然，作为行政组织的最高层级，其没有过多精力直接参与电子政务系统的实施过程。于是，电子政务决策主体首要的工作是成立一个向其负责、专门负责指挥和领导本组织电子政务实施的专业化部门，即"代理人"（相当于知识管理中的CKO）。在代理人的直接组织与推动下，电子政务执行主体（项目经理与直接建设者）诞生了。

显然，没有专门从事电子政务系统规划与建设的决策主体（主要表现为"代理人"）和执行主体进行有效地规划、指挥、推进和具体实施控制，电子政务系统实施就会迷失在无序的混乱之中，未来电子政务系统效能也就无从谈起。因此，建立高素质的决策代理人和电子政务执行主体是电子政务系统实施成功的重要保障。

推行传统政务的行政政务组建电子政务决策主体的代理人（部门）和执行主体时，要注意以下事项。

（1）要转变认识，端正观念。要对电子政务系统"社会-技术"双重属性给予足够重视，进行深刻领会；绝不能将电子政务系统实施仅仅看作单纯的政府信息化，将实施任务只看作是信息技术人员的事情。依单纯技术视角组建的电子政务决策代理人（部门）以及执行主体中的管理者和建设者，将会把电子政务实施重点放在信息技术的开发与应用上，忽视对电子政务理念的引入与培育、忽视系统各要素间的协同，从而使建成的电子政务系统丧失系统性而达不到预期目标。当然，可以把原来信息部门人员作为培育对象，但需要借助外脑的辅助，如在咨询顾问们的帮助下对其进行电子政务理论培训，合格者方能转入电子政务领导、管理与建设团队；对项目经理和决策部门的人员选定则尤其要慎重。

（2）要人力结构合理，组建精英阵容。电子政务系统是个复杂的"社会-技术"系统，系统实施需要"机械环境"与"生态环境"的同步演进。因此，作为电子政务系统规划、管理与实施控制的决策与执行团队，要具有复合型人力结构，既要有行政管理领域的顾问，又要有电子政务领域方面的专家，还要有知识工程与信息领域的技术骨干以及行政管理业务代表，力求成员间的知识与能力互补。团队中的重要职位，如决策代理部门负责人和电子政务项目经理，要由综合能力强的复合型人才担任，必要的时候可以引入"外脑"。

（3）赋予决策与管理团队相应的权力，做到责权相当。责任与权力互为依赖，权力的分配以职责为依据，职责的完成以权力为保障。在明确了决策与管理团队各层人员的职责后，就要相应地赋予他们完成职责所需要的权力。

在推行传统政务的政府组织内部，上述三层主体中的电子政务参与主体的早期形态——潜在参与主体是广泛存在的。然而，潜在参与主体并非真正意义上的、合格的参与主体，其到电子政务参与主体的转化需要一个过程——学习与培训的过程。推行传统政务的行政组织内的一般行政职员需要一个循序渐进的、体系完备的电子政务培训过程，在其间全面深入地学习并领会电子政务的真正内涵、实施意义、电子政务系统的要素组成及其间关系、电子政务项目实施的基本步骤方法与要求等。通过这一阶段的学习，使得行政组织内的一般职员对"电子政务"能够有一个相对全面、正确的认识，提升其对电子政务项目实施的热情和支持力度，使其能够在电子政务系统实施过程中给予力所能及、职责所系的积极配合与支持，从而减少电子政务实施过程的摩擦与阻力。上述过程有效完成后，电子政务潜在参与主体已经演进为电子政务的参与主体。一方面，当电子政务系统上线以后，还应对参与主体展开电子政务系统操作方法与技巧方面的培训工作，使得他们能够熟练掌握上线系统的操作要领，以充分发挥电子政务系统的应用效能；另一方面，也要动员和鼓励电子政务参与主体在使用电子政务系统过程中，充分发挥主观能动性，对系统功能与性能展开积极的思考和分析，找出不足并提出改进建议，以利于系统的进一步完善。

3.2.8 激励机制

在知识经济时代，知识资源上升为社会主体生产资料和价值创造的核心来源；知识维度下的电子政务系统视图揭示出，电子政务活动实施的过程即是对各种政务知识资源基于完备知识链各结点的操作与处理过程，也是最终实现政务知识资源创造价值、实现创新与增值的过程。知识链各结点之间存有相互依赖与制约的关系，政务知识资源的价值创造以及知识创新与增值需要整条知识链各结点间的协调运作。然而，诸多传统观念、文化和制度上的问题却严重束缚着知识获取、交流、共享与创新等活动。概括而言，主要表现在如下几个方面：传统组织结构下形成的等级观念以及不同主体间兴趣爱好、价值观、个人风格和心智模式等方面的差异导致了沟通障碍，进而影响了知识的交流与共享；拥有更多知识的人将获得更多的收入，并在更大程度上被认可和尊重，这给"知识落差"的弥合带来了障碍；许多职员根据自己掌握而别人缺乏的知识和技能来衡量自身价值，将自己拥有的专门知识与技能作为向上级谋求职位与薪酬的资本；同一组织内的职员之间天生具有竞争性，共享知识意味着将自己的地位与前途置于风险之中；掌握了更多的信息和知识就能够作出更为科学的决策，这使许多领导者认为知识和信息是一种间接权力，只有对知识和信息保密才能维持他们的权力；知识共享要求人们接受和运用其他人的知识，这意味着承认一些人比自己强、比自己知道得多，这让一些人心理上难以接受；知识创新本身具有高成本、高风险性以及收益的不确定性，而创新过程的长期性和知识生命周期的日益缩短形成矛盾，制约了职员知识创新的积极性；经过创新后的知识拥有者为了规避风险、回收投资，自然会对拥有的知识有意"垄断"。

显然，电子政务的有效实施必须对上述问题给予有效解决。要做到这一点，不仅需要在政府组织内部的行政文化、组织结构等方面作出调整与完善，更主要是要建立并逐步完善一套行之有效的激励机制。

诞生于工业经济时代的"计时工资制"和"计件工资制"（政府组织内更多地采用计时工资制）等陈旧的激励制度在以"知识"为核心资源的知识经济时代已经逐渐失去作用；甚至相反，这种旨在鼓励组织内部职员间相互竞争的激励机制，将使得职员之间的沟通变得更加困难。因此，建立、健全知识贡献激励机制也是政府组织内环境营建的重要组成部分，并直接关系到电子政务系统的性能和实施效果。

一般而言，知识贡献激励机制由以下两方面构成：知识贡献测度模型、知识贡献奖惩方案。前者用来实现对知识个体（行政职员）为组织所作出的知识贡献进行定量测度，后者则根据测度的具体结果对知识个体作出相应的奖惩行为。

（1）知识贡献测度模型。

显然，在知识经济时代，政府组织考核其职员的指标不应再像工业经济时代那样仅仅从工作时间、直接工作业绩等方面上体现，而应更多地着眼于此时的社会核心资源与价值创造的核心来源——知识，建立以"知识"为导向的职员稽核制度，即建立针对政府职员的知识贡献测度模型来评估其对组织乃至社会所作出的知识贡献。

职员知识贡献测度模型由知识贡献测度指标体系和知识贡献评估算法两部分组成。知识贡献测度指标体系往往具有分层树状结构，视不同具体情况其在层次深度、各层结点个数与内容方面存有差异。图3-4给出了一个职员知识贡献测度指标体系。该指标体系将职员知识贡献定义为组织职员运用自己所掌握的知识（包括技能）为组织所作出的直接知识贡献和间接知识贡献的总和。其中，直接知识贡献指组织职员运用所掌握的知识，投入到组织的广义生产运营活动中，为组织带来的有形的和无形的产品与服务的价值总和；间接知识贡献指组织职员运用所掌握的知识，以直接产品或服务形式以外的其他方式为提高组织系统性能和有序度所作出的贡献，主要表现为其在知识链的各个结点作出的有别于其传统本职工作的成果与贡献。对于政府组织，一般情况下行政职员的直接知识贡献主要表现为无形产品——公共服务贡献；在特殊情况下的一些技术职员（直接行政控制的生产单位，如军工单位）则会有较大比重的有形产品贡献。

图3-4中，各叶结点指标表征了对组织职员知识贡献的具体考核方面，取归一化的指标评分值域为$[0, D]$，各指标的具体测度可参考如下方法。

①对于反映职员知识应用熟练程度与准确程度、客观性强且容易测度的指标（如图3-4中的产品生产率、产品合格率、单位时间达标工作量等），取组织内一定时域该指标的一个较大量值V_{max}为参照值。假设测得某一职员在该指标上的实际取值为V，当$V < V_{max}$时，则其在该指标上的归一化评分值$d = D \cdot V/V_{max}$；当$V \geq V_{max}$时，$d = D$。随着技术进步、先进设备上线以及职员熟练程度的提高，职员在上述指标上的实际测度值会在整体上呈现变化趋势。显然，V_{max}的设定需要动态的调整过程。当越来越多的职员在该指标上的d值出现在$[0, D]$的高端时，则应适当提高V_{max}的取值；当大多数员工在该指标上的d值出现在$[0, D]$

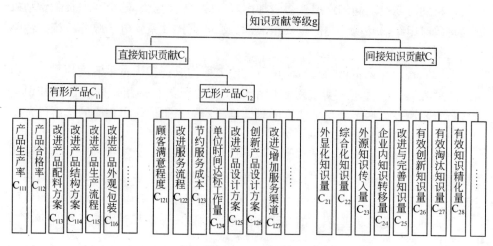

图 3-4 职员知识贡献测度指标体系

的低端时，则应适当降低 V_{max} 的取值。

②其余指标反映了职员对组织在知识获取、集成、传播、改进、创新和进化等方面的贡献程度，其测度既要考虑职员在该指标上贡献的数量积累，亦要考虑实际效果的获得。知识粒度存在差异，难以标准化；实际效果既包括可货币化的收益，也包括难以货币化的隐性效益。因此，职员在这类指标上的知识贡献难以进行统一的客观化测度，可代之以主观评估，即由评估主体根据某一职员在该指标上知识贡献的数量与质量给出一个 $[0, D]$ 上的评分值 d。为尽可能减少主观影响，要确保评估主体能够代表组织不同层次、不同部门、不同岗位观点，即要有代表性，并且将不同评估主体按一定原则归类编入不同的组，各组以及组内各评估主体均有相应权重以表征其评估能力（客观性与权威性）。

职员知识贡献测度指标体系呈现为层次性复杂结构，是一个主观指标与客观指标相综合的评判体系；指标体系中占多数的主观指标，其定性量值的确定以及指标体系中每一层次指标权重的确定都具有明显的模糊性。因此，可以采用模糊评估方法实现对每一位职员的知识贡献量化测度——对职员知识贡献等级的计算与判定。该方法的算法过程比较复杂，在此从略。有兴趣的读者可以查阅相关资料或者参见第九章。

模糊评估方法的计算过程较为复杂，为此，我们基于其算法原理设计并开发了用于自动完成模糊评估计算过程的 FES 系统，如图 3-5 所示。该系统的主要功能包括：辅助用户根据实际需要，灵活构建指标体系；提供基于层次分析法（AHP）的权重计算功能（在"工具"主菜单下）；提供评分主体打分表录入接口，并具有相应数据合法性自动检验功能；自动生成模型文件，自动完成模糊计算过程，并以柱状图的方式呈现计算结果；自动计算在某一叶结点上全部参评职员知识贡献的平均贡献水平（在"工具"主菜单下）。

图 3-5　FES 系统主界面

政府组织内的职员知识贡献评估，首先要根据知识管理与电子政务的基本原理与要求以及本单位具体特征，确立职员知识贡献的等级划分阈，同时确定用于评估的指标系统，并通过上述系统将指标体系录入；尔后，通过主观赋权法或层次分析法等方法确定指标树中每一层指标间的权重分配方案、每一评估小组内的各评估主体间的权重分配方案以及各评估小组间的权重分配方案。完成上述工作后，即可对组织内各参评职员在既定指标树叶结点进行评分取值，并填入相应的主体打分表。通过上述系统的"打分表录入"模块将打分主体的小组号及其权重、小组内打分主体识别码及其权重以及对被评估职员的打分表的具体内容录入系统。

完成上述工作后，就可以通过"计算操作"主菜单实现对被评估职员进行知识贡献等级的模糊计算了。系统会首先提示用户输入职员知识贡献的等级阈，进而要求用户选择具体的用于计算的被测职员打分表，尔后便会自行计算并将结果以图形化方式呈现给用户，如图 3-6 所示。图中给出了对两位职员（尹飞和刘予满）的知识贡献模糊计算结果。在设定职员知识贡献的等级阈为 5 时，尹飞的知识贡献等级为 5 级，刘予满的知识贡献等级为 4 级。

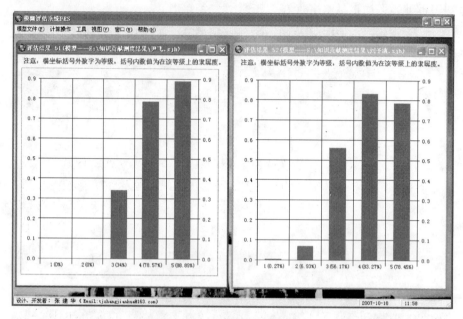

图 3-6　FES 系统计算结果

（2）知识贡献奖惩方案。

通过知识贡献测度模型按一定测度周期对政府职员的知识贡献等级作出测度以后，就要依据传统管理学中正强化与负强化理论，针对职员的具体知识贡献等级给予相应的奖励或惩罚，以激励职员在今后为组织作出更大的知识贡献，以利于政务知识资源的获取、应用、流转与创新，进而改善政府组织的公众形象、提升其电子政务实施效果。

在实际运作中，所采取的奖惩方案要结合知识管理理论、政府组织特征、职员特征与偏好、电子政务实施要求等方面的因素加以设计，并在实施过程中逐步完善。图 3-5 结合目前产业界较为流行的措施与方法，给出了一个较为简单的知识贡献奖惩方案。我们不期望它能够具有多高的实用价值，只期待着它能够起到抛砖引玉的作用。

如图 3-7 所示，对一定测度周期内知识贡献等级较高（等于或高于奖励门限等级）的政府职员，可以考虑从以下几方面对其予以奖励。

①增发薪酬。绝大多数职员对经济报酬都是敏感的，通过增发薪酬能够对职员产生良好的激励作用。该措施能够鼓励获得薪酬增发的职员继续努力，以争取下一测度周期仍获得薪酬增发待遇；对于知识贡献等级尚未得到奖励门限的职员，也使得他们的努力目标更为明确。尤其对于收益比较容易确定的知识贡献与

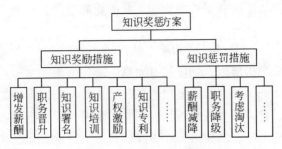

图 3-7 知识贡献奖惩方案

成果，更宜通过提高贡献职员的即期收益（即增发薪酬）来激励职员。

②职务晋升。对于非营利的政府组织而言，经济方面的激励措施在实际运作中要受到诸多限制；同时，有限的薪酬增发幅度并不是对每一个人都具有相同的诱惑力的。此时，职务晋升则是一项相对适宜的激励措施。当某一在特定测度周期内知识贡献等级达到或超过奖励门限的职员具有较强管理能力，同时对经济利益的刺激不太敏感时，可采用晋级、晋职的方法来激励他们取得更大成果。此时，组织内需要有"能上能下、有上有下"的人事制度作为基础；否则，"只上不下"的晋级与晋职将会使组织结构形成"倒三角"的臃肿的不稳定样态。

③知识署名。马斯洛（Abraham H. Maslow）的"需求层次理论"明确指出，当人的生理需要、安全需要和社会接纳的需要得到满足后，就会对更高层次的需求——"受人尊重"以及"实现自身价值"提出要求并为之奋斗。知识署名正是为了迎合职员这一需求而提出的较为有效的激励措施。对于那些对个人在组织中的名望比对获得经济利益更重视且管理能力不强的职员可采用知识署名的方法来激励，亦即以职员名字命名其所取得的知识成果（如某条改进的工作流程、成功的服务经验、行政管理理论与精神等）。如此，在激励被命名职员的同时，也使知识成果形象化，使得其他职员认识到该知识成果并不是创自于"三头六臂"的大师级人物，而是来自于身边的同事，从而在认识上产生一种"亲近感"而易于接纳，更利于知识成果推广和共享；同时，身边的榜样也会启发、激励他们去努力创新，争取在组织内出现以自己的名字命名的知识成果。对于以团队/单位方式取得的知识成果，则更宜用团队/单位名字命名。知识署名需要行政领导者具有足够开放的行政理念与姿态，否则"行政事务的严肃性"将成为该激励措施的天然"杀手"。在中国，"红旗渠精神"、"深圳速度"、"邓小平建设有中国特色的社会主义理论"、"牛玉儒精神"等，就是以其缔造或集大成者的名字命名的知识成果（此处主要表现为行政理论、发展模式与精神文明成果）。它们在社会主义建设的实践中发挥了巨大的启发人、导引人与激励人的作用。

④知识培训。在知识经济时代，知识已经成为组织和个人发展的一种重要资

本。知识培训可以让职员获得更多知识、掌握更高技能，从而为其后续发展再添动力；而当组织内大部分职员的知识素质得以提高后，组织的整体知识素质便会有质的提升。因此，对于那些对薪酬激励不太敏感但对进一步深造非常重视，并且在某一测度周期知识贡献达到或超过奖励门限等级的职员，可以采用知识培训的方法来激励。例如，让其参加组织内部的知识与技能培训活动，到大学或相关培训机构接受再教育，到先进的行政组织参与学习，或者到国外进行学习、考察等。知识培训是知识内隐化和组织外源知识内部化的重要途径之一。得到培训后的职员更容易作出新的知识贡献，从而在组织内部形成良性循环。

⑤产权激励。对于职员知识贡献的具体收益比较难确定，需要一定时间检验才能明确知识成果的具体收益的，可通过给予知识贡献职员相应额度的股权或期权，将组织利益与职员的远期收益联系起来，从而达到激励职员的效果。对于纯行政意义上的政府组织，产权激励很少涉及；但对于"政企兼具"色彩的组织以及由政府直接控股的企业单位（尤其那些新兴企业以及处于高风险行业中的企业），产权激励的作用还是比较明显的。

⑥知识专利。对于创新性高、价值大的知识成果，组织通过帮助创新职员申请知识专利的方式来保护其利益，以增强职员的积极性和创造性。同"产权激励"一样，该措施对于"政企兼具"色彩的组织以及由政府直接控股的企业单位比较适用。对于纯行政意义上的政府组织，限于国内专利的种类与内容，其知识专利的申报空间有限；并且，它也需要行政领导者具有足够的开放意识、行政组织具备足够的开放性与公开性。

一个完备的激励方案既要有正强化举措，也要有负强化措施。如图 3-7 所示，对于在某一测度周期内知识贡献等级过低、不能达到组织标准要求的职员，可以考虑通过以下几方面进行惩罚：知识薪酬减少、职务降级、启动淘汰流程等。在此，我们对"启动淘汰流程"作进一步讨论。

显然，在某一测度周期内，知识贡献等级较低的职员不能够直接进行淘汰。当职员缺乏对知识及其创新意义的认识，没有将自己置身于组织各项知识链活动中去，没有及时丰富、更新自己的知识，就会影响其在下一测度周期的知识贡献等级。从长期而言，职员的知识贡献水平会有起伏，组织应该理解并容忍。因此，淘汰流程的设计要本着"治病救人"的宗旨，给"落后"职员以上进的机会；对于那些机会用尽仍不能取得令人满意成果的职员，无论是由于认识问题、态度问题还是能力问题，都应予以淘汰。

图 3-8 是对于在既定测度周期，知识贡献达到或低于淘汰门限等级的员工启动淘汰流程的一个建议方案。该方案的淘汰流程从两条线展开：职员的知识贡献等级、职员知识存量和新度。其中，基于"职员的知识贡献等级"流程分支主

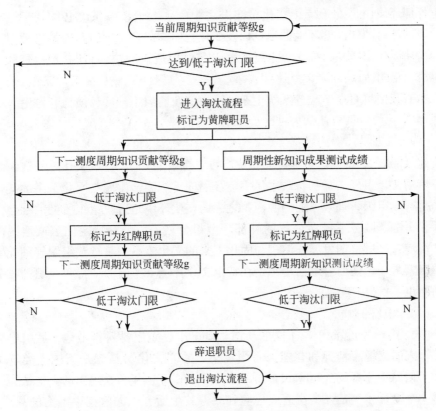

图 3-8　基于"知识贡献等级"的职员淘汰流程

要为督促职员努力为组织作出知识贡献；基于"职员知识存量和新度"流程分支则是为促进职员主动学习知识、提高技能，努力提升自身业务素质。图中的周期新知识成果测试是指按一定测度周期将本部门、本组织乃至全球行政系统领域的新知识成果以出考卷的形式让进入淘汰流程的职员作答，以督促其积极投入到组织知识（技能）创新的活动中，积极获取新知识以提升自身能力。当然，这种方式也可以面向组织全体职员，从而在更大范围内促进职员的知识获取、交流与创新的积极性。

3.3　政府组织外部环境

将政府组织内部环境作为系统要素与电子政务技术子系统相整合，就形成了具有"社会-技术"双重属性的电子政务系统，这是本书所要讨论的电子政务系统。该系统的组织边界基本与特定政府组织的组织边界相合，政府组织外部环境则是该系统生存与发展的物质空间与环境平台。同政府组织内部环境一样，政府组织外部环境也是处于持续变化与演进之中的。电子政务系统必须处于开放状态，能够及时侦知外部环境的变化以及变化程度与趋势，同时及时适度地对自身结构与功能作出调整，以确保系统能够"与时俱进"，才能够使其获得持久旺盛的生机与活力。

本节我们将对电子政务系统生态环境中的政府组织外部环境展开讨论。

3.3.1 文化环境

此处的"文化环境"不同于上一节的"行政文化"。行政文化是行政组织内部环境的文化组分，是在行政主体中逐步形成、沉淀、发展与固化下来的文化体系，是行政组织管理效率的内源因素之一；文化环境是行政组织所处的社会文化体系，是电子政务系统所依托的外部环境组分之一，是在特定国家或地区内形成、沉淀并经过长期发展、演进与固化下来的文化体系，是行政组织管理效率的外源因素之一。任何管理活动都是在特定文化环境下实施的，行政组织的政务管理活动也不例外。

（1）文化的概念。

"文化"一词起源于拉丁文的动词"Colere"，意思是耕作土地，后引申为培养一个人的兴趣、精神和智能。名词意义上的"文化"概念是英国人类学家爱德华·伯内特·泰勒（Edward Burnett Tylor）在 1871 年首次提出的。他认为，文化是一个复合体，是人类在适应环境和改善其生活方式的过程中努力的总成果，包括知识、信仰、艺术、法律、道德、风俗以及作为一个社会成员所获得的能力与习惯等。此后，哲学、社会学、人类学、历史学和语言学等领域有关"文化"的定义层出不穷，人们试图从各学科的角度来界定文化的概念。有学者曾作过统计，从 1871 年至 1951 年的 80 年里，关于"文化"的定义竟有 164 条之多；进入 21 世纪，有关文化的定义至少有 200 多种。人们对"文化"一词的理解差异之大，足以说明界定"文化"概念的难度。下面我们再对其中比较典型的几种"文化"的概念进行阐释，以开拓读者的知识视野。

在社会学领域，美国社会学家戴维·波普诺（David Popenoe）从抽象的定义角度认为，文化是人类群体或社会共同具有的价值观和意义体系，包括其在物质形态上的具体化；人们可以通过观察和接受其他成员的教育，学到其所在群体或社会的文化。在考古学领域，"文化"被定义为同一历史时期的遗迹、遗物的综合体，同样的工具、用具、制造技术等是同一种文化的表征。哲学领域认为，文化从本质上讲是哲学思想的表现形式，哲学的时代性与地域性导致了文化的不同风格；哲学思想的变革引起社会制度的变化，同步伴随的是旧文化的泯灭和新文化的兴起。从存在主义角度讲，文化是对一个人或一群人存在方式的描述；人们总是存在于特定的自然中、历史和时代中，文化则是人们在这种存在过程中的表征与描述方式、沟通与行为方式、意识与认知方式。在企业管理领域，1989年美国企业文化专家埃德加·沙因（Edgar H. Schein）在《企业文化与领导》一书中指出，文化是由具有相同经历和知识的人所产生的共同的思想、感情和价值观。具有"相同经历和知识"的人构成规模各异的社会组织（企业组织或事业组织）。如此，人们谈论"文化"时便更多地将其与既定组织联系在一起，如企业文化、行政文化等。然而，作为系统外部环境要素，我们要讨论的是电子政务系统所处的社会系统的文化特征，亦即"社会文化"。

在汉语中，文化实际是"人文教化"的简称。"人"是文化的主体基础，文化是讨论人类社会的专属语；"文"是基础和工具，是知识的结构性积累，包括语言和文字以及其他象征符号；"教化"是人类社会在长期物质与精神活动中形成的共同规范及其产生、传承以及得到认同与接纳的过程与渠道。文化是一种社会现象，是人类社会长期发展的产物；文化也是一种历史现象，是社会历史的积淀物。按照不同的分类标准，可对文化作不同的分类。

（2）文化的分类。

1982年，哈默黎（Hammerly）按其演进历程把文化分为信息文化、行为文化和成就文化。其中，信息文化指人类社会在长期发展过程中，其成员所形成的关于社会、地理、历史等方面的认知，它是指导人类行为以改造世界的基础；行为文化指人的生活方式、行为方式、行为态度、价值观念等，它是影响人们行为与交际效果的重要因素；成就文化是指人类在改造世界的过程中获得的文学、艺术等方面的成就，它是单次文化演进循环的最高层次。

也有学者按所属层次将文化分为三类：高级文化（high culture），包括哲学、文学、艺术、宗教等；大众文化（popular culture），指习俗、仪式以及包括衣食住行、人际关系各方面的生活方式；深层文化（deep culture），主要指价值观的美丑定义、时间取向、生活节奏、解决问题的方式以及与性别、阶层、职业、亲属关系相关的个人角色。高级文化和大众文化均植根于深层文化，而深层文化的某一概念又以一种习俗或生活方式反映在大众文化中，以一种艺术形式或文学主题反映在高级文化中。

从内涵范畴上讲，人们更多地将"文化"按广义和狭义分别加以阐释。其中，广义的"文化"指的是人类在社会历史发展过程中所创造的物质和精神财富的总和。它包括物质文化、制度文化、心理文化和行为文化四个方面。物质文化是指人类创造的各种物质文明（如交通工具、高楼大厦、日常用品等），是一种可见的显性文化；制度文化指人类在社会实践中组建的各种社会行为规范，如生活制度、家庭制度、社会制度等；心理文化是人类在社会意识活动中孕育出来的价值观念、宗教信仰、审美情趣、思维方式等主观因素，涵盖文学、哲学、政治等方面的内容，相当于通常所说的精神文化、社会意识等概念；行为文化是人际交往中约定俗成的以礼俗、民俗、风俗等形态表现出来的行为模式。狭义的"文化"指一个国家、地区或民族长期形成的非物质的社会积淀，如历史特征、风俗习惯、传统习俗、生活方式、文学艺术、行为规范、思维方式、价值观念等。电子政务系统组织外部环境中的文化环境属于狭义"文化"范畴。

（3）文化的特征。

文化以人为主体基础，而人具有社会性和民族性；文化是特定人类群体所共有的一系列概念、价值观和行为准则，它是使个人行为能力为集体（包括民族、社会）所接受的共同标准。随着民族的产生和发展，文化具有明显的民族性和社会性。每一个民族都有其自身的社会发展历程，每一种社会形态都有与其相适应的文化，每一种文化都随着社会物质生产的发展而发展。社会物质生产发展的连续性决定文化的发展也具有连续性和历史继承性。

同时，我们也要认识到，在同一民族或社会内部，文化依然具有不一致性；不同个体与个体群之间可能存在文化差异，甚至是文化鸿沟。不同的年龄、性别、职业、阶级、知识层次等的主体之间会存在着亚文化的差异。例如在同一民族或社会内部，男性文化和女性文化会有所不同、农村文化与城镇文化会有所不同。

文化具有很强的后天学习与培育特性。一个国家或民族在其认识与改造世界的过程中，伴随其不断学习和深化认知的过程，其社会文化也在不断演进。这种演进过程既包括文化主体在认识和改造世界的漫长过程中逐渐形成与培育自己文化的过程，也包括其在与其他国家或民族相互间的交往与沟通中从其他国家或民族那里学习其先进文化的过程，亦即文化具有二元性。

（4）文化的意义。

文化在静态上表现为人类社会文明成果的结构性积累，在动态上表现为对全体社会成员的共同规范与影响。文化产生于人类社会，反过来又作用于人类社会，促进人类社会的进化与发展。剥离文化的作用，人类只是通过生物进化来适应不断变化的环境。对人类社会不断强化的文化作用，使得人类在适应自然的过程中变得越发主动；其可以通过不断改进自身的行为方式来加速适应环境变化以及作用与改造环境。如今，文化对人类的影响无论是在范围还是程度上都变得和环境一样重要，我们甚至将"文化"作为人类环境中的一个组分，越发注重文化环境的作用，并对其展开积极的培育与建设工作。

文化一经形成，便会对其主体成员产生某种行为导向和约束作用。社会文化是为绝大多数社会成员所衷心认同和共有的思想、感情以及核心价值理念，它规定了社会成员的基本思维模式和行为模式。简言之，社会文化是绝大多数社会成员认为习以为常的东西，是一种不需要思考就能够表现出来的东西，是一旦违背了它就感到不舒服的东西。一个人的生活与成长离不开社会，在上述过程中文化便会在不经意间闯入并驻留在社会成员的意念中。如此，一种社会文化对其社会成员而言将会潜移默化为一种行为本能，从而对其产生强大的行为约束与导向作用。

（5）文化环境对电子政务的影响。

电子政务的实施不仅要实现政府部门内部与部门之间政务管理的电子化，更要实现政府对广大社会实体间公共管理与公共服务的电子化。后者的实施效果不仅在于电子政务系统平台的性能以及行政主体实施电子政务的综合素质，还取决于广大社会实体接受、配合与支持的程度。社会文化环境则对此有着不可忽视的影响和作用。

广大社会实体（包括自然人和法人）对新型政务活动实施方式的理解与接纳程度，直接决定了由传统政务到电子政务过渡的实际效果。在普遍崇尚人情与关系、循规蹈矩、排斥新事物的文化氛围下，社会实体提交公共服务请求以及接受政府组织公共服务的方式都会倾向于传统政务。因为他们觉得亲自到政府机关以"面对面"方式提交请求、说明问题更为"保险"、更为妥当，甚至还可以在政府机关同一或其他部门找一找"关系"以谋得更多利益。然而，通过电子政务系统平台在线提交行政服务请求，则无法直接触知行政主体的存在，如"隔空打牛"般不实在，以至于社会实体对政府的网上办事效率与有效性深感怀疑。此外，传统文化中的"人怕见面，树怕扒皮"被很多人所认同并践行之。他们坚信几次谋面"混个脸儿熟"后，事情就会好办些。

此外，电子政务的实施要求政府组织依托其强有力的行政地位，肩负起对社会知识资源的整合任务，将分散于各社会实体内的海量知识资源在有效安全框架的约束下实现尽可能广泛的集成与整合，以使其发挥更大效能。这就要求在广大社会实体间培育一种"我为人人，人人为我"的思维模式与行为理念，其与"各人自扫门前雪，莫管他人瓦上霜"的冷漠社会文化是格格不入的，也是与"风声鹤唳、患得患失"的狐疑习惯不相适应的。

另外，电子政务系统向社会实体正式开放后，其能否正常、安全、有序运行不仅取决于系统本身安全机制的有效性，也取决于相关社会文化组分的适宜性与匹配性。以具有开放体系结构的计算机互联网为基本依托平台的电子政务系统需要强有力的安全技术支持，也需要相关的安全政策、法律法规的支撑；但这些都是被动安全组分，是在扰乱网络秩序、影响电子政务安全的事情发生后的应对之举。从源头上降低影响电子政务系统安全与有序运行事件的发生几率，需要从社会文化上着手，即在社会上建立并普及网络虚拟世界的文明公约、道德规范。这样可以使人们在源头上、在主观上放弃那些为了彰显个人技能、宣泄内心的不满或谋取不正当利益而实施网络入侵、上传垃圾信息、发送骚扰请求、散布网络谣言等不文明、不道德甚至是违法行为的念头。

电子政务是以信息化推动的政务改革，有效实施电子政务的一个基本前提就是对传统社会文化若干消极的思维模式和行为模式进行引导、培育与重塑。通过大力开展有关电子政务的宣传教育活动，提升社会主流文化对电子政务的认知水平和接纳程度，提高社会实体对网络秩序与道德的关注程度，从而实现对社会文化相关组分的培育与重塑，改善电子政务系统实施所面对和依托的社会文化环境。可以说，电子政务系统的实施过程也是对传统社会文化的培育与改造的过程，同时还是将电子政务理念与模式同民族与区域文化相融合的过程。

3.3.2　法律环境

电子政务作为一种新型政务管理模式与理念，已经为越来越多的政府组织所重视并践行；随着政府组织的大力宣传与文化培育，伴随电子政务的推进，广大社会实体开始尝试通过电子政务系统平台直接与政府部门打交道，电子政务受众群体在迅速增加。电子政务安全问题成为人们关注的热点问题。如今，越来越多的人开始意识到，电子政务发展所面临的安全问题不仅仅有其技术、文化等方面的原因，还在于其法制环境的不健全、不完善。此外，电子政务的社会认可程度、建设资金的支持与保障、管理机构的参与和支持力度、基础设施的完善程度等，也都需要有完备的法律体系作为支持基础。任何一项法律法规的制定都是随着人类社会不断发展，以"建立新的社会规范"为目的的政府改良举措。当一个国家或地区与电子政务相关的政务公开、隐私保护、电子版权、数据保护、电子交易、电子身份、数字签名、电子税收、电子海关等与电子政务相适应的社会规范体系尚未建立或完善，电子政务基本处于"无法可依"的状态时，电子政务犯罪活动自然猖獗，电子政务系统的有序性将受到影响，电子政务实施主体与广大电子政务系统用户的正常利益将难以保障。没有完备的电子政务法律体系的保护和监督，电子政务就不可能得到真正全面的贯彻和落实。

原则上，电子政务实施进程中立法工作须先行一步，以便为实施电子政务创造安全、有序的法律环境。然而，现实中法律落后于技术和产业的发展已是不争的事实。电子政务立法往往是伴随电子政务实施进程或在其实施之后，才开启建立与完善进程。原因在于：一方面，作为新的法律体系，电子政务立法过程是一个"摸着石头过河"的过程，需要从实施电子政务的具体实践中汲取经验与养分；另一方面，政务信息化"一日千里"的发展速度也着实让立法工作难以同步跟进。电子政务应用实践与电子政务立法工作的"一前一后、一快一慢"在一定时空范围内产生了法律空白、法律盲区、法律滞后甚至法律障碍，严重制约了电子政务的健康发展。政府应采取强有力的措施将电子政务明确纳入法制建设和法律监督的轨道，加大力度积极制定相应的法律或政策规范，尽可能地将电子政务法律法规的建立与完善时域缩小。

电子政务法律法规的建立与完善程度直接左右着电子政务的发展前景，制约着电子政务的发展速度，并受到了理论界与实践界的广泛关注。如今，电子政务立法已经成为全球各国立法的重点。要融入全球、实现与世界接轨，尤其在加入WTO以后，中国电子政务立法的重要性和迫切性更为突出。与世界发达国家相比，中国的电子政务立法工作在摸索中前行，进展缓慢。时至今日，尚没有一部完全意义上的电子政务法律。为确保中国电子政务建设的有序、健康、可持续发展，行政主体应积极谋求为实施电子政务提供法律上的依据和支持，包括确立网络虚拟当事人的法律地位、明确电子政务参与主体权利与义务、赋予以"电子化、数字化"形式所体现的作为和不作为的有效性及证据力等。在这一过程中，既要积极主动地研究电子政务发展的内在规律与外在市场规则，同时也要积极吸收和借鉴国外电子政务立法的有益经验。

（1）国外电子政务立法。

世界主要发达国家为了促进本国电子政务的发展，先后出台了一系列促进电子政务普及与应用的法律规定。下面我们对其中的主要国家作简要介绍。

在美国，前总统克林顿（Bill Clinton）致力于"利用信息技术提升美国竞争力"。1995年5月其签署了《政府纸张消除法案（文牍精简法）》，要求联邦和各州政府部门呈交的表格必须使用电子格式，目标是在2003年10月以前实现政府办公无纸化，从而使美国民众与其政府的互动关系完全实现电子化。2002年12月17日，克林顿的继任者布什（George W. Bush）签署了《2002年电子政务法》。该法案在预算管理办公室之内成立"电子政务办公室"，加强电子政务管理，提升电子政务服务和处理能力，通过建立一套要求使用基于互联网的信息技术的措施框架，强化公民对政府信息的获得水平。依据该法案规定，美国政府成立专项基金以推动电子政务建设，电子政务办公室对电子政务专项基金进行统一管理。该专项基金到2006年增长到1.5亿美元。

为确保电子政务应用目标的实现，美国政府相继出台了涵盖电子政务战略、管理、资金、资源、安全、隐私保护、电子信息保护、基础设施安全、网络知识产权与电子商务等诸多内容的一系列的法律法规。有人统计，美国共颁布了与电子政务有关的法律法规32部、总统令或备忘录27项、有关电子政务文件31个（由预算和管理办公室制定）。表3-1列出了美国比较主要的电子政务法律法规以及政策文件，供读者参考。逐步建立并完善的这些法律法规与政策文件从不同角度为美国电子政务安全与秩序提供保障，形成了相对完备的电子政务法律体系，从而为其电子政务的普及和发展营造了安全有序的法律环境。

表 3-1 美国电子政务立法情况

关注视角	相关法律与文件	
发展政策	◇政府绩效法	◇克林格－科恩法
基础设施安全	◇1996 年电信法	
计算机安全	◇计算机保护法 ◇反电子盗窃法 ◇网上禁赌法案	◇网上电子安全法案 ◇计算机欺诈及滥用法案
知识产权保护	◇千禧年数字版权法	◇反域名抢注消费者保护法
电子信息保护	◇电子信息自由法案 ◇公共信息准则 ◇消费者与投资者获取信息法 ◇电子隐私条例法案	◇个人隐私保护法 ◇文牍精简法 ◇儿童网络隐私保护法
电子商务	◇统一电子交易法 ◇统一计算机信息交易法 ◇数字签名与电子公正法（佛罗里达州） ◇数字签名法（犹他州）	◇国际国内电子签名法 ◇网上贸易免税协议 ◇数据签名指南（美国律师协会） ◇联邦采购简化法
其他政策性文件	◇国家信息基础设施行动议程	◇全球电子商务政策框架

在欧盟及其内部成员国，随着电子政务的迅速普及与发展，有关电子政务立法工作也在快速跟进并取得了显著成就，已逐步形成了由欧盟整体以及各成员国内部两个层面的电子政务发展政策与法律规范体系，如表 3-2 所示。其中，欧盟制定并推出了关于构建新型科技信息社会的一整套政策，涉及电信、互联网、通信与信息服务、信息保护、网络税赋及电子商务等各个方面的内容；同时，欧盟也同步建立并完善了一系列有关电子政务的法律法规，为其电子政务的普及与发展提供完备有效的法律支持。

此外，以英、德为代表的欧盟各成员国也在欧盟统一发展政策与法律规范的指导下，根据各自的实际情况，制定了旨在促进本国电子政务发展的政策文件与法律规范体系。例如，英国 2000 年 5 月通过《电子通信法案》，确定电子签名和其他电子证书在法院审判中可以作为证据使用，并授权政府部门修改有关法令为电子政务和电子商务的实施扫除障碍；英国电子政务执行和创新小组在名为"保密性和数据共享"的报告中，就加强公众个人数据保密问题提出了详细建议。德国联邦政府制定了《数据保护法》和《电子签名法》，对传统法律法规中不适应电子政务发展的 4000 多条法律条款提出了修改与补充，如增加有关"电子签名"的法律规定、对数据保护与信息公开等方面的法律法规进行修改等；同时，德国还允许公众与政府之间通过书面、口头或电子形式进行沟通，并在所有的行政管理领域中产生法律效果。

得益于强有力的政策与法律支持，欧盟已成为一个在技术、市场、资本、政策法律等方面具有整合优势的电子政务联盟体，同时也成为全球电子政务发展的一支领军团队。

表 3-2 欧盟及其成员国电子政务立法情况

立法主体		相关法律与文件	
欧盟	政策文件	◇有关实施对电信管制一揽子计划的第五份报告 ◇关于聚焦电信、媒体、信息技术内容及相关规范的绿皮书 ◇促进21世纪的信息产业的长期社会发展规划	◇电子欧洲——一个面向全体欧洲人的信息社会 ◇电子通信服务的新框架 ◇欧洲共同体委员会信息社会的版权和有关权利的绿皮书 ……
	法律法规	◇关于数据库法律保护的指令 ◇关于内部市场中与电子商务有关的若干法律问题的指令 ◇著作权/出租权指令 ◇电信部门的隐私保护指令 ◇软件保护指令	◇欧洲电子商务提案 ◇协调信息社会中特定著作权和著作邻接权指令 ◇远程消费保护指令 ◇卫星广播指令 ……
英国		◇电子通信法案 ◇政府现代化白皮书 ◇21世纪政府电子服务	◇电子商务法 ◇电子政务协同框架 ……
德国		◇信息与通信服务法 ◇电子信息与文书法	◇电子签名法 ◇数据保护法

在亚洲，新加坡、日本和韩国成为区域内电子政务的领跑者，卓有成效的电子政务法制建设是其成功实施电子政务的普遍经验之一，如表 3-3 所示。

表 3-3 亚洲典型国家电子政务立法与政策制定情况

国家	相关法律与文件	
新加坡	◇电子交易法	
日本	◇行政资讯推进共同事项行动计划 ◇IT 国家战略	◇电子签名与认证法案 ◇E-Japan 战略

国家	相关法律与文件	
韩国	◇信息化促进基本法 ◇数字内容管理条例 ◇关于建立信息系统安全与保护个人信息隐私的条例	◇对公众机构的公众档案管理条例 ◇建立与运用国家地理信息系统条例 ◇缩小数字鸿沟条例 ◇保护主要信息基础设施条例

新加坡拥有世界上最发达的电子政务系统。对于新加坡电子政务的发展历程，我们已经在第一章向读者作了详细介绍，在此不再赘述。在法律环境建设方面，1998年6月29日，新加坡国会通过了由电子商业政策委员会制定的《电子交易法》(Electronic Transactions Act)，使新加坡成为世界上率先在电子商务与电子政务领域进行立法的国家之一。该示范法参考了联合国贸易法委员会制定的《电子商业示范法》和美国等其他国家的相关立法和政策，旨在解决电子交易中的法律问题，建立一个促进和保障电子交易发展的法律环境。这部法律包括序言、电子记录和签名、网络服务提供商的责任、电子合同、安全电子记录和签名、数字签名的效力、有关数字签名的一般责任、认证机构及证书申请者的责任、认证机构的认证规则、电子记录和签名的政府使用（尤其是政府部门和法定机构对电子填单的认可）等部分，对电子记录与电子签名的法律效力、电子合同的成立与效力、网络通信安全保障、互联网上各参与主体的责任与义务等进行了全方位界定与说明。《电子交易法》对新加坡电子政务与电子商务的迅速、健康发展起到了重要作用，为其他国家树立了良好的榜样。

早在20世纪90年代初，日本政府就为推进其电子政务制订了《行政资讯推进共同事项行动计划》，提出了政府信息化的三个层次。2000年3月，日本政府正式启动了电子政务工程，于2003年全面建成并投入实际运行。为了保证电子政务的可靠性和安全性，日本政府于2000年3月向国会提出了《电子签名与认证法案》，使电子签名具有与书面签字、盖章同等的法律效力，为其电子政务的实施奠定了相关法律基础。

韩国在推进本国电子政务发展的进程中，一直把建立和完善相关立法工作作为一项根本性的任务，逐步建立了较为完善的电子政务法律体系。早在1996年，韩国政府就颁布了《信息化促进基本法》，以统一规划指导社会信息化的实施进程；1999年颁布《对公众机构的公众档案管理条例》，确保了对公众档案的统一化、电子化管理；2000年颁布《数字内容管理条例》和《建立与运用国家地理信息系统条例》，前者确保政府与社会实体都能够系统地使用政府组织所掌握并管理的政务知识资源，后者则确保政府组织能够为公众提供精确的地理信息以及对土地与资源的合理开发；2001 年颁布《关于建立信息系统安全与保护个人信息隐私的条例》，内容涉及对网络系统安全、互联网地址资源以及数字信息使用等的保护。此外，韩国政府还颁布了旨在保障弱势群体享有信息化成果的《缩小数字鸿沟条例》、保护国家通信设施免受攻击的《保护主要信息基础设施条例》以及旨在推进电子政务建设的《关于推进行政部门的信息化以实现电子政府的条例》等。有数据表明，截至 2000 年 6 月，韩国政府共制定或修改了 107 项有关电子政务的法律法规。可以说，迅速建立并完善的电子政务立法工作对韩国电子政务的发展起到了基础性作用。

（2）国内电子政务立法。

伴随信息化进程，自 20 世纪 90 年代起，中国相继制定了一系列有关信息化的法律法规。据统计，我国已颁布了 60 多个与电子政务相关的法律法规，涉及的面比较宽（表 3-4 列出了一些典型法律与法规）。然而，我国的电子政务立法还处于萌芽或发展期。这些法律法规大多通过分散立法形式制定，即在既有法律中增加了对信息化违法行为的界定与处置条款；用传统立法的调整方式来调整信息化关系，相关法律条文不直接、不贴切；分散立法的法律阶位低，法律法规之间也极易出现矛盾。我国目前电子政务的普及及公众认知程度都较低，用法律阶位相对较高的统一单行法模式开展电子政务立法工作，显然能在更高程度上提升电子政务的影响力，并促进电子政务的发展。因此，采用统一单行法模式制定专门的《电子政务法》是中国电子政务立法工作的大势所趋。

表 3-4　中国电子政务相关立法情况

传统法律/法律实体	修订/建立时间	增加有关电子政务的相关内容/颁布的电子政务法律法规
刑法	1997.3.15	增加计算机犯罪条款
合同法	1999.3.15	承认数据电文的法律效力
国务院行政法规	1994.2.28	计算机信息系统安全保护条例
	1996.2.1	计算机信息网络国际联网管理暂行规定及其实施办法
	1997.6.3	网络域名注册暂行管理办法及其实施细则
	2000.9.25	互联网信息服务管理办法
	2000.9.25	中华人民共和国电信条例
人大常委会	2000.12.28	关于维护互联网安全的决定
	2004.8.28	中华人民共和国电子签名法
公安部	1997.12.30	国际互联网安全保护管理办法
邮电部	1996.4.3	中国公用计算机互联网国际联网管理办法
	1996.4.9	计算机信息网络国际联网出入口信道管理办法

值得注意的是，电子政务立法工作涉及诸多方面，是个复杂的系统工程，不能奢求一蹴而就。相反，要审视国内电子政务发展的现状特征，首先将亟待解决的问题考虑到立法范畴之内，在电子政务普及与发展的过程中，与时俱进地完善电子政务法律法规，遵从"适时立法"、"滚动立法"的立法思路。事实上，中国电子政务立法进程基本按着上述思路发展。

为了推动电子政务健康发展，致力于中国电子政务政策法规的制定与完善的国务院信息化工作办公室于2001年8月成立，这标志着我国真正开始了电子政务的立法阶段。2002年7月，国家信息化领导小组第二次会议审议通过了《中国电子政务建设指导意见》，2006年12月29日，国务院办公厅印发了《国务院办公厅关于加强政府网站建设和管理工作的意见》，将电子政务建设纳入了一个全新的整体规划、发展阶段，及时制定和执行一批行政法规和规章制度，为今后正式立法奠定了基础。

电子政务的发展，首先离不开网络信任。2004年8月28日，全国人大常委会通过《中华人民共和国电子签名法》，自2005年4月1日起施行。整部法律分为总则、数据电文、电子签名与认证、法律责任和附则等5章36条。该法律确立了电子签名的法律效力，规范了电子签名的行为，明确了认证机构的法律地位以及认证程序，规定了电子签名的安全保障措施，从而为政府文件和重要政务信息的网络传输提供了法律依据。这是我国第一部真正意义上的信息化法律，使中国电子政务在网络信任方面的问题得到根本上的改善。

政府是最大的信息所有者和控制者，而信息化的前提是信息的流动和低成本使用。如果掌握着全社会80%信息的政府信息处于封闭或静止状态，那么整个社会的信息化不可能取得深入进展，因此信息化要求政府信息资源自由流动；另外，政府信息公开是保证人民群众在知情前提下实现民主权利的需要，也是WTO对政府透明度的基本要求。2007年4月5日，国务院第492号令公布《中华人民共和国政府信息公开条例》（以下简称《政府信息公开条例》），自2008年5月1日起施行。尽管《政府信息公开条例》不是立法机关通过的法律，但国务院行政法规在中国法律体系中具有重要的地位和效力，这使得它有着很强的法律地位和效力。人们普遍将其看成是当前中国电子政务的第一法（行政法规）。

《政府信息公开条例》的出台是服务型政府建设的必然结果。虽然《政府信息公开条例》不特指电子化的信息公开手段，亦即其不是为电子政务量身定做的；但电子政务作为新型政务管理模式，《政府信息公开条例》与其有着极深的渊源。电子政务的推进对我国行政体制改革产生了很大影响，促进了《政府信息公开条例》的诞生。政府信息公开是我国电子政务服务的重要内容，是推动电子政务顺利发展的关键一环。《政府信息公开条例》使得电子政务在推进政府信息公开服务方面有了法定依据；条例明确规定了信息公开的范围、程序、公众了解政务信息的权利以及违反该条例应当承担的法律责任等内容，并确立了首席信息官（CIO）等具体制度，为电子政务的纵深发展提供了立法保障。

此外，国内地方政府也在国家有关电子政务法律法规的指引下，结合地方具体情况，制定并逐步完善本辖区内的电子政务行政法规。例如，2004 年 6 月 21 日，《天津市电子政务管理办法》在天津市人民政府第 30 次常务会议上通过，自 2004 年 8 月 1 日起施行；海南省也于 2005 年 6 月出台了《海南省政务信息化工程建设办法》。其中，《天津市电子政务管理办法》是国内一部全面规范电子政务各个环节的非常典型的地方性政府规章，在国内电子政务立法中具有重要意义。它从电子政务平台建设、数据库建设、政务信息交换机制、政府信息公开、信息安全、应急处理、知识产权、相关方的责任等几个方面作出了较为详细的规定，有利于全面规范电子政务建设、促进电子政务发展、提高政府管理水平。

（3）电子政务法的主要保护领域与内容。

完善、健全的电子政务法律体系将涉及电子政务的全部领域与活动，包括电子签名、电子认证、电子证据、电子合同、电子支付、知识产权、隐私与名誉保护、信息化犯罪处罚等。下面，我们就其中的主要领域向读者作简要介绍。

①在电子签名与电子认证方面。

主体确认性是电子政务网络平台有效运行的基础保障，其主要通过电子签名和电子认证实现。电子签名是当事人基于签名的意图，运用电子手段对电子记录实施的、使之与当事人产生法律联系的行为。同传统签名一样，电子签名在本质上表现为一种认证手段与程序。它具备的两个基本功能是：识别签名者身份以及确保签名者认同所签署文件的内容。相对于传统签名，电子签名也有其自身的特点。例如，所有签名均可看成是原件；签名与文件内容相耦合，文件不同则签名也不同；电子签名在线签署，属远程认证；电子签名本质上是虚拟态数据，需特定终端才能查看，存在识读障碍；一个人可拥有多个电子签名。

电子认证是特定的认证机构对电子签名及其签署者的真实性进行验证的、具有法律意义的信息服务。电子认证与电子签名的关系在于：电子签名侧重于解决身份辨别与文件归属问题，电子认证解决密钥及其持有人的可信度问题；电子签名着重于数据电文本身的安全性，使之不被否认或篡改，属技术安全机制，电子认证侧重于确保交易关系中交易人的真实性，是一种组织制度下的保障。

作为签章的新发展，为了确保电子签名的法律效力、维护电子签名的有效性，成功实施电子政务的国家都颁布了有关电子签名的法律法规，并对提供电子认证服务的机构的责任与义务进行了明确与规范。例如，2003 年 9 月，联合国通过《电子签名示范法》，对电子签名的法律地位进行了明确界定。在中国，《中华人民共和国电子签名法》对电子签名人和电子证书认证机构等规定了详尽具体的法律义务。其包括电子签名人应妥善保管其电子签名中的私有密码，当得知其已失密或可能失密时，应及时告知有关各方并中止其使用；电子签名人在向认证机构申请电子签名证书时，有确保所提供信息的真实、完整和准确的义务。电子证书认证机构应制定并公布相关的电子认证业务规则，并提交主管部门备案，这包括责任范围、作业操作规范、信息安全保障措施等；其还要保证所发证书内容完整、准确，并使交易方能够从证书中证实或了解有关事项；此外，电子证书认证机构还有妥善保存与认证相关信息的义务。

此外，中国信息产业部于 2001 年 12 月 10 日成立了隶属于其信息化推进司的"国家电子商务认证机构管理中心"（China State E-commerce Certificate Authority Administration Center），以加强对国内电子证书认证机构的管理。其重要职责如下：统筹规划我国电子证书认证机构的总体布局，规范国内电子证书认证机构的建设；组织研究和提出有关电子证书认证的法规和技术标准，为制定电子证书认证法规和技术标准提出建议；组织制定国内电子证书认证机构的有关管理、运行和安全等规章制度，管理和监督我国境内的电子证书认证机构；组织协调国内电子证书认证机构之间的交叉认证；承办信息产业部交办的其他事项。

②在电子证据方面。

电子证据是以电子形式存在的、用作证据使用的一切材料及其派生物。常见电子证据包括：电子物证、电子书证、电子视听资料、电子证人证言以及电子当事人的陈述等。我国三大诉讼法中规定，证据是证明案件真实情况的一切事实。由此可知，电子证据具有"证据"的法律地位。电子证据具有何种"证据"地位，一般包括如下三种观点：视听资料说、书证说、独立证据说，而不同的国家或地区会有所不同。

一些国际组织、国家或地区通过立法对电子证据的法律效力进行了界定和规范。例如，1982 年，欧洲理事会《"电子处理资金划拨"秘书长报告》首次提出将计算机记录作为证据。联合国贸易法委员会在 1985 年第 18 届会议上，审查通过了其秘书处提交的题为"计算机记录的法律价值"的报告；1996 年 6 月又通过了《电子商务示范法》，对电子证据的法律效力、可执行性等问题作出了明确规定。此外，前面提到的联合国《电子签名示范法》也进一步确立了电子证据的法律地位。在已经实施电子政务的国家，美国的《统一电子交易法》、《联邦证据规则》、《统一证据规则》以及英国《警察与刑事证据法》、《民事证据法》等都对电子证据及其法律效力作出了说明；加拿大的《统一电子证据法》则是世界上第一部单独为电子证据制定的法规；我们的邻邦印度也在 1998 年和 1999 年分别通过《电子商务支持法》和《信息技术法》，对电子证据的法律效力等方面进行了明确和规范。

在中国，虽然至今还没有出台专门的"电子证据法"，但有关电子证据的相关法律规定已经出台了不少。例如，《民事讼诉法》中规定提交原件确有困难时，可提交复制品或副本；最高人民法院 1996 年 12 月 31 日颁行《关于检察机关侦查工作贯彻刑事诉讼法若干问题的意见》，将计算机内容信息资料纳入视听资料证据范畴；最高人民检察院 1998 年 1 月 18 日起实施《人民检察院刑事诉讼规则》，指出在必要时，可以扣押犯罪嫌疑人的邮件、电报或电子邮件；公安部 1998 年 5 月 14 日施行的《公安机关办理刑事案件程序规定》中将拍照、录像、电子邮件、电子数据存储介质也纳入电子证据部分；1999 年 10 月 1 日起施行的新《合同法》，将电子邮件列为书面合同的一种形式；此外，最高人民法院 2002 年 4 月 1 日施行《关于民事诉讼证据的若干规定》，明确指出调查人员在提供原始载体困难时，可以提供复制件。

③网上知识产权保护。

网上知识产权问题主要集中在网络版权的法律保护上。在体系开放的互联网世界，该问题变得越来越突出。电子政务系统以计算机网络平台为物质依托，对其网络版权保护问题必须给予重视并较好解决；否则，电子政务系统秩序将会受到威胁。

对于网络版权保护，世界知识产权组织（World Intellectual Property Organization，WIPO）于 1996 年 12 月颁布实施了《世界知识产权组织版权条约》（WCT）和《世界知识产权组织表演与录音制品条约》（WPPT），对数字化作品的产权问题进行界定。1996 年 3 月，欧盟也颁布《关于数据库法律保护的指令》，对数字版权问题进行了规范。

在中国，网络版权保护问题也受到了高度关注。例如，第七届全国人大常委会 1990 年 9 月 7 日第十五次会议通过《中华人民共和国著作权法》，于 1991 年 6 月 1 日起施行，并于 2001 年 10 月 27 日对其进行了修订；国务院 1991 年 6 月 4 日公布《计算机软件保护条例》，并对其修订后于 2002 年 1 月 1 日起继续施行；国家版权局于 1999 年 12 月颁布了《关于制作数字化制品的著作权规定》；最高人民法院 2000 年 11 月 22 日通过《最高人民法院关于审理涉及计算机网络著作权纠纷案件适用法律若干问题的解释》（2003 年 12 月 23 日再次作了修正）；国务院 2002 年 8 月 2 日颁布《中华人民共和国著作权法实施条例》。上述这些法律法规一方面表明了中国政府对包括网络版权在内的知识产权保护问题的重视，同时也为电子政务普及与发展的过程中的网络知识产权纠纷提供了相对完备的法律保障。

④隐私权保护。

隐私权指自然人享有的对与公共利益无关的个人信息、私有活动和私有领域进行支配的人格权。隐私权是公民对其个人秘密的自由决定权。它规划了个人空间与公共空间的界限，保障了个人内心世界的安宁，维护了个人的人格独立、人格自由和人格力量。网络隐私权指公民在网络上享有私人生活安宁和私人信息依法受到保护，不被他人非法侵犯、知悉、搜集、复制、利用和公开的一种人格权。尊重、保护个人隐私将是社会文明的表现，体现了对人的尊重。一个尊重人的社会将会使社会成员有更多的创造性、积极性，社会也才能更安定。在计算机网络世界，隐私权保护为越来越多的人所关注；只有对网络隐私权以强有力的法律法规的形式加以切实保护，才能减缓人们对网络上泄露隐私的担忧，进而对应用电子政务系统充满热情。

在国际上，隐私权保护表现为两种形式：其一，以美国为代表的直接保护。这种形式下，法律将公民的隐私权作为独立的人格权。当其受到侵害时，受害人可以将"侵犯隐私权"作为独立诉因，寻求法律保护与救济。其二，以中国为代表的间接保护。这种形式下，法律并不将公民的隐私权作为独立的人格权；隐私侵犯的受害人只能将其损害附着于其他诉因（如侵害名誉权、非法侵入私人住宅等），从而寻求法律的间接保护与救济。显然，间接保护具有相当大的局限性。

有关隐私权保护的专门立法，主要集中在推行隐私权直接保护的国家或地区以及相关的国际组织。例如，美国 1974 年制定了《隐私权法》，1988 年制定《电脑匹配和隐私权法》，2000 年 4 月颁布《儿童在线隐私权法案》，2000 年 7 月其众议院通过《反垃圾邮件法案》，其商务部公布的《有效保护隐私权的自律要点》以及美国在线隐私联盟指引（Online Privacy Alliances, OPA）等也为网络隐私保护提供有益帮助；德国 1976 年颁布《数据资料保护法》；英国 1984 年颁布《数据保护法》；日本经济产业省 2002 年 1 月颁布《部分修改关于特定商业行为的法律实施规则的省令》，2002 年 4 月通过《反垃圾邮件法》；韩国 2002 年通过《促进信息通信网利用以及信息保护等修正法案》。此外，世界经合组织（OECD）1980 年制定了《公平信息规程》（Fair Information Practices, FIP）；欧洲共同体（欧盟的前身）1981 年制定《个人数据资料保护公约》，1995 出台《个人数据资料处理及自由流程保护指令》，2002 年 5 月批准《反垃圾邮件及保护在线隐私权法》。

中国尚没有把隐私权作为一项独立的人格权在法律上加以规定，仅在司法实践中确认将隐私权归于名誉权加以保护，或者作为一般人格权利加以保护。最高人民法院 1988 年 1 月在"关于贯彻执行《中华人民共和国民法通则》若干问题的意见"中，提出"侵害公民名誉权"概念，为隐私权法律间接保护提供依据。2000 年 12 月，第九届全国人大常委会通过"关于维护互联网安全的决定"，提出对以下行为进行刑事责任追究：利用互联网侮辱他人或者捏造事实诽谤他人；

非法解惑、篡改、删除他人电子邮件或者其他数据资料，侵犯公民通信自由和通信秘密等。这为国内隐私权保护进一步提供了法律依据。此外，为了保证政务知识资源在安全框架的约束下能够发挥更大效能，还要进行政府信息登记制度、电子政务网络安全管理办法以及其他有关信息安全管理的法律法规、政府信息交换与维护制度等的制定与完善工作。

需要指出的是，网络隐私权的保护不仅仅是政府组织的事情，电子政务各实体都负有各自的义务。例如，网络个人用户负有保守其隐私的第一义务，其要增强自我保护意识，并采取切实有效的保护策略；政府及行业组织须制定网络私人数据的收集、查询、使用与控制规范；网络私人数据保有人负有建立、健全其安全机制的义务。只有各方实体都切实地履行了自己的义务，网络隐私权保护问题才能得到较好解决。

3.3.3　经济环境

电子政务系统所面对的政府组织外部环境之"经济环境"组分为电子政务的普及与发展提供了基本的物质保障。一个国家或地区的经济发展水平与趋势直接决定着其电子政务发展的速度和效益。行政主体在推进电子政务系统建设与实施前，要全面深入审视其所面对的经济环境特征，并据此制定与其相应的本区电子政务发展规划与实施策略。

电子政务系统的建设与实施需要源源不断的、切实有效的财力投入。开展电子政务所必需的物质投入领域主要包括：在系统建设期，电子政务系统平台设备设施与相应软件系统的购入、安装与调试以及政务数据库建设、项目管理、劳务支出费用等；在系统运行期，电子政务系统运营管理、服务提供等活动实施的物质基础与保障，如系统及数据库维护、办公设施配套、宽带月租、职员劳务费用等。

如果一个国家或地区经济发展水平落后、发展势头不佳，以至于在电子政务建设方面无法保障持续充实有力的财政支持，将直接导致其电子政务系统建设的搁浅、延期，并将影响电子政务系统的工程质量以及未来的应用效果。如此，建成的电子政务系统将使前期投入的价值大打折扣，进而导致后期投入的主观与客观的双重消极，从而使得一个国家电子政务建设进入恶性循环。反过来，当一个国家或地区经济发展达到相当水平，已经建立起本区内高度发达的"信息公路"平台设施网络，并能够对本区电子政务系统的规划、研发、建设与实施等提供可持续的、强有力的经济支持，则其电子政务系统的实施效益将会在规划发展周期内如期而至，在提升行政主体政务管理能力的同时，为本区的经济发展再添动力。广大社会实体将会在电子政务系统的切实效益中备受鼓舞，研发、建设与参与的热情也将进一步提高，从而使本区电子政务建设驶入良性发展的轨道。

　　从国外电子政务实施模式看，更多的国家或地区采取"政府主导建设、企业参与实施"的模式，很少见到仅由政府组织唱"独角戏"的例子。企业参与电子政务建设的能力与水平不仅取决于其技术实力，同时也取决于其经济实力。一个整体发展水平表现良好的国家或地区，企业参与本区电子政务建设的能力也将处于较高水平。另外，电子政务的实施与建设不能搞"空中楼阁"项目。一个毫无信息化建设基础的地区，其电子政务建设将是纸上谈兵；即便通过某种渠道（如上级政府的财政投入）获得足量的资金支持，其电子政务建设也将会在漫长的时间维度上弥补其先天不足，甚至要付出足够的代价。可见，电子政务不能一哄而上。不同国家和地区应视本区经济发展状况决定是立即实施还是暂缓实施，并制定切实可行的、详细的发展规划。

　　从电子政务实施效果看，衡量一个国家或地区电子政务实施效果的一个重要指标就是辖区内各社会实体（法人和自然人）对电子政务的认知程度、参与程度和接纳程度。社会实体对电子政务及其信息化基础的认知程度、参与程度与其所处国家或地区的经济发展状况有着密切联系。在中国某些偏远山区，经济发展相当落后，老百姓连电话都用不起，更何谈计算机及其网络设施；没有财力购入并使用计算机及其网络设施，其对信息化及电子政务的认知和参与便无从谈起，至于接纳，就更是空话。当国家或地区的经济环境发展良好了，广大人民群众及法人实体的生活与生产状况得到改善和提高了，计算机及其网络才能走入基层、步入寻常百姓家。有了这个社会信息化基础，辅以政府组织的有力宣传与引导，电子政务才能有"随风潜入夜，润物细无声"的可能。目之所及、触之所感。在过程中社会实体对电子政务的认识从无到有、由浅入深；伴随认知的过程，自然会有尝试和参与的冲动与行为；在参与中深入体验，在体验中思考判断，最终凝结为社会实体对本区电子政务的接纳度。

　　电子政务的实施与发展既依赖于实施主体所处辖区内的经济环境，同时也能够对上述经济环境产生一定的反作用。一个国家或地区的电子政务实施不力，其微寥不堪的实施效果与其巨额实施成本形成巨大反差，将危及政府组织形象；同时，维持电子政务系统运行还需要源源不断的财力投入，从而将使其电子政务工程成为"鸡肋"工程，食之无味，弃之可惜。简言之，实施不力的电子政务对本区经济环境将产生负面影响。反过来，良好的电子政务实施效果将会拉近政府组织与社会实体间的逻辑距离，降低政府组织的运作成本，提升其政务管理效率和有效性，改善政府形象；同时，也将进一步促进和带动社会实体的信息化进程，改善本区整体信息化水平。所有这些将为本区经济建设加油、助力，使经济环境沿着良性循环的轨道向前演进。

3.3.4　科技环境

电子政务相对于传统政务，既是政务管理理念与模式的演进与发展，同时也是政务管理方式与渠道的变化与革新。于后者，其实施水平与效益与电子政务系统外部的科技环境是分不开的。电子政务诞生的一个重要前提就是 20 世纪中后期以信息技术革命为代表的全球科技环境的快速发展与变化。计算机技术（包括计算机系统软件和硬件技术）、通信技术、计算机网络技术以及信息与知识管理技术等的飞速发展，为政务管理电子化提供了技术基础和物质保障。可以说，由传统方式演进到电子政务，正是政务管理因应政务系统外部科技环境变化的迎合性措施，是政务系统与其外部环境进行交互、作出调整的结果。

1946 年 2 月 14 日，世界上第一台数字计算机"埃尼阿克"（ENIAC）诞生，宣告了数字计算时代的到来。随着计算机应用领域的不断拓展，人们开始谋求在纯数字计算以外领域应用计算机完成各种辅助管理活动。随着科学技术的发展，异地处理与通信的要求逐渐被提出，并在实践中摸索前行。20 世纪 60 年代初期，美国航空公司投入使用的由一台主计算机和全美范围内的 2000 多个远程终端组成的飞机票预订系统（semi automatic business reservation environment，SABRE）就是远程联机多用户系统的典型代表，其开创了面向终端的计算机通信的先河。1962～1965 年，美国国防部高级研究计划署 ARPA（Advanced Research Projects Agency，目前多称为 DARPA，即 Defense Advanced Research Projects Agency）和英国国家物理实验室（National Physics Laboratory，NPL）都对新型的计算机通信技术进行研究。自 20 世纪 60 年代中期开始，为了应对前苏联的军事竞争，DARPA 奉命研究可用于军事的高科技，通过资助与合作的方式让具有技术优势的大学或公司来完成其使命。1969 年 12 月，加州大学洛杉矶分校、加州大学圣巴巴拉分校、斯坦福大学和犹他大学四个结点的计算机通过分组交换技术（packet switched）成功实现了互联。这个被称为 ARPA 网的实验性的"计算机 -计算机"网络的诞生，标志着真正意义上的计算机网络时代的开始。20 世纪 70 年代末，美国国家科学基金会（National Science Foundation，NSF）开始注意到 ARPA 网因其实现数据共享而对大学科研的巨大影响。ARPA 网的军事背景加大了一般计算机系统的接入难度，于是 NSF 开始着手改变现状。在 NSF 主持下，到了 1984 年，基于 ARPA 网技术实现了将 6 个超级计算机中心的互联；尔后，诸多大学与科研机构相继入网，形成大型网络 NSF 网。NSF 网在技术更新与拓展速度方面都超过了 ARPA 网，并通过卡内基 - 梅隆大学的一个结点与 ARPA 网相连，从而奠定了后来互联网的基础。

1982 年，在 DARPA 的资助下，加州大学伯克利分校开始研发 TCP/IP 协议并将其嵌入 UNLXBSD4.1 版本，1983 年 ARPA 网采用 TCP/IP 为通信协议。为解决网络体系结构与协议标准混乱造成的束缚计算机网络进一步快速发展的问题，国际标准化组织（International Standard Organization，ISO）下属的计算机与信息处理标准化技术委员会于 1984 年正式制定并颁布了一个使各种计算机能够互联的标准框架——开放系统互联基本参考模型（open system interconnection basic reference model，简称 OSI 模型）。在 OSI 模型推出后，计算机网络发展走向了标准化道路，这使得不同的计算机能方便地互联在一起，其带来的直接结果就是促使互联网的飞速发展。

20 世纪 90 年代以来，计算机网络发展进入了新阶段。1993 年，美国正式提出国家信息基础设施（national information infrastructure，NII），旨在建立一个能提供超量信息的，由通信网络、多媒体联机数据库以及网络计算机组成的一体化高速网络，向人们提供图、文、声、像信息的快速传输服务，并实现信息资源的高度共享。在此基础上，西方七国集团于 1995 年讨论全球信息基础设施（global information infrastructure，GII）计划，并提出了建设全球信息社会的目标。近年来，随着信息高速公路计划的提出与实施，技术的飞速发展促成了互联网在覆盖地域、涵盖用户、网络功能和应用等多方面不断拓展，计算机科学的发展进入了网络计算的新时代。

在这个以"网络"为中心的时代，计算机已经完全与网络融为一体，"网络就是计算机"这一说法鲜明地刻画了时代特征。计算机网络已经真正进入社会各行各业，为社会各行各业所采用；网络技术蓬勃发展并迅速走向市场，走进平民百姓的生活。电子政务正是在这一科技发展背景下应运而生，并迅速普及与发展的。

当然，仅仅依靠计算机技术、通信技术和计算机网络技术还不足以支撑电子政务系统进行有效运作。电子政务系统作为一个复杂巨系统，其政务管理活动的有效实施还需要数据处理技术、数据挖掘技术、数据仓库技术、信息推送技术、决策支持技术等的全方位支持。可以讲，没有先进的科学技术作为后盾，电子政务的实施将达不到预期效果，甚至根本无法实施。

如前所述，电子政务的诞生是传统政务管理系统侦知其外部科技环境的变化，并且因应这种变化所作出的迎合性调整。科技环境的变化是持续的、永恒的。如此，电子政务系统也必然要时刻保持对科技环境变化的高度关注，测度其变化并作出相应的反应与改进。否则，电子政务系统调整落后于科技环境变化幅度，将会使其逐渐丧失活力，进而失去发展与演进的动力而最终被环境所淘汰。

3.3.5 市场环境

电子政务的实施与发展需要以一个健全、成熟的市场环境作为支撑基础。政府组织的核心职能在于对政府组织内部事务的有效管理以及对社会实体实施的公共管理与服务。诚然，通过电子政务信息平台这一新型方式实施政务管理是政府组织面对崭新政务环境作出的合宜的、有效的迎合举措，其电子政务实施能力也正在成为评价一个国家或地区政府政务管理能力的重要指标。但是，电子政务项目的具体实施、电子政务技术子系统的建设等并不属于政府组织的行政职能范围，更谈不上重要职能，否则将导致政府组织的日常工作顾此失彼、避重就轻，影响其核心职能的履行效果。

在一个相对健全、成熟的电子政务市场环境下，电子政务的组织、建设与实施等活动均对应于不同的且各自深谙此道的社会实体。其中，会有政务管理咨询机构的专家与学者作为政府组织的"外脑"，专职研究电子政务的管理理念与实施模式，并将研究成果向政府组织传递，帮助政府组织全面理解电子政务的内涵、深入把握有效实施电子政务的要领。电子政务实施企业可能是具有强大实施能力的单一企业，也可能是由分别精通、擅长电子政务项目实施与建设各环节的多个企业组成的企业联盟；它们通过竞标方式获得政府组织授权后，以其丰富的业务经验、雄厚的专业技能和强大的实施能力负责完成电子政务系统项目从项目调研、论证、规划、分析、设计、建设、培训、上线与维护到系统的二次开发等的全部活动。电子政务项目监督单位全权负责对项目实施全程的检验、监督与督导工作。此时，政府组织作为电子政务项目的组织者与直接推动者，对电子政务项目实施"一把手"工程，选派能力强、素质硬、职务高的行政官员参与项目的领导工作。其主要负责在项目全局层次的把握与控制，包括对政务管理咨询机构、电子政务实施单位、监督单位等项目参与实体的选择与确定，对项目实施给予及时准确的配合与支持（如经费保障、调研配合等）。对于政府组织的绝大多数职员，其主要的时间与精力仍然投入到其本职工作中，以保障其本职工作效益，确保政府组织核心职能的有效履行。

在一个尚未健全、尚不成熟的电子政务市场环境下，电子政务的实施往往成为政府组织的"独角戏"。政府组织不是万能实体，其核心业务是而且应该是政务管理，而非电子政务系统的规划、分析、设计与实施等业务活动。显然，由政府组织唱"独角戏"的电子政务必然难以发展成为合格的电子政务、优良的电子政务。然而，当电子政务市场发育尚未健全时，唱"独角戏"往往又成为政府组织不得已而为之的尴尬行为。毕竟，电子政务作为政务管理的崭新模式已经风靡全球，时不我待。这对政府组织提出了更高要求，即在"摸着石头过河"的过程中，要不失时机地扶持市场实体、培育市场环境。当然，在一个电子政务市场已经相当成熟与完善的环境下，也会出现政府组织甘于唱"独角戏"的局面，那是经济利益驱动的结果——电子政务项目投资巨大、"油水"颇多；这是政府组织管理与监控体制不健全的恶果，该另当别论。

简言之，电子政务市场环境直接关系到一个国家或地区电子政务实施与发展的效率和有效性。政府组织开展电子政务建设要对此给予足够关注，审视之、利用之。当市场环境成熟时，则要充分利用电子政务市场中各实体的核心能力，充分实施"业务外包"，以社会实体的能力优势弥补己之不足，降低实施成本，提升实施效果；同时，亦可确保政府组织将主体精力能够投放到其"核心业务"领域。当市场环境尚未发育成熟时，政府组织要在政策措施等方面给予大力培育，积极促成电子政务市场的完善与成熟。

3.3.6　信息资源环境

信息资源环境是电子政务赖以生存和发展的基础外部环境组分之一。前文我们已经探讨过，衡量一个国家或地区电子政务实施的效益水平，最终是要评估在其电子政务高速公路上具体"跑的是什么车、车上拉的是什么货"。简言之，电子政务系统平台上的政务信息与知识资源的组织与管理效率和有效性对电子政务的实施与发展具有重大意义。电子政务系统的信息资源环境则是电子政务系统的"水之源、木之本"。

本体论意义上的信息资源是对事物内部结构和外部联系的运动状态与方式的客观反映，是不以人的意志为转移的客观存在。然而，真正能够用于指导人类生活与生产实践的信息资源与此并不相合。它是而且应该是为人们所感知并经过表述与组织的、对事物运动的状态与方式的反映，亦即认识论意义上的信息资源。为此，电子政务系统的信息资源环境是认识论意义上的信息资源环境。

作为认识论意义上的信息资源环境，电子政务信息资源环境的认知主体既包括政府组织及其职员，也包括广大社会一般实体（包括自然人、法人实体及其职员）。实际的信息资源环境优良与否，既与一个国家或地区的广泛社会主体的认知素质有关，也与各社会认知实体间的有机协作与整合程度有关。

在漫长的传统政务实施背景下，在信息技术革命发生以前的漫长岁月，广大社会实体对客观世界的认知水平有限，并且其所认知和表征的信息资源大多通过纸质介质的形式加以存储和组织；社会实体间的沟通渠道陈旧、简单，大多只通过面对面沟通或书信沟通方式实现。如此，导致社会层次上的信息资源累积率不高，且整合性能较差，"信息孤岛"现象严重，以至于不同社会实体间难以实现有效的协同工作。

随着信息技术革命的兴起与信息技术飞速发展，人类社会认知世界的能力在不断提高，彼此间的沟通渠道在不断丰富，沟通方式得到不断完善。如此，认识论意义上的信息资源累积呈现"爆炸"式增长样态，信息资源"电子化"进程在不断推向深入；同时，社会各实体间的协同工作得到加强，信息资源整合性能得以不断提升。不过，我们也必须认识到，在这种"整体趋良"的背景下，不同国家或地区因其发展水平差异，其所面对的信息资源环境也有所不同，甚至相去甚远。一个国家或地区实施电子政务前，需要对本区所处电子政务信息资源环境展开全面、深入地调研与分析，并针对具体的环境特征制订切实有效、高针对性的环境匹配与培育方案。

在中国，随着改革开放以来国民经济的持续、快速发展，电子政务信息资源环境也在持续优化。在国家"以信息化带动工业化"的发展策略的促进下，政府组织内部以及广大社会实体的信息化进程在快速、有效推进。数据库资源是信息社会的重要基础，也是信息资源环境的重要组分。如今，随着国家各项"金"字工程的不断丰富和深入，一些对国民经济、社会生活影响重大的数据库相继建成，并不断完善；在相关领域已经建立起了相对完善的政务数据采集、整理、加工、存储、检索、传播、更新与备份等的良好机制。据报道，中国政府目前建设并维护着3000多个大中型数据库，政府拥有或控制的数据量已经占社会有效数据总量的2/3以上。这是中国电子政务系统信息资源环境发展演化的可喜局面。然而，我们也必须清醒地认识到，相对于西方发达国家，我们的信息资源环境建设仍然存有许多不足。其中一个比较突出的问题依旧是社会信息资源的整合性能较差，社会数据资源的部门化、条块分割症状明显。部门利益驱动下的信息化建设导致一些相互具有密切联系的数据资源被分割在不同部门的数据库中，数据难以共享且彼此间一致性维护十分困难，甚至矛盾重重，严重阻碍了数据资源的整合应用效果。例如，有业内人士披露，当前国内税务部门、工商行政管理部门与统计部门都各自建有基本法人单位数据库，然而3个部门各自的数据采集渠道不同，数据库分别独立建设、独立维护、少有沟通，以至于当南方某发达城市政府主管部门要求其下属的上述3个不同部门提供全市上一年度从事信息技术的企业数量时，不同部门给出的数据竟然出现2倍以上的差距。如此环境下的电子政务系统，其实施与应用的有效性必然大打折扣。可见，促进政府组织内部信息资源的整合与协同建设，进一步培育和改善电子政务信息资源环境，任重道远。为此，中国政府已决定加大对现有数据库及其系统的整合力度，并力争重点在人口基础数据库、法人单位基础数据库、自然资源与空间地理信息数据库和宏观经济数据库4个基础数据库上取得突破，在数据交换、数据库共享的管理制度和相关基础设施建设上取得显著进展；同时，中国政府还将在税务、审计、海关、公共财政、金融监管、公共安全、社会保障、产品质量监督等领域的信息资源整合方面加大投入，以期建立起功能完备、结构优良的电子政务业务应用系统。

另外，我们也要清醒地认识到，电子政务系统所面对的信息资源环境不仅包括政府组织内部信息资源环境组分，也包括其外部的广大社会实体支撑起来的信息资源环境组分。自 20 世纪 80 年代末以来，随着国内信息技术的飞速发展与国民经济发展水平的不断提升，广大社会实体的信息化水平不断提高，企事业单位负责建设并维护的各种应用系统及其数据库不断丰富与完善，社会实体所掌握的电子信息资源以前所未有的速度在增长。如何加大对广大社会实体的引导与组织力度，对其所掌握的信息资源在确保社会实体商业利益的前提下进行有效社会整合、共享与应用，以进一步挖掘其价值，是相应政府主管部门必须面对并思考的问题。

总之，在互联网企业"内容为王"的生存与发展箴言的启迪下，在中国电子政务尚存有"重电子轻政务"现象的时代背景下，对电子政务系统外部环境之信息资源环境组分的认知程度、重视程度以及培育与改善措施的有效程度，将直接影响到国内电子政务实施的效率和有效性。国内各级政府组织在着手本区电子政务实施与发展工作时，必须对此给予足够关注。此外，中国幅员辽阔、行政组织众多，不同地区和行政组织所面对的局部信息资源环境会有差异，所以实际运作中要结合本区具体环境特征制订有针对性的应对方案，不可盲目"克隆"兄弟地区或组织的实施经验。

3.3.7　国际综合环境

随着经济全球化的不断深入，"地球村"的概念已经为人们熟知并津津乐道；中国改革开放的持续推进，尤其是成功加入 WTO 以后，"放眼全球"已经成为广大中国人的行为准则。不仅仅是国内的企业要放眼全球、应对全球市场竞争，国内其他各领域的建设包括行政体制改革、文化建设、法律法规建设、经济与科技发展等，都要具有全球观念、全球视野。要在全球范围内寻找、定位发展"标杆"与赶追方向，测度与标杆实体之间的发展距离或落差，分析差距成因及标杆经验，进而结合己方实际情况制订切实有效的发展规划与实施方案。

当今，全球化态势的发展使其领域已经不仅仅局限于经济范畴，文化领域、法律法规建设以及行政管理等领域均出现了明显的全球范围内的合作竞争趋势。如此背景下，一个国家或地区的发展比往昔任何时候都更依赖于全球环境。它需要及时准确地侦知和判断国际环境的变化特征、变化幅度及其未来趋势，并果断采取适宜的改进措施；如其未能觉察这种变化，或者觉察到了但未能作出及时的因应措施，或者作出了因应措施但反应的幅度或深度不够，都将使其发展滞后于国际环境变化的要求，其将越来越难以与其他国家或地区在相关领域接轨，最终将面临被国际环境淘汰的危险。

一个国家和地区政务管理由传统模式向电子政务转进，其外部驱动力主要来源于两个方面：其一，对本区政府组织外部诸多环境组分的变化与演进的因应之举；其二，对国际综合环境发展变化的侦知与因应。当以美国、英国、加拿大、新加坡、韩国、日本为代表的发达国家已经完成由传统政务管理向电子政务成功转型后，其显著的实施效益极大地刺激了世界各国实施和发展电子政务的热情。在全球竞争日益激烈、电子政务浪潮迅速席卷世界的背景下，每一个尚未实施或者尚未成功实施电子政务的国家或地区都会倍感压力。因此，抓住时机、迅速迎头赶上成为其必然抉择。

因应国际环境变化而实施电子政务的国家或地区，其在电子政务实施过程中要充分收集、调研并深入分析国际上已经实施电子政务国家或地区的成功经验或失败教训，进而为本区电子政务的有效实施和健康发展奠定基础。首先，要对国外成功实施电子政务的国家或地区在理念导入、行政文化培育、行政规划调整、行政规程完善、行政领导转型、组织结构变革、人力资源建设、激励机制健全与完善等政府组织内部各环境组分的建设与改进方面汲取有益养分；同时，也要吸收和借鉴其在文化环境、法律环境、经济环境、科技环境、市场环境以及信息资源环境等政府组织外部环境组分方面变化的侦知与测度、因应培育措施的制定等方面的成功经验。当然，对其他国家在电子政务实施与发展方面的成功经验与失败教训进行借鉴与分析时，既要考虑到其代表性和共通性，以用于指导己方行为；同时，也要思考本区所具有的具体特征，做到深入体会、灵活应用。

总之，国际综合环境作为外部环境组分，其永恒的变化与发展是驱动一个国家或地区政务管理由传统模式向电子政务的新型模式演进的强大外部动力之一。同时，一个国家或地区在其电子政务实施与发展过程中，也要充分兼顾其他已实施电子政务国家的经验与教训，扬长避短。这不仅可以使己方少走弯路、提升电子政务实施的效率和有效性，同时也可以使本国政务管理能够与国际主流国家的政务管理相对接，从而使己方能够更好地融入全球化的发展潮流中去。

本 章 小 结

本章由一般意义上的"生态学"谈起，从政务管理视角引出"电子政务生态环境"概念。电子政务生态环境是将电子政务从理念与模式样态成功导入政府组织的政务管理实践所必需的由各种软性组分构成的环境体系，包括"政府组织内部环境"和"政府组织外部环境"两个组分。其中，前者是相对于电子政务技术子系统而言的环境，后者则是"社会-技术"双重属性下的电子政务系统外部环境。

在政府组织内部环境中，行政理念是行政主体对其与行政受众间关系以及政务实施过程、方式、渠道、政务实施本质与目标等方面的认知与态度。行政理念是支撑行政主体实施政务管理的内在信念与精神动力，决定着其政务管理的模式与特征，行政理念转变是政府组织由传统政务向电子政务过渡的前提。行政文化是人类行政实践的产物，是行政意识形态的集中体现。随着管理学的不断发展以及对"人"的本质假设的不断演进，行政文化也处于不断地演进与完善之中。在知识经济时代背景下，基于知识管理的电子政务实施要求政府组织借鉴企业管理领域的优秀成果，审视组织内各种亚文化现象，努力培育学习型行政文化。行政规划是政府组织着眼于过去行政经验、当前行政状况以及未来行政趋势，对未来一定时期政务实施方向、方针、策略与原则等的规划；其对电子政务系统实施具有直接和间接两方面影响，必须给予足够关注。行政规程是行政主体在长期的行政执行过程中逐渐积累、总结、沉淀、调整、定格下来的一整套"软"规则，它对维持行政组织正常运作、约束与引导行政职员行为、提升电子政务系统实施的效率和有效性具有重要意义。行政领导是在行政组织中由选举或任命而产生的享有法定权威的领导者，是行政系统中领导活动的施动主体，其依法行使其行政权力以实现既定行政目标。为了确保电子政务实施效果，行政领导素质、工作方法、方式与艺术等方面都要进行相应调整与改进。行政组织是行政主体为推行政务，依据宪法和法律组建的国家行政机关体系，是国家机构的重要组成部分；行政组织结构的变革与设计是确保电子政务有效实施的基本组织保障。电子政务的有效实施需要不同层次、合理的人力资源结构作为支撑，各层人力主体负有相应的职责，具有不同的培育途径和方式。传统组织内存在的各种亚文化严重制约了知识的共享与交流，知识经济时代背景下的电子政务需要建立有效的激励机制以提升广大人员参与电子政务中知识交流、共享与创新的热情与积极性；激励机制包括知识贡献测度模型和基于测度结果的知识贡献奖惩方案两部分。

在政府组织外部环境中，文化环境是行政组织所处的社会文化体系，是电子政务系统所依托的外部环境组分之一，是行政组织管理效率的外源因素之一。电子政务的有效实施需要对文化环境进行分析并给予必要的培育和建设。完善、健全的电子政务法律体系将涉及电子政务的全部领域与活动，包括电子签名、电子认证、电子证据、电子合同、电子支付、知识产权、隐私与名誉保护、信息化犯罪处罚等，它是确保电子政务系统安全的重要基础。国内外有关电子政务的立法工作都取得了一定成绩，但仍然需要一个不断完善与改进的过程。经济环境为电子政务的普及与发展提供了物质保障，其发展水平与趋势直接决定着一个国家或地区电子政务发展的效率和有效性；行政主体要全面深入地分析经济环境特征，并据此制定与其相应的电子政务发展规划与实施策略。科技环境为电子政务系统实施与发展提供技术动力与支持，电子政务实施主体要时刻保持对科技环境变化的高度关注，测度其变化并作出及时准确的因应措施。电子政务的完善与普及需要不同市场主体的积极参与与协同工作，而不是政府组织唱"独角戏"。政府组织要对市场环境进行深入分析并实施相应的培育与改进措施。信息资源环境是电子政务系统的"水之源、木之本"，各级政府组织在着手本区电子政务实施与发展工作时，必须对此给予足够关注。国际综合环境既为一国或地区实施电子政务提供动力，同时也为其电子政务的有效实施提供有益参考和借鉴，故应该同样给予足够重视。

本章思考题

1. 生态学和行政生态学在怎样的背景下诞生？我国的行政生态学何时起步？

2. 何为电子政务生态环境？其对电子政务实施与发展具有怎样的意义？

3. 电子政务生态环境包括哪些方面？各自具体内涵如何？它们与电子政务系统之间具有怎样的关系？

4. 行政理念的具体内涵如何？随着行政学的发展，行政理念发生了哪些变化？

5. 行政理念对电子政务的有效实施具有怎样的意义？对行政理念的培育与改进该从哪些方面着手？

6. 企业文化领域的研究成果带给你哪些启示？

7. 何为行政文化？随着管理学的不断发展以及"人"本质假设的不断演进，行政文化发生了哪些变化？这些变化对于知识经济背景下的电子政务实施与发展具有怎样的意义？

8. 在企业管理领域，彼得·圣吉提出的学习型组织文化为企业组织的文化培育与再造指明了方向。在行政管理领域，如何培育学习型行政文化？

9. 行政规划对电子政务系统实施效果具有怎样的影响和作用？

10. 何为行政规程？由传统政务向电子政务转型过程中，对行政规程该如何操作？

11. 随着时代的发展，行政领导在素质结构上发生了怎样的变化？为了保障电子政务实施的效率和有效性，对行政领导的工作方法、方式与艺术方面有哪些要求？

12. 行政领导是政府组织内部电子政务实施的发起者和推动者，就领导者个体而言，该具有怎样的领导素质？

13. 行政组织在功能作用方面涵盖哪些机构？直线式组织结构和职能式组织结构各自具有怎样的优缺点？行政组织的发展演化方向怎样？

14. 团队是组织中的关键学习单元，你如何理解这一观点？

15. 随着知识经济时代的来临，出现了组织设计理论，该理论的主要代表人物及其观点如何？

16. 组织扁平化具有哪些益处？是不是扁平化程度越高越好？为什么？

17. 何为"枣糕"式组织结构？实际运作中，还应作怎样的改进或补充？

18. 电子政务的有效实施需要配备怎样的人力资源结构？各层次人力资源该具有怎样的业务素质？如何完成相应层次的人力资源培育和建设工作？

19. 在知识经济时代，知识资源上升为社会主体生产资料和价值创造的核心来源，电子政务领域亦如此；然而，一些传统观念、文化和制度上的问题却严重束缚着知识获取、交流、共享与创新等活动。请分别列举之，并思考其产生的原因和应对之策。

20. 建立、健全知识贡献激励机制也是政府组织内环境营建的重要组成部分。知识贡献激励机制涵盖哪些组分，具体内涵如何？

21. 对本书中的知识贡献测度模型进行模拟计算，体验其中的技术细节。

22. 本书中的知识贡献奖惩方案只是一个参考方案。思考之，提出你的改进与完善建议？

23. 在不同领域，文化具有怎样的内涵？本书中的"文化环境"与"行政文化"区别怎样？

24. 按不同标准，文化包括哪些类型？文化的特征与意义如何？其对电子政务的有效实施具有怎样的影响和作用？

25. 电子政务实施过程中面临哪些法律问题？其对法律环境建设提出了怎样的要求？

26. 国外电子政务立法情况如何？从中你能够得到哪些启发？

27. 当前国内有关电子政务方面的立法工作进展如何？尚有哪些问题与不足？

28. 有关电子政务立法的主要保护领域有哪些？其对立法工作提出了怎样的要求？国内当前发展现状怎样？

29. 特定政府组织所处经济环境对其实施电子政务有哪些影响？为提升电子政务的实施效益，政府组织对其所处经济环境该采取哪些举措？

30. 中国的第一部真正意义上的信息化法律是什么？你对中国电子政务领域立法工作有何认识？有着怎样的见解或建议？

31. 科技环境对电子政务的意义何在？电子政务系统与科技环境具有怎样关系？

32. 自20世纪中期以来，电子政务所依赖的科技环境发生了怎样的变化？有哪些结点事件发生？

33. 电子政务的实施与发展需要哪些市场主体的协调工作？其各自角色和任

务如何?

34. 政府组织外部环境之市场环境组分的健全与完善与否对电子政务实施会产生什么样的影响?

35. 电子政务系统的信息资源环境是基于认识论还是基于本体论?为什么?它对电子政务的实施与发展具有怎样的意义和作用?

36. 电子政务系统的信息资源环境随着人类社会的发展出现了怎样的变化?

37. 在中国,当前电子政务系统的信息资源环境的发展呈现出哪些特征?现况如何?

38. 国际综合环境对一个国家或地区电子政务的实施与发展具有什么作用和影响?电子政务系统与其之间具有哪些交互过程?

第四章　政务知识获取与组织

在讨论了电子政务知识管理系统"基板"——电子政务生态环境后，本章将对政务知识获取与表示子系统以及政务知识存储子系统展开研究，其内容包括政务知识辨识、获取、表示、求精与存储等。上述活动构成完备知识链上前端、具有基础性的结点序列，其活动效能直接决定了整条知识链的运作效率与有效性，亦即直接影响到未来电子政务知识管理系统的运作效益。

4.1　政务知识辨识

如本书第二章所述，电子政务知识管理系统建模以清晰、完备的政务知识链为中心主线。知识辨识是完备知识链单次循环的首个结点。"万丈高楼平地而起"。作为基础，电子政务知识管理系统在"知识辨识"结点上的系统性能直接决定了整个系统的实施效率和有效性。本节我们将对电子政务知识管理系统实施中的知识辨识内涵、方法、原则等展开讨论。

4.1.1　知识辨识的意义与内涵

在知识管理研究领域，传统知识链结构以及知识管理系统（KMS）模型并没有设置知识辨识环节，导致企业知识管理实施过程中知识范畴模糊，使 KM 项目实施陷入"KMS 对企业所有知识都要进行管理"的迷局。在没有明确 KM 管理对象范畴的情况下，可能管理的知识类型、特征、来源等都处于模糊状态，KM 将因缺乏针对性而丧失效率和有效性。

也正因为如此，在"信息爆炸"的今天，一些企业虽置身于数据、信息的汪洋，却仍感知识匮乏。正如有人所慨叹的那样，"各类型的数据、信息、知识围绕着自己满天飞，而自己真正想要的却寻不到"。如此，知识主体发生了严重的信息/知识迷向问题，极大束缚了其知识应用能力以及价值创造能力。对知识客体对象的认识模糊将导致盲目行动，使得投入大量成本获得的知识与知识主体的实际需求不能很好吻合，并进而严重影响知识链后续结点（如存储、集成、共享与应用等）的有效性，最终导致应用知识创造价值的实际效果大打折扣，造成企业有限资源的浪费。简言之，"知识辨识"环节的缺失或低效率将导致知识链后继环节工作的低效益，并最终束缚整条知识链的效益发挥。

事实上，对于任何知识主体（包括企业知识管理主体、电子政务中的政务实施主体）而言，不同的知识单元相对于其的意义和作用各异，亦即表现出不同的价值特性；同时，受限于知识主体的管理能力、工作精力以及物质条件，知识主体不可能在有限的时间、物质基础与能力条件的基础上对所有知识资源实施有效操作；此外，知识管理项目以及电子政务项目作为复杂系统工程，不能期望一蹴而就，需要分阶段逐步实施，这也要求对所要管理的知识资源进行有效辨识以确定进行操作与管理的轻重缓急序列。

如此，基于知识管理的电子政务实施过程首先要做好对政务知识的辨识工作。良好的开端是成功的一半，有效的政务知识辨识则能为电子政务系统实施开个好局。

本书中的知识辨识（knowledge identify, KI）是指，在电子政务实施目标导引下，对政务管理所需的各种知识（包括显性的和隐性的、例常的和例外的、已经拥有的和尚未获取的等）进行识别、评估、筛选，直至明确电子政务项目既定目标所需的知识类型与范畴，即确定既定政府组织的政务知识疆界（knowledge realm）。知识疆界为知识主体评价、获取新的政务信息和知识提供了一个指导框架。

此处的"知识辨识"概念不同于传统知识工程领域中的"知识识别"。知识识别的终极目的在于确定知识主体所面对的和所发现的知识的价值，即以"知识"为出发点对照组织目标评估其价值，是一个以知识本身为导向的过程；知识辨识则是从组织（包括政府组织）的既定目标出发，确定达成这一目标所需的知识，是一个目标导向的过程，是一个降低电子政务实施成本和确保电子政务实施效果的重要环节。知识识别和知识辨识都可以将对组织无意义的知识过滤掉，但后者在知识经济时代无疑更具生命力。

4.1.2 知识辨识指导方法

在知识管理领域，知识辨识鲜有资料可供参考。基于本书"知识辨识"内涵，我们根据关键成功因素法（critical success factors, CSF）原理与思想，提出了可用于指导政务知识辨识的指导方法——KI-CSF（knowledge identify with critical success factors），如图 4-1 所示。该方法是一种目标导向的方法，它从组织运作战略目标出发，通过识别达成该目标的关键成功因素，将组织战略目标逐层分解至原子目标；而后通过流程识别过程确定实现各原子目标所需的核心业务流程，进而分析、确定实现各原子目标所需要的关键知识；最终，与所有原子目标相对应的关键知识集构成组织知识疆界。其中，既定政府组织电子政务实施总目标可以由该政府组织战略目标通过战略目标集转化法（strategy set transformation, SST）向政务管理与信息化维度进行投影，同时与本书第二章图 2-10 所示的电子政务知识管理实施总目标相融合得到。

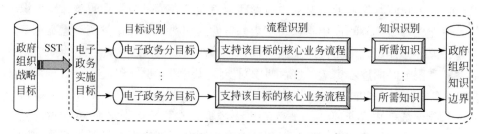

图 4-1　政务知识辨别的 KI-CSF 指导流程

　　由于既定政府组织的知识疆界基于其核心业务流程提炼得到，确保了电子政务知识管理客体——政务知识与政府组织物理业务的良好匹配性，进而使政务知识辨识过程能够与政府组织的物理业务流程较好集成；同时，这也决定了政务知识辨识需要政府组织一般行政职员的积极参与，需要本书第二章图 2-3 所示的电子政务四层实施主体的协调配合与全力支持；此外，政务知识辨识的 KI-CSF 指导流程隐含了政府组织实施电子政务的一个重要前提——政务管理流程再造（business process reengineering, BPR），其意义类似于可帮助企业重获生机的企业将流程再造。在目标驱动机制作用下并基于电子政务技术系统的信息化优势特征，对政府组织原有核心业务及其流程进行优化或再造，以形成标准、规范和更为高效的新型核心业务流程，这是 KI-CSF 指导方法有效实施的内在要求。只有政府组织核心业务流程规范、标准和更为高效了，在此基础上提炼出来的关键政务知识才更具活力和意义，从而使得到的政府组织知识疆界也更具现实指导意义。

　　在企业知识管理领域，一些 KM 实施的成功案例也表明了有效的 BPR 过程对企业有效实施知识管理的重要意义。2001 年 9 月，国内企业界知识管理的第一个尝试者——万宝公司在安达信（Anderson）公司的帮助下成功地实施了知识管理。万宝公司在总结其成功经验时称，将 BPR 与 KM 的实施相结合、两者互相促进，是项目得以顺利实施的保障；BPR 使公司理清了流程，明确了关键工作有哪几样及其需要哪些流程、每项工作需要什么知识，如此促成了公司将原来分散在各处的无序知识整理成结构化的有序知识，形成公司的知识架构（即知识疆界）。上述成功经验对政府组织有效实施基于知识管理的电子政务依旧具有重要的指导与借鉴意义。

4.1.3　知识辨识原则

　　KI-CSF 指导方法为电子政务实施中的政务知识辨识提供了指导思路，但在具体操作过程中，为确保政务知识辨识效果，还应坚持以下原则。

（1）系统性原则。作为社会知识资源的最大拥有者，政府组织所掌握的知识包括诸多类型，政务知识辨识应对各种类型的知识进行综合考虑。尤其是隐性知识，它的低明晰度，使得其经常被忽视。然而，它却是组织知识的重要组成部分，并制约着组织知识应用与创新能力的发挥。因此，电子政务实施过程中在确定核心知识时，应该对隐性知识给予确认与重点标识。

（2）协同性原则。日本学者野中郁茨郎（Ikujiro Nonaka）和竹内广隆（Hirotaka Takeuchi）通过知识转化与创新螺旋模型指出，组织中的个体知识（individual knowledge）、团队知识（group knowledge）和组织知识（organization knowledge）三层级间存在相互促进和转化的关系，组织知识资本在这种循环转化中得到增值，如图4-2所示（图中的I、G、O分别代表个体知识、团队知识和组织知识）。如此，在确定支持既定政府组织每个核心业务流程的核心知识，进而明确其知识疆界的过程中，要充分考虑组织内上述三个层级知识间的协同效应。

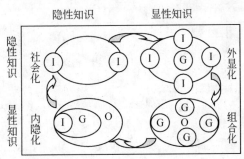

图4-2　野中郁茨郎与竹内广隆的知识转化与创新螺旋模型

（3）核心性原则。KI-CSF指导流程导引下的政务知识辨识，其目的就是要获得由既定政府组织核心政务知识整合而成的组织知识疆界。对于非核心的、无意义的知识要果断舍弃，或划入组织备用（休眠）知识库。如此，一方面可以减轻系统实施与维护人员的工作负荷；另一方面，亦可确保电子政务系统知识库的有效规模，进而为系统运行效率提供保障。

（4）有效性原则。知识是有生命周期的，并且其生命周期总体上呈现加速缩短趋势。因此，在确定既定政府组织核心知识的时候，要结合组织内外环境以及知识进化的趋势与速度对政务知识的有效性作出评估，对于活力不足的政务知识要制定出相应的进化策略（休眠、淘汰、更新与完善等）。

（5）可得性原则。该原则要求电子政务实施过程中在确定核心政务知识的时候，要基于该知识的来源、成熟度、明晰度、所处层级等属性特征评估其可得性，并尽量采用可得性高的知识；对于复杂政务知识的辨识问题，当知识主体难以作出识别和选择，特别是主体间存有异议时，我们设计了一个简易的知识可得性评估模型，通过该模型计算政务知识的可得度，并设定某一阈值，对可得度低于该阈值的政务知识作相应替代处理。

4.1.4 知识可得度测度模型

由于知识的成熟度与明晰度之间存在很大相关性，即高成熟度的其明晰度往往亦比较高，所以我们在政务知识可得度测度模型中略去知识的"成熟度"维度，而保留"明晰度"这一维度。

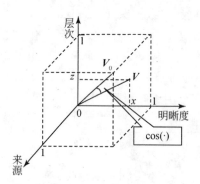

图 4-3 政务知识可得度测度模型

如图 4-3 所示，政务知识可得度测度模型作如下假设和相关处理：①政府组织所掌握的知识在三个维度上连续分布来源、明晰度、所属层级，各维度对知识可得性的影响通过权重向量 $\boldsymbol{\alpha} = (\alpha_1, \alpha_2, \alpha_3)$ 表征，其中 $\alpha_i \in (0, 1)$ 且 $\sum \alpha_i = 1 (i = 1,2,3)$。②组织内源知识比组织外源知识的可得性高，显性知识比隐性知识的可得性高，组织知识比个体知识可得性高。如此，各维度的可得性区间为：[外源知识，内源知识]、[隐性知识，显性知识]、[个体知识，组织知识]，将其全部归一化为 [0，1]。③粒度小、结构简单的知识在某一维度上的可得度可能为 0 或 1，粒度大、结构相对复杂的知识在某一维度上的可得度是 (0，1) 间的分数。④为降低单一知识主体的主观臆测性，某一知识在单一维度上的可得度 V 可以通过多主体分别评估取加权和的办法得到，即 $V = \sum \omega_i v_i$，其中知识评估主体测度分值 $v_i \in [0, 1]$；评估主体权重 $\omega_i \in (0, 1)$ 且 $\sum \omega_i = 1, i = 1, \cdots, n$（$n$ 为知识评估主体容量）。需要指出的是，知识评估主体权重 ω_i 应该依其对所评估知识的知悉度设置并作动态调整，不能因其职务、名气等因素而设定并保持不变。

定义某一政务知识的最终可得度 $V = \cos(\boldsymbol{V}, \boldsymbol{V}_0)$，其中 $\boldsymbol{V} = \sum \omega_i v_i \boldsymbol{\alpha}$，为某一政务知识在上述三个维度上的带权可得度组成的该知识的可得度向量；$\boldsymbol{V}_0 = \boldsymbol{\alpha} \cdot (1,1,1)^{\mathrm{T}}$ 为标准可得度向量。如此，某一政务知识的最终可得度计算公式为

$$V = \cos(\boldsymbol{V}, \boldsymbol{V}_0) = \frac{\boldsymbol{V} \cdot \boldsymbol{V}_0}{|\boldsymbol{V}||\boldsymbol{V}_0|}$$

$$= \sum_{j=1}^{3} \left(\alpha_j \cdot \alpha_j \sum_{i=1}^{n} \omega_i v_i\right) \Big/ \sqrt{\sum_{j=1}^{3} \alpha_j^2 \cdot \sum_{j=1}^{3} \left(\alpha_j \sum_{i=1}^{n} \omega_i v_i\right)^2}$$

上式中，各三个测度维度的权重 α_j （$j=1$，2，3）可由领域专家直接给出或通过多评估主体分别赋值后取加权和的办法得到。

需要指出的是，政务知识可得度评估只是政务知识辨识过程中的可选环节，是在面临政务知识可得性疑惑时的决策工具，并不是必需的工作步骤。此外，并非所有可得度低于设定阈值的政务知识都采用直接替代策略；可得度低于设定阈值的政务知识所占比例表征了组织面临知识落差（knowledge gap）的程度，比例越大表明落差越大。当企业感受到知识落差压力时，政务知识管理团队应会同政府组织内的一般职员分析、寻找产生落差的根源，并制定针对性措施，以期尽快弥合其知识落差。可得度评估的意义不仅在于使政府组织对欲获得知识有更深入的了解，还在于它对后继获取策略的指导作用。

4.2 政务知识获取

长期以来，知识获取（knowledge acquisition，KA）一直被视为所有基于知识系统（包括 KMS 和电子政务系统）的瓶颈（bottle-neck）所在。足够有效的知识库存是包括电子政务系统在内的所有基于知识的系统工作效率和有效性的基础保障，知识获取瓶颈则严重束缚了系统实施效益。本节我们将就知识获取问题展开深入探讨。

主客观双方面因素导致了知识获取的低效率，归纳起来主要表现为如下几个方面。

（1）人类认识能力与表达能力具有天然的局限性，即便经过后天的不断发展与提升，人类的认识与表达能力也仍然处于向全面认知客观世界所需要的能力极限逼近的过程中。如此，导致认识论意义上的知识范畴几乎永远是本体论意义上的知识范畴的子集。此外，知识本身存在的精确程度、明晰程度差异也导致知识主体在知识表述，尤其对隐性知识的提取与格式化方面的固有障碍。

（2）知识获取策略与方法技术的不成熟、不适用，使其对知识获取的辅助与指导作用未能得到较好发挥，甚至造成了所获取的知识间出现矛盾、蕴涵、冗余等问题。

（3）知识系统维护与知识获取工作通常没有从事物理业务的人员参加，而仅由知识工程师单独承担；并且，知识工程师与掌握实际业务知识的一线职员之间缺乏有效的沟通与协调，不能较好地把握业务知识的特征与内涵，从而影响了知识获取的效率和有效性。

（4）现有 KMS 与电子政务系统实施通常没有设置有效的知识辨识环节，知识获取缺乏针对性、有效性和适宜性，也是导致知识获取瓶颈的主要原因。

（5）在第三章"知识贡献激励机制"一节，我们列举的传统企业内部存在着的诸多制约知识获取与共享的观念、文化和制度问题，则进一步加大了知识获取的难度。

对知识获取领域存在的上述问题进行深入分析，我们提出电子政务实施中的知识获取将通过集成化和智能化相结合的策略突破获取瓶颈。其中，在集成化策略上，采取机械方法与生态方法并重，多种知识获取方式（人工、半自动、全自动）相集成，相应于显性知识和隐性知识的多种知识获取途径相集成，多层次知识主体（包括知识获取施动者与受动者）相集成，知识获取与知识链前驱、后继环节相集成；在智能化策略上，引入 AI 领域先进技术并实现组合智能。知识获取贯穿于包括电子政务系统在内的基于知识系统的全生命周期，是一个长期的、动态的循环往复过程。

4.2.1 政务知识源

通过在知识链首端设置知识辨识结点，由其产生既定组织的知识疆界，进而在其导引下确定政务知识源。如图4-4所示，电子政务系统所要管理的政务知识是在知识辨识的基础上从属于既定政府组织知识疆界中的知识，是核心政务知识。在知识获取时，并不是基于广泛多样的知识源、以知识源为出发点；而是基于知识，即从企业知识疆界中的核心知识为出发点，采用目标驱动机制对知识源进行搜索并提取知识。这体现了将知识获取环节与其前驱环节相集成的新型思路。此外，鉴于隐性知识的重要地位，必须将默会型知识源一并纳入政务知识获取范畴。如图4-4所示，政务知识源在明晰程度和来源两个维度上划分为四类（四个象限）：①组织内明晰化知识源，包括各种组织内的各种文件、法令、法规、文档、图件表格、技术方案、规章制度、业务流程、操作规范、业务标准、实践案例、组织关系、工艺手册、战略规划、专利、商标、数据库、数据仓库、

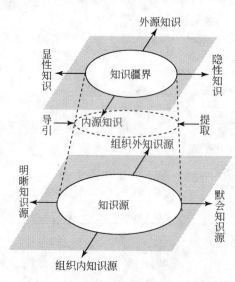

图4-4 知识疆界导引下的知识源

文档管理系统、内联网上的网页、电子邮件系统、内部图书馆或期刊室等；②组织内默会型知识源，包括与物理业务紧密联系在一起的一般员工的个人经验、方法、感觉、习惯、洞察力、爱好、潜意识以及组织的内外关系网络、具有共同兴

趣和共同经验的正式与非正式团体的团体文化与团体智商等；③组织外明晰化知识源，主要包括外联网和互联网上的网页、报刊、电视、期刊以及各种论坛、发布会等，其主要蕴涵关于文化环境、法律环境、信息资源环境、市场环境、经济环境、科技环境、自然环境等的基础知识、新动态知识等；④组织外默会型知识源，包括组织运作聘请的各种外脑（如各种政策顾问、专业顾问、行业能手等）的经验与方法等。

4.2.2　政务知识获取集成化策略

1. "生态方法"与"机械方法"并重

如第三章所述，电子政务系统是具有"社会-技术"双重属性的复杂巨系统，系统营建与实施必须坚持"生态方法"与"机械方法"的有机结合，知识链上的每一个结点工作机制的设计、每一个子系统的规划都要从它的"社会"和"技术"两方面属性来分析，知识获取也不例外。简言之，政务知识获取通过两种策略的互补以营建适于知识获取的良好环境。有关生态环境的营建策略我们已经在第三章讨论，本节将重点研究政府组织内适合于知识获取的机械环境的营建策略。

政务知识获取的"机械方法"主要体现在以下方面。

（1）加强基础设施建设。知识管理专家 Wiig 将创造和维护知识基础设施看作企业实施 KM 必须要做的四个方面之一，基于 KM 的电子政务实施亦然。要实现在组织知识疆界导引下能够跨越时间和空间进行广泛、自由地政务知识获取，离不开高质量的基础设施保障。如图 4-5 所示，我们将电子政务基础设施分为源泉基础设施和通道基础设施两大类。前者为电子政务系统提供知识获取的源泉；后者为电子政务系统提供知识获取的途径或通道。加强基础设施建设需要政府组织从知识战略高度予以重视，本着知识导向的方针高质量地完成建设工作。基础设施相当于电子政务系统的"根基"，高质量的基础设施是系统高性能的保障，相应效益也会自然显现。在企业 KM 实施领域，知识空间（knowledge space）是 Arthur Andersen 公司用来获取、整合与共享存储来自公司不同领域经过最佳阐释的实践经验的基础设施。自 1996 年起，公司从战略高度推动知识空间建设，其获取与整合的丰硕知识资源不仅可供公司遍布全球的 10000 多名咨询师使用，还可对外通过全球 3600 多位订户给公司带来收益。同样，Booz Allen Hamilton 公司（简称 Booz 公司）① 早在 1996 年建立起了覆盖全球的基于 Web 的 Intranets 系

---

①　博思·艾伦·哈密尔顿（Booz Allen Hamilton）公司，1914 年成立于美国芝加哥，为企业和政府机构提供战略、组织、运作、系统及技术等方面的服务，是世界上著名的管理和技术咨询公司之一。《财富》杂志 2005 年曾把该公司评为"100 家最适合工作的公司"中排名最高的专业服务公司。

统——知识在线（KOL），用于公司的知识获取、整合与共享。国际数据公司（IDC）的研究结果显示，Booz 公司在 KM 项目上的投资回报率高达 1400%。上述案例表明，在基础设施方面的有效投资会对组织目标的实现起到基础保障作用；对于不以经济效益为重要考虑基点的政府组织而言，基础设施的有效投资与建设对提升电子政务系统实施效益同样具有重要意义，能够带来显著的社会效益。

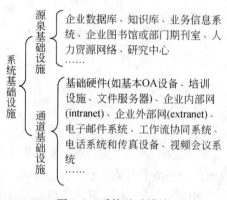

图 4-5　系统基础设施

（2）与组织原有信息化成果相集成。尽可能地利用组织现有信息化成果，将新的知识获取系统与组织内原有各种业务系统相集成。这不仅可以降低电子政务的实施成本，还可以充分利用蕴涵于现有各种业务信息系统内的知识资源。Booz 公司的实践表明，KOL 所提供的前沿、精深的知识实际利用率很低；相反，利用率较高的则是业务方面的指导资料（如培训教材）、基本的行业信息等。当前包括政府组织在内的大多数组织都已经建立了各种业务数据库系统，并把有关业务方面的指导资料、法律法规、政策规范以及基本的行业信息等以各种方式纳入了组织信息系统或内联网。如此，将电子政务知识获取子系统与企业现有信息化成果进行有机集成非常重要。

（3）营建高性能的知识获取技术系统。其实现的技术与策略将在后文详细探讨。

2. 多种 KA 途径相集成

传统 AI 领域的知识获取大多针对单一知识类型而采取单一的获取途径；现在虽有 KMS，但由于其对隐性知识未予重视，故其知识获取途径仍然不够丰富。对于政务知识获取，我们主张将对应于显性知识和隐性知识的多种知识获取途径相集成，如图 4-6 所示。需要指出的是，图中的明晰知识源与默会知识源分别涵盖组织内外范畴；政务知识获取伴随电子政务系统全生命周期，是一个不间断的动态循环往复过程。

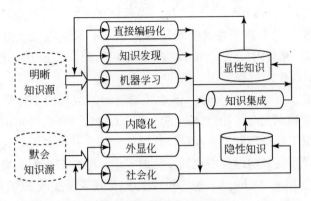

图 4-6　集成化政务知识获取

如图 4-6 所示，对于显性政务知识的获取可通过以下方式实现。

（1）直接编码化（directly coding）。对于高度明晰化的知识源，如政策措施、法律法规、操作流程、工艺手册、规章制度等，可以选用合适的知识表示方法（后文有述），在经过相应的预处理（如验证、去冗余）后，直接进行编码转化为电子政务系统能够存储和操作的知识形式。

（2）知识发现（knowledge discovery）。这是电子政务系统与组织原有信息化成果相集成的一个方面。很多政府组织及其辖属机构都已结合自己的业务特点建立了相应的数据库系统或数据仓库系统，并通过业务运作与生产实践积累了大量的业务数据。在这些海量的数据中蕴涵了对政务管理与组织运营有价值的丰富知识，表现为关联知识、聚类知识、分类知识、偏差知识和预测知识等。对于这部分知识，可以采用相应 AI 技术通过知识发现获得。

（3）机器学习（machine learning）。该途径基于某一业务领域（如疾病预防与控制、防灾减灾、突发性群体事件防御等）的基础知识，在 AI 技术（如基于案例的推理 CBR、人工神经网络 ANN 等）的支撑下，通过对系统的实例学习与训练获得新的知识。

（4）外显化（externalization）。该途径致力于对占"知识冰山"大部分的隐性知识作清楚表述，并将其转化成容易理解、传播与共享的符号化知识，即将隐性知识显性化、明晰化。传统上主要通过类比、隐喻与假设、倾听与深度会谈等方式来推动隐性知识向显性知识的转化，而目前一些 AI 技术如 CBR、ANN、商业智能（BI）、专家系统（ES）等也都能为实现隐性知识的外显化提供辅助。

（5）知识集成（knowledge integration）。该途径将孤立、小粒度的显性知识进一步整合和系统化，寻找这些零碎知识之间的联系，形成可用于解决更为复杂问题的新的知识单元（knowledge unit）或知识对象（knowledge object）。

隐性知识更多地表现为知识主体的某种能力，如解决问题的能力、适应能力、应变能力等。这种知识难于形式化、编码和交流，但其在知识创新与知识向价值转化的过程中具有重要意义。对隐性知识的获取途径，可借鉴野中郁茨郎（Ikujiro Nonaka）和竹内广隆（Hirotaka Takeuchi）提出的知识转化与创新螺旋模型（图4-2）的两个子过程实现。

（1）内隐化（internalization）。该途径通过组织成员的个体学习、提升能力的过程实现显性知识到个体隐性知识的转化。通过对各种明晰知识源及显性知识的学习过程，组织职员理解、接受、消化这些知识，并将其转化为个人能力，在实现个人能力素质提升的过程中也同步完成了个体隐性知识的获取与增值。集中培训、干中学（learning by doing）和工作中培训等是实现知识内隐化的有效方法。

（2）社会化（socialization）。隐性知识的特点决定了其扩散和获取只能源于知识获取者对拥有者的模仿或两者的共同实践，社会化提供从隐性知识到隐性知识的转化与获取途径。Michael Polanyi指出，学徒向师傅学习时，他深信师傅的技艺与方法，即使其尚且无法仔细分析该技艺与方法的有效性；通过观察和模仿，学徒在潜移默化中学会了做事的技巧与方法，甚至包括那些连师傅自己也不十分清楚的东西。社会化通过观察、模仿和亲身实践等形式实现隐性知识的传播与获取。可以通过建立工作团队、虚拟知识社区等方式，为实现隐性知识的社会化获取与传播创造条件，进而提升组织内职员的整体技能水平。

3. 多种KA方式相集成

在知识获取方式上，政务知识获取需要将人工知识获取、半自动知识获取和全自动知识获取相集成，如图4-7所示。其中，人工知识获取方式指电子政务直接建设者（知识工程师相当于企业知识管理中的知识管理工人，请回顾第二章"电子政务实施主体"一节）与从事具体政务管理业务的政府组织内的一般行政人员进行交互并获取政务知识，然后把知识形式化、存储于电子政务系统知识库；半自动知识获取是指通过电子政务系统之知识获取技术子系统的人机交互界面，使拥有政务知识的一般行政职员能够直接和电子政务系统的知识获取与表示子系统的智能终端交互，并由智能获取终端辅助完成政务知识的表示与存储；全自动知识获取则是指通过知识获取与表示子系统的机器学习与知识发现模块去自动学习、发现政府组织及其辖属机构内各层知识主体尚未格式化、尚未被发现的知识。

如图4-7所示，上述三种知识获取方式之间不是孤立的，彼此间存在着知识流的呈递关系，即首先由人工获取方式获得相关知识（专业领域特征知识）用

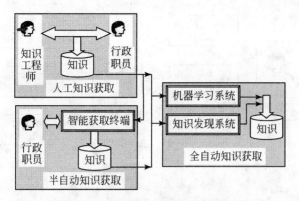

图 4-7　知识获取多方式集成策略

于指导半自动知识获取方式中的智能获取终端设计与改进；尔后，由上述两种方式获得的相关知识又可用于全自动知识获取方式中机器学习与知识发现系统模块的设计与改进。显然，人工知识获取方式在政务知识获取中居于基础地位，尤其在电子政务系统初步营建阶段。下面，我们将对人工知识获取方式作深入探讨，其余两种方式由于涉及 AI 技术将在后文详细讨论。

如前所述，负责知识系统维护与知识获取工作的知识工程师与掌握实际业务知识的一线员工之间关系的不协调以及交流管道的障碍，是束缚传统 AI 领域基于知识的系统以及电子政务系统中政务知识获取效率和有效性的主要原因之一。这种障碍具体表现在以下两个方面：①掌握物理业务知识的一般员工（如一般行政职员）对知识获取机理缺乏了解，不知道该提供什么类型与格式的业务知识给知识工程师，不清楚怎样才能提供全面、完整的业务知识；②知识工程师对组织一般职员所从事的具体业务领域与领域知识特征了解不深，不知道如何才能迅速而有效地深入到问题的实质，以获取一般职员所拥有的对系统真正有用的业务知识。

人工知识获取通过电子政务系统直接建设者中的知识工程师（知识获取者）与一般行政职员（知识提供者）间的有效交互实现。因此，协调知识工程师与政府组织内一般行政人员间关系、突破上述障碍，是人工知识获取方式效率和有效性的基本保障。需要指出的是，在人工知识获取两主体中，居于核心地位的应该是作为知识拥有者的组织一般职员，知识管理工人只是起到策略和技术上的辅助作用。

图 4-8 示意了一个人工知识获取指导方案。该方案通过以下方法与策略克服人工知识获取中的障碍：①知识工程师深入了解一般职员的业务领域特征并让一般职员了解知识获取与表示的基本原理。知识工程师所获取的知识只是一般职员

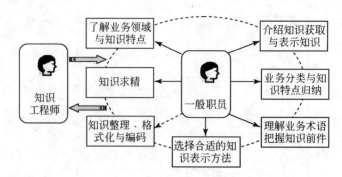

图 4-8　人工知识获取指导方案

所能理解并表达（意识到自己拥有进而能够说出或写出）出来的知识。任何人都存有表达能力极限，而知识经过表达过程往往相对于其本来面目会发生畸变。知识工程师只有深入了解一般职员的业务领域与知识特征，才能从一般职员无序的叙述与表达中去除杂质和噪声，整理出更为准确的知识。此外，知识工程师也要向一般职员介绍知识表示与存储的相关知识，以便于一般职员能够有针对性地提供知识。②按业务类型和知识特征有针对性地分别获取。一般职员的物理业务种属决定了其业务知识的类型特征，相同业务领域员工间的知识相关性较强。在对同一业务领域内对不同职员业务知识时，知识获取可以相互借鉴与参照。③准确理解业务术语。业务术语服务于一般职员的特定业务岗位，并存在于知识的形式化表达。知识工程师准确理解其含义，有助于其与一般职员交流并最终利于知识获取。④准确把握知识前件。从事既定业务的一般职员熟悉其所用知识的前提条件，但在其向知识工程师表述知识时却往往无意中将其忽略而没有指明；他们在潜意识中觉得那些知识前件在相应业务领域是再基础不过的了，然而知识工程师毕竟不是从事该业务领域的行家里手。因此，知识工程师在收集、整理业务知识的过程中，一定要注意向一般职员详细询问，并将遗漏的知识前件补充完整。⑤选择合适的知识表示方法。知识的类型特点决定了对其的合适表示方法；组织知识形态是多样的，知识表示方法也是多样的。要针对一般职员所从事业务领域的知识特征，选择便于其清晰、完整表达知识的表示方法。⑥知识求精。初步完成知识获取后，知识工程师与一般职员一起对其进行讨论和确认，力求对所获取的业务知识尽量精确描述；对知识冗余进行删减；对有疑问的知识要通过实验或实践过程，作进一步验证以及相应地修改与完善。⑦尊重但不迷信知识拥有者。如前所述，知识表达往往伴随畸变，一般职员本身也可能存在知识错误。因此，知识获取过程中要尊重却不迷信知识拥有者，对有疑问的知识必须加以验证。

4. 多层次知识主体相集成

人工知识获取指导方案消减了知识工程师与从事具体物理业务的组织一般职员之间的交流障碍，然而仅此还不够，要进一步突破知识获取瓶颈，还需要组织内多层次知识主体间的有效集成与协同，即要实现电子政务实施各层主体的完全集成。这种集成不仅表现在垂直层间实现充分交流，还表现在横向上的密切配合、充分沟通与合作。为此，需要建立知识导向的新型主体关系，并以第三章所讨论的组织文化与知识贡献激励机制作为这种新型主体关系存续与发展的有力保障。

4.2.3　政务知识获取智能化策略与技术

政务知识获取的智能化主要表现在相关 AI 技术对知识获取自动化过程支持；从方式上分，其包括半自动知识获取和全自动知识获取。

1. 半自动知识获取方法策略

半自动知识获取是知识拥有者（组织一般职员）直接与知识获取子系统的智能获取终端（图 4-9）进行交互，在智能终端的辅助与导引下依次输入业务知识的相关参数，由智能终端检查参数的合法性与完整性并完成知识的表示与获取。人和人的交流尚且困难，人和机器的交流困难就更大，主要表现为缺乏灵活、直观、易于理解的交互形式，以至于知识拥有者茫然不知所措而处于被动、尴尬地位。知识获取只有充分发挥知识拥有者的积极性和主观能动性，并使其处于主动地位，才能取得良好效果。因此，本书采用 AI 领域面向对象的可视化技术增加智能获取终端对知识拥有者的灵活性、直观性与友好性，以易于理解的方式方便其知识表述与提供。

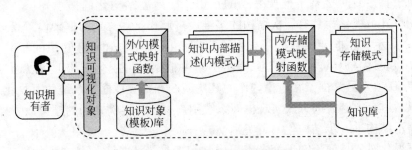

图 4-9　智能获取终端结构图

在图 4-9 中，可视化对象是面向知识拥有者，对各种知识外模式的抽象表述。针对不同类型知识的具体特征，采取不同的可视化策略与技术。对于规则知识，以结点表示规则中的事实，以规则子树表示规则，以相互关联的规则子树构成的推理树表示规则集。规则子树如图 4-10 所示，其中的各结点代表事实，结点间的有向直线表征条件事实（前件一般用 E 表示）与结论事实（后件一般用 H 表示）间的推导关系，跨越有向直线的弧表明条件事实间的合取关系，弧上的数字 n 表征该规则的概率（P），其中 $n \in (0, 1)$；图中 k 为某一规则知识的前件基数。例如规则"知识贡献等级大于等于 8，年龄小于 35 周岁且英语口语流利的职员 80% 会被派到国外培训"表示为规则子树的形式为：E_1 = worker's knowledge contribution grade ≥ 8，E_2 = worker's age < 35，E_3 = worker's spoken English is fluency，H = worker's trained place is foreign，$k = 3$，$n = 0.8$。图 4-11 演示了一个推理树的例子，推理树表征了规则集中以及若干规则相互间的推理关系。除根结点和叶结点外，树中的其余结点具有双重属性，既为结论结点又是条件结点。没有标明合取关系的有向直线间为析取关系。推理树直接表达了条件结点与结论结点间的因果关系，以及各条规则间的推理关系，反映了可能的知识推理路径。因此，应用推理树导引知识拥有者提供规则知识，可以极大地提高知识获取的效率。

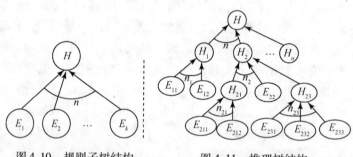

图 4-10 规则子树结构　　　图 4-11 推理树结构

对于直接或间接基于框架表示的知识，如高度结构化的概念知识、案例知识，则将其可视化为具有层次结构的多维表格形式，并称之为框架设置模板，如图 4-12 所示。在框架设置模板导引下，知识拥有者输入业务知识的相关参数，完成知识表达与提供。图 4-12 只表示了单一框架的可视化结构，可以通过将一个框架 ID 填入另一框架相应槽内作为其槽值的方式实现框架系统的可视化表示，也可以通过有向链接的方式实现框架系统用户视图。案例知识的框架设置模板可依其表示结构进一步结构化（详见后文）。

可视化对象是便于知识拥有者提供知识的外模式抽象，是知识的外观表达，其根据欲提供知识的类型及特征通过外模式/内模式映射函数从知识对象库获取。知识拥有者通过知识可视化对象完成知识表达与提供后，智能获取终端通过内模式/存储模式映射函数自动完成知识向存储模式的转化，并将其存储于电子政务系统的相应知识库。

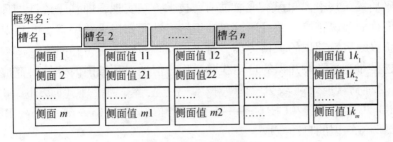

图4-12　框架设置模板

2. 全自动知识获取方法技术

全自动知识获取一直是 AI 领域的研究热点，国内外学者提出了许多方法和技术。例如，Gau 和 Buehrer 提出了用于知识获取的 Vague 集理论；T. P. Hong 等研究了如何使用模糊集合理论获取模糊知识；Ching-Hung Wang 等应用模糊集及其隶属函数从多个知识源中学习知识；Qiang Shen 等研究了在复杂系统中使用减少属性的方法产生模糊规则；Quinlan 提出基于信息熵和最大信息增益机制的决策树学习系统 ID3 的系统思想与方法；Pawlak 提出研究不完整数据及不精确知识的表达、学习与归纳的粗集理论；Sanghamitra 等提出基于具有染色体性别的遗传算法（genetic algorithm with chromosome differentiation）选优的机器学习算法；Hona Jagielsha 等提出综合模糊逻辑、神经网络和遗传算法的混合方法自动获取知识；王继成提出基于符号神经网络的知识获取方法；周永权等提出了基于代数神经网络的不确定知识获取方法；薛钧义、白建设等提出基于模糊彩色 Petri 网的知识表示与获取方法；苏冬平等提出通过聚类调优实现知识获取的技术策略。

对当前 AI 领域的全自动知识获取技术加以分析，可以发现归纳类知识发现技术占据主体地位。该类方法是在从大量分散的事实和蕴涵规律的数据中抽象、提取出概念与规则（如关联知识、聚类知识、分类知识、偏差知识及预测知识），用于指导以后生产运作中的学习求解。归纳类知识发现方法提升了知识自动获取的技术水平，但仍存在一些问题，表现为：其一，只着眼于初始规则的获取，对知识的求精重视不够。由于客观条件的限制，归纳学习所能依托数据源——事实、例子或数据往往是有限的、不完全的，由此学习得到的知识也往往是粗糙的，具有或然性，有待进一步检验与求精。其二，只着眼于规则类知识的获取，对于案例型知识的获取重视不够。这与传统专家系统一直以产生式规则为处理对象有关。其三，过分依赖单一方法技术，对方法间的有机协同与整合重视不够。

为此，我们将从知识发现和机器学习两条途径来营建电子政务系统的全自动知识获取平台。其中，知识发现通过两套技术方案实现，即基于统计推理和基于粗集理论自动知识获取，并且通过在知识链上补充知识求精结点，实现对通过上述方法获取的粗糙知识的求精过程；对于机器学习，人工神经网络（ANN）的样本训练过程即是其隐性知识的自动获取过程，但这一领域国内外的研究成果已经比较多，我们通过 AI 领域另一新兴技术——基于案例推理（case based reasoning, CBR）并辅以传统 AI 技术——基于规则推理（rule base reasoning, RBR）来实现对案例型知识的自动获取。

需要指出的是，上述技术组合只是参考方案。全自动知识获取平台在实际搭建过程中，具体采用何种技术或技术组合实现，可根据主客观具体情况由知识工程师灵活设计。

（1）基于统计推理的知识获取。

当前，大多数组织都已经建立了自己的业务数据库或数据仓库，并积累了大量业务数据。统计推理通过对组织业务数据库的遍历，运用概率论来描述和推导蕴涵于组织业务数据中的规则知识。该方法原理简单、便于实现，相关实践见文献（参见杨刚成，娄臻亮的相关文章）。对于初始规则集中的知识噪声，将通过后文中的知识求精过程予以处理。

将模糊规则 IF $\langle E \rangle$ THEN $\langle H \rangle$ (P) 描述为当事件 E 发生时结论 H 发生的概率为 P，即 $P(H|E)$。设一组结论 H_i $(i=1, 2, \cdots, n)$ 是 n 个互斥事件，其相应概率为 $P(H_i)$，且满足 $\sum P(H_i) = 1$。若对某一条件 E 的条件概率 $P(E|H_i)$ $(i=1, 2, \cdots, n)$ 已知，则通过 Bayes 公式则有：$P(H_i|E) = P(H_i)P(E|H_i) / \sum P(H_j) P(E|H_j)$ $(i, j=1, 2, \cdots, n)$。Bayes 公式在求解时需要知道先验信息 $P(H_i)$，而其在实际操作中是很难获取的。为此，将全概率公式：$P(E) = \sum P(H_j) P(E|H_j)$ 和条件概率 $P(EH_i) = P(H_i)P(E|H_i)$ 带入上式，则有：$P(H_i|E) = P(EH_i)/P(E)$。此时，通过遍历数据库或数据仓库，当分别获得满足条件 (EH_i) 和 (E) 的记录数 SUM1 和 SUM2 时，则有 $P(H_i|E) = $ SUM1/SUM2。

规则的置信度 CF 可通过下述策略确定：$CF(H_i, E) = MB(H_i,E) - MD(H_i, E)$。其中：

$$\begin{cases} P(H_i)=1 \text{ 时}, MB(H_i,E)=1, MD(H_i,E)=0 \\ P(H_i)=0 \text{ 时}, MB(H_i,E)=0, MD(H_i,E)=1 \\ 0<P(H_i)<1 \text{ 时}, MB(H_i,E)=\dfrac{\max(P(H_i|E),P(H_i))-P(H_i)}{1-P(H_i)} \\ \qquad MD(H_i,E)=\dfrac{\min(P(H_i|E),P(H_i))-P(H_i)}{1-P(H_i)} \end{cases}$$

CF 表征事件 E 对结论 H 的支持程度,其值大于 0 时,表示支持度大于否定度;其值小于 0 时,表示否定度大于支持度。

(2) 基于粗集理论的知识获取。

粗集理论(rough sets,RS)是 Z. Pawlak 等提出的研究不完整数据及不精确知识的表达、学习与归纳的一套方法,已经成为知识发现和获取领域的一种重要方法。RS 理论以观察和测量所得数据进行分类的能力为基础,通过对样本数据进行分析、近似分类、推理数据间的关系,从中发现隐含的知识和潜在的规律。相对于传统方法(如统计推理),RS 理论仅利用数据本身提供的信息而不需要先验信息(如先验概率),算法简单、易于操作。

RS 理论认为,知识是基于对对象分类的能力;知识直接与真实或抽象世界有关的不同分类模式联系在一起,并称之为论域 U(universe);知识是由人们感兴趣的论域的分类模式组成,它提供关于现实的明显事实,并具有由明显事实推导出模糊事实的推理能力。

给定论域 U,称任何子集为 $X \subseteq U$ 为 U 中的概念(concept)或范畴(category),称 U 中的概念族为关于 U 的知识。当 i,$j=1$,2,$\cdots$,n 时,满足条件"$X_i \neq \varnothing$ 和 $\cup X_i = U$,且 $X_i \cap X_j = \varnothing$($i \neq j$)"的概念族称为 U 的一个分类,称 U 上的分类族为 U 的知识库(knowledge base,KB)。RS 理论用等价关系代替分类,用知识表达系统代替知识库。此时,知识库表达为 $K = (U, R)$,其中:U 为一个给定论域,R 为一个 U 上的等价关系族;知识表达系统表达为 $S = \langle U, C, D, V, F \rangle$,其中:$U$ 为论域,$C \cup D = A$ 是属性集合,而 C 和 D 分别为条件属性和决策属性集,$V = \cup_{a \in A} V_a$ 是属性集 A 的值域,$F: U_x A \rightarrow V$ 是指定 U 中每一对象 x 到值域 V 的映射函数。知识表达系统将对象的知识通过指定的对象的基本特征和特征值来描述,从而通过一定的方法从浩如烟海的数据中发现有用的规则知识。

当 $X \subseteq U$ 为一等价关系 R 的某些基本范畴的并时,称 X 为 R 可定义的,否则为不可定义的。前者可在知识库 $K = (U, R)$ 中被精确定义,称为 R 的精确集;后者不能被 K 精确定义,称为粗集。可以通过粗集的下近似集、上近似集和边界来描述粗集,方法如下。

定义 X 关于 R 的下近似集:$R_-(X) = \cup \{ Y \in U/R ; Y \subseteq X \}$

定义 X 关于 R 的上近似集:$R^-(X) = \cup \{ Y \in U/R ; Y \cap X \neq \varnothing \}$

定义 X 关于 R 的边界:$bn_R(X) = R^-(X) - R_-(X)$

通常将 $pos_R(X) = R_-(X)$ 称为 X 的 R 正域,将 $neg_R(X) = U - R^-(X)$ 称为 X 的 R 负域。可见,边界域是不确定域,对于知识 R 属于边界域的对象不能确定地划入 X 或 $-X$。

利用粗集发现并获取知识，经常要在保持知识库初等范畴的情况下消去冗余基本范畴，进行知识化简。这用到简化（reduction）和核（core），包括等价关系（知识）的简化与核以及范畴的简化与核。

令 P 和 Q 为 U 中的等价关系，Q 的 P 正域为 $\mathrm{pos}_P(Q) = \cup P_-(X)(X \in U/Q)$。当 P 和 Q 为 U 中的等价关系族且满足 $\mathrm{pos}_{\mathrm{ind}(P)}(\mathrm{ind}(Q)) = \mathrm{pos}_{\mathrm{ind}(P-\{r\})}(\mathrm{ind}(Q))$ 时，称 $r \in P$ 为 P 中 Q 可省略的，否则 r 为 P 中 Q 不可省略的。当 P 中每一个 r 都是 Q 不可省略时，称 P 为 Q 独立的；当 S 为 P 的 Q 独立子族且满足 $\mathrm{pos}_S(Q) = \mathrm{pos}_P(Q)$ 时，称 $S \subset P$ 为 P 的 Q 简化，记为 $\mathrm{red}_Q(P)$。P 所有 Q 不可省略原始关系族为 P 的 Q 核，记为 $\mathrm{core}_Q(P)$，并且有 $\mathrm{core}_Q(P) = \cap \mathrm{red}_Q(P)$。

设 $F = \{X_1, X_2, \cdots, X_n\}$ 为一集合族，其中 $X_i \subseteq U$，再给定一集合 $Y \subseteq U$ 且 $\cap F \subseteq Y$，则当 $\cap(F-\{X_i\}) \subseteq Y$ 时，称 X_i 为 F 中 Y 可省略的；反之，为不可省略的。当集合族 $G \subseteq U$，且 G 中所有分量均为 Y 不可省略时，称 G 为 Y 独立的；反之，称 G 为 Y 依赖的。当 $H \subseteq F$ 为 Y 独立的且 $\cap H \subseteq Y$，则称 H 为 F 的 Y 简化，记为 $\mathrm{red}_Y(F)$。此时，定义 $\mathrm{core}_Y(F) = \cap \mathrm{red}_Y(F)$ 为 F 的 Y 核。

决策表是一类特殊且重要的知识表达系统，形式表达为 $T = \langle U, A, C, D, V, d_x \rangle$，其中 $C, D \subset A$ 分别为其条件属性集和决策属性集。对于每个 $x \in U$ 和每个 $\alpha \in C \cup D$，将函数 d_x 定义为：$d_x: A \rightarrow V$，$d_x(\alpha) = \alpha(x)$ 并将其成为 T 中的决策规则。如果 $\forall y \neq x$，当 d_x 对于 C 和 D 具有相等的约束，亦即 $d_x \mid C = d_y \mid C$ 时，恒有 $d_x \mid D = d_y \mid D$，则称 d_x 是相容的，否则是不相容的；当 T 中所有规则是相容的，则 T 是相容的，否则不相容。依赖度 $0 < r_C(D) < 1$ 的决策表 T 都可唯一地分解为相容表 $T_1 = <U_1, A, C, D, V, d_x>$ 和不相容表 $T_2 = \langle U_2, A, C, D, V, d_x \rangle$，使得 $U_1 = \mathrm{pos}_C(D)$，$U_2 = \cup \mathrm{bn}_C(X)$ 且 $X \in U/\mathrm{ind}(C)$。

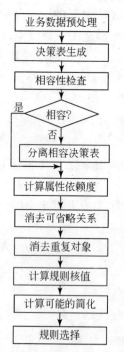

图 4-13　基于 RS 知识获取流程

为了使上述流程叙述更易理解，我们将基于粗集理论的知识获取流程描述为如图 4-13 所示。基于 RS 理论的知识获取首先需要将组织内大量的业务数据进行预处理，如空值处理、属性对齐与连续属性离散化等操作，然后将预处理后的数据表达成决策表的形式。在实际操作中，决策表表现为二维表格，每一行描述一个对象，每一列描述一个等价关系并称之为属性（包括条件属性和决策属性）。整张表形成一个对论域的决策规则集。对决策表做相容性检验，如果决策表不相容则将其分离为两个分别为相容和不相容的决策表，只对相容决策表作进一步简化处理。属性依赖度表征各条件属性对决策属性的重要程度。如果知识工程师通过各种途径能够掌握关于各条件属性的先验知识，亦即能够确定各个条件属性相对于决策属性的权重，则在后续的决策表简化过程中可依据此信息，但也要考虑到权重对决策环境的敏感性；如果先验知识难以获取，可通过计算决策属性对各条件属性的依赖度，从而确定各个条件属性的重要程度，其算法如下：令 $K = (U, R)$ 为既定知识库，且 $P, Q \subseteq R$，定义 Q 对 P 的依赖度为 $r_P(Q) = \mathrm{card}(\mathrm{pos}_P(Q)) / \mathrm{card}(U)$，其中 card ( ) 表示集合的基数。如果可能，往往将先验知识与计算所得依赖度同时考虑。此外，也有学者基于信息论提出用信息熵度量属性的重要性（某条件属性相对于决策属性的重要性），即用它引起的互信息的增量来表征。

决策表的简化体现了知识推理过程。它化简决策表中的条件属性，使化简后的决策表具有同于化简前的决策表的分类能力，但具有更少的条件属性。化简操作从消去可省略关系开始，分别计算各条件属性相对于决策属性是否可省略，亦可利用依赖度计算结果，将具有零值依赖度的属性消去；如果出现两个以上零值依赖度属性，则消去先验权重最小的属性。属性化简后，对出现的重复行（对象）进行合并操作。尔后，计算每一规则的核得到核值表，计算每一规则可能的简化得到可能规则表。一般情况下，给定决策表的简化结果不止一种，各种简化都维持了与原有条件属性相同的分类能力。即便对于确定的简化结果，由于每一规则都可能有多种简化形式，从而得到十分庞大的解集，需要选择最有效的规则构造具有使用价值的最小决策规则集来表达给定论域。

如何进行规则选择，可以采用两种策略：其一，以概率最优准则选择规则集。对于有 n 个条件属性 m 种规则的决策表，计算出各属性 i 在每种规则 j 中是核属性的概率：P_{ij} 的值为规则 j 中核属性为属性 i 的数目与规则核值表中核值总数的比值。尔后，求出每个属性 i 在核值表中出现的概率 $P_i = P_{i1} + P_{i2} + \cdots + P_{im}$，选择包含概率较大属性的可能规则作为优化规则，从而消去的冗余规则较多，得到具有最小数目的优化规则的可能性就更大。其二，基于先验权重的规则提取。设 $\{a_i\} (i = 1, 2, \cdots, n)$ 为可能规则表的属性集，各属性的先验权重为 $P(a_i)$，可能规则表中相应于核值表中第 i 条规则的第 j 种可能规则（简化形式）的规则权重为 $P_j = (O_j(a_1) \times P(a_1)) + \cdots + (O_j(a_n) \times P(a_n))$，其中当第 j 条可能规则中属性 i 的值为非空时 $O_j(a_i) = 1$，否则 $O_j(a_i) = 0$。对可能规则表中相应于核值表中每条规则的每种可能规则按上式计算其规则权重，并选择规则权重最大的可能规则作为第 i 条规则加入规则库。

基于粗糙集理论的知识获取当样本数量较大时，其计算量很大，并且有时难以收集全各种情况下的样本数据。因此，该方法还需要结合其他方法一起应用，如基于统计推理、基于模糊集合理论、基于最大信息增益机制的知识获取等。

基于粗集理论的知识获取实例，设一个简单输入系统如表4-1所示。

表4-1   样本数据

输入1	0.41	0.65	0.12	0.54	0.43	0.77	0.85
输入2	0.05	0.17	0.22	0.64	0.56	0.48	0.91
输入3	0.27	0.11	0.30	0.26	0.19	0.23	0.73
输入4	0.42	0.24	0.22	0.53	0.68	0.86	0.87
输 出	0.40	0.51	0.09	0.28	0.72	0.81	0.88

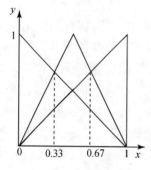

图4-14   隶属度函数

采用图4-14所示的隶属度函数进行离散化，大、中、小三个水平的隶属度函数分别为：$y = x$，$y = 1 - |x - 0.5|/0.5$ 和 $y = 1 - x$。水平"大"和水平"中"的函数交点在 $x = 0.67$ 处；水平"中"和水平"小"的函数交点在 $x = 0.33$ 处。用0、1、2分别代表小、中、大三个水平等级，并将离散化结果转化为决策表形式。如表4-2所示，4个输入量分别对应4个条件属性，输出量对应决策属性。各条件属性的权重分别为 $P(C1) = 0.35$，$P(C2) = 0.30$，$P(C3) = 0.1$，$P(C4) = 0.25$。

表4-2   初始决策表

U	C1	C2	C3	C4	D
1	1	0	0	1	1
2	1	0	0	0	1
3	0	0	0	0	0
4	1	1	0	1	0
5	1	1	0	2	2
6	2	1	0	2	2
7	2	2	2	2	2

设 $C = \{C1, C2, C3, C4\}$，由初始决策表得

$U/C1 = \{\{1, 2, 4, 5\} \{3\} \{6, 7\}\}$；

$U/C2 = \{\{1, 2, 3\} \{4, 5, 6\} \{7\}\}$；

$U/C3 = \{ \{1, 2, 3, 4, 5, 6\} \{7\}\}$;

$U/C4 = \{ \{1, 4\} \{2, 3\} \{5, 6, 7\}\}$;

$U/D = \{ \{1, 2\} \{3, 4\} \{5, 6, 7\}\}$;

$U/\mathrm{ind}(C2, C3, C4) = \{ \{1\} \{2, 3\} \{4\} \{5, 6\} \{7\}\}$;

$U/\mathrm{ind}(C1, C3, C4) = \{ \{1, 4\} \{2\} \{3\} \{5\} \{6\} \{7\}\}$;

$U/\mathrm{ind}(C1, C2, C4) = \{ \{1\} \{2\} \{3\} \{4\} \{5\} \{6\} \{7\}\}$;

$U/\mathrm{ind}(C1, C2, C3) = \{ \{1, 2\} \{3\} \{4, 5\} \{6\} \{7\}\}$;

$U/\mathrm{ind}(C1, C2, C3, C4) = \{ \{1\} \{2\} \{3\} \{4\} \{5\} \{6\} \{7\}\}$。

$\mathrm{pos}_C(D) = \{ \{1\} \{2\} \{3\} \{4\} \{5\} \{6\} \{7\}\}$;

$\mathrm{pos}_{C-C1}(D) = \{ \{1\} \{4\} \{5, 6\} \{7\}\}$;

$\mathrm{pos}_{C-C2}(D) = \{ \{2\} \{3\} \{5\} \{6\} \{7\}\}$;

$\mathrm{pos}_{C-C3}(D) = \{ \{1\} \{2\} \{3\} \{4\} \{5\} \{6\} \{7\}\}$;

$\mathrm{pos}_{C-C4}(D) = \{ \{1, 2\} \{3\} \{6\} \{7\}\}$。

由于 $\mathrm{pos}_C(D) = \mathrm{pos}_{C-C3}(D)$，所以条件属性 C3 是决策属性 D 可省略的，如此得属性简化后的决策表，见表4-3。

对于规则 1 有：$V_{C1}(1) = 1$, $V_{C2}(1) = 0$, $V_{C4}(1) = 1$, $[1]_{C1} = \{1, 2, 4, 5\}$, $[1]_{C2} = \{1, 2, 3\}$, $[1]_{C4} = \{1, 4\}$, $[1]_D = \{1, 2\}$, $[1]_{C1} \wedge [1]_{C2} = \{1, 2\}$, $[1]_{C1} \wedge [1]_{C4} = \{1, 4\}$, $[1]_{C2} \wedge [1]_{C4} = \{1\}$，则 $\mathrm{core}(R1) = V_{C2}(1) = 0$;

对于规则 2 有：$V_{C1}(1) = 1$, $V_{C2}(1) = 0$, $V_{C4}(1) = 0$, $[1]_{C1} = \{1, 2, 4, 5\}$, $[1]_{C2} = \{1, 2, 3\}$, $[1]_{C4} = \{2, 3\}$, $[1]_D = \{1, 2\}$, $[1]_{C1} \wedge [1]_{C2} = \{1, 2\}$, $[1]_{C1} \wedge [1]_{C4} = \{2\}$, $[1]_{C2} \wedge [1]_{C4} = \{2, 3\}$，则 $\mathrm{core}(R2) = V_{C1}(1) = 1$;

对于规则 3 有：$V_{C1}(0) = 0$, $V_{C2}(0) = 0$, $V_{C4}(0) = 0$, $[0]_{C1} = \{3\}$, $[0]_{C2} = \{1, 2, 3\}$, $[0]_{C4} = \{2, 3\}$, $[0]_D = \{3,$

表 4-3　简化决策表

U	C1	C2	C4	D
1	1	0	1	1
2	1	0	0	1
3	0	0	0	0
4	1	1	1	0
5	1	1	2	2
6	2	1	2	2
7	2	2	2	2

表 4-4　核值表

U	C1	C2	C4	D
1	—	0	—	1
2	1	—	—	1
3	0	—	—	0
4	—	1	1	0
5	—	—	2	2
6	—	—	—	2
7	—	—	—	2

表 4-5　可能规则表

U	C1	C2	C4	D
1	1	0	x	1
1[1]	x	0	1	1
2	1	0	x	1
2[1]	1	x	0	1
3	0	x	x	0
4	x	1	1	0
5	x	x	2	2
6	x	x	2	2
6[1]	2	x	x	2
7	x	x	2	2
7[1]	x	2	x	2
7[2]	2	x	x	2

表 4-6　规则选择结果

U	C1	C2	C4	D
1	1	0	x	1
2	1	x	0	1
3	0	x	x	0
4	x	1	1	0
5	x	x	1	2
6	x	x	x	2
7	2	x	x	2

表 4-7　最终规则表

U	C1	C2	C4	D
1	1	0	x	1
2	0	x	x	1
3	x	1	1	0
4	x	x	1	0
5	2	x	x	2

$4\}$，$[0]_{C1} \wedge [0]_{C2} = \{3\}$，$[0]_{C1} \wedge [0]_{C4} = \{3\}$，$[0]_{C2} \wedge [0]_{C4} = \{2,3\}$，则 $\mathrm{core}(R_3)$ $= V_{C1}(0) = 0$；

类似求得 $\mathrm{core}(R4) = V_{C2}(0) = V_{C4}(0) = 1$，$\mathrm{core}(R5) = V_{C4}(2) = 2$，$\mathrm{core}(R6) = \mathrm{core}(R7) = \varnothing$。

至此，可得核值表4-4。各条规则所对应的可能规则如表4-5所示，整张表所对应的解集基数为 $2 \times 2 \times 1 \times 1 \times 1 \times 2 \times 3 = 24$。对可能规则，采用基于先验权重的规则提取方法进行选择：$P(R1) = 1 \times 0.35 + 1 \times 0.3 + 0 \times 0.25 = 0.65$；$P(R1^1) = 0 \times 0.35 + 1 \times 0.3 + 1 \times 0.25 = 0.55$；$P(R1) > P(R1^1)$，则 R1 被选择。类似计算，$P(R2) = 0.65$，$P(R2^1) = 0.6$，则 R2 被选择；$P(R6) = 0.25$，$P(R6^1) = 0.35$，则 $R6^1$ 被选择；$P(R7) = 0.25$，$P(R7^1) = 0.3$，$P(R7^2) = 0.35$，则 $R7^2$ 被选择，进而得到表4-6。

对该表的重复对象进行合并，得最终规则如表4-7所示，用产生式（下文有述）表示如下。

Rule1：IF （C1 = 1） AND （C2 = 0） THEN $D = 1$；

Rule2：IF C1 = 0 THEN $D = 1$；

Rule3：IF （C2 = 1） AND （C4 = 1） THEN $D = 0$；

Rule4：IF C4 = 1 THEN $D = 0$；

Rule5：IF C1 = 2 THEN $D = 2$。

（3）CBR 和 RBR 相结合的机器学习系统。

基于案例推理（case based reasoning, CBR）是 AI 领域的一个分支。1977 年美国耶鲁大学（Yale University）的两位专家 R. Schank 和 Abelson 首先提出了 "Scripts for Knowledge Representation" 的理论，指出人们对事物的认识是以脚本的方式储存在大脑中，从而使人能够产生期望并作出判断。该理论被看成 CBR 思想的起源。1982 年，R. Schank 在 *Dynamic Memory* 中提出了动态记忆理论。这是一种被称为存储组织包（memory organization packets, MOP）的记忆结构，描述了记忆是如何随着经验的增长而自动修改和发展的，被看作是 CBR 思想的正式诞生。1986~1989 年，Austin Texas 大学的 Bruce Porter 提出基于范例的概念表示理论（exemplar-based concept representation），被认为是 CBR 体系中的又一种认知模型。CBR 自诞生以来，受到了广泛的关注，并且在欧美得到了很好的商业应用。我国的 CBR 研究也于 20 世纪 90 年代起步，并主要应用于相关工程技术领域。

CBR 的核心思想是：在进行新问题求解时，使用以前曾经求解过类似问题的经验和获取的知识来推理，并针对新旧情况（问题）间的差异作相应的调整，从而得到新问题的解（即新知识），而后将新知识以案例的形式加入到知识库

（后文有述）。随着 CBR 系统运行时间的增长，所产生并保存的案例数目也在增加，系统的"经验"将会越来越丰富，即 CBR 系统具有自动学习能力。CBR 将人们解决问题的心理过程上升到方法学高度；它可以较好地模拟专家的联想、直觉、类比、归纳、学习和记忆等思维过程。

在 CBR 研究早期，Aamodt 和 Plaza 提出了著名的 CBR 系统工作原理图，我们将其略加补充，如图 4-15 所示。如图可知，CBR 系统问题求解并获取新知识（案例）的过程可分为如下四个阶段（4 "R"过程）：①检索（retrieve）与新问题最相似的旧案例；②重用（reuse）这个（些）旧案例尝试着解决新问题；③必要时对检索出的最相似案例作一些修正（revise）；④针对新的解决方案的特点，考虑是否进行保留（retain），从而完成系统自学习的过程。其中，案例表示与相似度（similarity）的估算与检索算法是实现案例检索的基础，而案例适

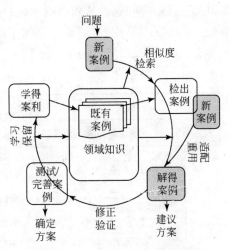

图 4-15　CBR 系统工作原理

配（adaptation）则是案例重用的伴生步骤，案例验证（verify）是案例修正的前提和依据，系统学习（learning）策略与算法则是 CBR 系统获取知识的关键保障。Ralph Bergmann 指出，案例只是 CBR 系统中知识的直接表现形式；事实上，案例的属性（vocabulary & feature）、相似度算法（similarity assessment）和案例的适配策略（solution adaptation）均与领域知识相关。因此，CBR 系统的成功应用离不开对具体应用领域的深入分析与把握，需要经 CBR 技术和领域经验与知识进行较好融合。

CBR 系统的优点在于：其一，系统求解问题从寻找相似的旧案例开始，是一种"跳过开始"的方法，效率较高；其二，系统具有自动学习、获取案例知识的能力；其三，CBR 系统基于案例的知识表示（见后文）有助于隐性知识的外显化。但是，由于缺乏演绎能力，单独的 CBR 推理显得过于牵强、不可解释且缺乏系统性；CBR 对深入分析支持不够，对其常用的层次索引而言，逐层检索亦会导致推理器低效；同时，其适配过程亦需要在相应规则指导下实现。

基于规则推理（rule based reasoning，RBR）的系统优点在于它具有极强的演绎推理能力，擅长逻辑推理和符号处理。其常用于解决比较复杂的问题，如规划、调度和设计，特别适用于解决自动计算、问诊和启发式推理等问题。然而，

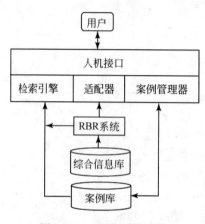

RBR 系统也存在如下不足：其一，存在明显知识获取瓶颈。把专家的隐性知识外化并归纳描述成 RBR 系统所要求的规则知识非常困难，甚至不能实现；即使勉强实现，规则库也必然十分庞大，构造和维护异常困难。其二，在 RBR 系统中，当不同专家知识间发生矛盾或夹杂很大干扰时，容易发生匹配冲突、组合爆炸和无穷递归等问题，从而影响系统的处理能力。其三，在解决新问题时，RBR 系统要求必须"从头开始"，这束缚了问题求解的效率。

针对 CBR 与 RBR 系统各自的优点和不足，我们提出 CBR 和 RBR 相结合的机器学习（知识获取）系统（CRML）用于自动获取案例知识，如图 4-16 所示。如此，可以取长补短，充分发挥两套系统思想的优点，使系统表现出更高性能。如图 4-16 所示，该系统结构中各组分相应功能如下：①人-机接口 负责系统与用户间交互，它采用 RBR 辅助下的逐步询问的诱导方式来方便用户提供有关案例的描述信息，并对输入的参数进行匹配性检验，确定它们的权重。②案例管理器负责案例知识的维护与管理，即实现对案例库的案例访问、添加、删除、修改等操作功能。③检索引擎负责解释用户的查询需求，完成对案例库的检索活动。④适配器。当检索到的源案例与目标问题不够接近、不能满足实际问题的求解要求时，适配器负责对检索到的源案例进行修改，使其能够满足当前问题的求解要求。⑤RBR 系统的作用不仅在于对人-机接口的支持，系统的适配过程亦是 RBR 系统辅助下通过"在线诱导、人机交互"方式实现的；同时，其还作为 CRML 的辅助推理器，用于建立当前问题的索引、设置案例库的搜索范围，系统 CBR 工作过程由 RBR 启动，以避免对案例库的不必要检索、提高系统效率。⑥案例库负责存储和组织系统中的案例知识。⑦综合信息库作为 RBR 子系统的信息源，存储应用领域的主要规则知识和技术指标。

图 4-16   CRML 系统结构

CRML 系统的初始案例知识由知识工程师和组织内的一般职员协调合作，通过人工获取方式得到；尔后，系统将在运行中通过自学习过程实现新知识的自动获取。但如果对这种学习行为不加以控制，案例库中案例的质量便会降低；同时，案例库的规模会迅速膨胀，以至于影响系统工作效率。对此，我们采用如下策略对 CRML 自学习行为加以控制：对于通过检索适配得到的结果案例进行价值分析，即计算其与案例库中所有旧案例之间的相似度 $S = \{S_{1t}, S_{2t}, \cdots, S_{nt}\}$。

其中，n 为旧案例数，S_{it}（$i=1, 2, \cdots, n$）为新案例 t 与旧案例 i 之间的相似度。当所有 S_{it} 均小于某一个给定的阈值 A（$0<A<1$）时，认为新案例为高价值案例，加入到案例库；否则，认为是低价值或无价值案例，不予加入。这与 KM 中的"干中学"思想相合，详细讨论见第八章。

4.3 政务知识表示

知识表示（knowledge representation）是知识符号化与形式化的过程。所获取的知识只有采用面向计算机的某种方法或几种方法的组合进行形式化描述后，才能使其容易被基于知识的计算机系统所存储、管理、应用和创新。因此，知识表示是知识链上的重要一环。注重政务内容与知识管理的电子政务系统实施，必须基于政务知识辨识与获取成果，对所获得的政务知识作类型划分与特征分析，尔后选择合适的知识表示方法对其加以描述与格式化。

知识表示方法是对知识进行合理描述的各种数据结构与描述方式。然而，直到目前还没有哪一种方法能够解决知识表示的所有问题。方法的提出都是针对具体问题特征的，与问题特征存有某种对应关系。如第二章所述，电子政务系统中的知识具有多样性，欲实现对组织各类型知识的完整、有效表示，就需要针对具体知识类型及其特征采用 AI 领域的不同表示方法分别实现。

知识表示一直是 AI 领域的研究重点之一，并已经在该领域出现了丰硕成果。在本节，我们将以知识的明晰度为主线，借鉴 AI 领域的研究成果，分别探讨电子政务系统中显性知识和隐性知识（表示前）的表示方法。为了确保目标系统的效率和有效性，在选择与设计政务知识表示方法时，我们将遵循以下原则：其一，表示能力强。要力求覆盖知识类型广泛、方法高效并能够对隐性、不确定性知识的表示予以有效支持。其二，集成性好。知识表示要兼顾到对知识链后续结点的有效支持，知识表示方法要覆盖知识谱线（见后文）全频域。其三，可操作性高。在选择、确定知识表示方法时，以 AI 领域成熟成果为依托，对个别方法以可操作性为纲进行再设计。

4.3.1 显性知识的表示

尽管人类目前对知识的表示结构和形成机制还没有完全清楚，也没有建立起知识表示的完整理论体系，但对知识表示方法的长期研究与实践还是取得了丰硕的成果，出现了多种比较成熟的知识表示方法，如一阶谓词逻辑表示法、产生式规则表示法、语义网络表示法、框架表示法、脚本表示法、过程表示法、状态空间表示法、问题归约表示法、神经网络表示法和基于模型的知识表示法等。近年来，又出现了非经典逻辑（如多值逻辑、多类逻辑、模糊逻辑、模态逻辑、动态逻辑、时态逻辑等）知识表示法、面向对象知识表示法以及基于案例知识表示法等。

下面，我们将对上述方法中发展与应用相对成熟，在政务知识表示中能够较好应用的知识表示方法加以简单介绍。

1. 产生式规则表示法

产生式（production）是美国数学家 E. Post 在 1943 年首先提出的。Post 根据串替换规则设计并推出了一种被称为 Post 机的计算模型，其和著名的 Turning 机模型具有相同计算能力。Post 把 Post 机模型中的每一条规则称为产生式或产生式规则，简称规则（rule）。1972 年，A. Newell 和 Simon 在研究人类认知模型中成功开发出了基于规则的系统。经过几十年的持续完善与发展，产生式规则已经成为 AI 领域应用最多的知识表示方法，如 Shortliffe 在著名的专家系统 MYCIN 中就使用了产生式知识表示方法；此外，还出现了专门支持产生式的语言，如 OPS5。

规则可分为确定性规则与非确定性规则两类。其中，确定性规则的产生式基本形式为 IF < 条件 > THEN < 操作/结论 >；非确定的模糊规则的产生式形式为 IF < 条件 > THEN < 操作/结论 > （置信度/概率）。产生式 "条件" 部分亦称为规则前件，"操作/结论" 部分则称为规则后件，两者均可由逻辑运算符 AND、OR 和 NOT 组成表达式。含析取关系的规则总可以分解成几个仅含合取关系的规则的并；同时，确定性规则可以看作具有特殊置信度/概率（1）的特殊的非确定规则。因此，规则可统一表示为：IF < 条件$_1$ AND 条件$_2$ AND … AND 条件$_n$ > THEN < 操作/结论 > （置信度/概率）。以 C（condition）和 D（decision）分别表示规则前件和后件，用概率 P（probability）或置信度 CF（certainty factor）分别表示规则的不确定性程度，则规则可统一表示为：IF < C > THEN < D > （CF | P）。

规则的前件和后件都是事实或其组合，而事实指断言一个语言变量或多个语言变量之间关系的陈述句。确定性事实可用三元组表示为（对象，属性，值）或（关系，对象 1，对象 2），如事实 "顾客对产品不满意" 用后一种方法可以表示为（dissatisfy，customer，production）。不确定性事实可用四元组表示，即在确定性事实表示的基础上加上概率因子。对于规则 "知识贡献等级大于或等于 8，年龄小于 35 周岁且英语口语流利的员工 80% 会被派到国外培训"，可以表示为：IF（worker，knowledge contribution grade，≥8）and（worker，age，<35）and（worker，spoken English，fluency）THEN（worker，trained place，foreign）（P = 0.8）。在上述规则中，其前件与后件事实均采用三元组（对象，属性，值）的

形式加以描述，而后件事实则是一个不确定性事实，附上了相应的概率因子。

产生式规则表示法还具有如下优点：①模块性。产生式规则作为规则库（知识库的一种类型）中的基本知识单元，彼此间只通过产生式系统的临时存储器发生联系，强化了系统的模块性，有利于对规则知识的维护与扩充。②自然性。"IF＜条件＞THEN＜操作/结论＞"形式符合人类的思维习惯，直观、自然。这使得该方法在实际运作中，很容易被使用者掌握和接纳。③广泛适用性。产生式规则表示法具有广泛的适用性，既可表示确定性知识，又可表示非确定性知识；既可表示启发性知识，又可表示过程性知识。④易维护性。产生式规则表示法表示的所有规则都具有相同格式，临时存储器面向全部规则受访，可采用统一处理策略。

产生式规则表示法比较成熟，且由于它可以描述事物间的某种对应关系（如因果关系、蕴涵关系），其应用范围广泛，适合于表示事实性知识和规则性知识。政府组织内部的规章制度、奖惩措施、简单的运作经验以及问题解决策略等都可以用产生式规则表示。

不过，如前所述，目前还没有哪一种方法能够解决知识表示的所有问题；每一种方法在表现出一定优势的同时，往往也天生具有一定的不足。产生式规则表示方法的不足表现为：①规则格式固定且彼此间不能相互调用，使得产生式很难表示具有良好结构关系和层次关系的结构化知识。②基于规则的产生式系统所使用的"匹配—冲突消解—执行"的求解模式，常会导致推理的低效率。为此，我们仅采用产生式表示组织知识疆界中的政务规则知识，对于其他类型知识则分别寻求其他不同方法加以格式化。

2. 语义网络、框架和面向对象的知识表示

语义网络和框架两种知识表示方法具有天然的联系，本节我们首先对这两种方法作一个简要介绍；尔后，采用面向对象基于框架的方法实现对案例型政务知识的表示。

J. R. Quillian 在研究人类联想记忆时认为，记忆是由概念间的联系实现的。1968 年，其提出了一种心理学意义上的显式认知模型——语义网络（semantic network）。语义网络是由结点和弧（有向边）组成的有向图，结点表示概念、事物、属性、情况、行为、状态等；弧则表示结点之间的某种联系或关系。由两个结点和一条弧构成网络基元，相当于一组一阶二元谓词 $R(A, B)$ 或三元组 (A, R, B)。多个网络基元按一定的语义关系联系在一起，就构成了语义网络，如图 4-17 所示。目前，语义网络已成为 AI 领域应用较多的知识表示方法，并且出现了支持语义网络的语言（如 PROLOG）。

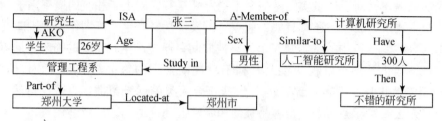

图 4-17　用语义网络表示的学员信息

语义网络既可以表示事实性知识，又可以表示事实性知识间的复杂联系，即结点间的语义关系。尽管知识结点间的语义关系灵活多样，但存在一些基本语义关系，如图 4-17 所示。这些关系包括：①实例关系，表示结点概念间的类与实例关系，是最常见的语义关系，其标识为 "IS-a" 或 "ISA"；②类属关系，表示结点概念间的分类、从属或泛化关系，其标识为 "a-kind-of"（AKO）；③成员关系，一个结点概念是另一个结点概念的成员，其标识为 "A-Member-of"（AMO）；④属性关系，一个结点内容是另一结点内容某种属性的值，可按具体情况作具体标识，如图 4-17 中的 "Age"、"Sex"、"Study in" 等；⑤聚集关系，一个结点概念是另一结点概念的组成部分，其标识为 "Part-of"；⑥方位关系，指明一个结点概念相对于另一结点概念所处的方位，常标识为 "Located-on/at/under/inside/outside"；⑦相似关系，表示两结点在内容、形状等方面的相似，其标识为 "Similar-to" 或 "Near-to"；⑧所属关系，一个结点概念为另一结点概念所 "具有"，其标识为 "Have"；⑨推论关系，标识结点概念间的因果关系，其标识为 "Then"；⑩时序关系，两个结点概念在时间上存在的先后关系，其标识为 "Before" 或 "After"。继承性是语义网络的重要特性，在上述基本语义关系中，实例关系、类属关系、成员关系所关联的两结点间都具有良好的继承性。

语义网络中的网络基元描述了两结点间的二元关系。对于一元关系，如 Person（Li Si），语义网络通过引进关系弧将其表示为 ISA（Li Si, Person）；对于多元关系，可通过关系分解和增加结点的办法表示成语义网络（图 4-17）。为使语义网络能够表示复杂的情况或动作，Simon 提出增加情况结点或动作结点，即允许结点表示情况或动作；对于逻辑关系的表达，可以通过增加合取或析取结点实现，也可通过添加合取/析取界限实现；存在量词可以通过实例关系或类属关系等实现表示，对于全称量词则可采用 Hendrix 网络分区技术通过超结点及结点嵌套实现表示。如此，语义网络在功能上几乎可以描述任意复杂的事物及其间的复杂关系。

语义网络自提出以来，被不断发展与完善，并且得到了良好的应用。通过分析，我们不难发现该方法具有如下优点：①结构性。它把事物的属性及其间的各种语义关系显式地表示出来，是一种高度结构化的知识表示方法；下层结点可以继承、添加、变更上层结点的属性值，从而易于信息共享。②自然性。语义网络体现了人类记忆思维过程，符合人们表达事物及其关系的习惯，这降低了该方法的应用难度。③自索引性。通过结点间的语义关系可以很容易地找到与所关注结点相关的信息，不必搜索整个知识库，从而提高了搜索效率。

同产生式规则表示法一样，语义网络也不是十全十美的，其不足之处主要表现为：其一，没有公认的、严格的形式表示体系，其含义依赖于推理机解释；其二，在匹配推理过程中，可能会因为结点区分困难而导致"匹配错位"，以至于影响推理的准确性。

1975 年，明斯基（Minsky）在其论文 "A framework for representation knowledge" 中认为，人们对现实世界各种事物的认识都是以一种被称为框架（frame）的知识结构存储在记忆中的；当一个人遇到一个新事物时，就会从其记忆中找出一个合适的框架（与所遇事物最大程度相似），并根据新旧情况差异对其细节加以修改、补充，从而形成对这个新事物的认识；尔后，这种新认识又被加入到记忆中，从而丰富人们的知识。显然，上述技术思想类似于 CBR，因为 CBR 系统中的案例（case）大多是以框架的形式表示的。

以"槽"取代语义网络中的"弧"得到的一组结点和槽即为框架；语义网络既可看作结点和弧的集合，也可看作框架的集合。在框架理论中，把框架作为知识的基本单元。它通常由表示事物各方面属性的槽组成，每个槽又可划分为若干描述下级属性的侧面，每个侧面可以有若干个值，如图 4-18 所示。将框架的槽填入具体值便得到相应的实例框架，如图 4-19 所示。框架与其实例框架间具有抽象与具体的层次关系和继承特性。员工框架 1、住址框架 1 和工资框架 1 分别是员工框架、住址框架和工资框架的实例框架，员工张三的职称没有具体值，可以从其上位框架继承得到"助工"。单个框架只能表示比较简单的知识，将多个相互联系的框架组织成框架系统则可表示比较复杂的知识。框架系统通过将一个框架的名填入另一框架的槽中，实现框架间的联系，如通过 ISA 槽、Instance 槽、Subclass 槽或 AKO 槽等均可实现框架间的继承关系；通过 Part-of 槽实现框架间的聚集关系；通过 Infer 槽或 Reason 槽实现框架间的逻辑推理关系；通过 Similar 槽实现框架间的相似关系；通过 Rotation 槽实现框架间的"旋转"关系，亦即两个槽是从不同角度对同一实体的描述。

框架作为一种重要的知识表示方法得到了广泛应用，并且出现了针对框架的语言（frame representation language，FRL），PROLOG 语言也易于实现框架表示。类似语义网络，框架表示法的优点在于：其一，具有良好的结构性，适用于表达结构性知识（如概念、对象），能把知识的内部结构和知识间的联系显式地表示

```
<框架名>
<槽名1> <槽值1>/ <侧面名11><侧面值111，侧面值112，…>
                <侧面名12><侧面值121，侧面值122，…>
                          ⋮
<槽名2> <槽值2>/ <侧面名21><侧面值211，侧面值212，…>
                <侧面名22><侧面值221，侧面值222，…>
          …
<槽名i> <槽值i>/ <侧面名i1><侧面值i11，侧面值i12，…>
                <侧面名i2><侧面值i21，侧面值i22，…>
                          ⋮
```

图 4-18 框架的一般结构

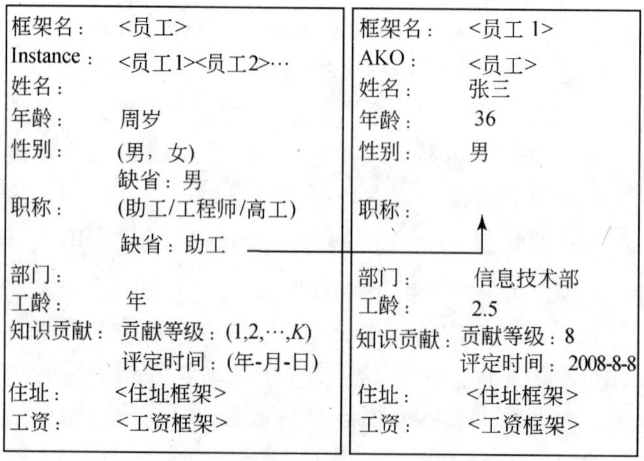

```
框架名：    <员工>              框架名：    <员工1>
Instance：  <员工1><员工2>…      AKO：       <员工>
姓名：                          姓名：      张三
年龄：      周岁                年龄：      36
性别：      (男，女)            性别：      男
           缺省：男
职称：      (助工/工程师/高工)   职称：
           缺省：助工
部门：                          部门：      信息技术部
工龄：      年                  工龄：      2.5
知识贡献：  贡献等级：(1,2,…,K)   知识贡献：  贡献等级：8
           评定时间：(年-月-日)             评定时间：2008-8-8
住址：      <住址框架>           住址：      <住址框架>
工资：      <工资框架>           工资：      <工资框架>
```

图 4-19 员工框架及其实例

出来；其二，该方法体现了人们观察事物的思维活动，是对人脑多方面、多层次的认识存储结构的模拟，自然直观、易于理解；其三，能够实现良好的继承性。框架系统中下位框架可以继承上位框架的槽值，亦可对其进行维护和扩充，利于降低知识的冗余和保证知识间的一致性。该方法的不足之处在于其对过程性知识的表示能力较弱，需要与善于表示过程性知识的知识表示方法（如产生式）相结合。本书将其应用于案例型政务知识表示，过程型知识则主要通过产生式表示。

自 1980 年 Xerox 公司推出面向对象语言 SMALLTALK-80 以来，面向对象（OO）技术已经发展成为软件开发领域的主流技术。OO 技术的核心概念是对象，它认为客观世界中的任何事物在一定前提下都可看作对象。一个对象包括从所研究事物抽取得到的相关属性数据以及相应于属性数据的操作行为，即对象是由一组数据和与该组数据相关的一系列操作构成的封装体。如图 4-20（a）所示，对象可以静态描述为五元组形式 O∷ =（ID, OD, OP, PD, PP），各元素依次为对象的标识符、私有数据及其操作、公有数据及其操作。赋予对象属性以具体值就得到该对象的一个实例；对一组相似对象进行抽象就得到了该组对象的类，它描述了该组对象共同的属性和操作；把相似的类看作对象再进行抽象便得到该组类的超类。如图 4-20（b），实例、对象、类、超类是一组相对的概念，彼此间表现为层次结构，且层数视知识实体的复杂性而有不同；层次越高越抽象，层次越低越具体。

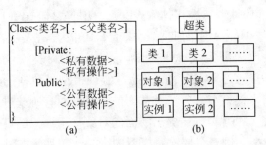

图 4-20　OO 技术的层次结构

OO 技术具有如下优点：其一，良好的继承性。与框架表示法类似，父类具有的数据和操作可被子类继承，从而降低数据冗余。其二，良好的封装性。对象封装数据及其操作，用户不必了解对象细节，增强了系统的可维护性。其三，良好的多态性。OO 技术中可实现同名多语义，系统依据具体情况区别执行，提升了系统的可用性。其四，良好的模块性。对象是独立的实体，彼此间只能通过消息发生联系，可重用性好、利用率高。

OO 技术的层次结构和继承机制有效支持了结构性知识的表示，将知识以类按一定层次进行组织，类间则通过槽（弧）实现联系。如果说类表示了概念（内涵），对象表示了概念实例（外延），则类库便构成了一个知识体系。OO 知识表示方法一般与传统知识表示法相结合来描述不同类型的知识，它在思想上与语义网络，尤其是框架表示方法十分接近。因此，将其与框架表示法相结合而形成的面向对象基于框架的知识表示方法对结构性好、层次性强的知识将具有极强的描述能力。正因为如此，我们建议采用该方法组合表示案例型政务知识和部分模型化知识。

3. 模型化知识表示法

在知识工程领域，Fedorowicz 认为模型是需要管理的计算过程或可执行程序；Dolk 认为模型在用户视角就是数据，从实现过程角度看是一个过程或子程序；Jian Ma 认为模型是决策问题的简单抽象，包括一组变量及表征其间关系的一组操作。我们认为模型是对现实世界的事物、现象、过程和系统的简化描述与模仿，是对实际问题的抽象概括和严格的逻辑表达；模型涉及描述问题的不同决策变量（参数），并反映变量间以及各种约束条件与目标有效测度之间的相互关系。组织知识中有相当一部分是模型化知识，并以各种管理学或运筹学模型的形式加以表达。

对模型概念的理解莫衷一是，对模型知识的表示也存在不同观点。Groffrion通过结构化建模语言 SML 来表示模型，模型由以下六类实体来描述：基本实体（PE）、复合实体（CE）、属性实体（ATT）、变量实体（VA）、函数实体（FE）和测试实体（TE）。Huh 采用面向对象基于 SML 的方法表示模型，将 SML 定义的模型与方法封装成模型类（model-class），引入端口类（port-class）对模型数据类型进行扩充，并通过 OO 技术的多态性实现模型与数据的集成。相对于单一SML 方法，该方法在模型与其方法及数据的集成方面有所改进，但对模型间的集成支持尚不够有效。Ma 和 Hong 提出了面向对象基于框架的模型表示法，从模型类、模型模板、模型实例三个层次对模型进行抽象，其静态描述如下：

model-class：：= （输入表，输出表，中间变量表，约束条件，方法表，模型设定表）；

model-template：：= （模板名，模型类名，输入表，输出表，目标函数表，约束条件表）；

model-instance：：= （模型模板，数据源）。

该方法兼具 OO 技术和框架表示法的优点，其继承机制降低了模型结构定义的冗余性，而其层次结构提高了模型间的集成特性。

我们认为，对于模型化政务知识的表示应视模型的具体特点区别考虑。对于过程性强的单一方法性模型，建议采用传统的程序模块的形式表示，即将模型描述为子程序或函数，经过编译后置于模型库供用户调用；对于具有复杂变量结构和关系、需要多种方法相配套的模型，则采用面向对象基于框架的方法对模型进行封装，经过编译后纳入模型库。

4. 知识地图之知识定位器

一般认为，元知识（meta-knowledge）是描述知识（包括信息）相关属性的知识，是知识的知识；类似于书籍目录的目录项，它使知识用户能够方便地找到其所关心的知识。知识地图（knowledge map）是组织知识资源的索引，相当于书籍目录，是元知识的总览与有机合成。

知识地图起源于英国信息学家 Brooks 的知识结构图，这是在美国图书馆学家谢拉（Jesse Hauk Shera）有关演绎推论的学术成果基础上提出的。传统知识地图观主要借鉴图书馆学和情报学方法，利用现代信息技术制作组织知识资源的总目录并揭示各知识类别、层次之间关系。在内容上知识地图包括两方面：知识资源目录及目录内各款目之间的关系。IBM 公司的 IBM Knowledge 是当前比较典型的具有知识地图特性的软件平台。传统知识地图的意义在于：其一，有助于知识的重用，降低知识冗余，节约知识检索和获取时间，通过知识地图可以实现面向元知识的智能化搜索；其二，有助于发现组织内的"知识孤岛"，并在它们之间建立联系以促进知识共享与集成；其三，有助于知识资产的管理和评估。随着应用的不断深入，要求的逐渐提高，人们发现传统知识地图存在如下不足：其一，只注重对组织显性知识资源的管理，对于没有外显化的隐性知识资源则缺乏有效组织与标识；其二，知识地图的具体结构与内容尚缺乏统一的标准。

注重对组织内隐性知识的组织与管理是政务知识管理的必要组分。因此，我们将电子政务系统的知识地图划分为两个组分：相应于显性政务知识的知识定位器和相应于隐性政务知识载体的专家定位器。知识地图依据知识辨识环节的组织知识疆界建立初步架构（蓝图），并通过知识链上的后继环节进行持续地修改、补充与完善。

知识定位器致力于揭示组织知识疆界内各种显性政务知识资源的类型、特征及知识之间的相互关系。在内容上，对知识定位器的基元（元知识）作如下定义：

MK:: = |知识 ID，知识主题，特征关键字，有效性，表示形式，功用说明，适用条件，使用方法，应用实例，提供者，知识获取日期，最后更新日期，最后访问日期，存储媒介，所属知识库/存放地点，用户范围与权限，用户获取方式，相关背景及应用环境，相关后继知识 ID|。

在该定义中，知识 ID 是电子政务系统赋予每个政务知识单元在整个政务知识库范围内的唯一标识；知识主题表征当前知识归属（知识父亲），以知识 ID 形式标识；知识类别则进一步作如下定义：

KIND:: = |来源归属，内容归属，确定性|；

有效性在 [0，1] 上取值，并通过知识应用效果进行动态反馈调整；表示形式在集合 |文档型知识，样本型知识，符号型知识，案例型知识，数量型知识| （详见后文）中取值；提供者以员工 ID 表示；所属知识库/存放地点依存储媒介而定，当存储媒介为"电子化–知识库"时其值属于集合 |文档数据库，ANN，规则库，案例库，模型库|，否则为备注型标识；用户范围与权限服务于系统知识安全，后文有述；用户获取方式在集合 |推送，拉动| 上取值；相关背景及应用环境为该知识应用条件的备注型说明；相关后继知识 ID 为当前知识附属（知识子女）标识。

知识地图不是全新意义上的知识表示方法，其在实现上仍然基于传统知识表示方法。知识定位器基元定义决定了知识定位器具有高度的结构化与层次性特征，可以采用面向对象基于框架的方法加以描述。然而，考虑到电子政务系统的网络化系统特征，知识定位器需要与网络技术和浏览技术相结合，通过网络协议集成政府组织所掌握的分布、异构的政务知识资源，通过浏览技术以最适宜和最有效的形式向用户呈现政务知识。因此，我们采用基于 XML 的方法来描述知识地图（包括知识定位器和专家定位器）。

XML（extensible markup language，可扩展的标记语言）是专为 Web 应用而设计的 SGML（standard generalized markup language）的优化子集，比 HTML 更加强大。HTML 虽然能够提供文本组织结构和超文本结构，但其缺乏可扩展性；同时，Web 中的数据没有严格的结构及类型定义，属半结构化（semi-structured）数据。XML 则有如下优点：①扩展性强。XML 是设计标记语言的元语言，用户可以通过 XML DTD（document type definitions）定义自己需要的标记。因此，其具有良好的可扩展性。②结构性好。使用 XML 不仅可以表达知识的内容、属性（如知识标题、知识作者），还可以表达知识间结构关系形成 XML 树。③集成性强。通过 XML 可以在异构知识子库间进行知识漫游、检索、编辑、传输等操作，实现跨平台操作。④内容和表现分离。XML 文档指明了知识内容，知识的外观表现则由 XSL（extensible style language）设定，从而能够实现同一知识的不同表现。⑤便于对半结构、非结构文档的标识与管理。政府组织中有许多半结构化和非结构化的文档，如 Word 文档、E-mail、Web 页等，把某一类文档的共同属性（如标题、作者、类别等）加以抽象并提取出来，放到 XML 的 DTD 相对应的结点中去，并通过 XML 的树型结构实现文档知识间的联系（详见后文）。

此外，当前许多数据库管理系统（如 DB2、SQL2000）以及消息服务器 Exchange 2000 等都很好地支持 XML；由 W3C、微软、IBM 和 SAP 共同制定的 SOAP 协议（简单对象访问协议）也是以 XML 为核心的，其实质就是用 XML 来编码 HTTP 的传输内容。因此，XML 具有广阔的发展空间，建立基于 XML 的知识地图具有很好的向后兼容性。

本节只对知识定位器基元完成定义并确定将 XML 作为知识定位器描述工具，XML 知识表示的具体细节详见后文。

4.3.2 隐性知识的表示

对隐性政务知识的表示，我们采用两种策略来实现，即面向知识的策略和面向知识载体的策略。其中，前者属直接表示策略，主要致力于隐性知识的外显化和编码，通过基于案例的知识表示和基于 ANN 的知识表示实现；后者属间接表示策略，主要致力于对知识的拥有者——人的有效组织与管理，通过知识地图之专家定位器实现。

1. 基于案例的知识表示

案例（case）是 CBR 系统的基本知识单元，它能够以结构化的方式描述和存储人类认知活动中的过程性知识，尤其适用于表示求解问题的经验性知识。因此，我们将其用于对隐性知识的外显化与表示。

CBR 研究的先驱者 Barletta 认为，简单地讲，案例就是能导致特定结果的一系列特征，或是形成问题求解结构的子案例的关联集合。一个案例由若干个刻画其不同属性的方面（aspect）组成，并由一个权重向量（$\omega = \omega_1，\omega_2，\cdots，\omega_n$）（$\sum_{i=1}^{n} \omega_i = 1$）来表征各个方面的重要程度。每一个权重向量对应于该案例的一个视图。对于案例的组成与结构，Ralph Bergmann 认为案例应包括问题的描述及其求解方案两部分。通过广泛深入地实践，人们发现 Ralph Bergmann 结构说较为简单，不足以支撑 CBR 系统较好地达成预期目标。一般认为，一个结构完整的案例应该包括以下几部分：问题的描述（problem）、问题的求解目标（goal）、问题的求解方案（solutions）以及对求解效果的评价（validity degree）等，如图 4-21 所示。在实践操作中，一个案例的某个（些）方面值可以是另一个案例的名或案例标识。如此，案例集（库）可能具有复杂层次结构。

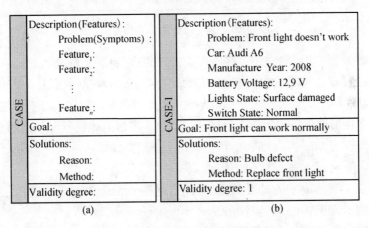

图 4-21　案例的完整结构及其实例

案例是知识表示的一种模式，它将人们求解问题的经验性知识用描述案例的数据结构和案例实例表示出来。它并不是一种全新的知识表示方法，而是在各种传统知识表示方法（如谓词逻辑、产生式、语义网络、框架等）基础上的一级抽象，其实现方法仍基于传统知识表示方法。但具体采用什么样的方法策略或其组合来实现案例表示，有很多不同的观点。由于案例结构性好且其典型结构与框架的一般结构十分接近，目前多数 CBR 系统采用了基于框架的案例表示方法。事实上，案例不仅具有较强的结构性，还具有较强的层次性；面向对象的知识表示方法最适合表达具有层次性结构的知识。因此，将框架与面向对象方法结合起来，在"抽象"策略的指引下，可以更好地实现案例知识的表示，如图 4-22 所示。此时，案例的形式化描述为：

案例:: = 实例案例模版:: = <属性列表，解决目标，解决方案，效果评价 [，子案例列表] [，案例实例列表] >。

```
案例名：
案例指针：(案例的唯一标识)
案例实例：案例实例指针列表
类属方面：Mother-Class：案例指针
            Subclass：案例指针
……
          （其他案例间关联属性 |槽）
问题描述：属性 1：数值、字符或其他类型的值|案例指针
          属性 2：数值、字符或其他类型的值|案例指针
            ……
求解目标：定性 /定量目标描述
求解方案：问题原因：结构化文字描述 |案例指针
          Similar-to：  案例指针
        解决方案：包括顺序、判断（使用属性）、循环和并发结构
                  的结构化描述|案例指针
          Similar-to：  案例指针
有效性指数：由完全未解决到完全解决，取值 [0，1]
```

图 4-22　案例表示结构

通过案例型知识表示方法，在知识工程师的帮助下实现对拥有经验性知识的政府组织一般职员的手工知识获取，此即隐性政务知识的外显化。对于具体案例结构与要素的确定，需要知识工程师与政府组织内的一般职员相配合、协调完成，要兼顾"案例属性所表达的功能"以及"属性值获取的难易程度"这两个方面。

2. 基于 ANN 的知识表示

1943 年，W. McCulloch 和 W. Pitts 提出将神经元看作二进制阈值元件的 M-P 模型，开创了人工神经网络（artificial neural network，ANN）的理论基础。经过半个多世纪起伏跌宕的发展历程，ANN 在理论研究和实践应用方面都进入了相对成熟期。作为 AI 领域的重要分支，ANN 在对人脑组织结构和运行机制进行深入理解的基础之上，模拟其结构和智能行为；它是由多个被称为神经元的简单处理单元（processing unit，PU）按某种方式相互连接而成的计算机系统，能够通过其状态对外部信息的动态响应来实现对知识的表示、存储与处理。

ANN 中的连接权重是知识存储的关键量，对其进行训练、学习和修正的过程即是对知识的获取、表示与存储的过程。目前常用的算法有以下几种。

（1）死记学习。即依据领域经验或推理结果，将权重预先赋值且固定不变。该策略也被称为无导师学习。

（2）δ学习律。其用已有的实例样本对网络进行训练，亦即对权重进行有导师学习。其算法如下：设（X_i，Y_i）为输入/输出实例，其中 $i=1$，2，…，n，X_i、Y_i 分别为 r 维和 s 维向量，即 $X_i=(x_1, x_2, …, x_r)^T$，$Y_i=(y_1, y_2, …, y_s)^T$。$Y'_i=(y'_1, y'_2, …, y'_s)^T$ 为初始权重和输入情况下的网络输出，则某一 PU（记为 q）到 Y_i 的连接权重 w_{qi} 的改变量为：$\Delta w_{qi}=\eta\delta_j V_q$，$\delta_j=F(Y_i-Y'_i)$。其中，$\eta$ 为学习步长，亦称学习律或学习因子，$Y_i-Y'_i$ 为误差，V_q 为第 q 个 PU 的输出，$F(\cdot)$ 一般为线性函数。

（3）自组织学习与 Hebbian 学习律。该策略取两个 PU 之间的连接权重正比于它们的活动值，即 $\Delta w_{ij}=\eta V_i V_j$，其中 V_i、V_j 第 i 和第 j 个 PU 的输出。

（4）竞争学习。网络中某一组 PU 相互竞争对外界刺激模式响应的权力，在竞争中获胜的 PU 其连接权重会向着对这一刺激模式竞争更为有利的方向发展，亦即竞争获胜的 PU 抑制了竞争失败的 PU 对刺激模式的响应。为防止学习过程中的信息丢失，一般会同时允许多个获胜者出现。

（5）相似学习。设第 j 和第 i 个 PU 的连接权重为 w_{ij}，V_j 为第 j 个 PU 的输出，则 $\Delta w_{ij}=\alpha(V_j-w_{ij})$。通过学习，$w_{ij}$ 与 V_j 的值将非常接近。

经过数十年的快速发展，目前 ANN 模型至少有几十种。当前应用广泛、比较成熟的 ANN 有 1985 年美国加州大学的 Rumelhart 和 Meclelland 提出的误差反向传播（error back-propagation，BP）网络和加州工学院 Hopfield 1982 年提出的联想记忆（Hopfield）网络。其中，BP 网络通过网络各层将输入模式向输出层传播（正向），在输出层上确定误差，尔后将误差从输出层向输入层回传并引导权重修正，直至系统总误差最小。BP 网络通过近 20 年的不断完善与改进（如改进误差函数、改进 PU 变换函数、改进网络结构、采用卡尔曼滤波、模拟退火与遗传算法等），基本解决了收敛速度慢、网络麻痹和陷入局部极小等问题，能够以任意精度逼近任意连续函数。对于事物间联系难以描述为明晰函数形式的隐性知识，BP 网络可以较好实现对知识的获取、表示与存储。Hopfield 网络是一种具有相互连接的反馈型网络，根据 PU 变换函数的不同，可分为离散型和连续型两种，前者的变换函数为符号函数，后者为 Sigmoid 函数。该网络通过向量外积（outer product）静态联想记忆方法确定连接权重，权重确定后不再变化，此时一旦输入某个样本，网络就不断演化，直至系统达到状态空间的稳定状态，此即网络的输出状态，亦即输入模式的联想输出。Hopfield 网络是一种反馈动力学系统，具有较强的计算能力和稳定性（回忆）。

与传统知识表示方法、知识处理系统不同，ANN 具有以下特征。

（1）知识隐式表示、分布存储。ANN 不是将知识显式表示后组织并存储于各种形式的知识库中，而是将有关某一问题的若干知识隐式表示并分布地存储在同一网络各连接权重中。网络中的权重代表了知识的当前状态；各样本实例所蕴涵的知识分布地存储于网络的许多记忆单元——权重上，并能较好地实现知识共享。

（2）系统具有自组织与自学习能力。ANN 可以从输入的大量实例样本中自动提取隐性知识，并伴随新的样本训练（学习）过程更新网络中的相关参数以实现对隐性知识的更新过程。显然，这将有助于解决传统基于知识系统的知识获取瓶颈问题。

（3）系统可维护性好。基于 ANN 的系统进行知识修正的过程就是用新的实例样本重新训练网络的过程，不再或很少对网络的系统结构再作新的调整。

此外，相对于传统知识表示方法，ANN 还具有其他一些特征，如表 4-8 所示。ANN 的可解释性差是它相对于传统知识表示方法的主要不足之处。这是因为在 ANN 中，知识是以权值方式分布于整个网络的连接上，网络实际上是一个黑箱，难以解释具体的推理和决策过程。

表 4-8　ANN 与传统知识表示方法比较

比较方面	传统知识表示方法	基于 ANN 的知识表示方法
适于知识形态	显性知识	隐性知识
知识存储方式	以集中为主	分布存储
知识推理方法	符号逻辑	数字联想
知识处理方式	以序列处理为主	并行处理
知识系统状态	闭合系统	自组织系统
系统可维护性	差或较差	相对容易
系统容错性能	差或较差	良好
输出可解释性	好	较差
知识系统驱动	以明晰知识驱动系统	以实例样本驱动系统

基于 ANN 的上述特点，将 ANN 作为对传统知识表示方法的有益补充，用来实现对蕴涵在海量政务数据中的 II 型隐性知识（详见后续章节中"知识谱线中的样本型知识"）的表示/获取。鉴于 BP 网络理论的成熟性与应用的广泛性，一般以 BP 网络通过 δ 学习律来实现。

3. 知识地图之专家定位器

知识地图之专家定位器是用来实现电子政务系统对未外显化隐性政务知识的

间接组织与管理功能的有效工具。此处的"专家"有别于其传统意义，泛指组织内任何隐性知识的拥有者，如拥有某种经验或技能的人。

专家定位器描述了"某项技能（经验）由什么人所拥有"的知识，其意义在于以下几方面。

（1）能够使知识用户方便地检索到拥有某项技能或经验的专家（行家里手），进而与其联系并通过交流、合作等方式获取所需的隐性知识。

（2）组织知识管理团队通过专家定位器可全面、准确地把握员工知识结构及员工流失对组织知识资产的具体影响，利于更好地做好人力资源管理工作。

（3）有助于发现组织内部能有效促进学习的非正式团体，以便给予积极引导与有效管理。

（4）有助于对组织知识资产的管理和评价，为员工知识贡献等级测度及知识项目评估提供指导。

（5）通过专家定位器可以方便地将有业务关系的职员联系在一起，有助于职员间的协同工作。

知识定位器基元（元知识）可作如下定义：

MK∷＝｛知识ID，所属领域，知识主题，知识拥有者ID，姓名，性别，年龄，所属部门，职称，职务，电话，电子邮件，知识贡献等级，实践项目ID，总体应用效果，相关知识ID/相关专家ID｝。

在上述中，知识ID是电子政务系统赋予每个知识单元在整个知识库范围内的唯一标识；所属领域按组织业务职能种属划分，如税收、财政、公安、交通等；知识主题以关键字的形式刻画该知识特征与内容；知识拥有者ID、姓名、性别、年龄、所属部门、职称、职务、联系方式和知识贡献等级等表征了拥有该知识的"专家"信息；实践项目ID指曾经应用该知识的项目标识，通过其可以进一步获取有关该知识应用的详细信息；相关知识ID/相关专家ID体现了不同知识单元间联系，依专家定位器构建策略的不同而异。

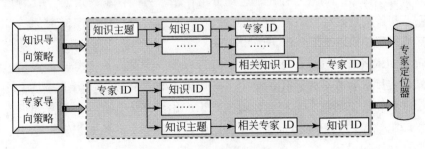

图4-23　专家定位器构建策略

专家定位器的构建可以基于两种策略，即知识导向或专家导向策略，如

图 4-23 所示。实践操作中，以知识导向策略为主，专家导向策略为辅，两种策略同时采用。此时，其知识基元中同时具有"相关知识 ID"与"相关专家 ID"两个关联属性。同知识定位器一样，专家定位器也采用 XML 进行描述和存储，具体技术细节见后续章节。

知识地图（包括"知识定位器"和"专家定位器"）构建与维护过程中要注意以下几点。

（1）深刻认识并有效把握知识的时效性，知识地图要伴随知识链各环节活动的展开作动态更新。

（2）尊重职员的隐含知识和个人知识，地图覆盖边界要恰当，以避免伤害职员个人情感。

（3）与电子政务系统安全机制相结合，防止组织核心知识外泄以及不适当的知识访问。

4.4　政务知识求精

初步获取的知识由于主客观因素的限制，难免会出现各种缺陷（如知识噪声、结构不完全、知识间不一致）甚至错误；初步构建的知识库难免会出现蕴涵、矛盾、冗余等问题，这些将直接影响电子政务系统的推理能力与后继的知识应用效果。于是，人们通常在知识获取的末端附一个知识求精的过程。Buchanan 等提出知识获取的主要步骤包括知识识别、概念化、形式化、实现、测试和初始知识模型的修改。Kidd 等从心理学角度提出知识获取三步曲，即领域知识基本结构的识别、细节知识的抽取、知识库的调整与求精。Ginsberg 等把知识获取分为两个阶段：初始知识库抽取和初始知识库求精。因此，广义上讲，知识求精（knowledge refinement）是知识获取的必要步骤。通过知识求精，实现对初步获取知识的验证、修改、删除与补充，达到去粗存精、去伪存真的目的。AI 领域的实践表明，初始知识库求精后可以显著地提高系统性能，如利用知识求精系统 SEEK2 对诊断风湿病专家系统 EXPERT 的知识库求精后，其诊断正确率提高了 21.2%。

政务知识具有内容广泛性和类型多样性特征。因此，大部分知识求精过程将通过知识应用过程在效果反馈的导引下，以人工方式完成。实际上，基于此意义的知识求精与本书后续章节将要讨论的知识进化具有相合之处。政务知识应用以及基于应用效果的知识求精始于知识获取阶段，贯穿于整条知识链，是一个长期的、循环往复的过程。

此外，对于规则知识，我们借鉴 AI 领域有关知识求精的研究成果，提出了自动知识求精的两种思路，即基于遗传算法的知识求精和基于 ANN 的知识求精，仅供读者参考。

4.4.1 基于 GA 的知识求精

遗传算法（genetic algorithms，GA）是 AI 领域的重要分支，其典型算法结构如图 4-24 所示。笔者将其引入电子政务系统模型，用于对规则政务知识的求精（rules refinement，RR）过程。

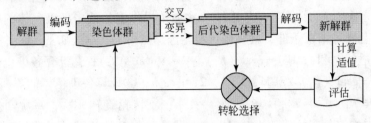

图 4-24　GA 算法结构

用 GA 的传统二进制编码表示规则会产生编码过长和固定编码长度问题。因此，通常的做法是，抛弃传统二进制编码而以规则本身作为染色体，以规则前件和后件的相关事实为基因进行编码。如此编码不仅解决了前述问题，而且方便直观、实用性强和易于理解。由于变异操作会产生无实际意义的规则，所以将其省略。遗传池用来存储 GA 解群，初始为空。原始优种选择指从原始规则库选择优良规则并存入遗传池。一般认为优良规则满足如下特点：前件简单、后件单一、使用频率高、置信度高。

通过上述改进与变化，基于 GA 算法策略的政务知识求精流程如图 4-25 所示。

对原规则库中的每一条规则的前件用遗传池中的规则进行前向推理并与原规则结论比较，如结论都一样，则表明遗传池规则集已经完整；如不一样或无规则匹配（无结论），则表明遗传池规则集尚不够完整，需补充新规则。规则补充应该在知识工程师和知识拥有者共同配合下完成，以确保规则有意义。完成补充插入的遗传池构成了进行遗传操作的原始解群。

将原规则库中的每一条规则与遗传池进行匹配，根据遗传池中各染色体 R_k 的响应程度计算其适值，

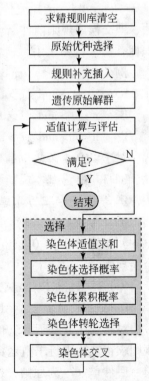

图 4-25　基于 GA 规则知识
求精算法流程

eval（R_k）$=f$（·），$k=1$，2，…，n，（n 为遗传池中染色体数目）。具体操作中，一般采用如下策略：①矛盾规则和错误规则除外，被激活的规则适值增加，未被激活的规则适值不变；②得到同一正确结论的多个规则，前件简短者比前件复杂者适值增加幅度大；③对于相同前件得出不同结论的矛盾规则，由知识拥有者（专家）进行判别，增加正确规则的适值，减小错误规则的适值；④对于被激活的基本规则（见例1），亦即能够激活其他规则的规则，给予较大的适值增幅。

GA 规则求精的结束条件是连续几次遗传操作遗传池中各染色体的适值保持不变。没有满足结束条件，就要进行转轮选择操作，其算法如下：①计算遗传池中染色体适值总和：SUM $=$ eval（R_1）$+\cdots+$ eval（R_n）；②计算各染色体的选择概率：$P_k=$ eval（R_k）$/$SUM，$k=1$，2，…，n；③计算各染色体的累积（选择）概率：$S_k=P_1+\cdots+P_k$，$k=1$，2，…，n；④转轮旋转 n 次，每次产生一个在 $[0,1]$ 内均匀分布的伪随机数 d，并根据 d 值与 S 的比较结果选择染色体。其选择策略有两个：当 $d\leqslant S_1$ 时，选择遗传池内的第 1 个染色体；当 $S_{k-1}\leqslant d\leqslant S_k$，且 $2\leqslant k\leqslant n$ 时，选择遗传池内的第 k 个染色体。染色体交叉采用单断点左交叉法，即交换两规则前件断点左边的事实命题，互换后的规则有效性及置信度由知识拥有者（行家里手、领域专家）评判给出（例2）。

例1 R1：if＜a＞and＜b＞and＜c＞then d（P1）；

R2：if＜a＞and＜e＞then f（P2）；

R3：if＜b＞and＜f＞then g（P3）；

R4：if＜c＞and＜e＞and＜g＞then h（P4）。

对于以上 4 条规则，R1 和 R2 被激活，将随即激活 R3，继而激活 R4。如此，R1 和 R2 为基本规则。

例2 对于4.2.3节基于 RS 知识获取实例的结果集中的确定性规则

Rule2：IF（C1＝1）AND（C2＝0）THEN D＝1；Rule3：IF（C2＝1）AND（C4＝1）THEN D＝0，设断点为1，采用单断点左交叉法做交叉操作后得到的两个新规则为：

Rule2：IF（C2＝1）AND（C2＝0）THEN D＝1；

Rule3：IF（C1＝1）AND（C4＝1）THEN D＝0。

对4.2.3节基于 RS 知识获取实例的结果集中的确定性规则按上述基于 GA 规则求精算法进行求精运算。因为是确定性规则集，故原始优种选择以"前件简单、后件单一"为原则，选择 Rule2、Rule4 和 Rule5 进入遗传池；尔后补充、插入 Rule1。由于该原始原则集规模甚小且规则结构简单，很容易得到求精结果集：

Rule1：IF（C1＝1）AND（C2＝0）THEN D＝1；

Rule2：IF C1＝0 THEN D＝1；

Rule3：IF C4 = 1 THEN D = 0；

Rule4：IF C2 = 2 THEN D = 2。

4.4.2　基于 ANN 的知识求精

在 AI 领域，将 ANN 用于知识求精已经有比较长的历史了。早在 1990 年，Towell 和 Shavlik 就提出将基于知识的人工神经网络（knowledge-based artificial neural network，KANN）用于知识求精，并通过实例证明基于 KANN 的知识求精方法比纯符号求精系统效果更好。但 KANN 在学习时不能改变网络的拓扑结构，因而不能向不完全的规则集增加新的规则。于是，1993 年 Fu 提出了与 KANN 类似的基于知识的概念神经网络（knowledge-based conceptual neural network，KCNN）用于知识求精，并指出当网络训练不收敛时可人工在指定的隐含层上增加新结点。在国内，一些学者也在该领域展开了较为深入的研究。例如，刘璟、陈统坚等提出用模糊神经网络对初始规则集求精；王继成提出了基于符号神经网络的知识求精策略。

基于前人研究成果，我们设计了电子政务系统基于 ANN 的政务知识求精流程，如图 4-26 所示。其中，规则预处理指对各初始规则进行标准化改写，从而使其适于构建初始 ANN。其具体做法是：将析取式规则分解为若干合取式规则；对于初步改写后的具有相同结论、不同条件的多条规则，通过设置中间结论使其由并行关系发展成为层次关系。例如"IF（C1∧C2∧C3）∨（C4∧C5）THEN D"，首先将其改写为结论相同的两条规则："IF C1∧C2∧C3 THEN D"和"IF C4∧C5 THEN D"；然后分别设立两个中间结点 D1 和 D2，并进一步分解为："IF C1∧C2∧C3 THEN D1"和"IF D1 THEN D"以及"IF C4∧C5 THEN D2"和"IF D2 THEN D"。

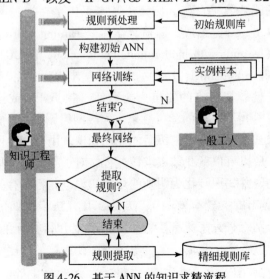

图 4-26　基于 ANN 的知识求精流程

构建初始 ANN 指将改写后的规则映射到 ANN 的过程，具体映射关系如图 4-27 所示。按此对应关系构建的初始 ANN 为一个多层全互联网络。构建初始 ANN 时，需要相应地增加网络隐层结点，并且将这些新增结点的连接权重初始化为零。有学者指出，在网络训练前对所有连接权重和阈值赋予一个摄动值，效果会更好。网络训练是用一线业务员工提供的实例样本对初始 ANN 进行学习的过程。学习算法采用传统的 BP 算法，但学习过程较传统有所改进，即在一个学习阶段结束后对网络的拓扑结构进行调整，包括结点、连接权重和阈值的增加、修改和删除等操作，这些操作分别对应了规则的补充、修改与删减。当每次训练到网络误差变化稳定后，在各隐层增加该层一定比例（如 5%）的新结点，将其与邻层结点设置为全互联并赋予随机的较小权重。然后，进入下一阶段的学习，直到网络误差达到期望水平（满足训练结束条件）才结束训练过程。

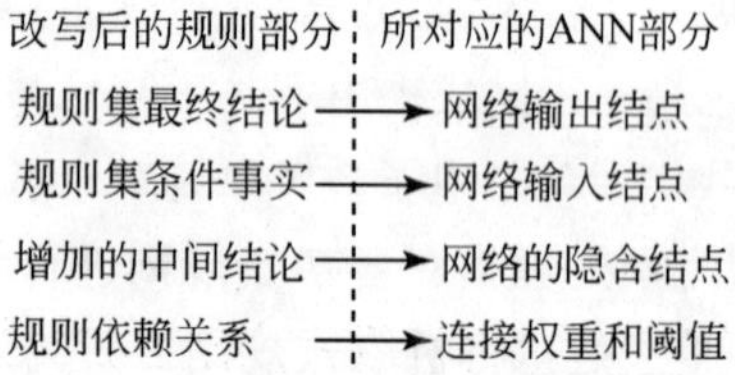

改写后的规则部分 ┊ 所对应的 ANN 部分
规则集最终结论 ──→ 网络输出结点
规则集条件事实 ──→ 网络输入结点
增加的中间结论 ──→ 网络的隐含结点
规则依赖关系 ┄→ 连接权重和阈值

图 4-27　规则与 ANN 对应关系

动态增加的新结点可能导致无意义的规则知识。因此，在网络收敛后要进行相应的结点和连接的删减操作。目前，ANN 结构学习的删减算法已经很多，其中 Ishikawa 提出的遗忘结构学习算法（structural learning with forgetting，SLF）对多余结点和连接的删减效果良好。该算法基本思想是在神经网络的均方差 MSE 上增加惩罚项，其由 3 部分组成，即遗忘学习（learning with forgetting，LF）、隐含结点澄清学习（learning with hidden units clarification，LHUC）和选择遗忘学习（learning with selective forgetting，LSF）。SLF 算法步骤为：用 LF 得到一个骨架网络结构；用 LHUC 使隐含结点的输出为全激活（接近 1）或全抑制（接近 0）；同时用 LSF 和 LHUC 得到更好的学习效果。完成网络删减后，得到最终网络。

最终网络以隐式方式存储了求精后的规则知识。由于神经网络表示与存储知识有其自身优点，所以可以就此结束求精过程。对于有规则提取要求的，则要将最终网络所蕴涵的隐性知识转化为明晰的规则知识，并将其存入精细规则库。关于规则提取，Fu 提出的比较有效的 KT 方法，其算法步骤如下：对于每个结点 Y，将 W^+ 和 W^- 分别定义为其所有正输入权值的集合和所有负输入权值的集合，X_i^+，X_i^- 分别定义为通过权重 w_i^+，w_i^- 与结点 Y 相连接的前层结点，则若其某部分正输入权值（$\{w_1^+, w_2^+, \cdots, w_n^+\} \subseteq W^+$）之和加上除某部分负输入权值

（$\{w_1^-, w_2^-, \cdots, w_m^-\} \subseteq W^-$）以外的任何权值之和均大于其阈值，则产生如下规则：IF $X_1^+ \wedge X_2^+ \wedge \cdots \wedge X_n^+ \wedge \sim X_1^- \wedge \sim X_2^- \wedge \cdots \wedge \sim X_m^-$ THEN Y；若其某部分负输入权值（$\{w_1^-, w_2^-, \cdots, w_m^-\} \subseteq W^-$）之和加上除某部分正输入权值（$\{w_1^+, w_2^+, \cdots, w_n^+\} \subseteq W^+$）以外的任何权值之和均小于其阈值，则有：IF $X_1^- \wedge X_2^- \wedge \cdots \wedge X_m^- \wedge \sim X_1^+ \wedge \sim X_2^+ \wedge \cdots \wedge \sim X_n^+$ THEN Y。

综合前面讨论的规则政务知识全自动获取与求精算法策略，对其进行组合，可得到如图 4-28 所示的四种实施方案。规则政务知识初步获取两种方法与规则政务知识求精两种方法可以实现四种序列组合方案，即"基于统计推理的知识获取→基于 GA 的知识求精"、"基于统计推理的知识获取→基于 ANN 的知识求精"、"基于 RS 的知识获取→基于 GA 的知识求精"和"基于 RS 的知识获取→基于 ANN 的知识求精"方案。方案丰富且均引自 AI 领域的成熟技术，从而保证了电子政务系统的知识自动获取与求精的系统效能。

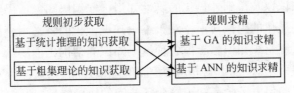

图 4-28　规则政务知识全自动获取与求精方案

4.5　政务知识存储

在 AI 领域，对知识存储结构已经有了长期、深入的研究。然而，这种研究往往是针对单一知识形态的独立讨论，没有覆盖整个知识类型空间，更缺少不同知识类型间在存储策略上的协同分析；而且，AI 领域的相关研究往往只注重技术细节的实现，缺少相关管理策略的支持，而这对系统性能的发挥，尤其对隐性知识的有效组织与管理相当重要。在知识管理领域，现有的 KMS 模型对知识存储未予重视，即便对知识存储策略进行讨论，由于知识范畴模糊，其在知识存储策略上往往只对显性知识的个别形态（类型）进行讨论，对隐性知识则更缺少相应有效的存储与组织策略。以知识链为中心的电子政务系统只有当其在各结点的性能均达到优化并实现协同，才能保障系统的整体效率和有效性；政务知识存储是知识链上的重要一环，所获取的政务知识只有被有效的存储与组织，知识链的后续环节才能良好运作、充分发挥效能。

4.5.1 政务知识存储策略

在充分分析 AI 领域以及现有 KMS 模型在知识存储方面的研究现状与成果后，我们提出政务知识存储策略：坚持系统性、集成性和智能性原则，借鉴 AI 领域相关研究成果，针对电子政务系统知识疆界内的各种知识类型，将覆盖知识结构化维度全空间的各种知识存储技术与方法相集成；将知识存储环节与其在电子政务知识链上的前驱和后继结点相集成；将针对编码知识的直接存储与针对非编码知识的间接存储相集成；将先进的 AI 技术与有效的管理策略相集成；从而确保电子政务知识存储子系统的效率和有效性。

前面，在"政务知识表示"一节，我们针对表示前政务知识的明晰度分别展开研究；本节，我们将按完成知识表示后的知识状态（编码知识与非编码知识）分别讨论政务知识存储问题。其中，编码知识指以特定表示方法实现编码和格式化的显性知识以及得到外显化的隐性知识；非编码知识指仍然以间接方法表示、依旧没有外显化的隐性知识。对于编码知识，我们将采用直接存储策略，并针对电子政务系统组织知识疆界内各种编码知识的结构化程度给予分别研究；对于非编码知识将采用 AI 技术与相应管理策略相结合的方式，研究其间接存储策略。此外，为了确保电子政务知识链各环节间的协同特性以及电子政务系统的整体序，政务知识存储亦要考虑与其在知识链上的前驱结点（主要指知识表示）和后继结点（主要指检索）的有机集成。其中，前者主要表现为知识表示方法与编码策略对知识子库类型与结构的制约作用；后者则表现为，在知识子库设计方面充分考虑到知识检索算法与索引策略对其物理存储结构的反向要求，以降低不良知识库结构对知识检索算法与索引策略的桎梏效应。

1. 知识抽象层次

借鉴数据库系统的三级模式结构，可将政务知识相应地抽象为三级模式结构，如图 4-29 所示。其中，知识外模式（亦称用户视图）指知识的自然存在形态，是知识用户所看到和使用的局部知识的结构与特征描述；知识模式（亦称"概念视图"）指采用某种知识表示方法对自然存在形态的知识加以表示，所得到的独立于用户使用和具体知识系统实现方式的知识形态，是对某一知识范畴全局性结构与特征描述；知识内模式（或物理视图）指对于既定知识模式，为实现将知识存储于各种形态的知识库而采取的合适的组织策略与存储结构，它是政务知识在电子政务系统知识库内的存在方式。在三级知识模式间相应地存有两级映像：外模式与模式间的映像以及模式和内模式间的映像。其中，外模式和模式间的映像由知识工程师与组织一般职员通过政务知识获取与表示过程协

作完成，详见本章前述内容；知识模式和内模式间的映像则正是本节要讨论的
主要内容。

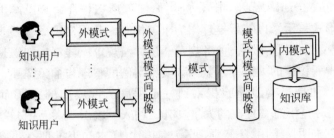

图 4-29　政务知识的抽象层次及其关系

如图 4-30 所示，知识模式到内模式间的映像体现了其知识存储与知识表示
相匹配、相集成的思想。在政务知识表示方面，我们对显性知识和隐性知识给予
了综合考虑，对显性政务知识给予直接编码；对隐性政务知识则一方面通过将其
外显化后给予编码，另一方面对未实现外显化的大部分隐性知识则通过知识地图
之专家定位器给予间接表示。相应地，政务知识存储将基于知识表示基础，引入
AI 领域相关成果，对编码化的政务知识采用直接存储策略；对于非编码化的政
务知识则采用间接存储策略，或通过相应组织策略将其转化、固化为团队能力或
组织能力。

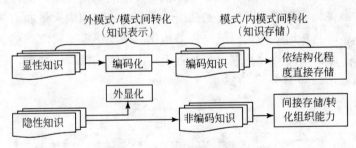

图 4-30　知识表示与存储间关系

2. 编码知识的结构化维度划分——知识谱线

知识谱线（knowledge spectrum）是按知识的结构化维度对知识进行的分类与
归级，由华中科技大学的肖人彬首先提出，东华大学朱明博士沿用了这一概念并
作进一步讨论。他们的知识谱线观认为，样本型知识、符号型知识、数量型知识
在结构化维度上从低到高覆盖了人类的整个知识空间，如图 4-31 所示。其中，
数量型知识将所描述的对象抽象为数学模型，以数量表示知识、以数据运算反映

知识推理和应用，其用户视图主要表现为企业生产运作、管理决策过程中的各种决策模型（如市场预测模型、库存控制模型、厂址选择模型等）；符号型知识与早期专家系统（expert system，ES）的主体知识形态相合，多以产生式、框架和语义网络等形式表示，以符号推理作为求解机制，其用户视图主要表现为组织内的各种规章制度、操作流程、业务规范、法律法规等；样本型知识是对组织在实际运作过程中所积累的大量样本数据和实施案例的整理与抽象描述，朱明又将其分为两种：一种是当实践经验积累到一定程度后形成质的飞跃而产生的案例（case）；另一种是汇总整理成的大量具有"输入－输出"关系的样本数据，知识则蕴于其中。朱明博士用 ANN 学习算法来解决样本知识推理，并将其用于金融决策和对企业贷款信用评价当中。

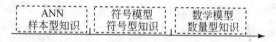

图 4-31　肖人彬和朱明的知识谱线

上述知识谱线结构将案例归于样本型知识有失妥当，原因不仅在于案例型知识的结构化程度与简单的样本数据大相径庭，也在于两者间的表示方法和推理机制亦存有明显差异。案例型知识表示方法如前所述，具有较高的结构化程度；其推理机制是基于相似类比的推理，并通过 CBR 系统来实现。因此，在知识谱线中应该将案例型知识独立出来，并至于知识谱线的高结构化端。此外，知识以数据和信息为载体，在电子政务实施的初级阶段，政府组织内大量的政务知识以文档形式存在，并且短时间内难以进一步结构化。因此，需要将文档型知识纳入知识谱线，因其较低的结构化程度而将其置于知识谱线的低端。如此，比较完备的政务知识谱线结构如图 4-32 所示。

图 4-32　政务知识谱线

政务知识谱线从知识结构化维度上覆盖了电子政务系统组织知识疆界内的所有编码知识。各类编码化政务知识的物理存储结构需要与其表示方法相匹配。通过"政务知识表示"一节我们知道，不同结构化程度知识的表示方法存在差异，致使其相应的存储策略与物理结构亦有不同，主要表现为所对应知识子库的类型特征差异。在电子政务知识存储子系统中，文档型知识、样本型知识、符号型知识、案例型知识和数量型知识将分别对应于文档知识库、人工神经网络（ANN）、规则库、案例库和模型库，各种知识子库对应于各自不同的存储策略与物理结构。各知识子库间要有相应的协同机制，以确保最终集成化政务知识库的整体性能。知识地图之知识定位器横贯各知识子库，在知识库全局高度上揭示组织内各种编码知识资源的总目录及各知识类别、层次之间的关系。

4.5.2 编码化政务知识的存储

1. 文档知识库

实际运作中，电子政务以及企业 KM 实施初期的大部分知识都是以文档形式存放的，如 Word 文档、电子邮件、Web 页面等。正因为如此，我们在政务知识谱线低端增加了文档型知识。然而，由于这类政务知识的半结构或非结构化特点，对其进行有效存储、搜索和管理一直是个难点。IBM 公司 Lotus 事业部的 Notes 产品系列问世后，很多人看到了希望，纷纷提出基于 Notes 的文档管理系统甚至是基于 Notes 的 KMS 模型。然而，在电子政务系统中直接引入 Notes 产品系列管理文档知识，不仅会大大增加项目的实施成本，而且其不能实现对知识谱线的全空间管理；并且，作为成型产品其与电子政务系统中的其他组分件存在建模与实施的时间差，不可避免地会与电子政务系统其他组分之间存在协同问题，从而影响了电子政务系统整体性能的有效发挥。

针对上述问题，我们放弃基于 Notes 产品系列管理文档型政务知识的方法，代之以基于 XML 的文档知识库实现对文档型政务知识的存储与组织。XML 的诞生与发展在 IT 领域引起了不小的震动，曾被认为是计算机科学领域继 ASCII 码后的又一突破性进展。它以高度的自描述性、可扩展性、结构性和异构性等特征，得到了泛 IT 领域理论界与应用界的双重认可。著名 XML 专家 Elliotte Rusty Harold 讲，通过 XML 可以向低结构化的文档知识增加结构。我们可以通过文档类型定义（document type definitions，DTD）定义文档的结构和语义，通过 XML 存储文档数据，通过可扩展样式语言（extensible style language，XSL）或级联样式单（cascading style sheets，CSS）制定文档的外观表现，使得文档的内容与表现分离、录入工作与维护工作分离，从而提高了对文档知识进行管理的效率和有效性。当将文档型政务知识转化为基于 XML 的 Web 页面时，搜索引擎将能够返回更为集中、更为有用、针对性更强的结果集。智能代理（agent）能够更为高效地搜索整个 Web 空间并找出所需要的信息或知识。基于 XML 的文档型政务知识的表示与存储在实现文档结构化的同时，也使 Web 从基于 HTML 的无序信息海洋变为基于 XML 的结构化、可搜索、可理解的文档知识保存地。

基于 XML 的文档知识表示与存储需要遵循 XML 两级标准,即结构完整性与合法性。XML 处理器只接受结构完整的 XML 文档,不满足该标准的 XML 文档不能被正常读取和显示。因此,结构完整性标准是基本要求。结构完整性标准主要包括:①以 XML 声明作为文档的开始;②含有数据的元素必须有起始标记和结束标记;③空标记元素必须以 / > 结束;④文档只能有一个根元素;⑤元素定义可以嵌套但不能交叉;⑥各种标记必须符合相应命名规范等。

合法性标准要求 XML 文档按规定顺序包含需要的所有元素,且不包含未经声明的任何元素。DTD 规定 XML 文档的元素清单、属性、标记、文档中的实体及其相互关系,遵守 DTD 规则的文档即是合法文档。通过 DTD 可以把以前只有通过约定才能遵守的约束条件付诸实施;DTD 很保守,没有明确允许的就是禁止的。同时遵循结构完整性和合法性的 XML 文档,XML 处理程序才能将其转换为元素的树状结构,再由语法分析程序将树状结构或树的结点传送给用户端应用程序(如 IE)。

DTD 可以包含在其所约束的 XML 文档中,也可独立产生外部 DTD 文件并存储于 Web 服务器以便被不同文档或应用所共享。对于后一种情况,要时刻意识到此时 DTD 的改变会自动传递给被它所约束的所有文档。改变 DTD 一般要重新检查文档的合法性,并对 XML 文档作相应调整。此外,通过使用外部参数实体引用,可在 XML 文档中使用在不止一个 DTD 中声明的元素。

一般文档的 XML 表示与存储可以通过如下步骤实现。

(1)对组织内某一业务领域中的文档作结构分析,抽象并提取该领域某一类文档的共同属性(如标题、作者、类别)和结构。

(2)通过 DTD 定义这类文档的通用标准和标记集,并以树型结构表明各个知识片段间的彼此联系。

(3)基于 DTD 制定的标记与结构,实现一般文档到 XML 文档的转化。

图 4-33 是某一类文档的 DTD 示例,其指定了将该类文档转换为 XML 文档存储时所需而且必须引用的标记以及文档的结构,如必须有一个 TITLE 子元素、一个或多个 AUTHOR 子元素、有或没有 SUBTITLE 子元素等。当建立起组织内某一子领域文档类型的 DTD 后,实现一般文档到 XML 文档的转化,只需要知识工程师对组织内一般业务职员进行很少的培训与练习后,就可使其迅速掌握转化与编写要领,并使其速度"几乎与文字输入速度一样快"。因此,通过基于 XML 的 Web 页存储组织内的文档型知识不仅易于实现,而且效率很高。图 4-34 演示了相应于前述 DTD 的 XML 文档结构及 DTD 声明。

```
<!ELEMENT TITLE (#PCDATA)>
<!ELEMENT  SUBTITLE (#PCDATA)>
<!ELEMENT AUTHOR (#PCDATA)>
<!ELEMENT DATE (#PCDATA)>
<!ELEMENT PAGES (#PCDATA)>
<!ELEMENT ABSTRACT (#PCDATA)>
<!ELEMENT KEY -WORDS (#PCDATA)>
<!ELEMENT CLASS (#PCDATA)>
<!ELEMENT ISBN (#PCDATA)>
<!ELEMENT TEXT (SECTION+, #PCDATA )>
<!ELEMENT SECTION (SEC -TITLE, PARAGRAPH+ )
<!ELEMENT SEC -TITLE (#PCDATA )
<!ELEMENT PARAGRAPH (#PCDATA )
<!ELEMENT REFERENCE (ID, AUTHOR+, TITLE,
SOURCE, DATE, VOL, NO, PAGE)
……
<!ELEMENT DOCUMENT(TITLE,SUBTITLE?, AUTHOR+,
 DATE*, PAGES, ABSTRACT, KEY -WORDS+, CLASS,
 ISBN , TEXT, REFERENCE+)>
```

图 4-33 DTD 示例

```
<?xml version="1.0" standalone="no"?>
<?xml-stylesheet type="text/xsl" href=" D
ocument.xsl"?>
<!DOCTYPE DOCUMENT  SYSTEM "
Document.dtd">
<DOCUMENT>
   <TITLE>
      辖区内中外合资企业统计信息
   </TITLE>
   < SUBTITLE/ >
   <AUTHOR Tel= "65986666" E-mail=
   "km_hr@tjkm.com">
      工商行政管理局
   < /AUTHOR >
   <DATE>
      2008/3/31
   </DATE>
   ……
</DOCUMENT >
```

图 4-34 XML 文档示例

XML 通过两种方案实现内容与表现的分离：其一，"XML + CSS"形式；其二，"XML + XSL"形式。通过这两种形式，使得 XML 文档更容易维护和处理。XML 文档只负责文档型知识的存储，最终呈现在用户端的知识外观样态则由 CSS 或 XSL 决定，如图 4-35 和图 4-36 所示。如此，对于同一文档型政务知识，可以根据用户的不同需要，以不同的文档视图呈现给用户。虽然 CSS 比 XSL 具有更为广泛的支持（Internet Exploer 5.0 和 Mozilla 5.0 便能很好地支持 CSS Level1 和部

```
DOCUMENT {font -size:24pt; color:black;
            background -color:white}
TITLE  {display:block;color   :red; font -size:
         30pt;text-align:center;font -weight:
         bold; text -align:center}
SUBTITLE  {display:block;color:black; font -
         style:italic; font -size:24pt;}
AUTHOR  {color:blue; font -size:20pt; font -
         weight:bold;}
DATE    {display:block;}
PAGES   {display:block;}
ABSTRACT   {display:block;color:black; font -
         size:24pt;}
KEY-WORDS  {display:block;color:blue;
         font-style:italic; font -size:18pt;}
CLASS     {display:block;color:black;font -
         size:18pt; font -weight:bold; }
……
```

图 4-35 CSS 示例

```
<?xml version="1.0" ?>
<xsl:stylesheet  xmlns:xsl="http://www.w3.org/TR/ WD-xsl">
<xsl:template match="/">
<html>
   <head>
      <title>
      <xsl:for-each select=" DOCUMENT ">
         <xsl:value-of select=" TITLE "/>
         <hr></hr>
      </xsl:for-each>
      </title>
   </head>
   <body >
   ……
   </body>
</html>
</xsl:template>
</xsl:stylesheet>
```

图 4-36 XSL 示例

分 CSS Level2），也更为成熟，但 XSL 在功能上比 CSS 要强大得多，其代表着未来发展的方向。电子政务实施中的文档型政务知识的表现方法通过 XSL 实现。XSL 指令能够提取存储于 XML 文档中的任何数据，包括属性值和子元素数据，如上例中的标题、作者等。

电子政务系统的文档知识库负责存储和组织各种文档型政务知识。它可以直接用转换得到的大量基于 XML 的 Web 页构建基于 Web（全部为 XML 文档）的数据库；也可以利用 XML 与数据库可以协同工作的特点，将实际数据（如属性值）保存在关系数据库（relational data base，RDB）的多个表中，然后生成 XML 文档。第二种方法尤其适用于较大型的应用，可以从关系数据库中移出数据或把数据送往目标数据库，甚至可以用适当的 DTD 利用 XML 作为中间格式来转换不同格式的文档。

2. 人工神经网络

对蕴涵在样本数据中的样本型政务知识通过 ANN 的形式实现存储与维护。事实上，这已经成为 AI 领域的一个产业化分支。本书中的电子政务系统实施将直接引入 AI 领域的既有成熟成果实现对样本型政务知识的存储与组织。

与传统知识处理系统不同，ANN 中的知识是隐式、分布存储的。它不是将知识显式组织并存储于各种形式的知识库，而是将有关某一问题的若干知识通过 ANN 各神经元间的连接权重分布地存储在同一网络中，网络中的权重代表了系统知识的当前状态。ANN 权值分布决定于网络的拓扑结构，亦即神经元间的互连结构。几十年的研究与实践发展成了 ANN 的多种拓扑结构，按网络层次进行归类可将其划分为单层、双层和多层网络结构。其中，前两种拓扑结构是早期 ANN 的主要互连模型；现在 ANN 模型则多是三层或三层以上结构，一并称之为多层网络结构。考虑到样本型政务知识的复杂性，电子政务系统模型将引入 ANN 多层网络结构。

电子政务系统的多层 ANN 网络结构可按功能划分为一个输入层（input）、一个输出层（output）、一个或多个中间层（隐层）。其中，输入层神经元接受输入模式（样本数据），并在 ANN 反应函数作用下将输入模式向隐层传递；隐层是 ANN 模式变化能力的实现层，通过隐层的内部处理，将模式传递给输出层并由其输出。

多层网络按内部反馈情况又可设计为多层前向网络（图 4-37（a））、多层侧抑制网络（图 4-37（b）和（c））和多层反馈网络（图 4-37（d）和（e））以及全互连网络。BP 网络是典型的多层前向网络，其模式变化由网络各层向前逐层推进完成；网络只具有指向下一层的连接弧，不具有同层间及向上一层的连接方式。多层侧抑制网络允许中间层和输出层的同层神经元间存在连接，以实现同层神经元间的横向抑制或兴奋机制，从而有效控制同层神经元被激活的数目；其又可分为两类，即同层神经元的互连仅限于与其邻居神经元的连接（图 4-37（b））以及同层的任意两个神经元间都存在相互连接（图 4-37（c））。多层反馈网络包括图 4-37（d）所示的"输出 – 输入"反馈型网络和图 4-37（e）所示的邻层反馈型网络，该类型网络的输出由当前输入和前期反馈共同决定。

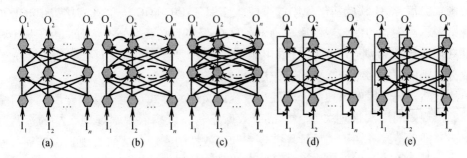

图 4-37　政务知识存储之 ANN 拓扑结构

　　全互连网络是 ANN 领域新近提出的进一步接近人脑神经系统结构的拓扑结构。在该结构中，网络中的任意两个神经元之间都存在连接路径。图 4-38 简要描述了单一层次四神经元所构成的全互连网络的拓扑结构。当网络发展为多层结构时，其结构将变得异常复杂。全互连网络在经过若干次训练（模式变换）后，可能达到一种平衡状态，从而产生稳定的输出；也可能得不到稳定的输出，而是进入周期性振荡或混沌状态。实际运作中具体采用何种拓扑结构，应视组织具体应用领域的实际情况，并通过多次模拟实验确定。

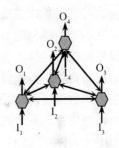

图 4-38　全互连网络

　　一般情况下，当一个 ANN 模型建立起来后，其拓扑结构便固定下来。确定的网络结构对应了确定的知识（权重）空间分布，但权重的数值分布则要通过对 ANN 进行的训练与修正得到，是一个动态的维护过程。组织所面对的环境是动态发展的，并且呈现非线性、变化日益剧烈的趋势。因此，实际运作中需要及时对包括样本型政务知识在内的所有知识进行相应的维护与进化处理。这一过程对 ANN 来讲，只需用新的样本实例重新训练网络，而不需要对网络结构作新的调整，这是 ANN 系统可维护性好的具体表现。此外，对于一些特殊应用与要求，亦可使网络拓扑结构随 ANN 的训练过程作动态调整，其算法策略参见相关文献。

3. 政务规则库

如图 4-32 所示，在政务知识谱线中，我们将符号型政务知识以产生式表示并对应于政务规则库。规则是传统 AI 领域基于知识系统的主要知识形态，一般对应于领域知识（如业务流程知识、操作规范、法律法规等）、行家里手高度明晰化的运作经验以及元知识等。政务规则库是以某种组织结构存储于计算机内的规则集。传统 AI 领域基于规则的系统大多基于 PROLOG 语言，直接以 PROLOG 规则表示产生式，此时规则库成为 PROLOG 程序的必要组分；然而，由于规则与其处理系统的紧耦合关系，严重影响了系统的"鲁棒性"和易维护性。如此，政务规则的存储与组织需要另寻方法。

显然，规则库应该独立于其处理系统以文件的形式存储于外部介质，并且要抽象出规则间层次推理关系，形成有效库结构，以确保规则处理系统的运行效率，亦即支持政务知识链后续环节效率和有效性的实现，从而实现知识链环节间集成。基于上述考虑，我们设计了政务规则库的组织结构。

规则库中的规则往往是相互关联的，某一规则的后件可能是另一规则的前件组分；对规则集作关联分析，将其归并为一棵或若干棵推理与或树（简称推理树，见本章前述讨论）。推理树直观地描述了规则集中各规则间的推理关系，政务规则库在其导引下将规则库中的政务规则组织成层次结构；将属于不同推理树中的规则聚类为不同规则块，从而使整个政务规则库呈现出分块、分层的"树"状结构。由于含析取式的规则可分解为若干只含合取式的规则，故任何规则最终都可归一化为如下形式：

IF（条件 1）AND（条件 2）AND⋯AND（条件 n）THEN 断言/动作。

但如果只对规则的前件与后件加以存储，就无法体现规则间的推理关系，上述的讨论也就陷于空谈。为了将规则库的层次信息赋予每条规则，我们给每条规则增加指针信息，该信息既可以作为规则的唯一标识并以其为索引，也可以存放关联信息以便指征规则间的推理关系。鉴于推理树中每个结点（根结点除外）有且只有一个父结点，因此该指针信息只用来指引当前结点的父结点（如图 4-39）。其中 C 为规则前件（可能为若干事实的合取），R 为规则后件。政务规则库结构能够方便规则的调度和搜索（通过上层规则调度或搜索下层规则），使得规则调度灵活、迅速，从而提高政务知识链后续环节的推理效率。

如前所述，政务规则库中的规则按彼此间的推理关系可以聚类为不同规则块，亦即多棵推理树。此外，自然状态下，同一规则前件可能对应多条彼此呈析取关系的规则后件。显然，规则分解应对规则前件和后件同时进行。即便如此，对于后件呈析取关系的规则，如果按上述结构直接存储，显然会使规则库因前件

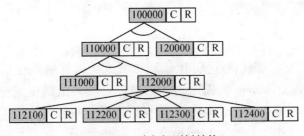

图 4-39 政务规则树结构

重复存储而呈现冗余，规则库的规模膨胀将严重影响规则推理效率。张选平等提出的数据库型产生式（database style rule，DSR）可以有助于该问题的解决。因此，我们将其引入并作为政务规则库结构设计思想的有益补充。

将规则前件表示为二元组形式（C，V），其中 C 为前件中的属性组，V 为对应的属性值。对于前件属性组相同只是属性值不同的规则前件，称其为同类前件，如（C，V1）和（C，V2）。满足如下条件的产生式称为一组数据库型产生式。

（1）前件都是常量。

（2）前件都是同类的（假定所有规则前件已经按照某种约定进行唯一的排序，避免了因不同的规则前件排列顺序造成的不同类）。

（3）后件是常量、变元或函数。把前件属性值完全相同但结论不同的数据库型产生式通过将结论组合成析取式而实现规则归并，归并后的每条规则同一前件对应同一结论组合。

可将满足上述条件的规则集存储于关系型数据库的二维表中，并以其前件属性组作为组合关键字，各结论则对应表中的非主属性域并由前件属性组唯一确定。显然，每张二维表对应一组前件同类的规则集。把这一关系型数据库称为规则数据库（rule data base，RDB），其非主属性域因存放规则后件而没有确定的含义，并且因后件要作为新事实进行推理，它将是一个复杂的数据结构。

建立规则数据库后，对特定问题进行规则推理时，由推理机将具体的问题描述（匹配条件）与规则数据库各表中的规则前件进行匹配，确定要搜索的数据表；然后以这些匹配条件作为关键字，对相应的数据表进行检索并得到相应的结论。当前件与后件呈一对多关系时，推理机根据已知信息进行取舍，并决定后继搜索范围。通过关系型数据库存储规则并协助推理，避免了产生式系统中的匹配和冲突消解问题，且借助于数据库系统的性能优化可以提高对大量规则知识的访问效率。此外，借助成熟的数据库管理系统可以方便地实现对规则集的各种维护操作（增加、删除、修改等），并有助于完成规则集的一致性、完整性和冗余性检验与修正。

4. 政务案例库

案例知识的存储结构源于 CBR 研究中对人类记忆组织模型的探索。早在 1982 年，CRB 专家 Schank 就提出动态记忆理论及其记忆模型——存储组织包（memory organization packets，MOP）。该模型将拥有共同属性的特定案例组织成更一般的结构——GE（generalized episode），每个 GE 由三个对象组成：标准（norms）、索引（indices）和案例（cases）。此时，案例库表现为以 GE、索引和案例为结点组成的判断网络。随着 CBR 研究的进一步发展，Bruce Porter 提出了 CBR 体系中的又一种认知模型——基于范例的概念表示理论（exemplar-based concept representation）。该模型将案例库组织为由类别、语义关系、范例和索引指针构成的网络结构。

前两种模型都是基于对人类记忆方式的模拟而提出的。Hunt 等人则独辟蹊径，提出了基于免疫系统的记忆模型。该模型通过对免疫系统抗体（antibody）对抗原（antigen）两级免疫反应的研究，认为由抗体细胞组成的免疫网络具有内容寻址记忆（content addressable memory）功能和分散的自组织性，并由此提出网状案例库结构。它将案例库中的案例通过相似度测度而聚类为不同的案例区域；模仿新抗体细胞被吸收进免疫网络的情况，新案例产生后被自动插入到与其相似的案例附近。此外，其模拟抗体与抗原的结合过程提出了案例匹配机制，模拟二级免疫反应提出了案例检索策略，模拟抗体细胞的激活过程实现了案例的自动"忘记"。该模型的最大特点是实现了案例库的自组织，不再需要人工定义和标识案例区域或索引。

除了上述在认知科学领域提出来的记忆组织模型外，在 CBR 具体应用领域中，一些学者放弃比较复杂的存储模型转而提出针对具体应用的相对简单、更为实用的存储结构。例如，我国学者刘启林等提出具有分级模型属性的树状结构；王贤坤提出将案例横向分类、分库存储、分级索引等。有兴趣的读者可以查阅相关资料对其进行了解，本书不再赘述。

针对案例型知识的强结构性和高层次性，我们设计了多层"塔状 - 网络"的政务案例库结构。如前所述，对于案例型政务知识的表示，我们采用将框架与面向对象方法结合起来、在抽象策略的指引下实现的方法策略。相应地，在存储结构上，我们把每一个案例框架抽象为一个多面体结构，多面体上的每个面则对应了一个案例的方面（aspect）或框架的侧面。两个案例之间的关系（继承关系、相似关系等）通过相应方面间的关系得以体现。如此，单一抽象层次上的案例集便构成了以多面体为结点的网络结构。抽象策略的引入使得描述同一主题的案例间呈现层次关系，每一层次代表一个抽象级别。高抽象层次案例相对于低层次案例省略次要方面，保留案例主题的基本特征，从而可以作为低层次案例的模板，并且可以作为低层次案例的父类为其提供方面继承。如此，整个案例库的结构便呈现出多层"塔状－网络"结构，如图4-40所示。

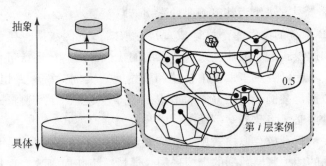

图4-40 "塔状－网络"案例库结构

关于案例库的索引技术，CBR研究专家Rulph Barletta通过综述性研究指出，通常采用最近邻法、归纳法、知识导引法或三种方法的结合。其中，最近邻法是利用案例的特征权数的累加和进行索引。当检索目标未能很好定义或案例库规模不大时该方法有效，但其不能覆盖全局特征的权数集。当求解目标和案例结构是良定义且案例库具有一定规模时，归纳索引能够取得较最近邻法更好的效果。知识导引法利用关于案例的附加知识（领域知识）来确定案例属性对于检索的重要性，这些附加知识可以组织成规则存储于相应规则库。

Watson和Marir对案例库的索引策略作进一步研究，并将其概括为如下几种。

（1）基于属性和维度的索引（indexing by features and dimensions）。该方法通过对应用领域进行深入分析，识别出具有预见性、决定性的重要属性和维度，然后以其索引案例。

（2）基于差异的索引（difference based indexing）。该方法将一个案例与其他案例相区别的重要特征为案例索引。

（3）基于相似度和解释的一般化索引方法（similarity and explanation based generalization methods）。该方法通过案例相似度对反映同一主题的一组抽象案例建立索引，具体案例则以其区别于抽象案例的属性作为索引。

（4）基于归纳学习的索引方法（inductive learning methods）。该方法通过归纳分析找出最能够区别案例的重要属性并将其作为索引，此时案例被组织在判断树结构中。

关于案例索引方法的设计与选择，Hammond提出了如下指导性原则：其一，要有预言性和前瞻性；其二，要与案例的使用目的相适应；其三，要尽量抽象以便于后期扩展；其四，要足够具体以利于将来辨识。案例的索引方法不仅要满足上述原则，还要考虑人工索引机制的应用，这对于解决复杂情况下的索引适应问题很有必要；同时，还应该考虑到政务知识链环节间的集成性，尤其要与具体案例检索算法特性结合起来考虑。在电子政务系统模型中，我们采用基于相似度和解释的一般化索引方法作为其案例库的索引策略。

传统 CBR 系统的案例库都设计成直接存取式，案例数据直接存储或读取于案例结构。如此模式不够灵活，束缚了系统的柔性，阻碍了系统进化，并且案例库组建困难，不能做到从多重视角描述和表达同一案例知识。为此，Huddson 等提出了案例数据与案例结构相分离的策略；张铸等则提出了实例形式化策略。笔者借鉴前一种策略，将政务案例库设计成开放的存取模式。

在政务案例库开放存取模式中，我们将案例型政务知识看作针对特定目的、反映组织活动的相关底层数据的虚拟视图，通过一组映射函数实现从政府组织各种底层数据库的数据模式到案例库的案例模式间的映射。这种映射函数可分为两类：一类负责从底层数据库向虚拟案例模式映射属性值以便构成案例实例；另一类被称为签名映射（signature mapping）的函数则用于建立可以唯一标识每个虚拟案例实例的属性数据的最小完备集。

当一个虚拟案例模式对应多个底层数据库时，签名映射必须能够提供充分的约束，以便能够从各个底层数据库中识别出与案例相关的数据。案例知识的层次结构表明，一个虚拟案例实例的数据不仅可以从底层数据库导出，也可以间接地从其他虚拟案例部分导出。如图 4-41 所示，两个案例模式通过签名映射函数对底层数据库形成映射约束。其中，模式一对应于两个数据库，模式二对应于一个数据库。通过一般映射函数从底层数据库可以导出案例的相关属性值。模式一通过签名映射函数与模式二建立联系，其属性 $Feature_1$ 的值由模式二的对应属性间接导出。通过案例模式定义及其映射函数，便可从政府组织内的相关底层数据库导出各种知识主体所关注的虚拟视图——案例实例。图中用尖括号括起来的属性为该属性及其属性值的整合体。

政务案例库中的案例知识需要随时间变化作及时地更新与演进。这种演进不是从根本上的案例再造，而是在原有案例模式基础上的改进与更新，并且通过案例模式不同版本间的映射得以实现。由于大多数案例模式不同版本间的映射都是平凡的，到底层数据库的映射函数能够被重用，新的映射关系只需在发生变化的地方插入或更新。案例模式内部不同版本间的映射使案例库的维护变得更容易。

5. 政务模型库

决策离不开有效和充分的信息和知识支持，大多数决策过程是"模型驱动"

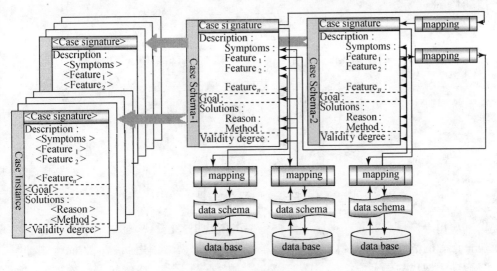

图 4-41　政务案例映射结构

的。模型化知识是政务知识的重要组成部分，用于支持组织战略、战术和业务操作层的各种问题决策。政务模型库（model base）用于存放政府组织知识疆界内的各种模型化政务知识。

如前所述，对于过程性强的单一方法性模型，我们采用传统的程序模块的形式表示。此时，政务模型库亦即函数（子程序）库。随着政务活动的推进，用于支持政府组织运作的三个层次的模型数目迅速增多，种类日益丰富。为了提高政府组织的决策效率，政务模型库不能是各种程序模块的简单堆砌，而应组织成更具效率的结构层次。黄梯云教授根据模型库中各程序模块间的组合关系和作用将其分为零件型模型、部件型模型和框架型模型三类。其中，零件型模型是能够调用方法库中方法和数据库中的数据的模型；部件型模型指既可调用方法和数据，也可调用零件型模型的模型；框架型模型指同时能够调用方法、数据、零件型模型和部件型模型的模型。

既然决策过程中所用到的方法（如各种优化方法、预测方法等）都以子程序的形式加以表示和存储，为了精简电子政务系统的知识库组成，可以将黄梯云教授所讲的方法纳入拓展的模型概念之下，进而将方法库归入模型库之中。如此，得到政务模型库抽象层次结构，如图 4-42 所示。政务模型知识的组织方式不仅纵向分层，还作横向区划，将基础性高、通用性强的模型置于通用模型子库，将结构上具有顺承关系的模型置于同一子库内。

在存储策略上，肖劲锋、杨巨杰等提出了模型库的两种组织方案：其一，直接在模型库中按照模型的数据结构保存模型的所有数据及程序；其二，将模型以标准程序文件的形式保存固定区域（如文件夹），模型库则保存模型文件的存放

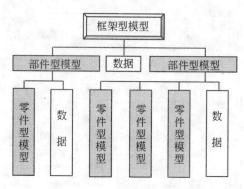

图 4-42　政务模型库抽象层次

位置及相关信息。前者在模型库保存模型本体及相关信息，避免了维护模型文件位置正确的额外工作以及因位置信息错误而导致的模型调用问题；然而，这种策略指导下构建的模型库结构复杂、信息量大，不利于模型库的扩展，模型的任何扩展与修正都会导致模型库的改变。后一种方案将模型本体独立存储，避免了模型库对整个模型的数据存储；但需要建立严密的方案维护模型文件位置信息的正确性，以防止外部文件移动导致文件位置信息错误引起的模型调用失败。

总体而言，第二种模型存储方案具有较高的灵活性、易维护性和可扩展性，故将其作为政务模型库存储策略。此时，政务模型库以索引表和模型字典（model dictionary，MD）来存放模型位置及相关信息（模型元数据）。其中，前者保存模型的索引信息，可以方便对模型分类、查询和修改以及对模型的选择与组合，其表项作如下定义：

索引表表项：： = ｛模型 ID，模型名，模型类别，目标程序名，存取路径，
　　　　　　　　前驱模型 ID，调用权限｝

后者存储关于模型的详细描述信息，其表项作如下定义：

模型字典表项：： = ｛模型 ID，源程序名，功能说明，适用条件，实现语言，
　　　　　　　　编译系统，模型输入，模型输出，开发者｝

索引表中的前驱模型 ID 体现了模型库的组织方式，便于模型间相互调用与组合，如图 4-43 所示。它既可以是单个模型 ID，也可以是多个模型 ID 的析取或合取式。在并行环境下，前驱模型 ID 可起到模型调度约束作用。例如，当模型 M1 的前驱模型 ID 值为"M2&M3"时，表明只有当 M2 和 M3 均被执行并得到输出后方能调用 M1；当模型 M1 的前驱模型 ID 值为"M2‖M3"时，表明只要当 M2 和 M3 至少有一个被执行并得到输出后，就能调用 M1。显然，会有模型的前驱模型 ID 值为空（NULL）。政务模型库索引表与模型字典均以关系型数据库的二维表存储，每个元组对应一个模型文件。

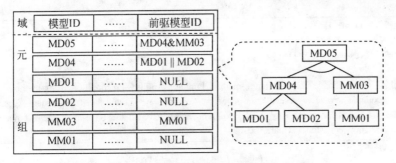

图 4-43　政务模型库索引表结构

前面讨论了以程序模块表示模型知识时政务模型库的组织方式与存储策略。如前所述，在模型的表示方法中还有一种被比较看好的观点，即采用面向对象基于框架的表示方法。该方法中模型框架用类描述，实体用类的对象来描述，框架的槽用相应类的属性来描述。但通过这种表示方法表示的模型本体最终仍然多为以面向对象的语言开发的程序模块，存储策略与上文同。此外，针对电子政务分布式工作环境要求，可借鉴前人研究成果将政务模型分布存储于政府组织内部 Intranet 中的不同平台的计算机上，由中心 Web 服务器进行统一调用与控制。

6. 知识定位器

知识地图之知识定位器是关于编码化知识的元知识总览与有机合成，能够揭示组织内各种编码知识资源的总目录及各知识类别、层次之间关系，从而有助于组织内各层实施主体能够迅速定位自己所关心的知识并识别知识间关系。电子政务系统的知识地图将数据库与 Web 两种成熟技术相结合，并在计算机网络技术的支持下得以发挥效能。

电子政务系统知识地图之知识定位器将有关编码型知识的元知识以 XML 文档的形式加以表示和存储，存放于企业内部网的 Web 服务器上，并通过 Web 浏览器加以显示。在组织策略上，我们将前面讨论的知识定位器基元 MK 分为两部分：其一，索引信息，包括：知识 ID、知识主题、特征关键字、相关后继知识 ID、所属知识库、存储媒介、存储地点；其二，描述信息，包括：知识表示方法、功用说明、有效性描述、适用条件、使用方法、应用实例、知识提供者、用户范围与权限、用户获取方式、获取日期、最后更新日期、最后访问日期。两部分分别对应 DTD 的两个 Section，如图 4-44 所示。

建立了知识定位器 DTD 后，其各元素及其属性的实际数据可以存储于关系型数据库中。当需要时，可通过转换接口自动生成 XML 文档，并通过 XSL 按用户意愿控制显示内容与格式。类似于模型库索引表中的前驱模型 ID，XML 通过

```
<!ELEMENT  ID (#PCDATA)>
<!ELEMENT  Subject,(#PCDATA)>
<!ELEMENT  Key-words (#PCDATA)>
......
<!ELEMENT Characteristic (Representation-method, Function, Validity, Precondition, using-method,
        Example, Provider+, User+, User-popedom, Acquire-way+, Found-date, Update-date, Access-date)>
<!ELEMENT Index (ID, Subject, Key-words+, Subsequence-ID*, KB-name, Save-medium, Save-place >
<!ELEMENT Knowledge(Index, Characteristic)>
```

图 4-44   知识定位器 DTD

其索引信息部中的相关后继知识 ID 将组织内同一主题的各类知识组织成知识树，展现知识间层次关系，并通过超链接的方式方便对相关知识的查询与访问。此外，通过 Web 页的显示方式可以借助浏览器查询功能实现全文检索和按关键词检索。在电子政务系统中，知识定位器处于频繁的动态更新状态。它通过侦听部件实时监测各层知识主体对政务知识的每次访问以及各类知识库的每次更新，并针对这些变化触发知识定位器相关元素和属性数据的更新操作，从而确保知识定位器的有效性。

4.5.3   非编码政务知识的存储

此处的非编码政务知识指政府组织内未能外显化和编码的隐性政务知识子集。如前文所述，通过一定策略和技术，如通过类比、隐喻、假设、倾听和深度会谈等方式以及通过基于案例或 ANN 的知识表示方法，可以对行家里手的经验性知识进行编码与存储。然而，仍有绝大多数的隐性知识不能进行形式化和编码。传统上，非编码知识被看成是构成职员个人角色的特有知识组分，并由于保留在职员个人头脑中而被认为是个人知识财产。如第三章所述，诸多传统观念束缚组织职员将其所拥有的非编码知识与他人共享，而通常情况下因为非编码知识的低明晰度，组织往往也不能认识到它的价值，甚至忽视了它的存在；即便认识到其存在以及其价值，也会因为缺乏有效策略而不能进行有效组织与管理。

野中郁茨郎（Ikujiro Nonaka）和竹内广隆（Hirotaka Takeuchi）通过知识螺旋模型指出，组织知识在隐性知识和显性知识的交互转化过程中不断增值，并通过社会化、外显化、组合化以及内隐化过程，最终以组织员工个人技能的提升并进而带动组织能力的提升为单次螺旋终点，紧接着进入下一螺旋过程。由于知识的环境依赖性，员工个人技能与组织的知识环境密不可分，亦即员工个人技能中渗透了组织养分甚至核心机密。因此，我们认为非编码知识虽然以员工个人为载体，但它并不是完全意义上的个人财产，而应为个人与组织所共有；非编码知识不仅代表个人技能，同时也是形成组织能力的细胞，是组织能力不可分割的组成部分；它对组织知识创新以及能力提升意义重大。电子政务系统必须对非编码政务知识给予有效组织与管理。

对于非编码知识的存储与组织，我们将从两个方面着手：其一，通过知识地图之专家定位器实现对非编码知识的间接存储；其二，通过相应组织策略促进非编码知识由个别员工能力向团队能力或组织能力拓展与跃升。

1. 专家定位器

通过专家定位器谋求对组织内非编码知识的载体——知识拥有者（泛称"专家"）进行组织与管理，即实现对非编码知识的间接存储与组织。它是关于组织知识拥有者之元知识的总览与有机合成，是组织内非编码知识载体的导航系统，用以揭示组织内各层、各类知识拥有者资源的总目录、相关信息及知识拥有者间关系。其目的在于帮助知识用户在需要某项非编码知识（技能）时，能够迅速定位并联系到拥有该知识的专家（行家里手）；同时，亦为组织管理者（尤其是人力资源部门）把握其人力资源状况提供帮助。

如前所述，我们通过两种策略用以构建电子政务系统专家定位器：其一为知识导向策略；其二为专家导向策略。第一种策略适用于知识用户；第二种策略适用于组织内部的人力资源管理与评估。

类似于知识定位器，专家定位器将有关非编码知识载体——专家的元知识以XML文档的形式加以表示和存储，存放于组织内联网的 Web 服务器上，并通过Web 浏览器加以显示。两种策略构建的专家定位器 DTD 不同，但均由索引信息和描述信息两个 Section 组成。其中，面向知识用户的专家定位器 DTD 结构为：其一，索引信息，包括知识 ID、知识主题、特征关键字、专家 ID、相关知识 ID；其二，描述信息，包括专家 ID、专家姓名、专家性别、专家年龄、所属部门、联系电话、E-mail、职称、职务、知识贡献等级，如图 4-45 所示。面向人力资源管理部门的专家定位器 DTD 结构为：其一，索引信息，包括专家 ID、知识领域（知识 ID、特征关键字）、相关专家 ID；其二，描述信息，包括专家 ID、专家姓名、专家性别、专家年龄、所属部门、联系电话、E-mail、职称、职务、知识贡献等级，如图 4-46 所示。两种视角的专家定位器虽然 DTD 不同、XSL 所控制的终端形态不同，但它们的区别仅在于所关注的视角与侧重点差异，仍具有相同的关于专家的元知识内涵。因此，可以共享底层数据库。

2. 退化风险防范

专家定位器方便了对知识拥有者的定位过程，使组织管理层能够清晰把握其人力资源状况，实现了对组织非编码知识的间接存储。然而，非编码知识的真正

```
<!ELEMENT Expert-ID (#PCDATA)>
<!ELEMENT Expert-name (#PCDATA)>
<!ELEMENT Department (Name, Address, Header, Telephone)>
……
<!ELEMENT Characteristic (Expert-ID, Expert-name, Sex, Age, Department+, Telephone+, E-mail*,
                          Title, Duty+, Knowledge-attribution-grade)>
<!ELEMENT Index (Knowledge-ID, Subject, Key-words+, Expert-ID, Correlative-knowledge-ID* )>
<!ELEMENT EXPERT (Index , Characteristic)>
```

图 4-45　面向知识用户的专家定位器 DTD

```
<!ELEMENT Expert-ID (#PCDATA)>
<!ELEMENT Subject (#PCDATA, Knowledge-ID+, Key-words+)>
<!ELEMENT Correlative-Expert-ID (#PCDATA)>
……
<!ELEMENT Characteristic (Expert-ID, Expert-name, Sex, Age, Department+, Telephone+, E-mail*,
                          Title, Duty+, Knowledge-attribution-grade)>
<!ELEMENT Index (Expert-ID, Subject+, Correlative-Expert-ID* )>
<!ELEMENT EXPERT (Index , Characteristic)>
```

图 4-46　面向人力资源管理的专家定位器 DTD

载体仍是员工个体；随着知识拥有者离岗或转岗，组织将面临非编码知识流失与外泄的危险。对此，已有组织规章甚至国家法规约束员工不能与组织（企业）竞争对手共享知识，离岗或转岗后在一定期限内不能供职于竞争对手组织（企业）等。如此举措尽管可以在一定程度上降低组织知识外泄的风险，但员工依然有其离岗、转岗自由，非编码知识的流失风险依然存在。由于组织某个（些）员工个体和团队掌握着其正常运作所需的关键知识（技能）或资源（如客户资源），组织强烈地依赖于这个（些）个体和团队，一旦他们离开企业将会使组织蒙受巨大损失。通俗一点讲，即使组织所面临的"财随人走"的风险（第三章将其称为退化风险）。

2002 年初，"中国银行济南分行状告 21 名员工集体违约跳槽"事件曾经在国内引起轰动。报道还称一家国有银行在短短一年半的时间里，骨干力量就流失了 350 人。于是有人慨叹：国有大银行成了股份制银行的"人员培训中心"。应该说，包括中行在内的国有大银行所面临的退化风险在其他行业的一些企业中也普遍存在。行政组织间的竞争虽然表面上没有企业间竞争激烈，人员流动也似乎不及企业界人员流动的速度快，然而退化风险依然存在。在一些具体的行政业务领域，如审计、打击假冒伪劣、查处偷税漏税、查处腐败案件等，业务骨干的经验与技能对组织运作具有重要意义；一旦其转岗或离岗，也将削弱组织在该业务领域内的行政活动的执行力。

对退化风险的防范的办法不仅在于对知识流失具有置信威胁的相关规章与法律的保证，更在于组织自身采取切实有效的措施逐步降低对个别员工的依赖度。为此，前文我们曾主张组织要采取有效措施（包括策略与技术双方面）鼓励员工尽可能地将其非编码知识外显化并编码存储，知识编码存储后便成为组织财富，并且便于知识的交流与共享。此外，建立、健全组织的知识贡献激励机制，使其员工意识到与别人交流和共享知识（包括隐性的技能）所得到的收益大于自己"垄断"知识所获得的收益，将员工利益与组织长期收益结合起来，增强员工主人翁意识及对组织的忠诚度。本节，我们探讨通过建立知识团队和知识社区的方式将个人能力保存在团队或组织中，从而降低上述风险。

著名专家 Argyris 指出，团队是组织中的关键学习单元。在知识管理领域，我们主张实施 KM 的企业以任务或工作流为纽带组建知识团队，从而实现传统组织扁平化。通过对传统主张内环境的改造与营建，使组织中间管理层次大大减少，成员间平等参与且拥有共同愿景，相互学习变得容易。有学者调查发现，员工在工作场所获取的知识中有 70% 来自于非正式团体成员的交流和沟通。因此，除正式团队外，组织还需要对以共同兴趣和爱好为基础的业余团队、知识社区（如 BBS）等给予积极的引导与培育。

建立知识团队和知识社区，通过知识社会化过程，以团体协作、"干中学"等方式促进员工间相互学习，实现广泛的知识交流与共享，从而使某项非编码知识不再仅仅为单个员工所拥有，而是被团队或社区成员所共有。如此，员工的个人技能转化为团队技能，并进而上升为组织能力。我们认为，如果将知识团队看作网络，员工个体便是其中的结点。如同 ANN 一样，通过员工间的相互学习使网络达到某种平衡状态（动态的平衡）后，网络的整体性能（团队能力）便不再随个别结点（员工）的变动（离岗或转岗）而出现较大震动。此时，可以说我们已经将非编码知识存储于网络中了。

需要指出的是，非编码知识往往比编码知识更完善、更能创造价值，甚至与组织的核心能力密切相关；并不是任何非编码知识都适合于外显化和编码，那些关系到组织命脉的核心知识，如国家外交战略、企业经营战略、核心产品工艺等，以其本来非编码形态存储于特殊团队可以更好地防止因知识外泄而使组织面临的风险。组织在促进团队或社区范围的知识交流与共享时，亦要注意对其进行必要的保护。例如，在组建正式的知识团队时，对团队成员要进行必要的权衡与考察；对于非正式的知识社区，则要建立相应的会员访问权限，防止知识社区内核心知识的非授权访问。在后续章节，我们将通过建立组织知识安全框架的方式增强其知识安全性能。

本 章 小 结

在本章，我们首先讨论了政务知识辨识的意义并对知识辨识进行了概念界定，提出了政务知识辨识的 KI-CSF 指导流程以及若干实施原则；进而，提出了组织知识疆界概念，对知识可得度进行定义并设计了评估模型。

4.2 节对传统 AI 领域与 KMS 模型中知识获取瓶颈原因进行了归纳，并在此基础上提出了政务知识获取策略：在集成化策略上，采取机械方法与生态方法并重，多种知识获取方式（人工、半自动、全自动）相集成，相应于显性知识和隐性知识的多种知识获取途径相集成，多层次知识主体（包括知识获取施动者与受动者）相集成，知识获取与知识链前驱、后继环节相集成；在智能化策略上，引入 AI 领域先进技术并实现组合智能。进而，对政务知识源以及相关集成化、智能化策略与技术进行了深入研究；设计并提出了人工知识获取、半自动知识获取以及两种途径、三种方法的全自动知识获取方案，对其中的策略与技术进行了详细讨论。

4.3 节以 AI 领域成熟成果为依托，分别探讨显性政务知识和隐性政务知识（表示前）的表示方法，包括用于显性知识表示的产生式、语义网络、框架和基于 OO 的表示法以及模型化知识表示、知识地图之知识定位器，用于隐性知识表示的案例、ANN 和知识地图之专家定位器，并对个别方法（如知识地图和基于案例的知识表示）深入探讨了相应的技术方案。

4.4 节提出了政务知识求精策略，并基于 AI 领域的研究成果对规则化政务知识自动求精进行了详细讨论，提出了规则知识自动求精的技术方案：基于 GA 的知识求精和基于 ANN 的知识求精。

对前述政务知识辨识、获取、表示与求精的方案策略与方法技术内容进行总结，我们绘制了政务知识获取与表示子系统模型结构，如图 4-47 所示。

组织知识获取过程是在通过知识辨识确定的组织知识疆界的导引下，在改善的组织"生态环境"和"机械环境"的基础上进行的。将多层次知识主体（包括 KA 施动者与受动者）、多种知识获取方式与多种知识获取途径相集成，将 AI 领域多种知识表示方法与知识获取技术相集成，通过优势互补，有效实现对组织确定知识疆界内各类型知识的表示、获取与求精。获取的显性知识（包括由显性知识源获取的知识以及由隐性知识源外显化得到的知识）根据其具体性状采用合适的表示方法，编码并存储于由各种类型知识子库组成的组织知识库，最终体现了组织有形知识资产的增值；获取的隐性知识（指知识主体通过社会化和内隐化获得个人经验技能的增长）则采用知识地图之专家定位器进行管理与组织，最终

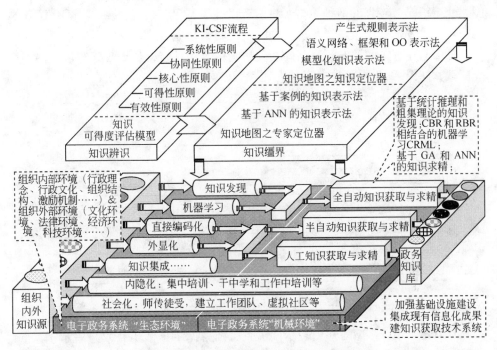

图 4-47　政务知识获取与表示子系统模型

表现为组织中员工个体、团体或组织能力的提升。图中的"知识集成"将在后续章节讨论。

在前述讨论的基础上，本章 4、5 节分析了 AI 领域以及现有 KMS 模型在知识存储研究方面存在的问题。在此基础上有针对性地提出了电子政务知识存储策略，即坚持系统性、集成性和智能性的建模原则；提出了政务知识三级模式结构，分析了知识表示与存储间关系；修正前人知识谱线理论并提出了完备的政务知识谱线结构。尔后，本节将经过编码化的显性知识以及得到外显化并编码的部分隐性知识统称为编码知识，将未被外显化的大部分隐性知识称为非编码知识。对于编码知识，按政务知识谱线结构分别探讨了文档型政务知识、样本型政务知识、符号型政务知识、案例型政务知识、数量型政务知识以及知识定位器的存储策略与实现技术，提出并分析了基于 XML 文档知识库存储与组织策略；引入 ANN 领域研究成果研究了隐性政务知识存储的 ANN 模型结构；设计了政务规则库组织结构，并引入 AI 领域先进成果实现其存储策略；综述了传统案例库模型结构，提出多层"塔状－网络"的政务案例库结构，并对其索引与存储策略进行了讨论；基于前人成果，分析并提出了政务模型库层次及相关存储方案；设计了基于 XML 的政务知识定位器的 DTD 结构。对于非编码知识，通过专家定位器实现知识的间接存储；通过相应组织策略促进非编码知识由员工个体能力向团队能力或组织能力转化的两种策略。对前者设计了基于 XML 的专家定位器 DTD 结构；对于后者则围绕组织退化风险的防范，归纳并提出了若干应对策略。

总结前述有关政务知识存储的相关讨论内容，我们绘制了政务知识存储子系统模型，如图 4-48 所示。

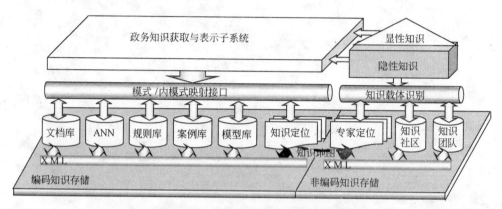

图 4-48　政务知识存储子系统模型

为了表征知识存储与知识表示间关系，图中标示了知识获取与表示子系统。模型中的显性知识与隐性知识是指处于组织知识疆界内的所有政务知识，其中显性知识以及能够外显化的部分隐性知识通过知识获取与表示子系统进行表示和格式化后成为编码知识，然后通过模式/内模式映射接口直接存储于各类型政务知识子库；非编码知识（未被编码的隐性知识）则在识别其载体（知识拥有者）后，通过专家定位器、知识团队和知识社区的方式进行间接存储，并实现相应的知识组织和管理。作为计算机界的"世界语"，XML 起到了系统经络的作用，使系统各组分能够跨越结构、形态差异，在知识地图的总揽下形成一个有机系统。

该模型借鉴 AI 领域的相关研究成果，将 KM 实施的机械方法与生态方法相集成；将对编码知识的直接存储与对非编码知识的间接存储策略相集成；将用于编码知识不同结构化维度的各种知识存储策略与技术相集成；将知识存储与知识表示和知识检索相集成，充分体现了基于 KM 的电子政务系统集成化和智能化的建模思想。

本章思考题

1. 何为"知识辨识"？其在电子政务实施中具有怎样的意义和地位？

2. 请解释政务知识辨识的" KI-CSF"指导流程的工作原理，并请查阅相关资料对其中的 CSF 和 SST 方法作进一步深入理解。

3. 政务知识辨识需要坚持哪些原则？如何理解？对此，您还有哪些建议和补充？

4. 知识可得度测度模型的技术原理怎样？是否所有的知识辨识都必须要作可得度评测？为什么？

5. 长期以来，知识获取一直被视为所有基于知识的系统（包括电子政务系统）的瓶颈所在。有哪些原因导致了这一问题？该如何应对之？

6. 政务知识源如何确定？它涵盖哪些组分？

7. 基于知识管理的电子政务实施需要"机械"方法与"生态"方法的有机结合。对此，您如何理解？

8. 为了解决知识获取瓶颈问题，本书提出了将多种知识获取途径与获取方式相集成的技术策略。请问，知识获取有哪些途径和方式？它们之间有何联系？

9. 对隐性知识的获取途径，可通过日本学者野中郁茨郎和竹内广隆提出的知识转化与创新螺旋模型的两个子过程实现。请问，这两个过程是什么？其具体实现细节怎样？假如您是组织的领导者，针对上述过程该做哪些工作以强化组织层面对隐性知识的获取效果？

10. 何为"半自动知识获取"？其中的"智能获取终端"具有怎样的作用？请简要阐释其实现原理。

11. 请查阅相关资料，全面了解全自动知识获取的相关技术种类、名称及其简要原理、应用现状、优点与不足。

12. 基于统计推理的知识获取技术原理相对简单。请深入理解其技术原理，并选择您熟悉的程序开发语言与数据库产品，对其进行系统实现并做相关实验，以深入理解该技术的原理实质与实施要领。

13. 粗集理论相对复杂，本书对其原理作了简要介绍。您是否理解了该技术的基本原理？如果感兴趣，请进一步查阅相关资料，深入理解之。

14. 基于案例推理系统的技术原理怎样？如何理解其中的 4 "R" 过程？

15. CBR 系统与基于规则推理（rule based reasoning, RBR）的系统各自有哪些优缺点？两者的整合可实现怎样的效果？该如何实现之？

16. 知识表示作为知识链上的一个结点，对电子政务的有效实施具有怎样的意义？欲做好知识表示，该坚持哪些原则？

17. 通常用于显性知识表示的方法有哪些？它们各自适合于对什么类型知识的表示？

18. 产生式知识表示方法的基本原理怎样？它具有怎样的优点和不足？

19. 语义网络和框架两种知识表示方法的原理怎样？具有怎样的优点和不足？请选择自己熟悉的实体集，分别用语义网络和框架表示之。

20. 面向对象的知识表示方法是何时出现的？它有哪些优点？在实际操作

中，该做怎样的技术组合？为什么？

21. 什么是模型化知识？其由哪些组分构成？该如何描述之？

22. 何为元知识？如何理解知识地图？它有哪些类型？

23. 知识地图之知识定位器的意义何在？如何表示？

24. 隐性知识占人类知识基的绝大部分，且对知识创新与价值创造意义重大。对于隐性知识的表示该采取怎样的策略？

25. 案例是描述过程性知识（经验技能）有力工具。它通常包括哪些部分？如何实现案例知识的表示？

26. 人工神经网络可以表示什么类型的隐性知识？如何实现？

27. 知识地图之专家定位器的意义何在？如何表示？

28. 知识求精的目的怎样？有何现实意义？

29. 本书中用于知识求精的方法有哪些？其技术原理怎样？请简要阐释之。

30. 在人工智能与传统知识管理领域，对知识存储的研究表现出哪些不足？电子政务知识管理系统实施该如何应对之？

31. 知识表示和知识存储间具有怎样的关系？如何理解政务知识的抽象层次及其间关系？

32. 何为知识谱线？完整的政务知识谱线结构怎样？

33. 编码化政务知识包括哪些组分？各存储于哪些知识子库？

34. IBM 公司 Lotus 事业部的 Notes 产品系列是被公认的有效的文档管理系统。本书为何不赞同通过其实现对文档型政务知识的存储与组织？基于 XML 的文档知识库如何存储文档型政务知识？

35. 人工神经网络是如何实现对编码化知识的存储的？

36. 政务规则树如何组织？其具有怎样的意义？

37. 案例知识的存储结构源于 CBR 研究中对人类记忆组织模型的探索。在 CBR 研究领域，出现了哪些模型？简要介绍其基本观点。

38. 本书中提出了怎样的案例库结构？如何实现之？

39. 政务模型库通常做怎样的抽象？其索引结构如何实现？

40. 知识定位器 DTD 包括哪些组分？对此，您还有怎样的补充与建议？

41. 对非编码知识的存储与组织是个难点。本书提出了怎样的策略？您如何理解？

42. 如何防范组织的退化风险？防范退化风险的实质是什么？

第五章　政务知识集成与整合

在互联网经营领域，精明的商家早已明了"内容为王"的真谛。电子政务的核心在于"政务"而非"电子"，政务的核心则在于对政务知识链的有效运作，丰富政务内容，提升政务知识的获取、交流、共享、应用与创新水平。欲实现这一目标，做好政务知识集成与整合是其中的重要一环，因为它直接影响到政务应用的实施效率和有效性。我们已经在第四章对政务知识的获取与组织进行了较为深入的分析，本章我们将进一步讨论政务知识的集成与整合问题。

5.1　内涵分析

传统 KM 理论并没有把知识集成（knowledge integration）纳入知识链环节。例如，Prost 将知识链分为知识的获取、开发与创新、共享与传播、使用和保存等环节；Wiig 认为知识链包括四个环节：知识的创新与来源、知识的编辑与传播、知识的吸收、知识的应用与价值实现；Dibella 认为知识链是一系列组织学习阶段的循环：知识获取、吸收和利用。在传统 KM 理论指导下的 KMS 模型则忽略对知识集成环节的策略与技术支撑，个别提到集成概念的也仅是对传统信息集成的套用，不能适应 KM 理念的新型要求。

随着 KM 理念的逐步深化与演进，有学者逐渐认识到知识集成的重要性，开始探讨知识集成与信息集成间关系，研究知识集成的意义与实现方法。在一些应用领域，对知识集成的研究也逐步兴起，如 CIMS 领域已经从原来的信息集成发展到知识集成。2000 年 6 月在美国召开了第 4 届世界设计和过程集成技术会议，与会学者强调"知识集成是不断发展所必需的"。截至目前，关于知识集成的研究还处于起步阶段，在概念和内涵上还没有形成成熟的观点。现有的知识集成研究主要是针对企业各种编码知识，实现对企业各种异构编码知识的有机整合，对于非编码知识则关注较少。

笔者认为，知识集成不仅要实现对编码知识的有机整合，还要研究对非编码知识以及知识借以向价值转化的物理业务流程的有效集成。基于此认识，政务知识集成指，在对政务知识进行辨识、获取、表示、求精与存储的基础上，依托有效实施策略和 AI 技术，将分散在既定行政辖区各层次各部门（包括行政实施主体、参与主体和受辖主体）内小粒度的编码知识、知识个体头脑中的非编码知识以及政务管理的物理业务过程（具体政务知识应用）进行有机整合，形成具有较高系统性与协同性的大粒度知识体，以提升政务知识交流、共享、应用与创新能力（图5-1）。

政务知识集成基于传统的信息集成，可从信息集成中吸收有益成分；信息集成领域中的一些成熟经验与技术，如异构信息和系统间的集成技术，可以为政务知识集成提供借鉴与参考。然而，由于两者所依托的管理理念的不同（信息集成基于信息管理理念，政务知识集成基于知识管理理念），两者又有着本质区别。基于前人观点并结合政务知识集成概念，将政务知识集成与传统信息集成之间区别归纳为表5-1。

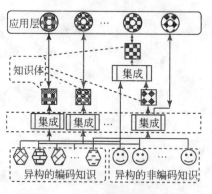

图5-1　政务知识集成概念视图

表5-1　知识集成与传统信息集成的区别

比较方面	信息集成	政务知识集成
适用的管理形态	信息管理	知识管理
集成的对象	分散的、异构的信息	分散的、异构的政务知识
集成对象的明晰度	编码化，高明晰度	涵盖知识的整个明晰度空间
集成的目标	消除信息冗余，提高信息应用效益	提高政务知识应用效益，促进知识创新
过程类型	数据密集型，技术型	知识密集型，社会-技术型
过程的结构性	结构性较强	从结构性到非结构性，覆盖空间较广
人的地位	集成的施动者	集成的施动者和受动者
集成技术与策略	异构信息和系统间的集成技术	知识、人、过程间的集成策略与技术

需要指出的是，政务知识集成拓宽了现有知识集成的内涵，使其集成对象不仅涵盖政务管理系统内诸多主体所拥有的各种编码知识，还包括非编码知识的载体——人以及各种政务知识应用。然而，对于操作层面的知识集成，亦即具体的政务知识集成项目，并不一定同时涵盖政务知识集成的三类对象。如此，政务知识集成按其集成对象类型可分为七种类型，如图5-2所示。其中，全集成是政务知识集成的最高层次，亦是本章讨论的重点。

本书将政务知识集成纳入政务知识链并提出上述政务知识集成概念，缘于政

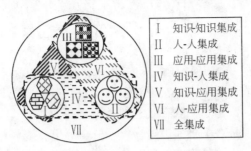

Ⅰ	知识知识集成
Ⅱ	人-人集成
Ⅲ	应用-应用集成
Ⅳ	知识-人集成
Ⅴ	知识应用集成
Ⅵ	人-应用集成
Ⅶ	全集成

图 5-2 政务知识集成的可能类型

务知识集成对电子政务实施效果的重要意义。概括而言，其主要表现在以下几个方面。

（1）提高政务知识应用的效率和有效性。知识通过知识应用过程实现到产品、到价值的转化，政务知识的应用过程即是政务管理的实施过程，亦是政务管理效益的实现过程。然而，现实发生的政务管理活动往往是复杂的，某项具体政务知识应用往往需要广泛的知识支持。将分散的、不同类型和层次的小粒度政务知识以某项具体应用为导向（图 5-1 中的反向箭头标识）进行有机整合，形成面向具体应用的较大粒度政务知识体，从而为具体政务知识应用提供便捷、完备、高效的知识支持。从这个意义上讲，政务知识集成是从知识到应用的一级抽象与映射。此外，通过政务知识集成，还可以对政务知识作进一步求精与优化处理，剔除政务知识间的不一致现象，降低知识冗余度，从而提高政务知识应用的有效性。

（2）提升政务知识交流与共享水平。政务知识集成以应用为指导，将不同编码知识、非编码知识的载体——人，甚至较大粒度的政务知识体进行协同与整合。这一过程促进了不同政务知识主体（政府部门、民间团体、自然人等）间的交流与合作，增强了政务管理系统整体的政务知识交流与共享能力。

（3）增强政务知识创新能力。成思危先生曾指出，创新不等于发明，"创新来自集成"。通过对已有各种资源进行整合，可以产生新的产品与功能。施乐公司把当时的各种成熟技术（知识）进行整合，研制出了世界上第一台复印机。同理，政务知识的有效集成与整合也必然会有利于政务知识创新，从而增强政务管理系统的活性。

（4）提升施政主体对公众需求的反应能力。政务知识集成能够在更大粒度上支持施政主体对政务知识的复用活动，提高施政主体应对新的公众需求重新组织政务管理要素尤其是知识要素的速度和质量，增强其对公众需求的反应能力。

5.2 政务知识集成与整合策略

政务知识集成涉及政务管理系统内的诸多实体，内涵丰富、外延较广。因此，在电子政务实施过程中，欲实现对政务知识的有效集成与整合，不仅要依托先进的信息技术平台，还要采取有效的整合策略与方法。

知识的价值实现是一个将知识与物料、资金等生产资料相融合，通过一系列生产活动进行价值转化的过程。知识到价值的转化与各层次的具体知识应用是密不可分的。如图 5-1 所示，政务知识集成的直接诱因亦是主要目标之一，就是为政务实施主体的具体知识应用提供便捷、高效、完备的知识支持。是故，采用目标驱动机制，亦即"面向应用层次"的集成策略来指导政务知识集成的实施过程，将会使政务知识集成有的放矢，确保集成的效率和有效性，亦会进一步增强电子政务系统对政务实施主体核心业务流程的支持力度，增强电子政务系统的集成特性。

抽象的方法是科学研究的一种常用策略。为便于分析与讨论，可对政务知识集成中涉及的诸多对象进行抽象，并将其统一概括为"政务知识系统"。这种抽象意义上的政务知识系统在内涵上覆盖了从底层政务知识到知识价值实现所涵盖的各要素及要素间关系，其简单层次结构如图 5-3 所示。政务知识集成可以在政务知识系统的各层次分别展开，从而使政务知识集成本身呈现层次性；其中，较高层次上的政务知识集成是在较低层次知识集成的基础上，在融入新的知识系统要素及其间关系后作进一步的协同与整合得到的。"面向对象层次"的集成策略可以降低政务知识集成过程中的盲动性，从而使电子政务系统的集成特性在呈现出螺旋式上升形态下得以稳步提高。

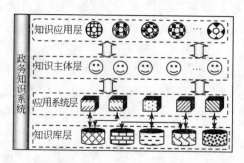

图 5-3   政务知识系统层次结构

概括而言，对政务知识的集成与整合可坚持如下策略：坚持"面向应用层次"与"面向对象层次"相结合的双线知识集成策略，依托 AI 领域和传统信息集成领域的相关技术，将理念与技术进行有机融合。本节主要探讨政务知识集成的指导思想（即双线集成策略），其相关实现技术将在下一节讨论。

5.2.1 "面向应用层次"的政务知识集成

"面向应用层次"的政务知识集成策略是一种目标导向策略。它是在某一具体政务知识应用的导引下，对该应用所需的各种分散的编码知识、非编码知识进行搜集、整理、求精，辨析知识间的关系，将其进行协同和整合，从而确保为该政务知识应用提供便捷、高效、完备的知识支持。知识应用寓于政务实施主体的各种政务管理活动中，亦是行政主体的各层行政管理活动在 KM 方面的视图。

按集成粒度差异，可将"面向应用层次"的政务知识集成进一步划分为面向活动的知识集成、面向流程的知识集成和面向应用主题的知识集成三个层次。

活动（activity）是对实现过程逻辑步骤的基本工作任务的抽象描述，能够实现特定功能，是组成流程（process）的基本单元。行政主体各层政务管理目标均通过相应行政活动及其组合得以完成，活动是行政主体实施政务管理的基本组分。将活动看作实体对象，其包括如下要素（图5-4）：①输入组分，即活动所要处理的对象以及完成活动功能所必需的辅助因素。输入组分既可以是有形的物质资料，也可以是无形的数据、信息和知识等。②输出组分，即活动执行的结果，包括有形产品输出与无形产品（知识产品）的输出。③动作，即活动所要执行的具体操作，表现为某种处理逻辑，在活动中居于核心地位。④约束，指环境因素、输入差异等对活动动作的制约与决定作用。⑤动作执行者，是活动动作的具体操作者，具有完成活动动作的相关技能。深入细腻的劳动分工导致活动与其执行者之间往往形成稳定的对应关系。此外，输入与输出组分是一个活动与其他活动或环境的接口，实现与活动外界的交互。

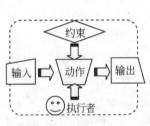

知识体	标识部		知识体ID
	接口部	输入	编码知识、非编码知识(人力)
			前驱知识体ID
		输出	编码知识
			后继知识体ID
	操作部		处理动作说明
	约束部		人力、数据、时间等
	主体部		人力知识

图 5-4 活动要素与结构   图 5-5 知识体结构

面向活动的政务知识集成是以 KM 视角重新审视政务管理活动，辨析活动要素及其间关系，并从 KM 维度对其进行整合和封装。引入 AI 领域面向对象（object oriented，OO）的技术思想，可将能够完整描述并支持具体政务管理活动的知识集定义为知识体，如图5-5所示。知识体具有对既定政务管理活动各要素的完整描述，能够对行政主体政务管理活动提供完备知识支持。它实际上是政务管理活动的知识视图。通过知识体这一知识集成形式，便于知识用户更直观地理解与把握政务管理活动与行政管理系统内各种知识资源的对应（供求）关系。采用面向对象的思想与技术组织知识体，还可以充分发挥知识体的可重用特性，提高政务知识的利用效率；同时，通过知识体中相对于活动输入/输出要素的接口部（输入/输出接口），还可实现知识体间的组装与整合，从而实现对工作流的知识支持。

流程（process）也称业务流程，是为实现某项既定目标的一组相关业务活动的有序集合。在政务管理领域，若干相关的政务管理活动亦可组成政务管理流程，与更大粒度的政务管理功能相对应。政务管理主体作为非营利性组织，其所从事的管理活动都围绕着既定目标展开。为实现某项具体目标或任务而展开的若干紧密联系的业务活动序列即构成一条业务流程。电子政务系统的各组分均通过相应的政务管理流程发挥效能，完成其相应的管理职能。

面向流程的政务知识集成是在面向活动的政务知识集成的基础上，以政务工作流为核心，分析其中各活动间的序列关系与约束机理，以此导引对相关知识体的整合操作，从而获得政务管理流程的知识视图。该层次的政务知识集成能够实现知识体间的聚类操作，同一簇集中的知识体间能够协调一致、高效运作，以实现对政务工作流完备、高效的知识支持。

流程以工序上的呈递关系、物料（包括知识）上的供求关系来组织相关活动。相应地，面向流程的政务知识集成以知识体间的输入/输出（前驱/后继）关系来组织相关知识体，从而形成知识体链。每个知识体是个独立的组合单元，同一知识体可以作为多条知识体链上的结点。当一条新的政务流程产生时，可以首先检查已有的知识体，看能否满足构建相应知识体链的知识需求，对于缺少的知识体按照面向活动的知识集成方法整合知识要素、封装知识体。尔后，按知识体间的输入/输出（前驱/后继）关系将相关知识体整合成知识体链。需要指出的是，知识体链并不一定是简单的链条结构，它可能呈现出"整体链状、局部分支"形态，毕竟单一知识体的前驱可能并非一个知识体。例如，图5-6描述了某工业园项目审批流程，其对应于一条知识体链，每个环节（活动）对应一个知识体；其中的"签署建设用地许可证"环节有多个前驱知识体与其对应。

"面向应用层次"的政务知识集成的最高层次是面向应用主题的知识集成。

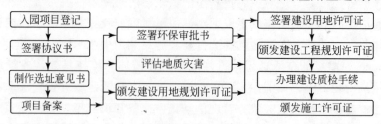

图5-6 某工业园项目审批流程

该层次知识集成的核心思想是，以某一政务知识应用主题（可能涵盖多条知识体链）为核心，引入知识生命周期理论，按知识生命周期各环节的处理要求对相关政务知识、知识体、知识体链进行辨识、评估、选择（获取）、转换、组装与维护操作（图5-7），其结果集为政务知识簇。其中，辨识指从某一知识应用主题出发，分析其所需的知识种类、表现形式、数量与来源；评估是在辨识结果的基础上，对电子政务系统的知识库以及各层知识集成单元（表现为知识体、知识体链形式的知识视图）进行检索，对检索到的政务知识对照应用目标进行评价，并进行模糊定级（可分为"必需、重要、一般、不重要、不需要"五级），达到评估要求的政务知识转入"选择"环节；对于未检索到的政务知识则转入"获取"环节；选择是根据评价结果对已有的政务知识剔除冗余，排解知识间的矛盾，选择价值较高的政务知识以备集成；转换的意义在于解决电子政务系统中的异构知识库、知识系统中同一主题相关知识间的结构与意义差异，相关技术与方法将在下一节讨论；组装即将经过选择或获取后的各层知识单元按知识应用主题的结构与目标要求进行协同与整合，形成反映该应用主题并能够为其提供完备、高效知识支持的政务知识簇；维护以知识主题的应用效果为反馈，对知识簇进行持续改进。随着电子政务系统环境的演进，政务知识簇维护的进程相对于环境的演进会渐渐变得力不从心。此时，需要对知识簇进行重构，亦即依据崭新知识环境与知识主题结构和求解目标，再次执行上述流程。

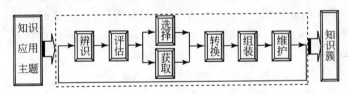

图5-7　面向应用主题的知识集成

实施"面向应用层次"的政务知识集成时，知识集成主体要深刻体会以下几点。

（1）"面向应用层次"的政务知识集成以各层次政务知识应用目标作为导引，对政务管理系统内的知识进行重新组织与有效整合。这一过程需要准确把握政务管理系统内的知识资源状况，包括知识的类别、存放形式、所属知识库、知识提供者以及知识间关系等。因此，需要双组分知识地图的有效支持。

（2）政务知识集成是对政务管理系统内知识的协同与整合，而不是重新存储。其技术实质是建立异构知识与系统间转换机制以及知识和应用间的映射机制。

（3）人作为非编码知识的载体、知识应用的施动者，是知识集成的重要组分。有效的知识集成需要建立在良好的电子政务生态环境的基础上。

（4）上述集成思想将政务管理业务流程中所涉及的知识、人与业务流程密切联系起来。体现了本书所主张的将 KM 实施与政务管理业务流程相集成的实施原则。

（5）传统信息集成只考虑了异构信息间的转换，忽视了信息生命周期的其他环节，从而影响了集成效果。上述政务知识集成策略基于知识全生命周期，确保了集成的长期有效性。

5.2.2 "面向对象层次"的政务知识集成

"面向对象层次"的政务知识集成策略依据图 5-3 所示的政务知识系统层次结构，将政务知识集成由低到高分为三个层次，即知识库层次的集成、知识应用系统层次的集成和知识主体层次的集成。分层进行、逐步展开，使整个电子政务系统的知识集成得以稳步实施。

如前所述，电子政务系统的知识库是由诸多异构知识子库（文档库、规则库、神经网络、案例库、模型库和知识地图等）构成，每一类型知识子库为一个或多个政务知识应用子系统提供知识支持。知识库层次的政务知识集成是将功能相同和相似的政务知识应用子系统的知识库进行协同与再组织，消除异构知识子库间因采用不同的知识表示方法而导致的知识交流与共享障碍；解决不同知识子库间因基于不同知识模型而产生的术语失配问题以及知识子库间同一主题知识存在的矛盾与不一致现象，从而增强电子政务系统对复杂问题的求解能力。

知识库层次的政务知识集成可依如下策略展开。

（1）解决电子政务系统各知识子库间因知识表示方法差异所引起的政务知识交流与共享障碍，在不同的知识表示方法之间、不同类型知识子库之间建立一种知识转换机制。可以通过两种策略实现之，即直接转换和间接接口策略。周济、肖人彬等分析了样本性知识、符号性知识和数量性（模型化）知识的不同特征，提出通过建立知识描述形式之间的转换机制实现异构知识集成的目的。每一种知识表示方法都有自己的特点，从而使异构知识间存在互补性。通过建立异构知识间的转换机制，可以实现各类型知识间的优势互补。然而，异构知识间的直接转化虽然理论上可行，但因其转化算法复杂并且十分耗时，所以在知识库层次的政务知识集成中仅处于辅助地位。其主导策略则是采用一种公用的通信语言（如 XML、KIF、KQML、ACL 等）实现异构子系统与政务知识库间的交流与共享。如此，可以降低政务知识集成的工作量，实现高效集成（相关实现技术见下文）。

（2）通过建立公共知识模型作为异构知识集成基础，解决异构知识子库与系统间的术语失配问题。公共知识模型用统一的分类法对异构知识子库中的知识概念进行分类，并用唯一术语表示一个知识概念，从而避免由于知识模型差异产生的术语失配问题。在具体实施工程中，可依基础知识、领域知识、项目知识与主题知识四个层次建立公共知识模型。本体（ontology）是概念化的一套规范，是关于某项知识主题的一种形式化、说明性的表示。它定义用于表示某项知识主题的概念与关系的词汇以及概念间关系，形成对知识表示的约定。以基于知识本体的知识表示作为电子政务系统的公共知识模型，各个异构子系统中的不同术语通过与本体系中的标准术语之间的转化，实现术语识别。鉴于异构知识间的矛盾与不一致现象，需要对电子政务系统的知识库实施长期的维护过程，通过知识集成、知识应用等环节做到及时发现、及时排解。

当前，很多行政管理部门及其内子部门都建立了不同层次和功用的知识应用系统，如街道政务管理系统、村政务管理系统、检疫政务管理系统、监狱政务管理系统等。由于缺乏统一规划，各种系统往往只关注某一部门或领域内的特定问题、寻求对局部特定问题的优化管理与求解，系统之间则缺乏有效的协同与集成措施，形成信息/知识"孤岛"，从而削弱了行政主体对复杂政务管理问题的解决能力，也降低了政务知识的利用效率。知识应用系统层次的政务知识集成将政务管理主体已有的各个分立的知识应用子系统作为集成对象，谋求通过有关同一知识主题的多个政务知识应用子系统间的协同运作以增强行政主体对复杂政务管理问题的求解能力，提高其政务知识的应用效率和有效性。

如图 5-8 所示，将既定行政主体现有的各个政务知识应用子系统看作具有特定问题求解能力的智能体（agent），建立子系统的索引表。索引表中的每个表项对应一个子系统，其内容包括每个知识应用子系统的系统 ID（system ID，SID）、功能描述、性能评价、输入参数、输出参数、推理策略等。然后，借助工程项目管理中的项目工作分割结构图（work breakdown structure，WBS）对所要解决的政务管理问题进行分解，将待解问题自顶向下逐层分解成易于求解的若干子问题（这些子问题组成一个倒挂的树型图），以实现结构化地组织和定义问题范围与内容。WBS 每细分一层都是对原问题更细致的描述。树型图最底层的叶结点被称为任务包，每一个任务包都能由一个或多个知识应用子系统加以解决。为便于分层统计和识别，WBS 中的每个任务包都被指定唯一的标识符（task ID，TID），并分层表示。任务包与应

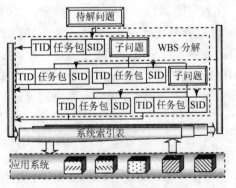

图 5-8 知识应用系统层次的政务知识集成

用系统间的映射关系通过子系统的索引表实现，亦即通过系统索引表完成 TID 到 SID 的映射。如此，能够解决各个任务包的多个子系统的执行序列（SID 序列）就形成了原问题的一个求解方案。实际工作中，由于 WBS 的多解性以及由于大多行政管理部门早前建设的各政务管理子系统在分析、设计时缺乏统一规划，彼此间可能存在功能上的重叠，导致同一复杂问题可能存在多种解决方案，必要时通过寻优算法确定最佳解决方案。显然，该层次知识集成的结果方案可看作松耦合的 MAS（multi-agent system）。关于 agent 间交互的共同通信语言（如 KQML、ACL 或者 FIPA ACL 等），将在下一节讨论。

知识应用系统层次的政务知识集成关注的焦点在于既定政务管理主体现有各知识应用子系统的问题求解能力，对各个子系统的知识库未作处理。因为，这一层次的政务知识集成是在电子政务系统知识库层次的知识集成后，亦即在解决了前述各异构知识子库间可能存在的问题的基础上进行的。

知识主体层次的集成是"面向对象层次"的政务知识集成的最高层次。其原因在于：其一，每个政务知识应用子系统都对应特定问题求解领域，而每个问题求解领域都对应于特定的政务知识主体，可能是某个人、某个团队，也可能是某个行政部门；其二，特定主体对应于政务管理系统内的特定知识以及相应的知识应用子系统；其三，知识主体本身处于非编码知识载体的地位；其四，知识只有经过知识主体主观的施动作用才能实现向价值形态的转化过程。

知识主体层次的政务知识集成应坚持的基本思想是：在某一知识主题、知识项目目标导引下，采用 WBS 方法将知识主题、项目目标进行分解，直到每一个任务包都对应于能够胜任的人或团队。这一过程可以借助电子政务系统专家定位器的支持来实现。每个任务包所需要的知识以及相应的支持系统由其所对应的主体（人或团队）通过映射自动带入。该层次的知识集成在知识库层次的政务知识集成和知识应用系统层次的政务知识集成基础上进行，对于异构知识与系统间协同问题不再考虑，而将重点放在相关知识主体间的协同上。同一知识主题、知识项目下的知识主体由具有特定技能、能够完成某项专职工作的人员组成，这需要组织结构、行政文化、激励机制等电子政务生态环境的支持。

5.3 政务知识集成相关技术

前已述及，政务知识集成相关实现技术主要包括两个方面，即间接集成技术和直接集成技术。间接集成技术不进行异构知识或政务子系统间的直接转化，而是以公共知识模型和共同通信语言作为接口（桥梁），从而实现不同政务知识子库与政务子系统间的集成与整合目的。直接集成技术则通过相应异构知识间的转化技术，直接将异构知识向同一描述形式转换（一般从知识谱线低端向高端转化）。

　　显然，应用直接知识集成技术不仅系统开销大，而且通常会伴生知识的重复存储问题。因此，电子政务系统中的知识集成应以间接集成技术为主，直接知识集成技术只起辅助作用。此外，面向对象技术和知识地图亦是政务知识集成的必要支持技术。由于前文已有讨论，故不再赘述。

5.3.1　基于知识本体的公共知识模型

　　知识本体（knowledge ontology）是共享概念模型中的明确的形式化规范释义。它是通过对客观现象进行抽象并在相关领域内得到公认的概念集；其概念及其约束具有完备、明确的定义，易于计算机处理。构建知识本体的目标是捕获相关领域知识并确定该领域共同认可的词汇，提供对该领域知识的共同释义，从而避免概念歧义、混乱等知识不一致现象。

　　知识本体为知识共享与集成提供了完整的领域模型和公共的知识平台，确定了某一领域概念与语义间的一一对应关系。当建立了某一领域（知识主题）的知识本体时，就会使异构的知识子库或子系统间的知识交流建立在领域共识的基础上。因此，建立基于知识本体的公共知识模型是实现政务知识集成的关键技术。

　　将知识本体定义为二元组形式：$O ::= (C, R)$，其中 C 是某一论域（知识主题或应用领域）D 内所有概念知识的集合，R 是 D 内各概念之间关系的集合。进一步地，定义概念集 C 为：$C ::= \{c \mid c = (O\text{-term}, \text{description})\}$，其中 $O\text{-term}$ 是知识本体中表示某一概念的标准术语，description 则是对该概念的明确描述；定义关系集 R 为：$R ::= \{r \mid r = (r\text{-name}, \{c\}, \text{description})\}$，其中 $r\text{-name}$ 是知识本体中关系 r 唯一名称，$\{c\}$ 是关系 r 所涵盖的概念集合，description 是对关系 r 的简单描述。

　　前已述及，电子政务系统中的公共知识模型可在基础知识、领域知识、项目知识、主题知识四个层次上建立。其中，基础知识指自然科学和社会科学（后者比重更大些）中的相关基础理论与技能；领域知识为政务管理某一具体领域（如水务管理、矿务管理、医疗卫生管理等）内所涵盖的相关知识；项目知识指某一政务管理领域内的具体政务管理任务所需要的知识；主题知识指既定政务管理任务中的每个子任务（知识主题）所需要的知识。显然，以上四类知识之间呈现出一般和特殊、抽象和具体的关系，类型间具有较强的继承性（图5-9）。因此，引入面向对象技术构建公共知识模型，可以很好地实现概念间的继承与复用。

　　在建立基于知识本体的公共知识模型后，电子政务系统中的各知识子库或子系统与公共知识模型之间的转换接口可以通过概念映射表实现。概念映射表的表项定位为：$T::=\{t \mid t=$ （SID, c, S-term, type, $\{value\}$, unit)$\}$。其中，SID 为各异构的政务子系统或知识子库的唯一标识；c 为知识本体 O 中概念集 C 中的概念；S-term 为异构政务子系统或知识子库中对应于概念 c 的概念名称；type 为在既定政务子系统或知识子库中该概念的取值类型（字符型、数值型、布尔型等）；$\{value\}$ 和 unit 分别为 S-term 的值域和量纲。

异构的政务知识子库或各政务子系统间的知识交流以公共知识模型为桥梁。如图 5-10（a）所示，此时 n 个异构体之间的交流只需要 n 个转换接口即可。如果不采用公共知识模型作为桥梁，n 个异构体之间的完全交流则需要 n（$n-1$）/2 个转换接口，如图 5-10（b）。可见，公共知识模型的采用降低了知识集成的实施成本。间接知识集成技术中的共同通信语言的应用意义与此类似。

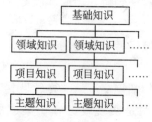

图 5-9　公共知识模型层次

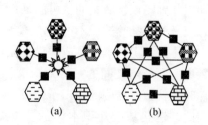

图 5-10　公共知识模型意义示例

5.3.2　共同通信语言

共同通信语言指能够有助于各种异构知识子库或子系统间进行交流，具有知识传递总线（bus）作用的知识表示语言。计算机网络技术领域以及 AI 领域发展起来的 XML、KQML、FIPA-ACL 和 KIF 都是典型的共同通信语言。

XML 在 W3C、MicroSoft、IBM 和 SAP 等权威机构的力推下，已逐渐成为异构系统通信领域中的"世界语"。因此，在电子政务系统知识库层次的知识集成中，可利用 XML 提取各异构子系统知识库中的知识，然后以 XML 文档形式在集成域内传播以实现异构系统间的知识交流。

这里，仅对存储于关系数据库（RDB）中的知识进行 XML 知识提取作简要介绍，希望能够取得抛砖引玉的效果。设 $T=\{A_1, A_2, \cdots, A_n\}$，其中 A_n 表示关系数据库既定数据表（table）中的第 n 个域。XML 知识提取算法步骤如下。

（1）建立与表 T 相对应的根元素 < Document >，从 T 中提取的全部知识将放在 < Document > 与 </Document > 之间。

（2）建立与表 T 中诸元组相对应次根元素 < Record >，从表 T 中提取的每个元组内容将放在 < Record > 与 </Record > 之间。

（3）对于元组中的每个分量（在对应域上的投影），建立和域名同名的元素,并将域值作为该元素的可析数据,全部元素及其可析数据置于该元组所对应的 < Record > </Record >标记内。

(4)重复第三步,直到处理完表 *T* 中的所有元组,结果如图 5-11 所示。

上述算法不仅可以实现由关系型数据库到 XML 文档的知识提取过程,亦可实现从 XML 文档到数据库的反向输入。正因为这一可逆性特征,XML 才能作为共同通信语言实现异构系统间的知识交流与集成。

前已述及,知识应用系统层次的政务知识集成的结果形式是松耦合的 MAS(multi- agent system, MAS)。Agent 间的有效通信是 MAS 的一个关键问

```
<Document>
  < Record >
    <ID>951708</ID>
    <Name>Zhang Jianhua
    </ Name>
    ……
  </Record >
  < Record >
    ……
  </Record >
  ……
</Document>
```

图 5-11　XML 知识提取

题,也是 agent 自主性的基础、社会性和智能性的体现。在 AI 领域,MAS 常见的 Agent 间通信方式有消息传递、方案传递、共用黑板和 Agent 通信语言(agent communication language,ACL)等。前三种方式很难明确表达问题空间的语义和 Agent 通信的语义,需要与 Agent 自身的求解逻辑合为一体才能较好地实现通信要求。显然,这不符合 MAS 的灵活性、可扩充性和异构性要求。ACL 方式则以其灵活、通用、支持知识共享和与 Agent 合作等特点,逐步成为 MAS 各 agent 间通信的主流方式。因此,知识应用系统层次的政务知识集成应采用 ACL 作为 MAS 间通信的主体方式。

ACL 基于言谈行为理论(speech- act),由一些用于表征通信内容、消息参数、发送方态度、预期目标等的命令组成。ACL 能够描述 Agent 关于其生存环境的认识、观念、态度、所具有的知识、解题能力以及合作愿望和方式等。当前具有主流地位的 ACL 有二:其一是由美国国防部高级研究计划署(The US Defense Advanced Research Projects Agency,DARPA)资助的知识共享计划(knowledge sharing efforts,KSE)研究小组于 1993 年提出的知识查询与操作语言(knowledge query and manipulation language,KQML);其二是由欧洲智能代理基础组织(Foundation for Intelligent Physical Agents,FIPA)于 1997 年提出的 FIPA-ACL。

KQML 提出时间较早,发展得相对成熟,是建立共同通信语言的首选。其定义了 41 条可扩充的行为原语,用以支持 Agent 间的各种通信。KQML 语法基于 Lisp 语言中的 S- expressions,其语义由六个特定谓词的逻辑组合来描述,分别给出会话双方在每次通信前与通信后的状态条件(pre- condition 和 post- condition)以及会话结束时预期达到的目标样态(completion)。KQML 语法规定了 KQML 消息的基本格式:首元素是消息名,其余元素是一系列"属性名-属性值"对,属性

名前有一个冒号，属性在消息中的位置可以灵活安排。KQML 消息属性主要包括三个层次：内容属性（：content）、通信属性（：reply- with、：in- reply- to、：sender和：receiver 等）和消息属性（：language、：ontology 等），如图 5-12 所示。

FIPA-ACL 语言包括 20 条行为原语。语法和 KQML 相似，每条消息亦由消息名和"属性名-属性值"对组成。作为描述性通信语言，FIPA- ACL 和 KQML 都具有极强的表达能力，具有完备的句法和语义，能支持 Agent 间的高层交互和互操作。两者的差异主要体现在对消息原语的语义解释上，并且 FIPA- ACL 用标准 EBNF 格式来定义，使用语义描述语言 SL 来表述每个通信动作的前提条件和预期效果。

参照 AI 领域的相关研究成果，可将知识应用系统层次的政务知识集成 MAS 中各 Agent 间通信抽象为三个层次，即会话层、对象请求代理（object request broker, ORB）层和传输层（transmission），如图 5-13 所示。其中，会话层规定 Agent 间会话的规则与策略，通过 KQML 所定义的行为原语实现通信；ORB 层是 Agent 将消息赖以传输给会话方的一种媒介或工具，通过建立对象引用实现实例之间的关联，遵从公共对象请求代理体系结构（common object request broker architecture, CORBA）规范所定义的接口定义语言（interface definition language, IDL）标准；传输层指实现数据信息传输的协议和有关机制，如 TCP/IP、UDP、HTTP、SMTP、IIOP 等。

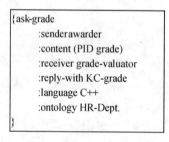

图 5-12　KQML 消息示例

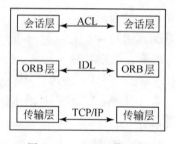

图 5-13　MAS 通信层次

ACL 解决了 MAS 中 Agent 间的会话问题，但对于分布式环境、会话信息的可靠传输和服务的顺利调用还需要先进的分布计算技术支撑。国际对象管理组织（Object Management Group, OMG）制定的 CORBA、微软公司提出的 COM（component object modal）/DCOM（distributed component object modal）和 Sun 公司的 EJB（enterprise Java beans）技术是解决分布式对象计算的典型技术。其中，CORBA 影响较大、应用较广，已成为开放的、基于客户/服务器（C/S）模式的、分布式对象互访的工业标准。CORBA 以 ORB 为核心，以"软件总线"机制使任何应用程序和软件系统只要具有与该接口规范相符合的接口定义，就能方便地集成到 CORBA 系统中；同时，它引入代理机制将客户和服务器分离开来。IDL 是 CORBA 中定义的一种接口规范，用来描述对象接口，不涉及对象的具体实现，从而实现了语言层次上的互操作性。基于 CORBA 的对象都必须以 IDL 形式加以描述。采用 CORBA 技术建立分布式 MAS，可以使异构 Agent 具有即插即用（plug and play，PnP）特性，也使 Agent 之间的协作和信息共享有了可靠的技术保障。因此，对于分布环境，需要把 CORBA 和 ACL（尤其是 KQML）结合起来以实现知识应用系统层次的政务知识集成。

知识交换语言（knowledge interchange language，KIF）也是 DARPA 的 KSE 计划的一部分。它扩充了一阶逻辑以支持非单调推理，规定了一套完备的语法和语义以便在不同知识表示语言之间建立起"桥梁"，从而使不同应用系统间能够实现知识交流与共享。类似 XML，各应用系统在传出知识前，先将各类知识形式转换为 KIF 格式，知识到达目的系统后再由目的系统将 KIF 格式转换为其自身的知识格式。KIF 语言有成熟的语义学，使得在没有解释器来处理这些表达式的情况下也有可能理解表达式的意思。由于 KIF 与 KQML 同为 KSE 计划的组成部分，两者能够实现较好协同。因此，如果必要，在基于 KQML-CORBA 的政务知识集成技术框架中，可以采用 KIF 作为通信内容定义语言。

5.3.3　异构知识间转化技术

如前所述，异构知识间的直接转换不仅系统开销大，而且一般伴随知识的重复存储。电子政务系统中的政务知识集成应以建立公共知识模型与共同通信语言作为主导技术，异构知识间的直接转化只作辅助与补充。然而，其中的个别技术对于电子政务系统知识库的构建与维护仍具有积极意义。因此，本节给予适度讨论。从必要性和可能性讲，异构知识间直接转化的常见方式有文档数据型知识到案例知识、ANN 到规则知识、规则知识到案例知识三种。

文档型知识到案例型知识的转化，主要应用于初始案例库的构建以及中期案例库的补充与扩容。其转化原理可参见第四章案例库的存储与组织一节，如图 4-41 所示。分析文档数据库与案例库知识结构，通过一组映射函数实现从文档数据库的数据模式到案例库的案例模式间的映射。同样，映射函数亦分为两类：一类称为一般映射函数，负责从文档数据库向虚拟案例模式映射属性值以便构成案例实例；另一类称为签名映射（signature mapping）函数，用于建立可以唯一标识每个虚拟案例实例的属性数据的最小完备集。

从 ANN 到规则知识的转化，主要应用于以 ANN 进行规则求精操作后的规则提取过程、ANN 隐性知识的外显化以及 ANN 与专家系统（ES）的系统集成场

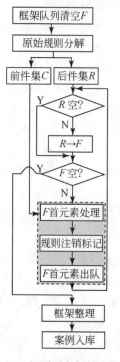

图 5-14　规则到案例转化算法

合。在实现技术方面，除了 Fu 提出的 KT 方法外，还可参照肖人彬、周济等提出的如下算法：①收集样本、训练网络。给出 m 个初始样本，每一样本有 n 个输入和 1 个输出，其数值均由 0 或 1 构成，对网络进行训练直至权值矩阵 W 稳定。②产生完备样本集。n 个输入的完备样本集的基数（即样本个数）为 2^n，通常 $m < 2^n$。对剩余 $2^n - m$ 个样本，给出样本输入，可由稳定的权值矩阵 W 计算得到输出值，从而得到包含输入、输出的 $2^n - m$ 个样本，它们与步骤①中给出的 m 个初始样本一起构成完备样本集。③规则转换。完备样本集所表达的信息实际上就是逻辑关系的真值表。由真值表可得到对应的卡诺图，从而得到等价的逻辑表达式，再将其表示成为若干规则。

电子政务系统中的案例型知识以面向对象基于框架的方式表示。规则知识到案例知识的转化实质上就是规则与框架两种知识表示方法间的转化。该类转化主要应用于电子政务系统中案例知识的动态维护与补充。在已有的算法策略中，肖人彬、苏牧和周济等提出的转化算法较为成熟，其算法路线如图 5-14 所示。图中，原始规则知识需转换为合取式，即满足 Horn 子句形式（$c_1 \wedge c_2 \wedge \cdots \wedge c_m \to r_j$）；$C$ 和 R 分别为原始规则知识的前件和后件集合。F 首元素处理细节如下：取首元素并根据原始规则集从集合 R 中找出所有能推出该元素的 r_j，作为其超类框架 f_k；从集合 C 中找出那些能推出该元素的前件 c_i，作为其属性槽 a_k。规则注销标记是在原始规则集中把和 F 首元素有关规则标记为注销，使其不再参与后续转化。完成前述操作后，F 首元素从队列中弹出。框架整理首先利用推理的前后相容性，将子类中和超类中槽名相同的属性值和超类中相应的槽值作"并"运算；同时子类也继承超类的其他属性，由框架系统的超类向子类的方向逐层推进；然后，对得到的框架系统由子类向超类的方向把具有相同框架结构的各框架中的槽提升到共同的超类结点中，这些结点都成为被扩充了的超类结点的实例框架。此时，超类结点已变成了一个类框架，将其中依赖于实例的属性置为空。如此，简化了框架系统的继承关系，精简了总槽数，有利于后续的推理运算。

5.4　政务管理流程优化与再造

5.4.1　政务管理流程概述

有效的流程优化与管理是面向流程的政务知识集成的前提和基础。事实上，电子政务系统的研发过程就是对政务管理流程的调研、分析、优化、固化与数字化的过程。尤其在系统开发周期的规划、分析与设计阶段，其大量工作都是基于政务管理流程展开的。

分析前文中"流程"的概念，可以归纳出其所具有的如下特征：其一，目的性，亦即任何流程都是为了实现流程实施主体的某项具体任务或目标；其二，结构性，流程内的各个活动之间不是杂乱无章地堆砌着，而是依特定结构关系有机地整合在一起；其三，动态性，即流程不是固化不变的，其会随组织内外环境的变化而相应地作出因应调整；其四，普遍性，任何组织都有其运作目标体系，均通过业务流程实现之。

政务管理流程由若干政务管理活动及其间的结构关系构成。政务管理流程的现实绩效不仅取决于组成该流程的各个政务管理活动的绩效水平，还依赖于政务管理活动间的结构关系的有效性与适宜程度。政务管理活动间的结构关系指为实现既定政务管理功能与目标而整合成政务管理流程的各个政务管理活动之间的逻辑关系，主要表现为串行关系、并行关系与复合关系三种情况，如图 5-15 所示。

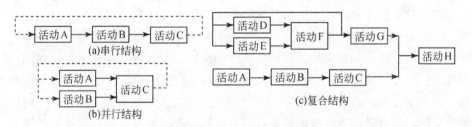

图 5-15　政务管理流程结构

串行关系指组成政务管理流程的各政务管理活动之间按时间序列构成一对一的输入与输出关系，亦即前一个政务管理活动（流程中的尾活动除外）的输出组分是其直接后继政务管理活动的输入组分。并行关系指在组成政务管理流程的各政务管理活动中，一个政务管理活动的输入组分由两个或两个以上政务管理活动的输出组分提供的活动间关系。实际运作中，政务管理流程各活动间往往不是单一串行或并行关系，而是兼有上述两种关系的复合结构。需要指出的是，组成政务管理流程的各政务管理活动间的输入与输出关系有时会突破单一前进方向，从而呈现出反馈关系。这主要源于提升政务管理流程绩效的需要。

对政务管理流程的有效管理以及电子政务系统的有效研发与应用，都离不开对政务管理流程的准确识别与表征。一般可通过两种视角实现对政务管理流程的识别：其一，在政务管理主体既定任务与目标的导引下，依时间维度逐一识别与完成该任务或实现该目标相关的各政务管理活动，并分析和确立活动间的结构关系；其二，政务管理流程实施的过程伴生物流、信息/知识流、资金流的流动过程。例如，政务管理流程的展开过程同时也是政务数据、信息与知识的采集与系列处理过程。因此，可以通过对某一"流"的变化与演进阶段的分析来识别政务管理流程。需要说明的是，在依时间维度开展政务管理流程的分析与识别时，既可以通过正演方式实现，也可以采用反演方法完成。此外，对具体活动的定位，可参照前文提到的霍尔三维结构的时间维或逻辑维展开。

对政务管理流程的描述与表征，既可以通过结构化语言描述，也可以通过相应的图件工具实现。语言文字描述对人的语言表达能力提出了较高要求，同时也给流程的识读人员带来一定压力，因此被较少应用；对政务管理流程通过图件进行描述与表征，相对于文字描述要直观、简单得多，因此被广为应用。常见的用来描述流程的图件工具包括业务流程图（transaction flow diagram，TFD）和数据流程图（data flow diagram，DFD）。有关这两种图件的具体应用，在国内主流的管理信息系统（MIS）教材中均有提及，此处不再赘述。

5.4.2 流程优化与再造

包括政务管理流程在内的各种流程均由若干业务活动及其间的复杂结构关系构成，而每一个业务活动又都是一个复杂的封装体。在切实提高每一个业务活动绩效的同时，设计和调整好各活动间的结构关系、提升业务流程内各活动间的协同效能，进而持续改善既定流程的运营绩效，这是流程管理（包括政务流程管理）的基本任务。流程管理贯穿于现代意义上的管理学发展的全过程。任何组织绩效目标均通过具体的业务流程及其组合得以实现。通过提升流程管理效率和有效性来提升组织的运营绩效自然成为管理活动的工作焦点。

要深入体会政务流程优化与再造的概念，就必须对企业管理领域内的流程再造（business process reengineering，BPR）进行全面、深入的了解与认知。20世纪80年代以后，经济信息化和全球化从根本上改变了企业生存的内外环境，并要求企业从内部到外部建立合作、协调、高效的运营机制。随着"变化"（具体表现为速变、突变、巨变、规则化降低等）逐步成为市场环境的主旋律以及全球经济一体化进程的进一步加剧，美国企业越发感受到前所未有的竞争压力，其理论界和产业界被迫对企业竞争能力的不断下降进行深刻反思。当时，美国企业对日本同行的学习便是其反思与求变的集中体现。然而，大多数企业简单地将日本企业的成功经验直接移植过来，并没有产生明显效果。当企业运营状况与崭新市场环境需求特征之间的距离越来越大以至于让人感到窒息、难以弥合时，便有学者提出了"置于死地而后生"式的因应策略。1993年，美国麻省理工学院教授迈克尔·哈默（Michael Hammer）和 CSC Index 顾问公司执行董事长詹姆斯·钱皮（James Champy）共同出版了《再造企业——工商业革命宣言》一书，主张对现有企业管理观念、组织原则和工作方法进行基础性的再思考与根本性的再设计，以显著提升成本、质量、服务和速度等企业关键绩效指标。

企业再造理论以变革与再生的思想重新审视企业，对传统管理学劳动分工理论提出了质疑，是管理学发展史中的一次巨大变革。以亚当·斯密（Adam Smith）为代表的管理学前驱推崇劳动分工，认为分工可以提升劳动者专业化水平，进而提升生产效率；分工可使劳动者长时间专注于某一项工作，减少工作变换造成的时间耽搁和效率降低；分工可促进大量有利于提升劳动效率的机器设备和工作方法的研发与应用。然而，劳动分工理论在提高生产效率的同时，也有其负面作用。它使劳动者成为机器附属物，将原本连贯的业务流程分解为若干独立的工作片段，增加了企业内部的交流与协同成本；以劳动分工理论为依托的科层制组织严重束缚了员工的积极性、主动性和创造性；在劳动分工背景下，员工"只见树木，不见森林"，其只了解和关注自己所从事的业务活动，而对于整条业务流程则缺乏认知。此种背景下，企业流程再造成为企业再造理论的核心内容。

BPR 的实施以"流程"为导向，对组织现有流程进行深入分析与彻底重建，提高流程的完整性和实施效益。一般而言，具有以下特征的流程将会成为"再造"对象：组织的核心业务流程、瓶颈业务流程、与客户直接相关的业务流程、不完整的业务流程以及跨越多个部门的业务流程等。对流程进行重建与再造的基本原则是：以顾客为中心，强调顾客满意而非上司满意；让员工参与，充分发挥员工的主观能动性；着眼于提升业务流程的整体绩效，改善业务活动间的协同特性。流程再造的主要方法有：删繁就简，剔除非必要的业务活动；利用先进的信息技术及其系统平台（如电子政务系统），提升流程内的信息流效益；应用系统科学和协同学的思想与方法，改进流程内各活动间的整合性能（如大部制改革）。再造完成后的流程一般具有如下特征：流程的执行者由职能部门转变为流程执行小组；组织员工所从事的业务由原来简单、专一的任务变为综合、多方面的复合任务；管理方式由控制转变为授权；绩效评估的基点由活动绩效转变为流程绩效；人事管理由"重工作成绩"转变为"重工作能力"；生产管理理念由维护型转变为开拓型；管理人员角色由监工转变为伙伴和教练；组织结构由科层式向扁平化转变。

早期的 BPR 追求的是使组织绩效（尤指企业绩效）发生突变型的质的飞跃。哈默和钱皮曾为"质的飞跃"描绘了美好的目标图景，"周转期缩短 70%，成本降低 40%，顾客满意度和组织收益提高 40%，市场份额增长 25%"，从而使美国的企业竞争力赶上或超过日本对手。为此，BPR 要对组织原有的运营理念提出挑战，进行根本性重建；要对原有的管理模式、业务流程、组织结构进行根本性的再设计。实践运作中，BPR 的成功实施给一些企业（如福特汽车公司、IBM、AT&T 等）带来了巨大效益。然而，就全球而言，BPR 项目的成功率并不高，至少有 70% 的项目没有取得预期效果，甚至有一些 BPR 项目使企业运营状况变得更糟。究其原因，一方面，BPR 诞生时间不长，理论探讨与产业实践尚需一个不断深入和完善的过程；另一方面，其对组织原有结构与业务流程等的彻底性重建与根本性的再设计，无疑会对其造成"伤筋动骨"式的冲击。因此，彻底解决积弊很深的诸多问题，有效应付来自诸多利益主体的责难与对抗，营建崭新的、富于生命力的组织运营机制等，都要在短时间内以突变、巨变的方式一蹴而就式的完成，个中的困难可想而知。即便有人主张实施"一把手"工程、依托有效的团队，但其成功实施的阻力依旧很大，失败概率也很大。

于是，以詹姆斯·哈林顿（James Harrington）为代表的一些学者主张放弃 BPR 那种"革命"式的突变模式，转而采用"改良"式的渐变方法，对组织流程进行平和的、持续的改进与优化，从而使其永葆生机。此即业务流程优化（business process improvement，BPI）。BPI 基于组织整体发展战略，建立并持续完善支撑组织流程运转的管理配套体系和信息系统平台，整合组织资源与能力，建立持续改进型的组织流程优化体系。

电子政务系统的构建过程不单是改变原有政务管理流程的实现方式（由"手工"到"自动"）的过程，也不仅仅是对行政组织内传统政务管理系统（老系统）的直接电子化（"直译"），而是在对传统政务管理系统内的各政务管理流程进行广泛而深入的调研基础上，对其展开分析与讨论过程，进而基于先进的政务管理理念与实施技术实施全面的政务流程优化与再造（再设计），并基于优化后的政务管理流程完成电子政务系统（新系统）的分析、设计与开发过程。仅扮演"直译"角色的电子政务系统项目，其实施效果是十分有限的。更有甚者，如果将原有政务管理流程中的一些弊端也搬进、固化到电子政务系统中，将会使电子政务系统成为制约政务管理绩效进一步提升的桎梏。

5.5 政务主体协同

5.5.1 政务主体协同的内涵

随着社会生产活动的日益精细化与复杂化，以公众服务为核心的政务管理系统中的各要素、各级政务知识应用间的相互依赖关系日益增强。此种背景下，政务知识应用效益（亦或政务管理活动的效率和有效性）高低不仅取决于单个政务管理主体的知识水平与业务素质，还取决于政务管理相关主体间的协同程度。简言之，政务主体协同指，为提高既定政务管理系统内各层政务知识应用（政务管理流程）的效率和有效性，各政务管理主体通过有效的知识交互与共享协调其间关系，从而实现在知识应用过程中的无缝合作。

从协同学的观点出发，提高相关政务主体的协同特性才能保证电子政务系统的有序性和效率。电子政务系统内各要素、各活动间的协同，居于核心地位的是政务管理主体——人的协同。政务知识应用是联系政务管理主体与管理客体间的纽带，有效的电子政务系统要能够为政务知识应用过程中的主体协同提供支持。政务管理主体作为政务知识应用的施动者，其间的交互与协同决定了政务知识应用整体的协同特性。当今环境下，同一政务管理流程上的各个政务管理主体可能在异地异时的条件下展开合作，所以主体间的协同问题已经成为束缚政务知识应用效果的瓶颈所在。

就实施目的而言，政务知识应用中的主体协同是为提高既定政务管理系统内各层知识应用的效率和有效性；其解决途径是改善各政务管理主体间的通信状况、促进其间的政务知识交流与共享；政务管理主体协同的实质是对主体间的依赖关系进行有效梳理和协调；其目标形态是既定政务管理系统内的各政务管理主体在知识应用（政务管理）过程中实现无缝合作。

5.5.2 政务主体协同策略

20 世纪 70 年代，哈肯（Herman Haken）在深入研究以各类开放系统所共有的"协同性"的基础上，创建了协同学。时至今日，协同学的理论体系逐渐丰富，其中的方法、策略可为提升政务主体协同性能提供参考。此外，20 世纪晚期，在协同学的基础上，专门研究在计算机技术支持下，尤其在计算机网络和多媒体环境背景下，通过设计、建立支持各种各样协同工作的应用系统，以有效支撑既定群体协同完成共同任务的计算机支持的协同工作（computer supported cooperative work，CSCW）作为一门独立的子学科诞生并迅速发展。CSCW 向人们提供了一套全新的交流和工作模式，能够为电子政务系统内的政务主体协同提供更为直接和具体的方法策略支持。

CSCW 最早于 1984 年由麻省理工学院（MIT）的 Irene Greif 和 DEC 的 Paul Cashman 等提出。1986 年 9 月，在美国得克萨斯州召开的第一届 CSCW 国际会议使其作为一门学科被确定下来。1998 年 12 月，中国第一届 CSCW 学术会议在清华大学召开。

CSCW 作为理念和技术的融合体，由对群体工作方式的深刻理解和支持群体工作方式的先进技术构成，谋求为异地甚至异时的相关主体提供"面对面"式的多媒体协同工作环境。在理念上，CSCW 的一个重要突破是将协同的重心由传统上仅支持个体工作的"人－机"交互转到能真正支持群体协同的"人－人"交互上来。

Greif 指出，群体分析是 CSCW 的核心；主体协同是 CSCW 的重要特征。增强主体间的通信、促进其间的知识交流与共享是实现主体协同的途径，它需要政务管理协同内良好软环境和先进信息技术的双重支持。其中，政务管理协同内相适宜的软环境可为 CSCW 提供扎根的土壤以及发展的生态环境，相关信息技术的支持则是其得以茁壮成长的养分。从前者看，组织结构变革以及政务管理流程优化与再造策略直接关系到相关主体的工作态度、知识结构、性格特征乃至生活习惯；行政文化与相关激励机制则影响着政务管理主体的全局观念和协同意识；午餐会等非正式环境可为主体间的自然交互提供便利，影响着主体协同的效果。从后者讲，支持群体协作的各种群件（group-ware）技术及相关产品可为主体协同的实现提供交互平台。

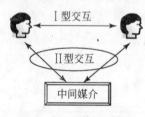

图 5-16　主体交互模型

国内 CSCW 学者顾君忠指出，主体间的交互可分为无媒介的直接交互（Ⅰ型交互）和有媒介的间接交互（Ⅱ型交互），如图 5-16 所示。Ⅰ型交互既有正式的组织行为（如项目会议），也有非正式的自发行为（如午餐会上的闲谈）。在政务管理系统中，正式的组织行为居于主导地位。非正式的自发行为虽容易被忽视，但其意义重要。组织软环境（如组织文化、激励机制等）建设与优化对Ⅰ型交互的有效实施非常重要，如何在不失严肃的前提下培育和调整出适度宽松、宽容的组织氛围是政务管理工作的一项重要任务。在Ⅱ型交互中，每个主体都直接与中间媒介（inter-medium）进行交互，并最终达到"人－人"交互的效果。中间媒介是个外延很广的概念。它既可以是一种硬件设施（如电话、传真机、计算机网络等），也可以是一套软件系统（如工作流系统、电子邮件系统、视频会议系统等），还可以是一种抽象意义上的解决方案（如信息交互、共享应用、共享对象、异步协同和同步协同等）。相对于传统政务管理模式，在电子政务系统中，Ⅱ型交互环境无疑得到了大幅改善。此时，一个突出的问题是如何将完备电子政务系统中诸多形式的Ⅱ型交互媒介进行有机整合以提升其协同性能。

基于主体交互模型并从电子政务系统"社会-技术"双视角出发，构建的政务主体协同框架如图5-17所示。图中，政务主体协同通过两种策略实现，即Ⅰ型协同策略和Ⅱ型协同策略。其中，Ⅰ型协同策略的核心对象是对既定行政组织软环境的建设与培育，相关内容已经在第三章讨论过，此处不再赘述；Ⅱ型协同策略包括协同硬件建设策略、协同软件建设策略和协同交互策略三个组分。

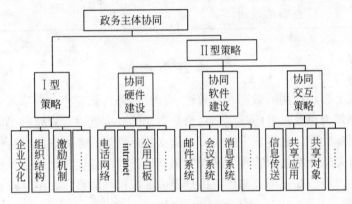

图5-17　政务主体协同框架

协同的途径是交流与共享，需要相应硬件平台的支持。需要强调的是，知识经济时代具有很强的网络化特征，网络已经成为信息交互和共享的主要媒介。因此，建立高性能的内联网（intranet）并拥有高速互联网接入服务对行政组织内及组织间的主体协同意义重大。各种多媒体工具以及群件系统是Ⅱ型协同策略的基本软件平台，包括各种音频/视频采集与编辑系统、电子邮件和消息系统、网络会议系统、工作流系统、群组日程安排与调度系统等。

软硬件平台的建立为主体协同的实现提供了物质基础，而主体协同的效率和有效性则主要取决于协同交互策略的选择与制定。政务主体协同交互策略依不同标准可划分为不同的类型，如表5-2所示。依据主体位置与协同方式的组合差异，可将政务主体协同分为四种，即同地异步协同、同地同步协同、异地异步协同和异地同步协同，在实现难度上逐步增加。其中，异地同步协同是对政务主体协同的基本要求。此外，按实施角度可将政务主体协同分为基于传递的协同和基于共享的协同，而后者具有更高的效率；依协同媒介差异可将政务主体协同分为面向信息的协同、面向知识的协同、面向对象的协同、面向工作流的协同和面向应用的协同。需要指出的是，主体协同力求避免冲突，不过冲突总是存在的。如此冲突消解策略亦是主体协同策略的必要组分。

表 5-2　政务主体协同交互策略分类

分类标准	分类内容	
主体位置 与协同方式	◇同地异步协同 ◇异地异步协同	◇同地同步协同 ◇异地同步协同
实施角度	◇基于传递的协同	◇基于共享的协同
协同媒介	◇面向信息的协同 ◇面向对象的协同 ◇面向应用的协同	◇面向知识的协同 ◇面向工作流的协同

本 章 小 结

提高政务知识应用的效率和有效性、提升政务知识交流与共享水平、增强政务知识创新能力以及提升施政主体对公众需求的反应能力等，这些是电子政务系统的基本目标功能。欲实现上述目标，就必须从做好政务知识集成与整合入手。

本章首先从介绍知识管理领域对知识集成研究的简要历程着手，分析了政务知识集成的内涵、知识集成与传统信息集成的区别与联系，归纳了政务知识集成的可能类型。

在电子政务实施过程中，欲实现对政务知识的有效集成与整合，不仅要依托先进的信息技术平台，还要采取有效的整合策略与方法。对政务知识的集成与整合应坚持"面向应用层次"与"面向对象层次"相结合的双线知识集成策略，依托 AI 领域和传统信息集成领域的相关技术，将理念与技术进行有机融合。

按集成粒度差异，可将"面向应用层次"的政务知识集成进一步划分为面向活动的知识集成、面向流程的知识集成和面向应用主题的知识集成三个层次。本章深入分析了政务管理活动的要素及其结构，引入面向对象的技术思想，阐释了能够完整描述并支持具体政务管理活动的知识体结构。在面向活动的政务知识集成的基础上，以政务工作流为核心，分析其中各活动间的序列关系与约束机理，以此导引对相关知识体的整合操作，从而获得政务工作流的知识视图——知识体链。面向应用主题的知识集成以某一政务知识应用主题为核心，引入知识生命周期理论，按知识生命周期各环节的处理要求对相关政务知识、知识体、知识体链进行辨识、评估、选择（获取）、转换、组装与维护操作，其结果集为政务知识簇。

依抽象的政务知识系统层次结构，可将"面向对象层次"的政务知识集成由低到高分为三个层次，即知识库层次的集成、知识应用系统层次的集成和知识主体层次的集成。知识库层次的政务知识集成是将功能相同和相似的政务知识应用子系统的知识库进行协同与再组织，其解决策略包括在不同的知识表示方法或不同类型知识子库之间建立一种知识转换机制，以及建立公共知识模型作为异构知识集成基础；知识应用系统层次的政务知识集成将政务管理主体已有的各个分立的知识应用子系统（看作独立的 Agent）作为集成对象，解决的策略是建立系统 ID 和经 WBS 分解后的原子任务包 ID，通过系统索引表完成 TID 到 SID 的映射，进而形成能够解决复杂问题的解决方案（即相应多个子系统的 SID 序列）；知识主体层次的集成是"面向对象层次"的政务知识集成的最高层次，其实现的基本策略是在某一知识主题、知识项目目标导引下，采用 WBS 方法将知识主题、项目目标进行分解，直到每一个任务包都对应于能够胜任的人或团队。

政务知识集成相关实现技术主要包括两大类，即间接集成技术和直接集成技术。间接集成技术不进行异构知识或政务子系统间的直接转化，而是通过建立基于知识本体技术的公共知识模型和共同通信语言（如 XML、KIF、KQML、FIPA-ACL 等）作为接口（桥梁），从而实现不同政务知识子库与政务子系统间的集成与整合目的。直接集成技术则通过相应异构知识间的转化（如文档数据型知识到案例知识、ANN 到规则知识、规则知识到案例知识）技术，直接将异构知识向同一描述形式转换（一般从知识谱线低端向高端转化）。

有效的流程优化与管理是面向流程的政务知识集成的前提和基础。电子政务系统的研发过程就是对政务管理流程的调研、分析、优化、固化与数字化的过程。政务管理系统的系统效能不仅依赖于单个政务管理活动绩效，还取决于各政务管理活动间的结构关系。为此，本章对政务管理流程的特征、结构、识别方法与策略以及描述工具等进行了分析与介绍；进而，基于企业管理领域的 BPR 与 BPI 思想，讨论了电子政务系统中政务流程优化与再造的迫切性与必要性。

社会生产活动的日益精细化与复杂化致使以公众服务为核心的政务管理系统中的各要素、各级政务知识应用间的相互依赖关系日益增强，政务知识应用效益高低不仅取决于单个政务管理主体的知识水平与业务素质，还取决于政务管理相关主体间的协同程度。为此，本章最后分析了对政务主体协同的内涵，指出了政务主体协同的目标、实质与解决途径；尔后基于协同学与 CSCW 理念与方法，设计并分析了政务主体协同的基本框架。

归纳与总结前述内容，可得政务知识集成子系统模型结构，如图 5-18 所示。

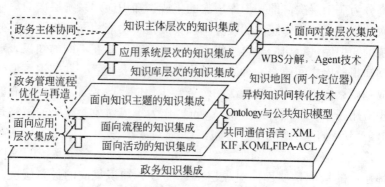

图 5-18 政务知识集成子系统模型

本章思考题

1. 何为"政务知识集成"？它有哪些类型？其对构建电子政务系统有何意义？

2. 知识集成与传统信息集成具有怎样的区别和联系？

3. 政务知识集成通常采取哪些策略？为什么？

4. 抽象意义上的政务知识系统涵盖哪些层次？各层意义如何？

5. "面向应用层次"的政务知识集成包括哪些层次？各层的知识集成结果是什么？

6. 政务管理活动包括哪些要素？其间的关系怎样？

7. 知识体具有怎样的结构？各部分的功能如何？

8. 请绘制面向应用主题的政务知识集成的活动序列，并说明各活动的相应功能。

9. "面向应用层次"的政务知识集成需要双组分知识地图的有效支持。请思考：知识地图包括的双组分各指什么？其对政务知识集成有何意义？

10. 知识库层次的政务知识集成要解决哪些问题？其实现策略如何？

11. 知识应用系统层次的政务知识集成要解决哪些问题？怎样解决？

12. 为什么称知识主体层次的集成是"面向对象层次"的政务知识集成的最高层次？该层次政务知识集成的基本思路怎样？

13. 政务知识集成相关实现技术主要包括哪两个方面？各自涵盖哪些具体的技术？哪一方面的技术居于主流地位，为什么？

14. 何为知识本体？其如何定义？它对政务知识集成有何意义？

15. 电子政务系统中的各知识子库或子系统与公共知识模型之间的转换接口可以通过概念映射表实现。请问：概念映射表包括哪些表项？其意义如何？

16. 主流的共同通信语言有哪些？各自具有怎样的特点？

17. 深入理解本章介绍的异构知识间转化技术，选择您熟悉的语言完成相应模块的开发过程。

18. 政务流程优化与再造对电子政务系统有何意义？

19. 一般而言，流程具有哪些特征？如何在既定政务管理系统内有效识别政务管理流程？

20. 何为政务主体协同？其对电子政务系统有何意义？

21. 实现政务主体协同有哪些方法技术支撑？应从哪些方面入手来提升电子政务系统中的主体协同特性？

第六章　政务知识传播与共享

提升既定政务管理主体向其社会组织和公众的行政管理与服务工作水平是电子政务系统营建的主要目标之一。这就要求电子政务系统一方面能够将政务管理主体所拥有的知识资源向其管理与服务对象实施有效传播，满足其知识需求；另一方面，也要确保既定政务管理系统内各层次、各领域行政主体间能够实现有效的知识传播与共享，从而提升其整体的公共管理与服务水平。为此，本章将对政务知识传播与共享展开全面而深入的分析与讨论。

6.1　知识传播与共享概述

6.1.1　知识传播与共享内涵

知识传播与共享（knowledge propagation & communion）指知识在知识落差（knowledge gap）势能的作用下，从其拥有者流向需求者，从而为更多的知识主体所拥有、处理和应用的过程。它是联系知识生产与应用的中间环节，是知识链上的重要一环；它谋求在知识拥有者和知识需求者之间建立联系，使知识需求者由潜在的知识应用者成为真正的知识应用者，从而达成知识价值的增值效应。

在知识管理研究领域，Prost 和 Wiig 等一些先行者都将知识传播与共享作为知识链的必要组分。他们认识到知识只有得到广泛传播与充分共享后，才会充分发挥其效能。然而，现有 KMS 模型由于缺乏对 KMS "社会-技术" 双重属性的认识与支持，尚没有建立起完备、有效的知识传播与共享机制；其知识传播与共享组分多是基于技术维度的单一框架，少数基于社会视角的却因缺乏相匹配的技术支持而降低了可操作性。

对知识传播与共享的研究必须基于 "社会-技术" 双重视角，坚持集成化和智能化相结合的实施原则，即在组织知识安全框架的约束下，将多层次、多方式的知识传播与共享策略相集成，辅以相关人工智能技术支持，使组织中的知识以知识提供者（supplier）为中心向外作全方位、跨时空的扩散，使知识接收者（receiver）充分了解和分享知识，从而增进组织的知识交流、共享与创新能力。简单地讲，有效的知识传播与共享就是要将恰当的知识，在恰当的时间，以恰当的方式，传递给恰当的人。

组织内的知识传播与共享首先要服从于组织的知识安全战略。组织的知识以其内容的不同而具有不同的保密等级，组织内的员工以其岗位属性的不同亦具有不同的知识操作权限。虽然知识只有经过广泛地交流与共享才能充分释放其能量，但知识传播与共享必须是受控的，否则知识应用的负效应会给组织带来巨大损失。因此，在推动组织知识的广泛传播与充分共享前，应该首先确定组织的知识安全框架，并以其约束组织的知识传播与共享过程。

如图 6-1 所示，知识传播与共享系统是一个纵横交错、循环往复、没有终点的有向网络。网络的结点可能是知识提供者，也可能是知识接收者。网络的每条边代表单一的知识传播活动。每个知识传播活动实现对单一知识单元（包括数据、信息、简单知识、知识体和知识体链等）的交流与扩散功能。它具有起点和终点（知识提供者和知识接收者），两者可能是员工个体，也可能是团

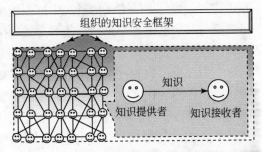

图 6-1　知识传播与共享系统示意

队（包括正式团队和非正式团队）或组织。知识接收者获得知识的过程可能是主动的，也可能是被动的，而这又取决于知识传播与共享的策略和方式。组织中的员工或团体既可能是知识的提供者，也可能是知识的接收者，还可能同时具备此两种角色（此时连接两结点间的边是双向的）。知识传播的客体——知识既包括编码知识，也包括非编码知识；既包括个体知识、团队知识，也包括组织知识。

6.1.2　知识传播与共享意义

（1）作为知识应用的基础，有效传播与共享是知识应用效率和有效性的保障。

知识只有通过应用才能实现其价值，只有通过有效应用才能实现其价值峰值。把合适的知识传递给合适的人，使更多的人共享该知识而成为潜在的知识应用者，从而避免知识的重复生产、促进知识的广泛应用；使知识应用者拥有其所需要的知识，可以实现知识到价值转变过程的高效完成。英特尔在加速新产品开发过程中，发现 60% 以上的技术问题在其他小组此前的开发中已碰到且得到解决。这启发其建立了一个公共"最佳方法库"，实现了大范围的知识共享与传播。这大幅度降低了重复投入，并使新产品开发速度大约提高一倍。

（2）知识传播与共享是实现知识创新与增值的重要途径，是提升组织学习能力的基础环节。

知识创新往往发生在组织员工彼此交流体验、共享成果的过程中。知识传播与共享可实现知识的广泛扩散与充分交流，在避免知识重复生产的同时，能够使知识主体将有限的人、财、物等资源投入到对组织知识的创新与生产活动中；此外，知识传播与共享促成不同知识的广泛交流与融合，各取所长、取其精华，从而推进知识创新的步伐。员工个体是组织知识创新和生产的主体，其非编码知识（技能、方法、经验、技巧等）占据了新知识的绝大部分。这些非编码知识往往在非正式团队成员之间交流的过程中逐渐明晰化，并外显化为编码知识；通过进一步传播与共享过程，编码知识流入正式团队而成为团队知识；团队知识通过团队间的交流、修正与确认，最终上升为组织知识。可见，知识传播与共享的过程伴随着组织知识增值的过程；同时，这也是组织学习的实现过程。David Lei 等指出，在知识经济时代，组织唯一的竞争优势或许就是具有比其竞争对手学习得更快的能力。可见，知识传播与共享已成为组织核心能力的关键要素。

（3）知识传播与共享是提高组织员工整体素质、培育人力资源的有效途径。

知识传播与共享的理想状态是实现组织知识在适度约束下的自由流淌，从而使组织员工具有更多接触新知、学习新知的机会；同时，完善的知识传播与共享体系能够使员工个体方便获得各类型知识并增加与各类知识提供者交流的机会。这有利于员工综合素质的提高，组织的人力资源也随之变得丰实。

（4）知识传播与共享能够实现知识的"多路复用"，最大化知识应用价值。

对于有形实体，如一个苹果，它对于一个人而言是一个完整的苹果；然而，如果其被两个或两个以上的人所共享，则每个人只能分到苹果的一部分。知识不同于有形实体，它可以被不同主体完整共享。一条知识对一个人而言是完整的知识；而将其共享给多个人以后，对于每个人而言，其所获得的仍是一条完整的知识。另外，对于拥有者而言，将有形实体和其他人共享，己方则不能维持原有的效用水平；然而，将所掌握的知识与他人共享，在知识应用领域的市场空间足够大的前提下，其拥有者仍能够维持原有效用水平，甚至还可通过提成、佣金等方式提升其原有的效用水平。

对于组织而言，知识价值不在于其本身的固有存在属性，而在于通过知识应用过程的价值转化特征。当知识在组织内部安全框架允许的范围内得到尽可能充分的传播后，可使更多的主体共享之，并通过各自的应用过程实现对单一知识的多路应用，进而创造出更大的应用价值。假设某家电公司的饮水机产品只通过本组织销售部门直接向终端潜在客户推销，并且饮水机市场潜在需求空间相对于组织产能足够大，公司每销售一台饮水机可获利 300 元。销售部共有职员 20 人，通常情况下，每人月平均销售饮水机 10 台。销售人员中有一人（大张）摸索并掌握了一条重要的产品销售知识（通常表现为隐性的经验、技能），凭借此知识其每月可销售饮水机 40 台。此时，公司在饮水机产品领域月平均销售获利 300 元/台 ×（10 台/人 ×19 人 +40 台/人 ×1 人）= 69000 元。倘若大张将其所掌握的知识与销售部门内其他职员一起共享，即让其他职员也知晓并应用该产品销售知识，则每一职员的饮水机月平均销售量均可达到 40 台。此时，公司在饮水机产品上月平均销售获利 300 元/台 ×40 台/人 ×20 人 = 240000 元。显然，获利水平大大提高，这是组织层面极愿意看到的结果。

6.1.3　知识传播与共享障碍

虽然知识传播与共享意义重大，知识亦具有天然的传播与共享特性，然而这并不意味着其在自然的条件下就能够无障碍地自动实现。传统组织中存在与知识传播三要素（知识提供者、知识和知识接收者）相关的妨碍知识传播与共享的诸多因素，对其进行深入分析并制定因应策略是提升知识传播与共享水平的基础性工作。

首先，就知识本身而言，伴随人类认识世界和改造世界的过程，认识论意义上的知识在不断发展与丰富。各种类型的知识不断涌现，给知识传播与共享带来了压力；并且，在人们谋求对"速度越来越快、幅度越来越大、规律性越来越差"的环境变化作出准确、及时应变反应的背景下，这种压力越发显得突出。其次，知识本身所固有的环境依赖性伴随环境组分的复杂化而使人们越发难以准确了解、描绘和把握。再次，随着知识应用的日益复杂，知识粒度越来越大，隐性知识比重也在逐渐放大。所有这些都增加了知识传播与共享的难度。

Tichenor、Genova 和 Greenberg 等提出知识落差概念，认为不同主体间由于收入、兴趣、动机以及文化程度等方面的不同而造成其在知识摄入量和拥有量方面的差异。在行政组织中，不同职员、团队、部门间知识落差也普遍存在。这当中固然有基于组织知识安全方面的正当原因，也有知识传播基础设施和技术约束的客观原因，但更多的则是缘于知识拥有者和需求者的主观因素。

对知识拥有者而言，知识的价值性意味着拥有更多知识的人将获得更多的收入，能够在更大程度上被组织所认可和尊重；许多员工将自己掌握而别人缺乏的知识或技能作为向组织讨价还价的本钱；同一部门内员工之间天生具有竞争性，与别人共享知识意味着将自己的职业置于风险之中；掌握更多知识就能够作出科学决策，这使许多领导者认为知识是一种权力，只有对其保密和严控才能维护他们的权力；知识的获取需要成本，而知识的生命周期在加速缩短，知识拥有者为了规避风险、收回投资，自然会对其所拥有的知识有意"垄断"，以最大限度谋求利益。这些因素使得知识拥有者不愿轻易将其所掌握的知识主动与他人共享。

对于知识需求者而言，即便知识具有价值性，其也不一定会对他人传播过来的知识积极接纳之。其原因在于，这些人可能对所谓的"面子"过于看重，接受和应用其他人提供的知识就意味着承认其比自己强、比自己知道得更多，这会让他们在心理上难以接受。

从组织环境方面看，传统组织内的固有惰性妨碍了知识的有效传播与共享。科层式组织结构内形成的严格的等级观念导致各职员间的少于沟通、疏于交流，而不同主体之间在价值观念、兴趣爱好、心智模式和个人风格等方面存在的差异则进一步加大了沟通难度，束缚了组织内的知识交流与共享。

现代传播学认为传播是人类生命本质的显现，设定"人是制造符号-意义系统并从事知识传播的动物"，相信社会群体生活的基本价值超越于个体生活的价值，而群体生活必须建立在有效传播沟通的基础上。可见，员工个体以及群体（团队或组织）具有传播知识的本性，现实中的障碍缘于传统组织内环境的桎梏与约束。

对于组织的领导者与管理者而言，基于知识的价值性与共享性特征，应该尽可能采取措施促进组织内职员在知识安全框架约束下对知识的充分传播与有效共享。这种共享不仅包括横向部门员工之间的知识交流与共享，也应该包括组织内纵向不同层次人员之间的知识传播与共享。为实现组织知识在纵横双方向上的有效交流与共享，组织的领导者与管理者应积极主动地分析其内部制约信息共享的可能因素，并在组织结构、工作流程、组织文化、激励机制等方面作出及时、有效的改良与变革。

电子政务系统中的知识传播与共享子系统要突破上述妨碍因素以达成其目标功能，既离不开有效的知识传播与共享策略的导引，亦离不开先进的知识传播技术的支持；既离不开对组织知识及其传播规律的深入认识与应用，亦离不开对组织员工（包括知识的拥有者和潜在的接收者）的正确引导与激励；此外，还应有与知识规律理念相匹配的组织软环境的支持。简单讲，就是从集成化、系统化观点出发，从"社会－技术"双重属性来研究政务知识传播与共享子系统模型。

6.2 政务知识安全

6.2.1 组织知识安全框架

政务知识因其内容不同而具有不同的安全级别。例如，有的知识对所有公共服务对象是可见的，但不能被公共服务对象编辑和删除；有的知识仅限于政务管理主体可见和编辑；有的知识并不是所有政务管理主体均可见，仅限于若干政务管理部门内的若干岗位上的人员可见，且只有很少的几个主体才有权编辑和删除之等。

相对于传统政务系统，架设在网络平台上的电子政务系统的开放特性更为突出，潜在的破坏者群落更大，政务知识安全问题更为明显。电子政务系统中的政务知识传播与共享应该而且必须是在组织知识安全框架约束下的受控行为，亦即谋求在知识安全前提下的广泛传播与充分共享。因此，建立组织知识安全框架是推进政务知识传播与共享的基础前提。

组织知识安全框架，指为确保既定组织的知识安全，在其实施知识传播与共享前，对组织的知识疆界（knowledge realm）与岗位职权展开全面而深入地调查与分析，将既定知识合适的操作权限与既定岗位上合适的知识主体对应起来，从而形成的"知识－权限－主体"三维指导架构，其概念结构如图6-2所示。依据该定义，可制定如下组织知识安全框架的构建策略：基于组织的行业特征、发展战略以及现实状况，对其既定知识疆界中的知识组分逐一进行安全级别界定，对组织员工与服务对象进行岗位属性评估与客户评价，进而在两者之间建立起合适的访问权限映射关系，从而确保恰当的知识传递给恰当的人、恰当的人对恰当的知识具有恰当的操作权限。

经过有效知识集成后，政务管理系统中的知识具有不同粒度特性，数据、信息、知识、知识体、知识体链等知识单元随着其粒度的增大，与其相关的知识主体数目也随之变化。可采用"分级管理，多级控制"的策略，对知识单元进行安全等级分级，对知识主体进行访问权限分级，并在两者间建立映射关系。具体讲，采取"分层定级、逐步细化"方法对政务知识进行安全定级；以

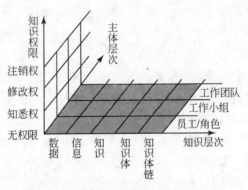

图6-2 组织知识安全框架概念结构

知识粒度为主线，从大粒度的知识体链开始对每一粒度层次以其所有知识要素最低安全等级作为其安全级别，以知识要素对应主体的并集作为其主体范围；对该主体范围内的员工以组织层次为主线，从政务管理职能部门（工作团队）开始直到职员个体，对每一层主体以其所有成员的最低知识权限作为该层主体对该知识的访问权限。如此分层展开，逐步细化，直到构成该知识体链的底层数据，然后从另一条知识体链重新开始。

需要说明的是，组织知识安全框架中知识主体层次上的"员工"具有抽象意义，描述的是岗位或角色；知识权限由低到高包括无权限、知悉权、修改权、

注销权，高层权限自动拥有低层权限。

一般而言，政务知识传播与共享可通过推送式和拉取式两种方式实现（详见后文）。当建立起有效的政务知识安全框架后，从控制层面讲，如果采用的是推送式的知识传播方式，对知识权限的控制在于政务管理系统内的知识管理团队对推送对象的有效选择；如果采用的是拉取式的知识传播方式，则对知识权限的控制在于知识访问者对所要访问知识的人工权限识别与控制或自动密码识别与验证，从而避免非授权访问。

需要指出的是，即便行政组织建立了合适的政务知识安全框架以及有效的政务知识安全控制机制，仍然无法确保绝对的知识安全。事实上，"安全"永远是相对意义上的。人们为之奋斗和追求的只能是在既定环境条件下的、可以为知识主体所容忍和接受的相对安全；并且，这种相对安全只有与全方位的政务知识安全机制相配套才能有保障。为此，以立法的方式对政务知识的非授权访问与外泄行为建立具有可置信威胁的惩罚机制，是确保政务知识安全的有效措施，并且十分必要。此外，对安全级别较高的政务知识，还要考虑在对其存储与传播过程中运用知识加密和隐藏技术，以尽量降低因政务知识外泄给政务管理组织带来的经济损失与负面影响。

6.2.2 政务知识安全技术与策略

实施电子政务的既定行政组织建立合适的政务知识安全框架及有效的访问控制机制，其目的主要是确保将恰当的知识传递给恰当的人、恰当的人对恰当的知识具有恰当的操作权限，亦即对知识访问活动各要素（访问主体、客体与权限）进行适当约束。然而，建立在网络平台上的电子政务系统体系结构的开放程度很高，对政务知识库的非授权访问以及对处于线上传输过程中的政务知识的中途非法截获，都将不可避免。为此，应在政务知识安全框架及其访问控制机制的基础上，辅以知识隐藏和加密机制的有机支持，以进一步提升电子政务系统的知识安全水平。

隐藏机制将机密知识隐藏于其他载体信息中，对外只以载体对象形式显现，从而隐藏了知识的存在性；加密机制则将机密知识在隐藏入载体信息之前，对其实施诸如码制转换之类的加密操作，使知识以另一种难以被人理解的方式存在，从而达到隐藏知识内容的效果。隐藏机制与加密机制均是在假设系统对知识访问活动所作的适当约束已经被破坏（或说知识安全的第一道防线已经被"攻破"）的基础上，继续设置确保知识安全的第二道乃至第三道防线（图6-3）。具体讲，当有非法访客突破知识安全访问的控制机制而闯入知识库系统，或者在线上截获中途传输对象时，其所能看到的将只是一些无甚意义的载体信息，尚无法直接触及机密知识本身；假设其能力十分"出色"，能够进一步从载体对象中检测到隐藏行为并提出机密知识，其所面对的也只是让其无法理解的知识密文。

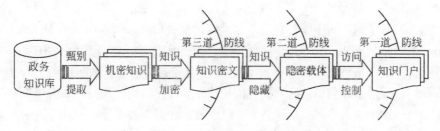

图 6-3 政务知识技术安全架构

1. 隐藏技术

（1）发展历程。

在信息科学领域，作为信息安全领域的前沿技术，信息隐藏（information hiding）技术发端于 20 世纪晚期。1983 年，Simmons 提出了"囚徒问题"（the prisoners' problem）和阈下信道（subliminal channel），掀起了对信息隐藏研究的热潮。到 1992 年，国际上正式提出信息隐形性研究。1996 年 5 月 30 日至 6 月 1 日，在英国剑桥大学召开了国际第一届信息隐藏学术研讨会（First International Workshop on Information Hiding），对信息隐藏的相关概念和学科分支进行了统一和规范，这标志着信息隐藏作为崭新学科正式诞生。尔后，该国际学术会议几乎每年举办一次（表 6-1），极大地推动了信息隐藏技术的进步与学科发展。剑桥大学、IBM 研究中心，NEC 美国研究所、麻省理工学院（MIT）等越来越多的科研院所成立了专门的部门开展隐藏技术的研究。

表 6-1　国际信息隐藏学术研讨会举办简况

届次	年份	地点
第一届	1996 年	英国剑桥大学（University of Cambridge）
第二届	1998 年	美国波特兰（Portland）
第三届	1999 年	德国德雷斯顿（Dresden）
第四届	2001 年	美国匹兹堡（Pittsburgh）
第五届	2002 年	荷兰诺特维克（Noodwijkerhout）
第六届	2004 年	加拿大多伦多（Toronto）
第七届	2005 年	西班牙巴塞罗纳（Barcelona）
第八届	2006 年	美国弗吉尼亚（Virginia）
第九届	2007 年	法国布列塔尼（Brittany）
第十届	2008 年	美国圣巴巴拉（Santa Barbara）
第十一届	2009 年	德国达姆施塔特（Darmstadt）
第十二届	2010 年	加拿大卡尔加里（Calgary）

在国内，对隐藏技术的研究几乎与国外同行同步展开。1999 年 12 月 11 日，何德全、周仲义和蔡吉人三位院士与有关应用研究单位在北京电子技术应用研究所联合发起并召开了第一届中国信息隐藏学术研讨会（Chinese Information Hiding Workshops，CIHW）。此后，作为国内信息隐藏领域的专业学术交流活动，CIHW 亦几乎每年召开一次（表6-2）。众多从事信息安全研究的专家学者和权威人士与会参与学术研讨，促进了国内信息隐藏研究的快速发展。在国内隐藏技术研究早期，隐藏技术也曾被称为嵌入技术、伪装技术、搭载技术和隐匿技术等。2001 年 9 月在第三届 CIHW 上，国内的专家学者对"隐藏技术"这一概念名称取得了一致看法。

表 6-2　中国信息隐藏学术研讨会举办简况

届次	年份	地点
第一届	1999 年 12 月	北京电子技术应用研究所
第二届	2000 年 6 月	北京龙都宾馆
第三届	2001 年 9 月	西安电子科技大学
第四届	2002 年 8 月	大连理工大学
第五届	2004 年 11 月	中山大学
第六届	2005 年 10 月	解放军信息工程大学郑州
第七届	2006 年 8 月	哈尔滨工业大学
第八届	2007 年 11 月	南京理工大学
第九届	2009 年 3 月	湖南大学

（2）原理概述。

隐藏技术是利用人类感知能力局限（所谓"感知系统冗余"）以及多媒体数字文件（掩护对象/宿主信息/载体信息）的统计冗余特征，将机密信息或知识通过嵌入算法并设置嵌入密码后，巧妙嵌入公开的载体信息中而得到隐密（隐藏有秘密信息或知识）载体信息，使人们无法直接感知机密信息或知识的存在，同时又不影响其对载体信息的感知效果与使用价值，从而达到隐藏机密信息或知识的存在、确保信息或知识安全存放和秘密传输的目的；待用户需要机密信息或知识时，提交提取密码（与隐藏密码相对应）并通过提取算法（隐藏算法的逆过程）从隐密载体信息中提取（分离）出机密信息或知识以及原有的公开载体信息，如图 6-4 所示。需要指出的是，虽然名为"隐藏技术"，但其中蕴涵了相互对应、密不可分的嵌入与提取两个子过程。

在上述隐藏过程中，可隐藏的机密信息或知识是各种形式的文件（如文本、图形图像、音频、视频等，以比特流的形式嵌入到掩护对象中）。作为掩护对象的公开载体信息也可以是多种形式（如图形图像、音频、视频等）。在应用领域，图像是数量上仅次于文本的媒体信息形式。然而，基于文本的信息或知识隐藏与基于图像的信息或知识隐藏相比，无论是在可隐藏容量还是在抗攻击性方面

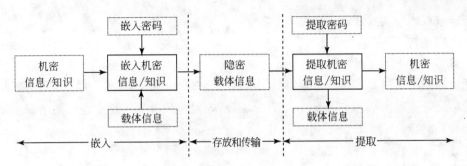

图 6-4 信息/知识隐藏实现过程

都不如后者。如今，图像已成为一种重要的掩护对象；基于图像的隐藏技术也越来越成熟、应用也更广；相继出现了基于 BMP、GIF 和 JPEG 等主流图像格式的优秀算法与产品系统。

与嵌入相对应的提取过程包括盲提取与非盲提取两种。其中盲提取指不需要获得原始公开载体信息并将被检测对象与之比对，就能分析出被检测对象是否隐藏有机密信息或知识，并且在获得肯定结论的情况下可以从隐密载体信息中直接提取出所嵌入的机密信息或知识；非盲提取则必须通过将被检测对象与原始公开载体信息间的比较分析，才能确定其是否隐藏有机密信息或知识，并且对确认隐密载体信息的提取过程也必须在有原始公开载体信息的参与下才能完成。提取的方式与嵌入算法相关。显然，盲检测的隐藏算法效率高些，而非盲检测则具有更高的安全性。在需要处理的数据量很大时，盲检测算法的应用价值更高些。毕竟，如图 6-3 所示，隐藏的本质功能在于隐藏信息的存在，进一步的安全工作则由加密机制完成。

随着对隐藏技术研究的进一步深入以及产业应用的逐渐拓展，隐藏技术的学科体系也被逐渐细分和丰富。当前，隐藏技术的主要的研究方向及其内容如表6-3所示。在电子政务知识的传播与共享过程中，四种主要的隐藏技术在政务知识

表6-3　隐藏技术的主要研究方向

隐藏技术	隐蔽信道（covert channel）	又称掩蔽信道，允许进程以危害系统安全策略的方式传输信息的通信信道，包括存储隐蔽信道和时间隐蔽信道两类。例如，通过更改文件服务器中可用硬盘空间大小的方法来交换信息
	掩密术（steganography）	又称隐写术、伪装术、隐密术、隐蔽术等，将机密信息或知识嵌入掩护对象，达到掩盖机密信息或知识存在的目的
	匿名（anonymity）	隐藏信息或知识的来源与去处，达到掩盖信息或知识传递轨迹的目的
	数字水印（digital watermarking）	将版权信息嵌入在要保护的数字多媒体作品中，用来声明版权、控制非法复制和版本跟踪，达到数字产品的版权保护的目的

安全领域均有用武之地，掩密术和数字水印的应用需求更为突出些。

隐藏技术自20世纪晚期发展到现在，所提出的技术思想与具体算法已经很丰富了。对于诸多具体的隐藏技术，必须有一套统一的衡量标准以实现技术间的优劣评测与比较。当前的评测指标体系版本很多，尚未形成统一的、为各方所接受的完备体系，指标术语混乱、含义交叉或重复现象并不鲜见。笔者对诸多观点进行归纳与总结，列出了相对独立、较为规范的四大指标，如表6-4所示。此外，常有学者提出了自恢复性（reversibility）和不可检测性（undetectability），事实上它们在内涵上分别与表6-4中的"鲁棒性"和透明性相似甚或相同，因此不再将其纳入评测指标体系。

表6-4 隐藏技术的主要评测指标

技术指标	指标含义
安全性（security）	被嵌入到公开载体信息的信息或知识不会因发生对隐密载体信息的正常操作而受到影响，能够被准确分析与提取出来
鲁棒性（robustness）	即隐藏算法的健壮性，被嵌入公开载体信息的信息或知识不会因发生异常情况（如传输噪声、有损压缩等）而受到影响，仍能被准确提取出来
透明性（invisibility）	即隐蔽性、不可觉察性，用于衡量嵌入的效果，主要决定于嵌入行为完成后的隐密载体信息相对于原始公开载体信息的变化程度，类似指标有峰值信噪比
有效载荷（payload）	即数量维度上的隐藏能力，对于同一公开载体信息，能够有效嵌入的机密信息或知识越多，则有效载荷就越大

（3）图像掩密。

前已述及，可用于政务知识隐藏的掩护对象可以是多种公开媒体信息。不过，图像作为一种重要的媒体形式，基于图像的信息或知识掩密已经发展成为隐藏技术领域的一个主要分支。限于篇幅，笔者选择基于图像的掩密技术作简要讨论，希冀能起到抛砖引玉的作用。

在图像掩密领域，越来越多的掩密算法被设计与提出。总体而言，图像掩密技术包括空间域（spatial domain）掩密和变换域（transform domain）掩密两大类，如表6-5所示。空间域掩密是将机密信息或知识嵌入掩护图像的空间域中，一般通过修改图像特定像素的亮度值或色度值实现。比较典型的空间域掩密算法有LSB掩密、基于patchwork算法掩密、基于四叉树掩密以及基于一阶贝塞尔（Bézier）曲线掩密等。其中，较早出现的基于最不重要位串（least significant bits，LSB）的掩密算法简单、应用广泛，是学习和研究其他空间域算法的基础，并在空间域信息掩密算法中具有重要地位。变换域掩密首先对掩护图像和欲嵌入的机密信息和知识实施相应的变换（如离散傅里叶变换、离散小波变换、离散余弦变换等）；在此基础上完成嵌入行为；尔后对隐密载体信息再实施相应的反变换，从而恢复其原始公开载体信息的外观样态。

表6-5　图像掩密技术分类及其特点

技术类型	算法特点	典型算法
空间域掩密	➢算法简单、运算算度快 ➢有效载荷大 ➢可实现盲提取 ➢鲁棒性相对较差	◇基于 LSB 掩密 ◇基于四叉树掩密 ◇基于 patchwork 算法掩密 ◇基于一阶 Bezier 曲线掩密
变换域掩密	➢鲁棒性相对较好 ➢运算速度相对较慢	◇基于离散余弦变换（DCT）掩密 ◇基于离散小波变换（DWT）掩密 ◇基于离散傅里叶变换（DFT）掩密

（4）基于 LSB 的 BMP 图像政务知识掩密。

肩负公共服务职能的行政组织自然是既定行政区域内最大的知识拥有者，作为其政务管理的基础平台，其进行正常运作的电子政务系统的知识库容量将非常大。在大基数条件下，在存储与传播过程中具有隐藏要求的政务知识量亦会很大；在图6-3 所示的政务知识安全架构中，我们赋予隐藏机制的"任务"只在于隐藏机密知识的存在，至于进一步的安全保障则交由知识加密机制完成；同时，政务管理的高效率也对知识隐藏算法效率提出了更高要求；此外，以媒体形式角度分析政务知识的分布现状，以图像形式展示的政务知识比重仅次于文本形式，而文本媒体的掩护性能不及图像。基于上述背景与方法特征，采用空间域的图像掩密技术实现政务知识隐藏当是一个不错的选择。

图像包括矢量图和位图两大类。矢量图由几何元素组成，通过数学公式计算成图，它不受分辨率影响，文件容量很小；不过，矢量图的逼真度低，难以表现被绘图像的细节。位图亦称点阵图，由像素点成图，可以较好地反应细节、逼真度高；不过，位图文件的显示效果会受到分辨率的影响，并且含有大量冗余数据。一方面，矢量图多应用于自然科学领域，在政务管理活动中产生并应用的图像多为位图文件；另一方面，位图文件的高冗余性在增大存储负荷的同时，也为知识隐藏提供了便利。

1996 年，Pitas 和 Wolfgang 等证明了基于 LSB 的隐藏算法是个简单、高效的方法。由于图像 LSB 平面数据对其显示效果影响不大，该方法将机密信息或知识的比特流嵌入图像的 LSB 平面，实现在图像显示效果基本不受影响的情况下隐藏机密信息/知识的目的。

BMP 图像文件由非图像数据区和图像数据区两部分构成，非图像数据区在

— 237 —

前，且其又包括文件头和信息头两个子区域。如图 6-5 所示，在 Windows API 中，BMP 图像非图像数据区的文件头以一个名为"BITMAPFILEHEADER"的 14 字节（Byte）长度的数据结构描述，信息头则用名为"BITMAPINFOHEADER"的 40 字节长度的数据结构描述。数据区大小依实际图像大小而定（BITMAPINFOHEADER. biWidth × BITMAPINFOHEADER. biHeight × BITMAPINFOHEADER. biBitCount/8 = BITMAPINFOHEADER. biSizeImage = BITMAPFILEHEADER. bfSize-54），存取与图像像素相对应的颜色数据，其开始位置由"BITMAPFILEHEADER. bfOffBits"标识，存储顺序为"自左而右，自下而上"。

		Public Type BITMAPFILEHEADER	
非数据区（54字节）	文件头（14字节）	bfType As Integer	位图文件的类型，必须为 BMP（0~1字节）
		bfSize As Long	位图文件的大小，以字节为单位（2~5字节）
		bfReserved1 As Integer	位图文件保留字，必须为0（6~7字节）
		bfReserved2 As Integer	位图文件保留字，必须为0（8~9字节）
		bfOffBits As Long	位图数据的起始位置（10~13字节），以相对
		End Type	于位图文件头的偏移量（字节）表示
	信息头（40字节）	Public Type BITMAPINFOHEADER	
		biSize As Long	信息头结构所占用字节数（14~17字节）
		biWidth As Long	位图的宽度，以像素为单位（18~21字节）
		biHeight As Long	位图的高度，以像素为单位（22~25字节）
		biPlanes As Integer	目标设备的级别，必须为1（26~27字节）
		biBitCount As Integer	每个像素所需的位数，必须是1（双色），（28~29字节）4（16色），8（256色）或24（真彩色）之一
		biCompression As Long	位图压缩类型，（30~33字节）、必须是0（不压缩），1（BI_RLE8压缩类型）或2（BI_RLE4压缩类型）之一
		biSizeImage As Long	位图的大小，以字节为单位（34~37字节）
		biXPelsPerMeter As Long	位图水平分辨率，每米像素数（38~41字节）
		biYPelsPerMeter As Long	位图垂直分辨率，每米像素数（42~45字节）
		biClrUsed As Long	位图实际使用的颜色表中的颜色数（46~49字节）
		biClrImportant As Long	
		End Type	位图显示过程中重要的颜色数（50~53字节）
数据区			

图 6-5 BMP 图像的数据结构

基于 LSB 的 BMP 图像政务知识掩密的基本思路是，将机密政务知识以比特流的形式逐位提取，并将其嵌入 BMP 图像数据区标识亮度和色度各字节的低位

（LSB）。例如，对于 24 位（bit）真彩色 BMP 图像，其每个像素点要由 3 个字节来标识其色度值（RGB）。此时，取每个字节的最低 2 位甚至最低 3 位来嵌入机密政务知识，并不会对 BMP 图像的视觉效果造成明显影响。在示例中，我们取图像数据取每个字节的最低 2 位作为嵌入位。

实践中，具体的嵌入操作又可以通过两种方式实现：直接替换和异或替换。在如图 6-6 所示的直接替换式嵌入流程中，机密政务知识被以比特流的形式按位直接替换掉 BMP 图像数据区相应字节的最低 2 位。显然，此时的 1 个字节的政务数据需要 4 个字节的图像数据作为掩护对象，亦需要 4 个嵌入活动连续操作。图 6-6 所示的嵌入流程仅描述了单一嵌入活动，尔后再顺序取下一个个字节的图像数据，原有的政务数据通过与"2"做除运算实现右移 2 位（左补 0），再实施上述嵌入活动，直至做完 4 次而 1 个字节政务数据被嵌入完毕。此时，顺序取下一个个字节的政务数据和一个个字节的图像数据，重启上述过程直至完整的政务知识被全部隐藏。

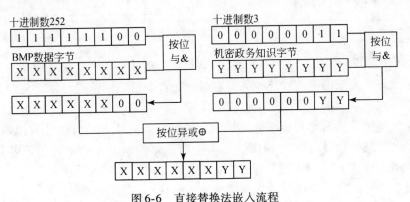

图 6-6　直接替换法嵌入流程

在如图 6-7 所示的异或替换式嵌入流程中，机密政务知识被以比特流的形式按位与 BMP 图像数据区相应字节的最低 2 位进行"异或"运算，并将结果写入图像数据区。此时的 1 个字节的政务数据亦需要 4 个字节的图像数据作为掩护对象，也需要 4 个嵌入活动连续操作。图 6-7 所示的嵌入流程仅描述了单一嵌入活动，尔后再顺序取下一个个字节的图像数据，原有的政务数据通过与"2"做除运算实现右移 2 位（左补 0），再实施上述嵌入活动，直至做完 4 次而 1 个字节政务数据被嵌入完毕。此时，顺序取下一个个字节的政务数据和一个个字节的图像数据，重启上述过程直至完整的政务知识被全部隐藏。

显然，上述两种方式在嵌入阶段的有效载荷、透明性等方面相同，不过在提取阶段的差异还是明显的。对于采用直接替换方式完成的嵌入操作，其提取过程可直接将隐密载体信息数据区内相应字节的最低 2 位（"YY"）识读并组装即可。

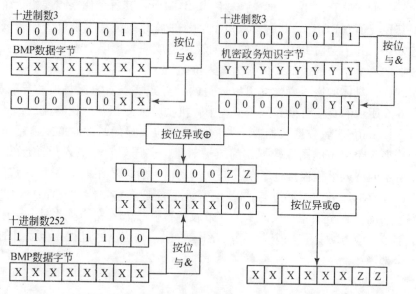

图 6-7　异或法嵌入流程

此即所谓的"盲提取"，不需要原始公开载体信息（BMP 原图像）的参与。对于采用异或方式完成的嵌入操作，其提取过程是将隐密载体信息与原始公开载体信息数据区对应字节的最低 2 位按位再次实施"异或"运算（ZZ $\oplus$ XX = YY），并将结果位串组装从而得到机密政务知识。显然，该提取方式为"非盲提取"，需要原始公开载体信息（BMP 原图像）与隐密载体信息（隐藏有机密政务知识的 BMP 图像）的共同参与方能完成。

就安全性而言，异或替换显然要优于直接替换。采用直接替换方式嵌入的机密知识，攻击者一旦检测到图像中有隐藏知识，只需准确提取出图像数据区各个字节 LSB 平面内的数据进行组装即可；而采用异或替换方式，攻击者即便截获了隐密载体信息图像并检测到嵌入行为的存在，但因其没有 BMP 原图像，提取活动仍难以完成。不过，事物都具有双面性。异或替换方式在带来高安全性能的同时，也增加了系统开销，其运行效率不如直接替换。

在电子政务系统政务知识安全模块，两种方式均应被系统采纳。实际操作中，允许用户视待隐藏机密政务知识数量与安全要求的具体情况，通过权衡安全与效率，在两者之间进行灵活选择和切换。

图 6-8 是笔者设计开发的基于 LSB 的 BMP 图像政务知识掩密的原型系统。作为原型系统，ZJHKHS 在知识嵌入阶段尚仅提供直接替换方式。该系统支持的公开载体信息为标准 BMP 图像，被隐藏的机密信息或知识则可以是任何格式的文件（如 TXT 文档、Word 文档、Excel 报表、Web 页面、图像、音频、简短视频等）。

(a)ZJHKHS主界面　　　　　　　(b)系统版权说明界面

图 6-8　信息/知识隐藏系统 ZJHKHS

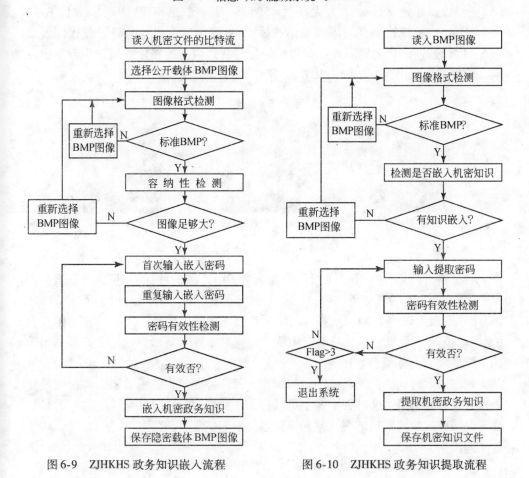

图 6-9　ZJHKHS 政务知识嵌入流程　　　图 6-10　ZJHKHS 政务知识提取流程

图 6-9 和图 6-10 分别描述了 ZJHKHS 原型系统的知识嵌入与提取模块的操作流

程。在图6-9中，对BMP图像格式的检测通过检测BITMAPFILEHEADER. bfType 的值（19778）实现，容纳性检测通过比较（BITMAPINFOHEADER. BiSizeImage/4）与机密文件大小完成，密码有效性检测则检查通过密码长度（不能小于6个字节）以及两次输入是否相同等机制展开。在图6-10中，BMP图像格式检测同于嵌入过程；检测是否嵌入机密知识通过检测标志位实现，隐密载体图像在嵌入过程中伴随有相应的标志位写入动作；密码有效性检测通过比较用户输入的提取密码与隐密载体图像中被写入嵌入密码实现，并且只给用户三次输入机会，以防止非法穷举攻击。

图6-11为ZJHKHS隐藏示例1。如前所述，该系统可隐藏的机密文件可为任意格式，但为了演示的直观，这里取大小为44678个字节的图片文件（如图6-11（a）所示），原始载体图像为大小为1503054个字节的BMP图像（如图6-11（b）所示），将机密文件嵌入到原始载体BMP图像后，得到的隐密载体图像如图6-11（c）所示。隐密载体图像与原始公开载体图像的视觉效果几乎看不出差别，并且其大小仍为1503054个字节，隐密效果很好。

(a)机密文件　　　　(b)公开载体图像　　　　(c)隐密载体图像

图6-11　ZJHKHS隐藏示例1

需要指出的是，在图6-11所示的隐藏例子中，图6-11（b）所示公开载体图像是位深度为24的真彩色图像，即每个像素点的色度（RGB）由3个字节描述（每个字节最大取值255），而嵌入行为只替换了各字节的最低2位（bit）的数据（最大取值3）。因此，嵌入行为对图像的视觉效果影响甚微。如果公开载体图像的位深度较小（如双色、16色、256色），此时依旧采取基于最低2位的LSB算法，则嵌入后得到的隐密载体图像与原始公开载体图像在视觉效果上将会出现较大差异；尤其当机密文件大小并不足以将公开载体图像数据区全部字节都进行替换时，图像区域间明显的视觉差异将很容易引起攻击者的注意。

如图6-12所示，图（a）是大小为44678个字节的原始载体BMP图像，图（b）和图（c）分别是被嵌入10666个字节和4242个字节文本的隐密载体图像。虽然在文件大小方面图（b）和图（c）均与图（a）等大，但它们的视觉效果与原始公开图像呈现出明显差异。究其原因，在于该例中的公开载体图像是只有8

位位深度的 256 色图像，每个像素的色度信息仅由 1 个字节标识，此时再替换掉最低 2 位数据，所得图像与原始图像的视觉差异就明显了。图（b）被嵌入的文件较大，几乎将载体图像数据区各字节最低 2 位全部替换，其结果是整幅图像的模糊化；图（c）被嵌入的文件较小，只将载体图像数据区一部分字节最低 2 位替换，其结果只是导致了图像下面部分区域的模糊化（原因见前文 BMP 文件存储顺序）。显然，此时的两幅隐密载体图像都会引起攻击者注意，尤以图（c）为甚。

    (a)原始载体图像   (b)隐密载体图像1   (c)隐密载体图像2

图 6-12   ZJHKHS 隐藏示例 2

针对上述问题的解决办法有二：其一，在机密知识嵌入阶段，尽量选择位深度较高的图像。如今，随着硬件环境的逐步改善，真彩色图像已越来越普遍，这点不难做到。其二，完善系统功能，增加基于最低 1 位的 LSB 算法，并且对用户选择的公开载体图像进行色深识别（检测 BITMAPINFOHEADER. biBitCount 的值），对于位深度低于 24 的公开载体图像选择基于最低 1 位而非最低 2 位的 LSB 隐藏算法。

2. 加密技术

（1）加密技术的起源。

加密技术的发展可谓源远流长。最古老的加密技术可追溯到两千多年前。公元前 400 年，当时的斯巴达人发明了一种被命名为"塞塔式密码"的密码技术。当时为了保密的需要，交战各方在军情传递上已经开始使用各种形式的密码书信。总体而言，古典加密技术主要通过两种方式实现：调序（transposition）与替代（substitution）。

调序式加密一般是将明文书信各单词中的字母按事先约定的规则重新排序，从而形成不易被第三方所识别的密文书信。例如，事先约定好的调换规则为：将单词依中轴左右对调。此时，明文"I am a teacher"被调序后的密文则变为"I ma a rehcaet"。

替代式加密是依事先约定好的调换规则，有系统地将明文书信中的各字母替代成相应的其他字母，从而形成不易被第三方所识别的密文书信。例如，事先约定好的调换规则为：将26个字母队列右移4位，被移出队列的字母左边补进。此时，明文"I am a teacher"被替代后的密文则变为"M eq e xiegliv"。著名的凯撒密码（Caesar cipher）就是经典的替代式密码，它通过对明文各字母右移3位完成加密。

古典加密技术一个突出的不足在于，明文实施加密后得到的密文仍具有与原始明文相同的统计特征。随着统计理论与计算工具的持续进步，攻击者通过频率分析可以轻易破解密文。如今，古典加密技术的实际应用价值已经很小，仅限于有关加密技术的启蒙教育以及智力测试等领域；在古典加密技术基础上不断发展与完善而来的现代加密技术，已经由军事和外交等领域迅速被应用于人们生活与生产的各领域，并随着商业应用的广泛展开，其技术体系得到了迅速丰富和完善。

（2）加密技术分类。

现代加密技术体系已经非常庞大，依据不同的标准可将其划分为不同的类型，表6-6归纳了当前主流分类标准及其分类内容。

表6-6 加密技术分类

分类标准	技术类型	技术特征	典型技术
发展历程	古典加密技术	安全性依赖于加密方法（算法）先进性和保密水平，无加密密码（密钥），较易破解	caesar cipher 等
	现代加密技术	加密算法与密钥分开，可公开加密算法，其安全性依赖于密钥的保密性，较难破解	DES、AES、IDEA、RSA、D-H、ECC 等
操作方式	序列加密技术	依比特流完成加密或解密过程	leviathan、BMGL 等
	分组加密技术	依定长分组完成加密或解密过程	DES、AES、IDEA 等
密码设置	单钥加密技术	也称对称加密技术，解密密码即为加密密码，运算速度较快，对密钥安全传递要求高	DES、AES、IDEA 等
	双钥加密技术	也称非对称加密技术，解密密码与加密密码不同，也很难通过一个密码和加密算法求得另一密码，运算效率不高	RSA 等

在现代加密的技术体系的发展过程中，作为对称加密技术典型代表的DES以及作为非对称加密技术的RSA具有举足轻重的地位。

1973年，美国国家标准化局（National Bureau of Standard，NBS）开始征集联邦数据加密标准的候选方案。1975年3月17日，NBS公布了由IBM公司提交的数据加密标准（data encryption standard，DES），并将其以建议标准的形式在全国范围内征求意见。1977年7月15日，NBS宣布正式采用DES作为联邦数据加密标准，供非国防性政府部门以及商业应用。在 DES 被公布之初，尤其其中含有的一些机密设计元素（如 S 盒、P 盒）难以被解释，曾一度被怀疑内嵌了美国国家安全局（National Security Agency, NSA）的后门，从而受到各方深入全面地分析与审查，而这极大地推动了现代加密技术的发展。

一般认为，DES 是使用最广泛的加密系统。它的安全性很高，目前只有通过穷举法破解 DES 加密系统，而 DES 理论上的密码空间为 2^{56}，破解时计算量是惊人的。随着人类计算设施与技术的不断进步，DES 的安全性也在逐渐降低。1999 年 1 月，电子前沿基金会（Electronic Frontier Foundation, EFF）通过分布于全球的近 10 万台计算机的协同工作，用 22 小时 15 分钟就破解了一个 DES 密钥。于是，在此基础上的新的加密标准 AES（advanced encryption standard）渐渐地被越来越多的人所关注。

不过，在非涉及军事、国家安全等领域的大多数情况下，DES 仍然算得上是比较安全的加密算法；同时，基于 DES 技术的改进加密策略——triple-DES 可以大大提升 DES 的安全程度（下文有述）；再者，电子作为系统中的政务知识基巨大，具有加密要求的知识量亦会很大，DES 运算的高效率恰好能够满足大批量数据的加密要求；此外，加密机制作为政务知识安全框架中的第三道安全防线，其所肩负的安全使命是有限的，其目标样态是能够与其他两道防线形成协同效应。如此，原本就以非国防性政府部门为主要应用领域之一的 DES 仍可以在现代电子政务系统中扮演重要角色。

RSA 是目前最优秀的非对称加密技术之一，是第一个既能用于数据加密也能用于数字签名的算法。它于 1978 年由 Ron Rivest、Adi Shamir 和 Leonard Adleman 三人提出，并以三人姓氏首字母组合命名。RSA 的安全性基于数论中大数分解难题：寻找两个大素数比较简单，但将它们的乘积分解为两个大素数却是极其困难的。RSA 系统中的公有密钥和私有密钥是一对大素数（100 ~ 200 位十进制或更大），彼此之间有对应关系，但从一个密钥和密文恢复另一密钥的难度等价于分解两个大素数之积。作为一套优秀的加密算法，RSA 技术还对互联网安全产生了巨大影响，因为它较好地解决了互联网上的身份确认问题。

不过，RSA 技术也存在许多不足。其一，运算速度低，不适用于处理大宗数据。RSA 中的相关大数运算使得其运算效率比 DES 低很多（慢几个数量级），只能用于少量数据加密的场合，对于电子政务系统中的频繁、大宗加密要求难以满足。其二，密钥产生过程麻烦，且受到数论技术限制，很难做到密钥的频繁更换。其三，安全性依赖于大数分解。随着人们计算水平的提高，其模数 n 也必须随之增大，这进一步影响了应用效率。

（3）DES 原理概述。

DES 属于对称加密技术,其加密密码和解密密码是相同的(长度为 8 个字节),且加密和解密的算法也是公开的。因此,DES 加密的安全性依赖于对密钥的严格保密。作为分组加密技术,DES 将明文的比特流以 64 位(8 个字节)标准长度分组。当明文长度(字节数)不是 8 的整数倍时,默认在明文后补若干个空字符(ASCII 码为 00H)以确保能够将明文分割为整数个分组。DES 要求的密码长度为 64 位(8 个字节),其中 8 位(第 8、16、24、32、40、48、56、64位)用于奇偶校验,故真正有效密钥长度为 56 位。

DES 的加密流程如图 6-13 所示。它首先对明文分组进行初始置换(initial

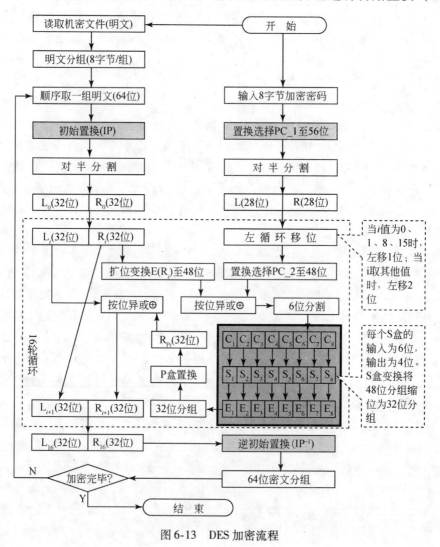

图 6-13 DES 加密流程

permutation，IP），实现香农（claude elwood Shannon）密码模型中的混乱（confusion）效应；尔后，将置换后的 64 位分组对半分割为左右两半部分，作为 16 轮循环迭代运算的一个输入分量。DES 对用户输入的 64 位密码首先置换选择（Permutation Choice）PC_ 1 在实现混乱效应的同时，剔除 8 位校验位，从而使真正密码长度缩位至 56 位；尔后，对 56 位密码的比特流半分割为左右两半部分，作为 16 轮循环迭代运算的另一个输入分量。

16 轮循环迭代的具体细节如下：将 28 位长度的真正密钥左右两部分依不同的迭代轮次实施左循环移 1 位或 2 位，然后将组装后的 56 位密码通过置换选择 PC_ 2 进一步缩位至 48 位；将 32 位的明文分组右半部分通过扩位变换 E（Ri）扩展至 48 位。对上述两个 48 位长度的位串实施按位"异或"运算，将运算结果（48 位）8 等分（6 位/块），而后将 8 个等分块各自第 1 和第 6 位组合构成十进制数 X、将各等分块中间 4 位组合构成十进制数 Y。如此，形成了 8 个（X，Y）数对。以 X 为行数、以 Y 为列数，通过这 8 个数对在 8 个 S 盒（S- substitution）中确定 8 个数值（0～15），每个数值对应于 4 位二进制（0000～1111），将其组合而成 32 位分组。对该 32 位分组实施 P 盒置换（P-permutation），获得进一步混乱后的 32 位位串。将该位串与前述 32 位的明文分组左半部分进行按位"异或"运算，将运算结果作为下一轮迭代的右半部分分组；本轮迭代明文分组的右半部分直接作为下一轮迭代的左半部分分组。至此，一轮迭代运算完成，转入下一轮迭代，直至 16 轮完毕。

将 16 轮迭代运算完毕后的左右各 32 位分组重新组装成 64 位，并对此分组实施初始变换的逆变换（IP^{-1}），从而得到 64 位密文分组。接下来顺序取明文下一个 64 位分组，重新实施上述运算，再次获得相应的 64 位密文分组。如此往复，直至明文被完整加密。

在图 6-13 中，共有 7 大变换，即初始置换 IP、置换选择 PC_ 1、置换选择 PC_ 2、S 盒置换选择、P 盒置换、扩位变换 E（R_i）以及逆初始置换 IP^{-1}。每一变换都有相应的变换矩阵与之对应，这些矩阵通过查阅相关资料已经不难获得，此处限于篇幅不再赘述。

在 DES 系统开发时，解密过程与加密过程仅存在如下差异：其一，对密文分组进行左右初始分段时，其赋值顺序与加密过程相反；其二，16 轮迭代中，与 E（R_i）实施按位"异或"运算的 48 位密码分组（共 16 个）的使用顺序与加密过程相反；其三，对第 16 轮迭代结果进行再组装（组装成 64 位分组）时，其赋值顺序与加密过程相反。

香农在其理想密码系统中指出，安全的加密技术应能够使加密后得到的密文的所有统计特性都与加密密码相独立，实现的基本途径有二，即扩散（diffusion）

与混乱（confusion）。前者确保密文与明文在形式联系上有足够的差异，后者则使明文中的任何微小变化都被扩散到密文的各个部分，从而尽量降低统计的规律性。DES 则充分使用了混乱和扩散技术，从而确保了较高的安全性。

（4）政务知识 DES 加密系统演示。

图 6-14 是笔者设计开发的政务知识 DES 加密系统——ZJHDES。该系统能够实现对各种格式文件的 DES 加密与解密，并且具有较高的运行效率。在政务管理领域，大多数政务知识以 TXT 文档、Word 文档、Excel 报表、Web 页面等形式存放。这些类型的文件容量一般不是很大。通过该系统对上述文件进行 DES 加密或解密操作，可在数秒内迅速完成。当然，也有些政务知识以图像、音频甚至视频等形式存放。这类文件的容量要大一些，相应的 DES 加密和解密过程也要耗费更多的时间。不过，总体而言，与其他相对安全的加密技术相比较，其运行效率还是相对高的。

(a)ZJHDES主界面　　　　　　　　(b)系统版权说明界面

图 6-14　加密系统 ZJHDES

ZJHDES 系统操作简单，图 6-15 和图 6-16 分别描述了对政务知识实施 DES 加密和解密的系统操作流程。其中，加密流程中的密码有效性检测则通过检查密码长度（不能小于 8 个字节，多余 8 个字节部分将被系统忽略但不报错）以及两次输入是否相同等机制实现。解密流程中的密码有效性检测仅检查所输入的密码长度是否小于 8 位，当长度不足时及时报错并给出相应提示信息。

一方面，ZJHDES 并没有像 ZJHKHS 提取流程那样，在 DES 解密阶段实施密码比对判断以及限制测试次数以防止穷举攻击。其原因在于，ZJHKHS 在嵌入机密知识的同时把嵌入密码也同步嵌入掩护图像了，这为知识提取阶段的密码比对奠定了基础。另一方面，对于基于 LSB 的图像隐藏算法，其提取过程本身并不需要密码参与，只是对图像数据区相关 LSB 位平面上的数据直接读取或与原图相关数据做"异或"运算即可。此种情况下，实施密码比对以控制提取活动的合法性十分必要。

　　DES 加密则不同。它要对明文实施完全的加密操作，而加密密码的写入会导致相对应密文长度的异常变化，引起攻击者注意从而降低了安全性。如此，在没有写入加密密码到密文的前提下，解密过程中的密码比对也就无从谈起。不过，这并不会降低知识安全性。正相反，它有益于知识安全。由图 6-13 可知，DES 加密过程虽然没有密码的直接写入，但整个加密过程是在加密密码的参与下完成的，并通过扩散机制使加密密码的每一个字节的影响都被扩散到了密文的各个部分。如此，虽然密文没有直接存储加密密码，但却蕴涵了加密密码；在解密阶段只有输入了与加密密码完全相同的密码，才能将明文准确恢复出来。可见，其中的密码比对机制还是有的，只不过不是通过系统附加实现，而是蕴涵于算法实施的过程中了。

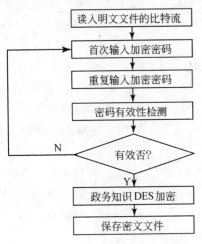

图 6-15　ZJHDES 政务知识加密流程

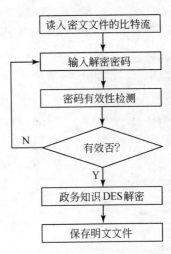

图 6-16　ZJHDES 政务知识解密流程

　　ZJHDES 没有系统附加的表面上的密码比对机制，也就自然不存在对解密密码试探次数的限制。表面上看，这似乎给了攻击者穷举攻击的自由空间。不过，事实也并非如此简单。除非攻击者获得了密文所对应的明文（这样也就没有攻击的必要了），否则面对解密结果，其仍然无法判知准确性如何；在没有评判依据的情况下，其攻击难度显然是增加了。

　　传统 DES 算法真正密码长度只有 56 位，随着人类计算能力的逐步提升，对容量为 2^{56} 的密码空间进行穷举攻击的难度也在持续降低。于是，各种改进策略相继被提出，Triple-DES 就是一种行之有效的策略。该策略不对 DES 算法过程实施任何改动，只是采取了新的加密与解密方式。它使用两个不同的密码对明文运行三次交叉 DES 运算，从而使系统安全达成 112 位有效密码强度（密码空间 2^{112}），从而大大提升了系统安全性能。

依 Triple-DES 实施策略，在 Triple-DES 加密阶段，通过 ZJHDES 对明文实施连续三次 DES 运算，其运算顺序为：以密码 K1 对明文加密→以密码 K2 对前步结果解密→再以密码 K1 对前步结果加密，从而获得经过 Triple-DES 加密的密文。在 Triple-DES 解密阶段，逆序实施三次连续 DES 运算，其运算顺序为：以密码 K1 对密文解密→以密码 K2 对前步结果加密→再以密码 K1 对前步结果解密，便可准确将明文恢复。该过程对所有文件格式均成立。为便于直观展示，我们以对一段文本的 Triple-DES 操作为例。原始明文如图 6-17 所示，图 6-18 给出了 ZJH-DES 系统 Triple-DES 加密与解密过程。

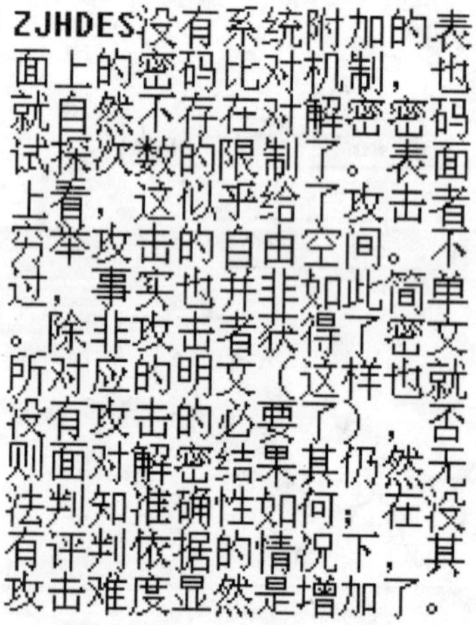

ZJHDES没有系统附加的表面上的密码比对机制，也就自然不存在对解密密码试探次数的限制了。表面上看，这似乎给了攻击者穷举攻击的自由空间。不过，事实也并非如此简单。除非攻击者获得了密文所对应的明文（这样也就没有攻击的必要了），否则面对解密结果其仍然无法判知准确性如何；在没有评判依据的情况下，其攻击难度显然是增加了。

图 6-17　原始明文

在上例中，图 6-17 所示的原始明文为大小为 308 字节的文本文件。在 Triple-DES 加密阶段，首先以 8 字节长度密码"abcdefgh"对其实施 DES 加密操作，其结果如图 6-18（a）所示。此时，该密文文件长度较原始明文已经发生了变化，由原来的 308 字节变为 312 字节（8 的整数倍）。尔后，在分别以密码"ijklmnop"和"abcdefgh"对其实施解密与再加密操作，从而完成 Triple-DES 完整加密过程，其结果分别如图 6-18（b）和 6-18（c）所示。Triple-DES 解密阶段与加密阶段逆序，即首先以密码"abcdefgh"对前述密文实施解密操作，再分别以密码"ijklmnop"和"abcdefgh"对其实施加密与再解密操作，从而完成 Triple-DES 完整解密过程，其结果分别如图 6-18（d）、6-18（e）和 6-18（f）所示。

对比图 6-18（f）中所示文本与原始明文，似乎看不出差异。但如果检查两者大小，发现图 6-18（f）所示文本比原始明文多了 4 个字节，在图中，笔者用鼠标将文件末尾被系统追加的 4 个空字符（308～312）用鼠标拖选了出来。如前所述，这主要源于 DES 分组加密的需要。由于附加的是空字符，不影响用户应用效果；附加空字符的长度为 0～7 个字节，对于较大文件的 DES 操作几乎看不出上述变化。

通过上面这个例子可知，DES 算法中的加密与解密过程不是绝对的。在某种意义上讲，解密亦是加密、加密也是解密。如此，当对明文实施多重 DES 操作后，尤其像 Triple-DES 这样的交叉操作，将会大大增加攻击难度（穷举空间被急剧拓展）；同时，中间任何一个子过程破解失败，都将导致整个攻击过程离成功越来越远。

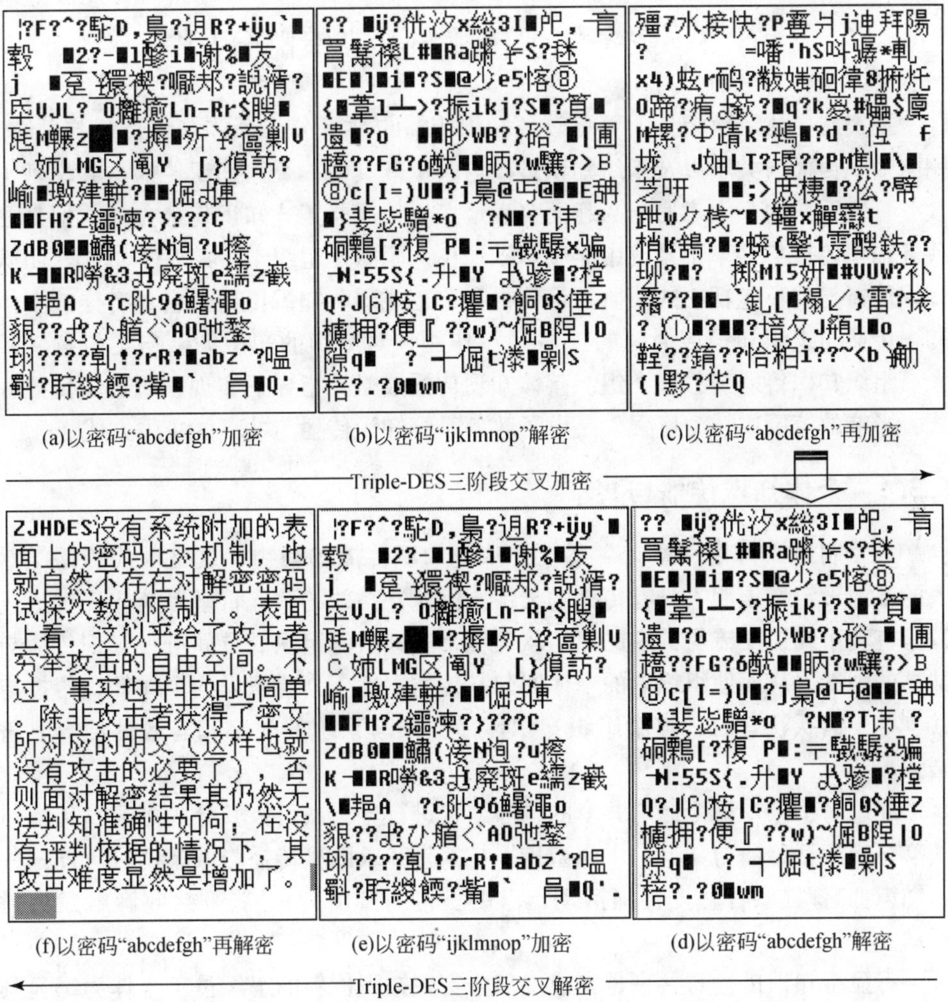

(a)以密码"abcdefgh"加密　　(b)以密码"ijklmnop"解密　　(c)以密码"abcdefgh"再加密

──── Triple-DES三阶段交叉加密 ────

(f)以密码"abcdefgh"再解密　　(e)以密码"ijklmnop"加密　　(d)以密码"abcdefgh"解密

──── Triple-DES三阶段交叉解密 ────

图 6-18　ZJHDES 系统 Triple-DES 加密与解密演示

　　综上所述，对电子政务系统中的机密知识实施 DES 加密是可以满足非涉国家安全领域政务知识安全需求的。有人讲，密文的不可理解性在提升知识安全的同时，也显示了知识的重要性，进而吸引了攻击者的"眼球"，在某种程度上会降低安全水平。事实上，任何事情都具有双面性。在大多数情况下，加密技术带来的安全性与其吸引攻击降低的安全性相比，前者还是大大高于后者的。此外，加密技术也很少单独应用。在图 6-3 所示的政务知识安全框架中，它与访问控制机制、隐藏技术协同应用，则进一步弥补了加密技术本身的不足，从而全面提升了电子政务协同的知识安全性能。

6.3 政务知识传播与共享策略分析

按实施主体层次差异，可将政务知识传播与共享分为个体知识传播与共享、团队知识传播与共享以及组织知识传播与共享。其中，个体知识传播与共享基于政务管理系统内个人意愿与兴趣而自发地发生，属非正式知识传播方式，但其在政务知识传播与共享子系统中居于基础地位。团队是组织学习的基本单元。团队知识传播与共享包括正式团队知识传播和非正式团队知识传播。它具有连接个体知识传播与组织知识传播间的"桥梁"作用，对组织的知识创新与增值意义重大。组织知识传播与共享在组织整体知识传播战略的指导下实现，属正式传播方式，影响的范围广、力度强，是电子政务系统知识传播与共享的主体方式。

6.3.1 个体知识传播与共享

人是制造"符号－意义"系统并从事知识传播的动物，这是现代传播学对人的基本设定，表明人具有传播的天性。因此，高效的政务管理系统应谋求通过营建有利于知识交流与共享的组织软环境，削减阻碍组织成员间进行知识传播与共享的因素，从而使组织内的个体回归其传播本性。当组织内的个体知识传播与共享处于活跃状态时，整个组织知识传播与共享系统的效率和有效性便会显著增强。

通过对个体知识传播与共享的诱导因素进行分析，可将其分为彰显型传播与共享、交流型传播与共享、中介型传播与共享和求助型传播与共享四种。前三种由知识拥有/提供者触发传播活动，求助型传播则由知识需求/接收者触发传播活动。

彰显型知识传播与共享是完成或部分实现知识创新的组织员工个体为彰显其个人成绩、使个人价值得到认可和尊重，主动将己方所拥有而别人尚不具有的知识传播给其他员工供其共享的行为。例如，信访接待人员将个人的接待心得整理成文，并主动发布到政府网站的相关论坛上。交流型知识传播与共享指组织内的员工个体为了推进知识创新，将自己的中间成果传播给具有相似知识背景和共同兴趣的员工，供其共享以征求改进建议的行为。例如，法院系统相关人员围绕某一新类型案件的审理问题展开的个体间的交流行为。中介型知识传播与共享指知识提供者在无特定目的驱使下将知识传播给其他员工，它是缘于人类传播本性的一种无意识行为。例如，在单位食堂的午餐会上，一位员工将自己获得的知识（信息）作为谈资不经意间讲给另一位员工。求助型知识传播与共享指组织内的员工个体为解决所遇到的问题，向知识拥有者寻求知识帮助而触发的传播与共享行为。例如，年轻的税务稽查人员遇到新的情况，打电话向稽查老手请教。

个体知识传播与共享往往借助媒介得以实现。传播媒介可以是员工个体所能触及并运用的各种工具，既包括组织所属媒介、团队（正式的、非正式的）所属媒介，也包括个人所属媒介和社会所属媒介（表6-7）。当然，也有无媒介个体知识传播行为存在。例如，有意的面对面交流，谈话间、娱乐间等场所的闲谈，知识提供者对知识接收者的当面示范等。笔者认为，作为非正式的个体行为，个体知识传播与共享发生的时间、地点具有很强的随机性，其触发者往往具有较强的传播意愿。如果组织内不能为知识个体提供必要传播媒介，他们会充分发挥其主观能动性，转而利用非组织媒介（如个人所属媒介、会所属媒介等）。因此，对于组织而言，有效的个体知识传播与共享有利于充分利用组织外资源，从而降低组织的成本消耗。

表6-7 常见个体知识传播与共享媒介

媒介类型	典型媒介
个人所属媒介	电话、传真、书信、便条、电子邮件等
团队所属媒介	电话、传真、电子公告板、公用白板等
组织所属媒介	电话、传真、电子公告板、公用白板、群件系统（如Sametime、QQ）、工作流系统等
社会所属媒介	免费电子邮件、电子公告板、主页空间等

从传播客体讲，个体知识传播与共享既可以传播编码知识，也可以传播非编码知识，而后者更具意义。知识创新的基本单元是员工个体，而创新的知识（包括中间态知识）多以非编码形式隐式存在于知识拥有者的头脑中，表现为新的经验、技巧与方法。通过员工个体间点对点式的交流，使原本模糊的想法逐渐清晰；同时，亦可以相互借鉴与启发。创新的知识一般先经过个体间传播与共享，然后进入团队和组织层面进行传播与共享，并逐步明晰化而上升为组织知识。因此，个体知识传播与共享是知识的外显化、创新与增值的基础环节。

在对个体知识传播机理与意义进行分析的基础上，政务管理组织需要采取相应措施以促进该层次的知识传播。然而，鉴于其所具有的非正式、分散性、随机性特点，组织只能通过间接方式给予激励、引导和促进，而不能直接介入、强加干涉。一般而言，可采取如下具体策略：其一，培育学习型的组织文化氛围，使知识交流与共享成为组织文化的主旋律；其二，通过各种非正式方式增加组织员工间接触和交流的机会，如设立谈话间、举办周末沙龙、开展联谊活动等；其三，完善组织内支撑知识交流与共享的基础设施，如建立内部办公网络、开设政务管理论坛、上线群件系统等。

6.3.2 团队知识传播与共享

团队知识传播与共享是由组织内的正式或非正式团队发起并实施的一种群体知识交流与共享行为。正式团队知识传播与共享指组织中的正式团队（如职能部门、工作小组等）为实现其目标（如履行部门职能、完成工作任务等），由团队组织并实施的、以全体团队成员为对象的知识传播与共享行为。非正式团队知识传播与共享指组织中的非正式团队（如实践社团、兴趣小组、联谊团体和虚拟社区等）为增进成员间的联系、求得共同进步，通过开展成员可自愿参与的各种活动以促进知识传播与共享的行为。

正式团队中的成员由团队领导选择并向其负责，成员间存有正式的组织关系，并通过正式的组织途径进行联系。其知识传播的主要方式有部门工作会议、项目交流会议、团队培训等。其传播媒介以书面的文件形式为主，还包括公示牌、宣传栏等传统公布媒介，亦包括一些电子化媒介，如电视电话会议、群件系统、工作流系统、电子公告板和电子邮件等。正式团队知识传播与共享的客体对象以编码知识为主，团队成员的自由度较小，这使得其与个体知识传播与共享之间存在衔接错位的可能。因此，必须在两者之间寻找中间态知识传播与共享方式对上述衔接错位进行弥补，这便是非正式团队知识传播与共享。

非正式团队作为组织内正式团队的补充形式，其在知识创新与传播过程中的重要性在国内还远没有受到重视。Mika Kivimaki 指出，非正式团队比正式团队具有更好的可沟通性，因为正式团队中频繁的会议容易使成员产生厌恶感而降低沟通的积极性。此外，非正式团队所具有的其他一些特征也使得它具有良好的可沟通性。例如，非正式团队中成员自愿加入、自愿参与团队活动，不向他人负责；成员之间没有正式的组织关系，以个体关系为纽带，团体环境宽松，成员在非正式团队内具有较大自由度；同时，大多数非正式团队成员间具有相似的知识背景和共同的兴趣议题。正因为如此，非正式团队知识传播与共享成为衔接个体知识传播与共享与正式团队知识传播与共享间的重要环节与方式，对知识传播，特别是非编码知识的传播与共享具有重要意义。

有调查表明，员工在工作场所获取的知识中有 70% 来自和非正式团队成员间的交流和沟通。非正式团队知识传播与共享主要通过举办一些非正式、具有浓厚生活气息的活动（如聚餐、联欢、郊游、茶话会等），增加成员间思想接触和碰撞的机会，从而达到推动成员间知识传播与共享的效果。此外，非正式团队也会组织一些较为正式、具有较强学术气息的活动（如针对某一议题的知识交流会、论坛，甚至研讨会等），使成员就某一知识主题展开直接讨论。这是促进个体知识向团队知识、非编码知识向编码知识转化的重要方式。从传播媒介上讲，非正式团队知识传播与共享多为无媒介的"面对面"交流方式，电子化了的知识论坛、虚拟社区、电子公告板等虚拟工具也正成为非正式团队日益重要的知识传播与共享媒介。

行政组织较其他组织具有更强的严肃性和正规性，其日常运作以正式团队为主，其中的非正式团队相对于其他组织要少一些，有时甚至难以发现。不过，鉴于非正式团队知识传播的重要意义，行政组织也需要对其给予足够重视。

非正式团队的特点就在于其组织形式及其成员关系的非正式性。有些非正式团队甚至是不易被察觉的。欲达成有效的政务知识传播与共享，既定政务管理组织应对其内可能存在的非正式团队进行辨识，知识地图之专家定位器可以起到辅助作用。对于能够确认的非正式团队，组织必须对其宽松、自由、非正式的特点予以尊重，对其只能给予间接的激励、培育和引导，而不能像对待组织内正式团队那样直接介入与强加干预；否则，非正式团队将会丧失其本来特色，进而失去其在知识传播与共享中的原有功效。

非正式团队具有业余性。相对于正式团队，其常会在活动经费、设施与场地等方面面临困扰，其团队成员亦会在时间和精力投入等方面面临与其在组织内正式工作的冲突。此时，组织可通过以下方式实现对其内非正式团队的激励、引导与培育：为非正式团体提供活动场所、基础设施甚至资金赞助，必要的时候派有经验的管理者为其活动的有序组织与实施提供咨询建议；对非正式团队内的成员在时间和精力方面的投入给予肯定与支持，在一定程度上容忍其因参与非正式团队活动而对正式工作造成的影响。当然，该过程中也必须坚持一个很重要的前提，即非正式团队的活动目标与宗旨不能与组织目标相冲突。另外，非正式团队的活动内容与形式有利于成员间的知识交流、共享以及共同进步，进而能够促进组织人力资源素质的改善与提高。

6.3.3　组织知识传播与共享

组织知识传播与共享是在组织知识安全框架和传播策略的约束与导引下，在全组织范围内进行的知识传播。该层次知识传播与共享具有"传播"和"管理"双重职能，既要有效组织和实施覆盖整个组织范围的各种知识传播活动，亦要对组织内的个体以及团队层次的知识传播与共享进行积极引导、培育与管理。组织知识传播与共享应在组织内专门的知识管理团队的统一规划和实施下展开。

组织知识传播与共享的基本策略是：依托良好的组织内环境，建立组织知识安全框架（前文已述及），重视对非正式团队的引导与培育，加强知识传播基础设施建设，细分知识传播特征，采取有针对性的传播与共享方式，建立知识传播模型，把握知识传播规律。

组织知识传播与共享策略从系统学观点出发，将制约组织知识传播与共享的诸多因素：组织生态环境、基础设施、传播方式、传播规律、传播约束等进行集成研究，并引入相应 AI 技术与思想来构建相关模型和实施方案，体现了电子政务知识管理系统的集成化、智能化建模思想。

前文已述及，在传统组织内部束缚知识交流和共享的因素中，居于主体地位的是知识主体的消极态度与观念。人具有传播本性，造成其后天消极态度与观念的正是传统组织内部不适宜的生态环境。要实现知识在组织内纵向和横向上的无摩擦传递，就必须营建并依托本书第三章讨论过的有利于知识传播与交流的组织生态环境。知识传播基础设施是实现组织知识传播与共享的"路网"，"路网"的规模与质量直接影响知识传播与共享的效果。加强知识传播与共享的基础设施建设可以按有形设施和无形设施分别进行，前者是服务知识传播与共享的硬件设施，包括基本的办公设施（如电话、传真、打印和复印设备等）、组织内联网（intranet）、宣传栏、电子公告板、资料室或图书馆、公共谈话间、团队活动室等；后者则是服务于知识传播与共享的软件系统，包括组织知识门户、知识论坛、BBS、电子邮件系统、群件系统、工作流系统、知识订阅与推送系统、知识地图等。

不同类型的知识可表现出不同传播特征，其中最显著的差异在于编码知识与非编码知识之间的传播特征上。非编码知识只能通过知识提供者与接收者之间"言传身教"式的沟通实践，方能取得较好的传播效果。组织可通过创造两者间的接触机会，借助团队（正式的、非正式的）知识传播与共享方式以达到预期效果。需要指出的是，非编码知识往往表现为员工个体的某种技能和能力，因其相对于编码知识具有更高的传播难度而提高了其安全性能。因此，组织或团体往往选择以非编码的形式保存自己的核心技术；同时，非编码知识具有较高的主体依赖性，在促进非编码知识传播时，应参照组织知识安全框架并且要顾及员工个体的隐私与权利。

对于编码型知识，可采用"推送（push）式"和"拉取（pull）式"相结合的方式促进其传播与共享。其中，"推送式"传播方式指知识提供者在组织知识安全框架的约束与导引下，把恰当的知识以恰当的方式传递给恰当的人；知识接收者处于被动地位，传播活动由知识提供者触发。"拉取式"传播方式则是知识个体为了满足知识应用或学习需要，有选择、有针对性地向知识提供者提出知识需求内容以及获取要求；知识接收者处于主动地位并由其触发传播活动。

组织知识传播涉及复杂要素与过程，选择主要影响因素对传播过程进行抽象，建立组织知识传播模型以描述和把握知识传播规律，对传播策略的制定与应变具有重要意义。国内学者朱少英和徐渝将知识提供者和接收者的数量及其在组织中的分布、知识传播能力与方式、知识遗忘等作为影响知识传播的直接因素，其余因素作为次要变量暂不考虑，提出了基于组织学习的知识动态传播模型。该模型作如下设定：①知识传播系统内的个体总数为常数 N；②在某一时刻 t（以天计）某一知识的拥有者和潜在接收者（未拥有者）分别占个体总数 N 的比例为 $I(t)$ 和 $S(t)$，显然满足 $I(t) + S(t) = 1$；③在初始时刻（即 $t = 0$），知识提供者和潜在接收者占员工总数的比例记为 I_0 和 S_0；④忽视知识传播方式的效果差异，将知识传播能力简化为单个知识提供者单位时间内向 λ 个人传播该知识，其中 $\lambda S(t)$ 个人是有效的知识接收者；⑤在单位时间内，知识提供者中比例为 μ 的人会将该知识遗忘。

此时，将知识传播过程抽象为如下模型：

$$I(t) = \begin{cases} \dfrac{\mathrm{d}(NI(t))}{\mathrm{d}t} = \lambda S(t)NI(t) - \mu NI(t) & (6\text{-}1) \\ I(0) = I_0 & (6\text{-}2) \end{cases}$$

（6-1）式左边为知识提供者增长速度，反映知识传播随时间变化的规律。将 $S(t) = 1 - I(t)$ 代入（6-1）式可知，当 λ 和 μ 不等时，$I = (1 - \mu/\lambda)/2$ 时，知识提供者增长速度达到最大。求解模型得

$$I(t) = \begin{cases} \left[\dfrac{\lambda}{\lambda - \mu} + \left(\dfrac{1}{I_0} - \dfrac{\lambda}{\lambda - \mu} \right) e^{-(\lambda - \mu)t} \right]^{-1}, & \lambda \neq \mu \\ \left(\lambda t + \dfrac{1}{I_0} \right)^{-1}, & \lambda = \mu \end{cases} \qquad (6\text{-}3)$$

要知识提供者增长速度达到最大，有 $\dfrac{\lambda - \mu}{2\lambda} = \left[\dfrac{\lambda}{\lambda - \mu} + \left(\dfrac{1}{I_0} - \dfrac{\lambda}{\lambda - \mu} \right) e^{-(\lambda - \mu)t} \right]^{-1}$；当 $\lambda > \mu$（传播速度大于遗忘速度）且满足 $I_0 < 1 - \mu/\lambda$ 时，知识提供者增长速度达到最大的时刻为：$t_{max} = (\lambda - \mu)^{-1} \ln [(1 - \mu/\lambda)/I_0 - 1]$；当 $\lambda \leqslant \mu$ 或 $I_0 \geqslant 1 - \mu/\lambda$ 时，无 t_{max} 存在。对（6-3）式取极限，有

$$\lim_{t \to +\infty} I(t) = \begin{cases} 1 - \mu/\lambda, & \lambda > \mu \\ 0, & \lambda \leqslant \mu \end{cases} \qquad (6\text{-}4)$$

上式表明，随着时间的推移，当知识传播速度大于遗忘速度时，知识提供者占员工总数的比例将逐步趋近于一个常数，且传播速度相对于遗忘速度越大，最终知识提供者占员工总数的比例也越大；当知识传播速度小于或等于遗忘速度时，知识提供者占员工总数的比例将逐步变小，并趋近于零。因此，组织必须采取有效措施增加各知识提供者对其他员工的接触机会；同时，亦要采取诸如知识测试、知识论坛、知识宣讲等方式降低遗忘率。该模型粗线条地对知识传播过程进行了模拟，然而由于作了太多简化，所以降低了模型的实用性和精确性。

笔者认为，在知识经济多变的市场环境下，该模型假设系统内知识个体人数

固定显然不妥。为此，可在上述模型基础上将知识个体数目的浮动看作一个以初始总数 N 为基，以时间 t 为变元的函数，记为 $\phi(t)$ N。如此，在 t 时刻系统内知识个体的总数为 $N[1+\phi(t)]$。此外，笔者将原模型假设③中 λ 的意义直接改为单个知识提供者在单位时间内针对某一知识的有效传播人数，即全是该知识的非拥有者。如此，模型中的 (6-1) 式变为

$$\frac{\mathrm{d}N[1+\phi(t)]I(t)}{\mathrm{d}t} = (\lambda-\mu)N[1+\phi(t)]I(t) \tag{6-5}$$

此外，还可以考虑政务管理系统内生态环境各要素对模型构成与参数取值的影响。随着电子政务知识管理实施进程的推进，实施主体会逐渐发现或确认影响组织知识传播的真正要素及其方式与程度，毕竟不同组织的知识传播与共享活动存在差异；同时，基于传播与共享的知识类型和内容差异，模型中各参数的取值也应作相应变化。因此，要建立精确性与实用性较高的模型，需要结合组织 KM 实施的具体实践逐步完善。

6.4 政务知识推送系统与政府知识门户

6.4.1 政务知识推送系统

推送式知识传播由知识提供者触发，在组织知识安全框架的约束与导引下，选择合适的知识，通过恰当的方式与途径，将其传递给需要这些知识的人。知识、知识的接收者、传播的方式与途径是推送式知识传播方式的基本要素。确立知识与知识接收者间的对应关系，亦即建立知识主体的知识需求模型是实现知识有效推送的重要保障；选择合适的推送途径与方式，则是其效率之源。

（1）建立知识主体需求模型。

组织知识安全框架从知识安全维度确立了知识与其接收者间的对应关系。知识主体需求模型的设计工作须在上述关系的约束下完成。该模型以组织政务知识管理系统内各知识主体（包括相关政务管理人员和服务对象）的岗位需求、发展需求、兴趣需求为触媒，建立知识主体与政务知识间的对应关系。模型单元表现为知识主体与知识单元间的"一对多"关系，整个模型则表征了政务管理系统内的知识主体与知识单元间的"多对多关系"。

此处"知识单元"具有抽象意义，不代表某项具体知识，而是按某一标准（如内容）进行细分的知识的原子类。在模型中，以岗位需求确定的知识是指与知识主体正式工作岗位的正常生产相关的知识；以发展需求确定的知识指结合系统需要与知识主体的发展愿望，为知识主体事业发展、潜能发挥提供的知识；以兴趣需求确定的知识指为满足知识主体兴趣与爱好，向其提供的知识。后者回应

了知识主体自由发展的愿望。只要符合组织知识安全框架约束，模型均予以满足，以利于提高知识主体的综合素质、促进复合型人才与成果的培养和创新。

引入向量空间模型（vector space model，VSM）对上述思想加以描述：首先将政务知识按应用领域进行分类，对每一类的知识选取能够表征该类知识特征的一组关键词构成其类型特征向量 $T = (t_1, t_2, \cdots, t_n, \text{ID})$，其中的 ID 是该知识的类型标识。对于该类中的每一条知识 K，确定其类型特征向量各元素的权重并组成该知识的知识特征向量 $K = (k_1, k_2, \cdots, k_n, \text{ID})$，且有 $\sum k_i = 1$。如此，某一类知识的 m 条知识便对应了 $m \times n$ 阶矩阵。同理，面对知识主体的各种知识需求，首先确定知识类别 ID，然后确定该类别特征向量的各关键词对该需求的权重，并构成员工需求向量 $D = (d_1, d_2, \cdots, d_n, \text{ID}, \text{PID})$，其中的 PID 为知识主体标识。

需要指出的是，知识主体岗位特征具有交叉性，其岗位需求和发展需求可能对应多个需求向量；兴趣需求本身就具有多元性，故亦对应多个需求向量。各需求向量的维数因所属知识类型的不同而不同，以各自的 ID 号标识；某一知识主体的所有需求向量表征了该知识主体的知识需求，亦作为组织（政务管理系统）知识主体需求模型的一个模型单元。

通过 VSM 实现知识特征与主体需求的数字化后，两者间的联系则通过相容向量（ID 同）的数量积 $D \cdot K = |D\|K|\cos\phi$ 建立，$\cos\phi$ 表征了两向量的接近程度，记为符合度 α，则有

$$\alpha = \cos\phi = \frac{D \cdot K}{|D\|K|} = \frac{\sum\limits_{i=1}^{n} d_i \cdot k_i}{\sqrt{\sum\limits_{i=1}^{n} d_i^2 \cdot \sum\limits_{i=1}^{n} k_i^2}}$$

设定阈值 α_0，认为 $\alpha \leqslant \alpha_0$ 的知识是与该主体的知识需求相匹配的，并向其推送。

知识主体需求模型的建立按模型单元逐一进行。每一模型单元的岗位需求与发展需求知识由知识管理团队、知识主体个人及部门领导共同确定，兴趣需求知识则由知识主体个人确定。在三种触媒中，兴趣需求具有较大易变性，因此要对模型作及时更新。可采用马尔可夫（Markov）转移概率由系统自动预测并自动更新；此外，一个简单且可行的办法是，采用知识主体"主动报告"方式，即知识主体以"知识订阅"的方式通过客户终端对自己的知识需求向量表作增加、删除和修改等操作。知识主体需求模型一旦建立，知识管理团队及其辅助系统作为知识主体的代理（agent），会及时把与其有关的新知识推送给他（她），从而使得知识主体能够把以往密切关注知识动态的时间与精力投入到自身的重要工作之中。

（2）选择合适的推送方式，建立知识自动推送系统。

依据实现过程的自动化程度，可将政务知识推送划分为非自动方式和自动方式两种。前者由系统知识管理团队以传统方式向员工推送其所需求的知识；后者则主要借助组织内联网以及政府知识门户的支持，依据知识主体需求模型，由知识推送系统将与知识主体需求相匹配的知识自动推送给他（她）。

非自动知识推送包括知识培训、知识投递和知识公示等方式。其中，知识培训主要针对知识主体（尤指政务管理系统内部员工）的岗位需求和发展需求，将与行业、岗位和任务等相关的基础知识、基本技能、最新动态等，以课堂授课（包括当面讲授与网上授课）、实践演练等方式传播给适当的知识主体或知识团队。知识投递主要依据知识主体的工作岗位与兴趣，将其所需求的知识进行封装后直接派发到其桌面或信箱。知识公示则通过传统公告栏、电子公告板、政府知识门户等媒介将基础性、公共性信息与政务知识以及知识的新进展公示于众。相对于前者，知识公示具有及时更新、便于维护等特点，具有更广泛的接收者（可涵盖政务管理者及其服务对象），但目的性不如前者明确。

自动知识推送由知识自动推送子系统自动完成，其模型结构如图 6-18 所示。系统的推送行为既可由知识管理团队通过人机界面触发，也可由侦听代理（agent）在侦听到知识库发生了超过阈值的知识变动（增、删、改等）后自动触发。

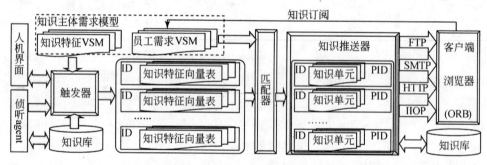

图 6-18　知识自动推送系统模型

在图 6-18 中，触发器负责将发生变动或通过人机界面被表达推送要求的各知识的知识特征向量，从知识主体需求模型的知识特征 VSM 中调出，并将类型相同（ID 同）的知识特征向量组织在同一知识特征向量表。可以将每张知识特征向量表看作一个等待推送的频道（channel），它表征了同一主题（类型）的知识。匹配器将每张知识特征向量表中的知识特征向量与知识主体需求模型中的主体需求 VSM 进行匹配，即计算符合度 α；将 $\alpha \leqslant \alpha_0$ 的主体标识 PID 放入到 PID 列表；否则，不做任何处理。如某一知识特征向量所对应的所有 α 均大于 α_0，则其所对应的知识不予推送。知识推送器将匹配结果推送给客户端，其推送的内容可以是知识本身，也可以是由频道获得的知识清单与下载链接。如果是电子邮件推送，则首先要通过 PID 列表从知识主体档案知识库获取其推送地址（E-mail Address）。浏览器内嵌支持 IIOP 的对象请求代理（ORB）可以使 CORBA 和 Web 有效结合，知识主体可以通过客户端浏览器更改其自身的需求向量表，从而完成知识订阅。

自动的知识推送降低了人力投入，使得知识用户可以不必投入许多时间和精力去关注与自己有关的知识变动，从而可以最大限度地将时间和精力投入到知识应用中。然而，自动的知识传播是一种"强制服务"方式。知识主体虽然可以通过知识订阅修改自身的需求向量表，从而表现出一定的主动性；但如果知识主体疏于维护，这种"强制性"的推送会把大量对知识主体而言并无意义的知识推送给他（她），从而导致知识过载现象（overload）。此外，知识推送系统主动发送大量知识，若控制不得当亦会导致系统网络带宽的浪费。相应的解决办法是，将知识推送与知识拉取有机结合。

6.4.2　政府知识门户

拉取式知识传播由知识接收者触发，是知识主体针对自己的知识需求，主动向知识提供者获取知识的行为。相对于推送式知识传播，其目的性更强，能够保证传播的有效性。不过，一方面，知识主体在面临知识需求时才触发拉取行为，有时会妨碍知识应用的效率；另一方面，知识主体要投入大量精力与时间去关注系统知识资源的易动情况，亦会对其本职工作产生影响。因此，如前所述，可行的解决方案是将推送和拉取两种知识传播方式相互结合、互为补充。例如，将拉取式传播思想嵌入推出式传播方式中，形成知识自动推送子系统的知识主体知识订阅机制，以增强知识推送的有效性。

在拉取式知识传播中，政务管理组织的角色是知识提供者，负责将政务管理系统所掌握的知识进行合理组织与展示，以备知识用户拉取。为此，其要做好组织内的资料室、档案馆、图书馆等有形知识集中场馆的组织与管理工作，如分类编目、备份存储等；同时，其也要维护好系统知识地图，确保其效率和有效性；此外，要建立和维护好政府知识门户，在以"高度信息化"为特征的知识经济背景下，政府知识门户已经成为知识主体实施知识拉取的主要渠道。

政府知识门户（government knowledge portal，GKP）是为方便政务管理人员及其管理对象获取和应用政务管理系统内的各种知识资源，而向其提供的独立、单一的通道，其层次结构如图 6-19 所示。为了体现"推送"与"拉取"两种知识传播方式的整合思想，图中将体现推送式知识传播思想的知识推送系统作为 GKP 的一个应用并内嵌其中。应用层是 GKP 服务能力的实现层，应结合政务管理的具体实践开发具有良好收效的知识应用。在拉取式知识传播中，知识主体处于主动地位。GKP 作为知识主体实施知识拉取的主要通道，须做好知识安全控制工作，以防止政务知识被非授权访问（前已述及，不再赘述）。此外，搜索代理必须具备较高的搜索效率，能应付大量知识主体同时对电子政务系统复杂知识库的各种查询要求。

用户层(浏览器)
访问控制层(用户安全认证与识别、防火墙)
应用层 (搜索代理、知识地图、专题论坛、知识推送)
传输层(TCP/IP、SMTP、POP、FTP等)
知识库层次集成层(知识封装)
知识库 (数据文档库、规则库、案例库、模型库等)

图 6-19　GKP 参考结构

GKP 是电子政务系统内的高速知识通路。然而，要使其取得促进知识传播与共享的良好效果，既要"路"好，路上的"货"与"车"（所提供的知识及其应用）也要好。电子政务系统知识库要经过过滤层和缓冲层处理后才能向 GKP 开放，GKP 亦要对其进行选择与再组织后才能最终呈现给系统外部知识主体；而且，GKP 所提供的知识内容与形式还要在运行中作持续的调整与改进，以尽可能满足政务管理系统内大多数员工以及广大服务对象的知识需求。

在企业管理领域，Booz 公司为员工提供了用于知识交流与获取的知识在线（knowledge on line，KOL）。最初，KOL 主要提供相关业务领域内前沿的、精深的知识。但管理者很快就发现，由于内容太高深，知识库中半数以上的知识利用率很低，形同虚设；他们还发现，KOL 最热心的使用者是那些新来的雇员。针对这种情况，为了让那些初出茅庐的 MBA 们尽快适应工作环境和熟悉业务，他们在 KOL 系统中开辟出更多的空间用于提供业务方面的指导以及基本的行业信息。"我们发现知识库中利用率最高的内容是培训教材"，Booz 公司克里夫兰分部副总裁兼 CKO 露茜说，"因此我们调整了以前的知识库结构，把培训教材放到 KOL 重要位置，并在这个领域投入大量精力，开发针对业务流程的标准化方法与分析工具，来帮助我们的基层雇员"。事实证明，这种调整使那些新员工受益匪浅。

与 Booz 公司的 KOL 相较而言，电子政务系统所要服务的知识用户范围更广，领域、层次差异更大。GKP 的系统维护与管理者的一项重要任务就是借鉴 KOL 的管理经验，及时、动态分析 GKP 的用户分布情况及其知识需求特征，进而对 GKP 的知识结构与具体应用作出及时、适当调整与补充，从而使 GKP 保有较高的用户接受度。

本 章 小 结

知识只有经过广泛传播与充分共享才能最大限度挖掘其潜能、实现其价值。本章首先分析了知识传播与共享的内涵。简单地讲，有效的知识传播与共享就是要将恰当的知识，在恰当的时间，以恰当的方式，传递给恰当的人。同时，讨论了知识传播与共享系统结构。知识传播与共享具有重要意义，它是知识应用效率和有效性的保障，是实现知识创新与增值的重要途径，是提升组织学习能力的基础环节，是提高组织员工整体素质、培育人力资源的有效途径，能够实现知识的"多路复用"、最大化知识应用价值。然而，实际运作中，知识的传播与共享会面临诸多障碍，主要源于知识本身具有较强的环境依赖性，知识应用日益复杂，知识粒度越来越大、隐性知识比重逐渐放大；知识传播基础设施和技术约束，知识拥有者和需求者的主观因素限制；此外，传统组织内的固有惰性也妨碍了知识的有效传播与共享。电子政务系统欲实现政务知识的有效传播与共享，就要基于前述障碍成因，采取有针对性的策略与措施，尽力削减各种障碍因素的消极影响，提升政务知识传播与共享的效率和有效性。

建立组织知识安全框架是推进政务知识传播与共享的基础前提。组织知识安全框架是为确保既定组织的知识安全，在其实施知识传播与共享前对组织的知识疆界与岗位职权展开全面而深入地调查与分析，将既定知识合适的操作权限与既定岗位上合适的知识主体对应起来，从而形成"知识－权限－主体"的三维指导架构。构建组织知识安全框架采用"分级管理，多级控制"的策略，对知识单元进行安全等级分级，对知识主体进行访问权限分级，并在两者间建立映射关系。组织知识安全框架并不能够独立解决政务知识安全问题，在技术上它需要与隐藏技术、加密技术相融合，从而形成体系完备的政务知识安全架构。在架构中，以组织知识安全框架为核心的访问控制机制构成了第一道防线，可将大多非法访问过滤掉；以隐藏技术为核心的知识掩密机制作为第二道防线，将机密知识嵌入到公开载体对象中，可有效隐藏知识的存在，起到迷惑攻击者的作用；以加密技术为核心的知识加密机制作为第三道防线，则通过将机密知识转变为令外人不易理解的方式，进一步隐藏信息的内容，从而实现机密政务知识的三重安全。本章详细介绍了隐藏技术的发展历程，阐释了其简要原理，重点讨论了图像掩密技术以及基于 LSB 的 BMP 图像政务知识掩密的基本原理，并通过实例演示的方式对其中的技术细节进行了补充说明。另外，本章还介绍了加密技术的起源与分类，重点阐释了 DES 的工作机理，通过 DES 加密系统的实例演示深入讨论了 DES 加密与解密过程中的若干细节问题。

实施主体层次差异，可将政务知识传播与共享分为个体知识传播与共享、团队知识传播与共享以及组织知识传播与共享。个体知识传播与共享属非正式知识传播方式，在政务知识传播与共享子系统中居于基础地位；团队知识传播与共享包括正式团队知识传播和非正式团队知识传播，是连接个体知识传播与组织知识传播间的"桥梁"；组织知识传播与共享属正式传播方式，是电子政务系统知识传播与共享的主体方式。按个体知识传播与共享的诱导因素差异，将其进一步分为彰显型、交流型、中介型和求助型四种类型，并分析各类型的基本特征；尔后，分析了个体知识传播与共享所需的各种媒介支持，并提出了提升个体知识传播与共享的效率和有效性的相应措施。对于团队知识传播与共享，分析了其中的正式团队知识传播与共享与非正式团队知识传播与共享各自的特征，并基于上述特征提出了相应策略与方法以提升团队层次知识传播与功效效益。对于组织知识传播与共享，首先分析了其所具有的"传播"与"管理"的双重职能，提出了实现有效组织知识传播与共享的相应策略；其次，提出并分析了推送式知识传播与拉取式知识传播的内涵、区别以及二者间的整合策略；最后，本章还介绍了一种简易的知识动态传播模型，讨论了模型特点，并给出了相应的改进建议，目的在于抛砖引玉、拓展思路。

政务知识推送系统与政府知识门户分别是政务知识推送式传播与拉取式传播的主体实现模块，同时也蕴涵了两者间的整合思想与策略。建立知识主体的知识需求模型的本质在于确立知识与知识接收者间的对应关系，进而确保将恰当的知识传递给合适的人。本章深入分析了建立知识主体的知识需求模型的技术策略，通过VSM方法确立知识主体与政务知识间的对应关系。同时，还讨论了当知识主体需求异动时的模型调整策略。就实现方式而言，知识推送包括非自动知识推送与自动式知识推送两种，前者又可进一步分为知识培训、知识投递和知识公示等方式，每种方式都有各自的特点；自动式知识推送通过建立知识自动推送系统实现。本章设计了知识自动推送系统模型架构，并对其结构与功能进行了说明。最后，本章分析了政府知识门户的相关主体及其职责，设计并分析了政府知识门户的常见结构及其功能。需要指出的是，知识自动推送的"强制性"会导致知识过载以及带宽浪费问题，而单纯的知识拉取也会束缚知识应用效率、增加知识主体的精力与时间投入。因此，需要将知识推送与知识拉取有机结合。

归纳与总结前述内容，可得政务知识传播与共享子系统模型结构，如图6-21所示。

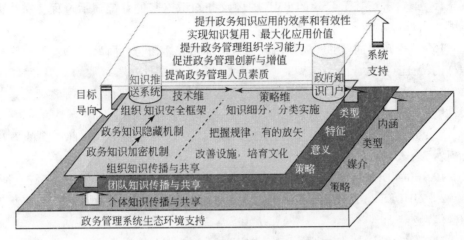

图 6-21 政务知识传播与共享子系统模型

本章思考题

1. 政务知识传播与共享系统包括哪些要素？各自的意义如何？

2. "知识传播与共享是实现知识创新与增值的重要途径，是提升组织学习能力的基础环节。"请谈谈您对这句话的理解与看法。

3. 为什么说知识传播与共享能够最大化知识的应用价值？

4. 影响政务知识传播与共享的障碍因素主要来自哪些方面？它们是如何束缚知识传播与共享发挥效益的？

5. 针对政务知识传播与共享过程中可能遇到的障碍因素，该采取哪些策略与方法克服之？

6. 为什么说"建立组织知识安全框架是推进政务知识传播与共享的基础前提"？

7. 组织知识安全框架如何实现知识安全？它工作机理的本质何在？它是否能够独立支撑起电子政务系统的政务安全体系？为什么？

8. 组织知识安全框架结构复杂、体系庞大，该如何构架这一架构？

9. 为确保政务知识安全，从技术维度讲，政务知识安全架构应设置几道防线？每道防线的意义何在？各道防线间关系怎样？

10. 何为知识隐藏？其完整的工作过程怎样？

11. 隐藏技术包括哪些技术分支？如何评价某一具体隐藏技术的优劣？

12. 什么是图像掩密？可通过哪些技术思路实现？各自具有怎样的特点？

13. 在图像掩密领域"LSB"的含义是什么？它对图像掩密有何意义？

14. 请简要阐释基于 LSB 的 BMP 图像政务知识掩密的基本技术思路。

15. 通过本章基于 LSB 的 BMP 图像政务知识掩密的系统演示过程，您获得了哪些启示？

16. 政务知识加密的实质如何？通常，加密技术可分为哪些类型？各自具有怎样的特征？

17. 仔细分析 DES 加密流程，请说明其中哪些运算是线性的，哪些运算是非线性的？

18. 如果 DES 算法背后真的存在"陷门"，它会在哪里？对此，您的看法如何？

19. triple-DES 何如实现？其意义何在？它是否对 DES 算法实施了本质改进？

20. ZJHDES 与 ZJHKHS 两系统的输入与输出在文件容量方面各有何变化？其原因何在？

21. 按实施主体层次差异，政务知识传播与共享包含哪些层次？各层次的地位如何？具有怎样的特征？

22. 按个体知识传播与共享的诱导因素差异，可将该层次知识传播与共享分为哪些类型？各自具有怎样的特征？

23. 个体知识传播与共享是知识的外显化、创新与增值的基础环节，为什么？该层次知识传播与共享通常需要哪些媒介支持？

24. 为提升个体知识传播与共享的效率和有效性，可采取哪些措施？

25. 正式团队知识传播与共享与非正式团队知识传播与共享的区别何在？

26. 在政务管理系统中，为提升团队层次知识传播与功效效益，该采取哪些措施？

27. 为什么说团队知识传播与共享对组织的知识创新与增值意义重大？

28. 为什么说组织知识传播与共享具有双重职能？该如何实现有效的组织知识传播与共享？

29. 什么是推送式知识传播与拉取式知识传播？它们彼此间具有怎样的区别？实际运作中，如何将二者整合在一起，以切实提升知识传播的效率和有效性？

30. 对本章所介绍的知识动态传播模型，您如何理解？是否还有新的补充与完善思路？

31. 建立知识主体的知识需求模型的本质是什么？有何意义？

32. 在建立知识主体的知识需求模型过程中，怎样确立知识主体与政务知识间的对应关系？

33. 知识主体的知识需求模型包括哪些向量？彼此间的关系如何？

34. 政务知识推送包括哪些方式？各自具有哪些优点与不足？

35. 知识自动推送系统模型包括哪些部分？彼此间关系如何？

36. 在拉取式政务知识传播中，涉及哪些主体？其各自承担哪些任务？

37. GKP 包含哪些层次？各部分的功能如何？

38. Booz 公司的 KM 实践对电子政务知识管理有何启示？

第七章 政务知识创新与进化

创新是人类认识与改造世界的原动力，而创新的本质主体是知识创新。在企业管理领域，知识创新能力被作为核心竞争力置于空前重要的位置，它影响甚至决定了企业的发展空间乃至生存状况；在政务管理领域，政务知识创新能力亦是政务管理组织的核心能力，是同级政务管理组织间（地区间、国家间）政务管理水平差异的主要归因之一。如此，作为新型政务管理平台，电子政务系统应该而且必须对政务知识创新给予足够重视。

世间万物均有一个由"生"到"亡"的过程，知识亦不例外，它也逃脱不了生命周期的宿命。当某一知识单元已历经知识生命周期的大半过程，即将或已经走向消亡、失去活力，对其实施淘汰操作是必须的，这是确保系统生命力与运作效率的基本保障。另外，虽然生命周期的固有阶段及其序列在大多数情况下是不变的，然而各阶段的实际时长却非固定。如此，留给了人们通过有效维护达成延长知识生命周期总时延的空间。上述两方面正是知识进化的主要内容，也是实现电子政务系统自组织的基础保障。

传统知识管理理论中的知识链是欠完整的。例如，Dibella 将知识链看成一系列组织学习阶段的循环：知识获取、吸收和利用。他完全忽视了知识创新这一重要环节。Wiig 将知识链分为四个环节：知识的创新与来源、知识的编辑与传播、知识的吸收、知识的应用与价值实现。他将知识生命周期的单次循环终止于知识应用，虽然补充了知识创新环节，但此处的知识创新是从无到有的过程，实际关注得更多的是知识获取。Prost 将知识链分为知识的获取、开发与创新、共享与传播、使用和保存等环节，缺乏知识进化环节。国内的一些知识管理学者将知识链划分为知识获取、分解、存储、传递、共享以及对知识产生价值的评价等环节，知识创新与进化过程同时被忽视了；或者仅在知识链之外作割裂、肤浅研究，于提升知识管理系统（knowledge management system，KMS）的整体序意义不大。相应地，基于上述理论的现有 KMS 模型则大多缺乏对知识创新与进化过程的有力支持。

知识创新是知识经济时代组织提升其核心能力的重要途径，知识进化则是维持组织知识库的效率和有效性的根本保障，两者均是知识链上的重要环节。因此，笔者在知识链中将知识创新与进化纳入知识生命周期单次循环的高端。基于系统工程思想，将电子政务知识管理系统看作复杂、开放的自组织系统。从"社会－技术"双视角出发，将各种相关要素相集成并引入相应 AI 技术，研究电子政务知识管理系统对政务知识创新与进化过程的有效支持。

7.1　政务知识创新

有人讲，当前企业所面对的是以"3C"（change，competition，customer）为特征的"超竞争"市场环境，其变化以"非线性、非连续、与思考等快（fast as thoughts）"为特征；竞争日益激烈，呈白热化状态；客户需求呈现精细化、多元化趋势。市场环境是政务管理环境的重要组分。一方面，市场环境发生的变化必然会传导到政务管理环境并使其亦发生一系列变化；另一方面，公共管理与服务是政府实施政务管理的主要职能之一，政务管理效益的高低亦取决于政府对市场环境的认知程度、把握能力与应变水平。

如此背景下，企业要求得生存和发展、政务管理组织要切实提升其政务管理能力与水平，都必须以各种持续不断的创新行为赢取竞争优势，以完善的创新机制来提升组织的核心能力。在知识经济时代，知识已经上升为社会的主体生产资料和价值创造的核心来源，这使得知识创新处于组织各种创新活动的核心地位。为此，本节将对知识创新的内涵、分类、意义、机理以及机制建设等问题展开深入讨论。

7.1.1　知识创新内涵

人类对创新（innovation）的认识与理解由来已久。它最早源于拉丁语"innovare"，意思是更新、制造新的东西或改变。到 20 世纪初，人们开始在理论上探讨创新。

经济学家熊彼特（Joseph A. Schumpeter）从经济学角度提出创新包括以下五种情况：①创造一种新的产品；②发明一种新的生产方法；③开辟一个新的市场；④取得、控制原材料或半成品的一种新的供给来源；⑤实现任何一种新的产业组织方式或企业重组。熊彼特的创新观强调了创新的经济效果，然而并不是所有创新都能达到预期效果。

美国知识管理专家、Entovation 国际公司的创立者和首席战略家艾米顿（Debra M. Amidon）女士把"创新"定义为，"为了企业的卓越、国家经济的繁荣昌盛以及整个社会的进步，创造、发展、交流和应用新的想法，并使之转化为在市场上适销的产品与服务的活动"。艾米顿的定义强调了创新的目的性和过程性，从而更为合理些。因为毕竟人们渴望创新效果的实现。不过，注重创新机理研究和创新过程的实现显然更具意义。

我们认为，创新是创新主体——人，为了使其自身或其所处的团队或组织在持续变化的环境中赢得生存和发展，运用所掌握的知识和技能，通过应用实践和理性思辨而展开的对所处技术系统和社会系统进行改良与变革的探索活动。创新的根本特征在于"新"字，是对新事物的改良、缔造与累积；创新的目的是通过创新的实施过程而取得效益增量。

知识是创新的基础和内驱力，其既是其出发点亦是归宿点。组织内的各种创新（如技术创新、组织创新、管理创新等）归根结底都是对知识的创新。因此，可将一般意义上的创新看作广义的知识创新（knowledge innovation）；将创新主体为了增加其知识存量、增强其对所处环境的应变能力，通过知识获取、改进、挖掘、外化和精炼等途径获取新知与效益增量的过程看作狭义的知识创新。

7.1.2 知识创新类型

分类是对事物深化认识的有效途径。按不同标准可将知识创新划分为不同的类型。

如图 7-1 所示，对知识创新按主体层次、过程推进幅度和主体角色三个维度进行分类。其中，按创新主体层次可将知识创新分为个体知识创新、团队知识创新和组织知识创新。按过程推进幅度可将其分为渐进型知识创新和突变型知识创新。其中，前者表现为对已有知识基的较为缓和的持续改进活动；后者则通过长期量的积累后，表现为对现有知识基的大幅度的跃进式的变革或从无到有的过程。按创新主体角色将知识创新分为自主型知识创新和模仿型知识创新。其中，前者是知识领先者为继续保持领先地位而从事的独立、开创性的创新活动；后者是知识追赶者为缩短与领先者的知识落差（knowledge gap）而从事的对知识领先

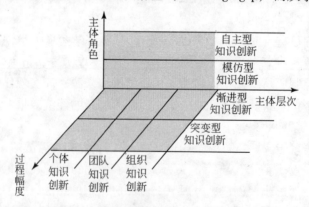

图 7-1　知识创新分类维度及其类型

者的模仿活动。

需要指出的是，知识创新的根本特征在于"新"字。模仿型知识创新的"新"意一方面是相对于模仿者原有知识基成立；另一方面，模仿型知识创新并不是对知识领先者知识的完全照搬，知识具有环境依赖性，知识模仿者必须结合其所处的企业内外环境与新知识的具体特征，配有为新知识的存活与发展营建崭新环境的探索活动。通常，人们给予更多关注的是突变型和自主型知识创新，然而渐进型和模仿型知识创新更具一般性和现实意义，故应给予重视。

7.1.3　知识创新意义

前已述及，知识创新是知识链上的重要结点，对提升组织的核心能力意义重大。具体而言主要表现在如下方面。

（1）知识创新是增加组织知识存量、增值智力资产的主要途径。未来学家托夫勒（A. Toffler）曾预言，科学技术发展越快，人类按照自身需要创造资源的能力就越大，届时唯一重要的资源就是信息和知识，知识将成为未来的贸易中心。实施知识管理的组织除通过知识链前端的知识获取结点取得知识外，知识创新是其增值智力资产的主要活动和途径。研究表明，建立合理的知识创新机制与创新系统能够促成组织智力资产呈指数增长。在企业管理领域，著名的化学与制药企业德国默克（Merck）公司秉持"向客户提供最优质的产品"的经营理念，通过持续的知识创新，使其对新药品的研制能力不断提升，其智力资产保持了指数增长，企业经济成为具有世界领先地位的化学及制药集团公司。

（2）知识创新是提高组织环境适应能力和生存能力的根本手段。当前，政务管理所面对的环境（包括科技环境、市场环境、经济环境、文化环境和法律环境等）都以前所未有的速度变化、演进与完善。在信息技术方面，摩尔定律表明产品生命周期已经缩短为 18 个月，甚至更短；市场环境瞬息万变，客户需求日益多样化；工业经济正向知识经济转型，经济全球化趋势增强使企业的竞争区域迅速拓展；全球文化交流越发频繁，文化观念的转变影响到消费观念；此外，国内近年来的道德环境、治安环境也在迅速变化。面对非线性、非连续、高速度的环境变化，任何组织要求得生存就必须作出迅速、及时的反应，而所有的反应最终都要通过有效的知识创新得以实现。政务管理组织只有通过积极有效的知识创新活动，切实提升其对外部环境变化的因应能力，才能不断提高其政务管理效益、改善其公众形象。在这一点上，新加坡的政务管理组织为亚洲乃至全球的政府部门树立了良好的榜样。

（3）知识创新是组织培育竞争优势、实现发展的力量源泉。工业经济受制于物质、能量的有限性；知识经济得益于信息、知识的无限性，它以知识资本和知识产品的高增值率为特征。著名知识管理专家、管理学大师德鲁克（Peter Drucker）指出，在知识经济时代，知识是组织的核心资源，知识工作者的知识创新能力成为组织的核心能力，亦是其实现发展的力量源泉；一旦组织获得了基于知识创新的竞争优势，将会产生很强的优势惯性。3M 公司（Minnesota Mining and Manufacturing Company）堪称以知识创新求得发展的典范。公司以"成为世界上最具创新精神的企业和提供较受欢迎的产品和服务的供应商"为奋斗目标，在其百年历史中不断创新并研制了 60000 多种产品，涉及工业、化工、电子、电气、通信、交通、汽车、航空、医疗、安全等诸多领域。公司提出的创新目标是，实现其全球销售额的 30% 来自最近 4 年推向市场的新产品，总销售额的 10% 要来自本年度推出的新产品。依靠强有力的持续知识创新，3M 保持了持久的竞争优势，百年兴盛而成为道琼斯 30 种工业股票指数成分之一，历年被评为《财富》500 强企业。

（4）知识创新能够减弱或消除组织与社会间的矛盾，促成双方的和谐关系。工业经济下的企业片面追求资本和劳动力的价值回报，强调自身利益的最大化而不顾社会效益，其中比较突出的问题是对资源与环境的掠夺性破坏，从而形成企业和社会间的利益冲突。知识经济时代，当企业将知识创新作为其追求的重要目标时，其不断推新的创新成果提高了资源利用率、降低了对环境的破坏程度，这有利于促成企业与社会间的和谐关系。在政务管理领域，政府所要管理和服务的公共对象数量众多、结构复杂，为切实提升其在大多数公众心目中的形象，就必须持续不断地改进工作思路与方法，而这只有依赖于持续、有效的知识创新才能实现。通过知识创新，政务管理组织可以不断提升工作的效率和有效性、降低政务管理成本，从而让纳税人的钱产生更大的效益；另外，通过知识创新，政务管理组织可以不断深化其对政务管理对象的了解与认知，在持续改善工作效果的同时密切了双方关系。

7.1.4 经典知识创新模型

在知识管理领域，目前对知识创新机理的研究存在三个比较经典的模型，即四结点循环创新模型、莲花型创新模型以及 SECI 模型。

彼得·圣吉（Peter Senge）从组织学习的视角出发，提出了四结点循环创新模型，即创新通过"洞察创新契机→制订创新方案→实施创新行动→观察创新结果"的递进过程得以实现。创新主体通过单次循环末端的"观察创新结果"得到经验反馈，进而提升组织能力。当组织洞察新的创新契机时，新一轮的创新循环便又开始了。打断了这个循环也就中断了组织学习进程。正是通过这种循环，组织的新知识得以创造并逐渐积累起来，对环境的应变能力得以持续增强。

艾米顿在《全球创新战略：创造增值价值联盟》中提出了三层体系的莲花型创新（lotus innovation）模型。该模型用交错的花瓣来描述企业在未来动态变化的全球经济中为取得商业成功所需要妥善处理的多重关系。它由微观、中观和宏观三个经济层次构成，分别讨论了价值体系中的职能集成、联盟（网络）资源整合以及国际化挑战与应对等问题。该模型基于创新价值链思想，在微观层次对企业内各职能部门间的知识转移（包括内容、方式与时机等）进行了深入分析，认为创新思维可以从企业中的任何地方产生，强调企业各职能部门间的双向交流，主张在企业内部的知识转移过程中适度模糊各职能部门间的界限、将其进行有机整合；在中观层次，该模型通过创新价值链深入研究了如何最大限度地将大学和研究所中所产生的新知识引入到企业中去（知识创新中的价值实现环节）。莲花型创新模型把企业内外环境甚至全球范围内的复杂因素按序列集成在一起，为企业实施创新战略规划指明了思路。

野中郁茨郎（Ikujiro Nonaka）和竹内广隆（Hirotaka Takeuchi）受到波兰尼（Michael Polanyi）对知识作隐性知识（implicit/tacit knowledge）和显性知识（explicit knowledge）分类的启发，对知识创新机理进行广泛深入的研究，提出了著名的 SECI 模型，令国际学术界瞩目与认同。野中郁茨郎和竹内广隆认为，知识创新是显性知识和隐性知识相互转化与生成的过程，是一个充满矛盾和统一的辩证思维过程，而隐性知识和显性知识构成了这一过程的矛盾统一体；知识创新不仅要处理显性知识，还要发掘员工头脑中潜在的想法、直觉和灵感，并综合起来加以运用。为了表述更为直观，在对该模型深入分析的基础上，我们将其改画为图 7-2 形式。SECI 模型将知识创新过程细分为社会化（socialization）、外显化（externalization）、组合化（combination）和内隐化（internalization）四个子过程，并指出知识创新过程就是这四个子过程相互承接、循环往复、螺旋上升的过程。该模型凸显了隐性知识的作用，强调知识创新不仅要对显性知识善加应用，还要充分发掘蕴涵于员工个体头脑中的隐性知识（想法、直觉、灵感和技能等），并将其加以综合运用；同时，它深入阐释了企业内个体知识（I）、团队知识（G）和组织知识（O）间的转化关系；此外，该模型还试图表明，组织的知识创新不是某一个或几个部门专有的活动，而是组织整体的一种行为方式、一种生存方式，在这种方式下每一位员工都应该是知识潜在创新者。

通过分析不难发现，四结点循环创新模型侧重于组织行为，并未深入揭示知识创新与知识特征及类型间的关系。莲花型创新模型侧重于对创新价值链与知识转移研究，也没有深入触及知识创新的技术机理。SECI 模型堪称对知识创新机理研究的一次突破，其通过对"S-E-C-I"四个子过程的深入剖析，不仅阐明了显性知识与隐性知识间的转化与相生机理，还深入揭示了个体、团队与组织三层

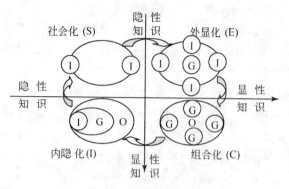

图 7-2 SECI 模型

次知识转化、累积与创新轨迹。然而，SECI 模型将其"S-E-C-I"四个子过程作为原子活动进行研究，并没有进一步深入到系统、完备的知识处理环节（知识链结点）以及这些环节对上述四个子过程的具体支持。

7.1.5 知识链支撑下的 SECI 模型

SECI 模型通过"S-E-C-I"四个子过程阐释知识创新的实现机理。事实上，"S-E-C-I"四个子过程并不是知识创新的原子级活动，仅仅通过这四个子过程来分析知识创新机理、讨论企业知识创新机制的构建，会因"线条较粗"而难以描述知识创新的更为详细的实现过程，以此来营建知识创新机制也自然会显得乏力。弥补上述不足的有效途径是进一步深入知识链结点层次，研究完备知识链上各结点及其结构关系对知识创新的具体支持。简言之，完备知识链支撑下的知识创新机理更能揭示知识创新的过程细节，更具实践指导意义。

在本书第二章（图 2-5），我们基于前人观点并结合自身的研究成果，提出了涵盖 13 个活动结点的完备知识链模型。将完备知识链模型与 SECI 模型结合起来，向图 2-5 中补充"S-E-C-I"四个子过程，如图 7-3 所示。该图中的①—④则分别对应于知识创新 SECI 模型中的外显化、组合化、社会化和内隐化四个子过程。知识创新活动不是孤立存在的，组织知识创新实施的效率和有效性取决于知识链上其他结点功能的实现水平以及结点之间的整合程度。要深入分析知识创新机理并建立组织长效、稳健的知识创新机制，就必须对知识链结点活动及其功能结构展开综合研究。

（1）外显化。

知识的外显化一般被定义为通过隐性知识创造显性知识的过程，指把知识主体头脑中的隐性知识（主要表现为技能与经验）进行有效表达并格式化成为编码知识的过程，我们将其称为 I 型外显化。此外，我们把知识主体基于自身技能

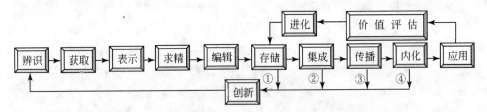

图 7-3 实施 "S-E-C-I" 过程定位的完备知识链模型

从组织内大量无序的数据或信息中获取显性知识的过程称为 Ⅱ 型外显化；将知识主体依据生活与生产需要，在外部环境的刺激与作用下基于自身技能而获得显性知识的过程称为 Ⅲ 型外显化。显然，外显化过程有助于组织员工隐性的个体知识（individual knowledge）转化为团队知识（group knowledge）。

实现 Ⅰ 型外显化的有效途径是用类比、比喻和象征性的语言来表达直觉和灵感；同时，一些 AI 技术如基于案例的推理（CBR）、人工神经网络（ANN）、商业智能（BI）、专家系统（ES）等也可为 Ⅰ 型外显化提供支持。1978 年，本田（Honda）公司决定开发一种从根本上不同于公司以往任何产品的全新概念的轿车，并且要价位适中。这一目标只是模糊地存在于人们的头脑中。为将其外显化并最终得到设计方案，项目组长渡边广雄将汽车比喻为生命有机体，将汽车的改进要求比喻为生命体的进化历程，进而探索其结构优化问题，得到 "人性最大化、机器最小化" 的设计理念。最终，一种球状的新型汽车——本田 "城市" 诞生了。比喻作为一种独特的领悟方式，能够使不同背景和经历的个体通过想象直观地理解事物，促成隐性知识的外显化。由于本体和喻体之间往往存在差异与矛盾，类比可以作为比喻的有益补充，它通过寻找两者间的共性来调和比喻中蕴涵的矛盾与冲突。此外，近来兴起的头脑风暴（brain-storm）、务虚会议等形式，亦是实现 Ⅰ 型外显化的有效途径。从形式上讲，Ⅰ 型外显化还可进一步分为两类：其一，组织员工将存储于自己头脑中的隐性知识进行形式化描述，并选择合适的知识表示方法加以编码化。例如，行家里手、技术专家将自己的技巧、经验作书面化描述或编码成规则或案例知识。其二，组织员工运用自己所掌握的技能开发出新产品或新工艺、提出新方案等，尔后将这些创新成果显性化。

如果说 Ⅰ 型外显化主要依靠有效策略实现，Ⅱ 型外显化则主要依靠统计推理技术以及先进的 AI 技术实现，如通过决策树 ID3、聚类分析、粗糙集（rough sets）理论、vague 集理论、神经网络（NN）、遗传算法（GA）以及多种方法的综合应用，来获取关联规则（association rule）、时序模式（sequential pattern）、分类（classification）、聚类（clustering）等显性知识。Ⅲ 型外显化则需要组织为员工提供必要的基础设施以及同外部交流的机会，同时亦要逐步培育和完善有利于知识摄入与获取的组织文化。

由于知识主体主观能力限制以及客观环境的日益复杂，外显化不能仅限于对知识的编码化与存储，它需要"辨识→获取→表示→求精→编辑→存储"等知识链结点的有序支持（图7-4）。通过辨识活动将知识主体的精力聚焦于对组织重要并且组织需求迫切的目标知识集，尔后实施知识表达、知识发现等获取过程。对所获得的知识按其结构化程度差异，设计或选择相应的知识表示方法（如产生式、语义网络、案例等），完成知识表示过程。为确保政务知识库的有效性与运行效率，对完成表示的政务知识展开进一步求精过程（如 GA/ANN），并基于组织当前应用环境对其展开相应的编辑工作，从而提升外显化知识的背景匹配度。最后，针对所采取的不同知识表示方法选择相应存储策略完成知识存储过程。

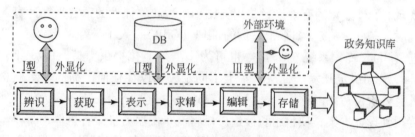

图7-4　完备知识链结点支持下的知识外显化过程

需要指出的是，知识的外显化是促进隐性知识传播与共享的关键步骤，然而外显化尤其是Ⅰ型外显化，把个体知识推向团队知识甚至组织知识，这将会使知识领先个体丧失优越性并可能导致利益损失，而员工对此往往持消极态度甚至直接抵制。因此，组织需要积极培育和完善相应的生态环境，以消除其知识外显化的障碍因素。

（2）组合化。

传统的知识组合化是将孤立、零碎的显性知识进一步集成与系统化，从而创造新的显性知识的过程。组织内新的规章制度的制定过程就是知识组合化过程，它是在对下属各部门/团体的显性意见进行汇总和协调后得到的。知识的组合化将分散的、团队层次的显性知识进行收集、编辑和整合，从而得到新的、组织层面的显性知识。它是团队知识向组织知识（organizational knowledge）转化的基础途径。

我们通过知识链的"集成"结点实现对知识组合化的有效支持。需要指出的是，此处的"集成"不仅实现对已编码知识的有机整合，还要对非编码知识以及知识借以向价值转化的物理业务过程进行有效集成，从而形成具有较高系统性与协同性的大粒度知识体。如此，一方面可以增强组织对复杂环境变化的应变能力；另一方面，通过对组织现有知识基的有效组织与整合，有利于知识增值甚或直接产生新的知识。

如第五章所述，在实施策略上，知识集成可通过"面向应用层次"和"面向对象层次"两条主线展开，依托 AI 领域和传统信息集成领域的相关技术，并将其与先进管理理念进行有机融合。在具体实施技术上，以建立基于知识本体（knowledge ontology）的公共知识模型与共同通信语言（如 XML、KQML、FIPA-ACL、KIF）作为主导技术，以异构知识间的直接转化技术（如文档数据型知识到案例知识、样本知识到规则知识）作为辅助与补充。

知识的组合化需要从组织高度进行全局组织，亦需要先进信息技术的有力支持。建立高性能的内联网，加速显性知识在组织内的流通；同时电视会议系统、电子邮件系统等亦是促进知识组合化的有效工具。知识的组合化不仅针对团队层面零散的显性知识，还要针对组织层面已有的显性知识；当组织的知识存量达到一定规模时，按知识的生命周期及时对其进行再组织，发掘彼此间的联系，在已有知识的基础上通过归纳与整合产生新知识的过程亦属知识的组合化过程。道氏化学公司（Dow Chemical Company）曾经累计拥有 29000 多个专利，每年对如此众多的专利的维护费用是不小的开支。引进 KM 理念后，公司对所有专利进行审查，确定哪些应该放弃、哪些应该保留并投入开发、哪些专利知识具有互补性并进而产生新的知识。这次组合化过程为公司创造了超过 1 亿美元的收益。

（3）社会化。

知识社会化通常指知识个体间交流和共享隐性知识的过程，通过相互观察与模仿以及共同实践等形式实现隐性知识（尤指技能）的传播与创新。隐性知识多以非编码的形式存在于员工的头脑中，属于员工的个体知识（individual knowl-edge）；同时，隐性知识具有很强的环境依赖性，往往和特定的时间、地点和事物联系在一起。因此，知识的社会化过程便是员工个体间交流和共享隐性知识的过程。由于新知识往往起源于个人，所以社会化是知识传播与创新的起点。

在传统手工业企业中，通过师傅的示范与徒弟的实践实现了隐性知识的传递以及徒弟隐性知识的积累；任务小组的各成员通过共同实践，彼此吸收最佳、最新技能与认知，实现了共同进步；组织通过与外部各实体间的互动实践利用并获得了他们的隐性知识。1985 年，松下电器公司在开发新型家用烤面包机时遇到一个难题：怎样让机器揉好面？最后，田中郁子独辟蹊径，解决了这个难题。她拜国际饭店首席面包师为师，亲自学习和面技巧。通过观察，她发现面包师在和面时采用一种独特的拉面团技术是把面和好的关键。通过多次练习，她掌握了这种拉面团技巧。尔后，在工程师们的紧密配合下，田中郁子终于确定了松下需要的设计方案，成功地模仿了首席面包师的拉面团技术，解决了机器和面难题。该例中，通过知识的社会化过程，田中郁子获得了拉面技巧这一隐性知识，在实现自身隐性知识增值的同时亦为企业的知识创新奠定了基础。

员工个体间的隐性知识共享是知识社会化的动力源泉，它根植于行为本身，依赖于共同实践。奥地利哲学家路德维格·维特根斯坦（Ludwig Wittgenstein）的语言游戏（language game）模型在阐明信息在说话者和听话者之间的传递机理的同时，也表明隐性知识的共享需要营建共同的语境。维特根斯坦举例说，石匠的助手能够按其语言吩咐准确递送相应的石料（石块、石板等），需要他们的共同实践与公共语境，它们是隐性知识共享与创新的基础环境。在此基础上的对话与讨论可以激发新的观点、新的认识，促成知识增值。

我们通过知识链的"传播"结点实现对知识社会化的有效支持。此处的知识传播同时涵盖对隐性知识和显性知识的传播与共享，事实上两者之间也不存在明显界限。知识传播可实现知识在组织既有知识安全框架约束下的广泛扩散与交流，从而使得知识应用价值呈现增长态势；同时，知识创新往往发生在知识主体彼此交流体验、共享成果的过程中，被传播与共享的知识往往会与接受主体原有知识发生"反应"，从而有利于新知识的产生；此外，有效的知识传播还能够避免知识的重复生产，从而提升组织资源的应用效益。近年来兴起的"走动管理"亦是促进知识社会化的有效途径，组织内生态环境亦是实现个体间隐性知识顺畅交流和广泛共享的有力保障。

前已述及，为提升知识传播的效率和有效性，首先应建立组织知识安全框架，细分知识传播特征并据此采取有针对性的传播方式；同时，还应建立知识传播模型以便把握知识传播规律。为提升隐性知识传播与共享的效果，要强化知识传播基础设施建设，重视非正式团队知识传播对正式知识团队知识传播的重要补充作用，培育并逐步改善企业内环境以实现个体间隐性知识顺畅交流和广泛共享。对于显性知识的传播与共享，则通过建立知识主体需求模型与知识自动推送系统实现推送式传播，同时也要建立有效的政府知识门户（GKP）实现拉取式（pull）传播。

（4）内隐化。

内隐化实现组织知识、团队知识向个体知识的转化，是由显性知识创造个体隐性知识的过程。通过内隐化过程，员工个体的隐性知识存量增加，其隐性知识系统得到拓宽、延伸或重构，亦即其所具有的素质和技能得到提升，从而增强了其知识应用与进一步的知识创新能力，为新的 SECI 循环奠定基础。因此，知识内隐化也是提升组织知识创新能力的重要环节；此外，其亦是显性知识实现价值的桥梁。一套标准工作流程规范（显性知识）只有内隐化为员工的隐性技能后，才能获得应用并实现其价值。

完备知识链模型中的"内化"结点实现对知识内隐化的有效支持。知识内化具有很强的整合特性，往往在不经意间将知识与环境要素（特定地点、时间、人员关系、文化氛围等）间的依赖关系打包一并内化。正因为知识内化融合了环境因素、整合了员工关系，如同神经网络一样，组织整体效能并不因个别员工的缺失而受到太大影响；同时，由于知识的环境依赖性，个别员工即使跳槽到其他组织，其所掌握的知识也很难如先前那样发挥效能。

知识内化即是知识个体的学习过程，是显性知识向价值转化的桥梁。如图7-5所示，知识内化可通过静态学习和动态学习两种方式实现。典型的静态学习方式如工作中培训（on-job training），动态学习常用方式有团体协作（team-working）、"干中学"（learning by doing）等。通过知识内化过程，知识个体的隐性知识系统得到拓展、延伸或重构，其业务素质和操作技能得到提高，从而进一步增强了知识主体的知识应用与创新能力。组织内部应建立有效的激励机制与培训制度，以切实推动组织内部员工的知识内化过程。

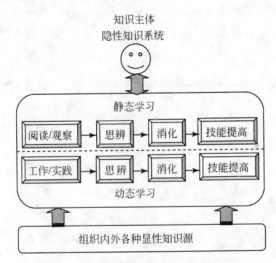

图7-5 知识内化过程

需要指出的是，知识只有通过应用过程才能实现其价值，知识创新的根本意义才能实现，完备意义上的知识创新才算完成。然而，传统KM研究对知识应用的支持是有限的，仅仅为知识需求者提供迅捷、准确的知识检索支持，而如何应用知识、应用效果如何，则完全依赖于知识用户的业务素质与主观能动性。显然，这将制约知识应用与创新的实施效益。对此，我们将从系统工程思想出发，把知识应用环节进一步细分为如下活动序列：检索→适配→修正→应用→再修正→系统学习，对这些子过程进行集成与整合（详见第八章）；此外，还依据知识应用效果对政务知识库中的知识实施价值评估，并基于评估结果对知识实施相应的进化处理（更新与完善、淘汰与休眠），以此确保政务知识库的活性与效率（详见本章7.2节）。通过上述知识链结点的串行操作，不仅实现了对知识应用过程的辅助支持、提升了组织自学习能力，也进一步提升了组织知识创新的效率和有效性、最大化了创新价值。

通过前述分析，我们已经通过知识链支撑下的SECI模型对知识创新的实现机理有了较为全面和深入的认识。此外，读者还需对如下几点有足够深入的认知。

（1）SECI模型各次知识循环间并不是时界分明、完全串行的，而是相互交叉和部分覆盖的，同时每一个循环内部的四个子过程亦没有严格的物理时界。

（2）每一个知识循环都使组织的智力资产在数量和质量上发生变化，从而使其智力资产呈现螺旋式变化趋势。然而，螺旋曲线既可能呈现放大趋势，亦可能呈现缩小趋势。如图7-6所示，当组织建立有效的知识创新系统、采取积极措施与行动时，知识螺旋将向正方向演进，组织的智力资产亦随之增加；反之，当组织知识创新系统效能低下，其知识创新量不足以弥补缘于知识生命周期的组织智力资产衰退时，知识螺旋将向负方向演进，企业的智力资产随之减少。

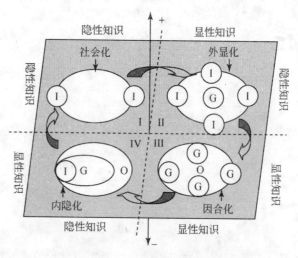

图7-6　SECI模型的演进趋势

（3）人是知识创新的主体与核心因素。人脑是隐性知识的载体，而隐性知识是知识创新的内生力量；知识循环的四个子过程都离不开人的参与，社会化和内隐化阶段则几乎完全是人的因素在起作用。这启示我们，营建知识创新系统不仅要关注其"技术"属性，更要关注其"社会"属性，培育良好组织生态环境以利于创新主体能动性的发挥。

7.1.6　政务知识创新子系统

基于上述知识创新机理，从系统工程思想出发，将与组织知识创新相关的诸要素及其间关系进行有机集成，从而构建政务知识创新子系统模型（图7-7），以实现对政务管理组织知识创新的有效支持。有效的知识管理实施需要"生态"方法和"机械"方法的有机结合。相应地，该模型具有"社会－技术"双重属性。可以将有关组织知识创新的诸多要素概括为两个核心因素：人和技术。模型的"社会"属性从"人"的要素出发，将组织管理创新、文化创新、组织创新和激励机制创新等进行有机集成，为实现有效政务知识创新提供良好的生态环境；模型的"技术"属性则从"技术"要素出发，综合应用网络技术、AI技术，并通过完善的创新基础设施，为实现有效政务知识创新提供机械环境。

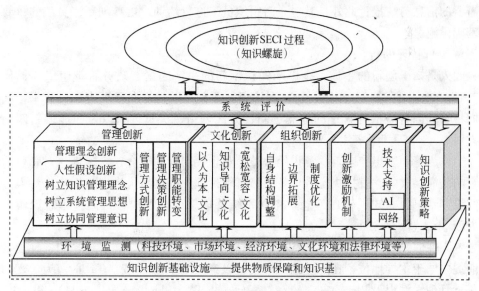

图7-7　政务知识创新子系统模型

（1）知识创新基础设施建设。

知识创新基础设施为组织实现知识创新提供物质保障和知识基，它既包括硬件设施亦包括软件设施。知识传播与共享是实现知识创新的力量源泉。知识创新基础设施能够为组织内以及组织与环境之间广泛、顺畅的知识交流与共享提供物质保障。这需要建立组织高性能的内联网并与互联网相连、建立并维护好电子邮件（E-mail）系统、采用支持协同工作的群件（groupware）系统等。此外，知识创新往往不是一蹴而就的，它需要反复试验与修正的过程。这要求有相应基础设施作为实验平台提供支撑，包括建设实物实验室、通过AI领域的计算机仿真技术与虚拟现实技术营建虚拟试验平台。

知识创新是个继承和发展的过程，创新主体的创新活动必须基于既有知识基。它既包括创新主体头脑中的隐性知识系统，亦包括其所能够触及的个体、团队和组织三层次的显性知识。据美国科学引文索引（science citation index，SCI）统计，1995 年全年报道来源文献 707683 条，而其参考文献达 15218515 条，平均每篇文献的参考文献在 20 篇以上。因此，知识创新基础设施建设应涵盖为组织各层创新主体的知识创新活动提供可及的、广泛共享的知识基，包括由组织或团队建立和维护各种知识论坛/社区以及政府知识门户、在组织知识安全框架约束下建立高性能的知识传播系统和知识搜索引擎、建立组织图书馆或资料室、建立组织的信息/情报中心等。这些设施与部门一方面为组织实现有效的知识创新提供完备、可及的知识基；另一方面还可以为创新主体收集并提供其创新过程中所需要的信息与情报；此外，其也是对组织员工进行培训、培养创新型员工的重要基础设施。

（2）管理创新。

人是知识创新的主体，是影响知识创新的决定因素。政务管理组织要抓住"人"的因素促进政务知识创新，而管理创新首当其冲。基于现有研究成果，我们将管理创新概括为管理的理念创新、方式创新、决策创新以及职能创新四个方面。

作为管理思想、宗旨、意识等一整套观念性因素的综合，管理理念对管理的影响是深层次的，直接决定管理效果。对管理理念的创新可进一步细化为对人性假设创新、树立知识管理理念、树立系统管理思想以及树立协同管理意识四个方面。

人性假设是关于人的本质特征和共有行为模式的设定，在管理学的各种设定前提中居于主导地位。在工业经济时代，以泰勒（Frederik W. Taylor）为代表的科学管理学派以及以吉尔布瑞斯夫妇（Frank B. Gilbreth & Lillian M. Gilbreth）为代表的劳动科学学派把人看作"经济人"，从而主张对员工实施严格的控制与监管。梅奥（Elton Mayo）主持的霍桑实验、马斯洛（Abraham H. Maslow）的需求层次理论以及麦格雷戈（Douglas Mcgregor）的"Y 理论"则认为人具有"社会"本性，主张对其进行人性化管理。在知识经济时代，知识成为社会的核心资源，知识创新能力成为组织的核心能力。在这一背景下，将人性假设进一步调整为"创新人"假说，则更具现实意义。根据熵增加原理，人脑系统如果不和外界进行能量、信息与知识的交换，就会走向无序与混乱。引进和输出信息与知识是脑系统稳定和发展的必然需要，而各种信息与知识在人脑中的交流和碰撞必定会导致新思想的产生。这表明每个人都有创新的潜力。人类发展的历史就是不断创新的历史,人无限的创造力来源于其"求新求异求生存"的本性。因此,"创新人"假设体现了人的根本特征。人性假设一旦发生变化,相应地,管理的理念与方式也会随之发生调整。

每一个经济时代都有与之相适应的管理思想,如工业经济时代前期的强制管理思想、后期的科学管理思想。随着信息技术革命的推进,一些人提出了数字化管理的思想,主张通过对管理对象和管理过程的量化来提升管理的计划、组织、领导、控制等职能的实现效益。知识管理理念是知识经济时代之所需。德鲁克(Peter Drucker)和托夫勒(A. Toffler)等一批智者早在 20 世纪就呼吁人们培养、树立知识管理理念。托夫勒讲,没有人会因为 IBM 的物质资产而购买其股份,起作用的是它的知识财富;销售额超过 20 亿美元的 Nike 鞋业公司并不直接生产和制造鞋,它的资产是"Nike"商标、生产许可证、市场销售能力和设计开发能力。知识管理理念成为在知识经济时代生存和发展的基本武器。在知识经济时代,决定政务管理的效率和有效性的一个主要因素就是政务管理组织对政务知识的管理效率和有效性,树立知识管理理念则是有效实施政务知识管理的基本前提。

政务知识管理系统具体到其知识创新系统涵盖了诸多要素及其间关系,知识创新需要在系统的高度给予组织、协调与管理,即树立系统管理思想。社会系统学派的主要代表人物巴纳德(Chester I. Barnard)主张,把组织看作一个协作系统,其基本要素包括协作意愿、共同目标和信息联系等;对组织的经营与管理需要做好组织内部的平衡工作以及组织对外部环境的适应工作。系统管理学派的卡斯特(Fremont E. Kast)和罗森茨韦克(James E. Rosenzweig)则主张,以系统的概念、原理与方法来研究与分析组织及其管理活动与过程,提高组织的整体效率。他们指出,组织是由人、物资、机器和其他各种资源组成的开放的社会技术系统,组成系统的各要素对组织目标的达成均有作用和影响,人是组织系统的唯一主体。系统管理学派将组织系统进一步划分为目标与准则子系统、技术子系统、社会心理子系统、组织结构子系统和外界因素子系统,每一个子系统还可进一步细分,从而深化了对组织与管理的认识。政务管理所要面对的往往是某一地区乃至整个国家的复杂事务,所涉及的问题涵盖诸多领域、不同层次,所涉及的对象可能五花八门、参差不齐,所需应用的知识和投入的资源也可能结构复杂、数量巨大。树立系统管理思想,有利于政务管理人员把握全局、理清关系、明辨方向,在切实提升政务管理效益的同时,有利于政务管理知识的累积与创新。

协同管理思想力求促进知识创新系统内各要素以及系统与环境的协同发展,以类激光机理的协同效应来缔造政务知识创新之效率。当知识创新系统内各要素间实现了协同,其自组织能力便得以提升,继而使组织整体知识创新能力跃上新台阶。知识创新需要人力、物料、资金和知识等资源的大量投入，并且具有高度风险性。促进组织与环境、与其他组织的协同发展，是降低知识创新投入和风险、提高知识创新效率的有效途径。制度经济学理论表明，组织间的合作能够节约交易成本、增加利润、提高效率；信息经济学的博弈论则认为，当博弈各方展开合作时能够实现正和博弈甚至实现帕累托效应（Pareto perfection）。在知识经济时代，尽管一方面，知识创新加剧了部门间乃至组织间的竞争，但另一方面，它也促使各部门或组织寻求联盟与合作。如此，欲实现有效的政务知识创新，政务管理主体要树立协同管理意识，谋求组织内部各政务管理主体、政务管理部门以及组织间甚至与环境各实体间的协同效应。这不仅有利于政务知识的交流、互补与创新，亦有利于政务管理效益的充分发挥。

在工业经济时代，虽然组织所处的环境也处于变化之中，但变化的频度和幅度相对较弱，并且多呈现出一定的规律性。此时期的组织大多成为环境的附庸，其管理方式是消极地适应环境变化，即环境变化在先、企业的调整措施在后。如此，即使存在时间差，但仍能获得令人满意的效益。然而，在知识经济时代，组织所处环境呈现出非线性、跳跃式、大幅度、频繁变化的特征，此时消极适应环境的组织只能处处碰壁直至被环境淘汰。变化意味着机遇，组织需要调整其管理方式，变"消极适应变化"为"积极预测变化、推动变化、利用变化"乃至"制造变化"。这自然需要以其强大的知识创新能力为依托，同时亦需要具有较强的基于知识的洞察力和判断力。如果说在工业经济时代管理从艺术走向科学，那么在知识经济时代管理需要科学与艺术的完美融合。政务管理主体不仅要将传统管理方式发扬光大，更要在新的环境背景下，积极探索崭新管理方式。自然，新管理方式的探索与设计要与政务知识创新相互依托、互为促进。

诺贝尔经济学奖获得者西蒙（Herbert A. Simon）认为，决策工作贯穿于管理的全部过程，管理过程就是决策的制定和贯彻过程，决策效益决定着管理活动的成败。知识创新作为组织的一项重要管理活动，必然涉及诸多决策行为，如知识创新战略的制定与选择、知识创新基础设施的建设与升级决策、创新成果的处理等。决策主体要具有创新精神，改传统基于主观经验的决策方式为"定性和定量相集成、确定性和非确定性决策相结合、个体决策和群体决策相补充"的新型决策机制，从而为组织的知识创新提供助推剂。在实施民主集中制的政务管理体制中，"个体决策与群体决策相补充"在理论上是有保障的；然而，实际运作中，群体决策有时会被某些领导以所谓的"效率优先"原则而省略，或者干脆直接以个体决策替代群体决策。显然，管理决策创新离不开决策意识、决策制度的创新支持。此外，对于重大、复杂政务管理决策问题，需要积极引入外脑智慧，这是有效实施"定性和定量相集成、确定性和非确定性决策相结合"的智力保障。

　　支持组织知识创新的管理创新还表现在其管理职能的转变上。在工业经济时代，组织管理职能主要表现为计划、组织、领导与控制。然而在知识经济时代，组织的管理者不仅要做控制者、领导者和激励者，还要做合格的参与者和创新者；他们要为组织员工最大限度地发挥其知识创造潜力扫除障碍、创造条件，同时自身也要以平等的一员积极投入到组织知识创新活动中去。在企业管理领域，近年来兴起的参与管理、走动管理模式已经体现出上述管理职能创新的韵味；不过，在政务管理领域，在传统官僚式的政务管理模式还没有完全被转变前，政务管理者则大多裹足不前，仍然坚守控制者、领导者和激励者角色。时代在发展、在演进，新加坡、中国香港等地区的政务管理者已经适应新时代特征，其管理职能在不断调整和完善，政务管理效益维持了较高水平。诚然，转变与创新需要一个过程，不能一蹴而就；不过，时不我待，政务管理主体必须树立管理职能转变的意识，并在政务管理实践中尽力去调整自己的角色，丰富管理的内容与方式。

　　（3）文化创新。

　　人是知识创新的主体，必须给予足够的认知与尊重。知识创新往往是不可预期的，奇思异想也许恰恰能带来突破。因此，知识创新需要各抒己见、自由发挥的宽松环境。知识创新具有很高的风险性。有数据表明，在美国，基础性研究的成功率仅为5%，在应用研究中有50%能获得技术上的成功，30%能获得商业上的成功，只有12%能给企业带来利润。因此，对创新主体应该给予最大限度的宽容与理解。在企业管理领域，3M公司允许员工将工作时间的15%用于自由创新，公司在为其提供资金、知识、设备等方面帮助的同时，最大限度地容忍员工创新失败并承担风险。其结果是使公司知识创新能力极大提升，建立了基于强大创新能力的核心竞争优势。

　　综上所述，组织需要营建一种"以人为本"、"以知识为导向"和"宽松、宽容"的文化。通过文化创新，力求在组织内塑造一种"人人谈创新、个个想创新、处处在创新"的文化氛围。一个真正以服务公众为己任的政务组织，上述创新文化组分的实现并不难。政务管理不仅在于管理，更在于服务；服务能力与水平的切实改善与提高，是管理效益稳步提升的前提和基础。

　　明兹柏格（Henry Mintzberg）曾提出组织视角（organizational perspectives）概念，认为组织在其成长期通过努力实践，逐步固定一种看待和处理问题的思维方式，就像人在童年、少年、青年时期逐步形成固定的思维方式、价值取向一样。组织视角一旦成型，便会深刻地影响着组织的每个成员且其惯性很强、难于改变。从某种意义上讲，组织文化也属组织视角范畴。由此可见，在延续了几千年官僚式行政文化的政务管理组织内，其文化创新难度将会很大。这需要逐步改进，并且相关领导者要加大推进文化创新的决心和力度。

（4）组织创新。

如前所述，与传统工业经济时代相适应的科层式组织结构基于"经济人"假设而采取严格的控制，束缚了员工知识创新的思维与热情；科层式组织结构在垂直方向的多层次阻碍了知识的顺畅交流与共享，使知识创新丧失动力基础。知识经济时代人性假设被调整为"创新人"本性，传统组织结构应该而且必须作相应调整与创新。

一般而言，组织结构创新需要从两个维度去考虑：其一，组织自身的组织结构创新；其二，组织边界拓展与虚化，研究组织与其他组织间的关系与结构。对于政务管理组织，当前其结构创新更多的是站在自身视角考量的。从国务院的大部制改革到地方政府的部门整合与调整，行政组织自身的结构调整与创新工作已经启动并在进行中了。组织创新是在环境变化导向下的因应反应，外部环境的永恒变化必然要求组织结构调整与创新工作一直持续下去；并且，环境变化的不确定性也导致组织结构调整与创新没有固定的模式可言，因为调整与创新本身就是不断摸索、"摸着石头过河"的过程。

对于一些行政色彩不是很浓的半政务管理组织（如行业协会），其组织结构创新要兼顾如下背景：全球竞争与经济全球化的发展趋势以及知识创新的高投入、高风险性要求组织重构与其他组织间关系，以求优势互补、降低知识创新投入与风险、提高创新效率。此时，组织创新需要更多地从边界拓展与虚化方面着眼。如果将公共服务对象（辖区企业）纳入完备的政务管理系统，则组织创新可在加强虚拟组织建设以及审视、利用集群经济方面细做文章。

虚拟组织是在市场机遇出现时，具有开发、生产、经营某种新产品所需的不同知识和技术的不同组织，为了达到共享技术、分摊成本以及满足市场需求的目的而组成的一种基于信息技术的合作联盟。虚拟组织是技术的联盟、知识的联盟、强者的联盟，组织虚化能够在成员间实现优势互补、资源共享、风险共担，有效地促进知识创新和组织创新，减少了智力资产的重复投入，提高了组织间资源整合效率，并具有良好的柔性。虚拟组织使各结点企业由知识垄断、激烈竞争走向知识共享、密切合作。Intranet/Extranet/Internet 的发展，凝聚了知识扩散与聚集的时间与空间，为虚拟组织的实施奠定了基础。

集群经济指业务上相互联系的企业、科研院所和各种服务性组织在一定区域内集中，从而给区域带来知识的溢出效应、劳动力和中间投入的专门化、信任和合作的加强等的区域经济形态。经济学家马歇尔、韦伯和巴顿等注意了集群经济对集群内组织发展与竞争优势培养的促进作用，如交易成本的降低、设施的共享等；知识经济时代，集群对区域内组织的促进作用更多的是提高集群内组织的知识创新效率。这是因为，集群能够为区域内各组织间共享知识创新的基础设施（如图书馆）进行近距离学习提供机会，提高组织间的知识共享与传播效率；使创新人才的培养更具针对性，促进了人才流动，提高了人才配置效率。风险投资者的青睐以及集群内组织间的合作为知识创新提供了资金支持。美国的硅谷和128 公路、日本的筑波以及我国的中关村等典型集群的发展历程表明，集群能够降低知识创新成本、提高创新效率，从而为集群内组织的知识创新提供有力的支持。

集群内的组织关系更为松散（更为虚化），并且大多集群的轮廓并不是很清晰，以至于一些企业忽视集群效应而失去提供知识创新能力的一个有效途径。然而，集群对降低知识创新投入与风险、提高创新效率的作用是实际而诱人的。相应政务管理组织结构调整与创新的过程中需要审视所处区域的集群效应，充分利用集群经济的优势。当前，国内很多城市都设立了高新产业开发区，成立了高新区管理委员会，谋求整合各方政务管理资源，提升辖区内的集群效应。这是一个不错的开端，但如何通过组织结构调整与创新使得高新区的政务管理组织真正适应高新区发展崭新特征的需要，而不是传统政务管理组织的直接沿用，尚需要一个持续探索、不断创新的过程。

此外，政务管理组织的调整与创新不同于企业组织结构创新。政务管理体系中的各个组织（区域行政组织或行政部门）间为紧耦合，而市场运营体系中的各组织（企业）间则表现为松耦合。企业组织结构调整可兼顾环境变化与自身特征后制订相应的调整策略与方案；政务管理组织的结构调整与创新则不仅要考虑到环境变化情况与自身特征，还要兼顾整个政务管理体系中纵横向上的其他组织（上级、同级、下级组织）的结构特征及其相互关系与彼此间约束。政务管理组织的结构调整与创新需要整个政务管理体系内的各个组织统一思想、协同实施。显然，这需要整个政务管理体系内的制度创新作为前提和基础，以制度创新确保政务组织结构调整与创新的有序性。

（5）激励机制创新。

利益是使人做好工作的"内驱力"。建立合理的激励机制使知识贡献者成为利益主体，是知识管理"以人为本"核心理念的基本要求，是激发和调动知识工作者的主动性、积极性和创造性的有力保障，同时是提高知识生产力、提升组织核心力的基石组分。如前所述，知识创新的高风险性、知识创新主体的风险规避意识等因素制约了组织知识创新的实际效益。因此，必须对传统激励机制进行创新，而且建立并完善能够切实鼓励知识创新的知识贡献激励机制势在必行。

在激励机制创新方面，市场驱动的企业相对而言做得较为领先。然而，有数据表明，当前国内仍有相当多的国有企业仍沿用传统计划经济下的激励机制，致使科技人员创新的"内在驱动力"明显不足，表现为：大多数企业的知识创新仍然只是科技人员的事情，而且知识创新还主要靠分配任务、靠自觉奉献精神；在创新报酬上，"科技人员吃大锅饭、拿固定工资和平均奖金"现象还普遍存在，知识创新者技术开发的实绩及其产生的经济效益并没有给他们增加多少收入；企业虽然与科技人员签订合同，规定其知识创新成果可据所取得的经济效益获得一定比例提成，但由于种种原因，兑现时往往打"和牌"。如此，知识创新主体的智力价值和知识贡献难以体现，严重压抑和挫伤了员工知识创新的积极性。如此可见，激励机制创新的实际情况不容乐观。

与组织结构创新相同，政务管理组织的激励机制创新也需要政务管理体系的统一行动，某一级政务管理组织或其部门在激励机制创新方面是没有多少自主空间的。实际运作中，政务管理工作的绩效更多的是在可见的政绩方面实施测度，对于非可见的、间接的知识贡献的关注度相对要弱些。诚然，这些都是与政务管理组织自身特征分不开的；然而，当知识逐渐上升为社会的主体生存资料和价值创造的核心来源时，当知识贡献的潜在效应被逐渐认识或被释放时，对政务管理组织内原有激励机制的调整与补充工作不可避免。

（6）知识创新策略。

如图 7-7 所示，模型中设置的创新策略模块是一个个性化接口，具有很强的自我针对性。实施知识管理的既定政务管理组织通过它，可以基于自身实际情况，制定"量体裁衣"式的知识创新策略，以便有效推进政务知识创新。例如，各级地方主管部门对辖区在基础研究、应用研究和开发研究方面的经费投入比例，智力资产的计价方案以及知识创新成本的摊销策略等，不同地区政府主管部门依据辖区自身情况会有不同方案。该模块和既定政务管理组织及其辖区的自身特点密切相关，本书不作过多讨论，只提供一个接口以使实践中的政务管理组织获得更大的灵活性与自主性。

（7）知识环境监控。

任何组织都处于一定的环境中。在与环境的交互过程中了解环境、认识环境的变化特征，进而调整自身结构与功能，以适应环境的发展。当外部环境发生变化后，组织未能侦知、侦知迟缓或者未作反应、反应迟缓、反应不当等，都会导致组织活动与环境发展的脱节，最终组织活力降低、发展空间受限而被环境所淘汰。

知识创新型组织的最佳状态是能够预测变化、利用变化甚至制造变化以充分掌握主动权。然而，在知识经济时代，环境变化呈现出非线性、跳跃式、大幅度、规律弱等特点，这大大增加了组织预测、制造和利用变化的难度。此种背景下，对环境变化及其趋势的迅捷洞察与有效响应能力就成为组织维持活力、赢得发展的有效途径，这也是其实施知识管理的目标样态之一。

如此，提高组织对环境发展的实时监测能力、以尽可能快的速度察觉环境变化，便更具现实意义。为实现上述目标，组织需要建立专门的环境监控与情报收集部门，对包括金融环境、安全环境、科技环境、市场环境、贸易环境、经济环境、文化环境和法律环境等的变化进行全方位、全天候监控，以便及时准确侦知环境变化并能够针对变化作迅速、有效的知识创新回应。例如，在国内，很多地方政府在北京设有驻京办事处或联络处，其职责之一便是充当了环境监测角色。当金融危机袭来时，国家40000亿元经济复苏计划甫一出台，各地方政府"跑部钱进"的步子就已经迈开了。当然，期望中的环境监控接口应扮演起更为积极的角色。

（8）知识创新的技术支持策略。

电子政务知识管理系统应能够为既定政务管理组织有效实现知识创新提供技术支持，包括间接支持和直接支持两部分。间接支持主要为知识主体的创新活动提供知识交流与共享平台、知识检索机制和协同工作环境，这与我们此前讲过的政务知识集成与传播子系统以及知识应用辅助子系统（见第八章）存在功能和设施重叠，可以直接复用。直接支持指系统为知识主体的创新活动提供直接帮助，主要表现为对隐性知识外显化的支持以及对数据仓库的挖掘与对新知识的精炼（求精）等。间接支持主要依靠信息技术，尤其是网络技术得以实现。直接支持则主要通过成熟的AI技术来完成，如前文提到的基于案例推理（CBR）的案例知识表示法对知识主体的经验技能外显化很有帮助；CBR系统、专家系统（ES）以及人工神经网络（ANN）的自学习能力则直接在应用实践中发现和创新知识；决策树ID3方法、粗糙集（rough sets）、聚类分析等实现了对政务管理数据的挖掘；ANN和遗传算法（GA）则可应用于新知识的求精。

（9）知识创新系统评价。

图7-7中的性能评价模块封装评估模型，实现对政务知识创新子系统的性能评估，为系统评价与改进提供决策依据。多尔蒂（Deborah Dougherty）曾提出以组织的核心能力是否为其创新能力来衡量该组织的创新程度，然而这种判断方法粗糙且本身具有很强的模糊性，便降低了其实践应用性能。官建成等提出以组织对创新制度的执行情况、创新的投入和创新的产出等指标水平来评估企业的创新程度，方法可行但其指标体系过于简单。克里斯蒂安森（James A. Christiansen）指出，创新型组织与一般组织在如下方面存在区别：战略、目标、组织结构、员工间的交流系统、决策方法、激励机制、个人管理系统、组织文化、新思想产生的方法、实验室管理方法、项目资助系统、项目管理、项目管理方法、项目组织、日常事务监督等，其指标体系相对成熟。我们借鉴创新型组织的界定方法，

构建政务知识创新子系统的性能评价模型。

基于上述研究成果并结合政务知识创新子系统要素组成，确定系统评价模型指标集如下：$A = \{a_k\}$ = ｛创新基础设施完善度，创新基础设施性能满意度，管理理念创新度，管理职能创新度，管理决策创新度，管理决策有效度，管理方式创新度，创新文化适宜度，组织结构创新度，组织结构有效度，激励机制满意度，创新策略适宜度，环境监测灵敏度，技术支持有效度，知识创新成功率，创新效益百分比｝。各指标的理想值均为 1，实际取值在 $[0, 1]$ 之间，采用问卷调查、员工打分的方法得到（最后两个指标可由相关统计部门直接得到）。可将评分主体（被调查对象）按其工作性质分成若干组，组内的成员按其评估能力赋予一个成员权重 $\omega_i^P \in [0, 1]$ 且满足 $\sum \omega_i^P = 1$，$i = 1, 2, \cdots, n$，n 为该组成员总数，小组内所有成员权重构成向量 $\boldsymbol{\omega}^P = \{\omega_i^P\}$；每个小组按小组类别对应小组权重 $\alpha_j^C \in [0, 1]$，且满足 $\sum \alpha_j^C = 1$，$j = 1, 2, \cdots, N$，N 为评估主体小组总数，所有小组权重构成向量 $\boldsymbol{\alpha}^C = \{\alpha_j^C\}$。设第 j 组第 i 个成员对第 k 个指标的评分为 v_{ij}^k，则该指标的最终得分可由下式计算：

$$v'_k = \sum_{j=1}^{N} \alpha_j^C \sum_{i=1}^{n} \omega_i^P v_{ij}^k / (\sum_{j=1}^{N} \alpha_j^C \sum_{i=1}^{n} \omega_i^P) = \sum_{j=1}^{N} \alpha_j^C \sum_{i=1}^{n} \omega_i^P v_{ij}^k$$

第 k 个指标 a_k 的有效度为：$E_k = 1 - | v'_k - v_i^0 | / (\varphi - \phi)$，将 $v_i^0 = 1$，$\varphi = 1$，$\phi = 0$ 代入上式，得 $E_k = v'_k$。设指标集对应的权重向量为 $\boldsymbol{\omega}^I = \{\omega_k^I\}$，$\omega_k^I \in [0, 1]$ 且满足 $\sum \omega_k^I = 1$，$k = 1, 2, \cdots, 16$，则最终政务知识创新系统的有效度可通过下式计算得到：

$$E_s(A, \boldsymbol{\omega}^I) = \sum_{k=1}^{16} \omega_k^I \cdot E_k / \sum_{k=1}^{16} \omega_k^I$$

按上述模型，周期性计算政务知识创新子系统的有效度，当有效度过低时，组织应该分析原因，找出症结并采取相应的改进措施，以确保政务知识创新子系统的效率和有效性。

7.2 政务知识进化

7.2.1 知识进化内涵

波普（Karl Popper）在驳斥休谟（David Hume）的不可知论时认为，知识的进步不在于证实，而在于证伪。知识源于问题，为解决问题，人们提出假设并进行实践检验。如果假设得到证实，则说明它通过了检验并在某种程度上得到确证；如果假设与事实不符，即被证伪，就促使人们再次寻求新的、更加经得起检验的假说。如此往复，知识得以进化，科学得以进步。进一步地，爱因斯坦（Albert Einstein）在《论科学》一文中指出，我们不能用产生问题的同一思维水平来解决问题。

随着时间的推移，知识亦处于进化的过程中。在知识经济时代，科研、生产、生活等方面加速发展与演进，知识以前所未有的速度被生产创新出来，亦以前所未有的速度完成生命周期各阶段演进并最终被淘汰。简言之，知识的生命周期在加速缩短。组织在努力获取和创新知识以求得工作效益提高、智力资产增值的同时，亦必须对其不断变得陈旧的知识作相应处理，以确保其现存知识的有效性以及智力资产的质量。不过，基于传统知识管理理念的现有知识管理系统（KMS）模型则大多缺乏对知识进化过程的有力支持，在不能保障组织知识库质量的前提下，组织知识管理实施的效率和有效性将难有保障。

为此，我们在完备知识链高端增加知识进化（knowledge evolution）结点，并通过知识进化子系统实现对该环节的有效支持。知识进化依据知识全生命周期原理，对组织知识基（包括编码知识和非编码知识）进行持续审视与动态评估，并对其中活性不足或失去活性的知识作出及时的更新与淘汰处理，以确保智力资产的质量和应用以及知识求解问题的有效性。

知识进化的简要流程如图 7-8 所示。从宏观知识背景来看，知识生命周期普遍呈现加速缩短趋势；从微观知识单元来讲，不同种类和内容的知识具有时域不同的生命周期。政务知识进化借鉴达尔文生物进化论原理，亦具有"自然选择"功能，所不同的是它需要知识主体的主观判断与参与。这需要通过两个阶段实现。其一，对知识单元进行活性测定。我们用"知识活性"这一概念来实现对知识单元生命力的形象描述，并以知识客体对知识主体的使用价值的满足程度——知识价值来表征。知识价值越大，表明该知识单元的活性越高。其二，对活性达到或低于给定进化阈值的知识单元视其具体知识价值，作相应进化处理。这包括如下两类情况：①对知识价值低于给定进化阈值但高于淘汰阈值的知识单元，针对知识应用环境的变化情况（当前环境特征与知识获取或上次更新/完善时环境特征间差异）作相应更新与完善操作，提升其知识活性，进而使其生命周期时域得以延长。②对于知识价值达到或低于淘汰阈值的知识单元，果断舍弃或置入休眠状态。知识价值具有环境依赖性，某些在当前应用环境下活性达到或低于淘汰阈值的知识，当将来某一时刻环境条件发生变化后仍可能重新获得或增强活性。知识"休眠"便是针对这一层考虑，将知识从活跃状态转入休眠状态，节约维护费用、提升系统性能。当未来某一时刻条件满足时，即刻将其激活。

如图 7-8 所示，知识进化与生物进化一样，也存在着个体进化（知识单元层次）与群体进化（知识库层次）之分，个体进化中突变的累积效应最终将引导

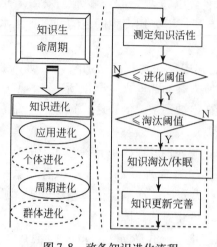

图 7-8   政务知识进化流程

和促成群体进化的效果。当知识单元层次维持了持续、有效的进化水平时，整个知识库的质量和有效性便会稳步提高。按进化幅度，可将知识进化分为应用进化和周期进化。应用进化是在知识的应用过程中，针对知识应用环境的变化以及应用效果反馈情况，对知识作出相应更新与完善。显然，此即知识应用过程中的知识适配、修正与系统学习的过程。周期进化指每隔一个时间周期 T 对知识库中的部分或全部知识进行的价值评估与相应进化处理。本节主要讨论知识的周期进化，应用进化将在第八章的"政务知识应用辅助"一节介绍。

7.2.2   知识进化意义

关于知识进化的意义，我们在前面已经简要提及，现将其详细归纳如下。

（1）知识进化有助于提高政务知识库的质量和系统的问题求解效率。

在第四章我们讲到，政务知识获取在知识辨识的基础上完成，可提高知识获取的针对性，进而有利于知识获取效率和有效性的提升。然而，知识价值具有强环境依赖性，时间维度的延续致使知识应用环境在不断变化，从而使旧环境下获取的知识的活性降低。此外，随着电子政务系统的运行，新知识不断纳入知识库，致使知识库规模持续膨胀。如此，便产生了两个突出问题：其一，活性降低甚至完全失去活性的老化知识的应用将会影响系统问题求解的有效性；其二，低活性知识的存在无疑降低了系统知识库的质量，导致了某种程度上的知识库冗余，进而制约了系统的问题求解效率。知识进化通过对低活性知识有区别地实施更新与完善或者淘汰/休眠处理，能够改善系统知识库的质量，并使其规模维持在一定范围，从而确保系统运行的效率和有效性。

（2）知识进化有助于提高组织员工技能，提升员工整体素质。

知识进化内涵全面，它不仅要研究对组织编码知识的进化技术，还要研究占组织知识基之大部、意义重要的非编码知识的进化策略。员工是组织非编码知识的载体，非编码知识进化实质上就是研究如何改善员工知识结构，对其陈旧知识视情况进行更新与完善，或者进行遗忘。孙木函讲，一个 1976 年毕业的大学生到 1980 年已经有 50% 的知识进入陈旧状态。当前，知识生命周期已经空前缩短，上述蜕变趋势则更为严重。组织必须采取有效措施促进员工学习、推动员工非编码知识的持续进化，这是维持和改善其员工素质、提升组织核心能力的有效途径之一。

（3）知识进化有助于维持组织知识优势，提高其应变能力，进而实现可持续发展。

在知识经济时代，组织间的竞争即是知识的竞争，是知识存量与质量的竞争，是组织在知识链上各结点相应能力的竞争。知识进化维持了组织的知识活性，增强了组织的环境适应性和应变能力，进而提高了其核心能力。调研数据表明，企业的平均存续时间在持续缩短，如今全球的平均水平大约为40年。造成企业寿命缩短的原因固然是多方面的，但随着工业经济向知识经济转型，抱残守缺、不注重知识进化与知识核心能力的培养无疑是大多数企业走向没落的主要原因之一。相反，一些能够较早认识到知识角色的转变、注重知识进化、提倡知识创新的企业，如3M、Intel和Microsoft等却以其强大的竞争优势保持了持续发展势头。吉姆（W. C. Kim）曾对美国100多个企业进行调查。结果显示，重视知识进化和创新、以知识创新为战略核心的企业尽管只占样本容量的14%，但其总年收入之和却占全部调查企业的38%，利润则占61%。可见，实施有效的知识进化对企业实现可持续发展的重要性。

政务管理组织就其本身而言，其生命周期似乎直接取决于政党对政权的把握水平。然而，究其实质，仍然取决于其对知识进化的重视程度与实施水平。政务管理组织的活力取决于其对社会公众的服务水平。良好的服务水平既取决于政务管理组织的政务管理能力，也取决于它对服务对象与服务环境的认识与理解程度。后两者都是处于持续变化中的，这就要求政务管理组织必须切实做好政务管理知识的有效进化工作。在国外，一个不懂得或不能够相时而动、及时依据行政环境变化作出相应调整的政党，将会很快被选民抛弃。在国内，党中央和国务院一直提倡要与时俱进，领导干部要关注民生、关注环境变化、不断学习、努力提高自己。只有这样，才能切实提升政党的执政能力，使其永葆青春，才能切实提高政务管理组织的服务管理水平，才能获得社会公众的认可与支持。

7.2.3　知识活性测度

知识活性通过知识价值表征，知识活性测度亦即知识价值的评估。知识价值是联系知识与知识主体之间的纽带，表征了知识管理客体对主体需要的满足程度，在主客体间的互动中得以体现。知识主体关注角度的不同，对知识价值的评估策略以及评估结果亦存在差异。因此，需要从多角度出发，将不同知识价值评估理论相融合、定量评估与定性评价相集成，从而形成知识活性综合测度模型。

（1）基于知识稀缺理论的知识价值测度。

作为知识经济时代社会生产的核心要素，亦作为一种资源，知识的稀缺性无疑是评估其价值的重要维度。在"相对于主体有用"这一大前提下，亦即保证该知识对知识主体具有使用价值，显然相对于组织运营或生产越是稀缺的知识其价值越高。

知识相对于知识主体的使用价值基于主体的主观判断，知识相对于知识主体的稀缺性可通过计算该知识同政务知识库中已有的其他知识的相似度来衡量，所得全部结果中最大相似度越小则该知识越稀缺。具体算法如下：记被测度知识单元为 K_{new}，计算其与政务知识库中其他同类（同子库）知识单元间的相似度 $Sim, (K_{new}, k_i)$，$i \in [1, n]$，n 为政务知识库中其他同类知识单元数目，取 $Sim_{max} = \alpha \max (Sim (K_{new}, K_i))$ 作为被测度知识单元稀缺性（亦即知识活性/价值）的反向量度。式中，α 为估主体偏好因子，体现主体意愿，缺省值为1；系统自动评估毕竟在灵活性方面尚存不足，当知识用户通过综合各种最新情况决定对系统自动评估结果进行调整和干预时，可通过设定 α 的值实现对被测知识活性的灵活调整。

（2）基于劳动价值理论的知识价值测度。

传统劳动价值理论认为，劳动作为商品其价值是凝结在商品中的无差别的人类劳动，商品的价值量取决于生产该商品的社会必要劳动时间，商品的价格根据其供求关系围绕价值上下波动。以社会必要劳动时间衡量商品价值需要满足如下条件：其一，市场自由竞争程度比较高，甚至接近完全竞争；其二，商品能够重复、批量生产；其三，商品信息能够顺畅传递。这些条件在以常规劳动为主体的工业经济时代能够近似满足。在工业经济时代，劳动效果可以预期，同一时期内不同主体间的劳动效果可相互比较，对于相同的实物商品社会给予承认的价值量是相同的，即以该商品的社会必要劳动时间而不是个别劳动时间来衡量商品价值。

知识经济时代对于知识商品，劳动时间依然是其价值的测度基础；然而它又有所不同，主要表现为：其一，知识的生产以创新型劳动为主，劳动效果具有高度的不确定性，其劳动效果与所投入的物质劳动和活劳动的量不成比例关系，难以用不同主体所消耗的代表社会必要劳动的价值支出来衡量知识价值；其二，在一定的实体范围内，只有第一时间创造出来的知识才会被承认、被接受，因此知识产品具有较强的单件性特征，以至于同一时期内不同主体间的劳动效果仍不具有可比性；其三，知识主体创新的很多知识也许并不是以交换为目的，而是应用于自己的生产活动，或者作为知识储备，一段时期内并没有应用于生产活动。

如此，一些学者提出了新的因应策略。张少杰等人提出以生产该知识的主体个别劳动时间代替社会必要劳动时间来衡量知识价值。王显儒等在分析知识经济背景下传统劳动价值理论的不足后认为，知识的产生与进步促进了物质产品的进步，使物质产品的价值转移到知识产品中导致物质产品的两类贬值：原有商品因同样结构的商品能更便宜地生产出来所受到的价值损失以及原有商品因出现更为完善的取代者而发生的价值损失。物质产品的贬值程度从侧面反映了知识进步的效果，即知识的价值。如此，其提出测度物质产品贬值后的价值损失以表征引起该物质产品贬值的知识的价值。

我们认为，在当今复杂、多变的经济与市场环境下，引起商品贬值的因素是复杂多样的，并非单一的知识进步因素所致，并且很难将由知识进步因素导致的商品贬值成分从总贬值效果中剥离出来；另外，受供求关系等因素影响，商品的价格也并非呈线性变化，而是处于持续波动状态，如此，物质商品的现值与原值的确定难以实现。因此，以物质产品贬值进行知识价值定值实现起来要比以生产该知识的个别劳动时间进行知识价值测度困难得多。

相对可行的办法是，在以生产该知识的个别劳动时间进行知识价值测度的基础上，进一步将知识主体生产该知识的个别劳动时间内涵拓宽，使其既表征知识主体在生产、创新该知识的过程中的时间投入，也反映这一过程中的物质、资金等方面的投入，亦即对知识主体生产该知识的物化劳动与活劳动作全面表征。在知识管理实施过程中，很多知识生产活动对应于知识项目，知识生产过程中所投入的直接材料费、人工费和制造费（如固定资产折旧、维修费用）等的计算要相对容易些，可参照会计学中无形资产计价的历史成本原则（按取得无形资产时所发生的实际成本计价）或其改进型。

（3）基于效益分成模型的知识价值测度。

知识的价值在于以其使用价值对主体需要的满足，亦即使知识主体获得效益。然而很多时候，知识要借助传统生产资料（物质、资本、劳动力等）才能完成向价值的转化过程。如此，不能直接以知识主体通过应用知识所获得的效益来简单地表征所应用知识的价值，这需要一个效益剥离的过程。针对于此，孙艳提出了知识价值测度的效益分成模型。该模型的核心思想在于，将知识的价值从该项知识为知识应用主体新增的利润总额现值中剥离出来，界定知识对经济效益的影响比例，从而实现对知识的价值评估。在对原模型一些推理错误进行修正后，本节引入该模型。

模型以知识分成率 η 来表征知识价值 V 占与该应用知识相关的组织利润总额现值 P 的比例，即 $V = P \cdot \eta$。如此，模型的实质便聚焦于如何确定知识分成率 η 的取值。为此，孙艳提出了两种策略：经验数值法和模型计算法。前者沿用传统技术分成方法（Licensor's share on Licensee's profit, LSLP）的经验估算策略，即以特定领域、地区和时期的经验值作为计算依据；后者则将所有应用投入（资金、人力、设备）折成现金形式，并按知识主体资金充足与否分为两种情况讨论。

①知识应用主体资金完全充足。以 F_0 表示除知识外的其他投入的现值总额，应用该项知识生产后得到的利润分别为 F_1，F_2，$\cdots$，F_n，基准贴现率为 i，r 为其投资利润率的一般水平，则利润贴现值为

$$P = \sum_{k=1}^{n} \frac{F_k}{(1+i)^n}, \quad \text{知识分成率} \; \eta = \frac{P - F_0 \cdot r}{P} = 1 - \frac{F_0 \cdot r}{P}$$

②知识应用主体由于管理、设备、人力等问题导致的资金不足，束缚了知识价值发挥，进而影响总收益时，设 k（$0 < k < 1$）为收益折扣系数，则有

$$\eta = \frac{P \cdot k - F_0 \cdot r}{P \cdot k} = 1 - \frac{F_0 \cdot r}{P \cdot k}$$

前已述及，知识的价值具有强环境依赖性，价值的实现程度与知识的应用环境特征密切相关。该模型考虑将知识应用的部分环境要素（人力、资金、设备等）折现后加以考虑，增强了知识价值评估的客观性与合理性。自然，模型中也有主观因素的影响（如收益折扣系数 k 的确定）。为尽量减少个别主体的主观偏激，可采用多级主体分别确定，然后进行加权归一操作；或者采用层次分析法（AHP）、环比评分法（CCM）等进行确定。

（4）基于时效分析模型的知识价值测度。

我们认为，知识进化的主因在于时间维度的延伸导致知识的应用环境与其原始生成环境（或上次更新/完善后的知识特征）间出现差异，以至于知识内容与当前环境条件不相适应，束缚了知识价值的发挥或降低了知识的潜在价值，甚至出现知识的当前零价值或负价值（如完全过时的专利却没有注销，造成组织专利维护的费用负担）。因此，可形成这样一条知识价值测度思路：用知识的原始生成条件（或上次更新/完善后的知识特征）与当前应用环境特征的差异来表征该知识的价值，差异越小表明该知识的价值越大，反之亦然。注意，这里的知识价值是一个抽象意义的概念，因此，称为知识活性更为合适。它的意义在于表征知识单元沿时间维度与应用环境的适应性，不具有横向可比性。

基于上述思路，可设计知识价值测度的时效分析模型。由于知识获取是在知识辨识的基础上、在组织知识疆界的导引下完成的，因此能够保证知识获取时的有效性。时效分析模型将每一知识单元的知识价值随着知识应用环境的演进约束在 $[0, 1]$ 区间内变化。为具体确定某一时刻的知识价值，以知识获取时刻为参照并辅以前瞻性调整，确定该知识单元的标准条件向量 $C_0 = (c_{01}, c_{02}, \cdots, c_{0n})$，其中每一元素 c_i 为一个二元组（$c_{\text{name}}, c_{\text{value}}$）。随时间维度的延伸，该知识单元的实际条件向量变为 $C_t = (c_{t1}, c_{t2}, \cdots, c_{tm})$，各元素分别与 C_0 相对应。

当 C_t 对应条件元素不存在时，将对应元素处理为（c_{tiname}，NULL）；当 C_t 增加条件元素时，从 c_{tn+1} 开始编入。故此，$m \geq n$。设定权重向量 $\overline{\boldsymbol{\omega}} = （\omega_1, \omega_2, \cdots, \omega_k）$，其中 $\omega_i \in [0, 1]$ 且满足 $\sum \omega_i = 1$，$k = \max（n, m）= m$。如此，该知识在条件分量 i 上的活性为

$$\begin{cases} \text{if } i \leq n \begin{cases} v_i = 1 & \text{if } c_{0i\_value} = c_{ti\_value} \\ v_i = 0 & \text{if } (c_{0i\_value} \neq c_{ti\_value}) \text{ and} (c_{ti\_value} \neq \text{NULL}) \\ v_i = -1 & \text{if } c_{ti\_value} = \text{NULL} \end{cases} \\ \text{if } i > n \quad v_i = -1 \end{cases}$$

在此基础上，该知识在时间 t 的总活性（亦即知识价值）可按下式计算：

$$V_t = \sum_{i=1}^{k} \omega_i \cdot v_i \Big/ \sum_{i=1}^{k} \omega_i = \sum_{i=1}^{k} \omega_i \cdot v_i$$

例如，原始规则知识"IF（worker, knowledge contribution grade, > = 8）and（worker, sex, male）and（worker, age, > 25）and（worker, age, < 35）and（worker, spoken English, fluency）THEN（worker, trained place, America）（P = 0.8）"的标准条件向量为 $C_0 = （（knowledge contribution grade, > = 8），（sex, male），（age, > 25），（age, < 35），（spoken English, fluency））$。随着时间的推移，虽然由于系统刚性原因导致知识库中仍以上例知识原貌存在，但组织对该知识的实际应用则已调整为"IF（worker, knowledge contribution grade, > = 8）and（worker, age, > 25）and（worker, age, < 45）and（worker, spoken English, fluency）THEN（worker, trained place, America）（P = 0.8）"，即取消了性别约束、放宽了年龄限制。若取权重向量 $\boldsymbol{\omega} = （0.4, 0.1, 0.1, 0.1, 0.3）$，则依据前述计算方法可计算该知识的当前活性（价值）为

$$V_t = \sum_{i=1}^{5} \omega_i \cdot v_i = 0.4 \times 1 + 0.1 \times（-1）+ 0.1 \times 1 + 0.1 \times 0 + 0.3 \times 1 = 0.7$$

（5）知识价值评估的集成定量评估方法。

以上四种方法都致力于为知识价值评估提供定量支持，各种方法既可以单独使用，亦可将其进行集成以进一步提高评估结果的科学性。为此，我们设计集成定量评估模型，将以上四种独立方法的评估结果再次作为输入分量，来综合考察某项知识的定量化价值。

先需要对四个输入分量作归一化处理，具体方法如下。

①对知识稀缺理论进一步明确知识稀缺度定义，将知识稀缺度用 T 表示，并定义 $T = 1 - \max（\text{Sim}（K_{new}, K_i））$，显然满足 $0 \leq T \leq 1$，且无量纲。

②效益分成模型原本以某项知识的分成效益（现金额）来表征该知识的价值，但其实质意义却集中在分成率 η 上。因此，在集成定量评估模型中以分成率

η 来表征这一分量，满足 $0 \leqslant \eta \leqslant 1$，且无量纲。

③时效分析模型的计算结果本身已经满足归一化条件，即 $0 \leqslant V_t \leqslant 1$，且无量纲。

④基于劳动价值理论得到的知识评估价值以各种投入的折现值表征。由于知识粒度、获取条件不同，很难确定一个标准折现值用于归一化操作。因此，对这一输入分量的归一化操作则完全由知识价值评估主体主观把握，记该分量归一化值为 C，满足 $0 \leqslant C \leqslant 1$，且无量纲。

为了表述方便，分别以 V_1，V_2，V_3，V_4 表示上述分量 T、η、V、C，取各分量的相应权重构成向量 $\boldsymbol{\omega} = (\omega_1，\omega_2，\omega_3，\omega_4)$，满足 $\omega_i \in [0, 1]$ 且 $\sum \omega_i = 1$（$i = 1，\cdots，4$）。如此某项知识的综合活性计算如下：

$$V_{\text{Total}} = \sum_{i=1}^{4} \omega_i \cdot V_i$$

式中，知识价值评估主体可以通过对权重向量 ω_ρ 各分量取值的灵活调整，实现放大或缩小某一输入分量的影响，直至放弃该分量（相应权重为 0），以提升知识价值评测结果的有效性。例如，由于 V_4 的取值具有强主观性，为了降低其对综合活性的影响，可以赋予 ω_4 一个较小的值。

政务知识包括编码知识和非编码知识。对于编码知识的价值评估，以上方法均适用。然而，非编码知识属于能力范畴，由于其并未被编码化、具有高度的内隐性和不确定性，所以知识稀缺理论和时效分析模型的计算参量难以确定，但仍可以应用劳动价值理论和效益分成模型进行粗糙定量评估。这是因为，非编码知识通常是属于员工的个体知识（能力），取得非编码知识要靠其知识主体自身的学习、实践与理性的思辨，概略地计算每项知识获取过程中所投入的个别劳动时间价值（包括人力、设备、资金、直接材料等费用），便可粗略地衡量该项知识（技能、经验等）的大概价值。将该项知识（技能、经验等）应用于组织运营与管理过程，通过测度工作任务或生产项目的总体效益，然后应用效益分成模型便可以估计该项非编码知识的价值。

虽然以上方法能够对知识价值给予量化表征，然而定量化的方法并不能保障一定有效、客观，原因在于参与计算的参量/指标及其实际取值的确定本身就受不同程度的主观影响；同时，随着知识应用环境的演进，相应的参量/指标体系甚至方法本身都可能像一般知识那样出现环境匹配障碍，而对理论与模型的调整又绝不是在瞬间、实时就能够完成。因此，定性方法的应用必不可少。这主要依靠知识拥有者、知识评估者（知识管理团队）的实践经验与主观判断，具有较强的灵活性。需要注意的是，知识价值的主观定性评估不仅要考察知识的现时价值（活性），亦要具有发展的眼光，前瞻到它未来的价值空间。

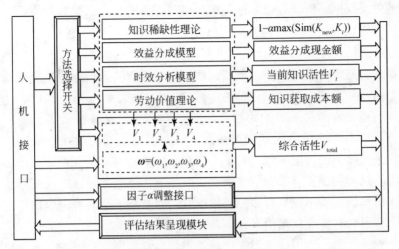

图 7-9 政务知识活性综合测度模型

基于上述讨论，可得完整的政务知识活性测度模型（图 7-9）。该模型将测度方法总体上分为独立方法与集成方法两类。其中，独立方法包括四种（基于知识稀缺理论的测度方法、基于效益分成模型的测度方法、基于时效分析模型的测度方法以及基于劳动价值理论的测度方法），集成方法则是对这四种独立方法的整合、应用。实际知识活性评估的方法选择过程由知识价值评估主体通过系统的人－机接口，操作方法选择开关的相应开关符（设置相应参数的值）完成。由于集成方法已经涵盖四种独立方法，故当知识价值评估主体同时选择多种评估方法时，即表示其选择了集成评估方法，具体的方法组合通过设置权重向量的各个分量的取值来实现。模型中的调整因子 α 是为降低测度理论与模型刚性、提高测度模型总体灵活性而设置的评估主体干预接口，知识价值评估主体可通过该接口将实际环境变化特征值、主观经验以及相关专家的定性评论施加到评估结果中去。α 的取值不宜过大，取值应该使下式成立：$0 \leqslant \alpha \cdot V_{total} \leqslant 1$。模型中的评估结果呈现模块，负责按照用户要求将最终知识活性值以及相关中间结果数据呈现给用户。

7.2.4 知识进化策略

（1）编码知识进化策略。

知识进化是在知识活性测度的基础上，对活性达到或低于给定进化阈值 $V_{threshold-1}$ 的知识，视知识具体活性大小对其进行相应的进化操作。如图 7-8 所示，知识进化操作包括两方面行为：其一，对活性达到或低于进化阈值 $V_{threshold-1}$ 但高于给定淘汰阈值 $V_{threshold-2}$ 的知识，结合当前知识应用环境的具体特征以及知识应用实践的效果反馈，对该知识实施相应更新与完善操作，增强其对应用环境变化的适应性及知识应用的有效性，从而将原有知识活性提高到高于 $V_{threshold-1}$ 的新水平；其二，对活性不仅低于 $V_{threshold-1}$ 并且进一步低于 $V_{threshold-2}$ 的知识，则实施淘汰或休眠操作，亦即将其从当前政务知识库物理删除或转入与当前政务知识库同结构但不参与政务管理组织知识运营的休眠知识库。

如前所述，为提高系统的柔性，政务知识活性测度模型采用了多种测度方法，各方法从不同的视角测度知识活性，从而得到不同的活性取值和量纲。显然，知识进化操作的门限阈值（$V_{threshold-1}$ 和 $V_{threshold-2}$）亦要依测度方法的不同而作相应调整。这增加了实际操作的复杂度。事实上，依据某一独立的知识活性测度方法获得的知识活性不仅具有很强的片面性，而且基于劳动价值理论得到的知识获取成本额只含有零点时刻信息，不具有时间演进信息。

基于上述考量，为提高知识进化的效率与有效性，我们采取如下策略：以通过知识活性综合测度模型获得的知识活性作为主要进化依据，以通过各独立测度方法获得的知识活性作为辅助参考，其辅助作用体现在对调整因子 α 取值的影响。如此，$V_{threshold-1}$ 和 $V_{threshold-2}$ 便可以被唯一确定在区间 $[0, 1]$ 上的无量纲值。该策略只针对知识周期进化，知识应用进化由于不涉及对已有知识的淘汰与休眠问题，对于创新知识的纳入则主要依赖于知识稀缺性维度的测度结果实现。

当知识价值测度结果满足条件 $V_{threshold-2} < \alpha \cdot V_{total} \leq V_{threshold-1}$ 时，对所测度知识实施更新和完善操作，其更新与完善流程如图 7-10 所示。简单的知识更新与完善操作（相对于小粒度知识）可由知识主体依据当前知识应用环境的变化情况以及知识应用效果反馈，通过知识进化子系统的人－机接口手工完成。对于相对复杂的大粒度知识的更新与完善操作则通过系统的智能辅助模块，以人机交互的方式半自动完成。知识的更新与完善操作可借鉴 AI 领域基于案例推理（case based reasoning，CBR）系统中的知识适配（adaptation）和修正（revise）的策略与技术（详见第八章）。所不同的是，这里是对电子政务系统中已有知识而非新知识，依据其标准条件向量与当前知识应用环境特征间差异，作相应调整与完善。由于该操作不是完全意义上的知识创新，所以可引入 CBR 系统中的转换型知识适配（transformational adaptation）思想，并通过参数调整（parameter adaptation）的方式实现。为了提升对知识实施半自动更新与完善效率和有效性，辅以 AI 领域基于规则推理（rule based reasoning，RBR）系统支持。此外，为了确保对大粒度、较为重要的知识实施有效的更新与完善操作，可通过计算机仿真（computer simulation）技术对初步完善后的知识做应用仿真，并依据预演效果反馈对该知识实施进一步的调整与完善，直到其仿真应用效果理想为止。

当知识价值测度结果满足 $\alpha \cdot V_{total} \leq V_{threshold-2}$ 时，则对所测度知识实施进行淘

汰或休眠操作。之所以设置淘汰或休眠两种子操作，原因
在于知识价值具有强环境依赖性。随着人文环境、科技环
境、市场环境、法制环境乃至于自然环境等的变化，某些
原本具有高活性的知识，其活性逐渐降低，以至于使该知
识进入进化流程甚至于面临被淘汰与休眠的选择。此时，
如果知识主体预期引起该知识活性变化的变化因素不会出
现回显或反复，即该知识不再有活性升值的可能，则将其
作淘汰处理（物理删除）；如果预期引起该知识活性变化
的变化因素在未来时期还可能出现反向回显，即存在该知
识活性升值的可能，则将其作休眠处理，从当前知识库转
入休眠知识库。

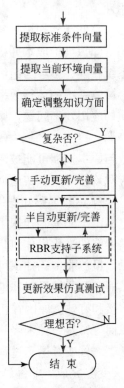

图 7-10　政务知识
更新与完善流程

　　例如，一个承诺三包服务的销售商观察到，一款性能
优良、造型美观的国产 CDMA 手机——"中兴802"深受
消费者青睐，其便开始购入并销售该型号手机。此时，有
关"中兴802"手机的各种故障检修知识对于该企业的维
修部门而言是高活性知识。随着市场演变，该款手机渐渐
失去市场，直至该款手机完全被市场所淘汰，该销售商停
止销售该型号手机。但由于各种原因仍有一批该款手机未
能卖出且又不能退货给供应商，被迫将其打入该销售商仓
库。此时，有关"中兴802"的各种故障检修知识的活性
持续降低。当最后一部售出的手机保修期满时，这些知识
面临被淘汰或休眠选择。由于企业尚有该款手机存货，故预期这些知识的活性会
在未来某一时刻升值，于是对其作实施休眠操作。一年后，该企业与一个下岗人
员再创业组织签订合同，将该款库存手机全部售出给下岗再就业人员。于是，休
眠知识库中有关"中兴802"手机的各种故障检修知识被激活，同时启动了新的
进化周期。

　　知识进化子系统在对当前知识库的知识实施价值评估与进化检查的同时，亦
要对休眠知识库中的知识作激活检查。对已休眠知识的激活检查的基本思路是：
将休眠知识库中各知识的标准条件向量与当前环境特征向量进行再匹配，亦即采
用时效分析模型对已休眠的活性实施再测度。当某一休眠知识的活性满足条件
$\alpha \cdot V_t > V_{threshold-1}$ 时，则直接将其激活并转入系统应用知识库；当满足条件
$V_{threshold-2} < \alpha \cdot V_t \leq V_{threshold-1}$ 时，对其实施相应完善与更新操作后转入系统应用知识
库激活；当满足条件 $\alpha \cdot V_t \leq V_{threshold-2}$ 时，不作处理，继续休眠。此处的调整因子
α 缺省值为 1，用户可根据实际情况加以适当调整，以增强系统的灵活性与适

用性。

将低活性知识淘汰或休眠后，系统应用知识库不再保留该知识，从而降低了正常知识维护成本并提高了系统知识检索效率。休眠知识库只与系统知识进化子系统相连，不参与组织的当前知识运营。因此，休眠知识库的结构与规模问题不会影响系统的运行效率，仅耗费系统的存储空间而已。如果进一步考虑到存储介质的应用效率问题，则仍需要对休眠知识库实施周期性（其周期应长于知识进化周期）排查。环境发展与演进的不可预测性越来越突出，如果其新的发展趋势导致与原本预期可能被激活的已休眠知识相匹配的环境特征根本不可能再现时，则应对该休眠知识实施彻底淘汰，即将其从系统休眠知识库中物理删除。

（2）非编码知识进化策略。

由于非编码知识主要为知识个体持有，并具有高度的内隐性和不确定性，对其实施的进化操作难以实现量化描述与控制，只能作定性的策略上的促进与激励。虽然非编码知识可以应用劳动价值理论和效益分成模型进行粗糙价值评估，然而其评估结果对非编码知识进化的指导意义却远非对编码知识进化那样具体、直接和有效。原因在于，非编码知识表现为知识个体自身的能力、经验以及价值取向等，是一种未经格式化的"模糊"知识；其进化主要通过渐进的学习、思考、完善或者遗忘过程实现，不像编码知识进化那样可以通过活性门限控制方式"突变"完成。非编码知识的进化主要是个体行为，是持续、渐进的过程。

知识个体非编码知识的进化有助于其自身素质的提高，进而有助于组织人力资源素质的改善。施琴芬等人从非编码知识的特征出发，主张建立主客体互益的合理机制促使组织与员工在非编码知识进化中共同受益，从而间接促进非编码知识进化。我们主张，组织要以系统的眼光制定方便和激励知识个体学习行为的有效措施。实际运作中可采取如下策略积极促进非编码知识进化：其一，加强组织内基础设施建设，为员工提供便捷的信息与知识获取通道；其二，营建学习型组织文化，提高员工的学习热情；其三，建立和完善知识贡献激励机制，增强员工的学习动力；其四，开展带薪培训，建立并维护好组织知识社区，扩充员工知识摄取来源。需要指出的是，知识贡献激励机制是面向整条知识链的，其奖惩措施中对黄牌员工的周期性知识成果测试及其相应的处理措施便是对员工非编码知识进化的有力督促。

7.2.5 政务知识进化子系统

综合上述，可得政务知识进化子系统模型，如图7-11所示。该模型基于系统工程思想，涵盖了政务知识进化子系统完备的要素与过程。其坚持集成化、智能化建模原则，将非编码知识进化与编码知识进化相集成，将不同视角的多种知识活性测度方法相集成，将知识进化的各个子过程相集成，将不同的 AI 技术（CBR 和 RBR）相集成，从而确保了模型求解问题的效率和有效性。

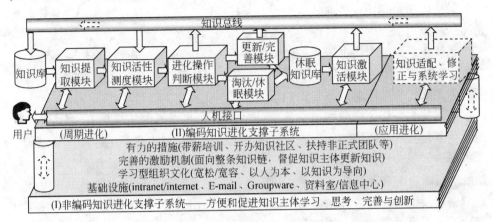

图 7-11　政务知识进化子系统模型

　　该模型从"社会－技术"双视角出发，在层次上进一步划分为两个组分：支持非编码知识进化的子系统和支持编码知识进化的子系统，两者间相互依赖与支持。其中，非编码知识进化支撑子系统从非编码知识进化的特征与实质出发，建立方便和促进知识主体学习、思考、交流与创新的"生态"环境与基础设施，其组分与组织软环境以及电子政务系统其他子系统的基础设施相合，可实现复用；编码知识进化支撑子系统包括分别支持知识应用进化和周期进化的两个组分，其中前者与知识应用辅助子系统（见第八章）中的知识适配、修正和系统自组织模块相合，此处暂不讨论。

　　编码知识周期进化模块由知识提取、活性测度、操作判断、更新/完善、淘汰/休眠以及知识激活等功能子模块组成。其中，知识提取模块负责从政务知识库提取知识以供进化检查；知识活性测度模块封装知识活性测度算法模型，完成对所提取政务知识的活性测度；操作判断模块根据活性测度结果与既定知识活性门限的比较关系决定保留现状、更新/完善还是淘汰/休眠；更新/完善模块借鉴CBR 系统思想并封装 RBR 智能辅助系统，辅助知识主体对相应政务知识完成更新/完善操作；淘汰/休眠模块将达到或低于第二活性门限的政务知识进行淘汰或休眠（转入休眠知识库）；知识激活模块提取各休眠知识重做活性测度，并依据不同的测度结果决定继续休眠还是实施相应的激活操作。模型中的知识总线是各模块与知识库间的知识公用通道，从知识总线到活性测度模块的知识流即实现休眠知识的活性再评估；其中的人－机接口负责整个系统与知识主体间的交互。

本 章 小 结

知识创新是知识经济时代组织提升其核心能力的重要途径，知识进化则是维持组织知识库的效率和有效性的根本保障，两者均是知识链上的重要结点。本章基于系统工程思想，将电子政务知识管理系统看作复杂、开放的自组织系统，从"社会－技术"双视角出发，将各种相关要素相集成并引入相应 AI 技术，研究电子政务知识管理系统对政务知识创新与知识进化过程的有效支持。

本章首先分析了熊彼特与艾米顿的创新概念，指出创新是创新主体——人，为了使其自身或其所处的团队或组织在持续变化的环境中赢得生存和发展，运用所掌握的知识和技能，通过应用实践和理性思辨而展开的对所处技术系统和社会系统进行改良与变革的探索活动。知识是创新的基础和内驱力，既是其出发点亦是归宿点，组织内的各种创新归根结底都是对知识的创新。对知识创新可按主体层次、过程推进幅度和主体角色等三个维度进行分类。知识创新具有重要意义。它是增加组织知识存量、增值智力资产的主要途径，是提高组织环境适应能力和生存能力的根本手段，是组织培育竞争优势、实现发展的力量源泉，能够减弱或消除组织与社会间的矛盾，促成双方的和谐关系。在知识管理领域，目前对知识创新机理的研究存在三个比较经典的模型，即四结点循环创新模型、莲花型创新模型以及 SECI 模型，每个模型都有其优点和不足。其中，SECI 模型堪称对知识创新机理研究的一次突破，然而它将其"S-E-C-I"四个子过程作为原子活动进行研究，并没有进一步深入到系统、完备的知识链结点层次，最终因"线条较粗"而难以描述知识创新的更为详细的实现过程。为此，本章提出了完备知识链支撑下的 SECI 模型，并对模型结构与功能展开了深入阐释。基于前述知识创新机理，从系统工程思想出发，将与组织知识创新相关的诸要素及其间关系进行有机集成。本章构建了政务知识创新子系统模型，并对其中的模块结构与功能进行了详细说明。

本章 7.2 节分析了知识进化的内涵并给出了相应流程。知识进化依据知识全生命周期原理，对组织知识基进行持续审视与动态评估，并对其中活性不足或失去活性的知识作出及时的更新与淘汰处理，以确保智力资产的质量和应用以及知识求解问题的有效性。知识进化首先对知识单元进行活性测定，尔后对活性达到或低于给定进化阈值的知识单元视其具体知识价值作相应进化处理（更新/完善、淘汰/休眠）。知识进化具有重要意义：它有助于提高政务知识库的质量和系统的问题求解效率；有助于提高组织员工技能，提升员工整体素质；有助于维持组织知识优势、提高其应变能力，进而实现可持续发展。知识活性通过知识价值表征。因知识主体关注角度的不同，对知识价值的评估策略以及评估结果亦存在差异。本章详细阐释了四种知识活性测度方法：基于知识稀缺理论的知识价值测度、基于劳动价值理论的知识价值测度、基于效益分成模型的知识价值测度以及基于时效分析模型的知识价值测度。每种方法都其两面性。为此，本章进一步将上述四种方法相融合，给出了政务知识活性综合测度模型。在此基础上，本章对编码型政务知识与非编码型政务知识的进化策略与流程进行了深入分析与详细阐释。最后，本章构建了政务知识进化子系统模型，对其中的主要模块功能及其间结构关系进行了解释。

本章思考题

1. 对本书给出的知识创新内涵阐释，您如何理解？

2. 对知识创新进行分类可依据哪些标准展开？相应的分类内容怎样？

3. 知识创新的具体意义表现在哪些方面？

4. 在知识管理领域，有哪些经典的知识创新模型？它们各自具有怎样的优点和不足？

5. 对知识创新机理研究，SECI 模型具有重要意义。该模型包括哪些过程？彼此间的关系怎样？模型的亮点和不足各表现在哪些方面？

6. 请通过 SECI 模型解释组织内隐性知识与显性知识间的相生与转化关系，并说明个体知识、团队知识与组织知识之间的转化过程。

7. 完备知识链支撑下的 SECI 模型较传统 SECI 模型的改进点何在？如何实现在知识链结点层次对 SECI 模型四个子过程的功能支持？

8. 请解释完备知识链结点支持下的知识外显化的实现过程。

9. 知识内化过程如何实现？有哪些有效的策略或方法？

10. 如何提升知识组合化和社会化的实现效率和有效性？

11. 政务知识创新子系统包括哪些主要模块？各模块的基本功能如何？模块间的结构关系怎样？

12. 组织的管理创新涵盖哪些方面？如何实现？

13. 为什么要在政务知识创新子系统中设置环境监控模块？它的目标功能怎样？

14. 如何实现对政务知识创新子系统的有效评价？

15. 知识进化的具体内容有哪些？为什么要对政务知识实施进化操作？政务知识进化应坚持怎样的基本思路？

16. 什么是知识活性？对政务知识实施活性测度可采取哪些方法？

17. 基于知识稀缺理论的政务知识价值测度如何实现？

18. 基于劳动价值理论的知识价值测度有哪些基本思路？各自的特点如何？

19. 基于效益分成模型的知识价值测度模型中，为降低主观因素的影响，可采取哪些方法？

20. 基于时效分析模型的知识价值测度的基本思路如何？为什么说通过该模型计算得到的知识价值不具有横向可比性？

21. 在政务知识活性综合测度模型中，如何将各种不同方法进行有效融合？

22. 在编码型政务知识进化过程中设置了几个活性门限？各自的意义是什么？

23. 为什么在知识进化过程中设置知识休眠选项？其意义何在？

24. 请简要阐释对编码型政务知识实施完善与更新操作的基本流程。

25. 对非编码型政务知识实施进化的难点何在？有哪些策略可供参考？

26. 政务知识进化子系统包括哪些主要的功能模块？各模块间的结构关系怎样？该模型具有哪些主要特征？

第八章　政务知识应用辅助与系统自组织

知识只有通过应用过程才能实现其价值，包括知识创新在内的诸多知识处理环节的根本意义才能达成。然而，传统知识管理研究对知识应用的支持是有限的，其目标样态是为知识需求者提供迅捷、准确的知识检索支持，而如何应用知识、应用效果如何则完全依赖于知识用户的业务素质与主观能动性。显然，这将制约知识应用与创新的实施效益。面对日益复杂的知识应用，知识用户希望系统能够为其如何应用所检索到的知识提供帮助，即对知识应用提供过程辅助；而对于系统本身，亦应该充分发扬知识管理的"干中学（learning by doing）"思想，借助 AI 技术的支持提升系统的自组织能力。为此，我们将从系统工程思想出发，把知识应用环节进一步细分为如下活动序列：检索→适配→修正→应用→再修正→系统学习，并对这些子过程进行集成与整合。这需要研究支持目标导向的快速知识获取的知识相似度模型与搜索算法、支持知识灵活应用的适配与修正策略、支持系统增智的自学习策略、支持管理效率提高的决策支持策略等。

8.1　政务知识检索

为组织各层生产运营活动提供高效的知识检索支持是现有知识管理模型与实践系统对知识应用支持的集中表现。知识检索活动是需求导向的，有用户驱动。知识用户依据组织各层生产运营活动需求提出相应知识要求，并通过系统人 - 机接口对所要求的知识进行特征描述。知识应用辅助子系统则依据此描述对系统各知识子库建立搜索进程，检索与用户知识要求相匹配的知识并将检索结果提交用户，从而完成知识检索过程。

与传统信息检索不同，知识检索因知识结构的复杂化而变得更为困难。知识与信息相比，处于"原料"级的信息其结构相对简单，而作为"产成品"的知识则可能表现为各种复杂结构。仅就简单知识单元而言，按结构化程度不同政务知识就包括文档型知识、样本型知识、符号型知识、案例型知识和数量型知识等；如考虑到"面向应用层次"的政务知识集成结果，则还可能包括更大粒度知识，如知识体、知识体链与知识簇。如此，对知识的检索过程就不是简单的等同匹配所能解决的，它需要对复杂知识结构进行综合测算与判定。此外，当检索过程完成却并未在政务知识库发现与知识用户要求完全吻合的知识时，仅仅告知用户检索结果为"空"也是不够的，因为这样未能承担起系统对知识用户的应用辅助任务；此时，系统仍应向知识用户提交非空检索结果，即将当前知识库内与用户需求特征最相近的知识提供给用户，使用户解决新问题时避免"白手起家"式的窘境，从而为提升用户知识应用的效率和有效性奠定基础。

欲达成上述目标，我们借鉴基于案例推理（case based reasoning，CBR）的系统思想，基于对政务知识属性剖析结果，建立政务知识相似度模型作为检索基础；尔后，引入人工智能领域相关搜索算法实现政务知识检索过程。

8.1.1 政务知识相似度模型

案例相似度（case similarity）是 CBR 领域有关案例检索的基本概念，用以描述作为复杂结构体的案例知识间的相近程度。我们将其进一步拓展为知识相似度（knowledge similarity），用以表征电子政务系统中政务知识与知识、知识与用户查询要求之间的相近或相吻合程度，从而为后续的政务知识检索奠定基础。知识相似度模型（knowledge similarity model，KSM）是对知识相似度测度方法的抽象描述。

类似于 CBR 领域的案例相似度，知识相似度按其所描述的知识相似层次亦可分为知识方面相似度（aspect similarity）和知识视图相似度（view similarity）两个级别，其分别表征不同知识之间局部和全局层次上的相似程度。此处的"方面"指构成知识结构的基本单元或表达知识要求的某一关键字（如知识提供者），方面相似度用来表征不同知识之间或库存知识与用户查询要求之间在某一方面的相近（吻合）程度。知识对象（不同类型知识、知识体、知识体链和知识簇）的某些方面的组合构成了该知识对象的一个视图，知识主体所关注视角的不同导致同一知识对象可对应多个视图。知识视图相似度用于表征不同知识对象之间以及各层知识对象与知识用户需求之间在某一共同视图层次上的相似程度。显然，两个知识对象在一个视图上的相似度可能与在其他视图上的相似度完全不同。

（1）政务知识方面相似度模型。

陈鸿在研究管理案例相似度时，将案例方面抽象为四大类型：简单枚举、次序枚举、分类树和序对类型，并提出了相应的方面相似度模型。受该研究成果的启示，我们将政务知识方面抽象为以下类型：简单数值型、字符型、布尔型、简单枚举型、次序枚举型、分类树型和平行结构体型，从而建立起政务知识方面相似度模型。

设定 K_1 和 K_2 为参与计算的两知识对象，a_i 为两者要计算相似度的方面；K_1

In

在该方面的取值为 V_1，K_2 在该方面的取值为 V_2；K_1 和 K_2 在方面 a_i 上的方面相似度记为 $\text{Sim}_{a_i}(K_1, K_2)$。不同的方面类型具有不同的测度特征，因此知识方面相似度的测度方法因不同的方面类型而有差异。下面就不同方面特征，分别讨论之。

①政务知识方面为简单数值型。当所要测度的方面 a_i 为简单数值型（如税率）时，给定该方面的值域为 $[V_{\text{Lower}}, V_{\text{Upper}}]$，则两个知识对象在方面 a_i 上的方面相似度计算如下：

$$\text{Sim}_{a_i}(K_1, K_2) = 1 - \frac{|V_1 - V_2|}{V_{\text{Upper}} - V_{\text{Lower}}}$$

当知识方面为日期型时，其方面相似度也可按上式计算。此时，知识方面的值域 $[V_{\text{Lower}}, V_{\text{Upper}}]$ 表征了最大可能时间跨度（通常以"天"计），K_1 和 K_2 在该方面的距离亦以"天"计。

②政务知识方面为字符型、布尔型或简单枚举型。当所要测度的知识方面 a_i 为简单字符型、布尔型或枚举型时，如部门名称、婚姻状况（True & False）、员工政治面貌（群众、共青团员、共产党员、其他党派人士），不同知识在该方面上的可能值之间不存在实际意义上的比较关系，只能采用较为粗糙的相似度计算方法，即

$$\text{Sim}_{a_i}(K_1, K_2) = \begin{cases} 1, & V_1 = V_2 \\ 0, & V_1 \neq V_2 \end{cases}$$

③政务知识方面为次序枚举型。与简单枚举型方面不同，次序枚举型方面各可能值之间具有一定的比较关系，表现为可测但模糊的语义距离（如不同的员工知识贡献等级之间的差异度）。不过，通常次序枚举型方面的实际取值为模糊值，如员工工作业绩的可能取值为"优、良、中、可、差"，通常将发展速度定性描述为"不动、非常慢、很慢、较慢、慢、快、较快、很快、非常快"等。对次序枚举型方面相似度，陈鸿给出了如下算法：

$$\text{Sim}_{a_i}(K_1, K_2) = 1 - \frac{|\text{Ord}(V_1) - \text{Ord}(V_2)|}{\text{Card}(a_i)}$$

其中，$\text{Ord}(V_1)$ 表示值 V_1 在值域集合中的序数，$\text{Card}(a_i)$ 为测度方面的基数。

需要补充地是，某些简单枚举型方面的可能取值表面上无明显次序关系，但仔细分析仍可以在不同取值之间发现能够细分的语义距离。比如，"颜色"方面的值域为（白、红、橙、黄、绿、蓝、靛、紫、黑），表面上看，各值之间无明显次序关系，但仔细推敲，发现彼此间还是呈现出可细分的语义距离的——显然，绿色和蓝色要比白色和蓝色更接近；在前面提到的简单枚举型方面"员工政治面貌"的值域中，"共青团员"与"共产党员"之间的语义距离显然也要比

"群众"与"共产党员"之间的语义距离小。对于满足上述特征的简单枚举型方面，既然存在细分语义距离，则也可按次序枚举型方面相似度的计算方法测度其相似度。

④政务知识方面为分类树型。分类树型方面的方面值呈现层进分类的树型结构。如图 8-1 所示的分类树型方面"隶属单位"，树上的每个结点为该方面的一个可能取值，每一层对应一个分类层次（省、厅、局）；下一层的分类值依赖于前层分类值，是对前一层的递进细分。显然，两个知识对象在同一方面上的取值沿分类树"自顶向下"能够归入同一类的层次越低，或说其最低公共前驱结点的位置越低，则表明两者在该方面的相似度越大。伯格曼（Ralph Bergmann）于 1998 年提出了案例知识的分类树型方面的相似度计算方法。在此基础上陈鸿等作进一步补充，提出了分类树型方面的相似度计算框架。不过，他们的讨论过于复杂。笔者对其重新整理与完善，将原来 7 种讨论情况精简为 6 种，设计了政务知识分类树型方面相似度的新型计算方法。

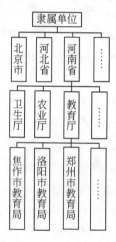

图 8-1　分类树型方面

设定 N 为分类树的一个内部结点，L_N 为结点 N 所有子树的叶结点 n 的集合 $\{n \mid n \in L_N\}$。当 N_2 在 N_1 到树根的路径上时，称 N_1 是 N_2 的后继结点或 N_2 是 N_1 的前驱结点，记为"$N_1 < N_2$"。记 N_1 和 N_2 最低公共前驱结点为"(N_1, N_2)"，满足 $(N_1, N_2) > N_1$ 和 $(N_1, N_2) > N_2$，并且不存在结点 N 使得"$N < (N_1, N_2) \text{ AND } N > N_1 \text{ AND } N > N_2$"成立。记 L_N 任意两个叶结点下限相似度为 S_N。引入分类树的整体基 O_{total}、最低公共前驱结点基 $O(\text{node1}, \text{node2})$ 以及内部结点基 $O(N)$ 概念，其意义分别为分类树的总层数、两结点最低公共前驱结点到根的层数以及内部结点 N 所处分类树层次。将参与方面相似度计算的方面值分为叶结点确定值、内部结点确定值、取值非确定三种情况（叶结点用小写字母表示，非叶结点用大写字母表示），则两个知识对象的方面值共有 6 种情况，其方面相似度计算方法如下。

情况一，两个方面均在分类树的叶结点上取确定值 (n_1, n_2)，则两个知识对象在方面 a_i 上的方面相似度为

$$\text{Sim}_{a_i}(K_1, K_2) = \text{Sim}_{a_i}(n_1, n_2) = \begin{cases} 1, & n_1 = n_2 \\ \dfrac{O(n_1, n_2)}{O_{\text{total}}}, & n_1 \neq n_2 \end{cases}$$

情况二，一个方面在分类树的叶结点取确定值 (n_1)，另一个方面在分类树

的内部结点取确定值（N_2）。此时，需要考虑 N_2 是 n_1 前驱结点和非前驱结点两种情况，其方面相似度计算如下：

$$\text{Sim}_{a_i}(K_1,K_2) = \text{Sim}_{a_i}(n_1,N_2) = \begin{cases} \dfrac{O(N_2)}{O_{\text{total}}}, & n_1 < N_2 \\ \dfrac{O(n_1,N_2)}{O_{\text{total}}}, & n_1 \geqslant N_2 \end{cases}$$

情况三，两个方面均在分类树内部结点取确定值（N_1、N_2）。此时，存在三种可能情况，其方面相似度计算方法如下：

$$\text{Sim}_{a_i}(K_1,K_2) = \text{Sim}_{a_i}(N_1,N_2) = \begin{cases} \dfrac{O(N_2)}{O_{\text{total}}}, & N_1 < N_2 \\ 1, & N_1 = N_2 \\ \dfrac{O(N_1,N_2)}{O_{\text{total}}}, & N_1 > N_2 \end{cases}$$

情况四，一个方面在分类树的叶结点取确定值（n_1），另一个方面在分类树的某个结点取非确定值，即该方面在分类树的一个内部确定结点的基础上，具有其后继结点（N_2 或 n_2）的更进一步信息，只不过是非确定的概率 P。此时，方面相似度可按下式计算：

$$\text{Sim}_{a_i}(K_1,K_2) = \begin{cases} \sum\limits_{n_2 \in D} P(n_2) \cdot \text{Sim}_{a_i}(n_1,n_2) \\ \sum\limits_{N_2 \in D} P(N_2) \cdot \text{Sim}_{a_i}(n_1,N_2) \end{cases}$$

其中，D 为结点 n_2 或 N_2 的"亲兄弟"结点集，$\text{Sim}_{a_i}(n_1, n_2)$、$\text{Sim}_{a_i}(n_1, N_2)$ 的计算参照前述情况一与情况二。

情况五，一个方面在分类树的内部结点取确定值（N_1），另一个方面在分类树的某个结点（叶结点或内部结点）取非确定值，其方面相似度计算如下：

$$\text{Sim}_{a_i}(K_1,K_2) = \begin{cases} \sum\limits_{n_2 \in D} P(n_2) \cdot \text{Sim}_{a_i}(N_1,n_2) \\ \sum\limits_{N_2 \in D} P(N_2) \cdot \text{Sim}_{a_i}(N_1,N_2) \end{cases}$$

其中，$\text{Sim}_{a_i}(N_1, n_2)$ 以及 $\text{Sim}_{a_i}(N_1, N_2)$ 的计算参照前述情况二和情况三。

设定情况（i）非确定值在叶结点上取值，M_2 为该非确定叶结点的直接前驱结点确定值；设定情况（ii）对应非确定值在分类树内部结点取值，M_2 为该非确定结点 N_2 的直接前驱结点确定值。此时，可进一步细分为三种情况：N_1 为 N_2 的"亲兄弟"结点、N_1 为 N_2 的前驱结点以及其他情况。此时，上式可进一步细化为

$$\text{Sim}_{a_i}(K_1,K_2) = \begin{cases} (\text{i}) \begin{cases} \dfrac{O(N_1)}{O_{\text{total}}}, & N_1 = M_2 \\[3mm] \dfrac{O(N_1,M_2)}{O_{\text{total}}}, & N_1 \neq M_2 \end{cases} \\[10mm] (\text{ii}) \begin{cases} \dfrac{O(M_2)}{O_{\text{total}}}, & (N_1,N_2) = M_2 \\[3mm] \dfrac{O(N_1)}{O_{\text{total}}}, & (N_1,N_2) = N_1 \text{ OR } N_2 < N_1 \\[3mm] \displaystyle\sum_{N_2 \in D} P(N_2) \cdot \dfrac{O(N_1,N_2)}{O_{\text{total}}}, \text{其他} \end{cases} \end{cases}$$

情况六，参与计算的两个知识对象的方面均在分类树的某个结点（叶结点或内部结点）取非确定的值。此时，可细分为如下三种情况分别讨论：两个知识对象的方面均在叶结点取非确定值，一个知识对象的方面在叶结点取非确定值、另一个知识对象的方面在内部结点取值，两个知识对象的方面均在内部结点取非确定值，相应的计算公式如下：

$$\text{Sim}_{a_i}(K_1,K_2) = \begin{cases} \displaystyle\sum_{n_1 \in D_1} \sum_{n_2 \in D_2} P(n_1) \cdot P(n_2) \cdot \text{Sim}_{a_i}(n_1,n_2) \\[6mm] \displaystyle\sum_{n_1 \in D_1} \sum_{N_2 \in D_2} P(n_1) \cdot P(N_2) \cdot \text{Sim}_{a_i}(n_1,N_2) \\[6mm] \displaystyle\sum_{N_1 \in D_1} \sum_{N_2 \in D_2} P(N_1) \cdot P(N_2) \cdot \text{Sim}_{a_i}(N_1,N_2) \end{cases}$$

其中，$\text{Sim}_{a_i}(n_1, n_2)$、$\text{Sim}_{a_i}(n_1, N_2)$ 以及 $\text{Sim}_{a_i}(N_1, N_2)$ 的计算参照情况一至情况三。

⑤政务知识方面为平行结构体类型。如前所述，陈鸿将该类型方面称为"序对型方面"，而我们认为其不足以表征该类型方面的特征。"平行结构体型方面"则体现了该类型方面平行多维度的复合结构特征。平行结构体型方面具有如下特征：同一方面可以按不同的维度进行划分、每一维度代表了一种认知角度。在每一分类维度上，该方面既可能为有限值，也可能为无限值；既可能为连续值，也可能为离散值；既可能为字符型、布尔型或简单枚举型，也可能为次序枚举型或分类树型。此外，某一知识对象的同一方面可能同时在多个不同维度上取值，各维度之间为平行而非次序关系。如图 8-2 所示，某一知识对象的方面"系统类型"为平行结构体型，其具有平行分布的多个分类维度（图中列举了三个），该方面可能同时在不同维度上取值（如某一系统的系统类型为"开放的复杂巨系统"，同时在两个维度上取值）。

平行结构体型方面的相似度计算包括两步：首先计算两个知识对象在该方面

对应分类维度上的维度级相似度，然后再计算方面相似度。记方面 a_i 第 k 个分量为 a_i^k，K_1 和 K_2 在 a_i^k 上的取值分别为：$K_{1a_i^k}$ 和 $K_{2a_i^k}$，两者在该维度上的维度级相似度为：$\mathrm{Sim}(K_{1a_i^k}, K_{2a_i^k})$。

对于维度级相似度计算，分三种情况分别进行。即知识对象在该方面该分类维度上为确定值；知识对象在该方面该分类维度上尚未进行区分，且无任何取值信息；知识对象在该方面该分类维度上为非确定值，且已知可能取该维度各值的概率。如此，维度级相似度计算可进一步细分为 6 种情况。

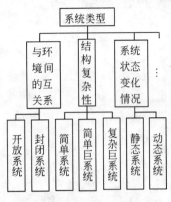

图 8-2　平行结构体型方面

情况一，两个知识对象在方面 a_i 第 k 个分类维度上均取确定值。此时，维度级相似度 $\mathrm{Sim}(K_{1a_i^k}, K_{2a_i^k})$ 的计算可依 $K_{1a_i^k}$ 和 $K_{2a_i^k}$ 的类型，按前述方面为简单数值型、字符/布尔/简单枚举型、次序枚举型以及分类树型但取确定值（三种情况）时的方面相似度的计算思路与方法完成。

情况二，一个知识对象在方面 a_i 第 k 个分类维度上取确定值，另一个知识对象在该方面同一分类维度为无任何信息的空值。为简化计算，对于后者，我们可认为其维度值呈平均分布，设 $\mathrm{Ord}(a_i^k)$ 为知识对象在方面 a_i 的第 k 个分类维度上的基数。此时，两知识对象在该方面第 k 个分类维度上的维度级相似度的计算公式为

$$\mathrm{Sim}(K_{1a_i^k}, K_{2a_i^k}) = 1/\mathrm{Ord}(a_i^k)$$

情况三，两个知识对象在方面 a_i 第 k 个分类维度值均取无任何信息的空值。此时，该维度相对于方面相似度的计算为冗余维度，于是有

$$\mathrm{Sim}(K_{1a_i^k}, K_{2a_i^k}) = 0$$

情况四，一个知识对象在方面 a_i 第 k 个分类维度上取确定值，另一个知识对象在该方面同一分类维度上为已知概率分布的非确定值。此时，对非确定维度值的每一个可能值，可按"情况一"中方法计算 $\mathrm{Sim}(K_{1a_i^k}, K_{2a_i^k}^j)$，$j \in [1, \mathrm{Ord}(a_i^k)]$，$\mathrm{Ord}(a_i^k)$ 为知识对象在方面 a_i 的第 k 个维度上的基数；尔后，对上述结果取期望即可得两个知识对象在方面 a_i 第 k 个分类维度上的维度级相似度为

$$\mathrm{Sim}(K_{1a_i^k}, K_{2a_i^k}) = \sum_{j=1}^{Ord(a_i^k)} P(K_{2a_i^k}^j) \cdot \mathrm{Sim}(K_{1a_i^k}, K_{2a_i^k}^j)$$

情况五，一个知识对象在方面 a_i 第 k 个分类维度上为无任何信息的空值，另一个知识对象在该方面同一分类维度上为已知概率分布的非确定值。此时，该维

度级相似度为

$$\mathrm{Sim}(K_{1a_i^k}, K_{2a_i^k}) = \frac{1}{\mathrm{Ord}(a_i^k)} \sum_{j=1}^{\mathrm{Ord}(a_i^k)} P(K_{2a_i^k}^j) \cdot \mathrm{Sim}(K_{1a_i^{ki}}, K_{2a_i^k}^j)$$

情况六，两个知识对象在方面 a_i 第 k 个分类维度上均为已知概率分布的非确定值。此时，对两个非确定维度值的每一种可能值，可按"情况一"中的方法计算 $\mathrm{Sim}(K_{1a_i^k}^j, K_{2a_i^k}^m)$，其中 $j, m \in [1, \mathrm{Ord}(a_i^k)]$；在此基础上，维度级相似度可按下式计算：

$$\mathrm{Sim}(K_{1a_i^k}, K_{2a_i^k}) = \sum_{j=1}^{\mathrm{Ord}(a_i^k)} \sum_{m=1}^{\mathrm{Ord}(a_i^k)} P(K_{2a_i^k}^j) \cdot P(K_{2a_i^k}^m) \cdot \mathrm{Sim}(K_{1a_i^{ki}}^j, K_{2a_i^k}^m)$$

当两个知识对象维度级相似度均已计算完成，由于各分类维度间是平行对等的，故对其取平均即可得两知识对象在方面 a_i 上的方面相似度为

$$\mathrm{Sim}_{a_i}(K_1, K_2) = \frac{\sum_{k=1}^{Card(a_i)} \mathrm{Sim}(K_{1a_i^k}, K_{2a_i^k})}{Card(a_i)}$$

其中，$Card(a_i)$ 为方面 a_i 的总分类维度数。

（2）政务知识视图相似度模型。

知识视图面向知识应用，是知识在知识用户所关注的若干方面上的投影。知识视图相似度表征各知识对象之间以及各层知识对象与用户知识需求之间在某一共同视图层次上的相近程度。显然，知识视图相似度的计算基础是知识视图的具体定义以及各知识对象在该视图的各个方面上的方面相似度的测度结果。借鉴CBR 研究领域中的案例视图相似度模型，可以得到政务知识视图相似度模型。

最简单的知识视图定义类似于前面讨论过的平行结构体，其将知识用户所关注的 n 个知识方面看作对等的、平行维度，即构成 n 维空间，知识视图则是知识对象在该 n 维空间上的简单投影。此时的视图相似度即是参与计算的各知识对象在各个方面上的方面相似度的简单叠加。为确保相似度的取值意义，故作归一化处理。于是，知识对象 K_1 和 K_2 的视图相似度为

$$\mathrm{Sim}_V(K_1, K_2) = \frac{1}{n} \sum_{i=1}^{n} \mathrm{Sim}_{a_i}(K_1, K_2)$$

显然，上述"知识视图"定义由于过于简单、粗糙，尚不能表达知识用户更为细腻、精确的要求。为此，可进一步采取如下策略：在"知识传播与共享子系统"建造知识主体需求模型阶段，对各层知识对象的 VSM 模型建立尽可能丰富的描述方面（空间维度），对每一方面确定标识；尔后，将知识视图建立过程转变为对知识对象各方面赋予权重，进而构建对应知识对象各方面的一个权重向量的过程。

设某一知识对象的 VSM 模型为一个 n 维空间，其各个维度记为 $a_i(i=1, 2,\cdots,n)$，某一知识视图所对应的权重向量为 $\boldsymbol{\omega}=(\omega_1,\omega_2,\cdots,\omega_n)$，满足 $\omega_i \geq 0$ 且 $\sum_{i=1}^{n}\omega_i=1$。此时，如果 $w_i>0$ 表明方面 a_i 在该视图中，如果 $\omega_i=0$ 则表明方面 a_i 不在该视图中。显然，该权重向量 $\boldsymbol{\omega}$ 定义了知识对象在该视图中的方面组合情况，称其为知识对象的一个视图。此时，知识对象 K_1 和 K_2 的视图相似度定义为

$$\text{Sim}_V(K_1,K_2,\boldsymbol{\omega}) = \sum_{i=1}^{n}\omega_i \cdot \text{Sim}_{a_i}(K_1,K_2)$$

8.1.2 政务知识检索算法

在检索算法方面，传统信息科学领域已经有了较为丰硕的研究成果，可为政务知识检索提供借鉴与参考。本节对比较典型的几种检索策略与方法作归纳研究。

（1）最近邻法。

最近邻法（nearest neighbor，NN）是以相似度计算为基础的检索方法。它的基本思想就是在系统知识库中找到一个与用户知识需求最接近（亦即视图相似度最大）的知识并提交用户。实际运作中，用户提交的知识需求往往是不完备的，即用户需求特征向量通常会是知识库中各知识向量的子集。如此，以用户需求向量的各分量为标准，建立相应的视图框架；尔后，基于该视图框架，遍历系统对应知识库中的所有知识对象，计算各知识对象与用户知识需求之间的视图相似度，并将所得全部视图相似度排序，将最大值所对应的知识库中的知识作为检索结果提交给用户。

最近邻法思路自然、实施简单，并在检索算法中居于基础地位。不过，该方法也存在一些问题，主要表现在两个方面：其一，因其在检索过程中要遍历对应知识库中的所有知识，当知识库规模较大时，检索效率相对低下；其二，它以视图相似度作为知识库中各知识对象与知识用户查询要求之间接近程度的量度，视图相似度计算过程中的权重向量如何高效、准确确定，也是一个较难解决的问题。

对于检索效率相对低下的问题，业内比较普遍的解决思路是以 k 阶最近邻算法代替一般意义上的最近邻法实施检索。它的基本思路是对前述视图框架进行简化处理，即将其中不重要的方面剔除，只留下对用户检索需求相对重要的方面；当视图维度降低后，视图相似度的计算效率就会相应提高，进而提高完整的知识检索效率。当然，视图方面的精简工作应以在系统辅助下由用户参与的"人－机"交互方式完成。

不过，上述方法并不是基于检索效率降低的根本原因（知识库规模增大、遍历次数增加）提出的，而是通过简化视图相似度计算从另一个视角谋求提升检索

效率，其实际效果是有限的。毕竟，如前所述，用户提交的知识需求往往本身就是不完备的或相对简单的，此种情况下留给"方面精简"的空间将会非常小；强行精简的效率提升将以检索的有效性降低为代价。如此，当系统知识库规模足够大时，解决最近邻法检索效率相对低下的有效办法不应绕开产生问题的根本原因，而应采取有效的策略避免遍历对应知识库全部知识对象而仅对其中相对可能的知识对象展开相应检索计算，并能够在有效提升检索效率的同时仍能将检索的有效性维持在一个令人满意的水平。启发式检索算法（heuristic retrieval）与归纳检索算法（inductive retrieval）就是基于这一思路的典型算法。

启发式算法就是基于这样的检索思路而设计的检索方法。该方法在检索过程中通过估价函数或启发式规则实现对后续检索范围的优化选择与限制。在不对检索空间实施全部遍历的前提下，确保检索过程每前进一步都是朝着有效解决问题的方向前进，避免无意义的遍历活动，以切实提高检索效率。在 CBR 研究领域，著名的"Fish and Sink/Shrink"检索算法即是典型的启发式算法，其被广泛应用于对案例型知识的检索过程。该类算法在实施前一般要对知识库实施索引操作，使知识库中的各知识对象按逻辑距离（相似度）进行类聚，从而为迅速压缩检索空间创造条件。

归纳检索将完整的检索过程划分为归纳和检索两个阶段。它通过对知识库的归纳计算，生成具有决策树形式的索引结构（知识归类），其后续的知识检索过程则依赖该索引结构展开。对于用户提出的知识查询要求，系统从索引结构树的根部开始，逐层计算决策树内部结点与用户知识需求视图间距离，据此选择最佳分支并启动下一层次的计算与判定，直至搜索到与用户知识需求足够接近的知识对象为止。同启发式检索算法一样，该方法也因其压缩了检索空间而使检索过程具有较高的效率。不过，为了实现对检索阶段的动态支撑，对知识库的归纳操作也应动态实施，从而使决策树具有与系统知识库的实时对应性；当知识库规模越来越庞大时，其归纳操作的计算负荷将会非常严重；此外，决策树的构建质量直接影响到检索阶段的效率和有效性。

针对最近邻法视图相似度计算过程中的权重向量确定问题，业内也提出了许多解决办法与思路，如熵值法、归纳法、层次分析法、简单关联函数法等。我们认为，在政务知识检索过程中应用最近邻法时，视图相似度计算过程中的权重向量可交由知识需求主体自行确定、直接给出。权重向量表征知识检索需求，而对知识检索需求的表达与确定，知识需求方最在行、最权威；实际运作中，知识检索需求复杂多变，任何技术处理得到的权重向量都难以准确描述用户的真正知识需求；此外，采用"用户确定、直接给出"方式略去了对权重向量的计算过程，对提升系统检索效率亦十分有益。

（2）向量空间模型法。

向量空间模型法（vector space model，VSM）与最近邻法类似，亦基于相似度的基础结果，从对应知识库中检索出与用户知识需求最接近的知识对象并提交给知识用户。所不同的是，向量空间模型法中的相似度通过单一模式的"向量余弦值"作为量度，两个向量间的余弦值足够小，则表明彼此间足够接近。

实际运作中，对知识库中的每一知识对象建立其特征向量（在知识获取或建立知识推送模型时建立）$T = (t_1, t_2, \cdots, t_n, \text{ID})$。其中，ID 是该知识类型标识，可以是政务知识子库标识，也可进一步附加子库内的聚类索引标识。一般而言，当知识类型标识相同时，采用同一知识特征向量框架来统一描述该类知识对象。同一类别中的各知识对象的具体差异则由与知识特征向量相对应的权重向量 $\omega = (\omega_1, \omega_2, \cdots, \omega_n, \text{ID})$ $(0 \leqslant \omega_i \leqslant 1, \sum \omega_i = 1)$ 来区分，某一知识对象所对应的 n 维权重向量即为该知识的特征视图。用户在提交查询要求时，首先确定所要查询知识的类型特征，ID 确定后由系统通过人 – 机接口基于知识特征向量框架自动生成用户需求向量框架，由用户对相应向量分量直接赋值，系统负责归一化检验，最终完成用户需求视图的建立 $D = (d_1, d_2, \cdots, d_n, \text{ID})$ $(0 \leqslant d_i \leqslant 1, \sum d_i = 1)$。此时，用户需求视图与知识特征视图间可通过对应向量的数量积 $D \cdot W = |D\|W| \cos\phi$ 建立联系，$\cos\phi$ 即为两者间的视图相似度，即

$$\text{Sim}_V = \cos\phi = \frac{D \cdot W}{|D\|W|} = \frac{\sum_{i=1}^{n} d_i \cdot \omega_i}{\sqrt{\sum_{i=1}^{n} d_i^2 \cdot \sum_{i=1}^{n} \omega_i^2}}$$

（3）模糊（fuzzy）检索算法。

对于检索算法的设计，检索结果的精确性是一个基本要求。然而，在现实中模糊性与不确定性则是人类思维与客观事物的普遍特性。正如焦玉英等人归纳的那样，基于二值逻辑乃至多值逻辑基础的检索系统存在大量模糊因素；知识用户在表达其知识需求时，由于主客观条件的限制，不确切性和模糊性普遍存在；用户所表达出来的需求视图各方面显示的重要程度与其实际需求的重要程度往往存在差异；人类通常使用的自然语言能够表达不确定性和模糊性，使用接近自然语言的模糊语言进行检索更符合用户习惯。1965 年，札德（Lotfi A. Zadeh）提出的模糊集合（fuzzy sets）理论，在各领域得到了广泛应用与发展，包括将其应用于对信息与知识的检索过程。目前，基于模糊理论的知识检索已成为传统检索方法的重要补充。

建立合适的隶属度函数是模糊检索算法的核心，其对于灵活、准确表达用户知识要求以及提高知识检索的查准率与查全率意义重大。由隶属度函数计算

得到的隶属度是模糊检索中的相似度，是知识检索与匹配的基础。通常的模糊知识检索都是针对数值型和字符型知识方面的。何汉明等建立了基于此两类方面的模糊检索模型。其用模糊数学中模糊语言的隶属度函数构建数值型知识方面的模糊检索模型，从领域实际出发先建立了基本模糊子集的隶属函数，对查询中基本模糊子集模糊修饰分别以不同算子施加于原隶属度函数，从而实现泛模糊检索。

对于字符型方面的模糊检索可通过对字型和字音两个相似度的测度实现。设查询字符串为 Q、受测知识对象相应方面值为 C，定义字型相似度为

$$\text{Sim}_C(Q,C) = N_{C\text{-same}}(Q,C)/\max(\text{Card}(Q)),\text{Card}(C))$$

其中，$N_{C\text{-same}}(Q, C)$ 为两字符串左侧对齐后，自左至右对应位为相同字符的数目；$\text{Card}(Q)$，$\text{Card}(C)$ 分别表示 Q 和 C 的字符位数。如 $\text{Sim}_C(Q, C) = 1$，则表明 Q 和 C 精确相等，将 C 提交知识用户后结束检索过程；当 $0 \leq \text{Sim}_C(Q, C) < 1$，则进一步计算两者字音相似度：

$$\text{Sim}_S(Q,C) = N_{S\text{-same}}(Q,C)/\max(\text{Card}(Q),\text{Card}(C))$$

其中，$N_{S\text{-same}}(Q, C)$ 为两字符串左侧对齐后，自左至右对应位字符拼音相同的字符数目。取 Q 和 C 的最终模糊相似度为 $\text{Sim}(Q, C) = \max(\text{Sim}_C(Q, C), \text{Sim}_S(Q, C))$，将该值不小于设定阈值的知识对象提交知识用户。

（4）政务知识分布式检索。

政务管理组织结构复杂、业务庞杂，政务知识涵盖政务管理组织的各部门、各领域。建立在计算机网络平台上的电子政务系统的知识库很难做到集中存储，更多的则是采用分布式的存储方式，政务知识库由分布存储的各级、各类知识子库组成。如此，设计电子政务系统中的政务知识检索机制，应该而且必须要能够支持分布式检索要求。

知识分布式检索的关键在于实现各检索引擎统一的访问接口以及检索引擎相互间访问的接口协议。为实现网上多库分布检索、查找 USMARC 格式的书目记录，实现异构图书馆系统之间的无缝通信，1988 年美国国会图书馆提出 Z39.50 协议（此后，在 1992、1995、2001、2003 年分别推出了第二、三、四、五版）。经过不断完善更新，Z39.50 被接纳为美国国家标准 ANSI/NISO 和国际标准 ISO23950。

Z39.50 协议严格参照 OSI 参考模型，是一种在 C/S 环境下进行检索与查询的通信协议，属于 ISO 的 OSI 参考模型的应用层协议。它规定了 C/S 架构下系统资源互访以及提出查询到结果记录等过程中所涉及的数据结构、交换规则与过程，独立于任何特定类型的信息与系统，从而使知识用户可以透明地检索分布式知识源。在实际运作中，组织内原有的各种信息系统由于缺乏统一规划，往往采

用了不同的数据库管理系统（DBMS），造成数据格式、访问方式差异。这给系统间的交互造成障碍。Z39.50 协议可为各数据库系统建立一个抽象、通用的用户视图，并将各系统的具体实现映射到抽象视图上，从而使异构系统能在一个标准的平台上实现顺畅交互，满足各种互操作要求。

与无态的 HTTP 协议不同的是，Z39.50 是有态的、面向连接、基于会话的协议。客户机与服务器之间的一次语义完整的信息传输可以通过多次会话（session）来实现，前驱会话交换的信息可以被后继会话使用。由于其在客户端与服务器之间提供了保持连接的连续会话机制，不像 HTTP 要求客户机和服务器之间每次传递消息都要重新建立连接，所以具有更高的运行效率。目前，已经出现一些有关 Z39.50 协议的开发工具，免费的开发包如 ZETA Perl、ZedKit for UNIX、YAZ Toolkit 等。其中，YAZ Toolkit 基于 C 语言，既支持 UNIX 平台也支持 Windows NT 平台，其经过开发者的不断完善，2002 年底推出了新版本 YAZ++0.5 Toolkit。

Z39.50 协议的工作过程如下：分布式知识库通过一组相当于索引的访问点与服务器相连。当用户通过客户端提出知识需求时，客户端和服务器建立连接，由客户端向服务器提交一个"查询"请求。服务器接受请求后，通过后台查询过程产生一个结果集并保存在服务器上，可允许多个并发的检索进程同时工作，查询完毕后关闭连接。该协议提供了以初始化、查询、提取为核心的 13 种服务，并在逻辑上分成 11 组（Initialization、Search、Retrieval、Result-set-delete、Browse、Sort、Access Control、Accounting/ Resource Control、Explain、Extended Services 和 Termination）。每一组服务由相应服务原语实现，主要的服务原语有 Init、Explain、Search 与 Present 等。Init 原语负责建立客户端到服务器端的连接，并为后续查询设定基本规则，如报文大小、身份认证等。Explain 原语负责解释可供检索的知识（数据）源的类型、存放位置、相关属性和服务器支持的语法格式等。客户端通过 Search 原语向服务器端提交查询，服务器端进行相关检索、建立并保存结果集，客户端后续报文可以对其引用、修改和提取，不再直接操作知识源，使检索过程简化。Present 原语控制结果集的缓存大小，并对返回客户端的知识内容与格式提供灵活的控制机制，相应的记录语法有 USMARC、UKMARC 和 CNMARC 等。除基本服务外，Z39.50 协议还提供了索引浏览、访问控制、资源管理机制等广泛的扩展服务。

Z39.50 用抽象语法符号（abstract syntax notation one，ASN.1）描述，在进行分布检索与传输过程中需要将以 ASN.1 符号描述的知识以某种编码规则进行转换。随着 XML 语言的应用与发展，将 XML 语言编码规则 XER（XML encoding rules）应用于 Z39.50 协议，把 ASN.1 符号所描述的知识用 XML 语言进行封装，为 Z39.50 协议的广泛应用创造了良好条件。

基于现有研究成果，基于 Z39.50 协议的分布式政务知识检索模型结构如图 8-3 所示。用户的知识查询请求经由浏览器提交，并以 HTTP 协议发送到 Web Server。Web Server 和 HTTP/Z39.50 转换器共同封装于应用服务器。HTTP/Z39.50 转换器负责把 HTTP 协议格式的查询请求转换为 Z39.50 协议格式的查询请求，并发给 Z39.50 服务器，再由其知识检索引擎对本服务器管理的各知识子库展开检索，获得并保存知识结果集。如果一个 Z39.50 服务器未能检索到与用户查询要求相匹配的知识，HTTP/Z39.50 转换器将把 Z39.50 请求发给其他的 Z39.50 服务器，并负责收集查询结果集，整合后再以统一的 XML 页面的形式返回给客户端浏览器。模型中的公共知识模型为分布、异构的知识源提供共享知识本体的统一虚拟视图，提供异构知识间交流与转化软平台。该模型实现了将物理上分布、异构的多 Z39.50 知识源以一个逻辑上统一的视图方式提供给知识检索用户。

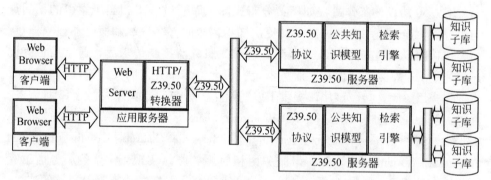

图 8-3　基于 Z39.50 协议的分布式政务知识检索模型

实际运作中，政务知识库的结构与规模处于动态变化之中，因此对政务知识的检索需求是复杂多样的。为此，需要多种具有不同特点的知识检索算法封装于系统知识检索引擎，通过特征与功能互补实现对复杂多样的知识检索要求的有效支持。政务知识检索引擎将通过如下原则在检索算法库中选择合适的知识检索算法。

（1）当相应政务知识子库（检索范围）规模不大、缺乏相应索引信息，并对检索的精确度具有较高要求且对时耗要求宽松时，选取传统的最近邻法或向量空间检索算法实施检索。

（2）当相应知识子库具备有效的索引信息，并且对政务知识检索的精确度和检索时耗具有较高要求时，选取归纳检索法。

（3）当相应知识子库规模较大且具备有效的逻辑自组织性、对检索时耗具有较高要求而对检索精确度具有相对的满足域时，选取启发式检索法。

（4）当知识用户的知识需求难以精确描述时，选取模糊检索算法。

（5）当相应政务知识被系统分别存储时，则在上述检索算法选择原则的基础上，辅以分布式政务知识检索模型的支持。

8.2　政务知识适配与修正

传统知识管理模型包括实践系统对知识应用环节的支持仅在于为知识需求者提供知识检索支持，至于知识被如何应用、应用效果如何，则完全取决于知识用户的业务素质与主观能动性的发挥程度。显然，该状态下对知识应用环节的支持是有限的。面对日益复杂的知识应用环境，系统应该能够为用户更好地应用知识以便获得更大的知识价值提供辅助；或者说，不仅要通过检索过程将用户需要的知识提供给他（她），还要"扶上马送一程"。为此，本节借鉴人工智能领域CBR系统思想，在原有知识检索的基础上补充知识适配、修正以及再修正环节，以形成对知识用户知识应用过程的较完备支持。

8.2.1　政务知识适配的策略与技术

适配（adaptation）原是基于案例推理系统的一个案例处理环节。由于大多数情况下CBR系统中案例的案例生成条件会与当前问题的发生条件（检索条件）存在差异，导致用户不能直接将通过检索过程获得的最相似案例的解决方案部分复用（reuse）于当前问题。案例适配（case adaptation）指，当CBR系统的检索引擎根据当前问题描述从案例库中检索出最相似案例后，针对新旧问题发生条件间的差异特性，对最相似案例的解决方案作适当调整，以使其能够满足当前问题的求解要求，从而提升对实际问题的解决效果。

虽然案例型知识只是政务知识库中的一种类型，然而案例适配思想却适用于整个政务知识应用（复用）过程。知识用户提交政务知识检索需求并通过系统检索引擎查找相关知识，然而检索出的最相似知识往往并不能完全适用于其所遇到的问题。原因在于：其一，政务知识库容量总是有限的，知识用户在其生产与生活过程中所遇到的问题却是非确定、无法预期的；其二，尽管我们重视并一再强调对知识用户的智能辅助，但由于主客观条件的限制，知识用户在表达其知识检索需求时，表达需求与固有需求之间总会存在不同程度的偏差。如此，我们将知识适配（knowledge adaptation）纳入政务知识应用过程，通过该过程将系统检索出的与用户知识需求最相似的知识的适用条件和当前问题环境进行对比分析，基于两者差异对最相似知识作相应调整与完善，从而提高系统检索结果与用户当前问题求解要求的匹配程度。这是提高政务知识应用效果的重要环节。

一般而言，政务知识适配可采用如下策略。

（1）以知识应用为导向。满足应用要求、提升应用效益，是知识适配的出发点。对系统检索出的最相似知识，分析其适用条件（知识前件）并与当前问题环境（应用条件）相对比，以两者间重要的、突出的差异为出发点，确定知识适配环节的取舍以及适配程度。事实上，随着政务知识应用领域和目的的不同，对其进行适配的要求亦有差异。比如，负责宣传工作的部门只是将检索到的新知识做更广泛的传播，没有或很少有适配要求；但在负责设计或技术支持的部门，对检索出来的最相似知识进行适配以适应崭新环境要求，却是经常的事。此外，随着系统上线时间的延续，政务知识库中的知识亦会越来越丰富，检索到与当前问题求解要求更为接近甚至完全满足的政务知识的可能性亦在增加，从而降低了知识适配环节的发生率以及适配的幅度与难度。

（2）以知识特征为标识。是否进行知识适配以及在多大程度上实施适配，既取决于当前问题求解要求，也取决于所检索到的知识特征。对于政务管理经常触及的例常知识，因其基础性强、普适性好、柔韧度低，一般不作或只作轻度适配；而对于例外知识，因其专业性强、经验性高、柔韧度好、普适性差，一般需要相应的知识适配过程。

（3）以知识用户为中心。从适配的方式讲，可将知识适配划分为手动、半自动和全自动三种。不过，全自动的知识适配方式只能是一种理想状态，毕竟知识应用环境是灵活多变、难以预期的，适配程度的确定、方式与方法的选择离不开知识用户的主观判断。如果将适配过程完全交给知识用户，亦即采用纯手动方式实施知识适配，可能会给知识用户带来超负荷压力以至于使其无所适从。因此，比较可行的办法是，采用"人-机"交互的半自动适配方式，在适配过程中突出主体作用，以知识用户为中心，系统处于智能诱导的辅助地位。

在算法思想上，知识适配可借鉴 CBR 领域传统案例适配思想，主要表现为两个方面：转换型适配（transformational adaptation）与诱导型适配（derivational adaptation）。转换型适配将知识适配原则表示成转换符 {T} 直接作用于被检索出来的知识，使其向能够满足问题求解要求的方向调整。其中，转换符 {T} 是与知识具体应用领域紧密相关的一组规则集。转换型适配过程一般在基于规则推理（rule based reasoning，RBR）系统辅助下实现。诱导型适配通过分析被检索出来的知识从问题空间到解空间的解轨迹（表现为一组算法规则、公式或模型），然后将其应用于新情况的问题空间，获得与其相适应的解或解集。转换型适配基于被检索知识与应用环境的条件差异确立适配方向与规则，尔后立足两者的共同点对被检索知识作相应调整，属"改良"式方案；诱导型适配通过分析被检索知识获得解轨迹后，将其应用于新的问题空间，独立获得新问题的解，属"再造"式方案。显然，后者实现起来比前者更具难度，我们提倡采用转换型适配策略。该策略在具体实施过程表现为两种状态，空适配（null adaptation）和参数调整（parameter adaptation）。空适配是指当被检索知识能够满足新问题的求解要求时，对其不作任何修改就将知识直接应用，对例常知识的应用经常如此。参数调整立足于被检索知识与新问题的知识需求之间的差异作相应方面修改与完善，使其向着能够满足用户问题求解要求的方向演进。

政务知识适配子系统模型如图 8-4 所示。在该模型中，政务知识适配采用在适配规则导引下的"人－机"交互方式实现。其中的适配规则由知识管理专家会同相关政务管理人员分析、抽取后存储于电子政务系统的规则子库，作为 RBR 子系统的推理依据。RBR 子系统是假言推理的实现系统，以一个既定规则和已知前件为前提求取相应后件。其核心部件为规则推理机，它负责对规则前件进行测试与匹配、对规则的调度与选择以及对规则后件的解

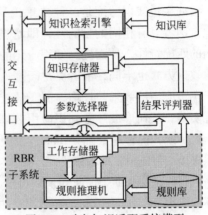

图 8-4　政务知识适配系统模型

释与执行。工作存储器是一个动态缓冲区，用于存放初始事实（适配参数/方面）、中间结果以及最终的推理结果。完整的 RBR 推理过程就是规则推理机不断运用规则库中的规则，对工作存储器中的事实/前件展开假言推理，直至目标条件满足用户需求的过程。知识检索引擎封装知识相似度模型和各种检索算法，知识用户通过检索引擎检索所需的政务知识。如果检索结果满足用户知识需求，则直接交付用户应用；如果检索结果不能完全满足用户的知识需求，则将被检索知识存入知识适配子系统的知识存储器，然后基于被检索知识与用户知识需求的差异，通过"人－机"交互方式依次选择需要调整的知识方面作为适配参数。将适配参数交付 RBR 子系统进行知识推理，并对最终推理结果进行综合评判后由知识用户决定对所考察知识方面的适配方案；尔后，将下一个待适配的知识方面交付 RBR 子系统，直至无待适配知识方面为止。

8.2.2　政务知识修正的策略与途径

知识适配是一种基于适配规则与历史经验进行的"闭门行为"，对其解决问题的效果只是理想的预期。由于知识应用环境的复杂性与非确定性，其能够解决问题的实际效果有待于进一步验证，并依据验证结果对适配后知识作进一步的修

改与完善，以进一步提高其与当前知识应用具体环境的匹配程度。为此，类似于CBR 领域的案例修正（case revision）概念，我们在政务知识应用辅助过程增设了知识修正环节。

知识修正（knowledge revision）是在知识适配的基础上，通过知识应用实践或虚拟现实技术对知识的应用效果作出评估，即对知识相对于实际应用环境的适应性作出验证（verify），并以验证结果为导引、以知识的具体应用环境特征为依托，对知识作进一步的修改与完善（correct），以再次改善知识的应用效果。

如果说知识适配是一种"理论导向"行为，知识修正则是"实践导向"过程。两者具有相同的目的性，即增强被检索出来的知识与具体的知识应用环境之间的匹配特性，从而提高知识应用的效率和有效性。但两者出发点不同、所采用的改进方式也不同，前者立足于理论的规则与经验，属于静校验行为；后者立足于实践应用的效果与环境，属于动校验行为。两者串行相承，有动有静，有理论有实践，从而形成政务知识应用效果的可靠保障。

传统知识管理系统（KMS）模型未设知识修正过程，而是将系统检索到的知识直接交付应用，即零修正。零修正对于组织内的例常知识、基础知识的应用往往是有利的，这有助于加速知识到价值的演进流；不过，对于例外知识，特别是应用环境特殊、复杂且知识的应用效果对知识主体意义重大时，知识修正变得必要甚或必需，因为它能够进一步改善知识的应用效果，增强知识主体应用知识创造价值的能力。

传统 CBR 领域内的案例修正已经取得了一定研究成果，为知识修正提供了有益的借鉴和参考。一般而言，政务知识修正主要包括两个子过程，即应用效果验证和知识修改与完善。其中，前者可通过两个途径实现：其一为虚拟现实（virtual reality，VR）与计算机仿真（computer simulation）；其二是实物试验（real world examination）。

计算机仿真也被称为计算机模拟，是在对现实世界进行抽象的基础上，借助先进算法和数理模型建立计算机软件系统，实现对现实世界中的现象与过程的预演和模仿，以期指导生产实践。通过预演，计算机仿真能够为后期的实践过程提供强有力的理论指导。作为模拟实验形式，计算机仿真要比实物实验更高效、经济和灵活。在一些特殊情况下（如过程复杂、条件难以满足、环境危险、耗资巨大），计算机仿真更具独特性甚至不可替代性。计算机仿真系统的设计需要与具体的应用实践相结合，本书对此不作深入讨论。

1989 年，美国 VPL Research 公司的创始人拉尼尔（Jaron Lanier）提出虚拟现实概念，并指出它是"计算机产生的三维交互环境，用户在使用时是投入到这一环境中去的"。现今的主流观点认为，VR 是一种可以创建和体验虚拟世界的计算机系统，是想象的扩展、增长与模拟仿真。虚拟世界是虚拟环境或给定仿真对象的全体，虚拟环境是由计算机生成的，通过视、听及触觉等作用于用户，使之产生身临其境感觉的交互式视景仿真。VR 系统具有模拟环境、多感知和交互性等特征，即由计算机生成具有双视点、实时动态的三维立体逼真图像。在此模拟环境中，参与者在视觉、听觉、力觉、触觉甚至味觉和嗅觉等方面都有身临其境的感觉。

伯第亚（Grigore Burdea）在 1993 年提出了著名的"VR 三角"，如图 8-5 所示。VR 三角归纳了 VR 的 3 个基本技术特征，即沉浸性（immersion）、交互性（interaction）和构想性（imagination）。其中，沉浸性是 VR 的核心，即要使 VR 用户在虚拟场景中有身临其境之感，使其投入到计算机生成的虚拟场景中，从而使其由观察者变为参与者，成为 VR 的一部分；交互性是人机和谐的关键性因素，指用户通过传感器和作用器与虚拟场景各种对象发生交互关系，从而使虚拟环境以用户的视点变化进行虚拟交换；构想性是 VR 的目标，指用户通过与虚拟环境的交互，深化感性和理性认识并产生新的构想与创意。VR 三角强调了人的主导作用，体现了创造性思维模式。

VR 是一门涉及计算机、传感与测量、仿真、微电子等学科的综合集成技术。从硬件上讲，它涉及跟踪系统（电磁、声学和光学）、触觉系统、音频系统、图像生成和显示系统等；从软件技术上讲，它广泛采用面向对象技术和代理（agent）技术。虚拟现实建模语言（virtual reality modeling language，VRML）是目前互联网上基于 WWW 的三维互动网站制作的主流语言，可以使 VR 与 Web 技术结合，通过 Web 和超链接形成虚拟环境，从而为用户创造一个可进入、可参与的虚拟世界。

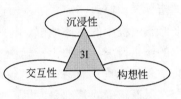

图 8-5 VR 三角

VRML 由 SGI 公司（Silicon Graphics Inc.）的贝尔（Gavin Bell）最初制定。1994 年 10 月，第二届 WWW 国际会议公布了 VRML1.0 的草案，但只能创建静态的 3D 景物。1996 年 8 月，VRML 2.0 规范获得通过，它增加了行为，可以让物体旋转、行走、滚动、改变颜色和大小。它改变了 Web 上单调、交互性差的不足，将用户行为作为其浏览的主题，所有的表现都随用户操作行为而改变。1997 年，ISO 将 VRML 2.0 接受为国际标准并称为 VRML 97。VRML 的基本工作原理是：虚拟世界的构造者将用构造器创建的*.wrl 文件上载到 HTTP 服务器中，用户通过互联网下载到自己的 VRML 浏览器中漫游浏览。VRML 文件的基本单元是结点，每个结点都可以有五个方面的特征：名字、类型、域、事件和实现。当前多数浏览器都支持 VRML 浏览，如 Netscape 公司的 Netscape 4.0 或以上版本中内置了 Cosmo Player, 微软公司的 Internet Explorer 4.0 及以上版本中也内嵌了 VRML 2.0 的浏览器 World View 2.0。

对于耗资巨大、对政府、社会具有重大影响的知识应用项目, 应用前的效果验证是必要的。相对于实物试验, 计算机仿真和虚拟现实更安全、高效、灵活和经济。当然, 也并不是任何效果验证都要通过虚拟方式进行, 计算机仿真和虚拟现实只是对实物试验的补充。对于大多数投资小、过程简单且安全的知识应用, 实物试验仍然是主要方式。效果验证是知识应用前的模拟试验过程, 该过程的目的在于预演、分析适配后的知识在未来付诸实际应用的过程中可能出现的各种问题, 从而为后续的知识修改与完善过程提供线索和依据。

知识修改与完善是政务知识修正的重要环节。它针对实物试验、虚拟现实或计算机仿真的验证结果, 在应用前对知识实施最后修改与调整。关于知识修正, 已经出现了一些标准, 如美国产品和质量中心 (American Productivity and Quality Center, APQC) 的 "Knowledge Management Framework" 就提供了一个适用于所有战略商务知识体系的归纳与修正的标准框架。知识修正相对于知识适配的特点在于其立足于具体的知识应用实践, 以虚拟或实物试验为手段, 依托试验效果反馈指导知识修改与完善过程, 这需要进一步突出知识用户的主观能动性, 突出其在修正过程中的主体地位。与此同时, 也需要一些修正原则来约束和指导知识用户的修正行为。例如, 正确性 (correctness) 原则, 即任何修改与完善动作都要与 "保障正确, 有益于问题解决" 的总体方向相符合; 质量性 (quality) 原则, 即在保证正确的基础上, 尽可能选择最优修改与完善方案, 以最大可能地提高知识应用的效率和有效性。

经过适配和修正的政务知识即可交付应用, 这是政务管理的物理实施过程, 亦是知识用户应用知识实现其价值的过程。前已述及, 我们在政务知识应用子系统中还补充了对知识的再修正过程。知识再修正与知识修正的区别在于进行完善操作的依据不同, 知识修正依据实物或模拟试验的效果反馈进行相应修改与完善操作, 而知识再修正则依据知识的实际应用效果反馈完成相应操作; 两者的目的也不同, 知识修正是为了提高知识应用的效率和有效性, 而知识再修正发生在知识应用过程之后, 是为了增强系统的自组织能力。

8.3 政务知识决策

8.3.1 知识决策的内涵

决策 (decision) 是人们在认识与改造世界的过程中, 为了达到某一目的而在诸多方案中进行有意识的选择（choice）活动，是一种理性的认知过程。诺贝尔经济学奖获得者西蒙（Herbert A. Simon）认为，决策过程经历情报（intelligence）收集、方案设计（design）和方案选择（choice）三个阶段。管理学大师德鲁克（Peter F. Drucker）认为，决策就是判断，是在各种可能方案之间进行选择；同时他也指出，决策始于看法，而非始于"真相"。

尽管德鲁克认为决策始于主观看法，但这种看法也并非空穴来风。所谓看法，是未经当前环境条件下的实践检验的假设，是有关条件空间到解空间的一种主观预期。从这种主观预期开始到最终决策的作出（最优方案的选择与确定），需要方法策略的指导，更需要相关知识的支持。这主要表现为如下三方面：其一，看法是相关决策者基于对决策领域的知识把握，立足于自身技能、经验与直觉（隐性知识）并在目标导向下形成的。其二，有效决策的第一步是确定各种可能的备选方案，而备选方案的制订需要有关同一议题的不同意见（面向"应用主题"的知识簇），亦即有关该议题的知识集在不同侧重点、不同维度的投影；缺乏对该议题的知识支持，备选方案便无从谈起。其三，方案比较是方案选择的途径，没有比较就无决策；而方案的比较归根结底是对各方案知识视图的综合评判。可见，决策的制定过程就是对有关决策领域的知识的收集、应用、辨识和评判的过程；知识是决策的必要条件，也是决策的基本因素。

决策者和决策对象是决策的基本要素，而知识则将两者联系起来而成为一个统一的系统。在传统经济背景下，影响决策的因素相对简单。决策多是决策者依据自身的经验和洞察力直接作出，即以看法覆盖决策。在上述决策环境下，这种具有更多"艺术"和"技巧"色彩的决策仍然可能取得良好效果。然而，进入后工业经济时代特别是知识经济时代，影响组织运作与管理的大量非确定、非线性因素使得制约组织决策的决策变量陡然增加，达到数百甚至数千的规模。在这种情况下，"艺术"型的决策已经不能奏效，取而代之的是依赖知识、基于知识、在"科学"和"艺术"之间更倾向科学的知识决策（knowledge-based decision）。只有掌握更充分、更准确的相关知识，才能作出更科学的决策；在复杂、多变的决策环境下，谁更早掌握更多、更准确的知识，谁就能站得更高、看得更远，从而更早作出科学决策以赢得更大的主动与优势。

提高政务管理组织的核心能力是电子政务知识管理的最终目标。该目标可进一步分解为若干子目标，包括提高组织知识生产率、增值组织的知识资本，提高政务知识应用的效率和有效性，提高组织对政务管理环境的应变能力以及对知识的交流、共享和创新能力，增强政务管理主体之间的协同工作能力等。其中，以知识为依托，增强政务管理的科学决策能力亦是电子政务知识管理的主要目标之一。现有知识管理模型尚未能对组织的决策活动提供明确、有效的支持。我们认为，将知识应用于政务管理组织的各级政务决策、为各级政务管理活动提供有效的决策支持，是政务知识应用的高级形态，亦是重要组成部分。因此，将对政务管理决策提供知识支持纳入政务知识应用辅助子系统功能规划范畴。

8.3.2 政务知识决策系统模型

决策支持系统（decision support system，DSS）是为决策者实施决策提供辅助支持的计算机软件系统。传统决策支持系统以信息技术为依托，应用决策科学和相关学科的理论和方法，针对某一类半结构和非结构决策问题，通过提供背景材料、协助明确问题、修改完善模型、生成可能方案、进行方案间比较与分析等方式，为决策者作出正确决策提供辅助支持。

自从斯普拉格（Sprague Ralph H. Jr.）和卡尔逊（Carlson Eric D.）首先提出了一种基于数据库和模型库的决策支持系统结构模式后，人们在此基础上陆续加入规则库、方法库和文本库等形成了基于 X 库的决策支持系统体系结构。随着对知识在决策过程中所起作用的深入认识，人们渐渐发现要想真正突破传统决策支持系统的效能极限，就必须在系统结构中突出知识的核心作用。于是，基于知识的决策支持系统的体系结构诞生了。这种体系结构一般包括语言子系统、知识子系统和问题处理子系统三部分。其将有关决策领域的相关事实、经验和模型等表示成统一的知识模式，突出了知识在决策中的核心地位。国内学者马瑞民、朱玉玺等在此基础上，提出了基于知识的星型决策支持系统结构，如图 8-6 所示。该结构以知识库为中心呈星型分布，知识库中的知识（此处指狭义的规则知识）对模型库、数据库、方法库等给予知识支持，知识库子系统中内嵌问题处理子系统，负责用户与各子系统之间的交互通信，图中的对话库用于存储不同风格的界面类。

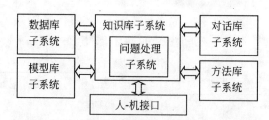

图 8-6　基于知识的星型 DSS 结构

20 世纪 60 年代中期以前，人工智能领域由于一味地强调推理方法和搜索策略研究而陷入困境。1965 年，费根鲍姆（Edward Albert Feigenbaum）指出，知识同样是构成人类智能的重要因素，必须把模仿人类思维规律的解题策略同大量专门知识相结合；同年，其与遗传学教授莱德伯格（J. Lederberg）以及物理化学教授翟若适（C. Djerassi）等合作研发的化学专家系统 DENDRAL 建成，标志着专家系统（expert system，ES）诞生，亦使人工智能研究开始迈向实用阶段。

从"以推理为中心"转向"以知识为中心"，使人工智能研究进入了持续发展时期；同样，当决策支持系统的体系结构发展到以知识为中心时，也使其研究与应用驶入了快车道。当然，这还要有赖于人工智能技术的注入与支持，即实现决策支持系统的更高形式——智能决策支持系统（intelligent decision support system，IDSS）。

在基于知识的决策支持系统体系结构的基础上，我们设计了政务知识决策系统参考模型（图 8-7）。图中，人–机接口负责与用户的交互；知识表示与解释模块用于对用户输入知识的表示以及对决策结果的解释；建模/选模模块根据用户的决策要求在模型库中选择相关模型或重新构建决策模型；综合评判模块则对已经建立或选择的各个模型实施综合评判，进行对比分析；系统学习模块实现系统对新建立且有价值的模型知识

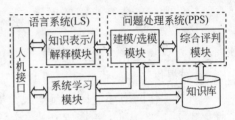

图 8-7 政务知识决策系统参考模型

的价值评估以及存舍判断，完成系统自学习过程；知识库是该系统的核心，它既包括模型知识亦包括规则知识，也包括表层知识亦包括深层知识。与基于知识的决策支持系统体系结构相对照，建模/选模模块和综合评判模块对应于问题处理系统；人–机接口和知识表示与解释模块对应于语言系统。

8.4 电子政务系统自组织

构建复杂、开放的自组织系统，是电子政务知识管理的目标样态之一。电子政务系统结构复杂、功能丰富。在系统运行过程中不断吸纳有价值的新知识是确保电子政务系统活性的基础前提。在系统运行期，对新政务知识的吸纳与获取既要通过知识链上"知识辨识"与"知识获取"结点的有机协同实现，也要通过系统的自学习过程完成，而后者已经上升为主体形式。建立有效的系统自组织机制，有利于系统在运行过程中动态调整、不断增强其与环境间的适应性，进而提升系统的有序性。

8.4.1 知识管理中的"干中学"思想

所谓"干中学"，即边干边学，在工作过程中持续学习新知识、培养新技能，在学习过程中不断增强工作技能，从而形成"干学相长"的良性局面。空

想式的知识创新很难达成预期的创新效果，应用实践是知识创新的强大内驱力。作为一种互动学习理念与方式，"干中学"能够促进工作上相关的知识主体间相互交流与启发、有效促进组织内的知识传播与共享。与此同时，"干中学"能够启迪知识主体在工作实践中发现新问题、形成新的知识需求，进而确立对原有知识的改进思路，有效促进知识创新。此外，"干中学"能够将知识应用过程中所产生的新知识，包括隐性的经验、心得、技能等和显性的经过适配、修正的编码知识进行整理、存储、消化与吸收，在增值组织知识资本的同时，促进人员素质的提升。

知识管理重视增强组织知识交流与共享能力、增强组织的知识创新能力以及培育组织的学习能力。这需要抓住"干中学"这一有效渠道和方式，使其发挥效能。欲将"干中学"从理念导入实践、最大限度发挥其效能，组织首先要在管理层面建立与之相匹配的软环境（包括学习型组织文化、有效的知识贡献激励机制等），提供适当的设施环境辅助员工同其服务对象和工作伙伴间保持顺畅交流，从所处工作网络环境接受新知识，从工作实践中学习新知识、创造新知识，形成"边干边学，在工作中强化学习能力、在学习中提升工作技能"的终身学习机制。

在技术层面，建立和完善组织知识管理技术子系统的系统自组织策略，提高其智能性，使其能够在系统的运行实践中不断总结、学习、纳入新知识，做到"边干边学"，从而不断充实组织的知识库，增值组织知识资本，提升系统解决问题的能力。当组织内的生态系统和机械系统均建立和完善了"干中学"机制，电子政务这个复杂开发的"社会-技术"系统就会沿着时间维度自适应发展、自行演进，从而不断提高系统的整体序。

8.4.2 电子政务系统自组织策略与技术

通过应用实践，知识用户能够最终检测知识的应用效果。政务知识主体的工作并不能随单一知识应用的完成而结束，"前事不忘，后事之师"，因此需要对实际知识应用过程进行再思考。对成功的知识应用，归纳其经验；对未能达到预期效果的知识应用，总结、吸取教训，并依据实践展开对知识的再修正过程。无论是成功的经验、失败的教训，还是得到再修正的知识，都是对知识应用过程进行再审视与再思考的收获组分，需要将其总结并纳入电子政务系统的知识库，即完成系统学习（system learning）的过程。这是缓解系统知识获取瓶颈的有效途径之一。然而，知识应用所产生的新知识是多样的，这就存在以怎样的方式进行区别学习以保证学习效果的问题。同时，如果把每次知识应用所获得的任何知识都纳入系统知识库，知识库便会迅速膨胀并导致严重的存储冗余，从而影响系统解决问题的效率和有效性。可见，系统学习需要策略。

对电子政务系统的自组织过程可进一步划分为两个方面：其一，对知识应用本身的学习，学习对象主要表现为低明晰化的经验性知识（隐性知识）；其二，对知识应用过程所产生的新知识的学习，学习对象主要表现为高明晰化的显性知识。

案例是 CBR 系统的基本知识单元，它能够以结构化的方式描述和存储人类认知活动过程中的过程性知识，尤其适用于求解问题的经验性知识。我们把一次知识应用看作一个独立事件，则描述该次知识应用的环境条件、所用知识、应用主体、应用过程、所用方法、所得效果和经验教训等便构成了一个完整的知识应用案例。进一步地，可以把该次知识应用中对原始检索知识的具体适配策略、修正方法一并归入知识应用案例；然后，以前文提出的案例表示方法和存储策略将其存储于案例库之知识应用子库。每个知识应用案例由若干个刻画其不同属性的方面组成，并由一个权重向量 $\boldsymbol{\omega} = (\omega_1, \omega_2, \cdots, \omega_n)$ $(\sum_{i=1}^{n} \omega_i = 1)$ 来表征各个方面的重要程度。每一个权重向量对应于该案例的一个视图。

图 8-8 描述了一个基于 CBR 技术的政务知识自学习系统模型架构。图中，案例库存储从以往政务知识应用中学习到的知识应用案例；规则库存储具体政务管理领域的适配规则；检索引擎封装检索算法并设相似度计算接口，负责解释用户的应用查询需求，完成对知识应用案例的检索过程；案例管理器负责对知识应用案例的维护与管理，向用户提供对知识应用案例的访问、添加、删除、修改等操作功能；案例适配器辅助用户实现对政务知识应用案例的适配操作。当面对新的政务知识应用时，可以先在该辅助系统查询最相似的知识应用案例，然后以其为原型，构建新应用的解决方案。

除了对政务知识应用本身的学习外，电子政务系统学习的另一重要组分是对知识应用过程中所产生新政务知识的学习。知识应用是对知识应用效果的实践检验，知识应用完成后对所用知识根据其实际应用效果与预期

图 8-8　政务知识自学习系统模型

效果间的差异实施再修正是必要的，亦是具有真正意义的。一项知识应用从检索引擎按用户要求从知识库检索出最相似知识，到根据当前知识应用环境与知识前件差异对最相似知识实施适配操作，再到根据虚拟试验或实物试验的验证效果对适配后的知识作相应修正，最后到知识应用完毕后根据实践检验结果的再修正，整个过程对原有被检索出来的最相似政务知识作了数度修正与完善。可以说，任何被检索出来的知识对于崭新环境都只能是原型性质的，将其注入新应用环境的

具体特征并作数度修正与完善后，新的知识诞生了。这些新知识也是系统学习、丰富知识库的重要对象。

值得注意的是，针对政务知识应用过程中所获得新的政务知识的系统学习不应仅是对新知识的简单存储，不能搞"拿来主义"。无论新的政务知识应用案例还是新应用产生的新政务知识都要先进行价值鉴别，然后视鉴别结果决定存储抑或抛弃。类似于经济学中依据市场资源的稀缺性来衡量资源价值，我们以知识的稀缺性作为其价值量度指标，即衡量新政务知识与电子政务系统知识库中已有知识间的相似度，相似度越小表明新知识越稀缺、越有价值。

电子政务系统学习算法如图 8-9 所示。将通过政务知识应用过程获得新的知识应用案例记为 C_{new}、新的政务知识记为 K_{new}，计算其与系统知识应用案例库所有案例间或对应知识库所有同类知识对象间的相似度 $Sim(C_{new}, C_i)$ 或 $Sim(K_{new}, K_i)$，其中 $i \in [1, n]$，n 为案例库或对应知识库中的案例或知识对象数目。取所有相似度结果中的最大者，为增强应用的灵活性，将该最大值乘以一个调整因子 α（也称为用户偏好因子，默认值为 1）。如此可得 $Sim_{max} = \alpha max(Sim(C_{new}, C_i))$ 或者 $Sim_{max} = \alpha max(Sim(K_{new}, K_i))$。调整因子 α 体现系统维

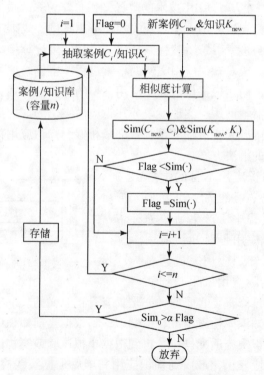

图 8-9　电子政务系统学习算法流程

护人员的主体意愿及业务经验，即系统维护人员可通过设定 α 的值来强制案例的保留与放弃，从而降低系统的数理刚性。当 Sim_{max} 小于某一事先给定的阈值 Sim_0 时，系统存储该次知识应用过程中所获得的新知识应用案例或新的政务知识，否则放弃之。存储与舍弃的判定阈值应视系统的知识应用案例库与相应知识库的规模作动态调整，且要满足如下条件：$0 < Sim_0 < 1$。

需要指出的是，知识相似度计算是基于知识视图层面的，而知识视图的维数会随知识主体的关注点的不同而有差异，所以电子政务系统学习阶段的相似度计算应以知识对象间最大维度视图相似度为准。该阶段的知识价值分析过程耗费计算时间，但其是在具体知识应用完成后进行的，因此不会影响系统解决问题的效率。另外，为节约计算时间，在系统初期对于政务知识应用所获得的新知识，如果其适配、修正和再修正的"动作"幅度较大且被实际应用证明为有效，可以考虑不经知识价值计算过程而直接实施存储操作。

8.5　政务知识应用辅助子系统模型

综合前述讨论，现给出政务知识应用辅助子系统模型，如图 8-10 所示。

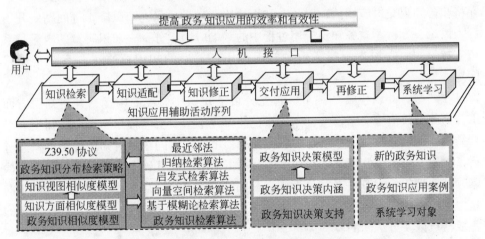

图 8-10　政务知识应用辅助子系统模型

政务知识应用辅助子系统旨在为政务知识应用过程提供迅捷、完备、智能化的辅助支持，从而提高政务知识应用的效率和有效性。该模型采用目标驱动机制，即系统在"提高政务知识应用的效率和有效性"这一目标功能的导引下，建立并逐步调整系统模块及其结构关系，最终达成"目标功能指引系统结构、系统结构支撑目标功能"的良性样态。

为了实现对知识用户的辅助支持、切实提升政务知识应用效益，模型在政务知识交付用户应用前，设置了知识检索、知识适配和知识修正三个应用辅助活动；决策离不开知识，知识决策是知识应用的重要组分和更高形式，故将知识决策纳入知识高端应用范畴；在知识交付用户应用后，设置了知识再修正和系统学习两个辅助活动，从而形成较之于现有知识管理模型更完备的政务知识应用子系统。

政务知识应用辅助子系统具有"社会－技术"双重属性。人在系统中居于主导地位，通过人－机接口与系统的各个组分展开频繁的交互活动。模型坚持"集成化"与"智能化"的建模原则，将系统中各组分按其逻辑关系进行集成，并充分借鉴人工智能领域的技术与策略完成了相关技术系统功能模块设计。

本 章 小 结

政务知识只有经过应用过程才能实现其价值，才能实现知识的创新与增值过程。然而，传统基于知识的系统对知识应用环节的支持是有限的，其仅对知识用户提供简单的知识检索支持。在知识应用情况日益复杂、环境变化日益剧烈的背景下，必须对用户的政务知识应用过程提供力所能及的辅助支持，提高政务知识与应用环境间的匹配程度，从而切实提升知识应用的效率和有效性。为此，本章在将政务知识交付应用前，对政务知识检索、知识适配、知识修正等问题展开了深入讨论，分析了政务知识应用过程中的高端应用组分——知识决策的内涵与系统支持问题，并深入阐释了政务知识应用环节后的知识再修正与系统自学习问题。

在"政务知识检索"一节，首先分析了知识相似度的内涵，并将知识方面细分为简单数值型、字符型、布尔型、简单枚举型、次序枚举型、分类树型和平行结构体型，分别讨论了政务知识方面相似度的计算问题；对知识视图的概念进行了分析，给出了知识视图相似度的计算方法。在此基础上，本节介绍了知识检索领域典型的检索算法（如最近邻法、归纳检索算法、启发式检索算法、基于向量空间模型的检索算法、模糊检索算法以及分布式检索等），分析了各种方法的主要特点以及方法间的互补关系。

在"政务知识适配与修正"一节，阐释了政务知识适配与修正的内涵与意义，归纳了政务知识适配的主要策略，即以"知识应用"为导向、以"知识特征"为标识、以"知识用户"为中心；与此同时，还介绍了知识适配中的主流适配技术，即转换型适配与诱导型适配。在此基础上，整合基于案例推理与基于规则推理的理念与技术，给出了政务知识适配子系统模型，并对其中的主要功能模块及其间关系进行了阐释。此外，本节还阐释了政务知识修正的内涵与意义，指出政务知识修正主要包括应用效果验证和知识修改与完善两个子过程。在知识应用效果验证阶段，其可能的实现途径包括虚拟现实/计算机仿真以及实物试验两大类，并对其中的简要原理及其特点进行了说明。知识修改与完善是针对实物试验、虚拟现实或计算机仿真的验证结果，在应用前对知识实施的最后调整。本节简要介绍了政务知识修正与完善的实现原则与思路。

在"政务知识决策"一节，首先基于知识在决策过程的重要地位，深入分析了"知识决策"的丰富内涵；尔后，简要介绍了决策支持系统的系统结构演进历程；在"以知识为中心"的设计理念的指导下，设计并分析了政务知识决策系统参考模型。

在"电子政务系统自组织"一节，对传统知识管理领域的"干中学"思想的内涵与意义进行了分析。政务管理组织应在"管理"和"技术"两个维度上采用有效措施，使组织成员在工作过程中持续学习新知识、培养新技能，在学习过程中不断增强工作技能，从而形成"干学相长"的良性局面。对技术层面的系统自学习机制的构建问题，本节指出系统自学习包括两方面：新的知识应用案例以及新的政务知识；在此基础上，设计并分析了政务知识自学习系统模型以及电子政务系统学习的算法流程。

最后，本章通过"政务知识应用辅助子系统模型"一节对前述内容进行归纳与总结，给出了政务知识应用辅助子系统模型框架，分析了模型特征，并对其中的主要功能模块进行了简要阐释。

本章思考题

1. 传统知识管理研究对知识应用过程的支持是有限的，为什么这么讲？如何增强系统对政务知识应用过程的辅助力度？

2. 如何理解政务知识检索与传统信息检索之间的联系与区别？

3. 何为"知识相似度"？按描述知识相似的级别层次差异，知识相似度又可进一步分为哪些类型？各自的含义怎样？

4. 一般而言，政务知识方面包括哪些类型？对应的方面相似度如何计算？

5. 请举出简单枚举型与次序枚举型知识方面的例子，并简要说明彼此间的联系与区别。

6. 分类树型知识方面与平行结构体型知识方面各自具有怎样的特征？它们彼此间的区别和联系怎样？

7. 什么是"知识视图"？政务知识视图相似度的计算如何实现？

8. 在政务知识检索算法中，最近邻法的基本思路怎样？该方法具有怎样的优点和不足？

9. 启发式检索算法与归纳检索算法在什么情况下可作为最近邻法的有效补

充？它们各自的算法思想如何？

10. 向量空间检索算法与最近邻检索算法之间的联系与区别何在？

11. 对于字符型方面的模糊检索可通过对字型和字音两个相似度的测度实现，如何操作？

12. 模糊检索算法与分布式检索模型对政务知识检索的特殊意义何在？在实际的政务知识检索活动中，该如何选择合适的知识检索算法？

13. 何为"知识适配"？为什么要对检索出的政务知识实施知识适配？其实现思路怎样？

14. 政务知识适配可采取哪些策略？对于这些实施策略，你如何理解？

15. 政务知识适配子系统模型包括哪些功能模块？其间的结构关系怎样？RBR 系统在模型中具有怎样的地位？

16. 何为"知识修正"？对系统检索出的政务知识实施知识修正的意义何在？其实现思路如何？有哪些技术可供借鉴？

17. 请用你自己的语言言简意赅地阐释"知识决策"的内涵。

18. 什么是决策支持系统？政务知识决策系统参考模型包括哪些模块？相对于传统决策支持系统模型，该模型的主要特征是什么？各模块的功能及其间的结构关系怎样？

19. 传统知识管理领域中的"干中学"思想的主旨是什么？在电子政务知识管理中，"干中学"思想的意义何在？

20. 在政务知识应用过程中，电子政务系统应具有良好的自组织特性。请问，在电子政务系统自组织过程中，系统自学习的对象包括哪些方面？

21. 在政务知识自学习系统模型中，各模块的功能如何？彼此间的关系怎样？

22. 对于在政务知识应用过程中产生的两类新知识，系统该如何控制其学习行为？

23. 请简要说明政务知识应用辅助子系统模型的功能与结构。

第九章　电子政务知识管理绩效测度

电子政务知识管理的实施是一项投入巨大、结构复杂、体系庞大的系统工程，对其实施绩效的准确测度是其实施主体评估投资收益的需要，也是对其分期实施过程实现阶段评价、实时反馈以及动态调整与改进的要求，同时还是相关理论工作者深化认识、完善学科体系的有效途径。为此，本章将对电子政务知识管理绩效测度的内涵、原则、步骤、指标体系、测度方法、结果反馈等问题展开分析与讨论，从而使全书内容构建起相对完备的电子政务知识管理的研究框架。

9.1　电子政务知识管理绩效概述

9.1.1　从"政府绩效"到"电子政务知识管理绩效"

电子政务知识管理作为电子政务发展的新思路、新方向，其实施绩效是对电子政务绩效体系的发展与完善。电子政务发展至今，无论在理论界还是在应用领域均取得了巨大成绩。对电子政务的实施绩效进行准确测度与深入分析，是深化认识、丰富其理论体系以及改善实施过程、提升实施效益的必要组分。电子政务绩效是在继承与发展过程中逐渐被确立下来的，它是对传统政府绩效评估的发展与补充。

在政府绩效测度与管理方面，1979 年，当时的英国首相撒切尔（Margaret Hilda Thatcher）夫人任命企业家出身的雷纳（Derek Rayner）爵士为效率顾问，设立效率工作组，对政府各部门的运作效率展开深入调研与评价，并基于评价结果制订有效提升政务管理效率和有效性的措施与方案。此即著名的雷纳评审（Rayner Scrutiny Programme）。雷纳评审持续了数年，对英国乃至全球的政府绩效测度与行政改革都产生了重大影响，并具有重要地位。到 20 世纪 90 年代，政府绩效测度被以法制化、制度化的方式确定下来。1993 年，美国克林顿（William Jefferson Clinton）政府颁布了《政府绩效与结果法案》（Government Performance and Results Act，GPRA），将政府绩效测度纳入法制化范畴；同时，由当时的副总统戈尔（Al Gore）主持的系列报告《国家绩效评论》（National Performance Review，NPR）也为美国政府改革与绩效测度提供了纲领性、规范性指导。此后，美国政府又相继制定并实施了一系列有关政府绩效测度的法案，建立了完善的政府绩效测度制度。在英美领先实践的带动下，加拿大、德国、法国、荷兰、澳大利亚、新西兰以及我国的香港和台湾地区都进行了广泛而深入的政府绩效测度与管理实践，并取得了巨大效益。

20 世纪 90 年代末，当发达国家逐渐完成由传统政务到电子政务的演进过程时，电子政务绩效测度作为政府绩效评价中的重要组成部分，受到了广泛重视，在理论研究与应用实践方面都有了长足的发展。

2002 年，美国管理与预算办公室（Office of Management and Budge，OMB）公布了电子政务联邦事业架构（federal enterprise architecture，FEA）。该架构基于政府信息化与电子政务的发展规律，规划了全新的联邦政府政务管理体系。2007 年 10 月，美国政府发布了改进后的 FEA 参考模型 2.3 版——CRM（consolidated reference model），同年 11 月发布了《FEA 实践指南》。目前，FEA 吸收了EA（enterprise architecture）和 SOA（service oriented architecture）理念，以业务驱动为特征，以公共服务为导向，结构清晰、指导性好、可操作性强。作为综合电子政务系统的绩效改进框架，它使电子政务项目管理重点由资金配给等方面转向基于绩效管理的业务规范与标准化。FEA 的发布与不断改进，对美国乃至全球的电子政务发展产生了重要影响，并成为许多国家电子政务发展的参考框架。

FEA 由 5 个参考模型组成：绩效参考模型（performance reference model，PRM）、业务参考模型（business reference model，BRM）、服务参考模型（service component reference model，SRM）、技术参考模型（technical reference model，TRM）以及数据参考模型（data reference model，DRM）。其中，PRM 提供了一套完备的电子政务绩效测度框架。该模型涵盖三个部分（输入、输出与结果）、四个层次（评价域、评价类、评价组与评价指标），表 9-1 列出了 PRM 评价域的详细情况。通过 PRM，使得政务管理主体不仅可以及时有效地评估电子政务实施绩效，还能够基于现实与理想之间的差距，从战略高度分析并得出有效的绩效改进措施与方案。

表 9-1　FEA-PRM 评价域及其评价方面

评价域	评价方面
用户结果评价域	用户效益、服务响应的及时性、服务的可获得性、服务覆盖面以及服务质量
过程与活动评价域	财政投入、成果、周期和及时性、过程域活动质量、安全和隐私、管理和创新
技术评价域	技术成本、质量保证、技术效率、信息和数据、可靠性和可用性、技术应用效果

加拿大政府的电子政务实施水平在全球也处于领先地位，这与其重视并成功开展电子政务绩效测度是分不开的。为进一步提升公众满意度与政务管理水平，

2002 年，加拿大政府联合埃森哲咨询公司，制定了涵盖服务获得的便利性、服务的可信程度、服务的成熟度、服务的安全性、用户接受度、用户满意度、个人隐私保护、投资收益与回报以及政务管理创新等 11 个大类的电子政务绩效测度指标体系。欧盟为配合其"电子欧洲"（E-Europe）计划的有序实施，也制定了比较完备的电子政务绩效测度指标体系。

联合国自 2002 年开始推出电子政务绩效测度报告。它通过比较分析各国政府网站内容、在线服务水平、信息化基础设施以及相关人力资源状况，以"电子政务准备指数"（E-government readiness Index）的方式对各国电子政务实施绩效做出评价。2003 年以后，又增加了"电子参与指数"（E-participation index），通过 21 个指标大类对电子政务向公众提供参与工具/渠道的质量、相关性、有效性及自发性等方面进行评价。

一些研究机构也对电子政务绩效测度展开了广泛而深入的理论研究与实践分析。例如，埃森哲咨询公司通过涵盖服务宽度、服务深度、以公众为中心的交互服务、跨越政府部门的交互服务、服务传递的多渠道性以及提前通知或教育等内容的"总体成熟度"概念描述，分析电子政务的实施绩效。美国布朗大学（Brown University）自 2001 年起，通过在线信息、在线服务、隐私保护与信息安全、使用者费用开销、接入渠道以及沟通工具等方面的几十个指标，持续对各国主要政府网站进行数据采集并测度其电子政务绩效，在业内形成了较大影响。著名市场研究公司 TNS（Taylor Nelson Sofres）自 2001 年起，对全球主要国家政府的在线服务开展绩效测度工作。TNS 的电子政务绩效测度在指标选择方面主要涉及政府在线服务所涉及的各方实体（如提供者、搜寻者、下载者、使用者、咨询者、交易者等）比重以及隐私保护与信息安全等方面。著名的提供 IT 行业研究与分析服务的高德纳（Gartner）咨询公司也在电子政务绩效测度方面做了许多工作，其主要通过与电子政务项目有效性相关的三方面指标（公众服务水平、政务运作效益以及回报与收益）实现电子政务绩效测度。此外，IBM 公司也对电子政务绩效测度进行了理论探讨与实践分析。2004 年 3 月，IBM 公司的政府事务中心（IBM Center for the Business of Government）主任斯托瓦斯（Genie N. L. Stowers）发布了《电子政务绩效测度》（Measuring the Performance of E-Government）研究报告。该报告主张在输入、输出与结果三个方面对电子政务实施绩效实施综合测度；同时，报告指出电子政务具有社会－技术双重属性，其过程实施与绩效测度既要坚持技术导向也要坚持服务导向，而后者更具现实指导意义。

在国内，自 2003 年起公开发表的有关电子政务绩效测度的学术论文开始渐渐多起来，至今在理论体系方面已经讨论得比较全面和深入了。在应用实践方面，作为电子政务实施主体的政府机构以及作为第三方评价机构的科研院所、咨询公司等，均对国内电子政务实施绩效进行了测度实践。

在政府机构主导下的电子政务绩效测度方面，比较典型的例子有北京市、青岛市以及吉林省的电子政务绩效评价。北京市自 2000 年起开始了对政务网站的效果评价活动，逐渐建立起由市信息化工作办公室、第三方咨询研究机构以及责任专家三方合作的联动测度机制，构建了较为完善的电子政务绩效测度体系。青岛市的电子政务在国内起步比较早，该市组建了由市审计局、发改委、财政局及专家学者组成的联合评价小组，负责电子政务绩效测度工作，其测度工作主要关注政府网站建设、基础设施建设以及应用系统建设三个评价域，详细的评价方面如表 9-2 所示。此外，吉林省自 2003 年起，在省政府办公厅的直接领导与组织下，历经几年的发展与完善，也逐渐建立起针对政府门户网站以及各部门网站的比较系统的绩效测度机制。2007 年 11 月，广州市信息化办公室发布了《广州市电子政务绩效评估管理办法》，将电子政务绩效测度的主要内容界定为应用绩效、资源整合绩效、管理与安全绩效等方面，采取政府部门内部自评与工作组外部评价相结合的测度方法，全面测度电子政务的整体绩效。

表 9-2 青岛市电子政务绩效评价域及其评价方面

评价域	评价方面
政府网站建设域	政务信息的公开度与时效性、网上行政许可事项的实现率、办事流程与办事结果透明度，网站设计合理性、网站使用的方便性以及功能完整性等
基础设施建设域	与网络结构设计要求的符合程度、设施的使用率及其性价比等
应用系统建设域	系统应用导致的行政监管和公众服务能力的增强情况、人力成本与时间投入的节约情况以及其他社会效益等

此外，由第三方评价机构发起的电子政务绩效测度活动在国内也持续兴起。例如，中国软件评测中心从政府信息公开、在线办事、公众参与和网站设计四个方面进行电子政务绩效评估。作为国内信息与通讯技术（information and communications technology，ICT）产业权威的市场研究和咨询机构，北京时代计世资讯有限公司（CCW Research）自 2002 年起对国家各部委、地方政府的门户网站开展绩效评估工作，建立了三级树形指标体系（表 9-3），引起了业内普遍重视。此外，广州时代财富科技公司与赛迪顾问股份有限公司在对国内电子政务绩效评价工作方面也积累了丰富的经验。前者建立了涵盖政府机关的基本信息、政府网站的信息内容和用户服务项目、网上政务的主要功能以及电子政务的推广应用四方面数十项评价指标，通过对互联网用户的在线调查以及对政府机构信息部门的深度访谈形式获取数据，完成对国内电子政务绩效评价工作；后者则受国家标准化管理委员会的委托，在对国内电子政务建设绩效评估指标研究方面做了大量

工作。

表 9-3　北京时代计世资讯的电子政务绩效测度指标体系

一级指标	二级指标	三级指标		
网站内容服务	政务公开	政府公报 政策法规	办事规程 政务新闻	网站背景 机构设置与职责
	特色内容			
网站功能服务	网上办公	导航服务 相关机构链接	办事指南 网上咨询	网上查询
	网上监督			
	公众反馈	政府信箱	网上调查	交流论坛
	特色功能			
网站建设质量	网络特性	连接/浏览速度	站点可用性	网络安全
	设计特性	美观性	专业性	通用性　易用性
	信息特性	时效性	全面性	多媒体　条理性

随着知识经济时代的来临，知识逐渐上升为社会生产的核心要素以及价值创造的核心来源。无论是组织、团队还是个人，无论是事业单位还是企业组织，无论是理论研究者还是实践操作人员，都对"知识"这一要素的核心地位给予了足够重视，并以其为中心谋划个人、团队或组织的发展。

进入 21 世纪，随着各国电子政务理论研究与实践应用的进一步深入，越来越多的人开始认识到，在电子政务中处于核心地位的应是"政务"而非"电子"。"电子"是路，"政务"则是路上的车、车上的货。"内容"维度下的"政务"，其实质就是对政务知识的全生命周期操作（知识链结点活动）。因此，有效的电子政务实施应在充分借鉴、吸收和应用信息技术领域的优秀成果的基础上，充分审视和分析崭新政务管理平台为传统政务内容的调整与变革提供的广阔空间与可能机遇。在企业知识管理应用带来巨大效益的刺激与启发下，在进一步提升政务管理绩效的拉动下，将知识管理理念与技术融入电子政务、开展电子政务知识管理已经为越来越多的人所重视。近年来，讨论电子政务与知识管理之间的关系、研究电子政务知识管理实施的策略、原则、方法与架构的学术论文，呈现逐年增长态势。

电子政务知识管理绩效测度活动是电子政务知识管理项目实施的必要组成部分，其测度原则、策略与方法也是电子政务知识管理理论体系的必要组分。作为电子政务发展的新动向，电子政务知识管理尚处在理论探讨阶段，还没有发现结构完备、应用成熟的电子政务知识管理实践系统。在现有公开发表的学术论文中，鲜有对电子政务知识管理绩效测度的研究与讨论。不过，可以预见，随着电子政务知识管理理论体系的逐渐完善，对电子政务知识管理绩效的测度研究将逐渐兴起并逐步深入；随着电子政务知识管理被逐步从理念导入实践，电子政务知识管理绩效测度的应用实践亦将广泛展开。

9.1.2 企业知识管理绩效测度的经验与启示

自 20 世纪 80 年代中期以来，企业知识管理无论在理论研究还是在应用实践方面，均取得了丰硕的成果。对企业知识管理绩效的测度研究在取得一定成果的同时，也暴露出一些问题。这些均为电子政务知识管理绩效测度研究提供了良好的借鉴与启示。

20 世纪晚期，尽管知识管理在英国石油公司（the British Petroleum Company，BP）、Buckman 实验室以及 Microsoft 等越来越多的国外企业成功付诸实施，但有学者注意到仍有不少企业的知识管理项目最终未能达到预期效果。知识管理实施作为复杂系统工程，导致其实施失败的原因是多方面的。其中一个主要原因在于：企业在其知识管理实施进程中缺乏动态、准确的绩效测度以及相应的知识反馈与循环改进机制。如此，企业知识管理绩效测度问题已逐渐发展成为知识管理研究的热点。

早期的企业知识管理绩效测度主要通过财务指标实现，通过知识管理给企业带来的货币价值增量测度其知识管理实施绩效。随着研究的逐渐深入，人们认识到在知识管理的实施过程中还会涉及许多无形的、难以货币化的知识资产（knowledge assets）或智力资本（intellectual capital）。如此，显然需要对原有知识管理绩效策略与方法进行完善与补充。知识管理专家达文波特（Thomas H. Davenport）、安妮·布鲁金（Annie Brooking）、维娜·艾莉（Verna Allee）、国内的蒋国瑞、冯超、李顺才、周智皎等以及一些成功实施知识管理的企业（如 Buckman 实验室、Skandian 公司）则通过知识管理实施给企业带来的知识存量变化测度其知识管理绩效。

在指标体系构建方面，基于不同研究视角与研究重点，国内外理论界与实践界提出了诸多企业知识管理绩效测度的指标体系。其中以 MAKE 评比活动和 KMAT 模型为代表。在美国 Teleos 公司和知识网（know network，网址为：http://www.knowledgebusiness.com）合作开展的 MAKE（most admired knowledge enterprises）评比活动中，以涉及不同层面和内容的定性化的八方面指标体系实现对企业知识管理实施的绩效评估。安达信公司（Arther Andersenn）设计的 KMAT（knowledge management assessment tool）模型建立了基于"领导、文化、评估、技巧和学习行为"的定性指标体系。

在企业知识管理绩效评估方法方面，早期主要以定性测度为主，如德尔菲法（Delphi）、关键成功因素法（CSF）、关键绩效指标法（KPI）以及目标管理测度法（MBO）等。韩国的 Mu-Yen Chen 与 An-Pin Chen 分析了从 1995 年至 2004 年十年间全球公开发表的 76 篇有关知识管理绩效测度的学术论文，发现定量测度越来越被重视，公开发表的有关知识管理绩效定量测度的研究成果日益增多。他们指出，定量测度模型与方法在企业知识管理绩效测度方面具有基础性地位。国内有关知识管理绩效定量测度的研究也迅速跟进。例如，李长玲、付二晴、侯金超、韩奉锦等提出了模糊综合评价方法；王军霞、官建成提出了复合 DEA 方法；朱小敏在樊治平等工作成果的基础上，提出了基于 LWD 算子和 LOWA 算子的测度方法；吴应良、吴昊苏基于主成分分析法测度知识管理绩效。上述方法都是着眼于企业本身、朝内的评估方法。也有一些学者跳出知识管理实施企业范畴，从其外部审视知识管理绩效，如标杆评估法（benchmarking）。

上述研究成果丰富了知识管理的理论体系，为知识管理绩效测度奠定了坚实的理论基础。不过，正如维娜·艾莉所指出的，知识亦具有"波粒二相性"，作为实体和作为过程的知识是不可分的。知识管理绩效测度不仅要关注项目末期的结果型变量（如知识存量、货币价值），更应深入到知识管理的实施过程，实施动态绩效评估，以满足企业对知识管理实施进程进行及时评估、有效控制与循环改进的迫切需求。

随着研究的深入，基于项目过程的知识管理绩效测度研究日益兴起。一些学者发展了传统项目绩效评估领域的诸多方法（如平衡记分卡 BSC 以及 MIS 绩效评估方法）用于企业知识管理绩效评估。美国生产力与质量中心（American Productivity & Quality Center，APQC）提出了五阶段"钟形曲线"模式的知识管理项目绩效分步测度法；威斯康星大学柯克帕特里克（Donald L. Kirkpatrick）教授将传统培训项目绩效测度方法应用于知识管理绩效测度；卡斯维（Jyrki J. J. Kasvi）和瓦替艾林（Marti Vartiainen）等提出了组织学习进程模型约束下的知识管理项目绩效测度方法。在国内，颜光华按近、中、远三期目标分阶段完成知识管理绩效过程测度；秦剑和龚海涛将知识管理项目分为知识共享、竞争优势和价值创造三个阶段，实现对知识管理绩效的阶段测度。

9.1.3 电子政务知识管理绩效测度的完备架构

通俗地讲，电子政务知识管理绩效指将知识管理的理念与技术引入电子政务领域，有效开展政务知识管理而导致的电子政务系统的整体效益增量。这种效益增量既包括经济效益的增长，也包括社会效益的提升；既包括政府部门内部政务管理能力的增强、组织运作效率和有效性的提升，也包括政府部门对外（社会公众）服务水平的改善，还包括社会公众对政务管理工作的认可、接受与参与程度的提高。

政府在社会经济发展中扮演重要角色。电子政务知识管理在经济效益方面既包括政府部门政务管理成本的降低，也包括提高政务管理效率和有效性而带来的"产出"增加。例如，实施"金税"工程带来国家税收增长，提升政务管理水平、改善区域投资环境加速区域经济发展。电子政务知识管理不同于企业知识管理。它不仅要关注经济效益，还要关注社会效益，甚至要将社会效益置于经济效益之上。政府部门作为既定区域内社会资源的最高调度者，其电子政务知识管理的实施不仅要关注政府部门内部的政务管理成本降低与能力提升，还要基于政务管理大系统视野，思考和评价其对政务管理系统内另一重要实体——社会公众（包括企事业单位与自然人）的综合效益。

电子政务知识管理绩效表面上是对一定时期内电子政务知识管理实施效益的量度，其内在本质则是电子政务知识管理系统结构性能的直接表征。电子政务知识管理是理念和技术相融合的产物，电子政务知识管理系统是具有"社会－技术"双重属性的复杂系统。如此，电子政务绩效不仅要反映电子政务知识管理的实施效益，还要反映电子政务知识管理系统的软环境组成与特性、硬件平台结构与性能以及政务知识的应用效能与创新水平。

电子政务知识管理绩效既包括"结果"效益，也包括"过程"绩效。源于电子政务知识管理系统的复杂性，电子政务知识管理的实施必将是一个长期而复杂的过程。在项目实施末期，对电子政务知识管理实施整体的、全局的绩效测度，有利于对电子政务知识管理项目作出客观、科学的评价，也有利于对电子政务知识管理系统效能的准确认知与把握。这是"结果"绩效的意义所在。然而，这种"事后"绩效不能作用于已完成的过程，无助于过程反馈与改进。"过程"绩效则是对上述缺憾的有益补充。

类似企业知识管理绩效，一般而言，电子政务知识管理"过程"绩效通过细分电子政务知识管理项目的实施过程，按次序、分阶段测度电子政务知识管理绩效；每一阶段绩效既包含对测评阶段实施效益的评价与总结信息，也包括对其前驱阶段的反馈信息，还蕴涵对其后继阶段的指导信息。这种针对电子政务知识管理项目过程展开的阶段绩效测度研究，有效增强了电子政务实施主体对其知识管理实施过程的动态评估与调控能力，进一步丰富了电子政务绩效测度的理论体系。不过，其研究视点仍需进一步转变，即由电子政务知识管理项目实施过程进一步深入到具体的政务知识处理与价值实现过程（知识链），直接触及政务知识管理的作用机理层面，从而建立基于知识链的涵盖动态绩效测度与循环改进的完备测度机制，以进一步提升电子政务知识管理的实施效益。

借鉴企业知识管理绩效测度的经验与启示，我们认为，测度电子政务知识管理绩效的最佳途径是：从关注"结果"向关注"过程"转进，从以"知识/价值"为中心向以"知识链"为中心转变，深入研究知识链各结点子系统的实现机理，在此基础上探讨电子政务知识管理在完备知识链上的整合绩效的测度问题。电子政务知识管理的实施绩效通过过程得以实现，知识链则表征这一过程的具体实现细节。电子政务知识管理绩效测度就其实施目的而言，不仅在于"衡量性"，更在于"行为导向性"以及"反馈改进性"；亦即在电子政务知识管理实施的进程中，准确把握知识管理实施的动态绩效，并对测度结果进行分析与反馈，以达到动态改进电子政务知识管理实施进程、持续提升电子政务知识管理实施整体效益的目的。如此，该测度问题需要从"结果"绩效层面进一步深入到结果的实现机理与过程细节层次，探究电子政务知识管理实施在更深层次、更细环节上的实际表现及其成因。这样更具有针对性和现实指导意义。

图 9-1 描述了电子政务知识管理绩效测度的完备架构。其主要特点如下所述。

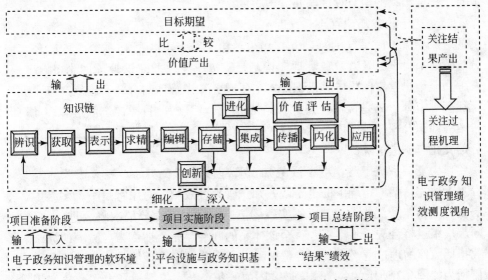

图 9-1 电子政务知识管理绩效测度的完备架构

（1）从关注"结果"绩效的静态衡量型测度进一步深入到关注"过程"绩效的面向反馈与改进的动态衡量型测度，实现"动静结合，以及衡量、反馈与改进并举"的电子政务知识管理绩效的综合性测度。

（2）对目标期望与价值产出的比较分析既在项目总结阶段实施，也在项目实施的过程（知识链结点活动）进行。比较分析的内容既包括经济效益，也包括社会效益。

（3）"过程"绩效测度依两个层次展开，较粗线条的项目实施阶段绩效测度是其第一个层次，涵盖项目准备阶段、实施阶段与总结阶段的绩效评价。其中，在项目准备阶段，主要评估政务管理组织内与政务知识管理相匹配的软环境（如管理理念、管理制度、组织文化、人力资源、业务流程、激励机制等）营建与培育程度；在项目实施阶段，主要关注电子政务知识管理基础设施与系统平台（如相应办公设施、网络硬件平台与相应软件系统、政务知识管理系统、与政务知识管理系统相关的配套系统等）的配置情况、政务知识资源的整理与组织效果；在项目总结阶段，关注的是"结果"效益，从而将"结果"绩效测度与"过程"绩效测度衔接起来。

（4）"过程"绩效测度的第二个层次将电子政务知识管理的具体实施过程再次细分，进一步深入到知识链结点活动及其间结构关系，触及政务知识价值实现与增值机理，分析电子政务知识管理在政务知识处理的原子活动级上的活动实绩与目标样态间的差异及其成因，并通过知识链结点间关系及其相互作用机理，达成基于测度结果的信息反馈与指导改进的效果。

（5）电子政务知识管理系统是一个复杂巨系统，电子政务知识管理绩效测度的对象涵盖了该系统的基础支撑组分。电子政务知识管理系统中的软环境组分、营建平台设施及其政务管理知识基是支撑电子政务知识管理理念得以生根、发芽乃至结出累累硕果的基础保障；电子政务知识管理的有效实施反过来也会对上述基础组分形成完善与改进要求，促进和拉动其朝向目标样态演进。因此，电子政务知识管理绩效测度不能仅仅关注系统产出部分，还要重视上述系统内部组分的变化与演进情况。

作为复杂系统工程，电子政务知识管理涉及诸多实体、庞大资源与复杂过程。上述完备架构指导下的电子政务知识管理绩效测度对象将是一个多维度、多层次的复杂体系，并且随着应用实践的不断深入，其细分层次将会进一步增加、同层次结点将会进一步丰富，直至该体系的叶结点完全细化为可测度的原子级绩效指标。作为理论意义上的指导框架，电子政务知识管理绩效测度的对象体系可概括为如图 9-2 所示的各个测度域。图中的各个结点仅描述了电子政务知识管理绩效测度的维度视角、测度领域或方面。在该框架的指导下，对其各个叶结点进一步细分（细分层次依应用实践的深度与要求而定），即可得到电子政务知识管理绩效测度的完备指标体系。

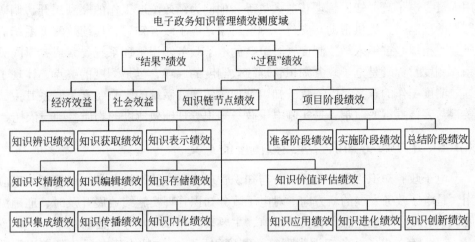

图 9-2　电子政务知识管理绩效测度域

9.1.4　电子政务知识管理绩效测度系统要素与结构

电子政务知识管理绩效测度系统的要素与结构如图 9-3 所示。该系统由三大类要素构成，即测度主体要素、测度客体要素、测度媒介要素。其中，实施主体、咨询主体和参与主体共同构成了电子政务知识管理绩效测度系统的主体要素；测度对象与测度目标构成了电子政务知识管理绩效测度系统的客体对象；测度方式、指标体系、测算方法以及相关基础设施等构成了该系统的媒介要素。

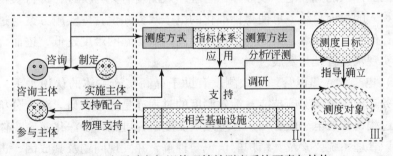

图 9-3　电子政务知识管理绩效测度系统要素与结构

实施主体是电子政务知识管理绩效测度的发起者、设计者、主导者和推动者，负责绩效测度工作的规划、设计、组织、协调与调整的全面工作。咨询主体一般由电子政务领域专家、知识管理专家、信息技术专家、项目管理专家、相关数理专家以及法律界人士构成，负责就绩效测度过程中出现的一些问题向实施主体提供理论、方法以及政策法规等方面的知识支持。参与主体泛指其他与电子政务知识管理绩效测度相关的人员，包括后勤支持人员、电子政务知识管理系统应用人员、电子政务知识管理获益人员等，他们为绩效测度工作的顺利展开、调研数据的准确采集提供帮助与支持。测度对象是电子政务知识管理绩效测度系统的子集，指那些被纳入绩效测度视野范畴的电子政务知识管理系统要素或要素间关系；测度目标既是电子政务知识管理绩效测度的起点，也是测度的终点，体现了绩效测度工作的意义。电子政务知识管理绩效测度系统的媒介要素是联系其主体要素与客体要素的纽带，是实施电子政务知识管理绩效测度的物质基础与依托。

9.1.5 电子政务知识管理绩效测度的意义

电子政务知识管理是电子政务与知识管理相融合的产物，是知识管理的新应用，是电子政务发展的新方向。对电子政务知识管理实施绩效展开及时、准确测度，具有重要的理论意义和实践价值，主要表现在以下几个方面。

（1）有关电子政务知识管理绩效测度的研究成果是构建电子政务知识管理理论体系的必要组分，亦有益于完善电子政务与知识管理学科体系。对于任何一个学科领域与方向来说，只有建立其有效的评价机制，其才可能称得上体系健全。对电子政务知识管理的研究不仅包括其管理理念、环境支撑、依托平台与技术、相应系统架构与工作机理，还要包括完备的绩效测度机制。与此同时，作为将知识管理先进理念与技术融入电子政务后的产物，电子政务知识管理绩效测度的相关研究成果也是对传统知识管理与电子政务理论体系的延伸与完善。

（2）电子政务知识管理绩效测度有利于电子政务知识管理实施过程的标准化。广泛而深入的开展电子政务知识管理绩效测度研究与实践，进行长期的经验累积与深入的教训总结，可使得标准化的电子政务知识管理实施方案与过程自然成型。任何事物的发展，其标准化程度越高则其实施的难度越低，进而降低实施费用、实现快速普及与发展。

（3）电子政务知识管理绩效测度有助于提高实施主体的认识水平，增强其电子政务知识管理的实施技能。绩效测度的过程亦是详细调研、深入分析、深化认识的过程，开展电子政务知识管理绩效测度研究可进一步深化实施主体对电子政务知识管理系统要素及其结构的认识与理解，并发现问题及其成因，进而提出有针对性的改进措施与方案，·使得相关主体的电子政务知识管理的实施技能在测度过程中得以提升。

（4）电子政务知识管理绩效测度有益于提升政府部门政务管理工作的效率和有效性，并提高电子政务的实施效益。前述完备架构指导下的电子政务知识管理绩效测度既可以对现有电子政务知识管理的实施效益进行评估，也可以通过"过程"绩效测度及时发现问题并准确归因，实现"向前反馈"与"向后指导"，以切实提升电子政务的实施效益，进一步增强政府部门的政务管理能力。

（5）电子政务知识管理绩效测度有助于建立良好的监督机制，有益于节约政务管理成本。通过绩效测度过程，测度主体通过广泛调研与深入分析，可以及时发现项目实施过程中的不科学、不适宜甚至违规、违法行为，形成间接监督机制，避免因出现上述行为而导致的政务成本损失。

（6）电子政务知识管理绩效测度有益于改善政府形象，提升政务管理部门的公信力。通过电子政务知识管理绩效测度过程，将"结果"绩效向社会公众公布，使其明了政府投入的必要性与科学性，有益于赢得社会公众对政府实施电子政务知识管理的理解与支撑。另外，通过完整的"过程"绩效测度过程，政务管理系统中存在的问题被逐一定位与解决，政府部门的政务管理能力得到切实提升，其对社会公众的服务水平得到切实提高，有益于提升政务管理部门的公信力。

（7）电子政务知识管理绩效测度有利于调动社会公众的积极性，提高其对电子政务的参与程度。在电子政务知识管理绩效测度过程中，一些测度指标的取值需要社会公众的直接参与、在与其互动的过程中完成。通过上述过程，一方面让社会公众感受到政务管理部门对其处境与感知的重视；另一方面也使社会公众进一步认识电子政务知识管理。显然，这将有利于增进社会公众对电子政务系统的认识与理解，调动其参与电子政务的积极性。

（8）电子政务知识管理绩效测度有利于增强同层次政务管理部间的竞争氛围，形成政府部门间的互勉、共进的良性局面。无论是国外还是国内，由第三方评估机构开展的电子政务绩效测度活动如火如荼。可以预期，在未来电子政务知识管理绩效测度领域，第三方测度仍是不可忽视的主体力量。第三方绩效测度的一个主要特征就是，将同一层次不同政务管理部门的同一领域绩效进行对比分析。这种对比分析无形中就在上述政府部门间建立了竞争格局，进而形成"先进者保优（势）、后进者争优（势）"的积极局面。

9.2　电子政务知识管理绩效测度策略、原则与步骤

如前所述，电子政务知识管理绩效测度内容复杂、体系庞大，必须采取正确的绩效测度策略，坚守基本原则，按科学有序的步骤展开，才能切实做好电子政务知识管理的绩效测度工作。

9.2.1　电子政务知识管理绩效测度策略

分析图 9-3 所示的电子政务知识管理绩效测度系统的要素与结构，可从中获得启发，从而制定有效的绩效测度策略。

就实施主体而言，电子政务知识管理绩效测度既可由电子政务的执行机构（政务管理组织）负责实施，也可由第三方评价机构组织完成。对于第一种情况，绩效测度的实施主体既可以是电子政务知识管理的实施主体，也可以是该部门的上级主管单位。不过，考虑到绩效测度的完备功能需求，亦即同时实现衡量、反馈与改进目标，电子政务知识管理绩效测度应该采取"电子政务知识管理项目实施部门直接主导、第三方咨询机构有效辅助以及参与主体紧密配合"的实施策略。毕竟，实施电子政务知识管理的政府部门对自身项目的运作细节比较了解，从而确保了前期调研工作的效率和有效性。此外，绩效测度的目的不仅在于衡量，还在于反馈与改进，后者须在应用需求的导引与辅助下才能有效实现。作为电子政务知识管理系统的直接应用者，政府部门对自身需求的把握要比第三方评价机构准确得多。此外，为确保绩效测度结果的有效性，全面深入的调研工作是必要的；由实施电子政务知识管理的政府部门自身负责绩效测度的组织实施工作，有益于政务知识安全。当然，如果弱化绩效测度功能，仅将其定位于"衡量"层面，同时亦要实现诸多项目间的绩效比较，此时由上级主管单位或第三方评价机构充当绩效测度的实施主体比较合适。

在咨询主体的选择与确定方面，电子政务知识管理的实施主体首先要在既定测度目标的基础上，分析并明确该次绩效测度可能涉及的问题领域与专才需求，结合自身的人力资源储备情况确定外聘咨询人员的学科领域、技能层次以及专家人数。尔后，在所能触及的尽可能广泛的地域范围内（绝不仅限于辖区范围）搜集满足条件的咨询主体信息，依据"优中选优、彼此匹配（候选专家与既定测度情境间的匹配性）"的原则，按1：3至1：5的确定候选比选择咨询主体进入"沟通"阶段。在"沟通"阶段，实施主体通过与各候选咨询主体间的一系列、多形式的沟通活动（如离线沟通、在线沟通、面对面沟通、情景模拟等），进一步深化对各候选咨询主体的认识与了解。在此基础上，按1：1至1：2的确定候选比选择咨询主体展开有关咨询事宜的谈判活动，并最终确定能够合作的咨询主体。需要指出地是，由咨询主体构成的"外脑"系统是确保电子政务知识管理绩效测度工作效率和有效性的基础力量，是相关业务领域的知识权威或技能权威，实施主体在绩效测度过程中要善于与其沟通、虚心请教。如此，既可确保绩效测度工作的有序实施，亦有利于自身业务技能的提升和人力资源的改善。

为争取参与主体的积极支持与配合，电子政务知识管理绩效测度应采取"一把手"策略，即由部门的最高首长作为绩效测度的总负责人。如此，既可确保用于测度工作的资源调配与投入，亦有利于争取后勤支持人员、电子政务知识管理系统应用人员、电子政务知识管理获益人员等的广泛支持与积极配合。除此之外，还要对参与主体开展广泛、深入的宣传教育活动，使其充分认识到绩效测度工作的重要性；同时，也要制定相应的惩戒措施，形成"可置信"威慑机制，作为负强化力量激励那些对绩效测度工作不愿给予支持与配合的参与主体。

在电子政务知识管理绩效测度系统中，作为客体因素，测度目标的确立异常重要。它直接影响甚至决定了后续测度工作的实效水平、测度对象、指标体系、测度方法以及测度周期等。一般而言，完备意义上的电子政务知识管理测度目标应涵盖以下组分：评估一定时期内（项目阶段或全项目周期）电子政务知识管理的实施效益、评价电子政务知识管理各子系统（知识链结点层次）的实效表现、分析并定位存在的问题以及提供信息反馈与改进方案等。然而，缘于上述目标体系的复杂性，不可能通过单次测度过程完全实现之。通常，项目目标的确立方式包括定向调研、市场招标与专家咨询等。为确保测度目标的实现水平，绩效测度的实施主体应在深入调研的基础上，会同咨询主体结合己方电子政务知识管理实施的实际情况，对上述目标体系展开深入分析，将其细分为层次清晰、时序合理的目标集，尔后依次制订相应的测度方案。例如，就纵向层次而言，对知识链结点层次上的政务知识管理绩效进行准确衡量处于相对较低的层次，而电子政务知识管理实施的总效益评价则处于相对较高的层次；就横向序列而言，在知识链结点层次上的绩效测度时序理应依知识链结点间的结构关系而定，这样有利于信息反馈与指导改进。对复杂目标体系的合理细化与分解，不仅降低了测度组织与实施的难度、提升了测度工作的效率和有效性，还有益于减少电子政务知识管理实施过程中的某些阻力。毕竟在相对漫长的电子政务知识管理实施过程中，人们需要不时地看到希望、体会到"甜头"。此外，它还有利于对电子政务知识管理实施过程的有效调控，做到对存在问题的"早发现、早解决"。

电子政务知识管理绩效测度的对象范畴比较广，既包括经济效益，也包括社会效益；既包括项目末期的总体绩效，也包括项目实施过程中的阶段绩效、知识链结点（子系统）绩效；既包括平台设施性能评价、政务知识基的演化状况，也包括政务管理组织内相应软环境组分在现实与理想间的匹配程度。能否准确选择和确定电子政务知识管理的测度对象，直接影响到绩效测度结果的科学性与应用价值。把本该评价的测度对象忽略掉，势必影响测度结果的合理性与准确性；将所有测度对象"一网打尽"，也会因毫无意义地耗费大量资源与精力，而影响到最终的绩效测度效益。为避免上述情况，可行的策略是在测度目标导引下选择和确定绩效测度对象。对应于绩效测度目标的细化与分解，绩效测度工作伴随电子政务知识管理实施的全进程动态展开，绩效测度目标的选择与确定工作则也处于动态变化的调整过程中。

电子政务知识管理绩效测度系统的媒介要素内涵比较丰富，涵盖测度方式、指标体系、测算方法以及相关基础设施等。该类要素是有效开展绩效测度的基础保障，直接影响到绩效测度工作的效率和有效性。就测度方式而言，一般包括自行测度、合作测度与外包测度三种。顾名思义，自行测度完全由电子政务知识管理实施主体（即政务管理部门）单方负责绩效测度工作的组织与实施；合作测度则首先选择并确定一家资质强、信誉好的第三方评价机构，尔后政务管理部门与其展开密切合作，共同承担绩效测度的组织与实施工作；在外包测度方式下，政务管理部门只是提出测度要求，具体的组织与实施工作则完全交由此前选择并确定好的第三方评价机构承担。前已述及，电子政务知识管理对知识安全的重视程度非常高，并且考虑到政务管理部门通过绩效测度过程深化认识、强化技能与培育人力资源的需要，完全外包的测度方式不宜采用。此外，鉴于电子政务知识管理绩效测度的高度复杂性，同时考虑到政务管理部门的核心业务在于相应的政务管理工作，不能因精力外耗而影响其主体工作，则完全的自行测度亦不可取。如此，就只剩下合作测度方式了。不过，实际运作中的合作测度方式仍需要灵活处理，不能仅选定一家第三方评价机构开展对等合作测度，而应在不同子领域选择不同的咨询主体（单位或自然人），施行政务管理部门主导下的合作测度方式。如此，不仅有益于政务知识安全，也有利于政务管理组织吸纳更多的"外脑灵光"。

此外，在绩效测度指标体系的制定方面，政务管理部门既要征求相关咨询主体的意见与建议，更要开展广泛而深入的调研与分析工作，在明确自身需求的基础上主导指标体系的构建工作。毕竟，指标体系的构建必须基于业务领域的特征与应用主体需求，而政务管理部门比咨询主体更了解政务管理领域、更清楚自己的需求。在测算方法选择或设计方面，政务管理部门显然对此并不擅长，也没有必要深谙此道。因此，可将这部分工作交给相关咨询主体完成，至于政务管理部门内的相关人员，只作简单了解即可。最后，有序的绩效测度工作离不开相关基础设施的支持，政务管理部门应为此设置专门预算，以确保绩效测度工作的有效展开；专门预算的设立并不会造成财务浪费，要知道这种绩效测度工作是要伴随电子政务知识管理全生命周期、动态往复进行的。

9.2.2 电子政务知识管理绩效测度原则

电子政务知识管理绩效测度系统是一个复杂系统。为确保绩效测度工作的有序开展、提高测度的效率和有效性，必须制定并遵守以下原则。

（1）"SMART"原则。这是设置电子政务知识管理绩效测度目标的基本原则。它由管理学大师德鲁克在阐释目标管理（management by objectives）中的目标设置时提出。"SMART"原则要求目标设置要明确而具体（specific）、目标是可测度的（measurable）、目标是可实现的（achievable）、目标是实实在在的

（realistic）、目标应具有明确的生命周期（time-based）。电子政务知识管理绩效测度的完备目标体系相对复杂，"SMART" 原则为测度总目标的整理与确定以及"过程" 绩效测度目标的细化与明确，提供了有益指导。需要指出的是，"SMART" 原则不仅用于指导绩效测度目标的设置，其中的一些组分对测度工作其他活动组分也有指导意义。例如，其中的"M"组分（可测度性）也是构建绩效测度指标体系时所必须遵守的原则，即绩效测度指标体系的叶结点必须是可测的、易测的，很难或根本无法获得指标值的叶结点毫无意义；其中的"A"组分（achievable）则对测算算法的选择或设计具有指导意义，无论算法思想多么完美、多么先进，如果其在当前测度环境下难以付诸实施、可操作性不强，也应予以果断舍弃。

（2）系统性原则。这是电子政务知识管理绩效测度系统规划与设计所必须坚持的基本原则。具有"社会－技术"双重属性的电子政务知识管理系统体系庞大、结构复杂，对电子政务知识管理的"结果"绩效与"过程"绩效实施准确测度，必须具有系统的眼光，全面考虑与电子政务知识管理绩效测度相关的诸多要素，综合分析要素间的复杂关系。只有如此，才能确保绩效测度结果能尽可能准确地反映电子政务知识管理的整体运作实效。

（3）客观性原则。电子政务知识管理绩效测度不仅要关注经济效益，也要重视社会效益；既要关注货币效益，也要关注非货币效益。非货币效益测度难以进行准确的数量测算，更多的时候是代之以主观定性评估。为避免主观臆测或个人感情因素导致绩效测度结果偏差，绩效测度主体必须自始至终致力于采取必要措施尽量弥补主观定性评估的缺点与不足，以提升测度结果的客观性。

（4）发展性原则。电子政务知识管理绩效测度贯穿于电子政务知识管理的全生命周期，是一个相对长期而往复的过程。然而，系统外部环境在永不停息地发展变化着，系统内部结构与功能也随之主动或被动地演进着。这就要求电子政务知识管理绩效测度工作必须坚持发展性原则，动态观察与分析测度环境与测度对象的变化特征与趋势，与时俱进地及时对测度目标、测度对象、方式与方法等作出调整，以确保电子政务知识管理绩效测度结果的信度和效度。

（5）沟通性原则。对测度对象展开广泛而深入的调研工作，获取第一手全面而准确的调研数据，是电子政务知识管理绩效测度的基础性工作，其直接决定了测度结果的有效性。调研工作开展的效率和有效性不仅取决于调研方案的合理性，还取决于调研人员与物理业务人员的沟通与交流状况。调研不是自上而下的单方面行为，它需要调研者与被调研人员之间的充分沟通、良好互动。只有充分发挥被调研人员参与的积极性，才能有效提升调研工作的效率，确保调研数据的科学性、准确性。除此之外，电子政务知识管理绩效测度工作还涉及多方主体，彼此间的沟通特性决定了相互间的协同性能，并进一步作用于绩效测度结果。如此，在电子政务知识管理绩效测度的过程中，其各方主体（实施主体、咨询主体与参与主体）必须坚持沟通性原则，以切实提升彼此间的整合特性。自然，作为绩效测度的实施主体，政务管理组织应在促进主体沟通方面表现出尽可能的高姿态，以提倡并推动彼此间的沟通行为。

（6）及时反馈原则。仅停留在"结果衡量"层面的绩效测度无甚意义。绩效测度的意义不仅在于对"过去"时期的评价与总结，还在于对"当前"时刻的分析与认知，更在于对"未来"时刻的指导与启示。将属于"过去"的绩效与"当前"乃至"未来"的绩效联系起来、发掘绩效测度的现实意义，其根本的工作就是要做好基于测度结果的及时反馈。通过分析绩效测度结果，在"过去"时域内总结经验、分析存在的问题及其成因，并基于时域演进的连续性将其推向"当前"甚至"未来"，在其导引下实现认识的深化并实施相应的完善与改进行为，从而确保沿时间维度的效益增长态势。需要强调的是，及时反馈原则的本质在于"反馈"，即要通过"反馈"放大绩效测度结果的现实效益；其精髓在于"及时"，即要尽可能缩短从测度结果获得到反馈信息生产再到信息反馈完成间的时滞。当今社会，"变化"是主旋律，且变化的幅度、速度都在增加。如此，不能做到"及时"的反馈，将会使"反馈"的价值大打折扣，甚至完全失去意义。

（7）简单实用原则。学术界有些人喜欢故弄玄虚，善于将简单问题复杂化。一个再简单不过、几句话就可以解释清楚的问题，非要建立复杂的数理模型、罗列烦琐的推演过程，看得人云里雾里，而最终的结论却因前提假设偏离应用实践而解决不了实际问题。这种纯粹"数学游戏"式的研究，不应该提倡。电子政务知识管理系统本已复杂，相关绩效测度研究应本着简单实用原则，谋求构建在"有效"前提下的最简单方法解决问题。

9.2.3 电子政务知识管理绩效测度步骤

完备的测度活动集与结构合理的活动序列是确保电子政务知识管理绩效测度效率和有效性所必需的。在实际运作中，尽管电子政务知识管理系统结构与功能差异以及测度环境变化等原因，会导致不同绩效测度实践在测度步骤上存在差别，不过彼此间仍然会呈现"同多异少"的局面。同为电子政务知识管理绩效测度，尽管具体的实践形式存在些许差异，但在本质上仍是相通的、一致的。如此，可制订电子政务知识管理绩效测度的参考步骤（测度活动序列），以便为应用实践提供指导与借鉴。

电子政务知识管理绩效测度的参考步骤如图9-4所示。该图包括28个有效的测度活动，并且清晰描述了各测度活动之间的关系，能够基本满足一般意义上的电子政务知识管理绩效测度要求；对于相对特殊的测度实践，只需针对具体的"特殊"状况对该图稍作调整，即可满足实际测度的需要。

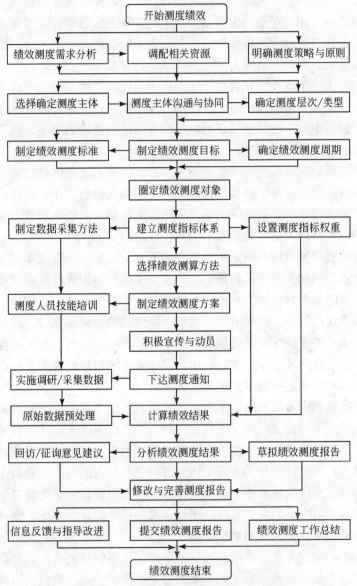

图 9-4　电子政务知识管理绩效测度步骤

电子政务知识管理绩效测度始于需求分析以及对测度策略与原则的确立与明确。全面而准确地把握需求，后续的工作才不至于偏离方向；有效的实施策略与合理的实施原则是确保电子政务知识管理绩效测度能够有序实施的基础前提。在明确了测度需求后，既定政务管理组织要为即将开展的绩效测度工作调配相关资源（如财务预算、相关物理设施等）。接下来的工作便是基于前述实施策略选择和确定相关测度主体，并力促其间的沟通与协同。此处的测度主体主要包括实施主体与咨询主体（组建绩效测度项目团队）。实施主体通常由既定政务管理组织内的相关业务部门抽调业务骨干组成；咨询主体的选择与确定工作参照前面提到的相关实施策略。尔后，由相关测度主体基于自身业务能力，针对已明确的测度需求，确定本次电子政务知识管理绩效测度的层次或类型，即明了以下问题：是结果型测度还是过程型测度；对于过程型测度是依项目实施阶段展开还是依知识链结点展开；对于知识链结点层次的电子政务知识管理绩效测度，则要进一步确定在哪些结点上实施绩效测度。

当绩效测度的层次或类型被确定下来以后，绩效测度主体通过彼此间的紧密合作，完成绩效测度标准、测度目标以及测度周期的确定工作，并在此基础上在电子政务知识管理系统要素及其关系集中圈定本次绩效测度的对象。该部分工作应采取的相应策略以及应坚持的若干原则，详见前文。

在确立绩效测度目标并圈定测度对象的基础上，绩效测度主体接下来的工作便是在前文述及的相关原则的指导下，建立电子政务知识管理绩效测度的指标体系、建立合适的权重分配机制；同时，针对指标体系中各叶结点特征，制定相应的数据采集方法；尔后，选择或设计科学、高效的绩效测度算法，并制定完备的绩效测度方案。关于测度方案的制订，图9-4描述得比较简单。实际运作中，往往同时制订两三套测度方案，尔后经由测度实施主体与相关咨询主体的分析、讨论与评价，选择并确定一套最优的测度方案。

最终的绩效测度方案被确定下来后，绩效测度主体要为接下来的测度实践做最后的准备。这主要涵盖两部分工作：其一，对相关测度人员开展技能培训，其内容包括向其解释清楚最终测度方案的相关操作细节，演示数据采集技巧、方法与注意事项等；其二，对相关参与主体开展广泛而深入的宣传与动员工作，使其充分认识到绩效测度的重要性、相关操作事项以及需要其给予支持与配合的方面等，从而争取参与主体的大力支持、热情参与和积极配合。至此，便可以下达测度通知，启动相关业务调研与数据采集工作。

实际运作中，应为业务调研与数据采集预留足够的时间，以确保调研充分以及数据采集的全面和准确。对于采集来的原始数据，首先实施包括去噪声、格式化等形式的预处理操作，使之转化为能够为计算系统所识别和处理的数据。尔后，基于已确定的测度算法以及权重配置方法，计算绩效测度结果。

在取得定量化的绩效测度结果后，绩效测度主体要对其展开深入分析，总结测度结果特征，并将其反馈给被调研的主体对象以及相关咨询主体，向其征询相关建议或意见，同时草拟绩效测度报告。当相关建议或意见已经全部汇总上来后，参考并借鉴其中的合理部分，对草拟好的绩效测度报告展开完善与修改工作。在最终的绩效测度报告中，一定要明确指出尚存在的问题与不足，分析清楚导致问题或不足的具体原因，并制定相应的改进建议。尔后，向既定政务管理组织提交绩效测度报告；同时，将存在的问题与不足、成因分析以及建议方案再行成文，反馈给相关责任主体，以指导其改进与完善工作；最后，回顾本次绩效测度全过程，总结经验、分析不足，为进一步改进下一阶段绩效测度工作的效率和有效性奠定基础。

9.3　电子政务知识管理绩效测度指标体系

结构完备的电子政务知识管理绩效测度指标体系的构建工作在图9-1所示的电子政务知识管理绩效测度的完备架构的导向下展开，在图9-2所示的电子政务知识管理绩效测度域的约束下实现。

9.3.1　"结果"型测度的经济效益指标

经济效益是衡量资源投入与成果产出比的基础性指标。虽然政府部门不像企业那样以"经济效益最大化"为运作目标，但电子政务知识管理的实施要耗费大量人力、物力和财力。因此，有必要对其经济效益进行测度，以便给社会公众（尤其纳税人）一个交代。当政府征集并耗费了取自社会公众的巨额资源（主要表现为税收收入）时，它就有义务向社会公众输出在既定投入下数量尽可能多（对应于单位资源投入的"效率"）、质量尽可能高（对应于成果产出的"有效性"）的公共产品（公共管理与服务）。当然，在"效率"维提升经济效益也可以描述为：在取得同样数量的成果产出的条件下，资源投入要尽可能的少。

可见，对电子政务知识管理经济效益的评价不能仅仅着眼于"产出"的数量与质量，还要关注投入方面的实施成本问题，并最终归一化为无量纲的"投入产出比"。如此，虽然不同级别、不同区域政府部门间的电子政务实施存在差异，其知识管理在单一的投入或产出方面差异明显，但通过将各自的经济效益归一化为"投入产出比"，就具有了横向比较的合理性以及比较意义。另外，以单一的"投入产出比"作为经济效益的最终量度，与前文提到的"简单实用"的测度原则是吻合的。

"投入产出比"是一个复合型指标，是指标树中的内部结点。其直接后继结点有二，即表征电子政务知识管理投入的"实施成本"以及表征电子政务知识管理产出的"实施收益"。

电子政务知识管理的实施成本是一个可货币化的指标,是既定政务管理组织在电子政务知识管理实施周期内的全部资源投入(人、财、物等)的货币化表征。在内容组成上,该实施成本主要包括以下组分:其一,知识管理理念导入成本,包括专家咨询费用、初步调研与可行性论证费用、对相关政务管理人员实施知识管理培训费用、政府部门内相关软环境(组织结构、人力资源、业务流程、组织文化等)的调整与培育费用等。其二,基础设施建设费用,主要包括相关办公设备与网络平台建设或完善费用等。其三,软件系统建设费用,包括电子政务知识管理各个子系统的建设与整合费用、相关配套系统购置、培训与上线费用等。其中,电子政务知识管理各个子系统(如政务知识获取与表示子系统、政务知识集成子系统、政务知识共享与传播子系统、政务知识创新子系统、政务知识进化子系统、政务知识应用辅助子系统等)建设费用涵盖在系统规划(系统需求调研、总体规划方案制订)、系统分析(详细业务调查、系统逻辑模型设计)、系统设计(系统物理模型设计)与系统实施(编程与调试、人员培训、系统上线)四大阶段发生的全部费用。其四,电子政务知识管理系统(软硬件整合系统)运行与维护费用,包括网络接入费用、系统应用的人工成本、能耗费用、备份成本、耗材费用、纠错性维护费用以及二次开发(适应性维护、完善性维护、系统升级)费用等。其五,其他费用,包括 IT 审计费用、绩效测度费用等。

电子政务知识管理的实施收益按不同的分类维度可以划分为不同的组分。例如,按经济收益取得与电子政务知识管理实施之间联系的紧密程度,可将其分为直接经济收益和间接经济收益;按电子政务知识管理从实施到经济收益的取得之间的时域长短,可将其分为短期经济收益、中期经济收益和长期经济收益;按经济收益获得的主体范围,可将其分为政务管理组织内部经济收益与政务管理组织外部收益;按经济收益的表现形式,可将其分为货币化经济收益与非货币化经济收益;按经济收益的取得层次,可将其分为微观经济收益、中观经济收益和宏观经济收益。显然,分析电子政务知识管理的实施收益,不能各种分类维度混用,只能按一个分类标准展开讨论。否则,就会闹出"人可细分为男人、军人、老年人等"这样的笑话。具体采用何种分类标准,绩效测度人员可依具体情况而定。

在本节,我们依经济收益的表现形式,将电子政务知识管理的经济收益划分为货币化经济收益和非货币化经济收益两大类。其中,货币化经济收益主要包括以下组分。

(1)降低政务管理组织内部的人力成本。知识管理以提高知识工作者的劳动效率和有效性为宗旨,电子政务知识管理的实施有助于提升政务管理人员的知识素质与业务技能。如此,在政务管理规模与强度相对稳定的情况下,政务管理组织中的原有人员便会呈现冗余态势；而电子政务知识管理的有效实施，可确保裁撤冗员后的既定政府部门仍能维持原有的政务管理效率和有效性。因裁撤冗员而节约的人力成本，经电子政务知识管理实施前后的简单比对，即可得出货币化结果。

（2）节约行政成本。政务管理活动就是对政务知识的相关处理与应用过程。电子政务知识管理的有效实施可提升政务知识链上各结点的运作效益，进而提升政务管理活动的整体效益，节约行政成本开支。例如，当政务知识在政府各部门间传播与共享不充分时，欠缺相应政务知识的部门往往通过知识的再获取过程取得知识，以完成相应的政务管理活动。这无疑造成了知识的重复获取，进而形成成本浪费。此外，电子政务知识管理系统通过知识应用辅助子系统的系统学习模块，可实现政务知识应用案例的描述、学习、检索与匹配等功能。当政务管理人员面对新的管理问题时，上述模块可检索以往政务管理过程中的最相似案例，从而辅助其制订并完善政务管理方案。显然，这比"从无到有"地构建政务管理方案要节约许多成本。

（3）节约政府采购费用。政府采购是政务管理中的重要活动之一，也是一项相对复杂的政务管理活动。采购活动涵盖相关采购信息与知识的收集、整理和应用的过程。电子政务知识管理可有效提升上述活动的效率和有效性，进而帮助政务部门制订并选择最佳采购方案，相对于实施电子政务知识管理前有效降低采购费用。

（4）增加政府的财政收入。在中国，政府财政收入包括预算收入和预算外收入两部分。前者主要包括税收收入、应当上缴的国有资产收益以及某些专项收入等；后者指不纳入国家预算，由各地方政府或部门自行管理使用的财政性资金，如各种附加费用等。对政府财政收入能否有效管理，关键在于政务管理组织对相关财政收入信息与管理知识的把握与应用程度。有数据表明，我国在第一期"金税"工程中共投入22亿人民币，而该系统运行的第一年就使国家税收增加250亿人民币；类似的"金卡"、"金水"、"金关"等电子政务工程的实施，均为国家财政收入的增长带来了巨大的可测的增加值。这仅是早期电子政务提升政务信息管理能力后所带来巨大收益的一个缩影。可以预见，实施电子政务知识管理、提升政府部门相关政务知识管理的技能水平，将有利于政府财政收入水平的进一步提升。

实施电子政务知识管理的非货币化经济收益来自于对外部因素的间接作用上，主要表现在如下几个方面。

（1）直接拉动经济增长。政务管理的核心在于公众服务，电子政务知识管理的实施自然有助于提升政务的公共服务水平。布鲁金斯学会（Brookings Institution）一项研究成果表明，美国高度发达的电子政务每年可帮助美国社会公众节约成本 2000 亿美元，相当于其国民生产总值的 2%。另外，消费需求与投资需求是支持国家或区域经济增长的主要动力，前者在通常情况下是相对稳定的。如此，扩大投资需求往往成为确保经济增长的有效手段。电子政务知识管理的实施可有效提升政府行政审批的效率和有效性，从而确保投资需求的有效增长。

（2）优化行政管理体制，提升公共服务水平，进而促进区域经济发展。实施电子政务知识管理，首先需要政府部门内部建立或培育起与之相匹配的软环境（组织结构、业务流程、人力资源、行政文化等），这有助于驱动行政管理体制的变革与创新；其次，实施电子政务知识管理，提升政务管理组织对政务知识的处理、应用与创新水平，将有助于提升政府办公（如行政审批）效率与质量，进而改善政府在社会公众中的形象、提升政府竞争力。这有助于改善区域行政环境和增加区域魅力，从而吸引更多的人才以及项目投资。如此，可间接促进区域经济发展。

（3）促进信息产业发展，进而推动经济发展。电子政务知识管理的实施需要强大的信息技术与完善的信息基础设施支撑。从政务管理末梢部门到地方政府乃至国家机关，完备意义上的电子政务知识管理系统构建将需要采购巨大数量的计算机硬件、网络设备、办公设施、相关软件系统，而核心系统的规划、分析、设计与实施更要涉及诸多人员。另外，政务管理的信息化与知识化，无疑会拉动区域内与之密切相关的社会组织的信息化与知识化。这些对于相应区域内的信息产业而言，无疑是一次绝好的发展机遇。有研究表明，信息产业的发展对经济的拉动作用是巨大的；而在"以信息化带动工业化"的发展模式下，电子政务知识管理对推动经济发展的作用就不言自明了。

综上所述，可将电子政务知识管理经济效益指标体系归纳整理为表 9-4 所示形式。

表 9-4　电子政务知识管理经济效益测度指标体系

一级指标	二级指标	三级指标	备　注
投入产出比	实施成本	知识管理理念导入成本	专家咨询费用 初步调研与可行性论证费用 对相关政务管理人员实施知识管理培训费用 政府部门内相关软环境的调整与培育费用等
		基础设施建设费用	网络平台建设或完善费用 相关办公设备的建设或完善费用等

一级指标	二级指标	三级指标	备　注
投入产出比	实施成本	软件系统建设费用	培训与上线费用 相关配套系统购置 电子政务知识管理各个子系统的建设与整合费用等
		系统运行与维护费用	能耗费用 备份成本 耗材费用 网络接入费用 纠错性维护费用 系统应用的人工成本 二次开发（适应性维护、完善性维护、系统升级）费用等
		其他费用	IT审计费用、绩效测度费用等
	实施收益	货币化经济收益	降低政务管理组织内部的人力成本 节约行政成本 节约政府采购费用 增加政府的财政收入
		非货币化经济收益	直接拉动经济增长 优化行政管理体制、提升公共服务水平，促进区域经济发展 促进信息产业发展，进而推动经济发展

表9-4中，一级指标是一个非负实数域上的无量纲量，其值越小则表明电子政务知识管理实施的经济效益越高。二级指标和三级指标均以货币形式描述，指标数据收集时参考"备注"栏。需要指出的是，通常非货币化经济收益的各个组分是以相对电子政务知识管理实施前基准水平的百分比描述的。为便于计算和处理，在数据采集时要将上述"百分比"转化为电子政务知识管理实施后与实施前的货币化的差值。

9.3.2　"结果"型测度的社会效益指标

政府的核心职能在于向外输出优质、高效的公共服务，通过"电子化"平台打造"服务型政府"则是电子政务实施的核心目标。如此，只要有助于提升政府部门的政务管理效率与有效性、改善其社会公众形象，只要有益于密切政府部门与社会公众之间的联系、强化彼此间的沟通与互动，只要有利于提高社会公众的生产与生活水平、维护社会全局利益，政府部门都应积极为之。缘于对社会公共资源的使用与统筹，政府向社会提供的大部分公共服务是无偿的。此时，政务管理行为的社会效益成为指引政府行为的思维基点。电子政务知识管理是由政务管理组织主导下的知识管理，与企业知识管理相比较，其不仅要关注经济效益，更要关注社会效益。

电子政务知识管理的社会效益可通过"政府组织内部、社会公众以及政府与社会公众之间的关系"三个方面（二级指标）进行测度。如表 9-5 所示，每一个测度方面又可进一步细分为若干个测度子方面（三级指标）。

表 9-5 电子政务知识管理社会效益测度指标体系

一级指标	二级指标	三级指标	备 注
社会效益度	增强政务管理能力，提升公共服务水平	变革政务管理理念	能否将知识管理理念完美地导入电子政务
		推动政府职能转变	由管理、控制型向知识服务型转变的程度
		优化政务管理流程	面向完整知识流的政务管理流程优化与再造
		完善政府组织结构	有利于政务知识交流、共享、应用和创新的组织结构
		培育新型组织文化	建立、培育"学习型"的政务管理组织文化
		提升政务管理效率	表征政务知识辨识、表示、集成、检索等综合能力
		提高政务管理质量	表征政务知识应用水平与政务知识创新能力
		改善政府整合特性	表征政务知识共享、集成水平以及主体协同性能
		提升应急响应能力	表征政务知识获取、集成、检索与应用辅助能力
		增强行政监管能力	表征政务知识获取、集成与应用能力
		提升政府部门形象	表征知识管理提升公共服务水平的被认可程度
	改善社会知识环境，推动社会实体发展	改善公共知识环境	表征政府对社会知识资源的整合与管理能力
		优化知识资源配置	以知识管理理念协调辖区社会实体间知识供需关系
		提升区域核心能力	促进其他企事业单位打造基于"知识"的核心能力
		强化社会学习氛围	以"政务知识"为中心的政务管理强化社会学习意识
		促进社会知识创新	以政务知识创新拉动社会知识创新，提供环境支持
		塑造良性公共秩序	以知识管理提升政务管理水平，优化公共运行秩序
		推动信息产业发展	强大电子政务知识管理平台建设拉动区域信息产业

一级指标	二级指标	三级指标	备　注
社 会 效 益 度	建立知识沟通渠道， 提供公共知识支持	及时提供政务知识	表征政务知识传播的时间效率
		准确提供政务知识	表征政务知识传播的质量或有效性
		便捷提供政务知识	表征政务知识传播渠道的多样性与易用性
		富有社会互动魅力	表征在电子政务知识管理中的社会参与程度
		高效处理公众反馈	表征对社会公众知识反馈的尊重程度与处理水平

　　电子政务知识管理的社会效益不同于可货币化的经济效益，其测度指标具有较强的主观描述性，故难以通过数值计算的方式给出一个准确的数值。在社会效益的测度实践中，可依知识结构与实践经验，将测度主体划分为权重不同的几个小组（测度主体类型），小组内的测度成员也要赋以不同的权重以表征其测度能力差异（赋权策略与方法详见下一节）。尔后，由测度主体在相互独立的情况下，对测度对象实施全面而深入的调研，并基于调研结果与自身认识，为上述指标体系中的每一个叶结点量化评分。

　　考虑到整合社会效益与前述经济效益的综合测度问题，将对上述指标体系叶结点评分约束为在 [0，1] 上分布的实数，且值越小表明测度对象在该指标上的实际效益与理想预期越接近。如此，在完备权重机制参与下的向上逐级整合计算，将最终得到一级指标"社会效益度"的测度值。该值也是在 [0，1] 上分布的实数，且值越小表明测度对象取得的社会效益越高，从而便于与经济效益测度值的整合计算。

9.3.3　"过程"型测度的项目阶段评价指标

　　"过程"型绩效测度通过阶段绩效评价达成信息反馈与指导改进的目的。按项目实施阶段展开的绩效测度可划分为项目准备阶段测度、实施阶段测度以及总结阶段测度。其中，项目总结阶段的绩效测度即为"结果"型测度，前已述及。

　　在项目准备阶段，通过测度电子政务知识管理实施"生态"环境的营建与培育实效，综合评价政务管理组织为电子政务知识管理所做准备工作的完整性和有效性，也从另一个侧面反映知识管理对电子政务生态环境的影响与反作用。电子政务知识管理项目准备阶段评价指标体系如表9-6所示。

表9-6　电子政务知识管理项目准备阶段评价指标体系

一级指标	二级指标	三级指标	备　注
配套环境成熟度	理念成熟度	知识管理理念导入程度	是否及时、准确地将知识管理理念导入电子政务
		知识管理理念吸纳程度	相关政务管理人员对电子政务知识管理的理解程度
		知识管理理念融合程度	将知识管理与电子政务实现无缝融合的程度
	文化成熟度	"以人为本"的文化	是否开始培育人本文化以及该文化组分的成熟度
		"以知识为导向"的文化	"以知识为导向"的文化氛围及其强度
		"宽容"的文化	组织文化对知识学习与知识创新的支撑程度
	制度成熟度	制度调整的灵活性	表征管理制度负僵化程度，谋求"相对稳定"
		与环境间的匹配性	表征制度内容与知识经济时代要求间的匹配程度
		制度体系的完备性	表征调整后相对于新环境的制度体系的完整程度
	流程成熟度	瓶颈流程的数量与程度	知识管理视角下的瓶颈流程的数量与瓶颈程度
		政务管理流程的完整程度	表征政府职能转变与部门整合的实现程度
		政务管理流程的明晰程度	表征流程界定的准确、清晰程度
		政务管理流程的简化程度	表征政务管理流程的冗余状况
		政务管理流程的优化程度	表征流程间以及流程内活动间关系的有效性
	组织成熟度	组织的精炼程度	表征组织部门数量的负冗余度
		组织的结构效能	表征组织部门间整合关系的有效程度
		组织部门的匹配程度	部门设置与政务管理业务、知识管理实施的匹配程度
	人力资源成熟度	人员结构合理性	表征人力资源结构的互补性（知识结构、性别结构等）
		人员配置合理性	人员的负冗余度以及知识技能与职责岗位匹配程度
		人力资源培育水平	表征与知识管理相配套的人力资源培育状况
	激励机制成熟度	有效推进知识创新程度	表征激励机制对知识创新障碍的消减程度
		有效激励知识共享程度	消减知识传播与共享过程中组织亚文化的消极作用
		有效促进学习新知程度	表征对员工积极学习新知识、新技能的激励作用

在上表中，以"配套环境成熟度"作为一级指标，表征电子政务知识管理项目准备阶段的实效水平。其下包括理念成熟度、文化成熟度、制度成熟度、流程成熟度、组织成熟度、人力资源成熟度以及激励机制成熟度七个二级测度指标。各二级指标下又被进一步细分为数量不等的三级指标，其相应意义参见"备注"栏。三级指标即为叶结点测度指标，是实施调研与数据采集的目标层次。对电子政务知识管理"生态"环境各组分的测度评分，也不像经济效益测度那样可以通过调研与计算过程而获得高度客观的精确值，其测度指标体系中的各指标具有较高的模糊性与主观判断性。如此，测度实践中可采用类似于前面讲过的社会效益测度的叶结点指标评价策略。

在电子政务知识管理项目实施阶段的绩效测度，主要通过评估相关硬件平台与软件系统的性能水平以及政务知识基的规模与质量实现。

电子政务知识管理系统涉及的硬件组分主要包括基本的办公设备（读卡器、办公电脑、打印机、复印机、传真机、扫描仪、电话等）以及相关计算机网络设施（通信介质、服务器、路由器、集线器等）。在电子政务知识管理项目实施阶段，对相关硬件平台的性能评价不是要对硬件平台中的每一个设备进行性能评估，而是对涵盖种类繁多、数量众多的硬件设备的电子政务知识管理硬件平台实施整体评价。对硬件平台性能评价可通过两大方面实现：其一，硬件设施本身所呈现出来的特性，如硬件设施的适用性、易用性、稳定性、规范性、维护成本、使用寿命等，这些要素综合起来并融合价格因素就形成了综合性测度指标"性价比"；其二，整合效能，即由诸多物理设备与设施构成的硬件系统平台表现出来的整体性能，它取决于各硬件组分的规范性以及硬件平台维护主体对各设备参数配置的优劣程度。

在软件系统性能评价方面，已有的技术接受模型、软件能力成熟度模型以及其他相关标准为我们提供了借鉴与指导。20 世纪 80 年代，戴维斯（Fred D. Davis）运用理性行为理论（theory of reasoned action，TRA）研究用户对信息系统接受机理，提出了著名的技术接受模型（technology acceptance model，TAM）。该模型指出，用户对信息系统的评价主要基于两点考虑：可感知的有用性（perceived usefulness）与可感知的易用性（perceived ease of use）。软件能力成熟度模型（capability maturity model for software，CMM）是由美国国防部发起，并委托卡耐基－梅隆大学软件工程研究院（Software Engineering Institute，SEI）研发并不断升级完善的软件过程改进与效能评估模型。CMM 模型将软件开发过程和软件质量的成熟程度分成 5 个等级，由低等级到高等级，企业软件开发能力越来越强，软件质量越来越高。该模型通过详细划分、明确界定的 18 个关键过程域（KAP）、52 个目标以及 300 多个关键实践，实现了对软件开发能力与软件质量的有效评价。从 1983 年起，中国已陆续制定和发布了多项国家标准，对软件系统质量规范与系统评价提供了有益的指导。其中，由国家技术监督局公布的《信息技术软件产品评价质量特性及其使用指南（GB/T16260—1996）》尤其具有代表性。该指南规定对软件系统性能评价依据其功能性、可靠性、易用性、效率、可维护性、可移植性六个指标实施程度，而每个指标又可进一步细分为若干个子指标。对电子政务知识管理项目实施阶段的软件系统性能评价将依据该指南展开。

政务知识基描述了电子政务知识管理系统已经有效界定、描述、组织与管理的政务知识范畴，是政务管理运作的基础知识保障。如果说电子政务知识管理的相关硬件平台是"路"，其相关软件系统则是"路"上开动的"车"，政务知识基则是"车"上载有的"货物"。缺乏"货物"或"载货"不当，都将使电子政务知识管理的实施效益大打折扣。因此，必须对电子政务知识管理系统中的政务知识基进行及时、准确测度，并基于测度结果制定相应的调整策略与因应反应，以确保政务知识基的活力和有效性。

对政务知识基的评价，可依据如下指标实施：界定性能、完备程度、匹配特性、组织特性、价值特性以及进化特性。这些指标的实际取值情况综合表征电子政务知识管理系统的政务知识基被准确界定与明确表述的程度、政务知识基对全部政务管理需求的满足程度、政务知识基与政务管理需求的匹配程度、政务知识表示与存储的效率和有效性、政务知识与当前政务管理环境的匹配程度以及政务知识基伴随电子政务知识管理系统运行的进化性能。

综上所述，可将电子政务知识管理项目实施阶段评价指标体系归纳为表 9-7 所示内容。其中，对于软件系统性能测度，表中的备注部分可依测度实践要求进一步细化为四级指标。对各叶结点评分的调研工作与评分方法，仍采用与社会效益测度体系叶结点指标评价相同的策略与方法。

表 9-7　电子政务知识管理项目实施阶段评价指标体系

一级指标	二级指标	三级指标	备　注
项目实施效益度	硬件平台性能	适用性	表征硬件功能与业务需求的匹配程度；不求最好，但求最适用
		易用性	表征掌握设备性能、使用该硬件设备的难易程度
		稳定性	表征硬件运行的稳定性，尤其指非常规环境下的运行样态
		规范性	表征硬件设备的标准化程度，这是与其他主流设备兼容的基础
		维护成本	表征该系统维护的难易程度以及相应耗费
		使用寿命	表征通常情况下硬件设备能够被正常使用的期限
		整合效能	表征维护主体对硬件平台内各设备参数配置的优劣程度

一级指标	二级指标	三级指标	备　注
项目实施效益度	软件系统性能	可靠性	表征系统的成熟度、容错性与易恢复性
		易用性	表征系统易理解性、易学性与易操作性
		运行效率	表征系统产出的时间特性或资源特性
		可维护性	表征系统的易分析性、易改变性、稳定性、易测试性
		可移植性	表征系统的适应性、易安装性、遵循性、易替换性
		功能特性	表征系统功能的适合性、准确性、互操作性、依从性与安全性
	政务知识基	界定性能	表征政务知识基被准确界定、明确表述的程度
		完备程度	表征政务知识基对全部政务管理需求的满足程度
		匹配特性	表征政务知识基与政务管理需求的匹配程度
		组织特性	表征政务知识表示与存储的效率和有效性
		价值特性	即知识活性，表征政务知识与当前政务管理环境的匹配程度
		进化特性	表征政务知识基伴随电子政务知识管理系统运行的进化性能

9.3.4　"过程"型测度的知识链结点评价指标

　　在知识管理视角下，政务管理的实施过程就是对政务知识的相关处理与操作过程，亦即政务知识链上的结点活动序列。电子政务知识管理的整体实施绩效由政务知识链上各结点活动效益及其间关系的有效性决定。政务知识链上任何结点活动的效益瓶颈或者结点间关系障碍都将影响电子政务知识管理整体实施绩效。在知识链结点层次实施电子政务知识管理绩效测度，直接触及知识作用机理层次，其测度结果具有较强的过程描述、问题诊断、信息反馈以及指导改进的功效。

　　"过程"型测度的知识链结点评价指标体系亦划分为三层，其一级指标为"知识链结点综合绩效"；二级指标共14个，分别为13个完备知识链结点绩效和1个整合绩效指标"结点间整合程度"；对每个二级指标细分其内容，又可进一步划分为若干个三级指标，14个二级指标下共划分为84个三级指标，如表9-8所示。

表9-8　电子政务知识管理知识链结点绩效评价指标体系

一级指标	二级指标	三级指标	备　注
知识链结点综合绩效	知识辨识绩效	全面性	表征知识辨识视野的开阔程度、知识疆域对目标需求的覆盖程度
		准确性	表征政务知识疆界与政务管理系统目标知识需求间的吻合程度
		效率水平	表征知识辨识的时间投入产出水平．
		结构合理性	表征辨识结果对核心知识的突出程度
		成本有效性	表征知识辨识过程中其他资源的投入产出水平
	知识获取绩效	定位全面性	表征知识源定位的全面、系统性
		定位准确性	表征知识源定位的准确、有效性
		软环境匹配性	表征对组织内制约知识获取的"生态"障碍因素的消减程度
		硬环境匹配性	表征支持知识获取相应硬件基础设施的建设与完善程度
		方法有效性	表征用于显性知识与隐性知识获取的诸多方法的有效程度
		方法互补性	表征用于显性知识与隐性知识获取的诸多方法间的互补特性
		方式互补性	表征人工知识获取、半自动以及全自动知识获取方式间的整合程度
		主体协同性	表征该系统维护的难易程度以及相应耗费
		获取效率	表征知识获取过程中的资源投入产出水平
		知识有效性	表征所获取知识的活性水平以及对政务管理需求的匹配程度
	知识表示绩效	覆盖范围	表征对知识谱线全域知识类型进行有效表示的能力水平
		表示质量	表征所用方法对相应知识类型进行表示的有效性
		方法效率	表征所用方法对相应知识类型进行表示的实现效率
		隐性表示能力	表征知识表示方法体系对隐性知识有效描述的能力
		自然性	表征所用表示方法与人们通常描述世界的习惯相符合的程度
	知识求精绩效	知识缺陷度	表征求精效果，知识冗余、条件不完全、知识间蕴涵与矛盾等程度
		求精效率	表征知识求精策略与算法的科学性、适宜性
		方法易用性	表征知识求精算法的可理解性、易操作性
		方法兼容性	表征知识求精方法与知识获取、表示方法间的整合性能
	知识编辑绩效	接口友好性	表征系统提供知识编辑操作的接口界面的易用性
		辅助支持度	表征系统对知识主体手工编辑工作的属性检测与报告能力
	知识存储绩效	存储范围	表征存储子系统能够存储和组织的政务知识类型
		存储质量	表征各知识子库的结构效能
		存储效率	表征了知识子库的索引效率与自组织特性
		集成特性	表征存储技术与策略间的融合程度以及各知识子库间的整合特性
		智能特性	表征系统各知识子库的自组织特性
		非编码特性	表征存储子系统对非编码知识的存储与组织能力

一级指标	二级指标	三级指标	备 注
知识链结点综合绩效	知识集成绩效	应用支持度	表征知识集成对提升知识应用效率和有效性的实效水平
		共享支持度	表征知识集成对增强知识共享能力的实效水平
		创新支持度	表征知识集成对知识创新的促进效益
		应变增强度	表征知识集成对提升组织应变反应能力的实效水平
		集成效率	表征知识集成策略与方法的投入产出水平
		技术适宜性	公共知识模型、共同通信语言与异构知识转化等技术的应用成熟度
		主体协同性	表征各相关知识主体间的协同与整合特性
	知识传播与共享绩效	安全性	表征知识传播与共享过程中对知识安全的保障程度
		充分性	表征在确保知识安全前提下，在纵横双向知识传播与共享的充分性
		软环境支持度	表征组织软环境设置方面对制约知识传播与共享亚文化的消减度
		层次整合度	表征个体、团队、组织三层次知识传播与共享的整合实效
		传播准确性	表征所传播知识与知识需求间的匹配程度
		传播及时性	表征知识传播与知识需求间的时滞水平
		运作效率	表征知识传播与共享过程中的单位资源投入上的效益产出水平
	知识内化绩效	内化及时性	表征知识主体洞察学习机遇的敏锐程度与开始学习的及时程度
		内化有效性	表征知识主体将编码型知识向自身技能转化的质量
		内化效率	表征知识主体将编码知识内化为自身技能的学习效率
		内化成本	表征知识主体将编码知识内化为自身技能的投入效率
	知识价值评估绩效	评估及时性	表征知识价值评估时点选择的合理性
		方法适用性	表征知识价值评估方法与知识特征间的匹配程度
		评估效率	表征知识价值评估的计算效率
		方法互补性	表征用于知识价值评估各方法间的互补程度
		方法易用性	表征用于知识价值评估各方法的可理解性与易操作性
	知识创新绩效	管理创新度	表征管理理念、管理方式、管理职能与管理决策等方面的创新效益
		文化创新度	表征与知识管理相配套的组织文化的建设与培育效益
		组织创新度	表征与知识管理相配套的组织结构调整与变革效益
		激励创新度	表征组织激励机制的调整、完善程度及其实效水平
		策略适宜度	表征用于促进知识创新的相关策略的有效程度
		技术有效度	表征用于支持知识创新的各种技术及其实施平台的应用效益
		创新及时性	表征创新子系统环境监测组分的工作效率和有效性
		整合特性	表征创新子系统各组分间的整合性能
		投入效益	表征知识创新单位时间和其他资源投入上获得的创新效益

一级指标	二级指标	三级指标	备注
知识链结点综合绩效	知识进化绩效	周期合理性	表征对于周期性知识进化的进化周期设置的合理性
		进化整合性	表征周期进化与应用进化、个体进化与群体进化间的整合特性
		阈值适宜性	表征进化阈值与淘汰阈值相对于当前环境的适宜性
		行为有效性	表征进化行为（尤其更新与完善操作）的有效程度
		激活有效性	表征对休眠知识实施激活操作的及时性与有效性
		非编码特性	表征知识进化子系统对非编码知识进化的支持程度
		智能特性	表征知识进化的全自动实施程度与水平
		进化效率	表征知识进化过程中的投入产出水平
	知识应用辅助绩效	检索效益	表征系统对用户知识需求的响应速度与质量
		适配效益	表征辅助知识应用的知识适配操作的效率与有效性
		修正效益	表征辅助知识应用的知识修正操作的效率与有效性
		再修正效益	表征基于实际应用效果的知识再修正操作的效率与有效性
		决策效益	表征知识决策的效率和有效性
		自组织特性	表征基于知识应用过程的系统自组织程度
		应用满意度	表征知识应用各辅助组分间的整合特性
		辅助成本率	表征知识应用辅助成本效益比
	结点间的整合程度	瓶颈结点数	表征知识链上依前驱后继关系判定为瓶颈结点的数量
		瓶颈程度	表征被判定为瓶颈结点的相对制约程度（瓶颈水平）
		结点协同性	表征知识链上各结点活动间的相互兼容与支持程度
		整合效率	表征维护或增强结点间整合特性的投入效益比

上述指标体系中，每个叶结点指标的具体含义见"备注"栏。其中的大部分指标为主观评判型的定性指标，其评价值在［0，1］上分布。指标实效与理想绩效越接近，其数值越小。相关调研与数据采集方法同前。

对于少数指标定量化，将实测值与其定量阈值相除，将［0，1］区间5等分并将商值实施归位离散化。如对该指标值期望越大越好，则用1减去上述结果（离散值）得到的差作为该指标的测度值，用于后续的整合计算；如对该指标值期望越小越好，则直接用上述离散值作为该指标的测度值。例如，对于指标"瓶颈结点数"，其阈值为13，且期望知识链上瓶颈结点数目越少越好。如实际评价的瓶颈结点数为2，实测值与其定量阈值的商为2/13，落在区间［0，0.2］内。此时，以"0.2"作为该指标的测度值，用于向上级指标的绩效整合计算。

9.3.5　完备意义上的绩效测度指标体系

完备意义上的电子政务知识管理绩效测度在多维度上展开，可进一步整合前述电子政务知识管理经济效益指标体系、社会效益指标体系、项目实施阶段评价指标（包括两个指标体系）以及知识链评价指标，即以"电子政务知识管理绩效"为一级指标，将前述各指标体系中的一级指标作为"电子政务知识管理绩效"的二级指标，其他指标层次向下顺延。如此，可用于测度电子政务知识管理综合绩效的指标体系在纵向上包括四层。其中，二级指标 5 个、三级指标 29 个、四级指标 156 个（限于篇幅，请读者自行汇总）。

该指标体系中的每一个测度指标对应于测度对象（电子政务知识管理绩效）的一个属性方面。它能够将评估对象在不同时（空）间的综合性能进行多维向量比较与排序。如果将每一个测度指标看作一个评价维度，测度对象就可被视为一个多维空间中的点；如果将每一个评价指标看作一个属性方面，则测度对象可被视为由这些方面组成的多面体。

建立电子政务知识管理绩效测度的完备指标体系，为多指标综合测度法的实施奠定了坚实的基础。多指标综合测度法把用于描述测度对象不同方面特征且量纲不同的多个统计指标，转化成无量纲的相对评价值，综合这些评价值得到对测度对象一个整体评价量值。多指标综合测度的结果是对测度对象综合性能抽象程度较高的数量描述，这种描述具有良好的整体性和准确性。

9.4　电子政务知识管理绩效整合计算

前面我们介绍了电子政务知识管理绩效测度指标体系及其测度值处理策略。当测度主体针对绩效测度对象在测度指标体系的叶结点上均给出测度值时，接下来的工作便是解决权重配置问题以及绩效整合计算方法。这是获得电子政务知识管理最终绩效的基础性工作。

9.4.1　权重配置方法

电子政务知识管理绩效测度过程中的权重配置工作主要涵盖两个领域：其一，对绩效测度指标体系中某一指标下的若干子指标配置合适的权重；其二，在不同的测度小组之间以及每个小组内部不同的测度主体之间配置合适的权重。领域虽不同，但其方法原理却是相通的。

在电子政务知识管理绩效测度过程中，可灵活选用以下方法解决上述领域内的权重配置问题。其中，当赋权对象数量相对较少时，采用直接赋权法既可提高工作效率亦能确保权重配置的质量；当赋权对象数量较多时，可灵活选用德尔菲法、层次分析法等完成权重配置问题。

（1）直接赋权法。

直接赋权法适用于赋权对象数量相对较少（如3个以内）且彼此间呈现出明显的相对比较差异的情况。例如，在前面的绩效测度指标体系中，电子政务知识管理经济效益测度指标体系的二级指标只有2个、社会效益测度指标体系与项目实施阶段评价指标体系的二级指标有3个，某些二级指标下的三级指标数量也较少，彼此间的相对比较差异虽然对于不同主体而言会有差异，但不难作出判断。此时，可以由测度主体征询专家意见后直接赋予权重。

对于测度主体而言，一般会按其知识结构与业务技能差异将其分成若干测度小组（如管理人员测度小组、业务应用人员测度小组、专家咨询人员测度小组、社会公众测度小组等）。小组的数目一般会约束在5个以内，组间权重配置亦可采用直接赋权法。此外，当某一测度小组内部测度成员人数较少时，也宜采用该方法赋权。

直接赋权法工作效率较高，但当赋权对象较多且彼此间关系较难确定时，采用直接赋权法会令赋权主体感到难以判断、无从下手。即便给出了赋权结果，其准确性往往也很不理想。

（2）德尔菲法赋权。

德尔菲法（Delphi method），又称专家咨询法，其采用通信方式征询、汇集相关专家的评估意见，并经过几轮综合与反馈，使专家们的意见逐渐趋同，最终得出评价结论。德尔菲法要求各位专家彼此不直接交流，甚至不互相知晓对方的姓名，完全靠组织者在中间协调。相对于专家会议法中专家们"面对面"的现场讨论，这是一种专家"背靠背"的讨论与交流方式，避免了传统专家会议法中专家间相互影响的突出问题。

采用德尔菲法进行权重配置的一般步骤如图9-5所示。德尔菲法通过匿名赋权、统计趋同、信息反馈与循环改进机制，既能让各位专家独立思考、充分发挥自己的聪明才智与相关经验，也能使他们彼此借鉴、不断改进，从而得出相当准确的赋权结果。不过，该方法也存在一些不足，主要表现为：循环往复的"征询与反馈"过程延长了赋权时间，工作效率相对低下；赋权过程基于专家主观判断，欠缺客观标准。

（3）层次分析法赋权。

层次分析法（analytic hierarchy process，AHP）是美国匹茨堡大学教授萨蒂（Thomas L. Saaty）于20世纪70年代初提出的一种层次权重决策分析方法。该方法在深入分析复杂决策问题的本质、影响因素及其内在联系的基础上，将复杂问

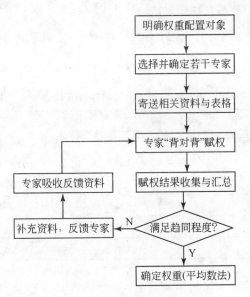

图 9-5　德尔菲法赋权流程

题分解成若干组成因素，并按支配关系形成层次结构，然后通过两两比较的方法确定决策方案的相对重要性。

通过 AHP 法配置权重一般通过两步完成。

步骤一，构建比较矩阵。该步将需要配置权重的 n 个对象两两比较，确定其相对于同一上级对象（父结点指标）的相对重要程度，从而构建 n 阶方阵 A。方阵中各元素的赋值采用"1-9 比例标度法"，具体意义如表 9-9 所示。显然，$a_{ij} > 0$ 且 a_{ij} 与 a_{ji} 互为倒数关系，对角线元素 a_{ii} 均为"1"（即比较矩阵为正的互反矩阵）。如此，比较矩阵构建过程中的两两比较不必比较 n^2 次，只需要比较出上（下）三角矩阵结果即可，通过对应求倒数可得剩余部分三角矩阵，此时比较次数缩减为 $n(n-1)/2$ 次。需要指出的是，必须确保所构建的比较矩阵为一致阵，即对于比较矩阵中的所有元素，应使 $a_{ij} \cdot a_{jk} = a_{ik}$ 成立。当权重配置对象较多时，要确保比较矩阵的绝对一致性将变得困难。此时，需要对比较矩阵实施一致性检验，可通过计算一致性比例完成检验。当一致性比例小于 0.1 时，一般认为该比较矩阵的一致性是可以接受的；否则，需要对判断矩阵作适当的调整。

步骤二，完成权重计算。当比较矩阵 A 通过一致性检验时，则其最大特征根 λ_{max} 所对应的归一化特征向量 ω 即为权向量，其内各要素对应于配置对象的各权重。按上述方法计算权重向量，当配置对象较多时计算将变得复杂与困难。通常，可通过和法或根法实现相对高效的近似计算。其具体计算方法如下：将比较矩阵各列元素进行规一化，即 $a'_{ij} = a_{ij} / \sum_{i=1}^{n} a_{ij}$；尔后，将新矩阵按行加总（或求积）

并再次归一化,即 $a'_i = \sum_{j=1}^{n} a'_{ij}$(如采用根法,则有 $a'_i = \sqrt[n]{\prod_{j=1}^{n} a'_{ij}}$),$\omega'_i = a'_i / \sum_{i=1}^{n} a'_i$。此时,$\omega'_i$ 即为配置对象 i 的权重。

表 9-9   AHP 比较矩阵数值意义

a_{ij} 取值	取值意义
1	相对于同一上级对象,配置对象 a_i 与 a_j 同等重要
3	相对于同一上级对象,配置对象 a_i 比 a_j 稍微重要
5	相对于同一上级对象,配置对象 a_i 比 a_j 明显重要
7	相对于同一上级对象,配置对象 a_i 比 a_j 非常重要
9	相对于同一上级对象,配置对象 a_i 比 a_j 极端重要
2,4,6,8	其意义分别为界于上述两相邻取值意义之间

层次分析法将赋权主体的主观判断(定性描述)与定量分析方法结合起来,极大地增强了权重配置的科学性,是一种实用性很高的权重配置方法。该方法原理相对简单,基于和法与根法的近似计算则进一步简化了权重计算的工作量,增强了该方法的易操作性。不过,该方法也存在一些不足:其一,当配置对象较多时(如多于9个),比较矩阵的规模将会陡然增加,进行两两判断将会变得困难;其二,赋权主体的主观行为仍然主导了计算过程,其结果仍然在一定程度上受到主观臆测性影响。

(4)熵值法赋权。

在热力学和系统科学中,"熵"(entropy)是对不确定性或无序状态的量度,熵值越大表明不确定或无序性越严重。信息论的创始人香农(Claude Elwood Shannon)指出,信息能够用来消除不确定性的东西。信息的本质效用在于对不确定性的削减,常被描述为系统有序性与组织性的表征。因此,可将信息看作系统发展过程中的负熵。信息量越大,不确定性就越小,熵也就越小;反之,信息量越小,不确定性越大,熵也越大。如此,可通过熵计算判断一个事件的随机性或无序程度,也可以通过计算熵值来判断某个指标取值的离散程度。熵值越小,提供的信息量就越大;同时,表明该指标取值的离散程度越大,该指标对系统综合评价的影响越大,亦即权重越高。

对于若干权重配置对象,当赋权主体掌握了有关这些对象的先验信息时,就可以通过熵值法完成权重配置工作。例如,当相关测度人员基于实践调研与个人感知,已经对相关指标完成评值打分工作,这些评分数据即构成权重配置的先验信息。将测度人员对评价指标的打分行为视为独立事件,基于先验信息计算所有事件在每个指标上蕴涵的负熵。负熵越大,则表明在该指标上的评分数值变化幅度越小，该指标对综合评价结果的影响相对较弱，对应于较小的权重。

首先，基于测度人员的评分结果，构建判断矩阵

$$A = \begin{bmatrix} a_{11} & a_{12} & \cdots & a_{1n} \\ a_{21} & a_{22} & \cdots & a_{2n} \\ \vdots & \vdots & & \vdots \\ a_{m1} & a_{m2} & \cdots a_{mn} \end{bmatrix}$$

式中，n 为待配置权重的指标数目，m 为评分人员数目，a_{ij} 为第 i 个评分人员对第 j 个指标的评分结果。对上述判断矩阵按列做归一化处理，得

$$A' = \begin{bmatrix} a'_{11} & a'_{12} & \cdots & a'_{1n} \\ a'_{21} & a'_{22} & \cdots & a'_{2n} \\ \vdots & \vdots & & \vdots \\ a'_{m1} & a'_{m2} & \cdots & a'_{mn} \end{bmatrix}$$

式中，$a'_{ij} = a_{ij} / \sum_{i=1}^{m} a_{ij}$，满足 $\sum_{i=1}^{m} a'_{ij} = 1, j = 1, 2, \cdots, n$。

对于一个既定系统，其内涵盖 n 个独立状态（事件），则彻底消除该系统不确定性所需要的信息量（负熵）为

$$H(x) = -\frac{1}{\ln n} \sum_{i=1}^{n} P(X_i) \ln P(X_i), \text{满足} \sum_{i=1}^{n} P(X_i) = 1, i = 1, 2, \cdots, n$$

式中，$H(x)$ 为用以彻底消除既定系统不确定性所需的负熵，X_i 代表系统中的第 i 个状态，$P(X_i)$ 代表出现第 i 个状态的概率，n 为系统状态空间容量。

至此，基于上述定义，可由归一化的判断矩阵并按下式计算第 j 个指标的负熵值：

$$\omega'_j = -\frac{1}{\ln n} \sum_{j=1}^{n} a'_{ij} \ln a'_{ij}$$

负熵值越大，表明该指标对评价结果的影响越弱，自然该对应于较小的权重。如此，定义差异性因素向量 $G = (g_1, g_2, \cdots, g_n)$，其中 $g_j = 1 - \omega'_j, j = 1, 2, \cdots, n$。此时，$g_j$ 正向表征了各指标对评价结果的影响程度，其值越大，影响程度越高。

最后，对向量 G 做归一化处理，即可得到相应的权重向量 $\overline{\omega}(\omega_1, \omega_2, \cdots, \omega_n)$，其中

$$\omega_i = g_i / \sum_{j=1}^{n} g_i$$

熵值法赋权基于先验信息，通过熵值计算实现权重配置，其结果受主观干扰程度较弱，客观性较强。不过，该方法也存在一些不足。例如，计算过程相对复杂，在欠缺先验信息或先验信息不完整的情况下就无法完成相应计算。

（5）权重配置方法选取策略。

在电子政务知识管理绩效过程中，涉及对绩效测度指标体系各层亲兄弟指标之间、测度小组之间以及测度小组内各测度成员之间的权重配置问题。有效而准确的权重配置策略与方法是确保绩效测度效率和有效性的前提。上述四种权重配置方法各有优缺点，在具体的测度实践中，应参考如下策略灵活选用。

①对于绩效测度小组的组间权重以及各小组内部成员间权重的配置问题，可基于测度实践特征，经过集体讨论、专家咨询、充分权衡后，通过直接赋权方式解决。

②如测度指标体系中某一指标的亲子指标数在 3 个以内，且彼此间对父指标的贡献度（绝对）较为明晰时，可采用直接赋权法以确保赋权效率；如指标间对父指标的贡献度较难确定、不够明晰，应通过德尔菲法实现权重配置；虽然无法直接确定各权重配置对象对父指标的绝对贡献度，但彼此对父指标的相对贡献度较易确定，则可通过层次分析法配置权重。

③如测度指标体系中某一指标的亲子指标数为 3 ~ 9 个，此时绝对贡献度较难确定，直接赋权法不再适用。当待配置权重的指标间对父指标的相对贡献度较为明晰时，可采用层次分析法确定权重；当彼此间对父指标的相对贡献度难以确定且又缺乏先验信息时，应通过德尔菲法实现权重配置。

④如测度指标体系中某一指标的亲子指标数多于 3 个且具有完备先验信息时，可通过熵值法配置权重。

⑤如测度指标体系中某一指标的亲子指标数多于 9 个且缺乏完备的先验信息时，一般通过德尔菲法配置权重；当且仅当对赋权效率要求较高且配置对象间对父指标的相对贡献度较为明晰时，可通过层次分析法配置权重。

9.4.2 绩效整合计算方法

完成了电子政务知识管理绩效测度指标体系的构建、指标评分、权重配置等工作后，接下来就要基于前述成果整合计算电子政务知识管理的绩效。最简单的办法就是，由上述指标体系的叶结点开始，将在各指标上的评分值与其相应的权重做积运算，然后将亲兄弟指标上的运算积加总，进而得到上级父指标的绩效水平。即

$$v^i = \sum_{j=1}^{n} v_j^{i+1} \cdot \omega_j, \quad j = 1, 2, \cdots, n$$

式中，v^i 为第 i 层某一指标测度值，v_j^{i+1} 为 v^i 的直接下级指标，ω_j 为 v_j^{i+1} 所对应的权重，n 为 v^i 的直接下级指标数。如此逐层向上汇总计算，直至得出一级指标"电子政务知识管理绩效"的值。

不过，依上述方法计算得到的电子政务知识管理的整合绩效将是在 $[0，1]$ 上连续分布的某一实数。在电子政务知识管理绩效测度的完备指标体系中，其指标多为主观性较强的定性化描述型指标，对测度对象按这些指标打分评值则具有较强的模糊特性。因此，如直接以一个看似精确的实数作为整合绩效水平，与绩效测度过程中表现出来的较强模糊性不相称；此外，仅一个实数也难以直接描述电子政务知识管理绩效水平。为此，可采用模糊综合测度方法实现电子政务知识管理综合绩效的整合计算。

首先，将电子政务知识管理绩效划分为离散的若干等级（如 $g=1，2，\cdots，$ G，通常可令 $G=5$），一级为最优绩效，等级越高表明其绩效水平越差。设第 i 个绩效测度小组内第 j 个测度成员完备绩效测度指标体系中的某一叶结点指标 C_μ 的归一化评分为 v_μ^{ij}，则第 i 小组全部测度成员对指标 C_μ 的评分组成向量 $V_\mu^i=$ $(v_\mu^{i1}，v_\mu^{i2}，\cdots，v_\mu^{in_i})$，式中 n_i 为第 i 小组内的测度成员数目。如此，全部测度小组对指标 C_μ 的评分组成向量 $V_\mu=(V_\mu^1，V_\mu^2，\cdots，V_\mu^K)$，式中 K 为绩效测度小组数目（一般小于5）。如此，在绩效测度指标体系的全部叶结点指标所获评分构成 $N\times\sum n_i$ 维的总评分值矩阵 V（N 为叶结点指标数）。

取电子政务知识管理绩效各等级的评分标准值 v_g 作为其隶属度函数的阈值，建立相应隶属度函数 $f_g(v_\mu^{ij})$，其计算方法如下：

①绩效等级达到最优，即一级状态（$g=1$）时，当 $v_\mu^{ij}\in[0，v_1]$，$f_1(v_\mu^{ij})=1$；当 $v_\mu^{ij}\in[v_1，2v_1]$ 时，$f_1(v_\mu^{ij})=(2v_1-v_\mu^{ij})/v_1$；当 $v_\mu^{ij}\notin[0，2v_1]$，$f_1(v_\mu^{ij})=0$。

②绩效等级位于中间态，即 $g=2,3,\cdots,G-1$ 时，当 $v_\mu^{ij}\in[0，v_g]$；$f_g(v_\mu^{ij})=v_\mu^{ij}/v_g$；当 $v_\mu^{ij}\in[v_g，2v_g]$，$f_g(v_\mu^{ij})=(2v_g-v_\mu^{ij})/v_g$；当 $v_\mu^{ij}\notin[0，2v_g]$，$f_g(v_\mu^{ij})=0$。

③绩效等级达到最差，即为第 G 等级时，当评分值 $v_\mu^{ij}\in[v_G，\infty]$，$f_G(v_\mu^{ij})=1$；当 $v_\mu^{ij}\in[0，v_G]$，$f_G(v_\mu^{ij})=v_\mu^{ij}/v_G$；当 $v_\mu^{ij}\notin[0，\infty]$，$f_G(v_\mu^{ij})=0$。

对于绩效测度指标体系中的每一个叶结点指标 C_μ，根据上述方法可计算得到其 G 维隶属度向量。由第 i 个测度小组全部 n_i 个测度成员对该指标的全部评分值，可计算得到 $n_i\times G$ 维隶属度矩阵 A。将第 i 组 n_i 个测度成员的权重向量 σ 乘矩阵 A，可得到该叶结点指标的 G 维综合隶属度向量 $F_{\mu g}^i=\sigma\times A$。全部 K 个测度小组的综合隶属度构成 $K\times G$ 维矩阵 B。将 K 个测度小组的组间权重向量 δ 乘矩阵 B，可得该叶结点指标的 G 维再综合隶属度：$F_{\mu g}=\delta\times B$。

同一父结点下的各兄弟叶结点指标（设数目 M）上的 G 维再综合隶属度构成 $M\times G$ 维矩阵，用对应的指标权重向量去乘上述矩阵，可得到在三级指标上的 29 个 G 维隶属度向量，并组成 $29\times G$ 维矩阵。如此，向上递推两级，即可获得在一级指标"电子政务知识管理绩效"上的 G 维隶属度向量，即电子政务知识管理整合绩效测度结果 $F = (f_1, f_2, \cdots, f_G)$。$F$ 中各元素的值表征了电子政务知识管理整合绩效隶属从 1 到 G 的各个等级的隶属程度，取 $\{max(f_i) \mid i = 1, 2, \cdots, G\}$ 所得到的值即为所测电子政务知识管理整合绩效等级。

上述计算过程较为复杂。为此，我们基于其算法原理设计并开发了能自动完成计算过程的 FES 系统（第三章图 3-5）。在该系统的帮助下，电子政务知识管理绩效测度工作的效率和有效性将大为提高。

本 章 小 结

本章第一节首先依"政府绩效→电子政务绩效→电子政务知识管理绩效"这条主线，深入阐释了其间的演进历程、典型事件以及代表性的测度主体及其主要工作与贡献，对电子政务知识管理绩效测度的现状特征进行了分析与归纳。知识管理在企业管理领域研究得比较充分，且已经取得了较为丰富的应用实施经验。为此，基于对企业知识管理绩效测度的回顾与剖析，形成了对电子政务知识管理绩效测度工作的有益启示。尔后，在深入分析相关经验与启示的基础上，本着向前发展的宗旨，本章提出了电子政务知识管理绩效测度的完备架构，并基于该架构进一步阐释了电子政务知识管理绩效测度系统的要素组成及其间结构。对电子政务知识管理的实施绩效进行及时、准确测度，既是其实施主体评估投资收益的需要，也是实现阶段评价、实时反馈以及动态调整与改进的要求，还是深化认识、完善学科体系的有效途径。

在 9.1 节，对电子政务知识管理绩效测度的意义进行了广泛而深入的剖析，归纳了八方面的测度意义。

9.2 节详细分析了电子政务知识管理绩效测度工作应采取的相关策略以及应遵循的实施原则和一般步骤。其中，实施策略依电子政务知识管理的实施主体、咨询主体、参与主体、测度目标、测度对象以及测度媒介等方面分别进行了阐释。电子政务知识管理绩效测度系统是一个复杂系统。为确保绩效测度工作的有序开展、提高测度的效率和有效性，必须制定并遵守以下原则："SMART"原则、系统性原则、客观性原则、发展性原则、沟通性原则、及时反馈原则以及简单实用原则。不同电子政务知识管理的绩效测度实践，其本质上是相通的、一致的。为此，本节制定了包括 28 个有效测度活动的电子政务知识管理绩效测度的参考步骤，清晰描述了各活动间关系，并对其中的实现细节、策略与相应原则等进行了说明，以便为应用实践提供指导与借鉴。

9.3 节在电子政务知识管理绩效测度的完备架构的导向下、在电子政务知识管理绩效测度域的约束下，构建了结构完备的电子政务知识管理绩效测度指标体系。该指标体系包括五个子指标体系：经济效益指标体系、社会效益指标体系、项目准备效益准备体系、项目实施效益准备体系以及知识链结点效益准备体系。整合上述指标体系，可得完备意义上的电子政务知识管理绩效测度指标体系。它以"电子政务知识管理绩效"为一级指标，将前述各指标体系中的一级指标作为"电子政务知识管理绩效"的二级指标，其他指标层次向下顺延。完备意义上的电子政务知识管理绩效测度指标体系在纵向上包括四层，其中二级指标 5 个、三级指标 29 个、四级指标 156 个。

在阐释了电子政务知识管理绩效测度指标体系及其测度值处理策略的基础上，9.4 节讨论了相关权重配置问题以及绩效整合计算方法，这是获得电子政务知识管理最终绩效的基础性工作。对于权重配置方法，本节详细介绍了直接赋权法、德尔菲赋权法、层次分析赋权法以及熵值赋权法的基本原理，分析了各自的优缺点，并在此基础上归纳了在具体的测度实践中，灵活、有效选用权重配置方法的若干参考策略。最后，本节详细讨论了电子政务知识管理绩效整合计算的方法与过程，完成了对"电子政务知识管理绩效测度"问题的完整阐释。

本章思考题

1. 政府绩效、电子政务绩效到电子政务知识管理绩效是如何演进的？它们彼此间的关系如何？

2. 简述 FEA 模型体系，并请说明其对电子政务绩效测度的意义。

3. 在电子政务绩效测度领域，国内外具有代表性的测度机构有哪些？并请简述其主要工作与贡献。

4. 电子政务知识管理绩效测度的理论与应用现状如何？企业知识管理绩效测度为电子政务知识管理绩效测度提供了哪些借鉴与启示？

5. 电子政务知识管理绩效测度的完备架构是基于怎样的背景与思维基点提出的？请简单说明该架构的要素组成及其结构。

6. 电子政务知识管理绩效测度系统包括哪些要素？其间关系怎样？

7. 实施电子政务知识管理绩效测度的意义何在？

8. 在电子政务知识管理绩效测度过程中可采取哪些策略？应该遵循哪些原则？

9. 请简述电子政务知识管理绩效测度工作的实施步骤，并对其中应采取的策略和遵循的原则作出说明。

10. 请绘制完备意义上的电子政务知识管理绩效测度指标体系图，并解释其叶结点上的评分策略与方法。

11. 在电子政务知识管理绩效测度体系中，"结果"型绩效测度与"过程"型绩效测度之间的联系与区别怎样？

12. 在电子政务知识管理绩效测度过程中，可采用的权重配置方法有哪些？它们各自具有哪些特征？如何对其灵活选取、有效应用？

13. 在电子政务知识管理绩效测度过程中，对于绩效测度小组间与小组内各测度成员间的权重配置问题，为什么通过直接赋权方法予以解决？其中还可采取哪些完善措施？

14. 对于电子政务知识管理绩效的整合计算可以通过怎样的简单方法实现？该方法具有哪些不足？

15. 请简要说明基于模糊测度方法的电子政务知识管理绩效整合计算的方法过程。

参 考 文 献

安中涛，安世虎．2006．个体知识共享绩效评估参考模型．情报科学，24（3）：396～399

彼得·F·德鲁克等．1999．知识管理．北京：中国人民大学出版社

蔡自兴，徐光祐．1996．人工智能及其应用（第二版）．北京：清华大学出版社

陈鸿．2001．管理案例推理系统中的相似算法研究．上海：复旦大学硕士学位论文

陈建军．2007．基于知识管理的电子政务系统实施研究．科技管理研，（5）：256～259

陈琦丽，李波等．2000．虚拟现实技术及其应用．凿岩机械气动工具，（3）：40～42

陈永鸿，陈一秀．2000．基于伪自然语言理解的知识获取系统．华侨大学学报（自然科学版），
　21（2）：205～210

丁峰，马范援．2001．基于Z39.50的分布式WWW信息检索．计算机工程，27（2）：47～49

樊博．2006．电子政务．上海：上海交通大学出版社

弗朗西斯·赫瑞比．2000．管理知识员工．北京：机械工业出版社，196～197

付二晴，蔡建峰．2006．基于能力知识管理水平的模糊评价．情报科学，24（5）：663～667

高英俊，刘慧等．2001．计算机模拟技术在材料科学中的应用．广西大学学报（自然科学版），
　26（4）：291～294

葛钧．2008．面向电子政务的知识管理研究．知识经济，（12）：1～2

顾君忠．2001．计算机支持的协同工作导论．北京：清华大学出版社

顾新建，祁国宁．2000．知识集成初探．计算机集成制造系统，6（1）：8～13

顾新建．2000．知识型制造企业．北京：国防工业出版社

官建成，王军霞．2002．创新型组织的界定．科学学研究，20（3）：319～322

郭茂祖，姜俊峰，黄梯云．2001．一种基于XML的企业知识管理框架．计算机工程与应用，37
　（19）：35～37

何汉明，李永强．2003．构建模糊检索的数学模型．控制工程，10（2）：159～191

何振．2009．电子政务信息资源的共建与共享研究．北京：中国社会科学出版社

和延立，杨海成，何卫平等．2003．信息集成与知识集成．计算机工程与应用，39（4）：
　38～41

黄梯云．2001．智能决策支持系统．北京：电子工业出版社

黄梯云，姜俊峰，郭茂祖．2001．一种基于XML的企业知识管理框架．计算机工程与应用，37
　（19）：35～37

纪新华．2005．关于绩效考核最终目的的探讨．北京理工大学学报（社会科学版），7（3）：
　57～60

蒋国瑞，冯超．2008．企业岗位知识管理绩效的评价．统计与决策，（11）：177～179

焦玉英，雷春明 . 2000. 模糊理论在信息检索中的应用研究 . 情报学报，19 （5）：519～524

柯平 . 2007. 知识管理学 . 北京：科学出版社

乐飞红，陈锐 . 2000. 企业知识管理实现流程中知识地图的几个问题 . 图书情报知识，（3）：
   15～17

李宏伟 . 2002. 高校知识管理系统及构建初探 . 江西师范大学学报（自然科学版），26 （2）：
   138～141

李克旻，白庆华 . 2001. 基于 XML 知识管理系统的研究 . 计算机与现代化，（3）：13～18

李松涛，董樑，余筱箭 . 2002. 浅议技术创新模式与金融体系模式的相互关系 . 软科学，16
   （3）：5～7

李陶深，甘雯 . 2001. 多 Agent 系统体系结构的构造技术研究 . 广西科学院学报，17 （4）：
   145～148

李巍 . 2000. 基于案例推理的预案信息系统研究 . 上海：同济大学硕士学位论文

李习彬 . 2004. 电子政务与政府管理创新 . 北京：科学出版社

李秀，廖璘，刘文煌 . 2001. 基于 Web 的数据仓库系统的研究 . 计算机工程，27 （11）：
   44～46

李勇，郑垂勇 . 2006. 科技型中小企业技术创新激励机制研究 . 科技管理研究，（5）：74～76

栗松涛，李春文，孙政顺 . 2001. 基于 XML 的 B/S 体系数据模型 . 计算机工程与应用，37
   （18）：113～115

廉师友 . 2000. 人工智能技术导论 . 西安：西安电子科技大学出版社

梁瑞心 . 2000. 现代企业的知识管理 . 科技进步与对策，17 （4）：120～122

廖璘，刘文煌，李秀 . 2001. 基于 Web 的数据仓库系统的研究 . 计算机工程，27 （11）：
   44～46

廖翔武 . 2009. 基于知识管理的电子政务——有效推进政府管理模式创新 . 江苏科技信息，
   （5）：23～25

林健，杨新华 . 2001. 知识管理的支撑技术及实现框架模型 . 计算机工程与应用，37 （13）：
   62～64

林晓东，费奇，王红卫 . 2001. 智能决策支持系统中的知识表示及基于粗集的推理 . 计算机与
   现代化，（2）：45～50

凌玲，王学林等 . 2002. 基于知识生命周期的知识集成模型 . 华中科技大学学报（自然科学
   版），30 （10）：23～25

刘璨，陈统坚等 . 2001. 基于粗集理论的模糊神经网络建模方法研究 . 中国机械工程，12
   （11）：56～59

刘焕成，孙晓玲 . 2006. 电子政务信息资源开发中的知识管理与信息共享 . 情报科学，24
   （11）：1651～1656

刘溪涓，王英林 . 2001. Web 上支持产品设计的灵活的实例抽取技术·机械科学与技术，20
   （4）：617～619

刘艳梅，姜振寰 . 2003. 熵、耗散结构理论与企业管理 . 西安交通大学学报（社会科学版），
   23 （1）：88～91

卢长利，唐元虎．2001．浅析企业创新机制．软科学，5（1）：75~78

鲁兴启．2002．互联网与企业管理创新．中国软科学，（4）：92~95

陆伟民．1998．人工智能技术及应用．上海：同济大学出版社

马费成，张勤．2006．国内外知识管理研究热点——基于词频的统计分析．情报学报，25
（2）：163~171

马献明，严小卫．2001 工作流管理系统研究．广西师范大学学报（自然科学版），19（2）：
26~30

苗东升．1998．系统科学精要．北京：中国人民大学出版社

潘安成．2008．基于知识创新的企业成长内在机理模型研究．中国管理科学，16（4）：
170~174

秦剑，龚海涛．2005．知识管理绩效评估的实证分析．商业研究，（20）：37~40

秦铁辉，徐成．2005．信息资源管理与知识管理关系初探．情报科学，23（12）：1765~1770

邱晖，孙政顺．2001．知识管理系统的构建及其策略·计算机工程与应用，27（1）：52~54

邱均平．2006．知识管理学．北京：科学技术文献出版社

仇元福，邱进冬，潘旭伟等．2001．基于 B/S 模式的知识管理协同建模系统．机电工程，18
（5）：84~88

仇元福，邱进冬等．2001．基于互联网的知识网框架的构建．成组技术与生产现代化，18
（4）：16~19

单晓云．2002．耗散结构的特征．广西师范大学学报（自然科学版），20（1）：94~96

盛小平．2007．图书馆知识管理引论．北京：海洋出版社

施琴芬，崔志明，梁凯．2003．隐性知识主体价值最大化的博弈分析．科学与科学技术管理，
24（3）：11~13

史忠植．2002．知识发现．北京：清华大学出版社

宋良荣，徐福缘．2001．论知识型组织的管理创新．科学学研究，19（4）：76~80

宋庆军．2006．论电子政务中的知识管理及实施策略．电子政务，（5）：34~37

苏冬平，陈文明，袁震东等．2001．聚类调优——一种知识获取的新途径．华东师范大学学报
（自然科学版），（2）：27~31

苏新宁等．2004．组织的知识管理．北京：国防工业出版社

孙科，王能民，汪应洛．2002．集群经济与知识创新．研究与发展管理，14（3）：62~66

孙木函．2002．知识的更新与文化品格的重铸．长春师范学院学报（人文社会科学版），21
（2）：67~69

孙艳．2002．知识价值测度的效益分成模型．研究与发展管理，14（2）：5~10

王长胜，许晓平．2009．中国电子政务发展报告2009．北京：社会科学文献出版社

王晨．2003．知识经济时代中小企业的技术创新战略．科学学与科学技术管理，（5）：41~43

王德禄等．1999．知识管理——竞争力之源．南京：江苏人民出版社

王继成．1998 一个基于符号神经网络的知识获取系统．电子学报，26（8）：27

王军霞，官建成．2002．复合 DEA 方法在测度企业知识管理绩效中的应用．科学学研究，20
（1）：84~88

王君，樊治平．2004．组织知识管理绩效的一种综合评价方法．管理工程学报，18（2）：44～48

王君，樊治平．2003．一种基于 Web 的企业知识管理系统的模型框架．东北大学学报（自然科学版），24（2）：182～185

王念滨，徐晓飞等．2000．KISO：一种基于本体论的集成知识系统设计：小型微型计算机系统，21（1）：90～93

王万森．2000．人工智能原理及其应用．北京：电子工业出版社

王显儒，王忠伟．2001．知识商品价值的定量分析．鞍山钢铁学院学报．24（6）：457～460

王小明，骆建彬，岳昆等．2001．知识集成的工作流系统框架研究．机械设计与制造工程，30（3）：80～82

王亚英，邵惠鹤．2000 基于粗集理论的规则知识获取技术．上海交通大学学报，34（5）：688～690

王瑛．2008．知识管理与电子政务信息门户建设．管理观察，（8）：190～191

王咏，倪波．2000．信息技术企业管理中 ERP 的应用研究．情报学报，19（3）：214～219

王玉，邢渊，阮雪榆．2002．基于神经网络和遗传算法的事例最近邻法检索模型．高技术通讯，12（5）：76～81

王壮，靖继鹏．2007．CNKI 数据库中企业知识管理论文的统计分析．情报科学，25（6）：932～937

魏江．2000．知识特征和企业知识管理．科研管理，21（3）：6～10

吴应良，吴昊苏等．2007．基于主成分分析法的知识管理绩效评价研究．情报杂志，（6）：27～29

吴予敏．2001．传播学知识论三题．深圳大学学报（人文社会科学版），18（6）：46～52

夏火松，蔡淑琴．2002．基于 Internet 的知识管理体系结构．中国软科学，（4）：119～123

肖锋，辛大欣．2002．一种基于神经网络的多媒体数据库内容检索．郑州大学学报（理学版），34（2）：76～79

肖劲锋，杨巨杰，宫辉力等．2001．模型库系统平台的研究．遥感学报，5（2）：135～141

肖龙，刘晓环，宁芊．2001．虚拟现实技术——VRML 微型电脑应用，17（10）：5～7

肖人彬，苏牧，周济．1999．一种实现异构知识集成的新方法．华中理工大学学报，27（2）：4～6

肖人彬，周济，查建中．1997 面向智能设计的知识描述形式．计算机辅助设计制造，（11）：37～39

谢家平，崔南方等．2002．ERP 软件选型的模糊评估模型及其应用．华中科技大学学报（自然科学版），30（5）：37～40

熊枫．2008．知识管理在电子政务中的应用．科技管理研究，（7）：385～387

徐享忠，王精业，马亚龙．2002．知识管理的模型框架及其关键技术．计算机工程，28（2）：244～245

徐元善．2001．论知识经济与领导决策．徐州师范大学学报（哲学社会科学版），27（1）：138～141

玄光男，程润伟．2001．遗传算法与工程设计．北京：科学出版社

颜光华，李建伟．2001．知识管理绩效评价研究．南开管理评论，(6)：26～29

杨刚成，娄臻亮，张永清．2002．从关系数据库中获取专家系统规则．计算机应用研究，19
(3)：45～46

杨雷．2005．电子政务效益的经济分析与评价．北京：经济科学出版社

杨晓江．1998．Z39.50 在图书馆自动化系统中的应用研究．南京：南京大学博士学位论文

叶陆艳．2008．基于中小企业集群的知识创新研究．科学管理研究，26 (3)：83～86

叶艳，杨东等．2006．基于 Ontology 的电子政务流程知识建模与集成管理．上海交通大学学报，
40 (9)：1549～1555

应力，钱省三．2001．知识管理的内涵．科学学研究，19 (1)：64～69

袁红．2007．基于知识管理的电子政务信息资源建设的优化．电子政务，(2)：84～87

岳昆，骆建彬，王小明等．2001．知识集成的工作流系统框架研究．机械设计与制造工程，30
(3)：80～82

曾黄麟．1996．粗集理论及其应用．重庆：重庆大学出版社

张斌，周晓英．2003．企业的记忆与知识管理．图书情报工作，(1)：52～55

张建华，2005a．基于人工智能的集成化知识管理系统模型．情报杂志，24 (10)：49～51

张建华．2005b．知识管理系统模型及其实现技术．情报科学，23 (12)：1861～1865

张建华．2006a．KM 中隐性知识管理策略研究．情报科学，24 (5)：762～766

张建华．2006b．企业知识管理中的知识适配与修正．科技与管理，8 (4)：17～20

张建华．2006c．知识管理系统模型新探．商业研究，(16)：82～85

张建华．2006d．知识管理中编码知识的存储机制．情报科学，24 (8)：1239～1244

张建华．2006e．KM 中的双线知识集成策略．科学学与科学技术管理，27 (9)：103～107

张建华．2006f．KM 中的知识存储策略．情报杂志，25 (3)：37～39

张建华．2006g．企业知识管理的知识获取策略．科技与管理，8 (3)：33～36

张建华．2006h．企业知识管理系统建模中的系统科学思想．科技与管理，8 (1)：33～36

张建华．2006i．企业知识管理中的系统学习机制．华东经济管理，20 (9)：87～90

张建华．2006j．企业知识管理中的知识集成方案与技术．情报杂志，(9)：19～24

张建华．2006k．企业知识管理中的知识决策与主体协同．情报杂志，图书情报科学研究年刊
(上)：4～6

张建华．2007a．企业知识管理中的知识搜索机制研究．情报杂志，(1)：49～51

张建华．2007b．企业知识管理中的组织知识传播方式与技术．情报杂志，(8)：20～22

张建华．2007c．以知识创新提升企业知识管理的实施效果．商业研究，(9)：103～106

张建华．2007d．企业知识管理中的知识创新机理分析．科学管理研究，25 (3)：66～69

张建华．2007e．企业知识管理中的知识创新子系统模型研究，情报科学，(6) 月增刊：167
～170

张建华．2007f．企业知识管理中的知识进化．武汉理工大学学报（信息与管理工程版），29
(10)：121～125

张建华．2008a．当前企业知识管理绩效评估问题与对策分析．情报杂志，(7)：44～46

张建华.2008b.企业 KM 实施中的知识活性测度.武汉理工大学学报（信息与管理工程版），30（5）：834～838

张建华.2009.基于知识链的企业知识创新研究.情报杂志，（8）：130～133，106

张建华，方辉.2006k.企业知识管理中的知识传播.科技管理研究，26（2）：140～143

张建华，刘仲英.2002.案例推理和规则推理结合的紧急预案信息系统.同济大学学报（自然科学版），30（7）：890～894

张建华，刘仲英.2003.知识管理环境营建策略.科学管理研究（呼市），21（5）：94～98

张建华，刘仲英.2004a.当前知识管理系统模型问题与对策分析.情报学报，23（1）：73～77

张建华，刘仲英.2004b.知识管理中的知识贡献激励机制.同济大学学报（自然科学版），32（7）：966～970

张建华，刘仲英.2004c.知识获取与求精 RS-GA 策略.同济大学学报（自然科学版），32（6）：822～826

张建华，刘仲英.2005a.知识管理系统要素分析.科学管理研究（呼市），23（2）：72～75

张建华，刘仲英.2005b.知识管理中的知识辨识.经济管理，（2）：39～43

张建明.2007.企业知识管理系统检索引擎与检索算法研究.情报杂志，26（11）：119～121

张林武，吴育华.2008.中小企业集群创新的知识机理分析.天津大学学报（社会科学版），10（4）：317～320

张蒲生.2002.基于 CORBA 的网络信息推送技术.微型机与应用，21（7）29～31

张润东，张晓林.2006.中小企业集群的创新知识管理系统.科学管理研究，24（3）：96～100

张少杰，范领进，魏东升等.2003.知识的价值决定——一种基于理论的探讨.山东理工大学学报（社会科学版），19（1）：5～8

张少杰，王连芬.2004.企业知识管理绩效评价的因素分析和指标体系.情报科学，22（10）：1153～1155

张维迎.2007.中国电子政务研究报告（2006 年）.北京：北京大学出版社

张新武.2002.企业知识管理柔性战略研究.上海：同济大学博士学位论文

张选平，高晖，赵仲孟.2002.数据库型知识的产生式表示.计算机工程与应用，38（1）：200～202

张仲森，黄改娟.2002.人工智能实用教程.北京：北京希望电子出版社

张震.2009.网格技术在电子政务知识管理中的应用.襄樊学院学报，30（5）：10～15

张铸.1999.基于案例的系统框架研究.上海复旦大学硕士学位论文

赵卫东，李旗号.2002.启发式知识获取方法研究.计算机工程，28（1）：62～64

周斌，刘波，杨岳湘.2002.Z39.50 协议的原理及其在分布式检索中的应用.计算机工程，28（9）：275～277

周彩红，张玉娟.2004.高新技术企业知识管理的绩效评估.现代管理科学，（4）：63～64

周三多，陈传明，鲁明泓.1999.管理学——原理与方法.上海：复旦大学出版社

周永权，马武瑜.2001.基于代数神经网络的不确定数据知识获取方法.计算机工程与设计，22（2）：74～76

朱彬.2001.基于知识特性的知识管理与创新研究.华东经济管理，15（1）：38～40

朱少英，徐渝. 2003. 基于组织学习的知识动态传播模型. 科研管理，24 (1)：13~16

Aamodt A，Plaza E. 1994. Case-based reasoning：foundational issues, methodological variations and system approaches. AI Communications, 7 (1)：39~59

Alavi M，Leidner D. 1999. Knowledge management systems：emerging views and practices for the field. Proceeding for the 32nd Hawaii International Conference on System Sciences. Hawaii：USA of IEEE Pub, 1~8

Barletta R. 1991. An introduction to case based reasoning. AI Expert, (8)：43~49

Bertalanffy L V. 1987. 一般系统论. 北京：清华大学出版社

Borins S. 2002. On the frontiers of electronic government：a report on the United States and Canada. International Review of Administrative Science, 68 (2)：199~212

Brow J S，Duguid P. 1991. Organizational learning and communities-of-practice：toward a unified view of working, Learning and Innovation. Organization Science, 2 (1)：40~57

Bruce Porter，Ray B et al. 1990. Concept learning and heuristic classification in weak-theory domains. Artificial Intelligence, (45)：229~263

Caldwell N H，Rodgers P A，Huxor A P et al. 2000. Web-based knowledge management for distributed design. IEEE Expert Intelligent Systems & Their Application, 15 (3)：40~47

Carley K. 1992. Organizational learning and personnel turnover. Organization Science, (3)：20~46

Carter L，Belange F. 2005. The utilization of e-government services：citizen trust innovation and acceptance factors. Information System Journal, 15 (1)：5~25

Chakrabarti K，Mehrotra S. 1999. The hybrid tree：an index structure for high dimensional feature spaces. Proc Int Conf on Data Engineering, 2：440~447

Chen M Y，Chen A P. 2005. Integrating option model and knowledge management performance measures：an empirical study. Journal of Information Science, 31 (5)：381~393

Chen M Y，Chen A P. 2006. Knowledge management performance evaluation：a decade review from 1995 to 2004. Journal of Information Science, 32 (1)：17~38

Chesbrough H W，Teece D J. 1996. When is virtual virtuous? organizing for innovation：Harvard Business Review, 74 (1)：65~74

Cohen P，Mcgee D，Oviatt S. 1999. Multimodal interaction for 2D and 3D environments. IEEE Computer Graphics and Applications, 19 (4)：10~14

Criado J I，Ramilo M C. 2003. E-government in practice：an analysis of web site orientation to the citizens in spanish municipalities. The International Journal of Public Sector Management, 16 (3)：191~218

Davenport T H. 1994. Re-engineering：business change of mythic proportions? MIS Quarterly, 7：121~127

Dougherty D，Borrelli L，Munir K 2000. Systems of organizational sensemaking for sustained product innovation. Journal of Engineering and Technology Management, (17)：321~355

Fennessy G. 2000. Understanding and selecting knowledge management systems for a health information provider. Proceeding of the 35th Hawaii International Conference on System Sciences. Hawaii：USA of IEEE Pub, 1~8

Firestone. J M, 2001. Knowledge management process methodology. Knowledge and Innovation Journal of the KMCI, 1 (2): 54~90

Grant G, Chau D. 2005. Developing a generic framework for e-government. Journal of Global Information Management, 13 (3): 1~12

Gray P H. 2000. The effects of knowledge management systems on emergent teams: towards a research model. Journal of Strategic Information System, (9): 175~191

Groffrion A M. 1992. The SML language for structured modeling: level 1 and 2. Operations Research, 40 (1): 37~57

Gupta K M, Montazemi A R. 1997. A connectionist approach for similarity assessment in case-based reasoning systems. Decision Support Systems, 19 (4): 237~253

Hamzaoglu K H, Stafford B. 1997. Distributed data mining using an agent-based architecture. Proc of KDD97, Menlo Park, CA: 211~214

Harold E R. 2000. XML 实用大全. 杜大鹏，李善茂等译. 北京：中国水利水电出版社

Heeks R, Bailur S. 2007. Analyzing e-government research: perspectives, philosophies, theories, methods and practice. Government information Quarterly, 24 (2): 243~265

Hendriks Paul H J, Vriens J. 1999. knowledge-based systems and knowledge management: friends or foes? Information & Management, (35): 113~125

Hoffman R R. 1989. A survey of methods for eliciting the knowledge of experts. SIGART Newsletter, (108): 19~27

Holsapple C W, Singh M. 2001. The knowledge chain model: activities for competitiveness. Expert Systems with Applications, 20: 77~98

Hong T P. 2000. Learning a coverage set of maximally general fuzzy rules by rough sets. Expert Systems with Applications, 19: 97~103

Hotelling H. 1993. Analysis of a complex of statistical variable into principal components. J Educational Psychology, (27): 417~441

Huang M J, Chen M Y, Yieh K. 2007. Comparing with your main competitor: the single most important task of knowledge management performance measurement. Journal of Information Science, 33 (4): 416~434

Huddson D L, Cohen M E, Anderson M F. 1991. Use of neural network techniques in a medical expert system. Int Journal of Intell System, 6 (1): 213~223

Hunt J E, Cooke D E, Holstein H. 1995. Case memory and retrieval based on the immune system. Veloso M M, Aamodt A. Case-based reasoning research and development (Proc. ICCBR-95), Springer, LNAI 1010, 205~216

Kasvi J J, Vartiainen M et al. 2003. Managing knowledge and knowledge competencies in projects and project organizations. International Journal of Project Management, 21: 571~582

King S F. 2007. Citizens as customers: exploring the future of CRM in UK local government. Government Information Quarterly, 24 (1): 47~63

Kirkpatrick Donald L, Kirkpatrick James D. 2006. Evaluating Training Programs: The Four Levels. Berrett-Koehler Publishers

Kivimaki M et al. 2000. Communication as a determinant of organizational innovation. R&D Management, 30 (1): 33~42

Kolodner J L. 1992. An introduction to case-based reasoning. Artificial Intelligence Review, 6 (1): 3~34

Labrou Y, Finin T, Peng Y. 1999. Agent communication languages: the current landscape. IEEE Intelligent Systems, 14 (2): 45~51

Lawton G. 2001. Knowledge management: ready for prime time? Computer, 34 (2): 12~14

Layne K, Lee J. 2001. Developing fully functional e-government: a four stage model. Government Information Quarterly, 18 (2): 122~136

Lee K C, Lee S, Kang I W. 2005. KMPI: measuring knowledge management performance. Information & Management, 42 (3): 469~482

Liebowitz J. 2001. Knowledge management and its link to artificial intelligence. Expert System with Applications, 20 (1): 1~6

Ma Jian. 1995. An object-oriented framework for model management. Decision Support Systems, 13 (2): 133~139

Marr, B. 2004. Measuring and benchmarking intellectual capital. Benchmarking, 11 (6): 559~570

Maryam A, Dorothy E L. 2001. Review: knowledge management and knowledge management systems: conceptual foundations and research issues. Management Information Systems Quarterly, 25 (1): 107~136

Mintzberg H. 1987. Five perspectives for strategy. California Management Review, Fall: 12~19

Morten T Hansen. 1999. What is your strategy for managing knowledge? Harvard Business Review, 3~4: 106~116

Munson J, Dewan P A. 1996. Concurrency control framework for collaborative systems. Proceedings of CSCW'96, Cambridge MA, USA, (11): 278~287

Nelson K M, Ghods M. 1998. Measuring technology flexibility. European Journal of Information System, (7): 232~246

Nonaka Ikujiro. 1994. A dynamic theory of organizational knowledge creation. Organization Science, 5 (1): 14~37

Nonaka Ikujiro, Toyama Ryoko, Konno Noboru. 2000. SECI, ba and leadership: a unified model of dynamic knowledge creation. Long Range Planning, 33 (1): 5~34

Pawlak Z. 1982. Rough sets. International Journal of Information and Computer Science, 11 (5): 341~356

Peter F Drucker. 1933. Post-Capitalist Society. New York: Happer Collins Publishers

Rabarijaona A, Dieng R, Corby O. 2000. Building and searching an XML-based corporate memory. IEEE Expert Intelligent Systems & Their Applications, 15 (3): 56~63

Reddick C G, Frank H A. 2007. The perceived impacts of e-government on US Cities: a survey of

Florida and Texas City managers. Government Information Quarterly, 24 (3): 576~594

Robert H. 1999. Use your intranet for effective knowledge management. e-Business Advisor, 4: 27~29

Ruggles R. 1998. The state of the notion: knowledge management in practice. California Management Review, 40 (3): 82~83

Sato I, Sato Y et al. 1999. Acquiring a radiance distribution to superimpose virtual objects onto a real scene. IEEE Transactions on Visualization and Computer Graphics, 5 (1): 1~12

Schedler K, Summermatter L. 2007. Customer orientation in electronic government: motivers and effects. Government Information Quarterly, 24 (2): 291~311

Senge Peter. 1990. The Fifth Discipline: The Art and Practice of the Learning Organization (1st edition). New York: Currency Doubleday

Senge Peter. 1998. 第五项修炼——学习型组织的艺术与实务. 上海: 上海三联书店

Shiu Simon C K, Li Yan, Wang Xi Z, 2001. Using Fuzzy Integral to Model Case-Base Competence. in Workshop Proceedings of Soft Computing in Case-Based Reasoning Workshop, in conjunction with the 4th International Conference in Case-Based Reasoning, Vancouver, Canada, 30-July to 2-August. 206~212

Simon H. 1991. Bounded rationality and organizational learning. Organization Science, 2 (2): 125~134

Smits M, Moor A D. 2004. Measuring knowledge management effectiveness in communities of practice. Proceedings of the 37th Hawaii International Conference on System Sciences, 37~46

Stein E W, Manco M P et al. 2001. A knowledge-based system to assist university administrators in meeting disability act requirements. Expert Systems with Applications, 21 (2): 65~74

Stibbe M. 2005. E-government security. Info-security Today, 2 (3): 8~10

Sycara K P. 1998. Multi-agent systems. AI Magazine, 19 (2): 79~92

Tanaka M, Aoyama N. 1995. Integration of multiple knowledge representation for classification problems. Artificial Intelligence in Engineering, 27 (9): 243~247

Tang Yong et al. 1997. The study and implementation of the mechanism about audio and video cooperative work. Proceeding of Second International Workshop on CSCW in Design. Bankok, Tailand, 506~510

Volberda H W, Rutges A. 1999. FARSYS: a knowledge-based system for managing strategic change. Decision Support Systems, 26 (2): 99~123

Wache H, Vogele T, Visser U et al. 2001. Ontology-based integration of information-a survey of existing approaches. Proceedings of IJCAI-01 Workshop: Ontologies and Information Sharing, Seattle, WA, 108~117

Waterson A, Preece A. 1999. Verifying ontological commitment in knowledge-based systems. Knowledge Based Systems, 12: 45~54

Watson I, Marir F. 1994. Case-based reasoning: a review. The Knowledge Engineering Review, 9 (4): 355~381

Wenger C E,, Snyder W M. 2000. Communities of practice: the organizational frontier. Harvard Business Review, 1 ~ 2: 139 ~ 145

Widom J. 1999. Data management for XML. IEEE Data Engineering Bulletin Special Issue on XML, 22 (3): 45 ~ 52

Wiig K M. 1999. Introduction knowledge management into the enterprise. Knowledge management handbook, CRC Press LLC

Wiig K M. 1999. What future knowledge management users may expect. Journal of Knowledge Management, 3 (2): 155 ~ 166

Zhang J H. 2008. Study on enterprise knowledge management system: choice and decision. The Proceeding of the 15th International Conference on Industrial Engineering and Engineering Management (IE&EM'2008), B: 1149 ~ 1153